이문열 세계명작산책

죽음의 미학

죽음의 미학

이문열 엮음

레프 톨스토이, 스티븐 크레인, 잭 런던, 마르셀 프루스트,
셔우드 앤더슨, 헤르만 헤세, 어니스트 헤밍웨이,
샤를 루이 필리프, 바이올렛 헌트

『세계명작산책』 개정판을 내며

—

『세계명작(단편)산책』 개정판을 다시 낸다. 1996년 살림출판사에서 초판을 내고 삼 년 반 뒤인 1999년에 15쇄 발행 기록이 확인되더니 2000년대 초에 하드커버로 나온 2판은 2017년 연말에 저자와 출판사의 합의로 절판되었다. 한 쇄에 몇 부씩 찍어내었는지 밝혀져 있지는 않으나 지나간 이십여 년 세월이나 그간에 들어온 인세로 어림잡아도 수십만 부는 될 듯싶다. 그것도 아직 한 해에 한두 쇄는 찍는 책을 갑작스레 절판시킨 것이라 더러 찾는 사람이 있었는데, 이번에 무불(無不)출판사의 요청으로 개정신판을 다시 내게 되었다.

내가 이십오 년 전 처음으로 『세계명작산책』 열 권을 엮은 목적이나 희망한 효용, 그리고 해외 중단편 명품 백 편을 주제별로 열 편씩 엮은 전집으로 펴낸 과정의 구구한 경위에 대해서는 초판 서문에 잘 나와 있다. 궁금한 독자는 그 쪽을 들춰

보면 대강은 알 수 있을 것이다.

그 책을 엮기 두어 해 전 나는 팔자에도 없는 대학교 국문과 정교수가 되어 어울리지도 않게 한 한기에 9학점이나 좌지우지하며 보냈다. 그 가운데 교양 과정 3학점을 두 학기에 걸쳐 이어진 〈현대문학 특강―해외명작 단편산책〉에 주었는데, 그 강의안이 초판 『세계명작산책』을 엮는 데 아주 요긴하게 쓰였다.

이제 와서 돌이켜보면 좀 황당하고 무모한 강좌로 보였을 수도 있는 그 특강을 그때 대학당국이 무얼 믿고 개설을 허락해주었는지 나도 잘 모르겠다. 어쨌든 정색을 한 대학 국문과 교수님들을 아연하게 만들었을 수도 있는 그 강의를 두 학기로 그만두고, 큰맘 먹고 나를 교수로 불러준 대학당국에 미안해하며 교수 노릇을 그만둘 구실만 찾고 있던 이듬해 가을, 이번에는 어떤 출판사가 그 별난 강좌 소문을 듣고 내가 제풀에 지쳐 때려치운 그 강의안을 책으로 꾸며보자는 제안을 해왔다.

처음부터 그걸 책으로 엮어보겠다는 생각을 해본 적이 없었고, 그때는 내가 쓴 것만도 책으로 어지간히 쏟아낸 뒤라 썩 내키지도 않았지만, 그전 한 해 그 강좌에 쏟은 골몰이 그대로 흔적 없이 지워지는 것도 한편으로는 서운해 나는 못 이긴 척 따랐다. 그리하여 그게 책으로 바뀌는 과정 또한 초판 서문에 대강은 나와 있다.

세월에 따라 몸이 늙어가듯이 사람의 기호나 지향도 변한다. 시대와 세상 사람들도 사반세기 전과 같을 수가 없다. 그래서 변한 이쪽저쪽을 살펴가며 바꾼 것이 기왕에 선정된 중단편 백 편 가운데 열두 편을 다른 작가 혹은 같은 작가의 다른 작품으로 교체하고, 일본어 중역이 포함된 낡은 번역도 새로운 세대들이 원어에서 바로 한 번역으로 바꾸었다. 그렇게 바뀌거나 더해진 것이 전체의 삼 할은 된다. 출간 이십오 년 만에 명색 개판을 한다면서 많은 것이 바뀌고 달라진 그 세월을 그냥 못 본 체할 수는 없었다. 그 바뀌고 달라진 것의 세목에 대해서는 각권 서문에서 다시 그 세목과 간략한 해설을 덧붙이기로 한다.

2020년 가을 負岳기슭 蒼友崗에서
이문열

『세계명작산책』 초판 서문

―

좋은 소설을 쓰기 위해서는 먼저 마음속에 다양하면서도 잘 정리된 전범典範이 있어야 한다. 소설을 학문적으로 연구하는 일에서도 좋은 전범을 가지는 것은 원리의 탐구를 위해서건 가치 판단의 기준으로서건 매우 중요하다. 학문적으로 인정받은 논리에 따라 소설을 쓸 수도 있지만, 그것은 문법만으로 회화를 배우는 것보다 더 비효율적이며 풍부한 전범에 바탕을 두지 않은 이론 중심의 연구는 소설을 화석화시킬 우려가 있다.

이런저런 이름으로 문학, 특히 소설을 가르치는 자리에 서게 되면서 내가 늘 아쉽게 생각해온 것 중 하나는 소설 연구와 창작에서 아울러 전범이 될 만한 좋은 단편 선집이었다. 여기서 장편보다 단편을 앞세운 것은 우리 문단에서 아직은 지배적인 창작 및 비평의 풍토 때문이다. 요즘에는 조금씩 달라지고 있지만, 우리 문단의 등단 절차는 대개 단편 중심으로 되어 있다. 평론도 사정은 비슷하다. 간혹 장편만으로 대중적인 이름을 얻는 수도 있긴 하지만 단편으로 검증받지 않은 작가의 장편에 대해 진지한 평론을 대체로 의심하는 경향을 보여 왔다.

그 이유는 여러 가지겠지만, 가장 강하게 추측되는 것은 전일적全日的인 습작 기간이 허용될 수 없는 우리의 문학 환경 때문이 아닌가 한다. 이른바 문학청년의 괴로운 성장 과정은 최근 몇 년까지의 각박했던 사회 여건을 감안하면 일 없는 빈둥거림으로 여겨지기 십상이었다. 사회는 그런 젊은이들에게 관대할 수 없었고, 많이 나아졌다는 지금도 그들을 격려하거나 그들의 미래에 투자할 여유까지는 기르지 못했다.

따라서 이 땅의 문학작가 지망생이 고통스럽지 않게 글을 쓸 수 있는 습작 기간은 대개 학창시절의 자투리 시간과 졸업 후 한두 해가 전부가 되고, 더 있어봤자 따로 생업을 가진 일요작가로서의 몇 년이 보태질 뿐이다. 그 경우 손쉬운 습작의 대상은 아무래도 장편보다는 짧은 시간에 완결을 볼 수 있는 단편이 될 수밖에 없다.

하지만 경험으로 미루어볼 때 그런 습작 방식도 반드시 나쁜 것 같지는 않다. 장편이든 단편이든 크게는 같은 소설이라는 점에서 습작의 많은 부분은 겹쳐지기 마련이다. 더구나 단편에서의 철저함과 정확함을 익혀두는 것은 자칫 느슨해지기

쉬운 장편의 형식미를 다잡아주는 데 아주 유용하다. 장편 작가와 단편 작가를 구분하는 듯한 서양에서도 대부분의 위대한 작가들은 그 둘을 겸하고 있는데, 그 또한 단편 습작의 유용성을 보여주는 예가 될 수 있을 것이다.

이런 관점에서 찾아보면 전범으로 쓸 만한 국내 작가들의 단편은 작가별 시대별에, 때로는 주제별로까지 비교적 잘 정리되어 있는 듯하다. 수고스럽게 이 책 저 책 뒤적이지 않고도 그대로 교재가 될 만한 단편 선집도 여러 종류가 있다. 학자들이나 출판사의 노력도 있었지만, 달리 보면 결국은 국문학 안에서의 문제라 선별 대상이 한정되어 있다는 점도 도움이 되었을 것이다.

하지만 적어도 현대소설의 전범을 찾는 일이라면 국내 작품만으로는 부족하다. 어떤 논리로도 우리 현대소설이 서구의 현대소설을 전범으로 삼아 성장해왔다는 사실만은 부인하지 못한다. 설령 그것을 우리 전통소설에 가해진 '서구의 충격'이란 말로 바꾼다고 해도 세계문학, 특히 서구의 현대문학이 지닌 전범으로서의 중요성은 조금도 줄어들지 않는다.

그런데 외국 단편들을 전범으로 가르치려 들면 가장 먼저 빠지게 되는 것은 그 소재所在를 찾는 어려움이다. 작가별로 단편집이 몇 나와 있기는 하지만, 기준이 무엇인지 짐작 가지 않을 만큼 작가와 작품의 선정은 혼란스럽고 묶는 방식은 한 권을 다 읽어내기에도 따분할 지경이다. 그래도 마음먹고 고른 흔적이 보이는 것은 윌리엄 서머싯 몸(1874~1965년)의 『세계의 문학 백선』인데 그와 동시대로 접근할수록 난조를 보이고, 다음이 국가별로 묶은 『세계단편선』류인데 그것은 또 천편일률적인 체제에다 대부분 이십 년 이상 묵은 전집들이라 도서관이 아니면 찾기 어렵다. 나머지는 구닥다리 세계문학전집 속에 흩어져 있거나 잡지사들이 생각난 듯 끼워 넣는 해외 명작 소개란에 반짝 보이고는 자취를 감춘 것들이었다. 어떤 작품은 끝내 번역되지 않아 해당 언어를 전공하지 않은 사람은 읽어볼 수 없기도 하다.

그 바람에 나는 여러 해 전부터 전범으로 쓸 만한 세계명작 단편 선집을 내가 직접 엮어보았으면 하는 분에 넘치는 야심을 품게 되었다. 그러나 좀체 여유가 나지 않다가 1993년 말에야 출판사의 격려와 협조에 힘입어 본격적인 작품 수합에 들어갔다. 먼저 젊은 시절 내게 강한 인상을 주었던 작품들의 목록을 작성하고 이어 기존의 여러 선집과 출판사 직원들이 복사해온 문학잡지의 해외 특집란을 검토해 부실한 기억을 보충했다. 그리하여 1994년에는 대략 지금 이 선집에 실린 작품 수의 두 배 정도로 목록이 압축되었다.

하지만 그 목록이 한 번 더 걸러지고 책의 편제가 지금과 같이 확정된 것은 1995년 들어서가 된다. 마침 재직하는 대학에서 '현대문학 특강'을 맡게 되어, 나는 그 시간을 작품 선택과 해설의 객관성을 검증하는 기회로 삼았다. 특별히 내용이 결정되어 있지 않은 강의인 데다 그 작업이 학생들에게도 유익할 거라 믿어 겁 없이 시작한 일이었다.

처음 내 강의안은 비교문학과 연관 지어 나라별로 몇 주를 할당하고 그 나라 단편 중에서 전범이 될 만한 것을 골라 읽는 것으로 짜였다. 하지만 그 강의안은 곧 철회되고 말았다. 그렇게 골라지는 작품들은 기존의 국가별 명작 선집과 다를 바 없어 개별적인 감동의 기억을 주는지 몰라도 머릿속에 정리된 효과적인 전범으로는 기능할 수 없을 것 같았다. 그래서 수정한 강의안이 바로 지금 이 선집의 편제이다.

나는 학생들에게 매주 한 주제로 전범이 될 만한 단편 열 편씩을 골라주고 각자 찾아보게 한 뒤 그중 가장 인상 깊은 작품 한 편씩을 골라 독후감을 작성하게 했다. 강의는 바로 그 독후감의 발표와 토의였고, 시험은 학생들이 그렇게 제출한 독후감에 대한 평점을 집계하는 것으로 대신했다. 물론 기존의 대학교 국문학과 교과과정에 대해서도 나름으로는 용의주도하게 배려했다. 국내 작품의 전범집으로 쓸 만한 단편 선집을 하나 골라 주 교재로 삼고 내가 선정한 외국 작품들은 부교재란 명칭을 닮으로써 대학교 국문학과 교과과정에 대한 경의는 충분히 표했다. 다만 주 교재는 각자 집에서 읽어보는 것으로 하고 부교재만 함께 토의해 나가기로 했을 뿐이었다.

처음 한두 주일은 그럭저럭 지나갔다. 그러나 시간이 지나면서 나는 내가 얼마나 엄청난 일을 벌였는지 실감하기 시작했다. 수천수만 편이 넘을 세계 각국의 단편 중에서 어떤 주제로 전범이 될 만한 작품 열 편을 고른다는 것은 엄청남을 넘어 불가능한 일일 수밖에 없었다. 나의 용기는 무지에서 비롯된 무모함일 뿐이었다.

선정의 객관성도 나를 몹시 괴롭힌 문제였다. 그것이 바로 문학에 대한 내 안목을 드러낸다는 데 생각이 미치자 갑자기 모든 게 자신 없어졌다. 그때 다시 유혹된 게 기존의 선집들이었다. 특히 브룩스와 워렌, 혹은 노튼 같은 이들이 선정한 영문판 선집의 체제가 강렬한 유혹이 되었다.

그렇지만 양쪽 모두 선정 기준에서도 많은 부분 동의하기 어렵거니와 주제별로 뽑는 데는 거의 참고가 되지 못했다. 그 같은 어려움을 해결하는 길은 결국 선정 범위를 나의 독서 체험으로 축소하고 기준을 주관적인 감동으로 삼는 것밖에는 없었다. 네 번째 주로 접어들면서 나는 학생들에게 처음의 자신만만함과는 달리 풀 죽은 목소리로 그와 같은 선정 범위와 기준의 축소를 밝히지 않을 수 없었다.

이 글을 읽는 이들에게도 솔직히 고백한다. 내 희망은 틀림없이 전 세계를 망라하는 객관적인 전범의 선정이었으나, 이루어진 것은 내 대단찮은 독서 범위 안에서 주관적으로 고른 작품들의 집합일 뿐이라고. 그런데도 나는 이 선집의 유용함에 대해서는 한 가닥 믿음을 가지고 있다. 이 선집에 적용된 범위와 기준은 거치나마 사십 년이 넘는 내 문학 체험의 한

결산이며, 나의 소설도 결국은 이 범위와 기준에 바탕을 두고 있다. 내가 쓴 모든 것이 한 점 남김없이 문학사의 쓰레기더미에 묻혀버리지 않을 것이라면 이 선집도 단편소설의 창작에서든 연구에서든 약간의 유용함은 있을 것이다. 특히 주제별로 세계 각국의 단편들을 정리한 것을 이 선집의 한 자랑이 될 만하다.

써놓고 보니 딱딱한 교재의 서문 같은 데가 있어 한마디 덧붙인다. 틀림없이 이 선집을 엮은 의도는 소설을 공부하는 사람들을 위해서였지만, 어쩌면 실제적인 효용은 교양으로 접근하는 쪽에 더 높게 나타날지도 모르겠다. 우리 삶의 다양한 주제들이 세계 각국의 거장들에 의해 어떻게 소설로 표현되고 있는지를 비교하여 읽을 수 있다는 것도 지금의 추세에서도 청소년들에게 활용도 높은 문학 교재가 될 수 있으리라 믿는다.

아울러 밝혀두고 싶은 것은 이 무모한 시도를 도와준 사람들이다. 시작은 혼자였지만 이 선집이 책으로 묶여 나오는 데는 여러 분의 도움이 있었다. 1993년부터 내가 준 목록을 들고 이 도서관 저 도서관 뛰어다니며 작품을 복사하느라 애쓴 살림출판사 편집부 직원들은 그만큼 내 노고와 시간을 절약해주었다. 장경렬 서울대 교수를 비롯한 여러 편집위원은 나의 천학과 단견에 좋은 거름 장치가 되어주었으며 세종대의 강자모, 박유하 교수도 작품 선정과 번역에서 귀한 시간을 쪼

14

개준 분들이다. 한 학기 내내 작품 조사와 보고서 작성으로 고생한 현대문학 특강 수강생들에게도 이 자리를 빌려 감사의 뜻을 전한다.

2003년 겨울
이문열

차례

—

『세계명작산책』 개정판을 내며 5

『세계명작산책』 초판 서문 8

머리말 19

레프 톨스토이

이반 일리치의 죽음

한 속인을 통한 죽음의 성찰

23

스티븐 크레인

구명정

죽음과 맞서는 인간의 태도 또는 자세

135

잭 런던

불 지피기

관념이 배제된 죽음의 과정

193

마르셀 프루스트

발다사르 실방드의 죽음

삶이 죽음의 일부인가, 죽음이 삶의 일부인가

225

셔우드 앤더슨

숲속의 죽음

삶을 인상적으로 진술하는 방식

261

헤르만 헤세

크눌프

삶의 최종심

289

어니스트 헤밍웨이

킬리만자로의 눈

신이 없는 죽음과 감추지 않는 주저흔

411

샤를 루이 필리프

앨리스

독점욕이 빚어낸 특이한 죽음의 양상

469

바이올렛 헌트

마차

염세적 세계관을 배음倍音으로 한 기상곡

481

머리말

—

허무가 존재의 조건인 것처럼 죽음은 삶을 삶답게 하는 전제가 된다. 죽음이 없다면 삶은 어떤 끝없는 상태 혹은 지루한 상황의 연속으로서 그 독특한 의미를 잃고 말 것이다. 삶은 죽음 때문에 유한성에 갇히게 되지만, 또한 그 죽음 때문에 무한과도 견줄 만한 의미를 얻게 된다.

어떤 가르침은 시간의 길고 짧음에 착안해 삶을 죽음의 일부로 간주한다. 운동과 변화 없이도, 극단적으로는 그것들을 인식하는 주체조차 없어도 흐르는 절대적인 시간이 있다고 믿는 이들은 죽음 뒤에도 흐를 무한한 시간에 시선이 뺏겨 삶을 찰나로 의식한다. 그들은 삶의 덧없음을 과장하며 우리에게 죽음 쪽에 보다 많은 주의를 기울이기를 권한다.

그와는 달리 죽음을 삶의 일부로 가르치는 이들도 있다. 그들은 인식주체가 이미 쓰러져 버린 뒤의 시간에 대해 노골적인 불신을 드러내며, 그 못 미더운 무한보다는 짧지만 우리가 확실하게 소유한 이 땅에서의 시간을 굳게 움켜쥐라고 권한다. 시간은 증명할 수도 없는 절대자의 것이 아니라 다만 인식하는 자의 것일 뿐이라고 말한다.

하지만 어느 편을 믿든 죽음은 여전히 우리의 중요한 관심사다. 누구에게나 어김없이 닥쳐온다는 점만으로도 죽음을 무시할 수 있는 사람은 없다. 다만 달라지는 것이 있다면, 죽음을 대하는 태도일 뿐이다. 우러르며 예비하고 다가가야 할 대상인가, 아니면 혐오하고 두려워하며 기피할 대상인가만이 달라진다.

우리 배움의 많은 부분은 죽음에 대한 그와 같은 태도 결정과 관계되어 있다. 그리고 그 배움은 우리가 기반으로 삼고 있는 문명의 영향을 받는다. 일반적으로 동양 문명은 죽음에의 대비와 친화를 가르치고 서구 문명은 기피와 무시를 가르친다고 말해져 왔다. 현대 문명을 놓고 보면 어느 정도 맞는 말인 듯도 하지만, 실은 그것도 지역성의 문제라기보다는 시대 혹은 문명의 단계와 관련이 있어 보인다.

문명사로 보면 실패도 양쪽 모두에게 공평했다. 어떤 문명은 죽음에 지나치게 많은 것을 투자해서 멸망했고, 어떤 문명은 오직 삶을 향해 치닫다가 시들어간 듯 느껴진다. 그러나 그 어느 편도 죽음으로부터 끝내 자유롭지는 못했다.

문학이, 특히 소설이 죽음을 즐겨 다루는 것은 그런 면에서 당연하다. 고대로부터 죽음은 문학의 가장 진지한 주제이면서 또한 가장 감동적인 장치이기도 했다. 여기서는 현대 단편 소설이 어떻게 죽음을 다루고 있는지를 살펴보기로 한다.

한편 이번 개정판 2권도 일부 변동이 있다. 스티븐 크레인의 「구명정」과 마르셀 프루스트의 「발다사르 실방드르의 죽음」 두 편이 들어가고 미시마 유키오의 「우국」과 마르크 베르나르의 「연인의 죽음」이 빠진다. 「연인의 죽음」이 빠진 것은 초판의 독후감에서 썼듯, 그 작품이 죽음보다는 삼십 년이 넘는 사랑 얘기를 하는 게 아닌가 싶을 만큼 회고적인 데가 있어서다.

번역을 새로 한 작품도 하나 있다. 바로 헤르만 헤세의 「크눌프」다. 「크눌프」는 기존 중역을 직역으로 바꾸었다.

이반 일리치의 죽음

Смерть Ивана Ильича

레프 톨스토이 지음

김석희 옮김

레프 톨스토이

러시아의 대문호. 1828~1910년. 러시아 남부의 야스나야 폴랴나에
서 톨스토이 백작 집안의 넷째 아들로 태어났다. 1852년 처녀작인
자전소설 『유년시대』를 발표하여 투르게네프로부터 문학성을 인정
받기도 하였다. 1853년에는 『소년시절』을, 1856년에는 『청년시절』
을 썼다. 1853년 크림전쟁이 발발하여 전쟁에 참여했다. 당시 전쟁
경험은 훗날 그의 비폭력주의에 영향을 끼쳤다. 작품 집필과 함께 농
업 경영에 힘을 쏟는 한편, 농민의 열악한 교육 상태에 관심을 갖고
학교를 세우고 교육잡지를 간행하기도 했다. 1862년 결혼한 후 문학
에 전념해 『전쟁과 평화』, 『안나 카레니나』 등 대작을 집필, 작가로서
의 명성을 누렸다. 1899년 종교적인 전향 이후의 대표작 『부활』을 완
성했고, 중편 「이반 일리치의 죽음」과 「크로이처 소나타」를 통해 깊
은 문학적 성취를 보여주었다. 사유재산과 저작권 포기 문제로 시작
된 아내와의 불화 등으로 고민하던 중 1910년 집을 떠나 폐렴을 앓다
가 현재 톨스토이 역이 되어 있는 아스타포보 역장의 관사에서 82세
의 나이로 영면했다. 오늘날까지도 19세기 러시아 문학을 대표하는
세계적 문호로 인정받고 있다.

—

1

커다란 법원 건물. 멜빈스키 사건 공판이 진행되던 중, 휴식 시간에 판사들과 검사는 이반 예고로비치 셰베크의 집무실에 모여 이런저런 이야기를 나누다가, 저 유명한 크라소프 사건을 화제에 올렸다. 표도르 바실리예비치는 그건 자기네 관할이 아니라고 역설했고 이반 예고로비치는 반론을 폈지만, 애초부터 논쟁에 끼어들지 않은 표트르 이바노비치는 누구 편도 들지 않은 채 조금 전에 배달된 관보만 훑어보고 있었다.

"여러분!" 하고 표트르가 말했다. "이반 일리치가 죽었다는군요!"

"아니, 그게 정말입니까?"

"자, 직접 읽어보세요." 표트르 이바노비치는 이렇게 대꾸하고, 잉크가 채 마르지 않은 신문을 표도르 바실리예비치에게 건네주었다. 검은 선으로 테를 두른 부고란에는 이렇게 적혀 있었다.

'프라스코비야 표도로브나 골로비나는 깊은 애도의 뜻을 가지고 친척 및 친구 여러분께 삼가 알립니다. 저의 사랑하는 남편 이반 일리치 골로빈 판사는 1882년 2월 4일 사망했습니다. 장례식은 금요일 오후 한 시에 거행할 예정입니다.'

이반 일리치는 이 방에 모여 있는 사람들의 동료였고, 그들은 모두 그에게 호감을 가지고 있었다. 그는 몇 주 전부터 앓아누워 있었는데, 불치병이라는 것이었다. 법원에서 그가 맡고 있는 자리는 그동안 줄곧 공석으로 남아 있었지만, 그가 죽으면 그 자리에는 알렉세예프가 앉게 될 것이고, 알렉세예프의 후임으로는 빈니코프나 시타벨이 임명될 것이라는 하마평이 나돌고 있었다. 그래서 이반 일리치가 죽었다는 소식을 접하자마자 그 방에 모여 있던 이들의 머릿속에 맨 먼저 떠오른 생각은, 이반 일리치의 죽음이 그들 자신이나 친지들에게 전근이나 승진의 계기가 될지도 모른다는 것이었다.

표도르 바실리예비치는 이렇게 생각했다. '나는 이번에 틀림없이 시타벨이나 빈니코프의 자리를 얻게 될 거야. 그건 오래전부터 약속된 자리니까. 그 자리로 승진하면, 수당을 빼고도 해마다 800루블을 더 받게 돼.'

표트르 이바노비치는 이렇게 생각했다. '이번 기회에 처남을 칼루가에서 이곳으로 전근시켜달라고 신청해야겠군. 집사람도 무척 기뻐할 거야. 그렇게 되면 나더러 처가 식구들을 위해 해준 게 아무것도 없다는 말을 다시는 못하겠지.'

"이반 일리치가 병석에서 다시 일어나기는 어려울 걸로 생각하긴 했지만……." 표트르 이바노비치가 소리 내어 말했다. "정말 안됐군요."

"그런데 도대체 어디가 나빴던 겁니까?"

"그 점에 대해서는 의사들도 진단을 내리지 못했답니다. 아니, 진단할 수는 있었지만, 그 진단이라는 게 의사마다 제각각이었다지요. 내가 마지막으로 만났을 때만 해도 차츰 좋아지고 있는 줄 알았는데……."

"저는 명절 휴가가 끝난 뒤로는 뵙지 못했습니다. 문병을 가려고 늘 마음은 먹고 있었지만……."

"그건 그렇고, 재산은 있나요?"

"부인이 좀 갖고 있나 보더군요. 하지만 그것도 얼마 안 되는 모양이에요."

"조문을 가긴 해야 할 텐데, 집이 너무 멀어서……."

"당신 집에서 멀다는 뜻이겠지요. 하기야 당신 집에서는 어디나 다 머니까."

"이 친구는 내가 강 건너에 살고 있다는 게 아무래도 못마땅한 모양이군요." 표트르 이바노비치는 셰베크 쪽으로 미소를 던지면서 말했다. 그런 다음 그들은 시내의 어디서 어디까지는 거리가 얼마나 된다느니 하는 이야기를 나누다가, 이윽고 법정으로 돌아갔다.

이반 일리치의 죽음은 각자에게 전근과 승진의 계기가 될지 모른다는 기대감과 함께, 가까운 친지가 죽었을 때 으레 그렇듯이, 그 소식을 들은 사람들 모두의 마음속에 '죽은 건 그 사람이지 내가 아니야' 하는 안도감을 불러일으켰다.

그들은 저마다 '그래, 그는 죽었지만 나는 이렇게 살아 있잖아!' 하는 생각이나 느낌을 가졌다. 하지만 이반 일리치의 친지들 가운데 좀 더 가까웠던 사람들, 이른바 친구들은 예의상 장례식에 참석해 미망인에게 조의를 표하는 따위의 귀찮은 의무를 수행해야 할 것이라는 생각도 하지 않을 수 없었다.

이반 일리치와 가장 친했던 사람은 표도르 바실리예비치와 표트르 이바노비치였다. 특히 표트르 이바노비치는 이반 일리치와 법률학교를 함께 다녔으며, 그에게 여러 가지 신세를 졌다고 스스로 인정하고 있는 터였다.

저녁을 먹으면서 표트르 이바노비치는 아내한테 이반 일리치의 사망 소식을 전한 다음, 어쩌면 이번 기회에 처남을 이쪽 재판 관할구로 전근시킬 수 있을지도 모른다는 그 자신의 짐작을 털어놓았다. 평소에는 저녁식사가 끝나면 잠시 누워서 선잠을 즐기는 게 버릇이었지만, 오늘은 그것도 포기한 채 연미복을 입고 이반 일리치의 집으로 마차를 몰았다.

현관 앞에는 승용마차 한 대와 삯마차 두 대가 서 있었다. 아래층 현관홀의 옷걸이 옆에는 금속 가루로 윤을 낸 관 뚜껑이 벽에 세워져 있었는데, 금실과 술로 장식된 황금빛 천으로 덮여 있었다. 검은 상복 차림의 두 여자가 외투를 벗고 있는 참이었다. 그중 한 여자는 표트르 이바노비치가 전부터 알고 있는 이반 일리치의 누이였지만, 다른 한 사람은 처음 보는 여자였다. 동료 판사인 시바르츠가 2층에서 내려오다가 표트르 이바노비치가 들어오는 것을 보고는 걸음을 잠깐 멈추고 눈을 깜박여 보였다. 그 눈짓은 마치 '이반 일리치는 일을 망쳐 버렸지 뭐예요. 당신이나 나와는 달리……' 하고 말하는 것 같았다.

마른 체구에 연미복을 걸치고 영국식 구레나룻을 기른 시바르츠는 여느 때와 마찬가지로 점잖고 엄숙한 표정을 짓고 있었는데, 사실 이런 태도는 평소의 소탈하고 쾌활한 성격과는 대비되는 것이었다. 게다가 지금은 그 엄숙한 얼굴에 유난히 신랄한 표정이 떠올라 있었다. 아니, 표트르 이바노비치한테는 그렇게 보였다.

표트르 이바노비치는 두 여자를 먼저 가게 한 다음, 그 뒤를 따라 천천히 층계를 올라갔다. 시바르츠는 내려오지 않고 층계 위에 그대로 서 있었다. 표트르 이바노비치는 그 이유를 알아차렸다. 오늘 밤에 어디서 카드놀이를 할 것인지, 그 문제를 의논할 작정인 게 분명했다. 두 여자는 2층으로 올라가더니 미망인의 방으로 들어가버렸다. 시바르츠는 눈썹을 움직여, 빈소가 차려져 있는 오른쪽 방을 가리켰다. 입술은 심각하게 꽉 다물고 있었지만, 눈에는 장난스런 표정이 떠올라 있었다.

이런 자리에서는 누구나 다 그렇듯이, 표트르 이바노비치도 어떻게 하면 좋을까 생각하면서 빈소로 들어갔다. 이런 경우에는 성호를 긋는 것이 가장 무난하다는 것쯤은 그도 알고 있었다. 하지만 성호를 그으면서 동시에 고개를 숙여 절을 해야 하는지 어떤지에 대해서는 별로 자신이 없었다. 그래서 그는 중용을 택했다. 빈소로 들어가면서 성호를 긋기 시작하는 동시에, 고개를 살짝 숙여 절하는 시늉을 한 것이다. 그리고 머리와 팔이 움직일 수 있는 범위 안에서 재빨리 실내를 둘러보았다. 두 젊은이―고인의 조카인 듯싶었고, 그중 하나는 고등학생이었다―가 성호를 그으며 방에서 나가고 있었다. 한 노파가 꼼짝도 안 하고 가만히 서 있었고, 눈썹이 초승달처럼 묘하게 생긴 여자가 그 노파에게 뭐라고 속삭이고 있었다. 프록코트 차림의 건장하고 활기찬 부사제가 어떤 반박도 용납하지 않는 단호한 표정을 짓고, 큰 소리로 무언가를 읽고 있었다. 주방 담당 하인인 게라심이 표트르 이바노비치 앞을 가벼운 걸음으로 지나가면서 바닥에 무언가를 뿌리고 있었다. 이를 본 순간 표트르 이바노비치는 썩어가는 시체에서 희미한 악취가 풍기고 있음을 깨달았다.

이반 일리치를 마지막으로 찾아왔을 때 표트르 이바노비치는 게라심을 서재에서 본 적이 있었다. 이반 일리치는 게라심을 특히 좋아했기 때문에, 그가 병자를 수발하는 임무를 맡고 있었다. 표트르 이바노비치는 관과 부사제 그리고 한쪽 구석의 탁자 위에 놓여 있는 성상들의 중간쯤 되는 방향으로 고개를 약간 숙인 채 계속 성호를 그었다. 그러다가 문득 성호 긋는 동작이 너무 오래 계속된 것 같아, 손을 멈추고 고인의 유해를 바라보기 시작했다.

사람이 죽으면 으레 그렇듯이, 고인이 된 이반 일리치도 관

속에 유난히 묵직하게 누워 있었다. 뻣뻣해진 팔다리는 부드러운 깔개 속에 폭 파묻혀 있고, 베개 위에 얹힌 머리는 영원히 축 늘어져 있었다. 움푹 꺼진 양쪽 관자놀이 위에는 머리가 벗겨진 누르스름한 이마가 불쑥 튀어나와 있었는데, 이것은 죽은 사람의 특징이었다. 그리고 불쑥 튀어나온 코는 윗입술을 짓누르고 있는 듯이 보였다. 모습이 많이 달라져서, 표트르 이바노비치가 마지막으로 보았을 때보다 훨씬 야위어 있었지만, 모든 시체가 그렇듯이 이반 일리치의 얼굴도 살아 있을 때보다 한층 멀끔하고 무엇보다도 위엄이 있어 보였다. 그 얼굴 표정은, 필요한 일은 모두 해냈다, 그것도 올바르게 해냈다고 말하는 것 같았다. 그뿐만 아니라 그 표정에는 살아 있는 자들에 대한 비난과 경고도 담겨 있었다. 표트르 이바노비치한테는 이 경고가 다소 엉뚱하게 여겨졌다. 그는 왠지 불쾌한 기분이 들었다. 그래서 다시 한 번 서둘러 성호를 긋고는 발꿈치를 홱 돌려 밖으로 나왔다. 그렇게 서둘러 나온 것이 예의를 무시한 행동이었다는 것은 그 자신도 의식했다.

옆방에서는 시바르츠가 두 다리를 쫙 벌린 채 뒷짐 진 두 손으로 실크해트를 만지작거리면서 기다리고 있었다. 그 쾌활하고 단정하고 우아한 모습을 보자 표트르 이바노비치는 금세 기분이 상쾌해졌다. 가까운 사람이 죽으면 마음이 울적해지는 법인데, 저 친구는 이런 일에 초연해서 조금도 영향을 받지 않는구나 하고 생각했다. 시바르츠의 표정은 이렇게 말하고 있었다. '이반 일리치의 장례식이라고 해서 그것 때문에 평상시의 관례를 어길 필요는 없어. 오늘 밤에 하인이 새 양초 네 자루를 켜놓은 탁자에 둘러앉아 새 트럼프를 뜯어서 뒤섞는 일을 막지는 못할 거라는 얘기지. 요컨대 이반 일리치가 죽었다고 해서 우리가 오늘 밤을 유쾌하게 지내지 못할 이유는 전혀 없다는 말이야.' 실제로 그는 앞을 지나가는 표트르 이바노비치에게 그런 말을 속삭이면서, 표도르 바실리예비치의 집에서 열리는 카드놀이에 함께 가자고 제의했다. 하지만 표트르 이바노비치는 그날 밤 카드놀이에 참석할 운명이 아니었던 모양이다. 상복 차림의 프라스코비야 표도로브나(살을 빼기 위해 온갖 노력을 했음에도 불구하고 어깨 밑으로는 몸뚱이가 꾸준히 옆으로 퍼지고, 관 옆에 서 있던 여인처럼 눈썹이 유별나게 생긴, 땅딸막하고 살찐 여자)가 레이스로 얼굴을 가린 채, 다른 여자들과 함께 자기 방에서 나왔다. 그러고는 그 여자들을 빈소로 안내한 다음, 이렇게 말했다.

"이제 곧 예배가 시작될 거예요. 들어들 와주세요."

시바르츠는 애매한 몸짓으로 고개를 꾸벅 숙이고는 가만히 서 있었다. 그는 분명 미망인의 초대를 받아들인 것도 아니고 거절한 것도 아니었다. 그 옆에 서 있는 사람이 표트르 이바노비치라는 것을 알아본 프라스코비야 표도로브나는 한숨을 푹 내쉬면서 다가와 그의 손을 잡고 말했다. "당신을 잘 알고 있답니다. 이반 일리치의 진정한 친구셨지요……." 그러고는 이 말에 어울리는 반응이 나타나기를 기대하면서 상대를 쳐다보았다. 표트르 이바노비치는 빈소에 들어갔을 때 성호를 긋는 것이 올바른 처신이었듯이, 지금 이 장면에서는 미망인의 손을 꼭 쥐고 한숨을 쉬면서 '뭐라 드릴 말씀이 없습니다……' 하고 말해야 한다는 것을 알고 있었다. 그래서 그는 그렇게 했고, 바라던 결과를 얻었다고 느꼈다. 말하자면 자신도 감동하는 동시에 미망인도 감동시킨 것이다.

"저쪽으로 좀 가시겠어요? 예배가 시작되기 전에 말씀드리고 싶은 게 있어서요." 미망인이 말했다. "팔을 좀 빌려주세요."

표트르 이바노비치는 팔을 내밀었다. 두 사람은 시바르츠를 지나 안쪽 방으로 들어갔다. 그들이 옆을 지날 때 시바르츠는 표트르 이바노비치에게 동정하듯이 한쪽 눈을 찡긋해 보였다. 그의 표정은 이렇게 말하고 있었다. '카드놀이에 참석하기는 다 틀렸군요! 우리가 다른 사람을 구해도 언짢게 여기지 마세요. 하지만 당신이 여기서 빠져나올 수 있으면, 도중에 낄 수도 있을 거예요.'

표트르 이바노비치는 낙심하여 아까보다 훨씬 깊은 한숨을 내쉬었다. 그러자 프라스코비야 표도로브나는 감사의 뜻을 더하여 그의 팔을 꼬옥 잡았다. 분홍색 크레톤 천으로 벽을 입히고 희미한 램프가 켜져 있는 객실에 이르자 두 사람은 탁자 앞에 앉았다. 그녀는 소파에 그리고 표트르 이바노비치는 낮고 둥근 의자에 앉았는데, 그의 체중에 눌리자 스프링이 갑자기 폭 내려앉고 말았다. 프라스코비야 표도로브나는 다른 의자에 앉으라고 미리 주의를 주려고 했지만, 그런 언행이 지금 처지에 어울리지 않는다는 생각이 들어서 그만두었던 것이다. 표트르 이바노비치는 그 폭신한 의자에 앉아서, 이반 일리치가 이 객실을 꾸미기 위해 얼마나 애썼는지를 생각했다. 이반 일리치는 초록빛 나뭇잎 무늬가 박힌 이 분홍색 크레톤 천에 대해 그의 의견을 묻기도 했었다. 방은 가구와 골동품으로 가득 차 있었기 때문에, 소파로 걸어가던 미망인의 검은 레이스 숄이 복잡한 조각이 새겨진 탁자 모서리에 걸렸다. 표트르 이바노비치가 그것을 벗겨주려고 일어서자 그의 체중에서 해방된 스프링도 따라 일어나 그를 홱 떠밀었다. 미망인은 제 손으로 숄을 떼어내기 시작했다. 그래서 표트르 이바노비치는 다시 의자에 앉아 건방진 스프링을 엉덩이로 짓눌렀다. 하지만 미망인은 좀처럼 숄을 떼어내지 못했다. 그래서 표트르 이바노비치는 다시 일어났고, 의자는 다시 반란을 일으켰다. 게다가 이번에는 삐걱거리는 소리까지 냈다. 이런 소동이 겨우 끝나자 미망인은 깨끗한 아마포 손수건을 꺼내들고 흐느끼기 시작했다. 그러나 표트르 이바노비치의 감정은 숄이 탁자 모서리에 걸린 사고와 둥근 의자와의 투쟁 때문에 어느덧 차갑게 식어버렸다. 그래서 그는 시무룩한 표정으로 멀뚱히 앉아 있었다. 이 거북한 상황을 중단시킨 것은 이반 일리치의 집사인 소콜로프였다. 소콜로프는 객실로 들어오더니, 마님께서 고른 묏자리 값이 200루블이라고 보고했다. 미망인은 울음을 그치고 희생자 같은 표정으로 표트르 이바노비치를 쳐다보면서, 남편의 죽음이 자기한테는 너무 가혹한 시련이라고 프랑스어로 말했다. 표트르 이바노비치는 무언의 몸짓으로 충분히 이해한다는 뜻을 전했다.

"자, 담배 태우세요." 그녀는 관대하지만 슬픔에 짓눌린 듯한 목소리로 말하고는, 소콜로프와 묏자리 값을 의논하려고 고개를 돌렸다.

표트르 이바노비치는 담배를 피우면서, 그녀가 묘지의 다른 묏자리 값을 자세히 묻고 나서 마침내 적당한 묏자리를 결정할 때까지의 자초지종을 들을 수 있었다. 그 일이 끝나자 미망인은 합창대를 고용하는 문제에 대해 지시를 내렸다. 이윽고 소콜로프가 방을 나갔다.

"모든 걸 제가 직접 처리하고 있답니다." 그녀는 탁자 위에 놓여 있는 방명록을 치우면서 표트르 이바노비치에게 말했다. 그러다가 그의 담뱃재가 탁자로 금방 떨어지려는 것을 알아차리고, 얼른 그에게 재떨이를 건네면서 말했다. "너무 슬퍼서 일이 손에 안 잡힌다고 말하는 건 위선이라고 생각해요. 저는 오히려 그 반대예요. 그이를 위한 일에 신경을 쓰다 보면 주의를 다른 데로 돌릴 수 있어서 좋답니다. 그게 위안을 준다고는 말할 수 없지만……." 그녀는 또다시 울음을 터뜨릴 것처럼 손수건을 꺼내더니, 갑자기 감정을 억누르듯 고개를 젓고 나서 차분한 투로 말을 꺼냈다. "그건 그렇고, 꼭 말씀드리고 싶은 게 있답니다."

표트르 이바노비치는 허리를 굽혀 보였다. 그러자 그 즉시 스프링이 엉덩이 밑에서 요동치기 시작했기 때문에 얼른 앉음새를 고쳐 스프링을 억눌렀다.

"그이는 마지막 며칠 동안 너무나 심하게 고통을 겪었답니다."

"그랬습니까?" 표트르 이바노비치가 대꾸했다.

"정말 지독했어요. 몇 분이 아니라 몇 시간 동안이나 끊임없이 비명을 질러댔으니까요. 돌아가시기 사흘 전부터는 쉴 새 없이 비명을 질러댔답니다. 정말 견딜 수가 없었어요. 그걸 어떻게 견뎌냈는지, 저 자신도 모르겠어요. 세 칸이나 떨어져 있는 방에서도 들릴 정도였답니다. 하지만 전 그걸 다 견뎌냈어요."

"그동안 줄곧 의식은 있었습니까?" 표트르 이바노비치가 물었다.

"그럼요." 그녀는 속삭이듯 말했다. "마지막 순간까지요. 그이는 숨을 거두기 십오 분 전에 우리한테 작별을 고하고, 볼로댜를 밖으로 데리고 나가라는 말까지 했는걸요."

어릴 적에는 개구쟁이 동무로, 학교에서는 단짝으로, 어른이 되어서는 동료로 가깝게 지낸 친구가 그토록 고통을 겪었구나 생각하자 표트르 이바노비치는 자신과 미망인의 가식적인 태도를 의식하고 불쾌감을 느끼면서도 갑자기 공포에 사로잡혔다. 관 속에 누워 있던 이반 일리치의 이마와 입술을 짓누를 듯 내려와 있던 코가 다시금 눈앞에 떠올랐다. 그러자 자신도 그렇게 되지나 않을까 하는 불안이 그를 휩쌌다.

'사흘 동안이나 끔찍한 고통을 겪은 뒤에 죽다니! 나한테도 그런 일이 언제 갑자기 닥칠지 몰라.' 이렇게 생각하자 그는 잠시 겁에 질렸다. 하지만 다음 순간, 어찌 된 영문인지는 그 자신도 알 수 없었지만, 다시금 판에 박힌 생각이 머리에 떠올랐다. '그건 내가 아니라 이반 일리치한테 일어난 일이야. 나한테는 절대로 그런 일이 일어나지 않아. 그럴 리가 없어. 그런 일이 일어날 수도 있다고 생각하면 공연히 기분만 우울해질 뿐이야. 시바르츠의 표정이 보여주었듯이 우울증에 굴복하면 안 돼.' 이런 식으로 생각하자 마음이 한결 놓였다. 그래서 그는 다시금 기운을 내어, 죽음이란 이반 일리치에게는 지극히 자연스러운 일이지만 자기한테는 절대로 자연스러운 일이 아니라는 듯한 태도로, 임종 당시의 상황에 흥미를 가지고 상세하게 묻기 시작했다.

미망인은 이반 일리치가 겪은 끔찍한 육체적 고통을 소상하게 설명하고 나서(아니, 실제로는 남편의 고통이 자기 신경에 어떤 영향을 주었는가에 대해서만 이야기했고, 표트르 이바노비치는 이 이야기를 통해 이반 일리치의 고통을 간접적으로 알 수 있었을 뿐이다), 이제는 용건을 꺼낼 때가 되었다고 생각한 모양이었다.

"아, 표트르 이바노비치 씨, 정말 괴로운 일이에요. 너무 힘들어서 견딜 수가 없어요!" 그녀는 다시 흐느끼기 시작했다.

표트르 이바노비치는 한숨을 내쉬고 그녀가 코를 다 풀 때까지 잠자코 기다렸다. 그런 뒤에 그가 말했다. "저를 믿으세요……." 그러자 미망인은 다시 입을 열어 본론을 꺼냈다. 이것이야말로 그녀의 가장 중요한 관심사임이 분명했다. 남편이 죽었을 때 정부로부터 연금을 받아내려면 어떻게 해야 하느냐—이것이 그를 따로 만난 용건이었다. 그녀는 자기가 받을 연금에 대해 표트르 이바노비치의 조언을 청하고 있는 척했지만, 거기에 대해서는 이미 자세히 알고 있다는 것을 그는 금세 알아차렸다. 그 문제에 관해서는 표트르 이바노비치보다 훨씬 자세히 알고 있음이 분명했다. 정부로부터 받는 남편의 사망 연금이 얼마인지는 이미 알고 있었지만, 좀 더 많이 우려낼 수 있는 방법은 없는지를 알고 싶었던 것이다. 표트르 이바노비치는 그 방법을 생각해내려고 애썼지만, 잠시 생각한 뒤에 예의상 정부의 인색함을 비난하고는, 아무래도 그 이상 받아낼 수 있는 방법은 없는 것 같다고 대답했다. 그러자 미망인은 한숨을 폭 내쉬더니, 이제는 손님한테서 벗어날 궁리를 시작한 게 분명했다. 이를 눈치챈 그는 담뱃불을 끄고 일어나서 그녀의 손을 한 번 잡아준 다음 대기실 쪽으로 걸어갔다.

이반 일리치가 골동품가게에서 사들여 애지중지한 벽시계

가 걸려 있는 식당에서 표트르 이바노비치는 조문하러 온 사제와 몇몇 친지를 만났다. 이반 일리치의 딸도 눈에 띄었는데, 젊고 아름다운 그녀는 검은 상복을 입고 있어서, 평소에도 날씬한 몸매가 그날따라 더욱 날씬해 보였다. 그녀는 울적하면서도 단호한 표정으로 표트르 이바노비치에게 인사를 했는데, 거의 성난 듯한 표정 때문에 그 태도가 마치 아버지의 죽음이 어떤 면에서는 그의 책임이라도 되는 양 비난하는 것 같았다. 그녀 뒤에는 표트르 이바노비치와도 안면이 있는 예심 판사가 역시 성난 듯한 표정으로 서 있었는데, 그 부유한 젊은이가 이반 일리치의 딸과 약혼했다는 소식은 벌써 알고 있었다. 그는 두 사람에게 고개를 숙여 조의를 표한 다음, 빈소로 들어가려고 했다. 바로 그때, 층계 밑에서 이반 일리치를 빼다 박은 아들의 모습이 나타났다. 고등학생인 이 아들은 표트르 이바노비치의 기억에 남아 있는 법률학교 시절의 이반 일리치와 똑같았다. 두 눈은 눈물로 얼룩져 있었지만, 그 눈 속에는 동정을 잃은 열서너 살짜리 소년들에게서 흔히 볼 수 있는 표정이 떠올라 있었다. 이반 일리치의 아들은 표트르 이바노비치를 보고는 수줍은 듯이 시무룩하게 얼굴을 찡그렸다. 표트르 이바노비치는 그에게 고개를 약간 끄덕여 보이고는 곧장 빈소로 들어갔다. 예배가 시작되었다. 양초, 신음하는 듯한 목소리, 향내, 눈물, 흐느끼는 소리. 표트르 이바노비치는 침울하게 발치를 내려다보며 서 있었다. 시체 쪽으로는 한 번도 눈길을 돌리지 않았으며, 우울한 분위기에 영향을 받지도 않았고, 누구보다 먼저 그 방에서 나왔다. 대기실에는 아무도 없었다. 그러나 게라심이 빈소에서 재빨리 뛰어나와 억센 두 손으로 옷걸이를 들쑤셨다. 그리고 마침내 표트르 이바노비치의 외투를 찾아내 그에게 입혀주었다.

"이보게, 게라심." 뭔가 한마디 해야 할 것 같아서 표트르 이바노비치는 이렇게 말했다. "정말 슬픈 일이야. 안 그래?"

"하느님의 뜻이지요. 결국 누구나 죽으니까요." 게라심이 건강한 농부처럼 희고 고른 치아를 드러내며 말했다. 그러고는 마치 다급한 일을 하고 있는 사람처럼 힘차게 현관문을 열고, 마부를 부르고, 표트르 이바노비치를 부축하여 마차에 태우더니 아직도 해야 할 일이 많다는 듯이 현관 쪽으로 급히 달려갔다.

향내와 시체 썩는 냄새와 석탄산 냄새를 맡은 뒤라, 표트르 이바노비치에게는 밤공기가 유난히 상쾌하게 느껴졌다.

"어디로 모실까요?" 마부가 물었다.

"아직 그렇게 늦진 않았군……. 표도르 바실리예비치네 집으로 가볼까."

표도르 바실리예비치의 집에 도착해보니 첫 번째 승부가 막 끝난 참이었다. 중간에 끼어들기에 딱 좋은 순간에 도착한 셈이었다.

2

이반 일리치의 인생은 너무나 단순하고 평범했으며, 그래서 너무나 끔찍했다.

그는 판사로 있다가 마흔다섯 살에 세상을 떠났다. 그의 부친은 상트페테르부르크(당시의 러시아 수도였다 - 옮긴이)의 여러 부서에서 근무한 끝에 어느 정도 출세한 관리였다. 그런데 이런 자들은 책임 있는 자리에 앉을 만한 능력이 분명 없음에도 불구하고 오랫동안 봉직했다는 이유만으로 파면당하는 일도 없이, 억지로 만든 허울뿐인 자리를 차지하고 앉아, 그 지위에 따라 나오는 6,000 내지 1만 루블의 연봉—이것은 결코 허울이 아닌 진짜 돈이다—을 받으며 늙을 때까지 오래오래 살아간다.

여기저기 있으나 마나 한 관서에서 있으나 마나 한 자리를 맡고 있던 추밀 고문관 일리야 예피모비치 골로빈도 바로 그런 위인이었다.

그는 세 아들을 두었는데, 이반 일리치는 둘째 아들이었다. 맏아들은 부서는 다르지만, 아버지가 걸어온 출세의 길을 그대로 밟은 끝에 이제는 벌써 아버지와 비슷한 한직을 차지할 수 있는 단계에 다가가고 있었다. 셋째 아들은 낙오자였다. 그는 수많은 자리를 전전하는 가운데 장래를 스스로 망쳐버렸고, 그래서 지금은 철도국에 한자리를 얻어 근무하고 있었다. 아버지와 형들은 물론이고 형수들은 더욱 그를 만나기 싫어했으며, 어지간한 경우가 아니면 그의 존재를 기억하는 것조차 꺼렸다. 누이는 그레프 남작한테 시집을 갔는데, 이자는 장인과 비슷한 유형의 관리였다. 이반 일리치는 흔히 말하는 '집안의 자랑거리'였다. 그는 형처럼 냉정하고 고지식한 인간도 아니고, 그렇다고 동생처럼 주책없는 인간도 아니었다. 말하자면 그 중간쯤 되는, 지적이고 세련되고 활기차고 사교적인 인물이었다. 그는 동생과 함께 법률학교에서 공부했는데, 동생은 5학년 때 퇴학당하고 말았지만, 이반 일리치는 우수한 성적으로 졸업했다. 그는 법률학교에 다닐 때나 졸업한 뒤에나 전혀 변함이 없었다. 말하자면 그는 평생 동안 유능하고 쾌활하고 싹싹하고 사교적인 남자, 하지만 자신의 의무로 여기는 일은 엄격하게 실행하는 남자였던 것이다. 그리고 그가 자신의 의무로 여기는 일은 높은 양반들이 그의 의무로 생각하는 일, 바로 그것이었다. 소년 시절에도, 어른이 된 뒤에도 그는 결코 남에게 아첨하는 일이 없었지만, 파리가 빛에 끌려들듯 지체 높은 사람들에게 마음이 끌리는 것은 아주 어릴 때부터 그의 천성이었다. 그는 이런 사람들의 생활방식과 인생관을 배우는 한편, 그들과 친밀한 관계를 맺었다. 어린 시절과 젊은 시절의 온갖 열정은 그에게 별다른 흔적을 남기지 않고 지나갔다. 그는 정욕과 허영에도 몸을 내맡겼고, 나중에 상급학년이 되었을 때는 자유사상에도 물들었지만, 본능적으로 옳다고 느낄 수 있는 한계를 벗어난 적은 한 번도 없었다.

법률학교 시절에 그는 어떤 일들을 저질렀는데, 이런 행위는 스스로도 몹시 불쾌한 일로 여겼던 것들로 그런 짓을 하는 중에도 자신에 대해 혐오감을 느꼈다. 하지만 그 후 지체 높은 사람들도 다 그런 짓을 하고 있으며 그러고도 별로 나쁘게 생각하지 않는다는 사실을 알고 나서는, 그 행위 자체를 옳은 일이라고 생각할 수는 없었지만 그것을 깨끗이 잊어버릴 수 있었고, 어쩌다 생각이 나더라도 후회하는 일은 없게 되었다.

법률학교 졸업과 동시에 십등관 자격을 취득한 이반 일리치는 필요한 준비를 갖추기 위해 아버지한테 돈을 받아 상류층이 이용하는 샤르메르 양복점에서 옷을 맞추고, 시곗줄에 '레스피케 피넴'(respice finem. '결과를 생각하라'는 뜻의 라틴어 - 옮긴이)이라고 새겨진 메달을 달고, 교수들과 학교 후원자인 공작에게 작별인사를 하고, 일류 식당에서 친구들과 송별연을 가진 다음, 최고급 상점에서 구입한 물품들—새로 유행하는 가방과 옷, 면도기를 비롯한 세면도구, 여행용 담요—을 들고 부임지로 떠났다. 그는 아버지가 주선해준 덕분에 그곳 주지사의 특별보좌관으로 일하게 되었다.

이반 일리치는 법률학교 시절에 그랬던 것처럼 지방 관리라는 자리도 금세 편안하고 기분 좋은 것으로 만들어버렸다. 그는 공무를 수행하고 경력을 쌓는 한편, 유쾌하고 품위 있게 쾌락도 즐겼다. 이따금 시골 지역을 공식 방문하여 상급자와 하급자에게 똑같이 위엄 있게 처신했으며, 스스로 자부심을 느끼지 않을 수 없는 엄격함과 공평무사함으로 주어진 임무를 충실히 수행했는데, 그가 맡은 임무는 주로 분리파(17세기에 전례 개혁을 거부하고 러시아 정교회에서 떨어져 나간 보수파 — 옮긴이)와 관련된 것이었다.

그는 아직 젊은 나이여서 가벼운 쾌락을 좋아했지만, 그럼에도 공적인 문제에 있어서는 지나칠 만큼 신중하고 꼼꼼하고 엄격하기까지 했다. 하지만 사교계에서는 재미있고 재치 있는 인물로 알려져 있었다. 그는 언제나 싹싹하고 몸가짐이 단정했다. 그래서 주지사 부부—그는 이들과 한 가족처럼 지냈다—는 그를 '착한 아이'라고 부르곤 했다.

이 지방에서 근무하는 동안 그는 젊고 똑똑한 법률가에게 접근한 한 유부녀와 관계를 가졌고, 재단사 아가씨와 연애한 적도 있었다. 그리고 그 지방을 방문한 시종무관들과 흥겨운 술잔치를 벌이고, 만찬이 끝나면 수상쩍은 평판이 나 있는 외딴 거리로 몰려가기도 했다. 주지사는 물론 주지사 부인한테도 다소 알랑거리는 면이 있었지만, 아첨도 품격 있게 했기 때문에 나쁘게 말할 수는 없었다. 이런 일은 모두 '청년의 실수는 너그럽게 봐줘야 한다'는 프랑스 격언에 해당되는 것이었다. 그는 깨끗한 손으로, 깨끗한 셔츠를 입고, 프랑스어를 지껄이면서 그리고 무엇보다도 상류층 사람들과 함께 그런 짓을 저질렀고, 따라서 지체 높은 사람들의 승인을 받은 거나 마찬가지였다.

이렇게 오 년 동안 근무한 뒤에 이반 일리치의 공직 생활에
변화가 찾아왔다. 새로운 사법제도가 실시되어 새로운 인물
들이 필요해진 것이다. 이반 일리치는 바로 그 새로운 인물이
되었다. 그는 예심판사를 해보지 않겠느냐는 제의를 받았다.
이 자리는 다른 지방에 있었기 때문에, 지금까지 이루어놓은
연줄을 포기하고 새로운 연줄을 쌓아올려야 했음에도 불구하
고, 그는 이 제의를 기꺼이 받아들였다. 친구들은 송별연을 베
풀어주었고, 기념사진도 함께 찍었으며, 은제 담배 케이스를
작별 선물로 주었다. 이렇게 해서 그는 새 임지로 길을 떠났던
것이다.

이반 일리치는 예심판사가 된 뒤에도 주지사의 특별보좌관
으로 일할 때처럼 공무와 사생활을 엄격히 구분했으므로 널
리 존경을 받았다. 그리고 예심판사의 직무는 전보다 훨씬 재
미있고 매력적이었다. 전에는 샤르메르가 재단한 약식 관복
을 입고, 주지사와의 접견을 기다리는 청원자들과 관리들 사
이를 지나가는 것이 그렇게 유쾌할 수 없었다. 그가 주지사와
함께 차를 마시고 흡연을 즐기기 위해 느긋한 걸음걸이로 스
스럼없이 지사실로 곧장 들어가면 사람들은 모두 그를 부러
워했다. 하지만 그가 자기 뜻대로 다룰 수 있는 사람은 그리
많지 않았다. 그런 사람은 특별 임무를 띠고 지방을 방문했을
때 만나는 경찰관과 분리파 사람들뿐이었다. 그는 이들을 정

중하게, 친구끼리처럼 격의 없이 대하기를 좋아했다. 우리를 누를 수도 있는 권한을 가진 사람이 이렇게 겸손하고 솔직하게 우리를 대하고 있구나 하는 느낌을 그들에게 주려는 것 같았다. 그때는 그런 사람이 별로 많지 않았지만, 이제 예심판사가 된 이반 일리치는 모든 사람이 자기 손아귀에 들어 있다는 것을 느꼈다. 아무리 영향력 있고 거만한 사람도 예외는 아니었다. 종이에 몇 자 끄적거리기만 하면, 아무리 거들먹거리는 유력자라도 피고나 증인으로 그 앞에 끌어낼 수 있었다. 그리고 그가 그들을 자리에 앉히지 않으면, 그들은 계속 선 채로 심문에 대답할 수밖에 없었다. 하지만 이반 일리치는 결코 자신의 권력을 남용하지 않았다. 남용하기는커녕 반대로 그 권력을 부드럽게 표현하려고 애썼다. 하지만 이 권력을 의식하고, 마음만 먹으면 그 권력의 효과를 누그러뜨릴 수도 있다는 사실을 의식하는 것은 그의 직무를 더욱 재미있고 매력적인 것으로 만들어주었다. 그는 일할 때, 특히 사람들을 심문할 때 사건의 법률적 측면과 관계없는 사항은 모조리 배제하여, 아무리 복잡한 사건도 서류에 나타나 있는 외면적인 형태만으로 축소해버리는 요령을 금세 터득했다. 그는 그 문제에 대한 자신의 개인적 의견은 완전히 배제하고, 법에 규정된 형식적 절차는 빠짐없이 준수했다. 예심판사는 새로 생긴 직책이었고, 이반 일리치는 1864년에 새로 제정된 법률(1861년에 농노해방이 이루어진 뒤 사법 절차가 포괄적으로 철저하게 개혁되었다 - 옮긴이)을 실제로 적용한 선구자들 가운데 한 사람이었던 것이다.

낯선 도시에서 예심판사 자리에 앉자마자 그는 새로운 친지와 연줄을 만들어 그 새로운 발판을 딛고 올라섰다. 하지만 이번에는 전과는 약간 다른 태도를 취했다. 그 지방의 행정관들한테는 다소 위엄 있고 냉담한 태도를 취한 반면, 시내에 살고 있는 법관들과 부유한 유지들 중에서 괜찮은 이들을 골라 어울리면서, 정부에 다소 불만을 가진 온건한 자유주의자이자 개명한 시민 같은 태도를 취했던 것이다. 그와 동시에 그는 턱수염을 깎지 않고 제멋대로 자라도록 내버려두었다. 하지만 우아하게 몸단장하는 것은 여전했다.

이반 일리치는 이 낯선 도시에 기분 좋게 정착했다. 주지사에게 반감을 갖고 있는 사교계는 그에게 우호적이었고, 봉급도 전보다 더 많아졌다. 그는 카드놀이에도 손을 대기 시작했는데, 이것은 생활에 적잖은 즐거움을 더해주었다. 그는 카드에 소질이 있었고, 언제나 기분 좋게 게임을 했을 뿐 아니라, 계산이 빠르고 정확해 대개 돈을 땄기 때문이다.

이곳에서 두 해를 보냈을 때 그는 미래의 아내가 될 여성을 만났다. 프라스코비야 표도로브나 미헬은 그가 새로 들어간 사교계에서 가장 매력적이고 총명하고 멋진 아가씨였다. 이반 일리치는 장난삼아 그녀와 가벼운 관계를 맺었는데, 이것은 예심판사의 고달픈 임무를 잠시나마 잊게 해주는 여러 가지 즐거움과 기분전환 가운데 하나일 뿐이었다.

주지사의 특별보좌관으로 일할 때는 춤을 자주 춘 편이었지만, 예심판사가 된 뒤로는 춤을 추는 것이 예외적인 일이었다. 이제는 개혁된 새로운 체제 밑에서 일하는 예심판사이고 직위도 오등관이 되었지만, 춤이라면 대부분의 사람들보다 훨씬 잘 출 수 있다는 것을 보여주기 위해 춤을 추는 것 같았다. 그래서 종종 저녁에 그는 프라스코비야 표도로브나와 춤을 추었고, 주로 춤을 추는 동안엔 그녀의 마음을 사로잡았다. 그녀는 그에게 홀딱 반해버렸다. 이반 일리치도 처음에는 결혼할 생각이 조금도 없었지만, 아가씨가 자기한테 홀딱 반한 것을 알고는 속으로 생각했다. '사실 결혼해선 안 될 이유도 없지 않은가?'

　프라스코비야 표도로브나는 좋은 가문에서 태어났고, 용모도 못생긴 편이 아닌 데다 재산도 약간 가지고 있었다. 이반 일리치는 좀 더 멋진 배우자를 만나고 싶었지만, 이 아가씨도 그만하면 괜찮았다. 그는 봉급을 받고 있고, 그녀에게도 그 정도 수입은 있을 거라고 기대했다. 게다가 그녀는 좋은 연줄을 갖고 있었고, 상냥하고 예쁜 아가씨였다. 말하자면 나무랄 데가 전혀 없는 참한 신붓감이었다. 이반 일리치가 프라스코비야 표도로브나와 결혼한 것은 그가 신부를 사랑하고 그녀에게서 그의 인생관에 대한 공감대를 발견했기 때문이라고 말하는 것은, 그가 속해 있는 사교계가 이 결혼을 찬성했기 때문에 그녀와 결혼했다고 말하는 것과 마찬가지로 잘못된 것이다. 사실은 이 두 가지 이유가 모두 그에게 영향을 주었다. 이 결혼은 그에게 개인적인 만족을 가져다줄 테고, 그의 친지들 가운데 가장 지위가 높은 사람들도 그와 프라스코비야 표도로브나를 잘 어울리는 한 쌍으로 생각했다. 그렇게 해서 이반 일리치는 결혼했다.

결혼을 준비하는 과정은 무척 즐거웠다. 다정한 애무와 새 가구, 새 그릇, 새 침구와 더불어 시작된 신혼생활도 아내가 임신할 때까지는 무척 즐거웠다. 그래서 이반 일리치는 편안하고 기분 좋고 유쾌하고 항상 품위 있는 그의 생활—사회가 좋게 생각하고 그 자신이 당연하게 여기고 있는 생활—을 결혼이 망치기는커녕, 오히려 더 좋게 개선해줄 거라고 생각하기 시작했다. 하지만 아내가 임신한 직후부터, 지금까지 없었던 불쾌하고 우울하고 꼴사나운 그리고 달아날 수도 없는 일들이 뜻밖에 불쑥불쑥 모습을 드러냈다. 아내는 아무런 이유도 없이—이반 일리치는 아내가 '심술로' 그런다고 생각했다—유쾌하고 점잖은 생활을 어지럽히기 시작했다. 말하자면 아무런 이유도 없이 질투하기 시작했고, 남편이 오직 자기한테만 관심을 쏟아주기를 기대했고, 사사건건 트집을 잡았고, 교양과 예의라고는 찾아볼 수 없는 추태를 보이기도 했던 것이다.

처음에 이반 일리치는 지금까지 자기를 도와준 느긋하고 고상한 태도를 취하면 이 불쾌한 상황에서 벗어날 수 있을 거라고 생각했다. 그래서 그는 아내의 불쾌한 기분을 무시하고, 여전히 여느 때처럼 편안하고 유쾌하게 지내려고 애썼다. 친구들을 집에 초대하여 카드놀이를 즐기기도 하고, 클럽에 나가거나 친구들과 함께 저녁 시간을 보내기도 했다. 그런데 하루는 아내가 거친 말로 그를 나무라기 시작하더니, 그 뒤로는 남편이 자기 요구를 들어주지 않을 때마다 욕설을 퍼붓는 것이었다. 남편이 굴복할 때까지, 그러니까 남편이 집에 남아서 자기와 마찬가지로 따분하고 울적해질 때까지 절대 물러서지 않겠다고 단단히 결심한 모양이었다. 이렇게 되자 이반 일리치는 불안해졌다. 부부생활—적어도 프라스코비야 표도로브나와의 부부생활—이 반드시 생활에 만족과 즐거움을 가져다주는 것은 아니고, 반대로 안락과 고상함을 침해하는 경우가 많다는 것, 따라서 그런 침해를 당하지 않도록 울타리를 쳐서 자신을 방어해야 한다는 것을 그는 비로소 깨달았다. 그래서 이반 일리치는 방법을 모색하기 시작했다. 그의 공적 임무는 프라스코비야 표도로브나를 위압할 수 있는 방법의 하나였다. 이반 일리치는 자신의 지위와 거기에 따르는 직무를 이용해, 아내를 상대로 자신의 독립성을 지키기 위한 투쟁을 개시했다.

아이가 태어나자 젖을 먹이려는 노력과 다양한 실수가 매일같이 되풀이되었고, 산모와 아이는 실제로 병을 앓기도 하고 가공의 병에 걸리기도 했다. 아내는 당연히 이반 일리치의 관심을 요구했지만, 그는 양육이나 질병에 대해 전혀 아는 바가 없었다. 아이 때문에 엉망이 되어버린 가정에서 벗어나 바깥 생활을 확보해야 할 필요성은 훨씬 더 절박해졌다.

아내의 신경질이 늘어나고 잔소리가 심해질수록 이반 일리치는 생활의 중심을 점점 더 공적인 활동으로 옮겨갔다. 그래서 한층 더 근무에 충실하게 되었고, 전보다 더 큰 야심을 품게 되었다. 결혼한 지 일 년도 지나기 전에 이반 일리치는 결혼이 생활을 좀 더 편안하게 해줄 수는 있지만 실제로는 너무나 복잡하고 힘겨운 일이라는 것을 깨달았다. 결혼에 대한 의무를 수행하려면, 다시 말해서 사회가 바람직하게 여기는 품위 있는 생활을 꾸려나가기 위해서는, 결혼에 대해서도 공적 임무를 처리하듯 일정한 태도를 취해야 한다는 것이 그가 도달한 결론이었다.

그래서 이반 일리치는 부부생활에 대해서도 그런 태도를 취하기 시작했다. 그는 결혼생활이 자신에게 줄 수 있는 편리함—아내가 차려주는 식사, 집안 살림, 잠자리 따위—과 세상 이목이 요구하는 점잖은 외적 형식 이외에는 아무것도 바라지 않았다. 그 밖에 그가 바란 것이 있다면 유쾌한 즐거움과 고상함이었고, 그것을 발견했을 때는 무척 고마워했다. 하지만 아내가 대들거나 불만을 토로하면 그는 당장에 공적 임무라는 자신만의 세계로 달아나버렸다. 울타리를 둘러친 이 안전한 세계에서 그는 만족을 찾아냈다.

이반 일리치는 훌륭한 관리라는 평판을 얻었으며, 삼 년 뒤에는 검사보로 승진했다. 새로운 임무, 그 중요성, 마음만 먹으면 아무나 기소하여 감옥에 처넣을 수 있는 가능성, 그의 논고가 얻은 평판 그리고 이 모든 일에서 거둔 성공은 그를 더욱 직무에 충실하도록 만들었다.

아이들이 잇따라 태어났다. 아내는 점점 잔소리가 심해지고 걸핏하면 화를 냈지만, 이반 일리치는 가정생활에 대한 태도를 바꾸지 않았기 때문에 아내의 불평에도 거의 영향을 받지 않았다.

이 도시에서 칠 년 동안 일한 뒤 그는 검사로 승진해 다른 지방으로 전근을 가게 되었다. 이반 일리치 일가는 새로운 임지로 이사했지만, 돈이 부족해서 아내의 마음에 드는 집을 구하지 못했다. 봉급이 오르긴 했지만 생활비는 더 많이 늘어났고, 게다가 두 아이가 죽은 뒤로는 가정생활이 더욱 불쾌한 것이 되었다.

프라스코비야 표도로브나는 새로 이사한 곳에서 겪는 불편을 모두 남편 탓으로 돌렸다. 부부 사이의 대화, 특히 아이들 양육에 관한 대화는 언제나 이전의 말다툼만 되살리는 방향으로 이어졌고, 그런 말다툼은 금방이라도 다시 불꽃을 튀길 것만 같았다. 이따금 서로 사랑하는 기간이 이들 부부에게 찾아올 때도 있었지만, 그리 오래가지는 못했다. 그것은 마치 작은 섬에 잠시 닻을 내렸다가 서로 냉담한 태도를 드러내는 적개심이라는 거친 바다로 다시 떠나는 것과 같았다. 부부 사이의 이런 냉담한 관계를 있어서는 안 될 일로 생각했다면, 이반 일리치는 아마 깊은 슬픔에 빠졌을지도 모른다. 하지만 그는 그런 상태를 지극히 정상적인 것으로 여겼고, 심지어는 그것을 가정생활에서 추구해야 할 목표로 삼기까지 했다. 그의 목표는 이 같은 가정생활의 불쾌함으로부터 점점 자유로워지는 것 그리고 그런 불쾌함을 무해하고 고상한 겉치레로 꾸미는 것이었다. 그는 가족과 보내는 시간을 점점 줄이는 방법으로 이 목적을 달성했다. 그리고 어쩔 수 없이 집에 있을 때는 손님들을 끌어들여 자신의 진지를 안전하게 지키려고 했다. 하지만 가장 중요한 것은 그가 공적인 임무를 가지고 있다는 점이었다. 이제 그의 관심은 온통 공적인 세계에만 쏠려 있었고, 그는 여기에 완전히 몰두하여 다른 데 관심을 돌릴 여유가 없었다. 마음만 먹으면 누구든지 파멸시킬 수 있다는 권력 의식, 법정에 들어설 때의 위엄 있는 모습, 부하 직원들과의 회의, 상급자 및 하급자들과의 성공적인 관계 그리고 무엇보다도 사건을 처리하는 능숙한 솜씨—이 모든 것은 동료들과 잡담을 나누거나 식사를 같이하거나 카드놀이를 하는 것과 더불어 그에게 커다란 즐거움을 주었고 그의 생활을 가득 채우고 있었다. 그래서 이반 일리치의 생활은 그가 바라는 대로 즐겁고 고상하게 계속되었다.

그렇게 또다시 칠 년이 흘렀다. 맏딸은 벌써 열여섯 살이 되었고, 아이가 또 하나 죽어서 아들은 하나밖에 남지 않았는데, 이제 고등학생인 이 외아들이 부부 사이에 불화를 일으키는 원인이었다. 이반 일리치는 아들을 법률학교에 보내고 싶었지만, 프라스코비야 표도로브나는 남편한테 심술을 부리느라 일부러 아들을 일반 고등학교에 넣어버렸다. 딸애는 집에서 교육을 받았는데 성과가 꽤 좋았다. 아들도 성적은 그리 나쁘지 않았다.

3

이반 일리치는 결혼한 뒤 십칠 년 동안 그렇게 살았다. 그는 이미 법무부의 고참 검사였고, 몇 차례의 전근 제의가 있었지만 이를 고사하고 좀 더 괜찮은 자리가 나기를 기다리고 있었다. 그러던 어느 날, 예기치 않은 불쾌한 사건이 일어나 그의 평온한 생활을 뒤죽박죽으로 만들어놓았다. 그는 어느 대학 도시의 재판장 자리가 당연히 자기한테 돌아오리라고 잔뜩 기대하고 있었는데, 어찌 된 영문인지 고폐라는 자가 그를 앞질러 그 자리에 임명된 것이었다. 이반 일리치는 화가 나서 고폐를 비난했고, 고폐는 물론 상관들과도 다툼을 벌이고 말았다. 그러자 상관들은 그에게 더욱 냉담해졌으며, 다른 자리가 비어도 또다시 그를 제쳐놓고 다른 사람을 임명했다.

그것은 1880년의 일로, 이반 일리치의 생애에서 가장 견디기 힘든 해였다. 게다가 봉급이 생활비에도 부족하다는 사실, 그가 주위로부터 완전히 소외되었다는 사실, 그에게는 가장 잔인하고 부당한 처사가 다른 사람들에게는 지극히 정상적인 일로 여겨진다는 사실이 분명해진 것도 그 무렵이었다. 아버지조차도 그를 돕는 것을 자신의 의무라고 생각하지 않았다. 이반 일리치는 모든 사람으로부터 버림받은 기분이었다. 그렇게 열심히 일해도 연봉이 3,500루블에 불과한 것을 다른 사람들은 지극히 정상적인 것으로 여겼고, 심지어는 그가 운이 좋다고 생각하는 사람도 있는 것 같았다. 그에 대한 부당한 처사와 아내의 끊임없는 바가지 그리고 분수에 넘치는 생활 덕분에 쌓여가는 빚으로 그의 처지가 정상적인 것과는 거리가 멀다는 사실을 아는 사람은 오직 이반 일리치 자신뿐이었다.

그해 여름에 그는 생활비를 줄이기 위해 휴가를 얻어 아내와 함께 처남이 사는 시골로 내려갔다. 시골에서는 할 일이 없었기 때문에 그는 난생처음으로 '권태'를 경험했다. 권태뿐 아니라 참을 수 없는 우울증까지 경험했다. 이런 식으로 계속 살아갈 수는 없다고 판단했다. 무언가 단호한 조치를 강구할 필요가 있었다. 밤새도록 잠을 이루지 못한 채 베란다를 오락가락하면서 궁리한 끝에 그는 마침내 결심했다. 자신의 가치를 몰라준 놈들에게 벌을 주기 위해, 또한 다른 부처로 자리를 옮기기 위해, 상트페테르부르크로 가서 한번 열심히 뛰어봐야겠다고.

이튿날 그는 아내와 처남의 맹렬한 반대를 뿌리치고 상트페테르부르크로 떠났다. 연봉 5,000루블짜리 자리를 얻는 것, 그것이 이 여행의 유일한 목적이었다. 부서가 어떻고 추세가 어떻고 업무가 어떻고 하는 데는 더 이상 관심이 없었다. 그가 원하는 것은 연봉이 5,000루블인 자리를 얻는 것뿐이었다. 행정기관이든 은행이든 철도국이든 마리아 황후의 복지시설이든, 심지어 세관이든 어떤 곳이든 상관없었다. 하지만 연봉이 최소한 5,000루블은 되어야 하고, 그를 제대로 평가하지 않은 법무부가 아닌 다른 기관이어야 했다.

그런데 이반 일리치의 이 여행은 뜻밖에도 놀라운 성공을 거두었다. 쿠르스크 역에서 친구인 F. S. 일린이 같은 일등칸에 탔는데, 이반 일리치의 옆자리에 앉아서 쿠르스크 주지사가 방금 전에 받은 전보에 관해 이야기해주었던 것이다. 가까운 시일 안에 법무부 내에 인사이동이 있을 예정인데, 표트르 이바노비치의 자리에 이반 세묘노비치가 임명될 거라는 내용이었다.

이 인사이동은, 국가적 의미는 차치하고라도 이반 일리치 개인에게는 특별한 의미를 지니고 있었다. 새 인물인 표트르 페트로비치가 발탁되면 그의 친구인 자하르 이바노비치도 당연히 발탁될 것이고, 그렇게 되면 이반 일리치한테도 기회가 올 터였다. 자하르 이바노비치는 친구이자 동료였기 때문이다.

이 소식은 모스크바에서 사실로 확인되었다. 그래서 상트페테르부르크에 도착하자마자 이반 일리치는 자하르 이바노비치를 찾아가서, 전에 근무했던 법무부에 좋은 자리를 마련해주겠다는 확실한 약속을 받아냈다.

일주일 뒤에 그는 아내에게 전보를 쳤다. '자하르가 밀레르의 후임 자리를 약속했음. 보고서를 내는 대로 임명될 것임.'

이 인사이동 덕분에 이반 일리치는 뜻밖에도 법무부에서 과거 동료들보다 2급이나 높은 자리를 얻었고, 5,000루블의 연봉에 3,500루블의 이사 비용까지 받게 되었다. 과거의 적들과 법무부 전체에 대한 그의 앙심은 흔적도 없이 사라졌다. 이반 일리치는 더없이 행복한 처지가 되었던 것이다.

그는 전에 없이 유쾌하고 흡족한 기분으로 아내가 있는 시골로 돌아왔다. 프라스코비야 표도로브나도 기분이 좋아졌다. 그래서 두 사람 사이에는 휴전 협정이 체결되었다. 이반 일리치는 상트페테르부르크에서 모두가 자기를 축하해주었다는 것, 과거에 적이었던 자들이 무안해서 어쩔 줄 모르더라는 것, 그들이 자기한테 알랑거렸다는 것, 그들이 얼마나 자기를 부러워했는지 모른다는 것 그리고 상트페테르부르크에서 많은 사람으로부터 애정과 호의의 표시를 받았다는 것 등등을 늘어놓았다.

프라스코비야 표도로브나는 이런 이야기에 열심히 귀를 기울였다. 그리고 남편의 말이 지당하다는 듯 한마디도 반박하지 않았다. 하지만 속으로는 앞으로 옮겨가서 살게 될 도시에서의 새로운 생활을 설계하느라 여념이 없었다. 이반 일리치는 아내의 계획이 자신의 계획과 딱 들어맞는 것을 알고 기뻤다. 아내와 의견이 일치한 것은 참으로 오랜만이었다. 그의 인생은 잠시 뒤뚱거리다가 원래의 정상적인 특징을 되찾고 있었다. 그의 인생은 마땅히 유쾌하고 느긋하고 고상해야 했다.

이반 일리치는 시골에 오래 머물 여유가 없었다. 9월 10일에는 새로운 임무에 착수해야 했기 때문이다. 게다가 새집을 구하고, 짐을 옮기고, 추가로 많은 물건을 사거나 주문할 시간도 필요했다. 요컨대 그가 계획한 대로 집을 정리하고 꾸밀 시간이 필요했던 것이다. 그리고 이 계획은 아내가 작정한 것과 거의 정확하게 일치했다.

모든 일이 운 좋게 일어났고, 오랜만에 부부의 의견이 일치한 데다, 조용히 얼굴을 맞대고 산 적이 드물었기 때문에 그들은 신혼 이후 처음으로 사이좋게 지냈다. 이반 일리치는 당장 가족을 데리고 떠날 생각이었지만, 갑자기 그들 가족에게 상냥해지고 친절해진 처남과 처남댁이 극구 말리는 바람에 혼자서 출발하지 않을 수 없었다.

그렇게 그는 떠났고, 자신의 성공과 부부의 화해는 서로 상승작용을 일으켜 줄곧 그의 마음을 즐겁게 해주었다. 상트페테르부르크에서 그는 마음에 쏙 드는 집을 찾아냈다. 그 집은 그들 부부가 꿈에 그리던 바로 그런 집이었다. 널찍하고 천장이 높고 고풍스러운 응접실, 편리하고 당당한 느낌의 서재, 아내와 딸의 거실, 아들의 공부방—이 모든 것이 마치 그들을 위해 일부러 지은 집 같았다. 이반 일리치는 직접 집 안 정리를 감독하고, 벽지를 고르고, 모자란 가구를 사들이고(그는 고가구가 더없이 훌륭하다고 생각했기 때문에 되도록이면 고가구를 골랐다), 커튼을 달거나 카펫을 까는 일 따위도 직접 감독했다. 모든 일이 착착 진행되어, 그가 머릿속에 그리던 이상적인 집에 차츰 가까워졌다. 일이 아직 절반밖에 끝나지 않았을 때도 그가 기대했던 것보다 훨씬 좋아 보였다. 그러니 일이 다 끝나고 나면 얼마나 세련되고 우아해 보일지, 짐작하고도 남았다. 잠자리에 누우면 그는 응접실이 어떻게 보일지 머릿속에 그려보았다. 아직 완성도 되지 않은 객실을 바라보아도, 벽난로, 칸막이, 장식선반, 여기저기 놓여 있는 작은 의자들, 벽에 진열된 접시와 식기류, 청동 장식품 등이 제자리에 놓여 있는 완성된 모습을 그려볼 수 있었다. 이런 문제에서는 그와 취향이 같은 아내와 딸이 얼마나 놀라고 감탄할지를 생각하면 저절로 마음이 유쾌해졌다. 아내와 딸도 설마 이렇게까지 해놓을 줄은 상상도 못하고 있을 터였다. 집 전체에 고상한 분위기를 줄 만한 고가구를 용케 찾아내 값싸게 사들인 것은 특히 자랑할 만했다. 하지만 아내와 딸을 놀라게 해주려고, 아내한테 보낸 편지에서는 일부러 대수롭지 않은 투로 말했다. 그는 집을 꾸미는 일에 완전히 열중했기 때문에, 직무를 원래 좋아하면서도 그 일에 기대했던 것만큼은 흥미를 가질 수가 없었다. 법정에서도 커튼 위의 돌림띠를 직선으로 할까 아니면 곡선으로 할까 생각하느라 멍해 있을 때가 많았다. 이런 일들이 너무나 재미있었기 때문에 그 자신이 직접 가구를 운반하거나, 위치를 바꾸거나, 커튼을 바꾸어 달거나 하는 경우도 많았다. 한번은 인부에게 벽걸이 장식을 어떻게 달았으면 하는지를 몸소 보여주려고 사다리를 올라가다가 그만 발을 헛디뎌 미끄러지고 말았다. 하지만 워낙 튼튼하고 민첩했기 때문에 얼른 사다리를 움켜잡고 매달렸다. 창틀의 둥근 장식에 옆구리를 부딪혔을 뿐 별로 다친 데는 없었다. 옆구리에 멍이 들어 조금 아팠지만 그것도 곧 나았다. 그 무렵 그는 유난히 유쾌하고 기분이 좋았다. 편지에 "나는 열다섯 살이나 젊어진 기분이오"라고 썼을 정도였다. 9월까지는 모두 끝날 거라고 생각했는데 작업은 10월 중순까지 질질 끌었다. 하지만 결과는 너무나 매력적이었다. 그만 그렇게 생각한 것이 아니라 집을 구경한 사람은 누구나 그렇게 생각했다.

사실, 그 집의 실내장식은 그다지 부자도 아니면서 부자처럼 보이고 싶어 하는 사람들의 집에서 흔히 볼 수 있는 그런 것이었다. 이런 사람들은 재산이 많지 않으니까 독특한 멋은 부릴 수 없고, 따라서 자기와 비슷한 사람들을 흉내 내는 데만 성공할 뿐이다. 그들의 집에는 어김없이 다마스크 천으로 만든 시트와 식탁보, 흑단 목재, 화분, 깔개, 둔탁한 빛을 내는 청동 제품 따위가 갖추어져 있다. 이런 것들은 어떤 계층의 사람들이 같은 계층의 사람들과 비슷해지기 위해 반드시 갖추어 두는 것들이다. 이반 일리치의 집도 다른 사람들의 집과 구별할 수 없을 만큼 비슷했지만, 그의 눈에는 어디에서도 찾아볼 수 없는 독특한 집처럼 보였다. 기차역에서 가족을 만나 새로 꾸민 집으로 데려왔을 때 그는 너무 행복해서 어쩔 줄을 몰랐다. 집에는 온통 환하게 불이 밝혀져 있었고, 하얀 넥타이를 맨 하인이 현관문을 열어주었다. 현관홀은 화분으로 장식되어 있었다. 식구들은 객실을 지나 서재로 들어선 순간 탄성을 질렀다. 그는 집 안 곳곳으로 데리고 다니면서 그들의 칭찬을 실컷 즐겼으며, 기쁨으로 얼굴을 빛냈다. 그날 저녁에 차를 마시면서 이런저런 이야기를 나누던 끝에 프라스코비야 표도로 브나가 사다리에서 떨어진 건 어찌 된 일이냐고 물었다. 그러자 그는 껄껄 웃으면서, 자기가 사다리에서 떨어진 꼴이며 인부가 깜짝 놀란 모습을 시늉으로 보여주었다.

"내가 운동선수처럼 몸이 재빠르고 튼튼한 게 천만다행이지. 다른 사람 같았으면 아마 죽었을 테지만 나는 그저 여길 좀 다쳤을 뿐이야. 만지면 아프지만 이젠 거의 다 나았어. 멍이 들었을 뿐이지."

그렇게 해서 그들은 새집에서 살기 시작했고, 이런 경우 흔히 그렇듯이 새집에 완전히 자리를 잡고 나자 방이 하나만 더 있었으면 좋겠다고 생각했다. 수입도 늘어났는데, 이런 경우 흔히 그렇듯이 돈이 조금만(약 500루블쯤) 더 있었으면 좋겠다고 생각하긴 했지만, 그래도 상당히 만족스러웠다.

처음 얼마 동안, 그러니까 모든 게 아직은 완전히 정리되지 않아서 이 물건을 사들이고, 저 물건을 주문하고, 다른 물건을 옮기고, 또 무언가를 조정하는 등 할 일이 남아 있는 동안에는 매사가 유난히 순조롭게 돌아갔다. 부부 사이에 의견이 맞지 않아 말다툼을 벌인 적도 몇 번 있기는 했지만, 둘 다 새집에 만족했고 할 일이 너무 많았기 때문에 큰 싸움으로 번지지 않고 끝나버렸다. 모든 게 완전히 갖추어지고 나자 약간 지루해졌고 무언가 부족한 느낌이 들었지만, 사람들을 사귀고 새로운 습관을 형성하면서 나날이 충실한 생활을 하게 되었다.

이반 일리치는 법원에서 오전 시간을 보내고 집에 와서 밥을 먹었다. 이따금 집 때문에 짜증이 날 때도 있었지만(식탁보나 시트에 얼룩이 묻어 있거나 창문 블라인드의 줄이 끊어져 있으면 그는 버럭 화를 냈다. 그 모든 것을 마련하고 꾸미느라 너무 고생했기 때문에 어디가 조금만 어지럽혀져도 속이 상했던 것이다), 처음에는 대체로 기분이 좋았다. 그의 생활은 대체로 그가 믿는 바대로 흘러갔다—느긋하게, 유쾌하게 그리고 고상하게.

그는 오전 아홉 시에 일어나 커피를 마시며 신문을 훑어본 다음, 간이복을 입고 법원으로 출근했다. 그곳에는 일할 때 걸치는 법복이 벌써 말끔히 준비되어 있었다. 그는 지체 없이 그것을 걸치고 업무에 착수했다. 청원인 면담, 법정 심문, 공판 진행, 회의 참석 등 이 모든 것을 처리함에 있어서 그는 항상 직무의 정해진 절차를 방해하는 새롭고 활기찬 요소들을 모조리 배제하고 오로지 직무상의 인간관계만 허용해야 했으며, 이 관계도 오로지 공무에만 바탕을 두고 있어야 했다. 예컨대 어떤 사람이 정보를 얻을 속셈으로 찾아온다고 치자. 그러면 이반 일리치는, 그 문제가 자신의 업무 범위에 들어 있지 않는 한 그 사람과는 어떤 관계도 맺으려 하지 않았다. 하지만 그 사람이 공식 자격으로 그에게 볼일이 있다면, 다시 말해서 공식적으로 도장이 찍힌 공문서를 휴대하고 있다면 이반 일리치는 그런 관계의 범위 안에서 최선을 다하려 했고, 그러는 동안에는 그 사람과 우호적인 관계를 유지하려고 했다. 다시 말해서 예의를 지키려고 했던 것이다. 그러나 공식적인 관계가 끝나면 다른 관계, 즉 인간적인 관계도 끝이 났다. 이반 일리치는 자신의 실생활과 공무를 구별하는 능력, 다시 말해 공과 사를 혼동하지 않는 능력을 가지고 있었다. 오랜 경험과 타고난 재능으로 이 능력은 최고도에 달해 있었다. 그래서 그는 이따금 그 방면의 대가답게 인간적인 관계와 공식적인 관계를 일부러 뒤섞기까지 했다. 언제라도 엄격하게 공식적인 태도를 되찾고 인간적인 관계를 배제해버릴 자신이 있었기 때문이다. 그리고 그는 너무나 쉽고 유쾌하게, 정확하게 그리고 거의 예술적으로 이 모든 것을 처리했다. 공판 도중에 잠시 쉬는 시간에는 담배를 피우고 차를 마시면서 정치 문제와 세상 돌아가는 일과 카드에 관해서 잠깐 지껄이기도 했지만, 주로 화제에 오르는 것은 누가 어느 자리에 임명될 것인가 하는 문제였다. 일이 끝나면 그는 피곤을 느끼면서도 음악의 대가—이를테면 오케스트라에서 자기가 맡은 몫을 거뜬히 연주해낸 제1바이올린의 한 사람—같은 기분으로 귀가하는 것이다. 집에 도착해보면 아내와 딸은 외출했거나 손님을 접대하고 있고, 아들은 학교에 갔다 와서 가정교사와 함께 숙제를 끝내고 학교에서 배운 것을 열심히 공부하고 있었다. 만사가 순조롭게 돌아가고 있었다. 식후에 손님이 없을 경우에는 이따금 당시 세간에서 화제가 되고 있는 책을 읽을 때도 있었다. 그리고 저녁에는 일에 착수했다. 즉 서류를 읽고, 증인들의 진술을 대조하고, 거기에 적용될 법 조항을 검토하는 것이다. 이런 일은 따분하지도 않았지만 그렇다고 재미있지도 않았다. 카드놀이를 할 수도 있었는데 일에 파묻혀 있을 때는 지루했지만, 카드놀이를 할 수 없을 경우에는 아무 일도 하지 않고 빈둥대거나 아내와 얼굴을 맞대고 있는 것보다는 일을 하는 편이 오히려 좋았다. 이반 일리치의 가장 큰 즐거움은 사회적 지위가 높은 남녀를 초대해 조촐한 만찬회를 여는 것이었는데, 그의 응접실이 다른 이들의 응접실과 비슷했듯이 그의 만찬회도 다른 이들의 파티와 비슷했다.

한번은 무도회를 열기까지 했다. 이반 일리치는 춤을 즐겼고, 모든 것이 순조로웠다. 케이크와 사탕과자 문제로 아내와 심한 말다툼을 벌인 것만 빼고는. 프라스코비야 표도로브나는 나름대로 계획을 세워놓고 있었는데, 이반 일리치가 값비싼 제과점에 주문해야 한다고 고집을 부렸고, 게다가 케이크를 너무 많이 주문했던 것이다. 말다툼이 일어난 것은 케이크가 좀 남은 데다, 제과점에서 청구한 금액이 무려 45루블이나 되었기 때문이었다. 말다툼은 격렬했고 보기도 흉했다. 프라스코비야 표도로브나는 남편을 '바보 천치'라고 불렀고, 화가 머리끝까지 치민 그는 제 머리를 잡아 뜯으며 당장 이혼하겠다고 소리쳤다.

하지만 무도회 자체는 즐거웠다. 상류층 명사들이 참석했고, 이반 일리치는 트루포노바 공작부인과 춤을 추었는데, 이 귀부인은 '나의 무거운 짐을 진 자들'이라는 협회를 창립한 어느 저명인사의 누이동생이었다. 직무와 관련된 즐거움은 그의 야심을 만족시켜주었고, 사교적 즐거움은 그의 허영심을 만족시켜주었다. 하지만 이반 일리치의 가장 큰 즐거움은 뭐니 뭐니 해도 카드놀이였다. 인생에서 아무리 불쾌한 사건이 일어난다 해도, 시끄러운 파트너가 아니라 솜씨 좋은 노름꾼들과 함께 네 명이 둘러앉아(다섯 명이 게임을 하면 카드를 돌릴 때마다 한 사람이 빠져야 하는데, 빠진 사람은 개의치 않는 척하지만, 사실은 몹시 짜증나는 일이었다) 영리하고 진지하게(물론 패가 잘 들어왔을 때의 얘기지만) 게임을 한 다음, 저녁을 먹고 포도주를 한 잔 마시는 것은 한 줄기 밝은 햇살처럼 빛나는 더없는 즐거움이라고 그는 생각했다. 이반 일리치는 카드놀이가 끝나면, 특히 돈을 조금 땄을 때는 아주 좋은 기분으로(돈을 너무 많이 따면 오히려 기분이 언짢았다) 잠자리에 들었다.

그들은 그렇게 살았다. 상류층 명사들과 사귀고, 유력 인사나 젊은이들의 방문을 받았다. 교제 상대에 대해서는 남편과 아내와 딸의 견해가 완전히 일치해서, 값비싼 일본제 접시들이 벽에 걸려 있는 객실로 애정을 과시하며 몰려드는 초라한 행색의 친구나 친척들과는 거리를 두고 따돌렸다. 물론 그렇게 하자고 미리 의논한 것도 아닌데, 그들을 떨쳐버려야 한다는 데는 모두 의견이 일치했다. 얼마가 지나자 그런 초라한 친구들은 더 이상 주제넘게 끼어들지 않았고, 골로빈 가족의 동아리에는 훌륭한 일류 명사들만 남게 되었다.

젊은 친구들은 리사(딸)의 환심을 사려고 애썼다. 그중에서도 특히 드미트리 이바노비치 페트리셰프의 아들이자 유일한 상속자이며 예심판사인 표도르 페트리셰프가 리사한테 관심을 쏟기 시작했다. 이반 일리치는 그 문제에 관해서 아내한테 이미 이야기했고, 두 남녀를 위해 파티를 열어주거나 집에서 아마추어 연극을 공연하면 어떨까 생각하고 있었다.

그들은 그렇게 살았고, 이렇다 할 변화도 없이 모든 게 순조롭게 돌아갔다. 인생은 즐겁게 흘러가고 있었다.

4

가족들은 모두 건강했다. 이반 일리치가 이따금 입에서 이상한 냄새가 나고 왼쪽 옆구리가 약간 결린다고 말하긴 했지만, 그 정도 가지고 건강이 나쁘다고 말할 수는 없었다. 하지만 옆구리의 불편은 점점 심해져, 고통스러울 정도는 아니었지만 옆구리가 짓눌리는 듯한 불쾌감으로 발전했다. 그래서 자연히 이반 일리치는 기분이 언짢아졌다. 그의 짜증은 갈수록 심해져서, 골로빈 집안에 뿌리를 내린 유쾌하고 느긋하고 바람직한 생활을 망치기 시작했다. 갈수록 부부싸움이 잦아졌으며, 편안함과 쾌적함이 사라지고 예의조차도 거의 모습을 감추었다. 추태를 자주 부렸고, 남편과 아내가 감정을 폭발시키지 않고 만날 수 있는 그 작은 섬들도 얼마 남지 않게 되었다. 프라스코비야 표도로브나는 이제 남편의 성미가 못됐다고 말할 수 있는 훌륭한 근거를 갖게 되었다. 무엇이든 과장하는 버릇이 있는 그녀는 남편이 결혼한 이래 지금까지 줄곧 짜증을 부렸고, 그런 남편의 성미를 이십 년 동안이나 참아온 것은 자기가 워낙 착한 성품을 갖고 있기 때문이라고 말했다. 요즘에는 그가 먼저 싸움을 거는 게 사실이었다. 그는 항상 식사를 하기 직전에 울화통을 터뜨렸다. 수프를 먹다가 화를 낼 때도 많았다. 그릇이 이가 빠졌다거나, 음식이 제대로 요리되지 않았다거나, 아들이 식탁 위에 팔꿈치를 올려놓았다거나,

딸의 머리 모양이 마음에 안 든다고 트집을 잡으면서, 이런 것들을 모두 아내 탓으로 돌리는 것이었다. 프라스코비야 표도로브나도 처음에는 말대꾸를 하고 불쾌한 말을 퍼부었지만, 밥상머리에서 남편이 고함을 지르며 사납게 날뛰는 일이 몇 차례 되풀이되자, 음식 섭취가 남편의 신체 기능을 교란시키기 때문이라는 것을 알아차렸다. 그래서 그 뒤로는 꾹 참고 대꾸도 하지 않은 채 서둘러 식사를 끝내곤 했다. 그녀는 이런 인내를 칭찬받아 마땅한 일로 생각했다. 남편의 성미가 못됐으며 그 때문에 자신의 인생이 비참하게 되었다는 결론에 도달한 그녀는 자신이 가엾어지기 시작했다. 그리고 자신을 불쌍히 여길수록 남편에 대한 증오의 불길은 더욱 맹렬히 타올랐다. 그녀는 남편이 죽었으면 좋겠다고 생각하기 시작했다. 하지만 남편이 죽으면 봉급도 끊기기 때문에 정말로 남편이 죽기를 바라지는 않았다. 그리고 이것이 남편에 대한 분노를 더욱 부채질했다. 남편이 죽어도 구원받을 수 없는 자신이야말로 참으로 불행한 여자라고 생각했다. 그녀는 분노를 감추었지만, 이 감추어진 분노가 그녀를 더욱 화나게 했다.

어느 날 이반 일리치는 유난히 부당한 트집을 잡으며 한바탕 소동을 벌인 다음, 자기는 확실히 신경과민이라면서 그건 건강이 나빠진 탓이라고 변명했다. 그녀는 몸이 아프면 치료를 받아야 하니까 이름난 의사한테 가보라고 말했다. 그래서 그는 의사를 찾아갔다. 늘 그렇지만 모든 게 그가 예상한 대로 일어났다. 오랜 기다림, 의사의 으스대는 태도(이런 태도는 그가 법정에서 취하는 태도와 비슷했기 때문에 그에게는 너무나 익숙했다), 타진과 청진, 뻔한 대답을 요구하는 뻔한 질문 그리고 "나를 믿고 맡기면 돼요. 내가 다 알아서 할 테니까. 모든 환자를 항상 똑같은 방법으로 치료하니까, 어떻게 해야 하는지 잘 알고 있소" 하고 말하는 듯한 거들먹거리는 태도. 의사의 진찰실은 법정과 똑같았다. 의사는 그가 피고에게 보이는 것과 똑같은 태도를 그에게 보이고 있었다.

"이러저러한 증세는 환자의 몸속에 이러저러한 병이 있다는 징후지만, 이러저러한 검사가 그걸 뒷받침해주지 않으면 이러저러한 가정을 내릴 수밖에 없다"고 의사는 말했다. 그리고 이러저러한 가정을 내리면, 그때는……. 그러나 이반 일리치한테 중요한 문제는 딱 한 가지뿐이었다. 증세가 심각한 것이냐 아니냐. 하지만 의사는 그것이 부적절한 질문이라고 묵살해버렸다. 의사의 관점에서 보면 그것은 전혀 고려할 만한 문제가 아니었고, 진짜 문제는 그가 앓고 있는 병이 신장병과 만성 카타르와 맹장염 가운데 어느 것이냐를 결정하는 것이었다. 그것은 이반 일리치의 생사 문제가 아니라 신장병과 맹장염 사이의 선택 문제였다. 그리고 이반 일리치가 보기에 의사는 그 문제를 훌륭히 해결한 것 같았다. 의사는 일단 맹장 쪽을 편들었지만, 소변검사를 해본 다음 새로운 징후가 나타나면 병명을 재검토하겠다는 단서를 붙였다. 이 모든 것은 이반 일리치가 재판받는 사람들을 다룰 때 수천 번이나 멋지게 써먹은 방법과 똑같았다. 의사는 안경 너머로 즐거운 듯 의기 양양하게 환자를 바라보면서, 피고를 앞에 둔 이반 일리치만큼이나 훌륭하게 결론을 요약했다. 의사의 요약을 듣고 이반 일리치는 상황이 별로 안 좋다는 결론을 내렸다. 하지만 의사를 비롯한 모든 사람은 그의 상황이 좋든 나쁘든 전혀 개의치 않는다는 생각이 들었다. 그런 생각을 하자 가슴이 찢어지는 듯이 괴로웠다. 자신이 너무나 가련했고, 그렇게 중요한 문제에 의사가 무관심한 것이 맹렬한 증오심을 불러일으켰다.

하지만 그는 여기에 대해서는 한마디도 하지 않고 일어나서, 진료비를 책상 위에 놓고 한숨을 내쉬며 말했다. "우리 환자들은 엉뚱한 질문을 자주 하는 것 같습니다만, 이 증세가 일반적으로 말해서 위험한 것인지 아닌지, 그것만 좀 말씀해주시지요."

의사는 외알박이 안경 너머로 그를 엄격하게 쳐다보았다. 그 표정은 마치 이렇게 말하는 것 같았다. '당신은 피고야. 당신은 질문에 대답할 수는 있지만, 질문을 할 수는 없어. 그 규칙을 지키지 않으면 당장 법정에서 끌어낼 수밖에 없어.'

"말할 필요가 있고 적절하다고 여겨지는 것은 이미 다 말씀드렸습니다. 소변을 분석해보면 더 많은 걸 알 수 있을 겁니다." 의사는 말하고 가볍게 고개를 숙였다.

이반 일리치는 천천히 진찰실을 나와 우울하게 마차를 타고 집으로 돌아갔다. 집으로 가는 동안 의사가 한 말을 곱씹으면서, 그 복잡하고 모호하고 과학적인 표현을 쉬운 말로 번역하여, 그 속에서 '내 상태는 나쁜가? 아주 나쁜가? 아니면 아직은 크게 잘못된 데가 없나?' 하는 의문에 대한 해답을 찾아내려고 애썼다. 그런데 아무리 생각에 생각을 거듭해도 의사의 말은 상태가 아주 나쁘다는 뜻인 것만 같았다. 거리의 모든 것이 우울해 보였다. 마부들, 집들, 행인들, 가게들까지도 침울하고 쓸쓸하게 느껴졌다. 잠시도 그치지 않는 이 아픔, 그를 끊임없이 괴롭히는 이 둔통은 의사의 모호한 표현에서 오히려 더 심각한 의미를 새로 얻은 것 같았다. 이반 일리치는 새삼스럽게 침울한 기분으로 그 통증을 느꼈다.

집에 도착하자 그는 아내에게 의사의 말을 설명하기 시작했다. 그녀는 얌전히 듣고 있었지만, 그가 한창 말하고 있을 때 딸이 모자를 쓰고 들어왔다. 어머니와 함께 외출하려는 모양이었다. 딸은 마지못해 의자에 앉았지만, 이 지루한 이야기를 오래 참고 듣지는 못했다. 아내도 마찬가지였다.

그녀는 남편의 말을 중간에 가로챘다. "어쨌든 다행이에요. 이제는 잊지 말고 규칙적으로 약을 먹도록 하세요. 처방전은 이리 주세요. 게라심을 약국에 보낼 테니까." 그러고 나서 그녀는 외출 준비를 하러 갔다.

이반 일리치는 아내가 방에 있는 동안은 숨 쉴 겨를도 없이 계속 지껄였지만, 아내가 방에서 나가자 깊은 한숨을 내쉬었다.

그는 속으로 생각했다. '어쨌든 내 병은 그렇게 위험한 상태는 아닐 거야.'

그는 약을 먹고 의사의 지시에 따르기 시작했다. 소변검사가 끝난 뒤 의사의 지시는 바뀌었다. 하지만 소변검사에서 나타난 징후와 겉으로 드러난 증상 사이에 모순이 생겼다. 그의 몸속에서 실제로 일어나고 있는 일은 의사가 말한 것과 다르다는 사실이 밝혀진 것이다. 그렇다면 의사는 무언가를 잊어버리고 말하지 않았거나, 큰 실수를 저질렀거나, 무언가를 그에게 감추고 있는 게 분명했다. 하지만 그렇다고 해서 의사를 탓할 수는 없었다. 이반 일리치는 여전히 의사의 지시에 절대 복종했고, 처음에는 거기에서 위안을 얻기도 했다.

의사에게 진찰을 받은 뒤로는 섭생과 약물복용에 관한 의사의 지시를 충실히 지키고 통증과 배설물을 관찰하는 것이 이반 일리치의 주요 관심사가 되었다. 또한 사람들의 질병과 건강에도 지대한 관심을 갖게 되었다. 그가 있는 자리에서 질병이나 죽음이나 회복에 관한 이야기가 나오면, 특히 그 병이 그의 증세와 비슷할 경우에는 흥분을 애써 감추면서 열심히 귀를 세웠고, 질문을 던지기도 하고 들은 이야기를 자기 증세에 적용해보기도 했다.

통증은 줄어들지 않았지만 이반 일리치는 전보다 좋아졌다고 억지로 믿으려고 애썼다. 마음을 뒤흔드는 일만 일어나지 않으면 그는 자신을 얼마든지 속일 수 있었다. 하지만 아내와 언쟁을 하거나, 일을 제대로 처리하지 못했거나, 카드게임에서 나쁜 패를 잡으면 당장에 심한 통증이 왔다. 전에는 그런 불운을 당해도 잘못된 일은 곧 제대로 조정되리라 생각하거나, 불운을 이겨내고 성공을 거둘 수 있으리라 기대하거나, 다음번 게임에서는 대성공을 거둘 수 있으리라 바라면서 그런 처지를 견뎌냈다. 하지만 이제는 불운을 당할 때마다 속이 뒤집혔고, 그는 절망 속으로 빠져들었다. 그는 속으로 이렇게 말하곤 했다. '이제 겨우 약이 효과를 발휘해서 몸이 막 좋아지기 시작했는데, 이런 빌어먹을 불운이나 불쾌한 일이 일어나다니……' 그러면 그 불운에 대해 부아가 치밀었고, 불쾌한 일을 일으키는 사람들에게 화가 났다. 이런 분노가 자신의 수명을 줄인다고 생각하면서도 화를 참을 수가 없었기 때문이다. 주변 환경과 주위 사람들에 대한 이 같은 분노가 병을 더욱 악화시킨다는 것, 따라서 그런 불쾌한 일들은 되도록이면 무시해야 한다는 것을 이반 일리치 자신도 잘 알고 있을 거라고 사람들은 생각했다. 하지만 그는 정반대의 결론을 내려 이렇게 생각했다. '나는 안정할 필요가 있다. 그래서 나는 안정을 해칠 수 있는 것들을 조심하는 것이고, 조금만 안정이 침해당해도 화가 나는 것이다.' 그가 의학책을 이것저것 찾아 읽고 병원을 여기저기 찾아다닌 것이 상황을 더욱 악화시켰다. 병은 서서히 진행되어 하루아침에 급속히 나빠지지는 않았기 때문에, 어제와 오늘의 상태를 비교하면 두드러지게 달라진 것은 없다고 생각하면서 자신을 그럴듯하게 속일 수도 있었다. 하지만 의사들한테 진찰을 받아보면 점점 상태가 나빠지는 데다 아주 빠른 속도로 악화되고 있는 것 같았다. 그런데도 그는 계속 의사들을 찾아다녔다.

그달에 그는 또 다른 이름난 의사를 찾아갔다. 그 의사도 지난번의 이름난 의사와 똑같은 말을 했지만, 질문하는 방식이 좀 달랐다. 그래서 이 의사와 상담한 것은 이반 일리치의 의구심과 두려움을 더욱 깊게 만들었을 뿐이다. 친구 하나가 아주 용하다는 의사 친구를 소개해주었는데, 이 의사는 다른 의사들과는 전혀 다른 진단을 내렸다. 의사는 병이 나을 거라고 장담했지만, 그의 질문과 추측은 이반 일리치를 더욱 어리둥절하게 만들었고, 그래서 그의 의구심은 더욱 깊어졌다. 어느 동종요법(인체에 질병 증상과 비슷한 증상을 유발시켜 치료하는, 대체의학의 일종 – 옮긴이) 전문의는 또 다른 진단을 내리고, 거기에 맞는 약을 처방해주었다. 이반 일리치는 이 약을 일주일 동안 몰래 복용했다. 하지만 일주일이 지나도 전혀 나아질 기미가 없었다. 지난번 의사의 치료법도 이 동종요법도 더 이상 믿을 수가 없었기 때문에 그는 낙심하여 풀이 죽었다. 어느 날 그가 아는 어떤 부인이 기적을 일으키는 성상聖像으로 병을 치료했다는 이야기를 꺼냈다. 이반 일리치는 그녀의 말에 귀를 기울였고, 그런 일이 실제로 일어났다고 믿기 시작했다. 그런 자신을 깨달은 순간 이반 일리치는 깜짝 놀랐다. 그는 자신에게 물었다.

'내 정신력이 정말 이토록 약해졌단 말인가? 말도 안 돼! 다 부질없는 짓이야. 겁쟁이처럼 두려움에 굴복하지 말고, 누구든지 한 사람 똑똑한 의사를 고른 다음, 그 치료법을 엄격히 지켜야 돼. 내가 할 일은 바로 그거야. 이젠 결심했어. 다른 것은 생각하지 말고 여름까지 그 치료법을 지키도록 애쓰자. 그러면 어떤 식으로든 결과가 나오겠지. 이제는 더 이상 갈팡질팡해서는 안 돼!' 그러나 이런 결심은 말하기는 쉬워도 실천에 옮기기는 어려운 일이었다. 아니, 불가능했다. 옆구리의 통증이 그를 압박했고, 통증은 갈수록 심해지고 잦아지는 것 같았다. 입에서 나는 냄새도 점점 이상해졌다. 숨을 내쉴 때마다 역겨운 냄새가 나는 것 같았다. 그는 식욕과 체력이 떨어진 것을 알아차렸다. 이제는 더 이상 자신을 속일 수 없었다. 지금까지 그의 인생에서 일어난 어떤 일보다도 중요하고 끔찍한 일이 몸속에서 일어나고 있었다. 그것을 아는 사람은 오직 이반 일리치 자신뿐이었다. 주위 사람들은 아무도 알지 못했고 알려고도 하지 않았다. 그리고 세상만사가 여느 때처럼 별일 없이 굴러간다고 생각했다. 무엇보다도 이것이 이반 일리치를 괴롭혔다. 그는 집안 식구들—특히 방문과 초대를 주고받는 사교 생활의 소용돌이 속에 완전히 휘말려 있는 아내와 딸—이 아무것도 모른 채, 우울하고 까다로워진 그를 귀찮아하고 있다는 것을 알았다. 그들은 마치 그것이 그의 탓인 것처럼 그에게 짜증을 냈다. 물론 겉으로는 이 짜증을 드러내지 않으려고 애썼지만, 그는 자기가 그들에게 성가신 존재가 되어 있다는 것을 알아차렸다. 그리고 아내는 남편의 질병에 대해 확고한 방침을 채택했고, 그가 무슨 말을 하거나 무슨 짓을 하든 상관없이 그 방침을 고수한다는 것도 알아차렸다. 아내가 지인들한테 입버릇처럼 하는 말을 인용해보면 그녀의 태도는 이러했다. "우리 집 양반은 의사가 처방해준 치료법을 도무지 지키질 못해요. 다른 이들은 잘하는데, 저이는 도대체 왜 그러는지 모르겠어요. 하루는 제대로 약을 먹고 식이요법을 엄격히 지키고 제시간에 잠자리에 드는가 싶다가도, 다음 날은 갑자기 약 먹는 것도 잊어버리고, 의사가 금지한 철갑상어를 먹고 밤 한 시까지 카드놀이를 한답니다. 내가 지켜보지 않으면 늘 그 꼴이라니까요."

"내가 언제 그랬다는 거야?" 이반 일리치는 화가 나서 외쳤다. "딱 한 번, 표트르 이바노비치네 집에서 그랬을 뿐인데……"

"어제도 셰베크와 그랬잖아요."

"일찍 잠자리에 들었다 해도 이놈의 통증 때문에 도저히 잠을 잘 수 없었을 거야."

"어쨌든 그런 식으로 해서는 절대로 좋아지지 않아요. 앞으로도 계속 우리를 괴롭힐 거고요."

남편의 병은 자업자득이고, 아내인 자기를 괴롭히기 위한 또 하나의 수단일 뿐이라는 게 프라스코비야 표도로브나의 생각이었다. 아니, 속으로만 생각한 것이 아니라 남들과 남편에게도 이런 태도를 분명히 밝혔다. 이반 일리치는 아내가 본의 아니게 이런 말을 했을 거라고 생각했지만, 그래도 마음은 전혀 편해지지 않았다.

법원에서도 이반 일리치는 사람들이 자기를 대하는 태도가 묘하게 달라진 것을 알아차렸다. 아니, 어쩌면 자격지심 때문에 그런 생각이 들었을 뿐인지도 모른다. 때로는 사람들이 호기심 어린 눈길로, 마치 저 사람이 언제 죽어서 저 자리가 비게 될까 하는 눈초리로 자기를 쳐다보는 것 같았다. 그런가 하면 친구들은 또 갑자기 다정한 태도를 보이면서, 마치 그의 몸속에서 끊임없이 그를 괴롭히며 질질 끌고 가는, 이제껏 들어본 적이 없을 만큼 무시무시하고 끔찍한 것이 유쾌한 농담거리라도 되는 것처럼 그의 우울한 기분에 대해 가벼운 농담을 던지며 그를 놀리곤 했다. 그중에서도 특히 시바르츠의 익살스럽고 활기차고 재치 있는 태도가 이반 일리치를 괴롭혔다. 그를 보면 십 년 전의 자신이 생각났기 때문이었다.

친구들은 찾아와서 편을 짜고 카드 테이블에 둘러앉았다. 그들은 새 카드를 부드럽게 하기 위해 이리저리 구부리며 카드를 돌렸고, 이반 일리치는 손에 든 다이아몬드를 골라내 7을 쥔 것을 알았다. 그의 짝이 "으뜸 패가 없군" 하고 말하면서 다이아몬드 두 장으로 그를 지원해주었다. 더 이상 무엇을 바랄 수 있겠는가? 기쁨과 활기에 넘치지 않을 수 없었다. 싹쓸이는 의심할 나위도 없는 판국이었다. 그런데 그 순간 갑자기 이반 일리치는 옆구리를 갉아먹는 듯한 통증과 입안의 불쾌한 냄새를 의식했고, 그런 상황에서 싹쓸이를 기뻐한다는 게 우스꽝스럽게 여겨졌다.

그는 한패인 미하일 미하일로비치를 쳐다보았다. 억센 손으로 탁자를 톡톡 두드리고 있던 그는 트릭(판에 내놓은 1회분의 패 — 옮긴이)을 낚아채는 대신, 팔을 뻗는 수고를 하지 않고도 카드를 모으는 즐거움을 누릴 수 있도록 공손하면서도 너그러운 태도로 이반 일리치 쪽으로 카드를 밀어주었다. '저 친구는 내가 팔도 뻗지 못할 만큼 쇠약해진 줄 아나 보군' 하고 이반 일리치는 속으로 투덜거렸다. 그러고는 자기가 무엇을 하고 있는지도 잊은 채 짝보다 높은 끗수의 패를 냈다. 그 바람에 석 장의 트릭이 부족해져서 모처럼의 싹쓸이를 놓치고 말았다. 무엇보다도 무서운 것은, 미하일 미하일로비치가 기분이 상했다는 것을 뻔히 보면서도 이반 일리치 자신은 개의치 않았다는 사실이다. 그리고 그렇게 태연한 이유를 깨닫는 것은 두려운 일이었다.

친구들은 이반 일리치가 고통스러워하는 것을 보고 이렇게 말했다. "혹시 피곤하거든 잠시 쉬게나. 우리도 그만둘 테니까."

"나더러 누워 있으라고? 천만에. 난 조금도 피곤하지 않아." 그래서 그는 세 판 승부를 끝냈다. 모두 우울하고 말이 없었다. 이반 일리치는 자기가 친구들까지 우울하게 만든 것을 깨달았지만, 우울한 분위기를 쫓아버릴 수가 없었다. 그들은 저녁을 먹고 떠났다. 이반 일리치는 혼자 남았다. 자기 인생은 독에 물들었으며 그 해독으로 남의 인생까지 해치고 있다는 의식 그리고 이 독은 약해지기는커녕 자신의 존재 속으로 점점 깊이 침투하고 있다는 의식만이 그와 함께 남았다.

그는 이런 의식과 공포와 육체적 고통을 안고 잠자리에 들어야 했다. 하지만 잠을 거의 못 자고 뜬눈으로 지새울 때가 많았다. 그러고도 이튿날 아침에는 다시 일어나 옷을 입고 법원으로 출근해서 말을 하거나 글을 써야 했다. 출근하지 않고 집에 머문다 해도 하루 스물네 시간을 고통 속에서 보내야 했다. 하루하루가, 아니 순간순간이 그에게는 고문이었다. 하지만 그를 이해해주거나 동정해주는 사람은 아무도 없었다. 그는 누구의 이해나 동정도 받지 못한 채, 심연의 가장자리에서 혼자 그렇게 살아야 했다.

5

그렇게 한 달이 지나고, 또 한 달이 지나갔다. 해가 바뀌기 직전에 처남이 찾아와서 이반 일리치의 집에 여장을 풀었다. 처남이 도착했을 때 이반 일리치는 법원에 있었고 프라스코비야 표도로브나는 쇼핑을 하러 나가서 집에 없었다. 이반 일리치가 집으로 돌아와 서재에 들어가보니 건강하고 혈색 좋은 처남이 가방을 풀고 있었다. 처남은 이반 일리치의 발소리를 듣고 고개를 들었지만, 한동안 아무 말도 않고 멍하니 매형을 쳐다보고만 있었다. 그 눈빛을 보고 이반 일리치는 모든 것을 알았다. 처남은 너무 놀라서 소리를 지르려고 입을 벌렸지만, 목구멍까지 올라온 외침을 꿀꺽 삼켰다. 이런 동작은 모든 것을 말해주고 있었다.

"내가 많이 변했지?"

"예, 좀 변하신 것 같군요."

그런 다음 이반 일리치는 자신의 외모에 대한 이야기로 화제를 이어가려고 애썼지만, 처남은 거기에 대해서는 아무 말도 하려 들지 않았다. 그때 프라스코비야 표도로브나가 돌아왔고 처남은 누나를 만나러 갔다. 이반 일리치는 문을 걸어 잠그고 거울에 비친 제 얼굴을—처음에는 앞모습을, 다음에는 옆모습을—살펴보았다. 그런 다음 아내와 함께 찍은 사진을 들고 그것과 지금 거울에 비친 얼굴을 비교해보았다. 그의 모습은 몰라보게 변해 있었다. 이어서 그는 팔꿈치까지 소매를 걷어 올리고 팔을 살펴본 다음, 다시 소매를 내리고 소파에 주저앉았다. 기분이 밤보다도 더 어두워져 있었다.

'아니야, 이러면 안 돼. 이건 나한테 조금도 도움이 안 돼!'

그는 혼잣말을 중얼거리고는 벌떡 일어나 탁자로 가서 법률 서류를 집어 들고 읽기 시작했지만, 글이 눈에 들어오질 않았다. 그는 문을 열고 응접실로 들어갔다. 객실로 통하는 문은 닫혀 있었다. 그는 발꿈치를 들고 살금살금 그 문으로 다가가서 귀를 기울였다.

"아니야, 그건 네가 너무 과장해서 하는 말이야." 프라스코비야 표도로브나가 말하고 있었다.

"과장이라고요? 누님 눈에는 안 보이세요? 매형은 꼭 시체 같다니까요. 매형의 눈을 보세요. 빛이라고는 하나도 없어요. 그런데 도대체 어디가 탈이 난 겁니까?"

"그건 아무도 몰라. 니콜라예프라는 의사가 뭐라고 하긴 했는데, 난 무슨 소린지 도통 모르겠더라. 그런데 레세티츠키라는 의사는 정반대로 말하고……."

이반 일리치는 그곳을 떠나 자기 방으로 가서 소파에 드러누워 곰곰 생각하기 시작했다. 신장이 원래 붙어 있던 곳에서 떨어져 나와 이리저리 움직이고 있다고 의사가 한 말이 생각났다. 그리고 상상력을 총동원하여 그 떠다니는 신장을 붙잡으려고 애썼다. 움직이는 신장을 정지시켜 그대로 유지하는 것쯤은 아주 간단한 일로 여겨졌다. '그래, 다시 한 번 표트르 이바노비치를 만나러 가보자.' 그는 종을 울려 마차를 준비하라고 이른 다음, 외출 준비를 했다.

"여보, 어디 가시는 거예요?" 아내가 물었다. 그녀의 얼굴에는 유난히 슬프고 좀처럼 보기 힘든 부드러운 표정이 떠올라 있었다.

이 부드러운 표정이 오히려 그를 짜증스럽게 했다. 그는 시무룩하게 아내를 바라보았다.

"표트르 이바노비치를 만나러 가봐야겠어."

그는 표트르 이바노비치를 찾아가서, 그와 함께 그의 친구인 의사를 만나러 갔다. 의사는 마침 집에 있었고, 이반 일리치는 그와 오랫동안 이야기를 나누었다.

의사는 그의 몸속에서 일어나고 있다고 여겨지는 증상의 해부학적 측면과 생리학적 측면을 자세히 설명했고, 이반 일리치는 이 설명을 재검토하여 완전히 이해했다.

맹장 속에 무언가 작은 이물질이 있는데, 어쩌면 모든 게 잘될지도 모른다. 한 기관의 에너지를 자극해 다른 기관의 활동을 억제하기만 하면 그 작은 이물질이 흡수되어 만사가 잘될 터였다. 그는 좀 늦게 집에 돌아와 저녁을 먹고 유쾌하게 대화를 나누었는데, 한참 시간이 지나도 서재로 일하러 돌아갈 마음이 영 내키지 않았다. 그러다가 마침내 서재로 가서 필요한 일을 했지만, 무언가 중요하고 본질적인 문제—일이 끝나면 다시 검토해야 할 문제—를 옆으로 밀쳐놓았다는 생각은 잠시도 그의 머리를 떠나지 않았다. 마침내 일을 마치자 그는 그 중요하고 본질적인 문제가 바로 맹장에 대해 찬찬히 생각해보는 일이라는 것을 기억해냈다. 하지만 그 문제는 잠시 미뤄두고 차를 마시러 객실로 갔다. 객실에는 손님들이 와 있었다. 딸의 신랑감인 예심판사의 얼굴도 보였다. 손님들 중에는 대화를 나누는 사람도 있었고 피아노를 치면서 노래를 부르는 사람도 있었다. 프라스코비야 표도로브나는 그날 밤 이반 일리치가 여느 때보다 유쾌하다는 것을 알아차렸지만, 그는 맹장이라는 중요한 문제를 뒤로 미루었다는 사실을 한시도 잊지 않았다. 밤 열한 시에 그는 손님들에게 작별인사를 하고 자기 방으로 갔다. 병이 난 뒤로는 서재 옆에 딸린 작은 방에서 혼자 잠을 잤다. 그는 옷을 벗고 에밀 졸라(프랑스의 소설가 – 옮긴이)의 소설을 펼쳤지만, 소설을 읽는 대신 생각에 잠겼다. 상상 속에서 맹장에 바람직한 변화가 일어났다. 작은 이물질이 흡수되어 몸 밖으로 배출되고 정상적인 활동이 다시 시작되었다. '그래, 바로 이거야!' 그는 혼잣말로 외쳤다. '나는 자연의 작용을 도와주기만 하면 돼. 그것뿐이야.' 그는 약을 생각해내고는 일어나서 약을 먹은 다음, 다시 침대에 누워 약의 효과가 나타나기를 기다렸다. 약이 유익한 작용을 하여 통증이 가라앉기를 기다렸다. '나는 규칙적으로 약을 복용하고, 몸에 해로운 영향을 주는 것을 피하기만 하면 돼. 벌써 기분이 좋아지고 있어. 아까보다 훨씬 좋아졌어.' 그는 옆구리를 만져보았다. 만져도 별로 아프지 않았다. '그래, 정말로 아프지 않아. 벌써 상당히 좋아졌어.' 그는 불을 끄고 옆으로 돌아누웠다. '맹장이 점점 좋아지고 있어. 흡수가 일어나고 있어.' 바로 그때, 그는 너무나 익숙한 그 둔통을 다시 느꼈다. 몸을 물어뜯는 듯한 심한 통증이 집요하게 계속되었다. 입에서는 고약한 냄새가 났다. 그에게는 너무나 익숙한 바로 그 냄새였다. 가슴이 철렁 내려앉았다. 정신이 아찔해졌다. '맙소사, 또 시작이군! 또 시작이야! 이 통증은 절대로 멎지 않을 거야.' 사태가 문득 지금까지와는 전혀 다른 양상을 나타냈다. '이건 맹장이나 신장 따위의 문제가 아니야. 이건 사느냐 죽느냐의 문제야. 그래, 삶은 바로 저기에 있었지만, 이제 떠나고 있어. 자꾸만 멀어지고 있어. 나는 떠나는 삶의 발목을 붙잡을 수가 없어. 그래, 나 자신을 속여봤자 무슨 소용이야. 내가 죽어가고 있다는 건 모두 알고 있잖아? 나만 빼고는 누구한테나 명백한 사실이야. 내가 죽는 건 시간문제일 뿐이야. 앞으로 몇 주, 아니 며칠밖에 안 남았어. 어쩌면 지금 당장 죽을지도 몰라. 얼마 전까지만 해도 빛이 있었지만, 이제는 온통 어둠뿐이야. 나는 이 세상에 있었지만, 지금은 저세상으로 가고 있어. 그런데 어디로 가는 거지?' 온몸에 오싹 소름이 끼쳤다. 호흡이 멈추었다. 다만 심장이 고동치는 것을 느낄 수 있을 뿐이었다.

'내가 없어지면 무엇이 남을까? 아무것도 남지 않을 거야. 내가 죽으면 어디로 가게 될까? 이게 정말로 죽음일까? 아니야, 난 죽고 싶지 않아!' 그는 벌떡 일어나 촛불을 켜려고 했다. 떨리는 손으로 양초를 더듬어 찾다가 양초와 촛대를 바닥에 떨어뜨렸다. 그는 다시 베개 위에 털썩 쓰러졌다.

'이게 다 무슨 소용이지? 이래 봤자 아무 차이도 없어.' 그는 부릅뜬 눈으로 어둠 속을 노려보며 중얼거렸다. '죽음. 그래, 죽음. 저쪽 방에 있는 놈들은 아무도 죽음을 모르고, 알고 싶어 하지도 않아. 나에 대한 동정심 따위는 티끌만큼도 없어. 지금 놈들은 재미나게 노느라 정신이 없어.' (문틈을 통해 노랫소리와 피아노 반주 소리가 들려왔다.) '저들한테는 아무래도 좋은 일이겠지. 하지만 놈들도 언젠가는 죽을 거야. 바보 같으니라고! 내가 한발 먼저 가고 놈들은 늦게 가지만, 죽는 건 마찬가지야. 그런데 지금 놈들은 웃고 떠들고 있어. 짐승 같은 놈들!"

너무 화가 나서 숨이 막혔다. 그는 고통스러웠고 못 견디게 비참했다. '누구나 다 이런 끔찍한 공포를 겪어야만 하다니, 아무리 생각해도 있을 수 없는 일이야!' 그는 벌떡 몸을 일으켰다.

'무언가 잘못되어 있어. 마음을 가라앉혀야 해. 처음부터 다시 생각해봐야겠어.' 그래서 그는 다시 생각하기 시작했다. '그래, 내 병이 어떻게 시작됐지? 옆구리를 부딪혔지만, 그날과 그 이튿날은 좀 아프긴 했어도 아직 괜찮았어. 그러다가 통증이 점점 심해졌지. 그래서 의사들을 찾아다녔지만, 실망과 고통만 뒤따랐단 말이야. 더 많은 의사한테 진찰을 받았고, 그러면서 심연으로 점점 가까이 다가갔지. 체력은 자꾸만 줄어들었고, 나는 계속 심연으로 빠져들었어. 이제 나는 완전히 쇠약해졌고, 내 눈에는 빛이 전혀 없어. 나는 맹장을 생각하지만, 이건 죽음이야! 나는 맹장을 고치는 문제를 생각하지만, 그동안 줄곧 죽음이 다가와 있었어. 정말로 죽음이 닥쳐온 것일까?' 또다시 공포가 그를 엄습했다. 그는 숨을 쉬려고 헐떡거렸다. 일으켰던 몸을 구부려 침대 옆 탁자에 팔꿈치를 눌러 대고 성냥을 더듬어 찾기 시작했다. 탁자가 그를 방해했고, 그래서 팔꿈치가 아팠다. 그는 탁자에 화가 나서 더 힘껏 눌러댔다. 탁자가 뒤집혔다. 그는 절망적인 기분으로 숨을 헐떡이면서 벌렁 드러누웠다. 그러고는 죽음이 다가오기를 기다렸다.

그때 마침 손님들이 떠나기 시작했다. 프라스코비야 표도로브나는 손님들을 배웅하다가 무엇인가 쿵 쓰러지는 소리를 듣고 남편 방으로 들어왔다.

"무슨 일이에요?"

"아무것도 아니야. 실수로 탁자를 뒤엎었어."

아내는 밖으로 나갔다가 촛불을 들고 돌아왔다. 와서 보니 남편은 십 리 길을 달려온 사람처럼 괴롭게 헐떡이며 누워 있었다. 아내가 들어오자 그는 그녀를 뚫어지게 쳐다보았다.

"여보, 왜 그러세요?"

"아무…… 아무…… 것도 아니야. 내가 탁자를 뒤엎었어."

('내가 왜 이런 말을 하고 있지? 아내는 이해하지도 못할 텐데' 하고 그는 생각했다.)

사실 그녀는 이해하지 못했다. 그녀는 탁자를 세워놓고 바닥에 떨어진 양초에 불을 켠 다음, 다른 손님들을 배웅하러 서둘러 나갔다. 그러고는 남편의 침실로 다시 돌아와보니 남편은 여전히 반듯하게 누워서 천장을 쳐다보고 있었다.

"왜 그래요? 기분이 더 나빠졌나요?"

86

그녀는 고개를 저으며 의자에 앉았다.

"여보, 아무래도 레세티츠키 선생한테 왕진을 부탁해야 할 것 같군요."

비용을 아끼지 않고 이름난 전문의를 부르겠다는 뜻이었다. 그는 심술궂은 미소를 지으며 말했다.

"그럴 필요 없어."

아내는 잠시 더 앉아 있다가 그에게 다가와서 이마에 입을 맞추었다. 아내가 키스하고 있는 동안 그는 영혼 밑바닥까지 아내를 증오했다. 아내를 밀쳐버리고 싶은 충동을 억누르기가 힘들었다.

"그럼, 안녕히 주무세요. 하느님의 뜻이라면 잠을 잘 수 있을 거예요."

"그렇겠지."

6

이반 일리치는 죽음이 다가오고 있다는 것을 깨닫고는 줄곧 절망에 빠졌다. 마음속 깊은 곳에서는 자기가 죽어가고 있다는 것을 알았지만, 그는 이 생각에 익숙지 않았을 뿐만 아니라 이해할 수도 없었다.

그는 키제베터의 논리학에서 배운 삼단논법, 즉 '카이사르는 인간이다, 인간은 죽어야 한다, 그러므로 카이사르도 죽어야 한다'는 삼단논법도 카이사르한테 적용되었을 때는 옳지만 자신에게 적용되었을 때는 옳지 않은 것처럼 여겨졌다. 카이사르—추상적 인간—가 죽는다는 것은 지극히 타당했지만, 그는 카이사르도 아니고 추상적 인간도 아닐뿐더러, 다른 모든 인간과는 구별되는 별개의 존재였다. 그는 엄마와 아빠, 미탸와 볼로댜, 장난감, 마부와 유모, 카텐카 그리고 유년 시절과 소년 시절과 청년 시절의 온갖 기쁨과 슬픔과 즐거움—이 모든 것과 함께 있는 어린 바냐(이반의 애칭-옮긴이)였다. 바냐가 그토록 좋아했던 줄무늬 가죽 공의 냄새에 대해 카이사르가 뭘 안다는 것인가? 카이사르도 어머니 손에 그런 식으로 키스했을까? 카이사르의 귀에도 어머니의 옷자락이 그렇게 바스락거렸을까? 학교에서 급식으로 나온 파이가 상했을 때 카이사르도 그처럼 야단법석을 떨었을까? 카이사르도 그런 식으로 사랑에 빠졌을까? 카이사르도 과연 그처럼 능숙하게 재판을 주재할 수 있었을까? '카이사르는 정말로 죽어야 했고, 그가 죽은 건 당연했어. 하지만 내가 죽는 건 문제가 달라. 나만의 생각과 감정을 지닌 나, 어린 바냐, 이반 일리치가 죽는 것과 카이사르가 죽는 건 완전히 다른 문제야. 내가 죽어야 한다니, 그럴 리가 없어. 그건 너무나 가혹한 일이야.'

이것이 그의 감정이었다.

'내가 카이사르처럼 죽어야 한다면, 그걸 미리 알아야 했어. 내면의 목소리가 나한테 말해주었을 거라고. 하지만 나는 아무 소리도 듣지 못했고, 나는 물론 친구들 모두 우리와 카이사르는 경우가 다르다고 생각했어. 그런데 이제 느닷없이 죽음이 닥쳐온 거야!' 그는 혼잣말로 중얼거렸다. '그럴 수는 없어. 도저히 있을 수 없는 일이야. 하지만 죽음은 여기에 바싹 다가와 있어. 어떻게 이럴 수가 있을까? 이걸 어떻게 이해할 수 있지?'

그는 이해할 수가 없었다. 그래서 그릇되고 부정확하고 소름 끼치는 이 생각을 몰아내고 적절하고 건강한 생각을 하려고 애썼다. 하지만 그 생각은 그에게 다가와 그와 대결이라도 하듯 앞을 막아서는 것 같았다. 아니, 생각만이 아니라 현실 자체도 다가와 그 앞에 버티고 서 있었다.

이런 생각을 몰아내려고 그는 다른 생각들을 차례로 떠올려, 그 생각들 속에서 마음의 의지가 될 만한 것을 찾아내고 싶었다. 그는 죽음에 대한 생각을 몰아내준 적이 있는 생각의 흐름 속으로 되돌아가려고 애썼다. 하지만 이상하게도 전에는 죽음에 대한 생각을 차단하거나 은폐하거나 파괴해주었던 생각들이 이제는 그런 효과를 발휘하지 못했다. 이제 이반 일리치는 그런 생각의 흐름을 복구하는 데 대부분의 시간을 바치고 있었다. 그는 이렇게 혼잣말을 하곤 했다. "일을 다시 시작하자. 결국 나는 일을 해서 먹고살았으니까." 그래서 그는 모든 근심을 떨쳐버리기 위해 법원에 나가서 동료들과 대화를 나누고, 항상 그랬듯이 무관심하게 앉아서 쇠약해진 두 팔을 참나무 의자 팔걸이 위에 얹어놓고, 골똘한 표정으로 방청객을 훑어보고, 여느 때처럼 동료들에게 몸을 기울여 무슨 말인가를 속삭이면서 서류를 끌어당기고, 그러다가 문득 눈을 들고 꼿꼿이 앉아서 판에 박힌 말로 재판을 시작하곤 했다. 하지만 재판이 한창 진행되고 있을 때, 그 절차가 어느 단계까지 진행되었든 상관없이 옆구리의 통증이 느닷없이 그를 물어뜯기 시작하는 것이었다. 그러면 이반 일리치는 거기에 정신을 집중하여 '그놈'에 대한 생각을 떨쳐버리려고 애를 쓰지만, 아무리 그래도 소용이 없었다. '그놈'이 다가와 눈앞에 버티고 서서 그를 가만히 바라보았다. 그러면 그는 공포로 멍해지고, 눈에서는 빛이 사라졌다. 그는 오직 '그놈'만이 진실인가 하고 다시금 자문하기 시작했다. 그토록 훌륭하고 노련한 법관인 그가 갈팡질팡하면서 실수를 저지르는 것을 보고, 동료와 부하들은 놀라움과 괴로움에 빠지기도 했다. 그는 몸부림치면서 자제심을 되찾으려고 애썼다. 그럭저럭 재판을 끝내고는, 이제는 재판 업무도 자기를 '그놈'으로부터 해방시켜주지 못한다는 사실을 서글프게 의식하면서 집으로 돌아왔다. 전에는 일에 몰두하고 있으면 그가 알고 싶지 않은 진실을 은폐할 수 있었지만, 이제는 그것도 뜻대로 되지 않았다. 무엇보다도 나쁜 것은 '그놈'의 행태였다. '그놈'은 그가 어떤 조치를 취하게 하기 위해 그의 관심을 끌어당기는 것이 아니라, 단지 그가 '그놈'을 바라보도록, 이루 형언할 수 없는 고통을 겪으면서도 속수무책으로 '그놈'의 얼굴을 똑바로 바라보도록 하기 위해 그의 관심을 끌어당기는 것이었다.

이런 상황에서 자신을 구하기 위해 이반 일리치는 위안—새로운 차단막—을 찾았다. 새로운 차단막을 찾아내면 한동안은 그것이 그를 구해주는 듯했다. 하지만 차단막은 곧 갈기갈기 찢기거나 투명해졌다. 마치 '그놈'이 차단막을 뚫어버린 것처럼 그리고 이 세상의 어떤 것도 '그놈'을 베일로 가릴 수는 없는 것처럼.

요즘 들어 그는 자신이 직접 꾸민 객실—그가 사다리에서 떨어진 바로 그 객실—에 자주 들어가보곤 했다. 그때 창문 모서리에 부딪힌 것 때문에 병이 생겼다는 것을 알았기 때문이다. 이 객실을 위해 그는 목숨을 바친 셈이었다(얼마나 어처구니없는 일인가). 객실에 들어간 그는 반들반들 윤나는 탁자 위에서 무언가에 긁힌 자국을 봤다. 이 자국이 생긴 원인을 찾다가 앨범 끝의 청동 장식이 그 원흉인 것을 알았다. 청동 장식이 구부러져 있었던 것이다. 그는 그토록 정성 들여 정리한 앨범을 집어들고, 딸과 그 친구들이 칠칠치 못한 것에 화를 냈다. 앨범이 여기저기 찢어져 있고 사진 몇 장은 거꾸로 뒤집혀 있었기 때문이었다. 그는 앨범을 조심스럽게 정리하고, 구부러진 청동 장식을 제대로 고쳐놓았다. 그러고 나자 방 안에 있는 물건을 모두 방구석의 화분 근처로 옮겨야겠다는 생각이 문득 떠올랐다. 하인을 부를 수도 있었지만 딸과 아내가 그를 도와주러

왔다. 그들은 그의 생각에 동의하지 않았고, 아내는 그에게 이의를 제기했다. 그는 아내와 말다툼을 했는데, 그러자 점점 화가 치밀었다. 하지만 그 정도는 괜찮았다. 그때만은 '그놈'을 잊을 수 있었기 때문이었다. '그놈'의 모습이 보이지 않았던 것이다.

하지만 그가 무엇인가를 손수 옮기고 있을 때 아내가 말했다. "하인들한테 시키세요. 그러다가 또 다치겠어요." 그러자 문득 '그놈'이 차단막을 뚫고 얼굴을 내밀었다. 그는 그것을 알아보았다. 하지만 섬광처럼 순간적으로 나타났을 뿐이었다. 그는 '그놈'이 사라지기를 바랐지만, 저도 모르게 옆구리로 마음이 쏠렸다. '그놈은 전처럼 저기 앉아서 여전히 나를 괴롭히고 있어.' 그는 더 이상 '그놈'을 잊고 있을 수가 없게 되었다. '그놈'이 꽃들 뒤에서 자기를 바라보고 있는 것을 똑똑히 볼 수 있었다. 도대체 어떻게 된 것일까?

'그래! 나는 요새로 돌격하다가 목숨을 잃은 것처럼, 저 커튼 때문에 소중한 목숨을 잃게 되었어. 그게 있을 수 있는 일일까? 너무나 가혹하고 어처구니없는 일이야. 그게 사실일 리가 없어! 사실일 리가 없는데, 사실이란 말이야.'

그는 서재로 돌아가 소파에 누웠다. 그리고 다시 '그놈'과 단둘이 남았다. '그놈'과 얼굴을 맞댄 채. '그놈'과 함께 있으면 아무 일도 할 수 없다. '그놈'을 바라보며 몸서리치는 것 말고는.

7

그 일이 어떻게 일어났는지는 말할 수 없다. 그것은 눈에 띄지 않게 조금씩 서서히 일어났기 때문이다. 이반 일리치가 병을 앓은 지 석 달이 지나자 그에 대한 사람들의 관심은 오로지 그가 법관 자리에서 곧 물러날 것인가 어떤가에만 쏠리게 되었다. 그의 아내와 딸, 아들, 친지들, 의사들, 하인들도 그것을 알아차렸지만, 누구보다도 가장 민감하게 알아차린 사람은 바로 이반 일리치 자신이었다. 그가 언제쯤이면 세상을 떠나 그의 존재가 야기하는 불편에서 살아 있는 사람들을 마침내 해방시켜주고, 그 자신도 고통에서 해방될 것인가가 다른 사람들의 유일한 관심사였다.

그는 점점 더 잠을 이룰 수 없게 되었다. 아편을 먹고 모르핀 주사를 맞았지만, 이것도 그의 고통을 누그러뜨리지는 못했다. 몽롱한 상태에서 경험하는 우울은 지금까지 겪어보지 못한 새로운 감각이었기 때문에 처음에는 그에게 약간의 위안을 주기도 했지만, 얼마 후에는 그것도 통증 자체만큼 또는 통증보다 훨씬 심한 고통을 주게 되었다.

의사들의 처방에 따라 특별한 음식이 마련되었지만, 그는 갈수록 이런 음식을 싫어하고 진저리를 쳤다.

배변을 위해서도 특별한 설비를 마련해야 했다. 배변할 때마다 이것이 그에게는 또 하나의 고통이었다. 불결하고 꼴사납고 냄새나는 것도 고통스러웠지만, 다른 사람이 그의 배변 작업에 참여해야 한다는 것도 그를 적잖이 괴롭혔다.

하지만 불쾌하기 짝이 없는 이 일 덕분에 이반 일리치에게는 하나의 위안거리가 생겼다. 그가 배변할 때마다 거들어주려고 들어온 사람은 주방 담당 하인인 게라심이었는데, 게라심은 꾸밈없고 활기찬 시골 출신의 젊은이였다. 도시에 나와 좋은 음식을 먹어서 체격이 더욱 늠름해졌고, 늘 쾌활하고 싹싹했다. 깨끗한 러시아 농부 옷차림을 한 그 젊은이가 남의 똥오줌을 치우는 역겨운 일을 하는 것을 보았을 때 이반 일리치도 처음에는 당황해서 어쩔 줄을 몰랐다.

한번은 휴대용 의자식 변기에 앉아 볼일을 보고 일어났는데, 너무 기운이 없어서 바지를 끌어올릴 수가 없었다. 이반 일리치는 폭신한 안락의자에 주저앉아서 드러난 넓적다리를 공포에 질린 눈으로 내려다보았다. 쇠약해진 넓적다리 위로 근육이 뚜렷이 불거져 있었다.

그때 게라심이 힘차고 경쾌한 걸음으로 들어왔다. 그의 무거운 장화에서는 기분 좋은 냄새가 풍겼다. 타르 향과 신선한 겨울 공기가 뒤섞인 냄새였다. 게라심은 깨끗한 삼베 앞치마를 두르고 크레톤 셔츠 소매를 걷어 올려 튼튼하고 젊은 팔을 드러내놓고 있었다. 그는 병든 주인의 기분을 고려하여 주인에게는 눈도 돌리지 않고 얼굴엔 빛나는 삶의 기쁨을 애써 억누르며 변기로 다가갔다.

"게라심!" 이반 일리치가 힘없는 목소리로 그를 불렀다.

게라심은 흠칫 놀랐다. 자기가 무슨 실수를 저질렀나 보다고 생각한 모양이었다. 그는 이제 막 솜털 같은 턱수염이 돋아나기 시작한 소년의 얼굴, 기운차고 친절하고 순박한 얼굴을 재빨리 주인 쪽으로 돌렸다.

"예, 나리."

"너한테는 몹시 불쾌한 일이겠지. 나를 용서해다오. 나는 너무 무력해서 스스로는 어떻게도 할 수가 없구나."

"아닙니다요, 나리." 게라심은 두 눈을 빛내고 반짝이는 하얀 이를 드러냈다. "이건 조금도 어렵지 않은 일입니다. 그저 나리의 병세가 걱정스러울 뿐이죠."

게라심은 능숙하고 힘센 손으로 익숙해진 일을 끝내고는 경쾌한 걸음으로 방을 나갔다. 그리고 오 분 뒤에 다시 경쾌한 걸음으로 돌아왔다. 이반 일리치는 여전히 안락의자에 아까와 똑같은 자세로 앉아 있었다. 게라심이 깨끗이 씻은 변기를 제자리에 돌려놓자 이반 일리치가 말했다. "게라심, 이리 와서 나를 좀 도와다오." 게라심이 다가왔다. "나를 좀 일으켜다오. 힘이 없어서 일어나기도 어렵구나. 드미트리는 심부름을 하러 가서 없고……."

게라심은 다가와 힘센 두 팔로 능숙하면서도 부드럽게 주인을 감싸 안고는 그의 걸음걸이처럼 가볍게 들어 올렸다. 그러고는 한 손으로 주인의 몸을 부축하고, 또 한 손으로는 주인의 바지를 끌어올렸다. 그 일이 끝나자 주인을 다시 의자에 앉히려고 했지만, 이반 일리치는 소파로 데려다달라고 부탁했다. 게라심은 주인을 들어 올리다시피 하여 소파로 데려가서 그 위에 앉혔다. 힘들어하는 기색도 없었고, 주인에게 압박감을 줄 만큼 꽉 누르지도 않았다.

"고맙다. 너는 정말 모든 일을 조금도 힘들이지 않고 척척 잘하는구나."

게라심은 다시 미소를 짓고 방을 나가려고 돌아섰다. 하지만 이반 일리치는 게라심의 존재가 큰 위안이 된다는 것을 느꼈기 때문에 그를 보내고 싶지 않았다.

"한 가지만 더 부탁하마. 저 의자를 이리 좀 갖다다오. 아니, 그것 말고 저 의자……. 그래, 그걸 내 발밑에 놓아다오. 발을 들어 올리면 한결 편하거든."

게라심은 의자를 가져와 주인이 지정한 자리에 살며시 내려놓고 이반 일리치의 두 다리를 그 위에 올려놓았다. 게라심이 다리를 들어 올리고 있는 동안 이반 일리치는 기분이 한결 좋아진 느낌이었다.

"다리를 높이니까 훨씬 좋구나. 저 쿠션을 다리 밑에 놓아다오."

게라심은 시키는 대로 했다. 주인의 다리를 들어 쿠션 위에 올려놓은 것이다. 그러자 이번에도 게라심이 다리를 쳐들고 있는 동안 이반 일리치는 한결 기분이 좋아진 느낌이었다. 그

러나 게라심이 다리를 내려놓자 기분이 훨씬 나빠진 느낌이
들었다.

"게라심, 지금 바쁘냐?"

"아닙니다요, 나리." 게라심은 도회지로 나온 뒤에 양반들
한테 말하는 법을 배웠기 때문에 예의 바르게 대답했다.

"아직 할 일이 남았느냐?"

"제가 해야 할 일 말씀입니까? 내일 쓸 장작을 패는 일 말고
는 다했습니다요."

"그럼 내 다리를 높이 치켜들고 있어다오. 할 수 있겠느냐?"

"물론입지요, 나리." 게라심은 주인의 다리를 높이 치켜들
었다. 그런 자세를 취하고 있으면 통증이 전혀 느껴지지 않는
다고 이반 일리치는 생각했다.

"그런데 장작은 어떻게 하지?"

"그건 걱정하지 마세요, 나리. 시간은 충분하니까요."

이반 일리치는 의자에 앉아서 다리를 붙잡고 있어달라고
게라심에게 말한 다음, 그를 상대로 이야기를 시작했다. 묘하
게도 게라심이 다리를 치켜들고 있으면 통증이 사라지고 기
분이 한결 좋아지는 것이었다.

그때부터 이반 일리치는 이따금 게라심을 불러서, 두 다리
를 그의 어깨 위에 올려놓게 하고는 그를 상대로 이야기하기
를 좋아했다. 게라심은 이반 일리치가 무슨 일을 시켜도 기꺼
이 척척 해냈다. 그 성실하고 싹싹한 태도가 이반 일리치를 감

동시켰다. 다른 사람의 건강과 힘과 활력은 그를 화나게 했지만, 게라심의 힘과 활력은 그에게 굴욕감이 아니라 위안을 주었다.

이반 일리치를 가장 괴롭힌 것은 기만이었다. 무엇 때문인지 주변 사람들은 모두 그가 죽어가고 있는 게 아니라 병이 났을 뿐이며, 조용히 안정을 취하면서 치료를 받으면 좋은 결과가 나올 거라는 거짓말을 믿고 있었다. 하지만 이반 일리치는 어떤 치료법도 효과가 없으리라는 것, 이제 남은 것은 훨씬 지독한 고통과 죽음뿐이라는 것을 알고 있었다. 그런데 그들은 자신들도 알고 있고 이반 일리치도 알고 있는 이 사실을 좀처럼 인정하려고 하지 않았다. 그의 끔찍한 상태에 대해 그를 속이려 들 뿐만 아니라, 환자 자신에게까지 그 기만에 참여하기를 원하면서 그것을 강요하려 들었다. 이런 기만이 이반 일리치를 괴롭혔던 것이다. 이런 거짓말—죽음을 앞둔 그에 관해 날조된 거짓말, 죽음이라는 무섭고도 엄숙한 행위를 사교적인 방문이나 커튼이나 만찬 때 먹는 철갑상어 수준으로 타락시키는 거짓말—이 이반 일리치에게는 지독한 고통이었다. 참으로 우스운 일이지만, 그들이 광대처럼 익살을 부리며 그의 건강에 대해 뻔한 거짓말을 할 때면, "거짓말하지 마! 내가 죽어가고 있다는 건 너도 알고 나도 알아. 그러니까 최소한 거짓말은 하지 마!" 하고 고함을 지르고 싶은 충동을 느낄 때가 한두 번이 아니었다. 하지만 그럴 만한 기력을 갖고 있지 못했다. 주위 사람들이 그의 죽음이라는 엄숙하고 무서운 행위를 (마치 누군가가 고약한 냄새를 풍기며 객실에 들어온 것처럼) 우발적이고 불쾌하고 예의에 어긋나는 사건 정도로 끌어내린 것을 그는 알 수 있었다. 그리고 그 원흉은 바로 그가 평생 동안 금과옥조처럼 떠받들어온 바로 그 예의범절이었다. 이반 일리치는 누구 하나 자기를 동정하는 사람이 없다는 것을 알았다. 아무도 그의 처지를 이해하려고 하지 않았기 때문이다. 오직 게라심만이 그의 처지를 이해하고 동정했다. 그래서 이반 일리치는 게라심과 함께 있을 때만 마음이 편했다. 게라심이 다리를 받쳐주고 있을 때면(때로는 밤새도록) 이반 일리치는 위안을 느꼈다. 이반 일리치가 그만 가서 자라고 해도 게라심은 "걱정하지 마세요, 나리. 잠은 나중에 충분히 잘 테니까요" 하면서 거절했다. 또 어떤 때는 갑자기, "나리께서 편찮으시지 않다면 별문제지만, 이렇게 많이 편찮으신데 이 정도 수고야 당연한 것 아니겠어요?" 하고 친밀감이 담긴 어조로 말하기도 했다. 오직 게라심만이 거짓말을 하지 않았다. 모든 점으로 미루어보아 오직 게라심만이 진상을 이해하고 있음이 분명했다. 게라심은 진상을 숨기려고도 하지 않았고, 다만 수척해지고 쇠약해진 주인을 가엾게 여길 뿐이었다. 한번은 이반 일리치가 그를 무턱대고 나가라고 했더니, 그는 노골적으로 이렇게 말하기까지 했다. "누구나 인간은 죽는 법입니다. 그러니 이 정도 수고야 당연한 것 아니겠어요?" 그러니까 게라심은 이 말을 통해, 자기는 죽어가는 사람을 위해 자기가 할 수 있는 일을 하고 있을 뿐이고, 자기가 죽을 때가 되면 또 누군가가 자기한테 똑같이 해주기를 바라기 때문에, 그런 일을 조금도 귀찮게 여기지 않는다는 뜻을 나타내고 싶었던 것이다.

이런 거짓말 이외에 이반 일리치를 가장 괴롭힌 것은 아무도 그가 원하는 만큼 그를 동정해주지 않는다는 사실이었다. 어쩌면 사람들의 뻔한 거짓말 때문에 그것이 더욱 괴로웠는지도 모른다. 오랫동안 고통을 겪은 뒤에는 더더욱 동정을 받고 싶었다(하지만 이런 심정을 고백하기는 부끄러웠다). 아픈 아이를 불쌍히 여기듯, 누군가가 나를 토닥여주고 달래주면 얼마나 좋을까. 그는 다정한 애무와 위로를 갈망했다. 그는 자기가 중요한 관리이고, 턱수염이 희끗희끗해진 나이이고, 따라서 아픈 어린애처럼 취급받는 것은 불가능하다는 사실을 잘 알고 있었지만, 그래도 여전히 그것을 갈망했다. 그런데 그를 대하는 게라심의 태도 속에는 그가 원하는 것과 비슷한 무언가가 있었다. 그래서 게라심의 태도는 그에게 위안을 주었다. 이반 일리치는 울고 싶었다. 다정한 애무를 받으며 엉엉 소리 내어 울고 싶었다. 그런데 동료인 셰베크가 찾아오면 이반 일리치는 울거나 어리광을 부리는 대신에 진지하고 엄격하고 심오한 태도를 취하곤 했다. 그리고 오로지 습관의 힘으로 최고법원 판결에 대한 의견을 피력하고, 그런 자신의 견해를 완강히 고집하곤 했다. 주위 사람들과 그 자신의 이런 허위가 그의 마지막 날들을 다른 무엇보다도 심하게 해쳤던 것이다.

8

아침이었다. 게라심이 나간 다음 하인인 표트르가 들어와서 촛불을 끄고 커튼을 걷고 조용히 방을 정돈하기 시작했다. 그래서 이반 일리치는 아침이 온 것을 알았다. 아침이든 저녁이든, 금요일이든 일요일이든, 아무 차이도 없었다. 모든 것이 똑같았다. 몸을 갉아먹는 듯한, 조금도 누그러들지 않고 잠시도 멎지 않는 통증, 가차 없이 약해지고 있지만 아직 완전히 꺼지지는 않은 삶의 의식, 한 걸음씩 다가오고 있는 무섭고 가증스러운, 유일한 현실인 죽음, 언제나 변함없는 속임수. 거기에 무슨 날이 있고 주가 있고 시간이 있단 말인가?

"차를 드시겠습니까, 나리?"

'이놈은 매사가 규칙적으로 돌아가기를 바라고 있군. 그래서 아침마다 주인이 차 마시기를 바라고 있어.' 이반 일리치는 이렇게 생각하고는 퉁명스럽게 내뱉었다.

"필요 없어."

"소파로 옮겨드릴까요, 나리?"

'이 녀석은 방을 치우고 싶은데 내가 방해된다는 말이군. 나야말로 불결과 혼란 그 자체니까.' 그는 이렇게 생각하고 다시 퉁명스럽게 내뱉었다.

"아니, 그냥 내버려둬."

하인은 계속 분주하게 방 안을 돌아다녔다. 이반 일리치가 손을 내밀었다. 그러자 표트르가 무엇이든 도와줄 준비를 하고 다가왔다.

"왜 그러십니까, 나리?"

"시계."

표트르는 가까이에 놓여 있는 시계를 집어서 주인에게 건네주었다.

"여덟 시 반이군. 다들 일어났나?"

"아닙니다, 나리. 학교에 가신 바실리 이바노비치 도련님(아들이었다)만 빼고는 아직 주무십니다. 마님께서는 나리께서 찾으시면 깨워달라고 분부하셨습니다. 마님을 깨울까요?"

"아니, 그럴 필요 없다." 이반 일리치는 차를 좀 마시는 게 좋겠다고 생각하고 덧붙여 말했다. "그래, 차나 좀 가져와라."

표트르는 문 쪽으로 걸어갔다. 그러자 이반 일리치는 혼자 남기가 두려웠다. '어떻게 하면 표트르를 붙잡아둘 수 있을까? 아, 그래, 약이 있지.' "표트르, 저기 약 좀 갖고 와라." '약을 먹는다고 나쁠 건 없잖아? 그래도 조금은 도움이 될지 몰라.' 이반 일리치는 약을 한 숟가락 따라서 꿀꺽 삼켰다. '아니야, 약은 도움이 안 될 거야. 이건 모두 바보 같은 짓이야. 모두 속임수라고.' 그는 익숙한 메스꺼운 맛, 아무 희망도 없는 약의 맛을 느끼자마자 이렇게 판단을 내렸다. '더 이상 약을 믿을 수가 없어. 하지만 이 통증은 무엇 때문일까? 왜 이렇게 아프지? 통증이 잠시만이라도 멎어준다면 얼마나 좋을까?' 그는 신음을 토했다. 표트르가 돌아보았다. "괜찮아. 가서 차를 좀 가져와."

표트르는 방을 나갔다. 혼자 있게 되자 이반 일리치는 다시금 신음을 토했다. 그것은 통증보다는 오히려 고뇌 때문이었다. '언제나 똑같아. 끝없이 되풀이되는 낮과 밤. 앞으로도 영원히 똑같을 거야. 차라리 좀 더 빨리 와준다면 얼마나 좋을까! 그런데 무엇이 빨리 와주기를 바라는 거지? 죽음? 어둠? 아니, 아니야! 죽음만 아니라면 무엇이든 다 좋아!'

표트르가 쟁반에 찻잔을 올려서 돌아오자 이반 일리치는 잠시 당혹스러운 눈으로 그를 쳐다보았다. 그가 누군지, 여기서 뭘 하고 있는지 알 수가 없었기 때문이다. 표트르는 주인의 표정에 당황했고, 그가 당황해서 쩔쩔맨 덕분에 이반 일리치는 다시 정신을 차렸다.

"그래, 차를 가져왔군! 좋아, 거기 내려놓게. 그리고 나를 좀 도와줘. 세수를 하고 깨끗한 셔츠를 입고 싶으니까."

이반 일리치는 세수를 하기 시작했다. 쉬엄쉬엄 손을 씻은 다음 얼굴을 씻고, 이를 닦고, 머리를 빗고, 거울을 들여다보았다. 거울에 비친 모습을 보고, 특히 머리카락이 창백한 이마에 힘없이 달라붙어 있는 것을 보고 그는 덜컥 겁이 났다.

셔츠를 갈아입는 동안 그는 거울 쪽으로 눈길이 가지 않도록 애썼다. 거울에 비친 몸을 바라보면 더욱 겁이 날 것 같았기 때문이다. 마침내 준비가 끝났다. 그는 가운을 걸치고 담요로 몸을 감싼 다음, 차를 마시기 위해 안락의자에 앉았다. 그는 잠시 상쾌한 기분을 느꼈다. 하지만 차를 한 모금 마시자마자 또다시 그 고약한 맛과 통증이 되살아났다. 그는 간신히 차를 다 마신 다음 두 다리를 쭉 뻗고 드러누워 표트르를 내보냈다.

모든 것이 똑같았다. 희망의 불꽃이 번득였는가 싶으면, 다음 순간에는 절망의 바다가 사납게 출렁였다. 그리고 변함없는 통증, 변함없는 절망. 언제나 마찬가지였다. 혼자 있을 때면 누군가를 부르고 싶은 강렬하고 비참한 욕망을 느꼈다. 하지만 다른 사람이 옆에 있으면 상황이 더욱 나빠지리라는 것도 알고 있었다. '또 모르핀을 맞을까. 그러면 의식을 잃어버릴지도 모르는데…… 무언가 다른 방법을 강구해야 한다고 의사한테 말해야겠군. 이런 식으로 계속 살아간다는 건 불가능해. 도저히 견딜 수가 없어.'

한 시간이 지나고 또 한 시간이 그런 식으로 지나갔다. 그때 초인종이 울렸다. 의사일까? 의사다. 의사가 들어왔다. 포동포동 살찐 의사가 기운차게, 건강하게, 쾌활하게 들어왔다. 얼굴에는 '아니, 무엇엔가 놀란 모양이군요. 하지만 내가 당장 고쳐드리지요!' 하고 말하는 듯한 표정이 떠올라 있었다. 의사는 이 표정이 여기서는 어울리지 않는다는 것을 알지만, 그 표정은 얼굴에 완전히 달라붙어 있어서 의사도 떼어낼 수가 없는 것이다. 아침부터 프록코트를 입고 이 집 저 집 돌아다니는 인간과 비슷했다. 의사는 그를 안심시키듯 힘차게 두 손을 문질렀다.

"굉장히 춥군요! 끔찍한 추위예요. 잠깐 몸 좀 녹이겠습니다." 의사는 몸이 녹을 때까지만 기다려주면 자기가 병을 완전히 고쳐줄 것처럼 말했다.

"그런데 좀 어떻습니까?"

이반 일리치가 생각하기에 의사는 "요즘 사업은 어떻습니까?" 하고 묻고 싶지만, 아무리 무신경한 의사라도 그렇게 말하는 것은 좋지 않다고 생각하여 이렇게 말을 바꾼 것만 같았다. "간밤에는 어땠습니까?"

이반 일리치는 '거짓말하는 게 조금도 부끄럽지 않소?' 하는 표정으로 의사를 쳐다보았다. 하지만 의사는 이 힐문을 알아들은 것 같지 않았다. 그래서 이반 일리치는 이렇게 말했다. "언제나 그렇듯이 끔찍했소. 통증은 한시도 떠나지 않고, 가라앉지도 않아요. 무언가……."

"당신 같은 환자들은 항상 그런 법입니다. 자, 이젠 몸이 좀 녹은 것 같군요. 이 정도면 유난히 까다로우신 부인(프라스코비야 표도로브나를 가리킨다)께서도 내 체온에 대해서 이러쿵저러쿵 흠잡진 않으시겠죠. 자 그럼, 아침 인사를 해볼까요." 의사는 환자의 손을 잡았다.

이어서 의사는 지금까지의 쾌활한 태도를 버리고 진지한 표정으로 환자를 진찰하기 시작했다. 환자의 맥박과 체온을 잰 다음, 타진과 청진을 시작했다. 이반 일리치는 이 모든 게 부질없는 짓이고 속임수에 지나지 않는다는 것을 너무나 잘 알고 있었다. 하지만 의사가 무릎을 꿇고 환자에게 몸을 구부려 그의 가슴과 배에 귀를 대고 얼굴에는 자못 의미심장한 표정을 띤 채 그의 몸 위에서 다양한 체조 동작을 하면, 이반 일리치는 전에 법정에서 변호사들의 장광설을 참고 들었듯이 의사가 하는 짓을 얌전히 감수했다. 그는 변호사들이 모두 거짓말을 하고 있다는 사실과 거짓말을 하는 이유까지도 잘 알고 있었지만, 말없이 그것을 감수하곤 했다.

의사가 소파 위에 무릎을 꿇고 타진을 계속하고 있을 때 프라스코비야 표도로브나의 실크 드레스가 문간에서 바스락거리는 소리가 들려왔다. 의사 선생님이 오신 것을 알리지 않았다고 표트르를 나무라는 목소리도 들렸다.

그녀는 방으로 들어와 남편에게 키스한 다음, 자기는 벌써 오래전에 일어나 있었지만, 의사 선생님이 왔을 때 다른 사람인 줄로 착각했기 때문에 그만 현관으로 마중을 나가지 못했다고 변명하기 시작했다.

이반 일리치는 아내를 쳐다보았다. 아내의 몸을 머리끝에서 발끝까지 훑어보고, 하얀 피부와 포동포동하고 깨끗한 손과 목, 윤기가 자르르 흐르는 머리카락, 생기로 반짝이는 두 눈에 반감을 품었다. 그는 진심으로 아내를 증오했다. 그리고 아내의 몸이 조금만 닿아도 증오 때문에 몸이 오싹해졌다. 그 증오의 전율이 그를 고통스럽게 했다.

남편과 남편의 병에 대한 그녀의 태도는 여전히 전과 마찬가지였다. 의사가 포기할 수 없는 환자와 일정한 관계를 확립했듯이, 그녀도 남편에 대해서 한 가지 태도—남편은 마땅히 해야 할 일을 하지 않고 있으며, 병이 좀처럼 낫지 않는 것은 자업자득이고, 자기는 남편을 사랑하기 때문에 그것을 나무라고 있다는 태도—를 형성했고, 이제는 그 태도를 바꾸지 못했다.

"이 양반은 도통 내 말을 듣지 않고 약도 제시간에 먹지 않아요. 그리고 무엇보다도 이 양반은 다리를 높이 들어올리고 누워 있답니다. 그런 자세가 몸에 좋지 않을 게 뻔한데도 말이에요."

그녀는 남편이 게라심을 시켜 다리를 치켜들고 있게 한다는 것을 이러쿵저러쿵 설명했다.

의사는 경멸과 위로가 엇갈린 미소를 지었다. 그 미소는 이렇게 말하고 있었다. '그러니 어쩌겠습니까? 환자들은 어리석은 생각을 하게 마련이지만, 너그러이 봐줄 수밖에 없지요.'

진찰이 끝나자 의사는 시계를 보았다. 그러자 프라스코비야 표도로브나는 이반 일리치에게 이렇게 통고했다—당신이 어떻게 생각하든, 오늘 유명한 전문의를 불렀다. 그 전문의가 당신을 진찰하고 나면, 미하일 다닐로비치 선생(평소의 단골 의사)과 협의를 가지게 될 것이다.

"제발 반대하지 마세요. 이건 저 자신을 위해 하는 일이니까요." 그녀는 이게 다 남편을 위해 하는 일이지만, 남편에게 거부권을 주지 않으려고 이렇게 말하고 있을 뿐이라는 느낌이 물씬 풍기도록 일부러 빈정거리듯 말했다. 이반 일리치는 이맛살을 찌푸린 채 잠자코 있었다. 속임수의 그물에 둘러싸이고 말려들어 도저히 벗어날 수 없을 것 같은 기분이 들었다.

아내가 그에게 해주는 일은 모두 전적으로 그녀 자신을 위한 일이었다. 이것은 사실이었고, 그녀도 남편한테 이건 당신을 위해서가 아니라 나 자신을 위해 하는 일이라고 말하곤 했다. 하지만 그 말투는 정반대의 의미를 내포하고 있었다. 환자인 남편을 위해서가 아니라 자신을 위해 그런 일을 한다는 것은 도저히 믿을 수 없는 일이니까, 당신은 내 말을 정반대의 뜻으로 이해해야 한다는 투였다.

열한 시 반에 이름난 전문의가 도착했다. 또다시 진찰이 시작되었다. 그 일이 끝나자 두 의사는 옆방에서 신장과 맹장에 대해 의미심장한 대화를 나누었고, 한껏 거드름 피우는 태도로 질문과 대답을 주고받았다. 이제 이반 일리치가 직면해 있는 진짜 문제는 오직 생사 문제뿐이었지만, 그렇게 해서 또다시 신장과 맹장 문제가 제기되었다. 미하일 다닐로비치와 전문의는 못되게 말썽을 피우고 있는 신장과 맹장을 공격해서 버르장머리를 고쳐놓을 방법을 진지하게 논의했다.

이름난 전문의는 심각하지만 절망적인 것은 아니라는 표정으로 이반 일리치에게 작별인사를 했다. 이반 일리치는 두려움과 희망으로 눈을 빛내면서, 회복될 가망이 있느냐고 조심스럽게 물었다. 그러자 이름난 전문의는 반드시 회복될 거라고 장담할 수는 없지만 가능성은 있다고 대답했다. 이반 일리치가 희망에 찬 표정으로 의사를 지켜보는 모습이 너무나 애처로웠는지, 프라스코비야 표도로브나는 의사에게 왕진료를 주려고 방을 나가면서 흐느껴 울기까지 했다.

의사의 격려가 켜준 희망의 불꽃은 그러나 오래가지 않았다. 방도 그림도 커튼도 벽지도 약병도 여전히 거기에 있었고, 몸을 괴롭히는 고통도 여전했다. 이반 일리치는 신음하기 시작했다. 그는 피하주사를 맞고 망각 속으로 빠져들어갔다.

그가 의식을 되찾은 것은 저물녘이었다. 하인들이 식사를 가져왔다. 그는 간신히 고깃국을 조금 삼켰다. 모든 게 전과 똑같았다. 달라진 것은 아무것도 없었다. 밤이 다가오고 있었다.

식사가 끝난 뒤, 저녁 일곱 시경에 프라스코비야 표도로브나가 이브닝드레스 차림으로 들어왔다. 풍만한 젖가슴을 코르셋으로 밀어 올렸고, 얼굴에는 분을 바른 흔적이 있었다. 오늘 밤에는 극장에 간다는 것을 그녀는 이미 아침에 남편에게 상기시켜둔 바 있었다. 사라 베르나르(프랑스의 유명한 여배우 - 옮긴이)가 이 도시에 와서 공연하고 있었고, 이반 일리치네 가족은 특별석을 예약해두었다. 이반 일리치가 꼭 가서 보라고 우겼기 때문이었다. 그런데 이제 그는 그것을 까맣게 잊고서는 잔뜩 몸치장을 한 아내에게 울컥 화가 치밀었다. 하지만 다음 순간 그는 아이들 교육에 유익하고 미적 즐거움을 줄 테니까 특별석을 확보해서 가보라고 우긴 게 바로 자신임을 생각해 내고는 성난 표정을 얼른 감추었다.

프라스코비야 표도로브나는 흡족한 표정으로, 그러나 양심의 가책을 느끼는 듯한 태도로 들어왔다. 그녀는 의자에 앉아서 기분이 어떠냐고 물었다. 하지만 그가 판단하건대, 그것은 남편의 상태를 알기 위한 질문이 아니라 질문을 위한 질문일 뿐이었다. 남편의 상태에 대해서는 알아야 할 게 아무것도 없다는 것을 알고 있었기 때문이었다. 그런 다음 그녀는 정말로 하고 싶은 말을 꺼냈다—특별석을 예약해두지만 않았다면 절대로 극장에 가지 않았을 것이지만, 좌석은 이미 예약되어 있고, 엘렌과 리사(딸)뿐만 아니라 페트리셰프(딸의 약혼자인 예심 판사)도 가겠다고 하니, 그렇다고 젊은것들만 가게 할 수는 없지 않느냐. 극장에 가는 것보다는 남편 곁에 있는 게 훨씬 좋지만, 사정이 이러니 어쩔 수 없다. 내가 없는 동안 의사가 지시한 대로 따라야 한다……

"아 참, 표도르 페트로비치(페트리셰프의 이름)가 이리로 와서 당신을 만나고 싶다고 하더군요. 괜찮겠어요? 그리고 리사도……."

110

"좋아."

딸애가 이브닝드레스 차림으로 젊은 육체를 과시하면서 들어왔다(이 싱싱한 육체는 그를 너무나 고통스럽게 했지만, 딸은 바로 그 육체를 자랑스럽게 과시하고 있었다). 딸은 튼튼하고 건강했다. 분명히 사랑에 빠져 있었고, 질병과 고통과 죽음에는 짜증을 냈다. 그런 것들은 그녀의 행복을 방해했기 때문이었다.

표도르 페트로비치도 야회복 차림으로 들어왔다. 그의 머리는 '카풀식'(남자들의 머리 모양. 카풀은 프랑스의 유명한 가수 – 옮긴이)으로 곱슬곱슬했고, 길고 건장한 목에 꽉 끼는 뻣뻣한 옷깃을 둘렀으며, 떡 벌어진 가슴은 하얀 셔츠로 감쌌고, 폭이 좁은 검은 바지가 건장한 허벅지를 팽팽히 조이고 있었다. 한 손에는 꽉 끼는 하얀 장갑을 끼었고, 실크해트를 손에 들고 있었다.

그 뒤를 따라 교복 차림에 장갑을 낀 고등학생 아들이 눈에 띄지 않게 살짝 들어왔다. 불쌍한 것. 아들의 눈 밑에는 기미가 생겨 있었는데, 이반 일리치는 그 의미를 잘 알고 있었다. 아들은 언제나 그를 측은하게 여기는 것 같았다. 이제 아들은 몰라보게 쇠약해진 아버지의 모습에 깜짝 놀라 동정하는 표정을 지었다. 그 표정을 보는 것도 끔찍했다. 게라심 외에 그를 이해하고 동정해주는 사람은 오직 바샤뿐인 것 같다고 이반 일리치는 생각했다.

그들은 모두 자리에 앉았고, 다시 그에게 기분이 어떠냐고 물었다. 이어서 침묵이 흘렀다. 리사가 오페라글라스에 대해 어머니에게 물었다. 누가 오페라글라스를 받았는지, 그걸 어디에다 두었는지를 놓고 어머니와 딸 사이에 잠시 입씨름이 벌어졌다. 이 입씨름이 분위기를 어색하고 불쾌하게 만들었다.

표도르 페트로비치가 이반 일리치에게 사라 베르나르를 본적이 있느냐고 물었다. 이반 일리치는 처음에는 그 질문을 알아듣지 못했지만, 잠시 후에 대답했다. "아니. 자네는 본 적이 있나?"

"예, 〈아드리엔 르쿠브뢰르〉(프랑스 극작가 외젠 스크리브와 에르네스트 르구베가 쓴 비극. 18세기의 유명 여배우 아드리엔 르쿠브뢰르의 생애와 의문사를 다루고 있다 - 옮긴이)에서 보았지요."

프라스코비야 표도로브나는 사라 베르나르가 특히 뛰어난 연기를 보인 몇몇 배역을 언급했다. 딸은 어머니의 의견에 동의하지 않았다. 사라 베르나르의 우아하고 사실적인 연기에 대한 대화가 불꽃을 튀겼다. 늘 되풀이되고 판에 박힌 듯이 똑같은 대화였다.

대화가 한창일 때 표도르 페트로비치가 이반 일리치를 힐끔 보고는 갑자기 입을 다물었다. 다른 사람들도 모두 이반 일리치를 보더니 조용해졌다. 이반 일리치는 번쩍이는 눈으로 정면을 뚫어지게 노려보고 있었다. 그들에게 화가 나 있는 게 분명했다. 이 자리를 어떻게든 수습해야 했지만, 도저히 불가능한 일이었다. 어떻게 해서든 침묵을 깨뜨려야 했지만, 한동안은 아무도 입을 열지 못했다. 그들은 모두 두려움—상투적인 속임수가 갑자기 탄로나 진실이 모든 사람 앞에 폭로되지는 않을까 하는 두려움에 사로잡혔다. 용기를 내 이 침묵을 깨뜨린 것은 리사였다. 하지만 그녀는 모두가 느끼고 있는 것을 감추려고 애쓴 나머지 오히려 그것을 무심결에 드러내고 말았다.

"그건 그렇고, 극장에 가려면 이제 출발해야 돼요." 그녀는 시계를 들여다보면서 말했다. 그 시계는 아버지한테 선물로 받은 것이었다. 그녀는 표도르 페트로비치에게 두 사람만이 알고 있는 무언가를 이야기하듯 희미하고 의미심장한 미소를 던졌다. 그러고는 드레스를 바스락거리며 일어섰다.

그들은 모두 일어나서 작별인사를 하고 떠났다.

그들이 나가자 이반 일리치는 기분이 한결 좋아진 것 같았다. 그들과 함께 속임수도 떠나버렸기 때문이었다. 하지만 통증은 남았다. 모든 것을 똑같이 단조롭게 만들어버리는 똑같은 통증과 똑같은 두려움. 더 어려운 것도 없고 더 쉬운 것도 없었다. 모든 게 더 나빠질 뿐이었다.

다시 시간이 흘러갔다. 일 분이 지나고 한 시간이 지났다. 모든 것은 여전히 똑같았다. 중단되지도 않고 끊임없이 흘러갔다. 그리고 이 모든 것의 불가피한 종말은 점점 더 무섭고 고통스러워질 뿐이었다. 그래서 그는 방에서 나가는 표도르에게 게라심을 보내달라고 말했다.

9

아내는 밤늦게야 돌아왔다. 발꿈치를 들고 살금살금 들어왔지만, 그는 아내의 발소리를 듣고 눈을 떴다가 서둘러 감아버렸다. 아내는 게라심을 물러가게 하고 자기가 남편 곁에 있고 싶어 했지만, 그가 눈을 뜨고 말했다.

"아니야. 가서 자."

"많이 아프세요?"

"똑같지 뭐."

"아편을 좀 드세요."

그는 그 말에 동의하고 아편을 조금 먹었다. 아내는 방에서 나갔다.

새벽 세 시까지 그는 감각이 마비된 듯한 비참한 상태에서 허우적거렸다. 누군가가 그와 그의 고통을 좁고 길쭉하고 캄캄한 자루 속에 마구 쑤셔넣고 있는 것만 같았다. 그런데 자루 속으로 아무리 깊이 떠밀려 들어가도 그 밑바닥에는 닿을 수가 없었다. 이것 자체도 충분히 끔찍했지만, 여기에 고통까지 따랐다. 그는 겁이 나면서도 자루 밑바닥까지 떨어지고 싶었다. 그래서 몸부림을 치면서도 그와 그의 고통을 자루 속으로 밀어넣고 있는 알 수 없는 힘에 협조했다. 그러다가 갑자기 자루를 뚫고 쿵 떨어지는 바람에 의식을 되찾았다. 게라심이 침대 발치에 앉아서 꾸벅꾸벅 졸고 있었다. 그리고 이반 일리치 자신은 양말을 신은 앙상한 다리를 게라심의 어깨 위에 올려 놓고 있었다. 갓을 씌운 양초도 여전히 거기에 있었고, 끊임없 는 고통도 여전했다.

"게라심, 이제 그만 가서 자거라." 그가 속삭이듯 말했다.

"괜찮습니다, 나리. 좀 더 있을게요."

"아니야. 가서 자."

그는 게라심의 어깨에서 다리를 내리고는 팔베개를 하고 옆으로 돌아누웠다. 자신이 불쌍해서 견딜 수가 없었다. 그는 게라심이 옆방으로 갈 때까지 기다렸다가 더 이상 자신을 억 제하지 못하고 어린애처럼 울기 시작했다. 자신의 무력함, 끔 찍한 고독, 인간의 잔인함, 신의 잔인함 그리고 신의 부재를 한탄하며 흐느껴 울었다.

"주여, 왜 이런 짓을 하십니까? 왜 나를 이 세상으로 데려왔 습니까? 왜, 도대체 무엇 때문에 나를 이토록 괴롭히십니까?"

그는 애당초 대답을 기대하지도 않았지만, 대답이 없었기 때 문에 그리고 어떤 대답도 있을 수 없었기 때문에 흐느껴 울었 다. 또다시 고통이 심해졌지만, 그는 꼼짝도 하지 않았고 사람 을 부르지도 않았다. 그는 속으로 말했다. '계속하세요! 계속 나를 공격하세요! 하지만 도대체 무엇 때문입니까? 내가 당신 한테 무얼 어쨌다는 겁니까? 정말 무엇 때문에 이러십니까?'

그러고 나서 그는 입을 다물었다. 울음을 그쳤을 뿐만 아니 라 숨을 죽이고 정신을 집중했다. 귀로 들을 수 있는 목소리가 아니라 영혼의 목소리, 마음속에서 일어나고 있는 생각의 흐름에 귀를 기울이고 있는 듯했다.

'원하는 게 무엇이냐?' 이것이 그가 귀로 들은, 말로 표현할 수 있는 최초의 뚜렷한 관념이었다. '너는 무엇을 원하느냐? 무엇을 원하느냐?' 그는 자신에게 거듭 물었다.

'무엇을 원하느냐고? 사는 것 그리고 고통받지 않는 것.' 그가 대답했다.

그러고는 다시 정신을 집중해 귀를 기울였다. 고통조차도 그의 정신을 산만하게 하지는 못했다.

'살고 싶다고? 어떻게?' 내면의 목소리가 물었다.

'어떻게—라니? 지금까지 살아온 것처럼 살고 싶다. 건강하고 즐겁게…….'

'전처럼 건강하고 즐겁게 살고 싶다고?' 내면의 목소리가 되물었다.

상상 속에서 그는 즐거웠던 인생에서도 가장 좋았던 순간들을 회상하기 시작했다. 하지만 이상하게도 그 즐거웠던 인생의 좋았던 순간들 가운데 어떤 것도 이제 와서는 옛날에 그랬던 것처럼 즐겁거나 좋아 보이지 않았다. 어린 시절의 몇몇 기억들을 제외하고는……. 어린 시절에는 정말 즐거웠다. 그 시절이 다시 돌아올 수 있다면 그처럼 즐겁게 살 수도 있을 것이다. 하지만 그 행복을 경험한 어린애는 더 이상 존재하지 않았다. 어린 시절의 자신을 회상하면, 마치 다른 사람을 회상하는 것 같았다.

　현재의 이반 일리치를 만들어낸 시절이 시작되자마자, 당시에는 기쁨으로 여겨졌던 모든 것들이 그의 눈앞에서 서서히 사라져 시시하고 지저분한 것으로 변해버렸다. 그리고 어린 시절에서 차츰 멀어져 현재에 가까워질수록 즐거움은 점점 더 하찮고 미심쩍은 것이 되었다. 이런 일은 법률학교 시절에 시작되었다. 그래도 그 시절의 기억 속에서는 정말로 좋은 것들을 몇 개 찾아낼 수 있었다. 그 시절에는 태평스러움과 우정과 희망이 있었다. 하지만 상급반으로 올라가면 벌써 그런 좋은 순간들이 줄어들었다. 그러다가 주지사의 특별보좌관으로 공직 생활을 시작한 초기에 그런 유쾌한 순간들이 다시 나타났다. 그것은 여자를 사랑한 기억이었다. 그러다가 모든 것이 뒤범벅되어 좋은 순간들은 더욱 줄어들었다. 세월이 흐를수록 좋은 순간은 점점 더 줄어들었고, 나이가 들수록 그런 순간은 계속 줄어들었다. 결혼, 그것은 단지 우연한 사건이었고, 결혼한 지 얼마 지나기도 전에 그는 미몽에서 깨어났다. 아내가 풍기는 불쾌한 입 냄새, 성욕, 위선, 지겨운 공직 생활과 돈에 대한 몰두. 그렇게 일 년이 지나고, 이 년이 지나고, 십 년이 지나고, 이십 년이 지났건만, 그 모든 것은 여전히 마찬가지였다. 그것은 해를 거듭할수록 점점 더 지겨워질 뿐이었다. '나는 위로 올라가고 있는 줄 알았는데, 실은 그동안 줄곧 내리막길을 걷고 있었던 모양이군. 아니, 그런 모양이 아니라 실제로 그랬어. 사람들 눈에는 내가 위로 올라가고 있었지만, 그만큼 생명은 썰물처럼 나한테서 멀어져가고 있었던 거야. 그리고 이제 생명은 다 끝났고, 남은 건 죽음뿐이야.'

'그렇다면 이건 도대체 무얼 뜻하지? 무엇 때문일까? 인생이 그렇게 무의미하고 끔찍한 것일 리가 없어. 하지만 정말로 그렇게 끔찍하고 무의미한 것이었다면, 나는 왜 죽어야 하지? 게다가 왜 이런 고통 속에서 죽어야 하지? 뭔가 잘못됐어!'

'어쩌면 내가 잘못 살았는지도 몰라. 그렇게 살면 안 되는 거였어.' 문득 이런 생각이 떠올랐다. '아니야, 그럴 리가 없어. 나는 모든 일을 올바로 했을 뿐인데…….' 이렇게 대답하고, 그런 생각을 당장 마음에서 몰아냈다. 이것은 삶과 죽음의 그 모든 수수께끼에 대한 유일한 해답이었지만, 그는 그것을 도저히 믿기 어려운 해답이라고 생각하여 물리쳐버렸다.

'그럼 넌 이제 무엇을 원하는 거냐? 사는 것? 그래, 어떻게 사는 것이냐? 법정에서 경위가 〈재판장님이 나오십니다!〉 하고 개정을 알릴 때처럼 사는 것? 재판장님이 나오십니다, 재판장님이!' 그는 속으로 되풀이했다. '재판장님이 나를 심판하러 오셨어. 하지만 나는 죄가 없어!' 그는 화가 나서 외쳤다. '그런데 무엇 때문에 내가 심판을 받아야 하지?' 그는 울음을 그치고 벽 쪽으로 돌아누워 같은 질문에 대해 곰곰이 생각했다. 왜 이렇게 두려운 것일까? 이 소름 끼치는 공포는 왜 그리고 무슨 목적으로 존재하는 것일까? 하지만 아무리 생각해도 해답을 찾을 수가 없었다. 이것은 모두 자기가 잘못 살아온 결과라는 생각이 떠올랐지만, 그는 당장 자신의 생활이 올바르고 타당했다는 것을 상기하고서는 그런 해괴한 생각을 떨쳐 버렸다.

10

다시 두 주가 지났다. 이반 일리치는 이제 잠시도 소파를 떠나지 않았다. 침대에는 누우려 하지 않고 소파에 누워서 거의 온종일 벽만 바라보고 있었다. 여전히 끊임없는 고통에 시달렸고, 고독 속에서 항상 깊은 상념에 잠겨 있었다. 그가 그토록 골똘히 생각하는 문제는 여전히 해결할 수 없는 바로 그 의문이었다. '이건 무엇인가? 이게 과연 죽음일까?' 그러면 내면의 목소리는 이렇게 대답하곤 했다—그렇다. 그것이 바로 죽음이다.

'왜 이렇게 고통스럽지?' 그러면 내면의 목소리는 이렇게 대답했다. '이유는 없다. 고통은 원래 그런 것이다.' 대답은 이것뿐이었다. 그 이상은 아무것도 없었다.

병이 난 직후부터, 처음 의사를 찾아간 뒤부터, 이반 일리치의 생활은 정반대되는 두 가지 기분으로 나뉘어 있었다. 그 하나는 절망이었고, 다른 하나는 희망이었다. 절망 속에서 그는 불가해하고 무시무시한 죽음을 기다렸지만, 다음 순간에는 희망을 품고 신체 기관의 기능을 열심히 흥미롭게 관찰했다. 그럴 때면 그의 눈앞에는 주어진 의무 수행에 잠시 태만한 신장이나 맹장이 보였고, 다음 순간에는 불가해하고 무서운 죽음, 피할 수 없는 죽음이 다가와 있었다.

이 두 가지 기분은 처음부터 번갈아 나타났지만, 병이 진행될수록 신장에 대한 생각은 점점 의심스럽고 허황되게 보이는 반면, 다가오는 죽음에 대한 의식은 점점 더 현실적인 색채를 띠게 되었다.

석 달 전의 자신과 지금의 자신을 비교하고, 그동안 얼마나 규칙적으로 내리막길을 굴러 내려왔는가를 생각해보면, 실낱같은 희망마저 사라져버렸다. 모든 희망이 산산조각으로 부서져버리기에는 그것만으로도 충분했다.

요즘 그는 고독 속에서 살고 있었다. 혼자 외롭게 소파 등받이만 바라보며 누워 있었다. 사람들로 북적거리는 도시 한복판에서 수많은 친지와 친척들에게 둘러싸여 있었지만, 바다 밑바닥이나 땅속에서도 느껴볼 수 없을 것 같은 이 무서운 고독 속에서 이반 일리치는 오직 과거의 추억만을 곱씹으며 지내고 있었다. 과거의 장면들이 하나씩 차례로 눈앞에 떠올랐다. 추억은 언제나 현재와 가장 가까운 곳에서 시작되어 가장 먼 곳—어린 시절—까지 거슬러 올라가 거기서 오랫동안 머물곤 했다. 그날 먹은 말린 자두를 생각하고 있노라면 그의 마음은 어느덧 어린 시절로 돌아가 쭈글쭈글 주름이 잡힌 프랑스 자두와 생과일의 독특한 풍미, 단단한 씨를 핥으면 저절로 흘러나오던 군침이 생각났다. 그리고 그 새콤달콤한 맛의 기억과 함께, 유모와 형제와 장난감 등 그 시절의 추억들이 차례로 떠올랐다. '아니야, 이런 생각을 하면 안 돼. 너무 괴로워.' 이렇게 자신을 타이르고 나서 이반 일리치는 현재로—소파 등받이에 박힌 단추 모양의 장식과 모로코가죽에 생긴 주름으로 돌아왔다. '모로코가죽은 비싸긴 하지만 좀처럼 닳지 않아서 좋아. 이것 때문에 한바탕 말다툼을 벌인 적도 있었지. 또 내가 어렸을 때 아버지의 서류가방을 찢었다가 벌을 받은 그때는 말다툼의 종류도 달랐고 모로코가죽의 종류도 달랐어. 내가 벌을 받으면 어머니는 파이를 갖다주셨지.' 그의 생각은 또다시 어린 시절을 맴돌았고, 그때를 생각하자 또다시 고통스러웠다. 그는 추억을 떨쳐버리고 다른 것을 생각하려고 애썼다.

그러자 그 기억과 함께 또 다른 기억이 마음을 스쳤다. 병이 어떻게 진행되었고 어떻게 악화되었는가에 대한 기억이었다. 과거로 더 멀리 거슬러 올라갈수록 거기에는 더 많은 삶이 있었다. 생활에서 즐거운 일도 더 많았고, 생기 자체도 더 많았다. 삶과 생기가 한데 뒤섞였다. 그는 속으로 생각했다. '통증이 계속해서 심해졌듯이 내 인생도 점점 나빠졌어. 과거에 내 인생이 처음 시작되었을 때는 밝은 점이 한 개 있었지만, 나중에는 전체가 점차 어두워지고, 어두워지는 속도도 점점 빨라졌어. 죽음과의 거리가 가까워질수록 그 거리를 제곱한 수에 반비례해서 죽음으로 다가가는 속도가 빨라졌지.' 그러자 낙하하는 돌맹이는 가속이 붙어 점점 빠르게 떨어진다는 생각이 문득 떠올랐다. 생명은 점점 심해지는 일련의 고통이었다. 그것은 종말—가장 끔찍한 고통을 향해 점점 더 멀리 날아갔다. '나는 날아가고 있다⋯⋯.' 그는 몸서리를 치고 자세를 바꾸어 거기에 저항하려고 애썼지만, 저항이 불가능하다는 것은 이미 알고 있었다. 그의 눈은 앞에 있는 것을 뚫어지게 응시하는 데 지쳤지만, 보는 것을 그만둘 수도 없었다. 그는 피곤한 눈으로 다시 소파 등받이를 응시하면서 기다렸다. 허공을 날아가는 그의 생명이 아래로 떨어지기를, 커다란 충격과 함께 밑바닥에 닿기를, 그리고 산산이 부서지기를 기다렸다.

'저항은 불가능해!' 그는 자신에게 말했다. '이렇게 된 게 다 무엇 때문인지, 그것만이라도 알 수 있으면 좋겠는데! 하지만 그것도 역시 불가능해. 내가 잘못 살았다고 말할 수 있다면, 내가 이렇게 죽는 이유를 설명할 수 있겠지. 하지만 내가 잘못 살았다고는 결코 말할 수 없어.' 그는 법을 지키고 품행이 방정하고 예의 바르던 자신의 인생을 생각했다. '어쨌든 그런 말은 절대 받아들일 수 없어.' 그는 입가에 미소를 머금었다. 누군가가 그 미소를 보았다면 그 웃음에 속아 넘어갔을지도 모른다. '설명할 방법이 전혀 없어! 고통, 죽음⋯⋯ 도대체 이유가 무엇이란 말인가?'

11

또다시 두 주가 흘러갔다. 그동안 이반 일리치와 아내가 바라던 일이 실현되었다. 페트리셰프가 리사에게 정식으로 청혼한 것이다. 그 일은 저녁때 일어났다. 이튿날 아침, 프라스코비야 표도로브나는 남편한테 이 소식을 어떻게 알리는 게 가장 좋을까 궁리하면서 남편 방에 들어왔지만, 공교롭게도 바로 전날 밤 그의 용태에 새로운 변화가 일어나 병세가 갑자기 악화돼버렸다. 남편은 여전히 소파에 누워 있었지만, 자세가 여느 때와 달랐다. 옆으로 돌아눕지 않고 반듯이 누운 채 앞을 뚫어지게 노려보고 있었던 것이다.

프라스코비야 표도로브나는 약을 먹으라고 말하려 했지만, 자기 쪽으로 돌린 남편의 눈을 본 순간 너무 놀라서 말을 꺼내지 못했다. 그 눈빛이 말하고 있는 것은 강렬한 증오였다. 특히 그녀에 대한 증오가 이글이글 타오르고 있었다.

"제발 나를 편안히 죽게 내버려둬!" 그가 말했다.

그녀는 방에서 나가려고 했으나, 마침 그때 딸이 들어와서 아버지에게 아침 인사를 하러 다가왔다. 그는 아내에게 보인 것과 똑같은 눈빛으로 딸을 노려보았다. 건강은 어떠냐고 딸이 묻자 그는 이제 곧 모든 식구를 해방시켜주겠다고 냉담하게 대답했다. 아내와 딸은 둘 다 입을 다물고 잠시 옆에 앉아 있다가 나가버렸다.

"그게 우리 탓인가요?" 리사가 어머니한테 말했다. "꼭 우리 탓인 것 같잖아요! 아빠가 가엾긴 하지만, 왜 우리가 고통을 받아야 하죠?"

평소와 같은 시간에 의사가 왔다. 이반 일리치는 성난 눈을 의사한테서 한시도 떼지 않은 채, 의사의 질문에 "네" 또는 "아니요"로 퉁명스럽게 대답할 뿐이었다. 그러다가 마침내 이렇게 말했다.

"이제는 어쩔 도리가 없다는 건 당신도 잘 알고 있잖소. 그러니 나를 그냥 내버려두시오."

"고통을 덜어드릴 수는 있습니다."

"당신은 그것조차도 못해. 그러니 나를 그냥 내버려둬요."

의사는 객실로 가서 프라스코비야 표도로브나에게 이렇게 말했다―남편은 상태가 대단히 심각하다. 끔찍한 고통을 겪고 있는 게 분명하므로, 이제 남아 있는 유일한 방법은 아편으로 그 고통을 완화시키는 것뿐이다.

의사의 말대로 이반 일리치의 육체적 고통이 끔찍한 것은 사실이지만, 육체적 고통보다 더 심한 것은 정신적 고통이었다. 아니, 실제로는 이것이야말로 그의 주된 고통이었다.

그의 정신적 고통이 더욱 심해진 것은 간밤에 게라심의 졸린 얼굴―광대뼈가 유난히 튀어나오고 선량해 보이는 얼굴―을 바라보고 있을 때 문득 이런 의문이 떠올랐기 때문이다. '내 인생 전체가 정말로 잘못되었다면 어떡하지?'

전에는 도저히 있을 수 없다고 생각되던 일, 즉 자기가 인생을 잘못 살았다는 생각이 결국 옳을지도 모른다는 의구심이 들었던 것이다. 그는 지위 높은 사람들이 좋게 생각하는 것과 맞서 싸우려고 애쓴 적도 몇 번 있었지만, 그런 노력은 겨우 감지할 수 있을 만큼 미미한 것이었다. 어쩌다 한 번씩 그런 가벼운 충동을 느껴도 당장에 억눌러버리곤 했다. 하지만 어쩌면 그런 미미한 노력과 가벼운 충동만이 진짜이고 나머지는 모두 가짜였을지도 모른다는 생각이 문득 떠올랐다. 직무도, 생활도, 가족에 대한 약속도, 사교상의 관계는 물론 업무상의 관계도 모두 가짜였을지 모른다. 그는 이 모든 것들을 변호하려고 애썼지만, 자기가 변호하고 있는 대상이 얼마나 허약한가를 불현듯 깨달았다. 변호할 만한 게 아무것도 없었다.

'하지만 만약 그렇다면, 그리고 내가 나에게 주어진 모든 것을 잃어버렸고 또한 그걸 돌이킬 수도 없다는 자각을 가진 채 이 세상을 떠난다면…… 그때는 어떻게 되지?'

그는 반듯이 누운 채 완전히 새로운 눈으로 자신의 인생을 바라보기 시작했다. 그는 아침에 먼저 하인을 보았고, 다음에는 아내를 보았으며, 다음에는 딸을 보았고, 그다음에는 의사를 보았다. 그들의 언행 하나하나가 간밤에 그가 깨달은 무서운 진실을 뒷받침해주었다. 그것들 속에서 이반 일리치는 자기 자신, 즉 그의 인생을 이루고 있는 모든 것을 보았다. 그리고 그것은 순전히 가짜이며, 삶과 죽음을 덮어버린 무섭고도 거대한 기만이라는 것을 분명히 깨달았다. 이러한 자각은 육체적 고통을 열 배나 가중시켰다. 그는 신음하며 마구 뒹굴었고, 숨이 막혀서 옷을 잡아당겼다. 그리고 이런 이유 때문에 아내와 딸과 의사를 증오했다.

그는 아편을 듬뿍 먹고 혼수상태에 빠졌지만, 정오께가 되자 고통이 다시 시작되었다. 그는 모든 사람을 물리치고 혼자서 몸부림치며 뒹굴었다.

아내가 다가와서 말했다.

"여보, 나를 위해서라도 해주세요. 전혀 해롭지 않아요. 오히려 도움이 될 때도 많아요. 건강한 사람들도 흔히 하는 일인 걸요."

그는 눈을 크게 떴다.

"뭘? 영성체를 받으라고? 왜? 필요 없어! 하지만⋯⋯."

아내는 훌쩍거리기 시작했다.

"해요, 여보. 신부님을 모셔올게요. 아주 좋은 분이세요."

"좋아. 좋다고." 그가 중얼거렸다.

신부가 와서 고백성사를 하자 이반 일리치의 마음도 한결 누그러졌다. 의혹이 줄어들고, 그 결과 통증도 가벼워진 듯했다. 그는 잠시나마 희망의 불빛을 볼 수 있었다. 그래서 다시금 맹장에 대해 그리고 치료 가능성에 대해 생각하기 시작했다. 그는 눈물을 글썽거리며 영성체를 받았다.

성찬식이 끝나자 그는 다시 눕혀졌다. 그는 잠시 편안함을 느꼈다. 어쩌면 살 수 있을지도 모른다는 희망이 다시금 그의 마음속에서 눈을 떴다. 그는 언젠가 의사가 권한 수술을 생각하기 시작했다. '살고 싶어! 난 살고 싶어!' 그는 속으로 중얼거렸다.

성찬식이 끝난 뒤 아내가 축하하러 들어왔다. 여느 때처럼 판에 박힌 말을 늘어놓은 다음, 이렇게 덧붙였다.

"어때요? 기분이 좀 나아졌죠?"

그는 아내를 쳐다보지도 않고 말했다. "응."

그녀의 옷차림, 모습, 얼굴 표정, 목소리—이 모든 것이 한 가지 사실을 말하고 있었다. '아니야. 이건 잘못됐어. 이래서는 안 돼. 네가 이제껏 삶의 목적인 줄 알았던, 지금도 그렇게 알고 있는 모든 것은 너의 눈으로부터 진실을 감추기 위해 삶과 죽음을 덮고 있는 허위와 기만에 지나지 않아.' 이렇게 생각하자마자 증오심이 솟아오르고 육체적 고통이 다시 시작되었다. 그리고 그 고통과 함께 그는 피할 수 없이 다가오고 있는 종말을 의식했다. 게다가 극심한 통증과 질식할 것 같은 느낌이 여기에 새로이 추가되었다.

그가 "응" 하고 말했을 때 그의 표정은 소름이 끼칠 정도였다. 이 말을 하면서 그는 아내의 눈을 똑바로 들여다보았다. 그리고 말을 끝내자, 그처럼 쇠약해진 상태치고는 놀랄 만큼 빠르게 고개를 홱 돌리면서 소리쳤다.

"나가! 나가! 나를 혼자 있게 내버려둬!"

12

그 순간부터 시작된 비명은 사흘 동안 줄곧 계속되었다. 비명소리는 너무나 처절해서, 두 칸 떨어진 방에 문을 꽁꽁 닫아걸고 있어도 그 소리를 들으면 몸서리를 치지 않을 수 없을 정도였다. 아내의 질문에 대답한 순간 그는 자기가 길을 잃었다는 것, 이제 와서는 되돌아갈 수도 없다는 것, 종말이 이미 다가왔다는 것, 의혹은 아직도 풀리지 않고 여전히 의혹으로 남아 있다는 사실을 깨달았다.

"아아! 오오! 우우!" 그는 다양한 억양으로 외쳤다. 처음에는 "죽기 싫어!" 하고 고함을 질렀지만, 그 후로는 줄곧 "우우" 소리만 외쳐댔다.

꼬박 사흘 동안 그는 검은 자루 속에서 몸부림쳤다. 사흘이라고 했지만, 그 시간은 그에겐 존재하지 않았다. 눈에 보이지도 않고 저항할 수도 없는 힘이 그를 자루 속에 쑤셔넣고 있었다. 그는 아무리 발버둥을 쳐봤자 살아날 수 없다는 것을 잘 알면서도 망나니의 손아귀에서 벗어나려고 애쓰는 사형수처럼 기를 쓰고 몸부림쳤다. 그리고 그토록 기를 쓰는데도 그 무서운 것 쪽으로 점점 가까이 끌려가고 있다는 것을 순간순간마다 느꼈다. 그는 또 느꼈다. 이 고통은 그 검은 구멍 속에 쑤셔 박혔기 때문이라고, 아니 그보다는 오히려 그 구멍 속을 뚫고 나가지 못했기 때문이라고. 그리고 그가 구멍 속을 뚫고 나가지 못한 까닭은 자기가 옳게 살아왔다는 확신이 그를 방해했기 때문이다. 자기 인생에 대한 정당화, 이것이 그를 단단히 움켜잡고 앞으로 나아가는 것을 방해하고 있었다. 그리고 이것이 그에게 가장 큰 고통을 주었다.

갑자기 어떤 힘이 그의 가슴과 옆구리를 쳤다. 숨쉬기가 더욱 어려워졌다. 그는 구멍 속으로 뚝 떨어졌다. 그러자 밑바닥에 빛이 있었다. 열차를 타고 있을 때 이따금 경험하는 일이지만, 실제로는 앞으로 나아가고 있는데도 뒤로 가고 있다고 생각하다가, 어느 순간에 문득 열차가 앞으로 가고 있다는 것을 깨닫는 경우처럼. 지금 그의 기분이 그랬다.

'그래, 그건 옳은 일이 아니었어.' 그는 자신에게 말했다. '하지만 그건 문제가 안 돼. 아직은 옳은 일을 할 수도 있으니까. 하지만 뭐가 옳은 일이지?' 그는 자신에게 묻고는 갑자기 조용해졌다.

그것은 사흘째 되는 날이 끝날 무렵, 그가 죽기 두 시간 전에 일어난 일이었다. 그때 마침 고등학생 아들이 아버지 방으로 살짝 들어와 침대 옆으로 다가왔다. 빈사 상태에 있는 환자는 여전히 필사적으로 비명을 지르며 두 팔을 휘젓고 있었다. 그의 손이 공교롭게도 아들의 머리 위에 떨어졌다. 아들은 그 손을 붙잡고 입술에 댔다. 그러고는 울기 시작했다.

바로 그 순간 이반 일리치는 구멍 속으로 떨어져 밑바닥에서 비치는 빛을 보았다. 나는 인생을 잘못 살았지만 아직은 그것을 바로잡을 수 있다는 생각이 그에게 계시가 되었던 것이다. 그는 자신에게 물었다. '뭐가 옳은 일이지?' 그러고는 몸부림을 그치고 조용히 귀를 기울였다. 바로 그때 누군가가 자기 손에 입 맞추고 있는 것을 느꼈다. 그는 눈을 뜨고 아들을 보았다. 아들이 가엾게 느껴졌다. 아내가 다가왔다. 그는 아내를 힐끔 쳐다보았다. 그녀는 입을 벌린 채 남편을 가만히 지켜보고 있었다. 그녀의 코와 뺨에는 마르지 않은 눈물이 묻어 있었고, 얼굴에는 절망의 표정이 떠올라 있었다. 그는 아내도 가여웠다.

'그래, 나는 가족을 비참하게 만들고 있어.' 그는 속으로 생각했다. '지금은 슬퍼하고 있지만, 내가 죽으면 나아질 거야.' 그는 이 말을 하고 싶었지만, 말할 기력이 없었다. '왜 말로 해야 해? 행동으로 보이면 되지.' 그는 이렇게 생각하고, 아내를 쳐다보면서 아들을 가리켰다. 그리고 말했다. "얘를 데려가…… 얘한테 미안해…… 당신한테도…….." 그러고는 "날 용서해줘"라는 말을 덧붙이려고 했지만, 혀가 제대로 돌아가지 않아서 "놓아줘" 하고 말해버렸다. 하지만 이해할 '이'는 이해해주리라 생각하면서 손을 내저었다.

바로 그때 갑자기, 지금까지 그를 짓누르면서 절대로 떠나려 하지 않던 것들이 두 군데에서, 열 군데에서, 사방팔방에서, 모두 한꺼번에 떨어져 나가고 있는 것이 점점 뚜렷하게 느껴졌다. 그는 가족 모두에게 미안했다. 그들을 괴롭혀서는 안

된다고 생각했다. 이제는 그들을 해방시키고, 자신도 이 고통에서 벗어나고 싶었다. '참 좋다. 얼마나 간단한가!' 그는 속으로 생각했다. '그런데 통증은?' 그는 자신에게 물었다. '통증은 어떻게 됐지? 통증은 어디로 가버렸지?'

그는 통증에 관심을 돌렸다.

'그래, 여기 있군. 그래서 어쨌다는 거지? 상관 말고 그냥 내버려둬.'

'그런데 죽음은? 죽음은 어디 있지?'

그는 죽음에 대한 두려움을 찾았지만, 그렇게 친숙하던 두려움은 이제 어디에도 없었다. '죽음은 어디 있지? 무슨 죽음?' 죽음이 없으니까 두려움도 없었다.

죽음 대신 그 자리에는 빛이 있었다.

"바로 이거였구나!" 그는 느닷없이 큰 소리로 외쳤다. "얼마나 기쁜 일이냐!"

그에게 이 모든 일은 한순간에 일어났고, 그 순간의 의미는 결코 변치 않았다. 하지만 임종을 지켜보는 사람들 눈에는 그의 고통이 그 후에도 두 시간이나 계속되었다. 그의 목에서는 갈그랑거리는 소리가 났고, 쇠약해진 몸은 경련을 일으켰다. 그러다가 헐떡거리고 갈그랑거리는 소리가 차츰차츰 사그라들었다.

"임종하셨습니다!" 곁에 있던 누군가가 말했다.

그는 이 말을 듣자 영혼 속에서 되풀이했다.

'죽음도 끝났어.' 그는 자신에게 말했다. '이젠 죽음도 없는 거야.'

그는 숨을 들이켜다가 깊은 호흡 중에 갑자기 멈추더니 몸을 쭉 뻗었다. 그리고 죽었다. ●

옮긴이 김석희

서울대 불문학과를 졸업하고 동 대학원 국문학과를 중퇴했다. 1988년 한국일보 신춘문예에 소설이 당선되며 등단했다. 영어, 불어, 일어를 넘나들며 번역하고 있다. 옮긴 책으로 『라마야나』, 『마하바라타』, 『프랑스 중위의 여자』, 『모비 딕』, 『월든』, 『위대한 개츠비』, 『삼총사』, 『로마인 이야기』(15권) 등이 있다. 역자 후기 모음집 『번역가의 서재』를 펴냈으며, 1997년 제1회 한국번역대상을 수상했다.

작품 해설

한 속인을 통한 죽음의 성찰

—

「이반 일리치의 죽음」은 죽음을 주제로 한 단편으로는 고전적인 명작이다. 헤밍웨이에게는 좀 미안한 말이지만, 그의 「킬리만자로의 눈」은 주인공을 둘러싼 장치들만 조금씩 다를 뿐 여러 면에서 이 작품과 비슷한 구조를 가지고 있다.

우선 주인공의 성격부터가 그렇다. 얼핏 보면 두 주인공은 한쪽이 약간 건달기가 있고 인생을 헤맨 축인 데 비해, 다른 한쪽은 외견상 성실하고 비교적 순조로운 상승의 길을 걸었다는 점에서 차이가 난다. 그러나 본질적으로는 다 같이 거룩함이나 영원성 같은 것과는 거리가 먼 속인俗人이다.

부인(아니다. 나는 죽지 않는다)과 분개(왜 하필 나인가), 타협 혹은 거래(이번엔 살아나면, 살려만 준다면, 신에게 혹은 윤리적으로 보다 나은 인간이 되겠다), 체념(할 수 없지, 그렇구나), 친화(이런저런 이유로 죽음이 빨리 왔으면, 이런 이유로 나는 기꺼이 죽음을 껴안을 수 있다) 같은 죽음의 단계에 대한 현대 임상심리학의 관찰들도, 체계적으로 수용되어 있지는 않지만 두 작품 모두에 대부분 반영되어 있다.

이 같은 형식과 내용 면에서의 중복적 요소 때문에 나는 죽음을 주제로 한 단편의 전범으로는 두 작품이 택일적擇一的이라고 보았다. 하지만 선택은 쉽지 않았다. 감각적으로는 「킬리만자로의 눈」이 현대의 독자들에게 더 가깝지만, 죽음에 대한 성찰의 깊이는 「이반 일리치의 죽음」 쪽이 더한 듯 느껴졌다. 주인공의 삶을 서술하는 방식도 하나는 입체적이고 생생한 대신 진지함이 모자라고, 다른 하나는 평면적이고 지리한 대신 꼼꼼하고 성실한 산문정신이 돋보인다.

　망설임 끝에 두 작품 다 싣는다. 독자들도 두 작품을 비교하며 읽어보면 재미있을 것이다. 「이반 일리치의 죽음」은 워낙 오래되고 널리 읽힌 작품이라 새삼스런 작품 해설은 보태지 않는다.

　작가 톨스토이는 도스토옙스키와 더불어 러시아 문학의 양대 거봉일 뿐만 아니라 세계의 정신사에도 많은 영향을 끼친 작가다. 거기다가 80세의 고령을 누리면서 남긴 문화적 유산과 일화도 많아 그를 짧게 요약하기는 불가능하다. 톨스토이에 관해 알고 싶으면 역시 시간을 따로 내기를 권하고 싶다.

구명정

The Open Boat

스티븐 크레인 지음

장경렬 옮김

스티븐 크레인

미국 소설가 겸 시인, 신문 기자. 1871~1900년. 스물아홉 살의 짧은 삶을 살다 갔지만 생생하고 강렬하며 독특한 방언과 아이러니가 넘치는 글을 썼다. 사회적 고립이라든가 인간의 두려움에 관한 주제가 공통적으로 나타나는 그의 작품은 다음 시대의 사회적 사실주의로 향하는 길을 열었으며 헤밍웨이를 비롯한 현대 미국 작가들에게 커다란 영향을 주었다. 시에서도 이미지즘의 선구자로 평가된다. 주요 작품으로『붉은 무공훈장』,『거리의 여인 매기』등이 있다.

—

1

누구도 하늘이 어떤 빛깔인지 알아차릴 틈이 없었다. 그들의 시선은 수평각을 유지한 채 그들을 향해 몰려오는 파도에 고정되어 있었다. 몰려오는 파도는 하얀 거품이 이는 윗부분만 빼면 온통 짙은 청회색 빛을 띠고 있었으며, 그들 모두는 바다가 어떤 빛깔인지 알고 있었다. 수평선은 좁아졌다가 넓어지기도 하고, 곤두박질쳤다가 치솟기도 했다. 수평선의 끝머리는 바위처럼 뾰족하게 치솟는 듯한 파도로 인해 들쭉날쭉한 모습을 한순간도 잃지 않고 있었다.

확신컨대, 수많은 사람이 바다 위에 떠가는 여기 이 배보다 큰 욕조를 소유하고 있을 것이다. 돌연히 몰려오고 치솟는 파도의 모습은 더없이 사악하고 야만적이었다. 그리고 거품으로 뒤덮인 파도의 마루는 작은 배의 항해를 너무나 어렵게 했다.

요리사는 배의 바닥에 웅크리고 앉아, 바다와 그 자신 사이를 갈라놓는 15센티미터 너비의 뱃전 난간으로부터 눈길을 떼지 않고 있었다. 그의 소매는 살찐 팔뚝 위로 말려 있었고, 배에 고이는 물을 퍼내느라 몸을 굽힐 때마다 단추를 열어놓은 저고리의 양쪽 깃이 흔들렸다. 그는 번번이 소리치곤 했다. "맙소사! 큰일 날 뻔했네." 이렇게 소리칠 때마다 그는 예외

없이 거친 바다 넘어 동쪽을 응시했다.

배에 있는 두 개의 노 가운데 하나를 잡고 방향을 조정하던 기관사는 배 뒤쪽에서 소용돌이치며 몰려오는 바닷물을 피하기 위해 이따금 몸을 일으키곤 했다. 노가 너무 얇아 언제든 곧 부러질 것만 같았다.

다른 한쪽의 노를 잡고 있던 신문사 특파원은 파도를 응시하면서, 자신이 왜 이런 신세가 되었는지를 놓고 어처구니없다는 생각을 하고 있었다.

부상당한 채 뱃머리에 누워 있는 선장은 그 당시 깊은 낙담과 무관심에 잠겨 있었다. 갑작스럽게 회사가 망하거나 군대가 전투에서 패배하거나 배가 침몰했을 때, 더없이 용감하고 강인했던 사람이라도 잠시 동안 빠져들게 마련인 그런 종류의 낙담과 무관심에 잠겨 있었던 것이다. 배를 모는 사람이라면 단 하루를 몰든 십 년을 몰든 자신의 마음을 선재船材에 깊이 심어놓게 마련이다. 그런데 이 선장은 잿빛에 잠겨 있는 새벽녘에 침몰하는 배에서 아직 떠나지 못하고 있던 일곱 사람의 얼굴이 갑작스럽게 그 모습을 드러내는 광경을, 이어서 구형球形의 흰 표식이 달린 주 돛대의 부러진 도막이 파도에 이리저리 휩쓸리다가 조금씩 가라앉더니 마침내 보이지 않게 되는 광경을 괴로운 마음으로 지켜보아야만 했다. 그 이후 그의 목소리는 어딘가 이상한 어조를 띠기 시작했다. 비록 흔들림은 없었지만, 애도의 마음이 깊이 밴 어조, 웅변이나 눈물의 차원을 넘어선 특이한 어조를 띠게 되었던 것이다.

"빌리, 배를 조금 더 남쪽으로 향하도록 하게." 그가 말했다.

"네, 알겠습니다! 조금 더 남쪽으로!" 배의 뒤쪽에 있던 기관사가 말을 받았다.

이 배에 자리를 잡고 앉아 있는 것은 완강히 저항하는 야생마의 등에 앉아 있는 것과 크게 다를 바가 없었다. 야생마도 크기가 작은 그런 종류의 것이 아니었다. 배는 마치 짐승처럼 날뛰다가 박차고 일어서기도 하고, 갑자기 곤두박질치기도 했다. 파도가 밀어닥칠 때마다 배는 그 파도의 장벽을 맞이하려는 듯 일어섰다. 마치 엄청나게 높은 장애물을 뛰어넘으려는 말과 다름없었다. 이처럼 바닷물의 장벽을 기어오르는 배의 방식에는 어딘가 신비로운 데가 있었다. 게다가 장벽 꼭대기에 다다르면 흰 거품으로 이루어진 바닷물 속에서 부딪힐 법한 다음과 같은 문제들이 일반적으로 뒤따르게 마련이었다. 거품은 각각의 파도 꼭대기에서 아래를 향해 질주하다가 배에게 새롭게 도약할 것을, 그것도 공중에 떠 있는 채로 새롭게 도약할 것을 요구했다. 이윽고 배에 타고 있는 사람들을 놀리듯 배는 파도의 꼭대기와 충돌한 다음 미끄러지듯 질주하다가, 기다란 경사면을 따라 물을 튀기며 내려가 멈추곤 했다. 그런 다음 새로이 다가오는 위협 앞에서 몸을 전후좌우로 움직이고 흔들었다.

바다에서만 직면하는 특유의 문제점은 파도 하나를 성공적으로 넘어도 바로 그다음에 넘어야 할 또 다른 파도가 있다는 사실과 마주해야 한다는 점이다. 이전의 파도와 마찬가지로 간담을 서늘하게 할 뿐만 아니라, 배를 물속에 처박는 데 뭔가 효과적인 일을 이번에도 역시 저지르기 위해 안달이 나 있는 파도와 끊임없이 만나야 하는 것이다. 길이 3미터의 구명정에 몸을 맡기고 있다 보면, 구명정에 의지해 바다에 떠 있어야 할 필요가 전혀 없는 여느 때에는 체험할 가능성이 없는 일련의 파도와 만날 것이고, 이로써 바다의 저력이 어떤 것인지 짐작할 수 있게 될 것이다. 석판石版과도 같은 바닷물의 장벽이 하나하나 다가올 때마다 그 장벽은 자신 이외의 것은 아무것도 볼 수 없도록 배 안에 있는 사람들의 시야를 닫아버렸다. 그러면 사람들은 지금 닥쳐오는 이 특정한 파도가 대양의 마지막 포효이자 무자비한 바다가 쏟아내는 최후의 발악이라고 생각하기 십상이었다. 파도의 움직임에는 끔찍한 우아함이 깃들어 있었으며, 모든 파도는 꼭대기 부분의 으르렁거림을 제외하면 조용히 다가왔다.

희미한 빛에 드러난 사람들의 얼굴은 틀림없이 잿빛이었을 것이다. 끈질기게 배 뒤쪽을 응시하고 있는 그들의 눈은 틀림없이 기묘한 빛으로 번득이고 있었을 것이다. 만일 발코니에서 내려다보았다면, 의심할 바 없이 광경 전체가 기이하면서도 매혹적인 것이었으리라. 하지만 배 안의 사람들은 그런 것에 눈길을 돌릴 여유가 없었으며, 만일 그럴 여유가 있었다고 하더라도 마음을 쏟아야 할 다른 일들 때문에 그렇게 하지 못했을 것이다. 해는 일정한 속도로 하늘 위에 궤도를 그리고 있었다. 한편 바다의 빛깔이 짙은 청회색에서 황갈색 빛의 줄무늬가 있는 밝은 녹색으로 변한 것을 보고, 또한 물거품이 쏟아지는 눈처럼 하얀빛을 띠고 있는 것을 보고, 이미 날이 환하게 밝았다는 것을 배 안의 사람들은 알게 되었다. 하지만 어떤 과정을 거쳐 날이 밝았는지는 알 수 없었다. 그들은 다만 자신들을 향해 몰려오는 파도의 빛깔을 보고 날이 밝았음을 의식할 뿐이었다.

요리사와 신문사 특파원은 앞뒤가 맞지 않는 말을 주고받으면서 해난구조소와 대피소의 차이에 대해 논쟁을 이어갔다. 요리사가 이렇게 말했다. "모스키토 인렛Mosquito Inlet(플로리다주 북동부 지역에 있는 모스키토 석호潟湖의 북단 지역과 대서양으로 흘러들어가는 핼리팩스 강 하구의 남단 지역이 만나는 곳으로, 지금은 '폰스 드 리온 인렛'으로 불린다. '인렛'은 '작은 만'이나 '섬과 섬 사이의 좁은 해협'을 가리키는 말이다 – 옮긴이)의 등대 바로 북쪽에 대피소가 있는데, 그곳 사람들이 우리를 보자마자 곧바로 자기네들 배를 몰고 와서 우리를 구조할 걸세."

"우리를 보자마자, 누가?" 신문사 특파원이 물었다.

"구조대원들이." 요리사가 대꾸했다.

"대피소에는 구조대원들이 없어. 내가 알기로 대피소란 난파당한 사람들을 위해 옷가지나 먹을 것을 비축해두는 곳일 뿐이지. 대피소에는 구조대원들이 따로 있지 않네."

"아니, 무슨 말인가? 구조대원들이 있다네." 요리사가 이렇게 말했다.

"그렇지 않다니까." 신문사 특파원이 응수했다.

"자자, 그만. 아무튼 아직 그곳에 도착한 건 아니니까 하는 말일세." 배 뒤쪽에서 기관사가 말했다.

"이것 참!" 요리사가 말을 이었다. "어쩌면 내가 모스키토 인렛의 등대 바로 북쪽에 있다고 생각하는 건 대피소가 아닐지도 몰라. 아마 해난구조소일 거야."

"아직 그곳에 도착한 게 아니라니까." 배 뒤쪽에서 기관사가 말했다.

2

파도 꼭대기에서 배가 내던져질 때마다 모자를 쓰지 않은 그들의 머리를 바람이 휘젓고 지나갔다. 그리고 배의 뒷부분이 다시금 물 위로 쿵 떨어지자 물보라가 그들의 머리를 때리면서 지나갔다. 파도의 마루는 언덕만큼 높아 꼭대기에서 순간적으로나마 내려다보면, 사납게 요동하는 드넓은 바다가, 바람에 갈기갈기 찢긴 채 번쩍이는 바다가 저 아래에 펼쳐져 있는 것이 보였다. 아마도 멀리 떨어져서 보면 장관이었을 것이다. 이처럼 제멋대로 날뛰는 바다, 밝은 녹색과 백색과 황갈색의 빛을 띠고 있는 사나운 바다의 정경은 아마도 장엄한 것이었으리라.

"육지 쪽으로 부는 바람이라면 정말 좋을 텐데." 요리사가 말을 이었다. "그렇지 않다면 우리가 어디로 가는 것이겠나? 가망이 없을 거야."

"맞는 말일세." 신문사 특파원이 말했다.

분주하게 움직이던 기관사가 동의한다는 듯 고개를 끄덕였다.

이윽고 뱃머리에 있던 선장이 혼자 웃음을 흘렸다. 그의 웃음은 즐거움과 경멸감과 비감을 모두 표현하는 그런 종류의 것이었다. "그러니까 자네들은 지금 우리한테 상당한 가망이 있다고 생각하는 거지?"

이 물음에 세 사람 모두 말이 없었다. 어쩌다 가벼운 헛기침 소리나 말문이 막혔을 때 내는 소리만 낼 따름이었다. 이런 순간에 구체적으로 뭔가 낙관적인 전망을 하는 것은 어린아이 같고 멍청한 짓으로 느껴지긴 했다. 하지만 의심할 바 없이 그들은 모두 마음속으로 현재 상황을 낙관적인 쪽으로 판단하고 있었다. 젊은이라면 이와 같은 상황에서 낙관적인 생각에 집요하게 매달리기 마련이다. 다른 측면에서 보자면, 희망이 없음을 대놓고 암시하는 어떤 말도 결단코 윤리적으로 용납되지 않는 것이었다. 그렇기에 그들은 침묵을 지켰다.

"아, 그래." 선장은 아이들을 달래듯 이렇게 말을 이었다. "우리는 무사히 해변에 이를 것이네."

하지만 그의 어조에는 뭔가 그들을 생각에 잠기도록 하는 것이 있었다. 기관사가 말했다. "물론이지요! 지금 부는 바람이 그치지만 않는다면 말입니다."

요리사는 배에 고인 물을 퍼내며 이렇게 말했다. "그럼요! 우리가 파도와의 싸움에서 지지만 않는다면 말입니다."

갈매기들이 도처에서 날고 있었다. 이따금 갈매기들은 줄에 널어놓은 양탄자가 강풍에 움직이듯 파도를 타고 뒹구는 갈색의 해초 더미 근처의 바다 위에 앉곤 했다. 새들은 편안하게 무리를 지어 앉아 있었는데, 구명정에 몸을 맡기고 있던 몇 사람에게는 선망의 대상이 되기도 했다. 바다의 노여움이 천여 마일 떨어진 내륙 지방의 뇌조雷鳥 떼에게 아무런 위협이 되지 않듯, 그들에게도 바다의 노여움은 아무런 위협이 되지 않기 때문이었다. 때때로 새들은 사람들에게 아주 가까이 다가와 검은 구슬 같은 눈으로 그들을 응시하곤 했다. 그럴 때면 눈 하나 깜빡이지 않고 자세히 뜯어보는 새들의 눈이 불길하고 사악해 보이기도 했다. 그래서 구명정의 사람들은 성난 목소리로 소리를 질러 새들을 쫓아 보내려고 했다. 새 한 마리가 날아와 선장의 머리 위에 앉으려고 작정한 것처럼 보였다. 새는 원을 그리지 않고 구명정을 따라 평행으로 날다가, 닭들이 그렇게 하듯 몸을 옆으로 돌린 자세로 잠깐 공중으로 펄쩍 뛰어올랐다. 새의 검은 눈은 무언가를 탐내는 듯 선장의 머리 위에 고정되어 있었다. "빌어먹을 놈의 새 새끼!" 새를 향해 기관사가 소리쳤다. "생긴 건 꼭 잭나이프로 아무렇게나 잘라내 만든 것 같은 놈이!" 요리사와 신문사 특파원도 새를 향해 욕설을 퍼부었다. 물론 선장의 입장에서는 무거운 밧줄 끝을 이용해 새를 두들겨 쫓아버리고 싶었으나, 감히 그렇게 하지 못했다. 왜냐하면 단호한 몸짓과 비슷한 움직임만으로도 과적 상태의 배가 자칫 뒤집힐 수 있기 때문이었다. 그리하여 선장은 손을 벌려 부드럽고 조심스러운 손짓으로 갈매기를 쫓아버렸다. 따라오는 새를 마침내 저지한 다음, 선장은 안전해진 머리 덕분에 좀 더 숨을 편히 쉴 수 있게 되었고, 다른 사람들도 어딘가 소름 끼치고 불길한 존재로 그들의 마음에 부각되던 새가 사라져 비로소 숨을 편히 쉴 수 있게 되었다.

그러는 동안에도 기관사와 신문사 특파원은 계속 노를 저었다. 그리고 또 노를 저었다. 그들은 같은 자리에 함께 앉아 각자 하나씩 노를 저었다. 나중에는 기관사가 두 개의 노를 모두 맡아 젓다가, 곧이어 신문사 특파원이 넘겨받았다. 그런 다음 기관사가 그리고 다시 신문사 특파원이 교대로 노를 저었다. 그들은 노를 젓고 또 저었다. 이 일을 하는 과정에 배가 흔들려 대단히 위태로운 상황이 되기도 했는데, 배의 뒤쪽에 누워 있던 사람이 자기 차례가 되어 노를 잡으려 할 때면 그랬다. 정말이지 조그만 구명정에서 자리를 바꾸는 일은 암탉이 품고 있는 달걀을 훔치는 것보다 더 어려운 일이었다. 먼저 배 뒤쪽에 있던 사람이 배를 가로질러 설치해놓은 널빤지를 따라 손을 미끄러뜨리듯 움직이면서 마치 자기 몸이 값비싼 프랑스제 사기그릇이라도 되는 양 조심스럽게 몸의 위치를 바꿔야 했다. 이어서 노를 젓던 자리에 있는 사람이 배를 가로질러 설치해놓은 또 하나의 널빤지를 따라 손을 미끄러뜨리듯 움직여야 했다. 할 수 있는 한 최고로 조심스럽게 이 모든 일이 이루어져야 했다. 두 사람이 몸을 옆으로 돌려 서로 자리를 바꾸는 동안에도 다들 다가오는 파도에 경계의 눈길을 계속 보냈으며, 그러는 동안 선장이 소리치곤 했다. "자, 주의! 당황하지 말고 침착하게!"

이따금 나타났다가 사라지곤 하는 갈색의 해초 더미들이 섬들 또는 작은 땅덩이처럼 보였다. 해초 더미들은 이쪽으로든 저쪽으로든 움직이지 않고 있는 것이 분명했다. 어느 모로 보나 그것들은 정지 상태를 유지하고 있는 것이 틀림없었다. 그런 해초 더미들을 통해 사람들은 배가 육지를 향해 서서히 다가가고 있음을 알 수 있었다.

거대한 파도를 타고 구명정이 치솟아 오른 다음이었다. 선장이 뱃머리에서 조심스럽게 몸을 일으켜 주위를 살피고는 모스키토 인렛의 등대를 보았다고 말했다. 곧 요리사도 그 등대를 보았다고 한마디했다. 그 무렵 신문사 특파원은 노를 잡고 있었으며, 나름의 이유 때문에 그 자신 또한 등대를 보고 싶었다. 하지만 그의 등은 저 먼 육지 쪽을 향해 있었고, 몰려오는 파도들은 거셌다. 그래서 당분간 고개를 돌릴 기회를 얻을 수 없었다. 하지만 마침내 이제까지 몰려오던 것보다는 얌전한 파도가 밀려왔다. 그 파도의 마루 위로 배가 올라가게 되었을 때, 그는 재빨리 서쪽 수평선 쪽으로 고개를 돌려 더듬어 살펴보았다.

"보았나?" 선장이 물었다.

"못 봤습니다." 느린 어조로 신문사 특파원이 말했다. "아무 것도 보이지 않습니다."

"다시 한 번 살펴보게." 선장이 손가락으로 방향을 가리키며 말했다. "바로 저 방향에 있네!"

배가 다시 한 번 파도의 마루 위로 올라갔을 때 신문사 특파원은 시키는 대로 수평선을 살펴보았다. 이번에는 흔들리는 수평선의 가장자리에 무언가 정지된 작은 물체가 있는 것을 우연히 포착할 수 있었다. 정확하게 말하자면 바늘 끄트머리처럼 보였다. 그토록 작은 등대를 발견할 수 있었던 것은 이를 찾고자 하는 그의 간절한 눈길 덕분이었다.

"선장님, 해낼 수 있을까요?"

"지금 부는 이 바람이 멈추지 않고 배가 바닷물 속에 처박히지 않는다면, 해낼 수밖에 달리 도리가 없겠지." 선장이 말했다.

맹렬하게 치솟는 바다로 인해 번쩍 들어 올려지기도 하고 파도의 마루가 심술궂게 뿌려대는 물세례를 받으면서도, 작은 배는 앞으로 나아갔다. 해초가 없었다면 배에 있는 사람들이 알아차리지 못했을 법한 그런 진전이 있었던 것이다. 배는 오대양의 손아귀 아래 기적적으로 뒤집히지 않은 채 허우적 거리는 티끌만큼이나 보잘것없는 물체 같았다. 이따금 백색 불꽃과도 같은 엄청난 물벼락이 배 안으로 덮쳐 들어왔다.

"요리사, 물을 퍼내게!" 침착한 어조로 선장이 말했다.

"알겠습니다, 선장님." 쾌활한 어조로 요리사가 대답했다.

3

여기 바다 한가운데서 맺어진 사나이들 사이의 미묘한 형제애에 대해서는 설명하기가 어려울 것이다. 아무도 그것을 형제애라고 말한 적도 없고, 아무도 이에 관해 입을 떼지도 않았다. 하지만 그와 같은 형제애가 배 안을 감돌고 있었으며, 모든 사람이 각자 그러한 형제애가 자신의 마음을 따뜻하게 해주고 있음을 느끼고 있었다. 선장, 기관사, 요리사 그리고 신문사 특파원이 그 구성원이었으며, 그들은 서로에게 일상의 사례에서 확인할 수 있는 것보다 한결 더 강한, 별나다고 할 만큼 강한 결속력으로 다져진 친구가 되어 있었다. 부상당한 채 뱃머리 쪽의 물통에 기대어 누워 있던 선장은 항상 낮은 목소리로 조용하게 말했다. 하지만 구명정 안의 세 사람, 직업이 서로 다른 이 세 사람만큼 기꺼이 그리고 재빠르게 복종하는 부하들을 지휘해본 적은 없었을 것이다. 공동의 안전을 위해 무엇이 최선인지를 깨닫는 것 이상의 감정이 그들의 마음을 감싸고 있었다. 거기에는 개인적이면서도 마음 깊은 곳에서 우러나오는 무언가가 분명히 있었다. 배의 지휘자에 대한 헌신적인 마음 외에도 동지애가 작용하고 있었던 것이다. 예컨대 인간에 대해 냉소적인 사람이 되도록 교육 받은 신문사 특파원조차 생애 최고의 것을 경험하고 있음을 바로 그 순간 알았는데, 생애 최고의 것은 다름 아닌 그들 사이의 동지애였다. 하지만 누구도 그것이 동지애라고 말하지 않았고, 아무도 이에 관해 입을 떼지도 않았다.

"돛을 설치하는 게 좋겠군." 선장이 의견을 내놓았다. "노 끝에다 내 외투를 매달아 돛을 대신하도록 하게. 그러면 자네들도 쉴 수 있을 걸세." 그리하여 요리사와 신문사 특파원은 노를 돛대처럼 세우고 거기에 매단 외투를 넓게 펼쳤다. 기관사가 돛의 방향을 조정했으며, 작은 배는 새로운 장비 덕택에 앞으로 잘 나아갔다. 이따금 기관사는 파도가 배로 몰려오는 것을 막기 위해 날쌔게 노를 저어야 했지만, 그럴 경우를 제외하고는 항해가 성공적으로 이어졌다.

그러는 동안 등대의 크기가 완만한 속도로 조금씩 커져갔다. 이제 등대는 거의 색깔로 구별할 수 있을 정도가 되어, 하늘을 배경으로 한 자그마한 잿빛 그림자 같은 형상으로 바뀌어 있었다. 노를 젓는 사람조차도 자그마한 잿빛 그림자를 흘끗 보기 위해 이따금 고개를 돌리지 않을 수 없었다.

배가 굽이치는 파도의 마루 위로 오를 때마다, 흔들리는 배 안의 사람들은 육지를 볼 수 있었다. 등대가 하늘을 배경으로 하여 수직으로 서 있는 그림자의 형상이듯, 육지는 바다 위에 떠 있는 기다란 검은 그림자의 형상으로 보였다. 그 두께는 확실히 종이보다 얇아 보였다. "우리는 뉴스머나New Smyrna(플로리다주 북동부 지역에 있는 해안 도시. 모스키토 인렛 등대가 있는 곳에서 남쪽으로 있으며, 등대 위에서 내려다볼 수 있을 만큼 등대와 가까운 거리에 있다 – 옮긴이)가 마주 보이는 곳 어딘가에 와 있는 게 틀림없어." 범선을 타고 이곳 해변을 따라 가끔 항해한 적이 있는 요리사가 이렇게 말했다. "그런데 선장님, 제가 알기로 저기 있던 해난구조소는 일 년 전쯤 폐쇄되었다고 하더군요."

"폐쇄되었다고?" 선장이 물었다.

바람이 천천히 잦아들었다. 이제 요리사와 신문사 특파원은 노를 높이 쳐드느라 애쓸 필요가 없게 되었다. 하지만 파도는 구명정을 향해 계속해서 격렬하게 덮쳐오고 있었고, 작은 배는 항해를 멈춘 채 파도와 격심한 싸움을 이어가고 있었다. 기관사와 신문사 특파원 가운데 한 사람이 다시금 노를 잡았다.

난파는 난데없이 닥쳐온다. 만일 사람들이 난파에 대비해 훈련을 받을 수만 있다면 그리고 그들이 아주 기력이 왕성할 때 난파와 만날 수만 있다면, 바다에 빠져 죽는 일은 그만큼 줄어들 것이다. 구명정에 있는 네 사람 가운데 누구도 이 구명정에 몸을 맡기기 전 이틀 낮 이틀 밤 동안 잠이라고 할 수 있는 것을 제대로 자본 적이 없었다. 게다가 침몰하는 배의 갑판 위를 돌아다니느라 제정신이 아니었기에 제대로 식사하는 일조차 잊고 있었다.

이런 이유 때문에 그리고 또 다른 이유 때문에, 기관사와 신문사 특파원 누구도 현재 기꺼워하는 마음으로 노를 젓고 있는 것은 아니었다. 신문사 특파원은 솔직히 의구심을 갖지 않을 수 없었다. 제정신이라면 노를 저어 배를 모는 일이 즐거운 일이라고 생각할 사람이 도대체 이 세상 어디에 있겠는가! 이건 오락거리가 아니라 끔찍한 형벌이었다. 정신이상자 노릇을 하는 데 타고난 재주를 지닌 자라고 하더라도 노젓기는 근육에 대한 끔찍한 가혹 행위이자 등에 대한 범죄 행위가 아니라는 식의 결론을 내릴 수는 결코 없을 것이다. 그가 딱히 누구를 향해서가 아니라 구명정에 있는 모든 사람에게 노를 젓는 '즐거움'이 그에게 어떤 타격을 가했는가를 말하자, 피로에 지친 기관사가 전적으로 동감이라는 표시로 웃음을 지어 보였다. 아무튼 난파하기 바로 직전 기관사는 기관실에서 이중으로 당직 근무를 했었다.

"자, 자네들 이제 좀 쉬어가며 하게나." 선장이 말을 이었다. "힘을 다 빼서는 안 되지. 해안에 이르러 파도를 타려면 젖 먹던 힘까지 다 써야 할 테니까. 해안에 이르기 위해서는 틀림없이 헤엄을 쳐야 할 걸세. 숨을 좀 돌리게."

천천히 바다 위로 육지가 그 모습을 드러냈다. 검은색 선 하나만 보이던 것이 이제 검은색 선과 흰색 선이 겹쳐 보였다. 나무와 모래 사이의 구별이 가능해진 것이다. 마침내 선장이 해변에 있는 집이 보인다고 말했다. "저건 분명히 대피소일 거야." 요리사가 말했다. "오래잖아 사람들이 우리를 보고 구하러 오겠군."

멀리 등대가 우뚝 솟아 있는 것이 보였다. "틀림없이 지금쯤 등대지기가 우리를 알아봤을 걸세. 망원경으로 우리를 보고 있다면 말이지." 선장이 말을 이었다. "그러면 그가 구조대 사람들에게 통고할 걸세."

"다른 구명정들 가운데 어느 것도 해변에 이르러 난파 소식을 전할 수 없었나 보군." 기관사가 낮은 목소리로 말했다. "그게 아니라면 구조선이 우리를 찾고 있을 텐데."

서서히 그리고 아름답게 육지의 모습이 바다 위로 아련히 그 자태를 드러냈다. 다시 바람이 불기 시작했다. 처음에 불어오던 바람은 북동풍이었으나 어느새 남동풍으로 바뀌었다. 마침내 새로운 소리가 배에 타고 있는 사람들의 귀를 때렸다. 해변의 파도가 내는 낮은 으르렁거림이었다. "현재로서는 등대까지 결코 갈 수 없을 걸세." 선장이 말했다. "빌리, 뱃머리를 약간 더 북쪽으로 돌리게." 그가 이렇게 덧붙였다.

"네, 알겠습니다. 약간 더 북쪽으로!" 기관사가 선장의 말을 받았다.

그러자 자그마한 배가 다시 한 번 방향을 바꿔 바람을 등지고 나아갔다. 노를 젓는 사람 외에는 모두가 점점 더 가까워지는 해변을 응시하고 있었다. 해변이 다가오자 사람들의 마음은 의혹과 어두운 불안감에서 벗어날 수 있게 되었다. 아직까지는 배를 조종하는 일에 더없이 신경을 쏟고 있었지만, 환호의 소리가 마음에서 조용히 이는 것을 막을 수는 없었다. 아마도 한 시간 안에 그들은 해변에 닿을 수도 있을 것이다.

그들의 등뼈는 배 안에서 균형을 잡는 일에 완전히 익숙해져 있었다. 그들은 현재 야생마와도 같은 구명정을 마치 서커스 단원들이라도 된 양 능숙하게 몰고 있었다. 신문사 특파원은 온몸이 피부까지 흠뻑 젖어 있으리라고 생각했다. 하지만 어쩌다 외투의 윗주머니를 더듬어보니 엽궐련 여덟 개비가 뭉그러지지 않은 채 집히는 것을 알게 되었다. 네 개비는 바닷물에 절어 있었지만, 나머지는 흠 하나 없이 완벽했다. 여기저기 뒤진 끝에 누군가가 마른 성냥 세 개비를 찾아냈다. 이에 자그마한 배에 몸을 실은 채 바다 위를 표류하던 네 사람은 대담해졌다. 그들은 곧 구조가 이루어질 것이라는 확신에 눈을 빛내고 있었으며, 그런 눈빛을 한 채 굵은 엽궐련을 뻐끔뻐끔 피우면서 자신들의 길흉화복을 가늠해보기도 했다. 그리고 물로 목을 축이기도 했다.

"이보게, 요리사!" 선장이 말을 이었다. "자네가 말한 대피소 주변 어디에도 사람이라고는 그림자 하나 보이지 않는 것 같네."

"정말 그렇네요." 요리사가 선장의 말을 받아 이렇게 말했다. "우리를 보지 못하다니, 거참 이상하네."

나지막한 해변이 길게 펼쳐져 있는 것이 그들의 눈에 들어왔다. 해변은 그 꼭대기가 검은빛의 식물로 뒤덮인 낮은 모래언덕으로 이루어져 있었다. 파도의 으르렁거림이 또렷이 들려왔으며, 이따금 그들은 파도가 해변으로 몰아칠 때마다 입술 모양의 하얀 물거품을 일으키고 있는 것도 볼 수 있었다. 자그마한 집 한 채가 검은빛을 띤 채 하늘을 가로막고 있었으며, 남쪽으로는 가느다란 몸집의 등대가 잿빛을 띤 채 나지막하게 서 있었다.

조류와 바람과 파도로 인해 구명정은 방향을 북쪽으로 바꿔 움직이고 있었다. "우리를 보지 못하다니, 거참 이상하군." 그들이 말했다.

이 지점에 이르자 파도의 으르렁거림이 무뎌지긴 했으나, 그럼에도 여전히 천둥과도 같은 위력적인 음조는 잦아들지 않았다. 엄청나게 큰 너울 위로 배가 떠가는 동안 사람들은 이처럼 위력적인 파도의 으르렁거림에 귀를 기울인 채 앉아 있었다. "이러다 침몰하고 말겠는데." 모두가 이구동성으로 말했다.

반경 30킬로미터 이내의 구역 어느 쪽 방향으로도 해난구조소는 없었다는 사실을 이쯤에서 밝히는 것이 좋겠다. 하지만 당시 그들은 그 사실을 모르고 있었으며, 그 결과 국가가 운영하는 해난구조대 대원들의 시력에 대해 저주와 험담을 서슴지 않았다. 인상을 험악하게 찡그린 채 구명정 안에 앉아 있던 네 사람은 그 어떤 기록도 깨뜨릴 만큼 거친 욕설을 내뱉고 있었던 것이다.

"우리를 보지 못하다니, 거참 이상하네."

얼마 전까지 그들 마음에 깃들어 있던 느긋함은 이제 완전히 자취를 감추었다. 날카로워진 그들의 마음에는 온갖 종류의 무능력과 무지로 똘똘 뭉쳐 있는 사람들 그리고 확신컨대 비겁함으로 똘똘 뭉쳐 있는 사람들의 모습이 쉽게 떠올랐다. 사람들이 조밀하게 모여 살고 있는 바닷가가 있는데도 그곳에서 그들을 향한 그 어떤 구조의 신호도 오지 않는 데 대해 그들은 더욱더 분개하지 않을 수 없었던 것이다.

"할 수 없지, 뭐." 마침내 선장이 입을 열었다. "우리 스스로 해봐야 할 것 같네. 여기에 너무 오래 머물러 있게 되면, 우리들 가운데 누구한테도 배가 침몰한 다음 헤엄칠 힘이 남지 않게 될 걸세."

그리하여 노를 젓던 기관사가 배를 해변 쪽으로 곧바로 향하게 했다. 갑자기 사람들의 근육이 경직되고 생각이 복잡해졌다.

"만일 우리 모두가 함께 해변에 이르지 못한다면……." 선장이 말했다. "만일 우리 모두가 함께 해변에 이르지 못한다면, 나의 최후를 알리는 소식을 어디에다 전해야 할지 자네들은 아마 알고 있을 걸세."

그들은 잠깐 동안 서로 주소를 나누며 유의사항을 일러주었다. 그 무렵 그들의 마음을 헤아려보자면, 그 안에는 엄청난 분노가 들끓고 있었을 것이다. 아마도 당시의 생각을 정리하자면 다음과 같았을 것이다. '내가 만일 물에 빠져 죽을 거라면…… 내가 만일 물에 빠져 죽을 거라면…… 내가 만일 물에 빠져 죽을 거라면, 바다를 지배하는 미친 일곱 신의 이름에 걸고 묻겠는데, 도대체 왜 나를 여기까지 오게 해서 모래와 나무를 살펴볼 수 있게 했단 말인가? 내가 막 삶의 신성한 열매가 내뿜는 향기를 맡으려는 바로 이 순간에 내 코를 억지로 돌려놓기 위해, 단지 그러기 위해 나를 여기까지 이끌어왔단 말인가? 이건 터무니없는 일이다. 바보 얼간이 같은 늙다리 운명의 여신이 할 수 있는 일이 고작 이것이라면, 인간의 운명을 다스릴 권한을 박탈해야만 한다. 운명의 여신이란 자기 자신의 의도가 무엇인지도 모르는 늙다리 암탉 같은 존재일 뿐이다. 만일 운명이 여신이 나를 물에 빠뜨려 죽일 작정이었다면, 왜 진작 그렇게 함으로써 내가 겪은 온갖 수고를 덜어주지 않왔단 말인가! 모든 게 다 터무니없다……. 하지만 아니, 그럴수는 없어. 운명의 여신이 나를 물에 빠뜨려 죽일 작정이라니, 그럴 수야 없지. 나를 물에 빠뜨려 죽이려 하다니, 감히 그럴수는 없지. 나를 물에 빠뜨려 죽일 수는 없어. 이렇게 온갖 고생을 다 했는데 말이야.' 그렇게 생각한 다음, 사람들은 구름을 향해 주먹을 휘두르고 싶은 충동을 느꼈을 수도 있을 것이다. '자, 나를 물에 빠뜨려 죽여봐라! 그리고 내가 퍼붓는 욕이어떤 건지 한번 들어봐라!'

이 순간 다가온 거대한 물결은 한층 더 무시무시한 것이었다. 엄청나게 큰 물결이 시시각각으로 자그마한 배를 공격해혼란스러운 물거품 한가운데 뒤집어엎으려는 것처럼 보였다. 물결의 외침 속에는 무언가를 예고하는 듯한 기다란 고함소리가 담겨 있었다. 바다에 익숙지 않은 사람들이라면 누구도 곧이어 구명정이 깎아지른 듯 솟아오르는 물결의 꼭대기로 올라갈 수 있으리라고는 감히 짐작조차 하지 못할 것이다. 해변은 아직 멀리 떨어져 있었다. 기관사는 능숙한 파도타기선수였다. "맙소사!" 그가 재빨리 이렇게 말했다. "배가 앞으로삼 분 이상 버티지 못할 거야. 그리고 해안까지 거리가 너무 멀어 헤엄쳐 갈 수도 없을 거야. 선장님, 배를 다시 바다 쪽으로몰까요?"

"그래, 그렇게 하게!" 선장이 대답했다.

숨 가쁘게 이어지는 일련의 기적 덕택에 그리고 민첩하고 안정된 노 젓기 솜씨 덕택에, 기관사는 파도의 한가운데서 배를 돌려 다시금 안전하게 바다 쪽으로 몰아갈 수 있었다.

배가 깊게 주름져 있는 바다를 넘어 보다 더 깊은 곳으로 어렵게 나아가는 사이, 상당히 오랫동안 침묵이 이어졌다. 마침내 누군가가 침울한 어조로 말했다. "여하튼 말이지, 지금쯤에는 틀림없이 사람들이 해안에서 우리를 봤을 거야."

갈매기들이 경사각을 유지한 채 바람을 타고 날아올라 잿빛을 띤 황량한 동쪽으로 사라졌다. 먹구름을 동반한 돌풍이 그리고 불타는 건물에서 피어오르는 연기와도 같은 붉은 벽돌 빛 구름이 남동쪽으로부터 그 모습을 드러냈다.

"해난구조대 대원 친구들에 대해 어떻게 생각하나? 정말 대단한 친구들 아닌가?"

"우리를 보지 못하다니, 거참 이상하네."

"어쩌면 우리가 뱃놀이를 즐기러 여기에 와 있다고 생각하는지도 모르지! 어쩌면 우리가 낚시를 하고 있다고 생각할지도 몰라. 어쩌면 우리를 지독한 멍청이들이라고 생각하고 있거나."

기나긴 오후였다. 조류가 바뀌면서 바닷물은 그들을 남쪽으로 몰아가려 했다. 하지만 바람과 파도는 북쪽으로 배를 몰고 있었다. 해안선과 바다와 하늘이 만나 엄청난 광경을 형성하고 있는 저 먼 곳에는 작은 점들이, 해변에 도시가 있음을 나타내는 것처럼 보이는 작은 점들이 있었다.

"세인트 어거스틴Saint Augustine(플로리다주 북동부 지역에 있는 미국에서 가장 오래된 항구 도시로, 뉴스머나에서 북쪽으로 100킬로미터가량 떨어진 곳에 있다 – 옮긴이)일까요?"

선장이 고개를 가로저으며 말했다. "그렇다고 하기엔 모스키토 인렛과 너무 가까워 보여."

다시 기관사가 노를 젓고, 이어서 신문사 특파원이 노를 저었다. 그리고 또다시 기관사가 노를 저었다. 노를 젓는 일은 사람을 너무나 지치게 하는 일이었다. 인간의 등은 군軍의 연대에 비치된 종합 해부학 기록부에 기재되어 있는 것보다 한결 더 많은 통증과 고통이 모여 있는 장소가 될 수 있다. 한정된 부위이긴 하나, 근육들 사이의 헤아릴 수 없이 많은 충돌, 뒤엉킴, 비틀림, 꼬임 그리고 그 외의 '안락'이 난무하는 무대가 될 수도 있었다.

"빌리, 자넨 노 젓기를 좋아한 적이 있나?" 신문사 특파원이 물었다.

"천만에." 기관사가 말했다. "빌어먹을 놈의 짓거리지."

두 사람 가운데 하나가 쉴 차례가 되어 노를 젓는 자리에서 배의 바닥으로 옮겨가면 그는 어쩔 수 없어 손가락 하나 까딱하는 일이라면 모를까 그 외에는 아무것도 하고 싶지 않을 만큼 심각하게 자신을 압도하는 신체적 기능 저하 현상으로 고통을 겪어야 했다. 한편 차가운 바닷물이 배 안에서 철벅이며 이리저리 쏠리고 있었는데, 그는 바로 그 안에 누워 있어야 했다. 배를 가로질러 고정시켜놓은 널빤지를 베개 삼아 누워 있을 때 그의 머리는 파도 마루의 소용돌이에서 몇 센티미터도 떨어져 있지 않은 곳에 있었고, 때때로 특히 시끄럽게 날뛰는 바닷물이 배 안으로 밀어닥쳐 다시 한 번 그를 흠뻑 적셔놓곤 했다. 하지만 이런 일들 때문에 괴롭지는 않았다. 만일 배가 전복된다면, 그는 마치 거대하고 부드러운 매트리스처럼 느껴질 것이 확실한 대양 위로 손쉽게 굴러떨어질 것이 거의 확실했다.

"잠깐! 해안에 사람이 하나 보이네!"

"어디?"

"저기! 보이지 않나? 보이지 않는가?"

"아, 그렇군. 해변을 따라 걷고 있네."

"이제 걸음을 멈췄네. 잠깐! 얼굴이 우리 쪽을 향하고 있어!"

"우리한테 손짓까지 하네!"

"그래, 맞아! 세상에 이럴 수가!"

"아, 이젠 살았네! 우린 이제 살았어! 삼십 분 안에 우리를 구조할 배가 뜰 거야."

"그가 가고 있네. 뛰고 있어. 저기 있는 집으로 올라가고 있어."

저 멀리 떨어진 바닷가는 바다보다 낮은 곳에 있는 것처럼 보였다. 자그마한 검은 점을 확인하기 위해서는 주의 깊은 시선이 필요했다. 선장이 물 위에 떠 있는 막대기를 발견했으며,

그래서 그들은 그쪽을 향해 노를 저어갔다. 어쩌다 보니 희한하게도 목욕용 수건 한 장이 배 안에 있었다. 이 수건을 막대기에 맨 다음 선장이 흔들었다. 노를 잡은 사람은 감히 고개를 돌릴 엄두조차 낼 수 없었기 때문에, 이렇게 묻는 것으로 만족할 수밖에 없었다.

"지금 그 사람 뭐 하고 있지?"

"다시 멈춰 서 있네. 우릴 보고 있는 것 같은데…… . 다시 움직이고 있네. 집을 향해…… . 다시 멈춰 섰어."

"우리한테 손을 흔들고 있나?"

"아니, 지금은 아니야! 하지만 아까는 손을 흔들었어."

"잠깐! 또 한 사람이 오네!"

"뛰고 있는데."

"저것 좀 봐! 어딘가를 향해 가고 있어."

"아니, 자전거를 타고 있잖아! 이제 두 사람이 만났어. 두 사람이 함께 우리한테 손을 흔들고 있네. 저것 좀 봐!"

"해변에 뭔가 보이기 시작했어."

"그게 대체 뭐지?"

"그야 물론 배겠지."

"틀림없이 배야."

"아닌데. 바퀴가 달려 있어."

"정말 그렇군. 그렇긴 해도 저건 틀림없이 구조선일 거야. 수레에 구조선들을 싣고 해변을 따라 끌고 다니곤 하지."

"틀림없이 구조선일 거야."

"아니야, 저런…… 저건…… 저건 승합마차야."

"내가 단언하겠는데, 구조선이야."

"아니야! 승합마차야. 이젠 확실하게 보이네. 자, 보라고. 큰 호텔에서 사용하는 그런 승합마차 가운데 하나야."

"제기랄, 자네 말이 맞네. 틀림없이 저건 승합마차야. 자넨 저 친구들이 승합마차를 가지고 뭘 하려는지 알겠나? 어쩌면 구조대원들을 소집하기 위해 돌아다니고 있는 건지도 몰라."

"아마 그런 것 같네. 잠깐! 자그마한 검은 깃발을 흔드는 친구가 있네. 승합마차의 발판 위에 서 있군. 저기 다른 두 친구가 오네. 함께 이야기를 나누는 데만 정신을 팔고 있군. 깃발을 든 친구를 좀 봐. 혹시 깃발을 흔들고 있는 건 아닌지 모르겠네."

"저건 깃발이 아니잖아, 안 그런가? 저건 외투야. 아니, 틀림없이 저건 그의 외투야."

"그렇군. 외투로군. 그걸 벗어서 머리 위로 흔들고 있어. 그걸 흔들고 있는 모습을 좀 보게나."

"아니, 이럴 수가! 저기에는 해난구조소 같은 게 없네. 저건 단지 겨울 휴양지 호텔의 승합마차일 뿐이야. 우리가 빠져 죽는 꼴을 구경하려고 투숙객 가운데 몇 사람을 데려온 승합마차일 뿐이라고."

"저 멍청이가 외투를 벗어 들고 뭘 하는 거지? 아무튼 뭔가 신호를 보내고 있는 것 같은데."

"우리한테 북쪽으로 가라고 하는 것 같아. 틀림없이 거기에 해난구조소가 있을 거야."

"아니야, 저 친구는 우리가 낚시를 하고 있다고 생각하는 것 같아. 흥겨운 듯 손을 흔들고 있군. 저기 좀 보게, 빌리."

"거참, 저 신호가 무얼 뜻하는 건지 알 수 있다면 좋겠는데. 무슨 뜻으로 저러고 있는 것 같은가?"

"아무 뜻도 없이 손을 흔드는 거야. 그냥 장난치고 있어."

"글쎄, 만일 그가 단순히 다시 파도타기를 하라고 신호를 보내는 거라면, 아니면 바다로 나가 기다리라는 신호를 보내는 거라면, 아니면 북쪽으로 가라거나 남쪽으로 가라는 신호를 보내는 거라면……. 하여간 뭔가 신호를 보내는 거라면, 거기에는 무슨 이유가 있을 거야. 아무튼 저 친구를 좀 봐. 저기에 그냥 서서 외투를 바퀴 돌리듯 돌리고 있지 않은가? 저런 망할 놈 같으니라고!"

"사람들이 더 몰려오고 있네."

"이젠 아주 떼거리를 지어 있군. 잠깐! 저건 배가 아닌가?"

"어디에? 아, 자네가 뭘 보고 그러는지 알겠네. 아니야, 저건 배가 아니야."

"저 친구가 아직 우리한테 외투를 흔들어대고 있군."

"틀림없이 자기가 그렇게 하고 있는 걸 우리가 보고 좋아하리라고 착각하고 있는 것 같아. 왜 그만두지 않는 거지? 아무

의미도 없는 짓거리를 말이야."

"모르겠네. 우리한테 북쪽으로 가라고 하는 것 같아. 거기 어딘가에 해난구조소가 있는 게 틀림없어."

"그런데 저 녀석은 지치지도 않나? 아직 흔들어대고 있잖아."

"언제까지 저 짓을 하고 있을지 궁금하군. 우리를 본 다음부터 계속 외투를 돌려대고 있잖은가. 멍청한 녀석 같으니라고. 왜 사람을 모아 배를 띄우지 않는 거지? 고기잡이배 한 척이라면, 그러니까 저기 있는 저 작은 돛단배들 가운데 한 척이라면, 아무 문제 없이 우리한테 올 수 있을 텐데 말이야. 왜 아직 손을 쓰지 않는 거지?"

"자, 어디 두고 보세나."

"우리를 위해 배 한 척을 즉시 이리로 보낼 거야. 이제 우리를 보았으니 말이야."

희미한 노란빛이 낮은 육지 위의 하늘에 드리워졌다. 그리고 바다 위의 음영이 천천히 깊어지고 있었다. 그와 함께 바람이 차가워졌으며, 배 안의 사람들은 추위에 떨기 시작했다.

"빌어먹을!" 불경스러운 느낌을 목소리에 노골적으로 담은 채 누군가가 소리쳤다. "여기에서 계속 이렇게 빈둥거려야 하다니! 멍청하게 밤새도록 이 자리에서 버둥대야만 하다니!"

"아, 결단코 밤새도록 이 자리에 머물러 있어야 할 필요는 없을 거야! 걱정 말게. 이제 우리를 보았으니, 머지않아 우리를 찾아 이리로 올 걸세."

해변이 어두워졌다. 외투를 흔들어대던 사람이 차츰차츰 어둠에 가려 보이지 않게 되었다. 그를 가려 보이지 않게 했듯, 어둠은 승합마차와 한 무리의 사람들까지도 삼켜버렸다. 물보라가 시끄러운 소리를 내며 달려와 배의 옆쪽을 때렸을 때 사람들은 몸에 화인火印이라도 찍히는 듯 몸을 움츠리며 욕설을 해댔다.

"외투를 흔들어대던 얼간이 녀석을 붙잡을 수 있다면 얼마나 좋을까. 운이 좋아서 그놈을 잡게 되면 흠씬 두들겨줄 텐데."

"왜? 그가 어쨌는데?"

"아, 아무 짓도 안 했지. 하지만 그 친구 너무나 즐거워하는 것 같더군."

사람들이 이런 이야기를 주고받는 동안 기관사는 노를 저었다. 그리고 이어서 신문사 특파원이 노를 저었다. 그리고 다시 기관사가 노를 저었다. 얼굴에 잿빛을 띤 채 그리고 고개를 숙인 채, 그들은 기계적으로 순번을 바꿔가며 납처럼 무겁게 느껴지는 노를 열심히 움직였다. 등대의 형상이 남쪽 수평선에서 사라져버렸지만, 희미한 별 하나가 바다 바로 위쪽으로 모습을 드러냈다. 어둠이 모든 것을 흡수하기 바로 직전, 줄무늬 진 짙은 노란빛이 서쪽 편에서 그 모습을 감추었다. 그리고 동쪽 편의 바다가 완전히 칠흑 같은 어둠에 휩싸였다. 육지가 사라져 모습을 감추었고, 낮고 음산한 파도의 으르렁거림만이 육지의 존재를 알리고 있었다.

"내가 만일 물에 빠져 죽을 거라면…… 내가 만일 물에 빠져 죽을 거라면…… 내가 만일 물에 빠져 죽을 거라면, 바다를 지배하는 미친 일곱 신의 이름에 걸고 묻겠는데, 도대체 왜 나를 여기까지 오게 해서 모래와 나무를 살펴볼 수 있게 했단 말인가? 내가 막 삶의 신성한 열매가 내뿜는 향기를 맡으려는 바로 이 순간에 내 코를 억지로 돌려놓기 위해, 단지 그러기 위해 나를 여기까지 이끌어왔단 말인가?"

축 처진 몸을 물통에 의지한 채, 인내심이 강한 선장이 어쩔 수 없다는 듯 노를 젓고 있는 사람에게 이따금 이렇게 지시하곤 했다.

"배의 방향이 틀어지지 않도록 계속 노를 젓게. 계속 노를 젓도록 하게!"

"네, 알겠습니다. 계속 노를 젓겠습니다." 피로에 젖고 기운이 빠진 목소리가 오갔다.

확실히 고요한 저녁이었다. 노를 젓는 사람을 빼고 나머지 사람들은 바닥에 멍한 상태로 무거운 몸을 뉘어놓고 있었다. 노를 젓는 사람의 경우, 앞을 보고 앉아 있긴 했지만 시력은 극도로 약해져 있었다. 어쩌다 파도 마루의 낮은 으르렁거림이 들리는 것을 빼고는 극도로 불길한 침묵이 감도는 가운데, 앞으로 몰려오는 시커멓고 높직한 파도들을 알아차리는 것만이 그의 눈이 할 수 있는 전부였다.

요리사는 배를 가로질러 깔아놓은 널빤지 위에 머리를 얹고 있었으며, 바다에는 아무런 관심도 보이지 않은 채 자신의 코 아래쪽으로만 눈길을 주고 있었다. 마음이 다른 곳에 가 있었던 것이다. 마침내 그가 꿈속에서 헤매는 듯 이렇게 물었다. "빌리, 자넨 어떤 종류의 파이를 제일 좋아하나?"

5

"파이라니?" 기관사와 신문사 특파원이 짜증스러운 듯 말했다. "젠장, 그따위 이야긴 집어치우게!"

"거참." 요리사가 말을 이었다. "햄을 넣어 만든 샌드위치에 대해 생각하고 있었을 뿐이네. 그리고 또……."

구명정에 몸을 실은 채 바다에서 보내는 밤은 길고도 길었다. 마침내 어둠이 깔리자, 남쪽 바다에서 솟아오른 불빛이 찬란한 황금빛으로 바뀌었다. 북쪽 수평선에 새로운 불빛이 나타났는데, 푸른빛이 감도는 자그마한 불빛이 바다의 가장자리로 떠올랐던 것이다. 이 두 불빛은 세상을 장식하는 가구와도 같은 것이었다. 이를 제외하면 다만 파도만이 있을 뿐이었다.

두 사람이 자리를 차지하고 있는 것만으로도 배의 뒤쪽 공간은 꽉 찼다. 구명정 안의 공간은 너무도 '엄청난' 것이어서, 노를 젓는 사람이 배에 있는 다른 사람들의 몸 아래쪽으로 발을 뻗어 넣어 부분적으로 온기를 유지할 수 있을 정도였다. 실제로 노를 젓기 위해 앉아 있는 좌석 아래쪽으로 펴놓은 그의 발이 선장의 발을 건드릴 정도로 배 안의 공간이 비좁았다. 피로에 지친 와중에도 노를 젓는 사람들이 무진 애를 썼지만, 파도가 배 안으로 밀려들어오기도 했다. 얼음 같은 한밤의 파도가 밀려들어올 때마다 배 안의 사람들은 다시 한 번 차가운 물벼락을 뒤집어써야 했다. 그들은 잠시 몸을 뒤틀며 신음 소리를 내고는 다시금 죽음과도 같은 잠에 빠져들곤 했다. 그러는 동안 배가 요동을 칠 때마다 배 안의 물이 그들 주위로 콸콸 소리를 내며 돌아다니곤 했다.

기관사와 신문사 특파원의 계획에 따르면, 한 사람이 힘이 빠질 때까지 계속 노를 저은 다음 바닷물이 고여 있는 배의 밑바닥 잠자리에서 자고 있는 사람을 깨우기로 되어 있었다.

기관사는 머리가 앞으로 숙여질 때까지 노를 저었으며, 마침내 도저히 막을 길이 없는 잠이 그의 눈을 감기는 바람에 앞을 볼 수 없게 되었다. 그런데도 그는 여전히 노를 저었다. 마침내 그가 배의 밑바닥에 잠들어 있는 신문사 특파원의 몸에 손을 얹고 그의 이름을 불렀다. "잠시 교대해주지 않겠나?" 기운 빠진 목소리로 그가 말했다.

"그렇게 하세, 빌리." 신문사 특파원이 잠에서 깨어나, 몸을 간신히 끌어당겨 앉은 자세를 취했다. 그들은 조심스럽게 자리를 바꿨다. 기관사는 요리사 옆쪽의 물이 고인 자리에 몸을 웅크리고 눕더니 곧바로 잠에 빠져들었다.

바다의 광포함은 눈에 띄게 줄어든 상태로, 파도의 으르렁거림도 더 이상 들리지 않게 되었다. 노를 젓는 사람의 임무는 이제 밀려오는 거대한 파도에 배가 뒤집히지 않도록 배의 방향을 유지하는 일이었다. 파도의 마루 위로 배가 지나갈 때 배에 물이 들어오지 않도록 하는 일 또한 그의 의무였다. 검은 파도는 소리 없이 다가왔는데, 이처럼 조용히 다가오는 파도를 어둠 속에서 식별하기란 어려웠다. 때때로 노를 젓는 사람이 의식하기도 전에 파도가 배를 덮칠 지경에 이르기도 했다.

신문사 특파원이 낮은 목소리로 선장에게 말을 걸었다. 강철 같은 사람인 선장은 항상 깨어 있는 것 같았지만, 그는 선장이 깨어 있는지 자신할 수 없었다. "선장님, 북쪽으로 보이는 저 불빛을 향해 배를 몰까요?"

신문사 특파원의 목소리만큼이나 차분한 목소리로 선장이 대답했다. "그렇게 하게. 뱃머리 좌측으로 대략 두 방위(이때의 '방위'point는 나침반 둘레의 32개의 점 가운데 하나를 말한다. '두 방위'는 22도 30분의 각도이다 - 옮긴이)의 방향으로 배를 몰게."

요리사는 구명대를 몸에 감고 있었는데, 코르크로 된 이 투박한 장비가 제공할 수 있는 변변치 않은 온기나마 얻기 위한 조처였다. 노를 젓던 사람은 노 젓기를 멈추면 바로 그 순간부터 예외 없이 추위 때문에 이가 심하게 딱딱 맞부딪치는 소리를 냈는데, 그런 그가 푹 쓰러져 잠이 들 때면 구명대로 몸을 감싼 요리사는 거의 난로 대용품과도 같았다.

신문사 특파원은 노를 젓는 동안 그의 발아래 쪽에서 자고 있는 두 사람을 내려다보았다. 요리사의 팔이 기관사의 어깨를 감싸고 있었는데, 너덜너덜한 옷과 초췌한 얼굴로 인해 그들은 바다 위에 버려진 아기들, 이를테면 민담에 등장하는 숲 속에 버려진 순진한 아기들을 기이한 모습으로 재현해놓은 것 같아 보였다.

얼마 후 그는 노 젓는 일을 반복하다 틀림없이 정신을 잃었던 것 같았다. 갑작스럽게 바닷물이 으르렁거리는 소리를 내더니 산더미 같은 파도가 고함 소리를 내며 배 안을 강타했다. 구명대를 몸에 두르고 있던 요리사가 파도에 밀려 물 위로 떠밀려 올라가지 않은 것은 기적 같은 일이었다. 요리사는 깨어나지 않은 채 계속 잠에 취해 있었지만, 기관사가 잠에서 깨어 일어나 앉았다. 놀란 그는 눈을 끔벅이면서 새롭게 닥친 또 한 차례의 추위에 몸을 떨었다.

"아, 빌리, 정말로 미안하네." 신문사 특파원이 잘못을 뉘우치는 어조로 말했다.

"뭘 그런 걸 갖고. 괜찮네." 기관사는 이렇게 말하고 다시 누워 잠을 청했다.

곧이어 선장마저도 졸음에 겨워하는 것처럼 보였다. 그런 그를 바라보며 신문사 특파원은 망망대해에 오로지 자신만이 홀로 떠 있는 것 같다는 생각에 젖어들었다. 파도 위로 불어오는 바람이 소리를 냈다. 그 소리는 그 어떤 소리보다도 구슬펐다.

배의 뒤쪽에서 철썩이는 소리가 길고 커다랗게 들려왔으며, 푸른 불꽃과도 같이 번쩍이는 인광燐光이 시커먼 바다 위로 길게 자국을 드리우고 있었다. 엄청나게 커다란 칼로 바다 위에 자국을 낸 것 같아 보이기도 했다.

신문사 특파원이 입을 벌린 채 숨을 쉬면서 바다에 눈길을 주는 동안, 이윽고 정적이 찾아왔다.

갑자기 다시 한 번 철썩이는 소리가 들리더니, 푸른빛이 감도는 긴 섬광이 다시 모습을 드러냈다. 이번에는 배와 평행을 이룬 채 그 모습을 드러냈기 때문에, 노를 뻗으면 그 섬광에 거의 닿을 듯했다. 신문사 특파원은 거대한 지느러미가 수정 같은 물보라를 일으키면서 기다란 빛 자국을 남긴 채 바닷물을 가로질러 그림자처럼 빠르게 지나가는 것을 두 눈으로 확인했다.

신문사 특파원이 어깨너머로 선장을 바라보았다. 그의 얼굴이 가려져 보이지 않았는데, 잠들어 있는 것 같았다. 신문사 특파원은 바다에 버려진 아기들 같은 다른 친구들도 바라보았다. 분명히 그들 모두 잠들어 있었다. 마음을 함께 나눌 말 상대가 하나도 없는 형편인지라, 그는 몸을 약간 한쪽으로 기울인 채 바닷속을 향해 자그마한 목소리로 꺼져버리라는 뜻의 욕설을 퍼부었다.

하지만 그 녀석은 배 근처를 떠나지 않았다. 어느 때는 긴 시간 간격을 두고, 또 어느 때는 곧바로, 번쩍이는 긴 빛줄기가 배의 앞쪽이나 뒤쪽 또는 좌우 어느 한쪽으로 스쳐 지나갔으며, 그와 동시에 시커먼 지느러미가 획 하고 지나가는 소리가 들려왔다. 그 녀석의 속도와 힘은 경탄해 마지않을 정도로 대단한 것이었다. 거대하고 날카로운 발사체처럼 바닷물을 둘로 갈라놓았기 때문이었다.

곁을 떠나지 않는 녀석이 있다고 해서 신문사 특파원이 공포감을 느꼈던 것은 아니었다. 말하자면 야유회에 온 사람이 그런 녀석과 만나는 경우 느낄 법한 공포감을 그가 느꼈던 것은 아니었다. 그는 다만 멍하니 바다 쪽으로 눈길을 향한 채 낮은 목소리로 욕설을 퍼부었을 뿐이었다.

그럼에도 불구하고 그는 혼자만 깬 채로 그 녀석과 함께 있고 싶지가 않았다. 그는 동료 가운데 누군가가 우연히 깨어나서 말동무가 되어주기를 원했다. 하지만 선장은 물통에 몸을 기댄 채 움직이지 않고 있었고, 배의 밑바닥에 자리잡고 있는 기관사와 요리사는 깊은 잠에 빠져 있었다.

6

"내가 만일 물에 빠져 죽을 거라면······ 내가 만일 물에 빠져 죽을 거라면······ 내가 만일 물에 빠져 죽을 거라면, 바다를 지배하는 미친 일곱 신의 이름에 걸고 묻겠는데, 도대체 왜 나를 여기까지 오게 해서 모래와 나무를 살펴볼 수 있게 했단 말인가?"

이처럼 음울한 밤을 보내는 동안이라면, 누구라도 자신을 물에 빠뜨려 죽이는 것이 정녕코 미친 일곱 신의 의도라는 결론을, 그런 의도가 아무리 가증스러운 불의에 해당하는 것이라 할지라도 그것이 바로 신들의 의도라는 결론을 내리지 않을 수 없을 터였다. 그처럼 온 힘을 다하여, 그처럼 온갖 힘을 다 써서 살아남기 위해 애쓴 사람을 물에 빠뜨려 죽인다는 것은 확실히 끔찍할 정도로 정의롭지 못한 일이었다. 누구라도 이건 너무도 자연스럽지 못한 범죄라는 느낌을 지우지 못할 것이었다. 채색한 돛을 단 선박들이 바다를 메운 이래로 여러 사람이 바닷물에 빠져 죽긴 했다. 하지만 그래도……

누군가가 자연이 그 자신을 대단치 않은 존재로 여기고 있다는 생각을 우연히 떠올리게 되면 그리고 그를 제거하더라도 우주에 전혀 상처가 가지 않으리라는 판단을 자연이 하고 있다는 생각에 이르게 되면, 그는 먼저 신전에 벽돌을 던지고 싶을 것이었다. 하지만 벽돌도 없고 신전도 없다는 사실에 몹시 짜증이 날 수도 있을 것이었다. 그리하여 자신의 눈앞에서 자연이 연출해내는 그 어떤 자기표현에 대해서도 틀림없이 야유와 조소를 퍼부으려고 할 게 분명했다.

그런데 만일 자연이 눈에 띄는 그 어떤 일도 하지 않아 야유와 조소를 퍼부을 만한 화풀이 거리가 생기지 않는다면? 아마도 그는 자연을 인격화한 다음 그와 마주하고는 한쪽 무릎을 꿇은 채 애원하듯 손을 벌리고 간절히 호소하고 싶을 것이다. 이렇게 말하면서 말이다. "네, 좋습니다. 하지만 저는 저 자신을 사랑합니다."

겨울밤 하늘에 높이 떠 있는 차가운 별 하나가 자연이 그에게 전하는 말을 대신하고 있다고 느껴질 수도 있었다. 그때부터 그는 자신이 얼마나 가련한 상황이 처해 있는가를 알게 될 터였다.

구명정에 몸을 의지하고 있는 사람들이 이 문제를 놓고 논의한 것은 아니었다. 하지만 다들 침묵 속에서 자신의 성향에 맞춰 이 문제를 놓고 깊은 생각에 잠겨 있었던 것은 틀림없었다. 그들의 얼굴에는 완전히 지쳐 있음을 알리는 표정 말고는 그 어떤 표정도 좀처럼 드러나 있지 않았다. 배를 어떻게 다루어야 할 것인가의 문제 외에 그 어떤 것도 화제로 삼지 않았던 것이다.

그런 감정에 분위기를 맞추기라도 하듯 묘하게도 시 한 구절이 신문사 특파원의 머리에 떠올랐다. 그는 자신이 이 시를 잊고 있었다는 사실조차 잊고 있을 정도였다. 하지만 그 시가 갑작스럽게 그의 뇌리를 스치고 지나갔다.

외인부대의 한 병사가 알제에서 쓰러져 죽어가고 있었네.
돌보는 여인의 손길 하나 없었으며, 여인의 눈물 한 방울도 없었다네.

하지만 전우가 그의 옆에 다가와 섰고, 그는 그 전우의 손을 잡고는

이렇게 말했다네. "나는 내 고향, 내 고향 땅을 다시는 못 볼 거야."

(영국의 사교계 명사이자 작가, 여성운동가, 사회 개혁가였던 캐럴라인 노튼 Caroline Norton의 시 「라인 강변의 빙엔 마을Bingen on the Rhine」에 나오는 구절 - 옮긴이)

신문사 특파원은 어린 시절 외인부대의 한 병사가 알제에서 쓰러져 죽어가고 있었다는 그 이야기를 자주 접하게 되었다. 하지만 그 이야기가 그에게 무슨 의미가 있다고는 여기지 않았다. 수없이 많은 학교 친구들이 병사의 역경에 대해 이야기 해주었지만, 친구들의 그 어떤 소란스러운 이야기도 그의 관심을 전혀 끌지 못한 채 자연스럽게 끝이 나고 말았다. 외인부대의 한 병사 이야기가 자신의 이야기가 되리라고는 전혀 생각해본 적이 없었을 뿐만 아니라, 그에게는 슬픈 일로 여겨지지도 않았다. 그보다는 연필심이 부러지는 것이 더 심각한 일로 여겨졌다.

하지만 이제 묘하게도 외인부대의 한 병사가 그에게 인간으로, 살아 숨 쉬는 인간으로 다가왔다. 이제 더 이상 어느 한 시인이 차를 마시며 난로 앞에서 발을 녹일 때 그의 가슴속을 스쳐 지나가는 몇몇 아픔을 형상화한 것일 뿐이라고 여기지 않게 되었다. 그것은 실제로 일어나는 일, 가혹하고도 슬픈 동

시에 심각한 일로 생각되었다.

신문사 특파원은 그 병사의 모습을 눈앞에 생생하게 그릴 수 있었다. 병사는 다리를 곧게 뻗고 미동도 하지 않은 채 모래 위에 쓰러져 누워 있었다. 자신의 삶이 끝나는 것을 막기 위해 핏기 없는 왼쪽 손으로 가슴을 누르고 있는 동안, 그의 손가락 사이로 피가 흘러내리고 있었다. 저 먼 곳에서 나지막한 사각형 형태의 도시 알제가 마지막 남은 석양빛으로 희미해진 하늘을 배경 삼아 펼쳐져 있었다. 점점 더 움직임이 더뎌가는 병사의 입술을 떠올리면서 노를 젓던 신문사 특파원은 사적인 감정을 완벽하게 초월한 깊은 이해의 마음에서 솟아나오는 감동을 느꼈다. 알제에서 쓰러져 죽어가는 외인부대의 병사가 가엾다는 생각이 들었던 것이다.

배의 움직임이 지체되자, 배를 따라와서 기다리던 녀석이 명백히 싫증을 느낀 것 같았다. 더 이상 뱃머리에 무언가가 부딪치는 소리도 들리지 않았고, 기다란 빛줄기도 보이지 않았다. 북쪽의 불빛이 여전히 희미하게 명멸하고 있었지만, 배와의 거리가 더 좁혀진 것은 아니었다. 이따금 우르릉거리는 파도 소리가 신문사 특파원의 귀를 때렸다. 그는 바다 쪽으로 향하도록 배의 방향을 바꾸고, 한결 더 힘껏 노를 저었다. 남쪽 방향 어딘가의 해변에 누군가가 모닥불을 피워놓고 망을 보고 있는 것이 분명했다. 불길이 너무 작고 멀리 있어서 잘 보이지는 않았지만, 해변 뒤쪽 절벽에 가물거리는 장밋빛의 빛 그림자가 드리워져 있었다. 그것을 배에서도 확인할 수 있었다. 바람이 점점 강해졌고, 이따금 파도가 살쾡이처럼 사납게 휘몰아쳤으며, 물마루가 하얗게 번쩍이는 포말을 일으키면서 부서지는 것이 보이기도 했다.

뱃머리를 지키고 있던 선장이 물통 위쪽에서 움직이더니 몸을 곧추세우고 앉았다. "밤이 참 길기도 하군." 그가 신문사 특파원에게 말을 걸었다. 그리고 해변에 눈길을 주며 덧붙였다. "해난구조대 대원 녀석들이 너무 꾸물대는 것 같네."

"상어가 돌아다니는 걸 보셨습니까?"

"그럼, 보았지. 크긴 굉장히 크더군."

"선장님이 깨어 있는 걸 알았더라면 좋았을 텐데요."

얼마 후 신문사 특파원이 배의 바닥을 향해 소리쳤다. "빌리!" 기관사가 느린 속도로 조금씩 몸을 추슬렀다. "빌리, 교대해주겠나?"

"그렇게 하세." 기관사가 대답했다.

신문사 특파원은 배 밑바닥의 차갑지만 그럼에도 안락한 물구덩이에 몸을 뉘고, 요리사의 구명대 가까이 몸을 웅크렸다. 그리고 곧 깊은 잠에 빠져들었다. 온갖 유행가 곡조를 읊조리기라도 하듯 이가 서로 맞부딪치는 소리를 내고 있음에도 그는 곧 잠이 들었다. 이런 잠도 그에게는 너무나 달콤한 것이어서, 그의 이름을 부르는 소리가 들리기 전까지의 시간이 순식간에 지나간 것처럼 느껴졌다. 피로에 지쳐 더 이상 참을 수 없는 단계에 이르렀음을 알리는 어조로 기관사가 그의 이름을 불렀던 것이다. "교대해주지 않겠나?"

"그렇게 하세, 빌리."

북쪽의 불빛이 신기하게도 사라져버리고 말았다. 하지만 신문사 특파원은 정신을 바짝 차리고 있는 선장의 지시를 받아 항로를 택할 수 있었다.

그날 밤 시간이 좀 더 지났을 때 그들은 바다 한가운데 쪽으로 좀 더 멀리 배를 몰아갔다. 선장이 요리사에게 지시를 내려 배의 뒤쪽에서 노를 젓게 해 바다 쪽으로 나아가도록 했던 것이다. 만일 천둥 같은 파도 소리가 들리면 즉시 큰 소리로 알리고 지시하기도 했다. 덕분에 기관사와 신문사 특파원 모두 휴식의 기회를 제공받게 되었다. "이 친구들에게 기력을 회복할 기회를 주자는 걸세." 선장이 말했다. 그들은 몸을 웅크린 채 잠시 동안 이가 맞부딪치는 소리를 내고 몸을 떨더니, 다시금 깊고 깊은 잠에 빠져들었다. 두 사람 모두 또 한 마리의 상어가 노 젓는 요리사의 동행자 역할을 하게 되었다는 사실을 알지 못했다. 어쩌면 그 상어는 신문사 특파원이 조금 전에 만났던 바로 그 상어일지도 몰랐다.

배가 파도 위에서 요동치는 동안 이따금씩 물보라가 배의 옆구리를 들이받고 치솟아 사람들에게 다시 한 번 새로운 물세례를 퍼붓기도 했다. 하지만 이 같은 물보라는 그들의 휴식을 망가뜨릴 정도로 힘이 있는 것은 아니었다. 마치 죽은 송장처럼 그 정도의 바람과 바닷물의 험악한 공격 따위에는 꼼짝도 하지 않았다.

"이보게, 자네들." 목소리에 망설임의 느낌을 가득 담은 채 요리사가 말했다. "배가 육지 쪽으로 상당히 가깝게 표류하고 있네. 자네들 가운데 하나가 다시 바다 쪽으로 배를 모는 게 좋을 것 같네." 잠에서 깨어난 신문사 특파원의 귀에 부서지는 물마루의 요란한 소리가 들렸다.

신문사 특파원이 노를 젓는 동안 선장이 그에게 물을 탄 위스키를 권했다. 받아 마시자 몸의 한기가 가셨다. "어쩌다 내가 상륙하게 되었을 때, 누가 노가 담긴 사진이라도 한 장 보여주면……."

마침내 짤막하지만 그들 사이에 대화가 오갔다.

"빌리, 빌리, 자네가 이제 나 대신 노를 저을 수 있겠나?"

"그럼." 기관사가 대꾸했다.

7

신문사 특파원이 다시 눈을 떴을 때, 바다와 하늘은 각기 다른 색조로 아침이 왔음을 알리고 있었다. 곧이어 바닷물과 하늘이 각각 진홍색과 황금빛으로 물들었다. 마침내 아침이 그 모습을 드러낸 것이다. 티 하나 없는 푸른 하늘과 파도의 마루를 장식하고 있는 타오르는 듯한 햇빛이 장관을 이루고 있었다.

저 멀리 모래언덕 위에 수없이 많은 검은색의 자그마한 오두막들이 있었다. 그리고 하얀색 풍차가 그 오두막들 위쪽으로 높이 솟아 있었다. 사람이든, 개든, 자전거든, 해변에 보이는 것은 아무것도 없었다. 오두막들은 사람이 살고 있지 않은 폐가일 수도 있었다.

구명정에 몸을 의지하고 바다를 떠돌던 그들은 해안을 샅샅이 살펴보았다. 그리고 배 안에서 토의가 이루어졌다. "자, 구조의 손길이 오지 않는다면, 지금 즉시 파도를 뚫고 상륙을 시도하는 것이 좋겠네. 이런 식으로 여기에 한참을 더 머물러 있으면, 기운이 너무 빠져 우리 힘으로는 아무 일도 할 수 없게 될 걸세." 선장이 이렇게 말했고, 나머지 사람들은 선장의 의견을 묵묵히 받아들였다. 그리고 뱃머리를 해안 쪽으로 돌렸다. 신문사 특파원은 이런 의문을 가져보기도 했다. 높은 탑 모양의 저 풍차에 누구도 오른 적이 없는지? 그리고 바다 쪽으로 눈길을 던진 적이 없는지? 풍차는 아주 거대했으며, 개미들과 같은 존재인 그들이 처한 역경에 등을 돌린 채 서 있었다. 신문사 특파원에게 이는 인간들 개개인의 투쟁 한가운데서 평온함을 잃지 않는 자연—그러니까 바람에 자신을 내맡기고 있는 자연 그리고 인간들의 시야 앞에 펼쳐져 있는 자연—의 모습을 어느 정도 상징적으로 보여주는 것 같았다. 자연의 여신은 인간에게 잔인하지도 자비롭지도 않았으며, 그를 배반하거나 그의 앞에서 현자인 척하지도 않았다. 다만, 무심할 뿐이었다. 철저하게 무심할 뿐이었다. 아마도 이런 상황에서 인간은 우주의 냉담함에 압도된 채 자기 삶의 헤아릴 수 없이 많은 결함을 직시하고는 짓궂게도 마음속으로 그 맛을 하나하나 음미한 다음, 다시 한 번 기회가 주어지기를 갈망할 가능성이 매우 컸다. 곧이어 닥칠 죽음의 위기에 대해 이처럼 여전히 무지한 상태에서도, 옳은 것과 그른 것 사이의 구분이 터무니없을 정도로 그에게 명백한 것처럼 느껴질 터였다. 그리고 만일 기회가 다시 한 번 주어진다면, 품행과 어투를 바르게 고칠 수 있을 것이며, 남에게 자신을 소개하는 자리나 함께 차를 마시는 자리에서 좀 더 선량하고 똑똑하게 처신할 수 있을 거라고 생각하게 될 것이었다.

"자, 주목들 하게." 선장이 말을 이었다. "틀림없이 배가 곧 뒤집힐 걸세. 우리가 할 수 있는 일이라고는 배가 뒤집히기 전까지 가능한 한 해안 가까이 다가가는 것뿐일세. 그리고 배가 뒤집히면 빠져나와 해안으로 다가가도록 하게. 자, 모두들 정신 바짝 차리게나. 그리고 배가 완전히 뒤집히기 전까지는 절대 바다로 뛰어들지 말게."

기관사가 노를 잡았다. 그리고 어깨너머로 밀려오는 파도를 주의 깊게 살펴본 다음 말했다. "선장님, 배를 반대 방향으로 돌리는 게 좋을 것 같습니다. 뱃머리를 바다 쪽으로 향하게 한 다음 후진하는 게 좋을 것 같네요."

"그렇게 하게, 빌리." 선장이 말을 이었다. "배를 돌려 후진하게." 기관사가 배를 돌렸고, 배의 뒤쪽에 앉아 있던 요리사와 신문사 특파원은 이제 고개를 뒤로 돌려야만 고적하고도 무심한 해변을 살펴볼 수 있었다.

괴물같이 엄청난 연안 지역의 너울이 배를 허공 높이 들어 올리자 마침내 그들은 흰 옷자락 같은 파도가 경사진 해안을 향해 질주하는 것을 다시금 볼 수 있었다. "해변 가까이 다가 갈 수 없을 것 같은데." 선장이 말했다. 몰려오는 너울에서 주의를 돌릴 수 있을 때마다 사람들은 해변에 눈길을 돌려 살폈고, 이처럼 해변을 살피는 동안 그들의 눈에는 묘한 빛이 스쳤다. 다른 사람들을 관찰하고 있던 신문사 특파원은 그들이 두려워하고 있지 않다는 것을 알 수 있었다. 하지만 그들의 눈길이 갖는 의미를 완전히 다 파악할 수 있었던 것은 아니었다.

신문사 특파원의 경우, 그는 너무 피로해서 상황에 대한 기본적 파악조차 할 수 없었다. 그는 마음을 다잡고 무언가 생각하려 애썼지만, 당시 마음을 지배하던 것은 근육들이었다. 그리고 근육들은 상황이 어떤지 관심이 없다고 말하는 듯했다. 그의 마음에는 단지 물에 빠져 죽을 수는 없다는 생각만 떠오를 뿐이었다.

급하게 오가는 말도, 창백한 표정도, 눈에 띄게 동요하는 기색도 없었다. 그들은 다만 해안을 바라볼 뿐이었다. "자, 뛰어내릴 때는 배와 충분한 거리를 갖도록 하게." 선장이 말했다.

바다 쪽에서 갑자기 엄청나게 큰 파도가 치솟았다가 천둥 같은 소리를 내면서 부서졌다. 이어서 거대한 하얀 파도가 배를 향해 으르렁거리며 밀려왔다.

"자, 침착하게!" 선장이 외쳤다. 모든 사람이 침묵을 지키고 있었다. 그들은 눈길을 해안에서 거대한 파도 쪽으로 돌린 채 기다렸다. 배가 파도의 경사면을 따라 미끄러지듯 올라갔다가 무섭게 날뛰는 파도의 꼭대기로 솟구쳐 오른 다음, 그 위에서 요동을 치고는 파도의 기다란 반대편 경사면을 따라 널을 뛰듯 들까불며 아래를 향해 돌진했다. 바닷물이 배 안으로 밀려들어왔고, 요리사가 퍼냈다.

하지만 새롭게 밀려온 파도의 물마루 역시 배를 향해 돌진해왔다. 사납게 뒹굴며 돌진해오는 엄청난 크기의 하얀 물살이 배를 거머쥐고는 거의 수직으로 세워 맴을 돌렸다. 사방에서 물이 쏟아져 들어왔다. 이때 신문사 특파원은 뱃전 난간을 손으로 움켜쥐고 있었는데, 바로 그 자리로 물이 밀려들어오자 마치 손이 물에 젖는 것이 싫다는 듯 재빨리 손을 뗐다.

엄청난 무게의 물벼락을 뒤집어쓴 자그마한 배는 비틀거리다가 바닷물 속으로 점점 더 깊이 빠져들어갔다.

"요리사, 물을 퍼내게! 어서 물을 퍼내게!" 선장이 소리쳤다.

"네, 알겠습니다. 선장님!" 요리사가 대답했다.

"자, 틀림없이 다음 파도에 배가 뒤집힐 거야. 배에서 뛰어내릴 준비들 하게." 기관사가 말했다.

엄청나게 크고 광포하고 무자비한 세 번째 파도가 그들을 향해 돌진해왔다. 파도는 구명정을 완전히 집어삼켰으며, 거의 동시에 사람들은 바닷물 속으로 집어던져졌다. 구명대 하나가 배 밑바닥에 놓여 있었는데, 신문사 특파원은 배 바깥쪽으로 집어던져질 때 그 구명대를 왼손으로 낚아채 가슴에 껴안았다.

1월의 바닷물은 얼음처럼 차가웠다. 그는 플로리다의 해안에 있을 때 예상했던 것보다 더 차갑다는 사실을 바로 떠올렸다. 정신이 멍한 상태였음에도 불구하고, 그에게는 이 사실이 주의를 기울여야 할 만큼 중요한 것으로 생각되었다. 바닷물의 냉기는 그에게 슬픈 감정이 들게 했다. 심지어 비극적이라는 느낌까지 들었다. 묘하게도 이 같은 느낌이 현재 처한 상황에 대한 그 자신의 판단과 혼란스럽게 뒤섞여, 바로 이 때문에 눈물을 흘린다 해도 크게 이상할 게 없을 것 같다는 생각이 들기도 했다. 바닷물은 차가웠다.

물 위로 떠올랐을 때 그가 의식할 수 있는 것이라고는 시끄러운 물소리밖에 없었다. 시간이 지나자 그는 바닷물에 떠 있는 자신의 동료들을 볼 수 있었다. 기관사가 가장 앞질러 가고 있었다. 그는 힘차게 그리고 빠르게 헤엄치고 있었다. 신문사 특파원의 왼편 저만치에서 코르크로 된 흰색의 구명대를 입고 있는 요리사의 잔등이 불쑥 솟아올랐다. 그리고 그의 뒤쪽으로 선장이 있었는데, 그는 뒤집힌 구명정의 용골을 한 손으로 굳게 붙잡은 채 매달려 있었다.

해안에는 움직일 수 없는 그 무언가의 특성이 있었다. 신문사 특파원은 혼란스러운 바다 한가운데서도 그것이 무엇인지에 대해 의문을 가져보았다.

해안은 또한 대단히 매혹적인 것으로 느껴지기도 했다. 하지만 해안을 향한 자신의 여정이 짧지 않으리라는 것을 그는 알고 있었다. 그래서 그는 느긋하게 손으로 물을 저어 앞으로 나아갔다. 구명대가 그의 가슴 아래에 있었으며, 이따금 그는 파도의 경사면을 따라 마치 손으로 조종하는 썰매라도 타고 있는 양 빙글빙글 돌며 아래쪽으로 미끄러져 내려갔다.

하지만 마침내 바다의 어느 한 지점에 이르러, 해안으로의 여행은 난관에 봉착하게 되었다. 그는 어떤 방식으로 조류가 그를 붙들고 있는지 확인하기 위해 헤엄을 멈추지는 않았다. 하지만 바로 그 지점에서 더 이상 전진이 이루어지지 않았다. 해안이 마치 무대 위의 한 장면처럼 그의 눈앞에 펼쳐져 있었다. 그리고 그는 해변에 눈길을 준 채 자신의 두 눈으로 해변의 정경 어느 하나도 놓치지 않고 마음에 새겼다.

왼쪽으로 한참 더 떨어진 곳에서 요리사가 지나가고 있을 때 선장이 그를 불렀다. "요리사, 몸을 등 쪽으로 돌리게! 누운 자세로 노를 사용하도록 하게!"

"네, 선장님, 알겠습니다." 요리사가 몸을 돌려 누운 자세를 취하더니, 자기 몸이 카누라도 되듯 노를 저어 앞으로 나아갔다.

이윽고 배도 신문사 특파원의 왼쪽으로 지나갔다. 선장은 아직도 한 손으로 배의 용골에 매달려 있었다. 만일 배가 체조 선수라도 되는 양 엄청난 곡예를 하지 않았더라면, 그는 마치 넓은 울타리 너머를 바라보기 위해 몸을 일으킨 사람 같아 보였을 것이다. 선장이 아직 배의 용골에 매달려 있다는 사실에 신문사 특파원은 그저 놀랄 뿐이었다.

기관사, 요리사, 선장 세 사람은 해안 가까이로 다가갔다. 그리고 물통이 신이라도 난 듯 바다 위에서 들까불며 그들의 뒤를 따라왔다.

신문사 특파원은 조류라는 생소하고 새로운 적의 손아귀에서 벗어나지 못하고 있었다. 해변은 경사진 하얀 모래밭 및 자그마하고 조용한 오두막들이 그 위를 수놓고 있는 푸른색 절벽으로 이루어져 있었으며, 그 정경이 마치 그림처럼 그의 눈앞에 펼쳐져 있었다. 그 무렵 해안은 그와 아주 가까운 곳에 있었지만, 그에게는 해안이 마치 화랑에서 저 먼 곳 프랑스의 브르타뉴 지방이나 아프리카의 알제의 경치를 바라보고 있는 듯한 느낌으로 다가왔다.

그는 이런 생각을 하고 있었다. '내가 물에 빠져 죽는 것 아닐까? 그런 일이 일어날 수 있을까? 그런 일이 과연 일어날 수 있을까? 그런 일이 과연 일어날 수 있는 걸까?' 어쩌면 사람들은 모두 자기 자신의 죽음을 자연의 최후 현상만큼이나 절대로 쉽게 일어날 수 없는 일이라고 생각하는지도 모른다.

하지만 그가 갑자기 해안을 향해 앞으로 나아갈 수 있음을 확인하게 된 것을 보면 얼마 후 파도가 그를 휘감아 올려 이 치명적인 조류에서 벗어나게 했던 것 같았다. 좀 더 시간이 지난 다음 정신을 차리고 보니, 구명정의 용골을 아직 한 손으로 움켜잡고 있는 선장이 해안 쪽으로부터 고개를 돌리고는 그를 향해 외치고 있었다. "이쪽으로 오게! 어서 이쪽으로 오게!"

선장이 붙잡고 있는 배 쪽으로 다가가려고 안간힘을 쓰는 가운데 그는 이런 생각에 잠기기도 했다. 사람이 정말로 지치게 되면, 물에 빠져 죽는 것이 편안하게 느껴질지도 모른다. 바다와의 싸움이 중지되는 휴전이 이루어지고, 이어서 엄청난 안도감이 찾아올 것이다. 그렇게 생각하니 그의 마음이 놓였다. 몇몇 순간 무엇보다도 강하게 그의 마음을 사로잡았던 것은 두려움, 잠시나마 지속될 죽음의 고통에 대한 두려움이었기 때문이다. 그는 고통을 느끼며 죽어가고 싶지 않았던 것이다.

곧이어 그는 어떤 사람이 해안을 따라 질주하고 있는 것을 보았다. 그는 더없이 놀라운 속도로 옷을 벗어던지고 있었다. 외투, 바지, 셔츠 등등 그의 몸을 감싸고 있던 옷가지들이 마술처럼 그의 몸에서 벗겨져나갔다.

"어서 이쪽으로 오라니까!" 선장이 그에게 외쳤다.

"네, 알겠습니다. 선장님." 손으로 물살을 헤쳐 앞으로 나아가던 신문사 특파원은 선장이 배를 포기하고 물속으로 뛰어드는 것을 보았다. 이어서 신문사 특파원에게 작은 기적과도 같은 일이 일어났다. 거대한 파도가 그를 휘어잡더니, 아주 쉽게 그리고 엄청난 속도로 그를 완벽하게 배 너머 쪽 저 먼 곳으로 데려다 놓았다. 그 순간에도 그에게는 그런 일이 마치 일종의 체조 동작처럼 느껴졌다. 또한 바다가 행하는 진정한 기적 가운데 하나로 느껴지기도 했다. 뒤집힌 채 파도에 춤추고 있는 배가 헤엄치고 있는 사람이 가지고 놀 장난감 같은 것일 수는 없는 법이었다.

신문사 특파원은 바닷물의 깊이가 단지 자신의 허리까지밖에 오지 않는 지점에 이르렀다. 하지만 몸이 어찌나 쇠약해졌는지 그는 아주 잠깐 동안만 서 있을 수 있었다. 파도가 밀려올 때마다 그의 몸은 무너져내렸고, 수면 아래쪽으로 밀려나가는 물결에 함께 휩쓸려가곤 했다.

이어서 그는 해안을 따라 질주하다가 옷을 벗고는 다시 질주하던 사람이 물속으로 뛰어들어 이쪽으로 오는 것을 보았다. 그 사람은 요리사를 해변까지 끌어낸 다음, 걸음을 옮겨 물살을 헤치고 선장을 향해 다가갔다. 하지만 선장은 다가오는 그에게 손을 저어 신문사 특파원 쪽으로 가게 했다. 그는 벌거벗고 있었다. 마치 겨울나무처럼 벌거벗고 있었지만, 그의 머리 주변에는 후광이 드리워져 있었다. 그는 마치 성자처럼 빛을 발하고 있었던 것이다. 그가 신문사 특파원의 손을 강력한 힘으로 잡아 먼 거리를 이끌고 간 다음 가볍게 일으켜

세웠다. 사소한 예법을 몸에 익힌 바 있는 신문사 특파원이 그에게 말했다. "고맙소." 순간 그 사람이 갑자기 소리쳤다. "저건 뭐지?" 그가 재빨리 손가락으로 뭔가를 가리켰다. 신문사 특파원이 그에게 말했다. "가보시죠."

기관사가 얼굴을 바닥에 댄 채 얕은 물속에 누워 있었다. 파도가 밀려왔다 빠져나갈 때마다 그가 이마를 대고 누워 있던 곳의 모랫바닥이 드러났다.

신문사 특파원은 그 후에 일어난 일에 대해 아무것도 알 수 없었다. 안전지대에 이르자, 그의 온몸은 통나무가 넘어가듯 모랫바닥 위로 쓰러졌다. 마치 지붕에서 떨어지는 것 같았지만, 떨어져 부딪칠 바닥이 있다는 사실이 고마울 따름이었다.

바로 그 순간이었던 것 같다. 남자들은 담요와 옷가지와 물병을 가지고 왔고, 여자들은 커피 주전자와 그녀들 마음에 필요하다고 생각되는 온갖 구급물자들을 가지고 왔으며, 그렇게 모여든 사람들로 해변은 북적이고 있었다. 바다에서 돌아온 사람들에게 보내는 육지의 환영 인사는 따뜻하고 넉넉했다. 하지만 미동도 하지 않은 채 물을 뚝뚝 흘리고 있는 형상이 천천히 해변으로 옮겨졌으며, 그에게 보내는 육지의 환영 인사는 전혀 다른 것일 수밖에 없었다. 무덤이라는 불길한 환대만이 그 형상을 기다리고 있을 뿐이었다.

밤이 되자 흰 파도들이 달빛에 젖은 채 일정한 속도로 밀려왔다 밀려가기를 반복했고, 바람은 해변의 사람들에게 거대한 바다의 목소리를 날라다 들려주었다. 그들은 그제야 비로소 그 모든 것을 설명할 수 있을 것 같다는 느낌을 갖게 되었다. ●

옮긴이 장경렬

서울대학교 영문과 교수로 재직 중이다. 서울대학교 영문과를 졸업하고, 텍사스대학교에서 영문학으로 박사학위를 받았다. 지은 책으로 『미로에서 길찾기』, 『신비의 거울을 찾아서』, 『웅시의 성찰』, 『코울리지 : 상상력과 언어』, 『매혹과 저항 : 현대 문학 비평 이론에 대한 비판적 이해를 위하여』 등이 있으며, 옮긴 책으로 『내 사랑하는 사람들의 잠든 모습을 보며』, 『야자열매술꾼』, 『아픔의 기록』, 『선과 모터사이클 관리술』, 『젊은 예술가의 초상』, 『라일라』, 『학제적 학문 연구』 등이 있다.

죽음과 맞서는 인간의 태도 또는 자세
― 자연 또는 신은 그들에게 무관심하다

―

「구명정」의 작가 스티븐 크레인은 20세기 첫해에 스물아홉의 나이로 죽은 미국의 저널리스트이자 소설가이다. 수많은 장·단편소설로 미국 문학사에 자취를 남겼으나 우리에게 알려진 작품은 그리 많지 않다.

이 작품은 난파선 구명정을 타고 저만치 항구가 보이는 해변을 서른 시간이나 표류하다가, 네 사람 가운데 하나는 죽고 셋만 구조되는 해난사고를 줄거리로 삼고 있는데, 작가의 실제 체험에 바탕한 소설로 알려져 있다. 따라서 엄밀히 말하면 '죽음의 미학'이라는 권별 주제와는 다소 거리가 있지만, 죽음과 마주하는 인간의 태도 또는 자세의 몇몇 유형을 보여준다는 점에서는 반드시 주제와 무관하다고 할 수는 없을 것이다. 게다가 그런 인간들의 삶을 향한 눈물겨운 노력과 분발, 죽음의 고통과 공포에도 불구하고 마지막 순간까지 꺾이지 않고 저항하는 용기와 인내심 같은 것들은 틀림없이 인간만이 연출해낼 수 있는 미학의 측면이 있다.

그 밖에도 하나 눈여겨볼 점은 그걸 자연이라고 부르든 신이라고 부르든, 난파한 인간들로서는 어쩔 수 없이 모든 것을

그들의 결정에 맡길 수밖에 없는 그 필연 또는 우연의 응답이
다. 그 같은 인간의 노력이나 갈망에 너무도 철저하게 무심함
으로써 더욱 비정하고 잔혹해 보여, 또 다른 측면에서 처절하
고도 기괴한 죽음의 미학을 연출하기도 한다.

불 지피기

To Build a Fire

잭 런던 지음

유두선 옮김

잭 런던

미국의 작가. 1876~1916년. 샌프란시스코에서 태어났다. 본명은 존 그리피스 체니이다. 의붓아버지 밑에서 자란 잭 런던은 학교를 제대로 다니지 못한 채 신문 배달, 얼음 배달, 통조림 공장의 직공일을 하면서 가족의 생계를 도왔다. 밑바닥 생활을 통해 교육의 중요성을 깨달은 잭 런던은 열아홉 살에 고등학교에 들어가 캘리포니아 대학에까지 진학하지만, 집안 사정으로 학업을 포기했다. 1897년 금이 발견되었다는 소식을 듣고 알래스카로 떠났다가 일 년 반 만에 빈손으로 돌아왔지만, 이때의 경험이 그의 소설의 밑바탕이 되었다. 1904년 러일전쟁 특파원으로 일본군을 따라 조선을 방문한 바 있으며, 『잭 런던의 조선 사람 엿보기』라는 책을 출판하기도 했다. 이는 당시의 조선인에 대한 서양인들의 보편적 인식을 살펴볼 수 있는 귀중한 사료로 평가받고 있다. 1905년부터 캘리포니아의 글렌엘런 지역의 땅을 사들여 농장을 만들고 사회주의 대신 농촌 공동체 건설을 꿈꾸지만 좌절된다. 주요 작품으로 『비포 아담』, 『강철군화』, 『마틴 이든』, 『버닝 데이라이트』, 『달의 계곡』, 『야성의 부름』, 『바다의 이리』, 『늑대개』 등이 있다.

—

동이 텄을 때, 날은 추웠고 하늘은 잿빛이었다. 사나이가 유
콘강 강가의 주도로를 벗어나 흙으로 된 높은 기슭에 올랐을
때는 지독하게 춥고 잿빛도 더했다. 그가 오른 곳에는 사람이
다니지 않아 자국이 뚜렷하지 않은 길이 울창한 전나무 숲을
뚫고 동쪽으로 나 있었다. 가파른 기슭을 올라왔기 때문에 사
나이는 꼭대기에서 숨을 돌리려고 잠시 걸음을 멈추었다. 그
러고는 자신의 행동을 변명이라도 하듯 시계를 들여다보았
다. 아홉 시였다. 하늘에는 구름 한 점 없었으나 해는 보이지
않았고 나올 기색도 없었다. 맑은 날씨였지만 사물의 위에는
아침을 어둡게 하는 미묘한 우울함 같은 것이 마치 눈에 보이
지 않는 관 보자기처럼 덮여 있었다. 그렇다고 사나이가 걱정
을 한 것은 아니었다. 해가 없는 것에 익숙했기 때문이었다.
사실 해를 본 지도 며칠이 지났다. 그는 며칠이 더 지나야 사
람의 마음을 즐겁게 하는 둥근 해가 그나마 정남쪽 하늘 끝에
잠깐 보일 것이라는 사실도 알고 있었다. 해는 그렇게 잠깐 보
이다가 곧 시야에서 사라질 것이다.

사나이는 자기가 온 길을 힐끗 돌아다보았다. 폭이 1마일이
나 되는 유콘강이 3피트 정도의 얼음 밑으로 흐르고 있었다.
얼음 위에는 얼음 두께 정도의 눈이 쌓여 있었다. 눈은 순백색
이었고, 빙결기의 얼음이 엉겨 있는 곳에서는 물결 모양을 이

루고 있었다. 북쪽이건 남쪽이건 눈에 보이는 것은 흰색뿐이었으며, 예외라면 머리카락같이 가느다랗고 검은 선이 꼬불꼬불 이어져 있다는 점이었다. 이 선은 전나무로 뒤덮인 섬 부근에서 시작하여 남쪽까지 이어지고, 저 너머 북쪽으로도 이어지는데 북쪽 끝에 있는 전나무로 뒤덮인 또 하나의 섬 뒤편에서 끝이 났다. 이 머리카락 같은 검은 선은 길이었다. 이 길은 바로 주도로로, 남쪽으로 500마일 가면 칠쿠트 고개를 지나 다이어를 거쳐 바다로 이어지고, 북쪽으로 70마일 가면 도손에, 거기서 1,000마일 정도 더 가면 눌래토에 도달하게 되며, 1,500마일 정도 더 가면 종국에는 베링해의 세인트 마이클에 도달하게 된다.

하지만 신비롭게 멀리 뻗어 있어 머리카락같이 가늘어 보이는 길, 해가 없는 하늘, 엄청난 추위, 그 어느 것도 사나이에게는 아무런 느낌을 주지 못했다. 그가 이러한 것들에 익숙하기 때문은 아니었다. 그는 이 땅에서는 소위 '체카퀴'라고 불리는 신참이었다. 사실 이번 겨울도 그가 맞는 첫 번째 겨울이었다. 이 사람에게 문제가 있다면 그것은 상상력의 결핍이었다. 그는 세상일에 재빠르고 빈틈이 없었다. 하지만 그저 겉으로만 보이는 세상일에 대해서만 그렇지 그것의 깊은 뜻에 대해서는 무지했다. 화씨로 마이너스 50도의 온도이니, 물이 어는 온도인 32도에서부터 따지면 영하 80도 정도가 되는 셈이다. 이런 기온을 불편할 정도의 추위를 나타내는 것으로만 받아들였을 뿐, 어떤 한계 내의 열과 추위에서만 살 수 있는 온혈동물로서의 자신의 나약함과 인간 전체의 나약함에 대해 생각하지 못했고, 더 나아가 영생불멸이라는 추측의 차원이라든가 우주에서의 인간의 위치 등에 대해서도 생각하지 못했다. 그에게 마이너스 50도라는 기온은 그저 고통스러운 동상을 뜻했다. 또 마이너스 50도란 그것에 대비해 장갑을 끼고, 귀마개를 하고, 모카신이라는 따뜻한 신을 신고, 두꺼운 양말을 신는 것을 의미했다. 그것이 마이너스 50도였다. 이런 것 말고 그 이상의 것이 있을지도 모른다는 생각은 그에게 도무지 들지 않았다.

몸을 돌려 길을 계속 가다가 그는 얼마나 추운지 알아보기 위해 침을 뱉었다. 침이 날카롭게 파열음을 내며 얼어붙어 그를 놀라게 했다. 다시 침을 뱉었다. 그러자 채 눈에 떨어지기도 전에 침이 공중에서 얼어붙었다. 마이너스 50도에서는 침이 눈 위에서 얼어붙는다는 사실을 알고 있었지만, 지금은 공중에서 얼어붙는 것이었다. 마이너스 50도 이하는 분명했지만 정확히 얼마나 추운지는 몰랐다. 그러나 기온은 문제가 아니었다. 그는 헨더슨 수로水路의 왼쪽 갈래로 가는 길이었는데, 그곳에는 동료들이 이미 와 있을 것이다. 그가 우회로를 따라가는 동안 동료들은 인디언 수로 지방으로부터 산을 넘어 그곳에 이미 도착해 있을 것이다. 그가 우회로를 따라가는 이유는 봄에 유콘강 기슭에 있는 섬들에서 통나무배를 내어

갈 수 있는지 알아보기 위해서였다. 여섯 시까지는 도착하리라는 것이 그의 생각이었다. 물론 약간 어두워진 다음이겠지만, 먼저 온 동료들이 불을 지피고 따뜻한 저녁밥을 준비해놓을 것이다. 점심 얘기를 하자면, 그는 재킷 밑으로 불룩 나온 꾸러미를 손으로 눌러보았다. 점심 꾸러미는 손수건으로 싸서 셔츠 안에 넣어 직접 살에 닿도록 했다. 이렇게 하는 것이 비스킷 빵을 얼지 않게 하는 유일한 방법이었다. 비스킷 빵으로 점심을 먹을 생각에 기분이 좋아져서 혼자 웃음 지었다. 비스킷 빵을 잘라 가른 후 베이컨 기름에 푹 적시고 그 안에 큼직한 베이컨 한 조각을 튀겨 넣은 것이 그가 먹을 점심이었다.

그는 큼직한 전나무가 빽빽이 들어서 있는 곳으로 접어들었다. 길이 잘 보이지 않았다. 마지막 눈썰매가 지나간 후로 1피트의 눈이 왔던 것이다. 썰매 없이 홀가분하게 다니니까 기분이 좋았다. 사실 그가 갖고 있는 것이라곤 손수건에 싼 점심뿐이었다. 하지만 추위에 놀랐다. 장갑 낀 손으로 감각 없는 코와 광대뼈를 문지르면서, 정말 추운 날씨라고 생각했다. 구레나룻이 무성하긴 했지만, 그 정도로는 튀어나온 광대뼈와 차가운 대기에 돌출해 있는 얼얼한 코를 보호할 수 없었다.

사나이의 뒤에는 그 지방 고유의 에스키모 개인 늑대개 한 마리가 따라오고 있었는데, 잿빛 털로 뒤덮여 있고, 사촌격인 야생 늑대와 겉으로나 기질로나 거의 다르지 않았다. 개도 이 혹한에 기가 꺾여 있었다. 개는 지금이 길을 나설 때가 아님을 알고 있었다. 인간의 판단보다는 개의 본능이 더 정확했다. 사실을 말하자면 기온은 그저 50도를 밑돌 정도가 아니었다. 60도를 밑돌 때보다 더 추웠고 70도를 밑돌 때보다 더 추웠다. 실제로는 기온이 마이너스 75도였다. 물이 어는 온도가 32도니, 마이너스 75도란 영하 107도인 셈이다. 개가 온도 따위에 대해서 알 리 없고, 아마 인간만큼 분명하게 머릿속으로 혹한을 의식할 수 없을지도 모른다. 하지만 이 짐승에게는 본능이란 게 있었다. 그래서 개는 뚜렷하지는 않지만 위협적인 공포를 느꼈고, 이 공포 때문에 기가 죽은 채 인간의 발뒤꿈치를 살금살금 따라오고 있었다. 또 이 공포 때문에 개는 사나이가 조금이라도 여느 때와 다른 몸짓을 하게 되면 사나이에게 무언가를 묻는 듯한 눈길을 보냈다. 마치 사나이가 야영하거나 어딘가에 피할 곳을 찾아 불을 피우기를 기대하는 것 같았다. 개는 불이란 것을 알고 있었고, 지금 불이 필요했다. 그것도 아니면 눈 속에 굴을 파고 들어가 바깥 공기를 피해 몸을 웅크리고 있기를 바랐다.

개의 입김이 얼어붙어 털 위에 고운 서리처럼 달려 있었는데, 얼어붙은 입김 때문에 개의 뺨이며 주둥이, 눈썹 부분이 특히 하얗게 보였다. 사나이의 붉은 턱수염과 콧수염에도 마찬가지로 서리가 내렸는데 개의 것보다 더 단단했다. 이렇듯 쌓이는 모든 것은 고드름처럼 얼어붙었고, 고드름은 사나이가 따뜻한 입김을 내뿜을 때마다 점점 길어졌다. 사나이는 담배를 씹고 있었는데, 고드름 끝이 입을 막고 있어서 담배즙을 뱉어도 턱에 달라붙었다. 그 결과 턱수염은 호박처럼 누렇고 단단하게 굳었고, 점점 길어만 갔다. 그가 넘어지기라도 한다면, 수염은 유리같이 작은 조각으로 부서질지도 모른다. 하지만 사나이는 달라붙어 있는 것에 신경 쓰지 않았다. 이것은 이 지방에서라면 흡연가가 물어야 할 벌금 같은 것이기 때문이었다. 그는 두 번 정도 이 같은 갑작스런 추위에 외출을 한 적이 있었다. 그의 기억으로는 그때도 이렇게까지 춥지는 않았다. 당시 식스티 마일이란 곳에 있던 알코올 온도계로 기온이 각각 마이너스 50도와 마이너스 55도였다.

그는 굴곡 없이 펼쳐져 있는 숲을 따라 몇 마일을 더 가다가 넓고 평평한 지역을 지난 후, 가파른 기슭을 따라 작은 수로의 언 바닥으로 내려갔다. 헨더슨 수로였다. 사나이는 이 수로가 물길이 갈라진 곳으로부터 10마일 떨어진 곳임을 알고 있었다. 시계를 보니 열 시였다. 한 시간에 4마일을 걷고 있으니 열두 시 반이면 물길이 갈라지는 곳까지 갈 수 있을 것으로 계산했다. 그곳에 가서 점심을 먹으며 도착을 축하해야겠다고 마음먹었다.

사나이가 수로 바닥을 따라 힘차게 나아갈 때, 개가 사나이의 발뒤꿈치에 다시 바짝 달라붙었는데, 기가 죽어 꼬리를 내린 상태였다. 앞서 지나간 썰매가 낸 길이 분명히 보였지만, 썰매를 끄는 개들이 낸 자국 위로 눈이 12인치나 덮여 있었다. 지난 한 달 동안 아무도 이 적막한 수로를 지나가지 않았던 것이다. 사나이는 차분하게 계속 걸었다. 그에겐 별생각이 들지 않았다. 특히, 지금은 물길이 갈라지는 곳에서 점심을 먹고 여섯 시에는 동료들과 함께 야영할 수 있으리라는 생각 이외에는 아무런 생각도 들지 않았다. 말을 건넬 사람도 없었고, 누가 있었다고 해도 입에 붙은 길쭉한 얼음 조각 때문에 대화를 할 수 없었을 터였다. 그래서 그는 단조로이 담배만 계속 씹었고, 호박색 턱수염은 계속 길어만 갔다.

날이 이렇게 지독하게 추운 것은 난생처음이라는 생각이 이따금 반복해서 들었다. 걸어가면서도 그는 장갑 낀 손등으로 광대뼈와 코를 문질렀다. 이따금 손을 바꾸어 가며 이 행동을 기계적으로 했다. 그러나 아무리 문질러도 그가 동작을 멈추면 광대뼈는 얼어 감각이 없었고, 그다음에는 코끝이 무감각해졌다. 뺨이 이미 동상에 걸린 것은 분명했다. 이 사실을 알았을 때 그는 매서운 날씨면 버드가 끼고 다니던 가죽 코마개를 준비하지 못한 것을 뼈아프게 후회했다. 하지만 결국 별문제는 아니었다. 뺨의 동상 정도가 무슨 대수란 말인가? 약간 아프긴 했지만, 그 정도뿐이지 결코 심각하지는 않았다.

사나이는 마음속으로 아무런 생각도 하지 않고 있었지만, 그의 눈만은 날카로웠다. 그 눈으로 그는 강의 변화를 세심히 봐두었다. 강이 어느 쪽으로 굽고 휘어 있는지, 벌채한 나무가 어디에 쌓여 있는지 등등을 봐두었던 것이다. 또한 발을 어디다 디뎌야 할지 항상 주의하며 걸었다. 한번은 강이 굽은 곳을 돌아오다가 갑자기 놀란 말처럼 겁을 집어먹고 자기가 걸어온 곳을 피해 길을 따라 몇 걸음 뒷걸음질한 적도 있었다. 그가 알기로는 수로는 바닥까지 완전히 얼어붙기 때문에 극지방의 겨울 강에는 물 한 방울도 있을 수 없었다. 하지만 또 그가 아는 바로는 여기저기 강 언덕에서 솟아 나오는 샘이 있어 거기서 나온 물이 눈 밑으로나 강바닥 얼음 위로 흐르기 마련이었다. 아무리 추운 날이라 해도 이 샘들마저 얼게 할 수는 없다는 사실과 더불어 그런 곳에는 위험이 도사리고 있다는 사실도 알고 있었다. 그 샘들은 함정과 같아서 3인치에서 3피트 정도의 눈 아래 물웅덩이를 숨기고 있었다. 때로는 반 인치 정도의 얼음이 샘에 살짝 덮여 있고, 그 위에 다시 눈이 덮여 있기도 했다. 때로는 물과 살얼음이 교대로 덮여 있어서, 누군가가 여기에 빠지면 계속해서 얼음이 깨져 어떨 때는 허리까지 물에 젖기도 했다.

그가 그처럼 겁을 먹고 뒷걸음을 쳤던 것은 바로 이런 이유 때문이었다. 눈으로 덮여 있는 살얼음이 발아래 쪽에서 깨지는 소리가 들렸던 것이다. 이 정도 추운 날씨에 발이 젖는다는 것은 난처하고 위험한 일이었다. 적어도 시간을 지체하게 될 터인데 그 이유는 발길을 멈추고 불을 지핀 후 그 불을 쬐며 양말을 벗어 신과 함께 말려야 하기 때문이었다. 그는 똑바로 서서 수로의 바닥과 기슭을 잘 살펴보고는 물이 수로 오른쪽에서부터 흘러나온다고 생각했다. 코와 뺨을 비벼대면서 잠시 생각을 하다가 그는 조심스럽게 걸음을 옮기며 또 옮길 때마다 바닥이 괜찮은지 확인하며 강 왼쪽으로 피해 갔다. 일단 위험을 벗어나자, 담배를 새로 꺼내 씹으며 시간당 4마일의 속도로 걸음을 계속했다.

다음 두 시간 동안 비슷한 함정을 몇 번 만났다. 대개는 보이지 않는 물웅덩이 위에 덮인 눈이 타원형으로 폭 꺼져 있어서 위험을 쉽게 알 수 있었다. 겨우 위기를 모면한 적도 한 번 더 있었다. 그리고 위험할 것 같아 개를 먼저 보내본 적도 있었다. 처음에는 가지 않으려 했다. 개는 계속 버티다가 사나이가 밀어내자 재빨리 눈 덮인 멀쩡한 바닥을 건너갔다. 갑자기 얼음이 깨지고 한쪽 다리가 물에 빠지자 다른 쪽 다리로 빠져나왔다. 개의 앞발과 뒷발 모두가 물에 젖자 이내 몸에 묻은 물이 얼어버렸다. 개는 다리에 붙은 얼음을 연신 혀로 핥아내더니 눈 위에 주저앉아서는 발가락 사이에 생긴 얼음을 물어뜯어내기 시작했다. 개에게는 본능적인 일이었다. 발가락에 얼음이 남게 되면 발이 아플 것이다. 개는 이 사실을 알지 못했지만, 그저 생명의 저 깊은 곳에서 내리는 신비한 급명에 따를 뿐이었다. 개와는 달리 사람은 이 같은 문제를 놓고 판단을 내린 연후에야 알게 되었다고 할 수 있다. 이윽고 사나이는 오른손 장갑을 벗고 얼음 조각 떼는 일을 도와주었다. 그런데 놀라운 일은 손가락이 노출된 지 일 분도 되지 않았는데 손가락에 갑자기 감각이 없어졌다는 사실이었다. 사나이는 장갑을 서둘러 끼고는 손으로 가슴팍을 세게 내리쳤다.

열두 시가 되자 날은 하루 중 가장 밝았다. 그럼에도 겨울 해는 저 멀리 남쪽을 운행하고 있었기 때문에 수평선이 눈에 들어오지는 않았다. 수평선과 헨더슨 수로 사이에 땅이 불거져 나와 있는데, 지금 사나이는 정오의 맑은 하늘 아래 그림자도 없이 수로 바닥을 걷고 있는 거였다. 일 분도 틀리지 않고 열두 시가 되자 그는 강이 갈라지는 곳에 도착했다. 제때 도착해서 기뻤다. 이런 식으로 계속 가면 여섯 시까지는 동료들과 틀림없이 만날 수 있으리라. 그는 재킷과 셔츠의 단추를 풀고 점심을 꺼냈다. 점심을 꺼내는 데 십오 초 정도 걸렸는데, 그 짧은 순간에도 노출된 손가락들이 얼어 무감각해졌다. 장갑을 끼지 않고 손가락을 다리에다 대고 열두어 번 내리쳤다. 그러고는 점심을 먹으려고 눈 덮인 나무토막에 앉았다. 손가락을 발에 내리쳤을 때 따라오는 통증이 순식간에 사라지는 것을 알고는 놀랐다. 지금껏 점심용 비스킷 빵을 한입도 먹지 못한 상태였다. 손가락을 계속 친 후 장갑을 끼우는 동안, 점심을 먹기 위해 다른 한 손의 장갑을 벗었다. 한입 먹으려 했으나 입 주변에 언 얼음 때문에 힘들었다. 불을 지펴 몸을 녹일 생각을 까맣게 잊고 있었던 것이다. 사나이는 자신의 어리석음에 웃음 지었다. 그런데 웃는 동안에도 노출된 손가락이 얼얼해오는 것을 알 수 있었다. 그가 나무토막에 앉았을 때 처음

느껴진 발가락 통증도 이미 사라지고 있다는 것도 알았다. 발가락에 피가 도는지, 아니면 마비가 된 건지 궁금했다. 신발 안에서 발가락을 움직여보고서야 마비되었다고 판단했다.

서둘러 장갑을 끼고 일어섰다. 조금 겁이 났다. 그는 쑤시는 듯한 고통이 발에 느껴질 때까지 쿵쿵 발을 굴렀다. 확실히 추운 날씨라고 그는 생각했다. 설퍼 수로 쪽에서 온 노인이 이 지방엔 때때로 무시무시한 추위가 온다고 했는데 그것은 사실이었다. 그런데 당시에 그는 노인을 비웃지 않았던가! 이는 아무도 세상일에 대해서 지나치게 확신하지 말아야 한다는 깨달음을 알려주었다. 분명한 사실이었다. 추웠다. 정말로 추웠기 때문에 그는 온기가 느껴질 때까지 팔을 두드리고 발을 쿵쿵 구르면서 큰 걸음으로 이리저리 거닐었다. 그러고 나서 성냥을 꺼내 불을 피우기 시작했다.

지난봄 홍수로 퇴적된 숱한 마른 가지가 있는 덤불 속에서 그는 불을 지필 만한 나뭇가지를 찾아냈다. 작은 불씨를 살려서 곧 불꽃이 활활 타오르며 소리를 내자 그는 자신의 얼굴을 불 가로 가까이 가져가 얼음을 녹이고 비스킷 빵을 먹었다. 이때만은 주변의 추위도 물러선 듯했다. 개는 불에 데지 않을 만큼 떨어졌지만 몸이 따뜻할 정도로 불 가로 다가와 몸을 쭉 뻗으며 만족해했다.

요기를 마치자 사나이는 파이프에 담배를 채워 편안하게 피웠다. 그러고 나서 장갑을 끼고 모자에 달린 귀덮개를 귀밑까지 꼭 눌러 싼 다음, 물길이 갈라지는 곳으로 오르는 수로 길을 따라갔다. 개는 아쉬웠는지 불을 되돌아보았다. 이 사나이는 추위에 대해 몰랐다. 그의 조상들 모두 분명히 영하 107도 정도의 굉장한 추위를 알 리 없었다. 그러나 개는 알았고 그 개의 모든 조상도 알아서 이 개도 물려받은 지식을 갖고 있었다. 따라서 이렇게 무섭게 추운 날 돌아다닌다는 것이 좋지 않다는 걸 알고 있었다. 이런 때는 그저 눈 속에 굴을 파고 편안하게 누워서, 이 같은 추위를 내려보낸 저 바깥쪽 세계인 하늘의 표면에 드리워진 구름이 걷히기를 기다리는 것이 상책이었다. 그러나 개와 사나이 사이에는 어떠한 깊은 교류도 없었다. 개는 사나이의 노예였으며, 그동안 개가 사나이로부터 받은 유일한 애무는 채찍과 그 채찍을 때리기 전의 사나이의 음성뿐이었다.

그는 담배를 씹으며 계속 새로 생겨난 호박색 수염을 움찔거렸다. 또다시 내쉰 입김이 어느새 입수염, 눈썹 그리고 속눈썹을 흰 성에로 덮어버렸다. 헨더슨 수로 왼편 길에는 별로 샘이 없는 모양인지 반 시간 동안 그는 그 어떤 샘이 있을 만한 징후를 보지 못했다.

그는 화가 나서 "빌어먹을" 하고 중얼거렸다. 그는 여섯 시에는 캠프에 도착해 동료들과 함께 있기를 바랐었다. 그러나 불을 지펴서 신을 불에 말려야 하는데, 그렇게 하면 한 시간쯤은 늦어질 것 같았다. 이렇게 추운 날씨에는 반드시 치러야 하는 일이란 것쯤은 그도 잘 알고 있었다. 그래서 발길을 돌려 둑으로 올라갔다. 둑 위에는 몇 그루의 작은 전나무 둘레에 홍수 때 쌓인 미루나무가 덤불로 엉켜 있었다. 대부분 작고 마른 나뭇가지들이었는데, 제법 두꺼운 나무토막과 잔가지들도 있었고, 가늘고 마른 지난해의 풀도 많았다. 그는 눈 위에 나온 큰 가지를 몇 개 꺾었다. 그래야만 막 타기 시작한 불꽃이 녹은 눈 때문에 꺼지는 것을 방지할 수 있었다. 그는 주머니 속에서 자작나무 껍질을 조금 꺼내서 성냥불을 붙여 불을 피웠다. 이렇게 하는 것이 종이보다 더 잘 탔다. 받침돌을 놓고 그는 몇 단의 마른풀과 자잘한 마른 나뭇가지들을 지펴서 약한 불을 돋우었다.

위험을 절실히 느끼면서도 그는 천천히 그리고 조심스럽게 불을 피웠다. 점점 불꽃이 커지자 그는 좀 더 큰 나뭇가지들을 불 속에 넣었다. 눈 속에 몸을 웅크리고 덤불 숲속에서 엉켜 있는 작은 가지들을 빼내서는 불 속에 넣었다. 실수해서는 안 되었다. 마이너스 75도 이하에서 발이 젖었을 때는 단 한 번에 불을 피워야 했다. 만일 발이 젖지 않은 상태에서 불 피우는 데 실패했다면 반 마일 정도를 달려 혈액순환을 원활하게 할 수 있지만, 마이너스 75도에서는 젖고 얼어붙은 발로 아무리 뛴들 피를 다시 돌릴 수 없었다. 아무리 빨리 달려도 젖은 발은 점점 더 꽁꽁 얼어붙는 것이다.

그는 이 모든 것을 알고 있었다. 설퍼 수로 쪽에서 온 경험

많은 노인이 작년에 그것에 대해 이야기해준 적이 있는데, 그는 지금 그 교훈에 대해 진심으로 고마움을 느끼고 있었다. 이미 두 발의 감각은 완전히 사라졌다. 불을 피우기 위해 그는 장갑을 빼야 했기 때문에 손가락도 빠르게 마비되어 갔다. 한시간에 4마일 정도의 속도로 걸을 때 그의 심장은 피를 몸과 손발 구석구석까지 뿜어 보냈다. 그러나 멈추자마자 심장의 고동도 약해졌다. 말하자면 우주 공간의 한기가 무방비 상태로 있던 이 지구라는 위성의 끄트머리 부분을 내리쳤던 것이다. 그리고 사나이는 마침 그 위성의 끄트머리 부분에 있었기 때문에 한기가 내리칠 때 따라오는 엄청난 충격을 고스란히 받아들이지 않을 수 없었다. 그의 몸의 피는 그 충격에 뒤로 물러났던 것이다. 몸속의 피는 옆에 있는 개처럼 살아 있지만, 또한 그 개처럼 이 무시무시한 추위 앞에서 자신을 숨기고 보호하려 했다. 한 시간에 4마일의 속도로 걸을 때는 그는 피가 싫어하든 좋아하든 상관없이 표면 쪽으로 밀어낼 수 있었다. 그러나 이제는 뒤쪽으로 물러나 몸속 깊숙한 곳에 가라앉아 있는 것이었다. 손발이 제일 먼저 이 사실을 느끼게 되었다. 그의 손발은 아직 얼어버린 것은 아니었으나, 젖은 발은 점점 빠른 속도로 얼어가고 있었고, 노출된 손가락도 역시 점점 빠른 속도로 무감각해져갔다. 코와 뺨은 벌써 얼고 있었다. 온몸의 피부는 혈색을 잃은 채 얼어가고 있었다.

하지만 그의 목숨은 안전했다. 그저 발가락과 코와 뺨 정도가 혹한에 노출되었던 것일 뿐이고, 이제 불이 활활 타기 시작했기 때문이었다. 그는 손가락 굵기 정도의 잔 나뭇가지를 불에 던져 넣었다. 일 분 정도 지난 다음에는 손목 굵기 정도의 나뭇가지를 불길 위에 얹을 수 있게 되었고, 그는 젖은 신발을 벗어서 그것이 마르는 동안 맨발을 불에 쬘 수 있었다. 물론 처음에는 눈으로 발을 비빈 후에 불을 쬐었다. 불은 잘 탔다. 이제 안전했다. 설퍼 수로 쪽에서 온 노인의 충고를 기억하고는 미소를 지었다. 이 노인은 아무도 마이너스 50도 이하의 기온에서는 클론다이크 지방을 혼자 여행해서는 안 된다는 철칙을 매우 진지하게 세워놓았던 것이다. 그래, 그가 사고를 당하기도 했지만 여기 살아 있다. 혼자이지만 목숨을 건진 것이다. 저 노인네들 가운데 적어도 몇몇은 여자 같은 겁쟁이라고 생각했다. 남자라면 겁을 내지 말아야 한다. 그리고 그는 멀쩡했다. 정말 사내대장부라면 혼자서 여행할 수 있어야 한다. 하지만 그는 뺨과 코가 금방 얼어가고 있는 걸 알고는 놀랐다. 그가 미처 생각지 못했던 것은 그의 손가락이 순식간에 마비될 수 있다는 것이었다. 정말 손가락이 마비되었다. 그래서 그는 손가락을 움직여 잔가지를 잡을 수 없었다. 손가락은 마치 그의 몸뚱어리와 떨어져 따로 노는 것 같았다. 잔가지를 잡았을 때 자기가 정말 그것을 집었는지 알 수 없어서 눈으로 보고 확인해야 했다. 그와 그의 손가락 사이를 이어주는 줄들이 상당히 느슨해진 것 같은 기분이었다.

이 모든 것은 별문제가 아니었다. 불은 딱딱 소리를 내며 타고 있었고, 춤추는 듯한 불꽃은 생명을 약속하는 듯했다. 그는 가죽 신발의 끈을 풀기 시작했다. 신발은 얼음으로 덮여 있었고 무릎 절반까지 올라오는 두툼한 독일제 양말은 철판 같았다. 가죽 신발의 끈은 대화재에 뒤틀리고 마디진 철근 같았다. 잠시 동안 그는 마비된 손가락으로 잡아당겨보고는 그렇게 하는 것이 소용없다는 사실을 깨닫고 칼집에서 칼을 뺐다.

그러나 그가 신발 끈을 자르기 전에 일이 벌어졌다. 자신의 잘못 아니면 실수 때문에 생긴 일이었다. 전나무 밑에서 불을 피우지 말았어야 했다. 나무가 없는 빈터에 불을 피웠어야 했던 것이다. 하지만 숲에서 잔가지를 끌어다가 불에 직접 던지기가 훨씬 쉬웠다. 그가 나무 아래에서 불을 피웠는데, 그 나무는 그 큰 가지 위에 눈을 이고 있었다. 몇 주일 동안 바람 한 점 불지 않았기 때문에 눈이 잔뜩 쌓여 있었다. 잔가지를 끌어모을 때마다 진동이 생겨 약간씩 나무가 흔들렸다. 그의 입장에서 본다면 아주 미세한 진동이었지만, 문제를 일으키기에 충분한 진동이었다. 저 높이 있는 나뭇가지에서 눈이 쏟아져 내렸다. 이 눈이 그 아래쪽의 나뭇가지에 떨어졌고 그 여파로 거기에 있던 눈도 또 쏟아져내렸다. 이러한 과정이 계속되었고 결국에는 나무 전체로 퍼지게 되었다. 결국 눈사태처럼 커지면서 아무런 예고도 없이 이 사나이와 불을 덮쳐버렸다. 불은 꺼지고 말았다. 불이 타던 자리는 갓 떨어진 무질서한 눈으로 덮였다.

그는 아찔했다. 마치 자신에게 사형선고가 내려진 것 같았다. 잠깐 동안 앉아서 불이 타던 자리를 물끄러미 쳐다보았다. 그러자 마음이 가라앉았다. 아마도 설퍼 수로 쪽에서 온 노인의 말이 맞는지도 모른다. 길동무가 있었더라면 지금처럼 위험에 빠지지는 않았을 텐데. 길동무가 불을 피워줄 수도 있었을 텐데. 하지만 불을 다시 지피는 것은 그 자신의 일이었다. 두 번째는 실패해서는 안 되었다. 성공한다 해도 발가락 몇 개는 거의 틀림없이 잃게 될 것이었다. 지금쯤은 그의 두 발이 몹쓸 정도로 얼었을 테고, 두 번째 불이 준비되는 데도 상당한 시간이 걸릴 것이다.

이런 생각이 들었지만, 앉아서 생각만 하고 있을 수는 없는 노릇이었다. 이런 생각이 그의 머리를 스쳐 지나가는 동안 그는 내내 바쁘게 움직였다. 불을 피울 자리를 마련했는데, 이번에는 믿을 수 없는 나무들이 불을 꺼뜨리지 않도록 빈터에 자리를 마련했다. 그리고 홍수 때 떠내려와 쌓인 마른풀과 잔가지들을 긁어모았다. 그는 손가락을 모아 풀과 가지를 끌어올 수는 없었지만 어쨌든 한 움큼은 모을 수 있었다. 이런 식으로 많은 양의 썩은 가지와 새파란 이끼 조각을 구했다. 이런 것들은 쓸모없는 것일지 몰라도, 그게 그가 할 수 있는 최선이었다. 심지어 불길이 세지면 나중에 쓰기 위해 꽤 큰 나뭇가지들까지 한 아름 모으는 등 그는 체계적으로 일을 했다. 그가 이런 일을 하는 동안 개는 앉아서 그를 바라보고 있었는데, 개의 두 눈에는 무언가를 바라는 듯한 기색이 보였다. 개가 보기에 이 사나이는 불을 제공하는 사람이었지만, 불은 좀처럼 제공되지 않았다.

모든 준비가 끝나자, 사나이는 주머니를 뒤져 두 번째로 자작나무 껍질을 찾았다. 나무껍질이 주머니 속에 있다는 것은 알고 있었다. 비록 손가락으로 느낄 수는 없었으나, 손으로 더듬자 껍질이 바스락거리는 소리는 들을 수 있었다. 그러나 아무리 애를 써도 꼭 쥘 수가 없었다. 그의 의식 속에는 자기의 두 발이 순간순간 얼고 있다는 생각이 줄곧 들었다. 이 생각 때문에 놀라 주저앉을 듯했지만, 머리를 비우려고 애쓴 결과 마음의 평정을 찾았다. 이빨을 사용해 장갑을 끼고 두 팔을 앞뒤로 휘두르고 두 손으로는 있는 힘을 다해 양 옆구리를 때렸다. 앉아서도 이런 행동을 했고 서서도 했다. 개는 줄곧 눈 위에 앉아 있었다. 늑대의 털 같은 꼬리로 앞발을 따뜻하게 감싸서 덮고 있었고, 늑대 같은 뾰족한 귀는 사람을 뚫어지게 쳐다볼 때처럼 앞쪽으로 쫑긋 내밀고 있었다. 자신은 팔과 손으로 때리고 흔들고 있는데, 자연의 옷을 입어 따뜻하고 안전한 개를 쳐다보자니 한없는 부러움이 솟아났다.

얼마 후 그는 두드린 손가락에 감각이 돌아왔음을 아득하게 알려주는 최초의 신호를 의식했다. 처음에는 약간 따끔거리다가 점점 더해져 마침내는 참기 어려울 정도로 쑤시는 통증으로 바뀌었다. 하지만 사나이는 이 통증을 만족스럽게 반겼다. 그는 오른손의 장갑을 벗고 자작나무 껍질을 앞으로 가져왔다. 노출된 손가락은 이내 다시 감각을 잃어가고 있었다. 다음으로 그는 황을 입힌 성냥 더미를 꺼냈다. 그러나 엄청난 추위 때문에 손가락은 이내 무감각해졌다. 성냥 하나를 끄집어내려다가 오히려 성냥 더미 모두가 떨어졌다. 성냥을 집으려 했으나 실패했다. 감각을 잃은 손가락으로는 만질 수도 잡을 수도 없었기 때문이었다. 사나이는 매우 조심스러웠다. 얼어오는 발, 코, 뺨 따위의 생각은 집어치우고 온 정신을 성냥에만 기울였다. 촉각 대신 시각을 사용해 주시했다. 성냥 더미 양쪽에 자기 손가락들이 있는 것을 보고, 그는 주먹을 쥐었다. 말하자면 주먹을 쥐려고 애썼다. 하지만 손가락 신경이 작용하지 않았기 때문에 손가락이 말을 듣지 않았다. 그는 장갑을 오른손에 끼고는 장갑 낀 손으로 거칠게 무릎을 쳤다. 양손에 장갑을 끼고 성냥 더미를 무릎 안쪽으로 움켜 넣었더니 상당한 양의 눈이 따라 올라왔다. 그러나 더 이상 어떻게 잘할 수는 없었다.

좀 더 애를 쓴 후에야 사나이는 겨우 성냥 더미를 장갑 낀 손바닥의 끄트머리 쪽에 놓을 수 있었다. 이런 식으로 성냥을 입까지 옮겼다. 입을 억지로 열려고 하자 얼음이 딱딱거리며 깨졌다. 아래턱을 안으로 당기고, 윗입술을 틀어 비키게 하고, 윗니로 성냥 더미를 비벼서 성냥 하나를 분리하려고 했다. 성냥 하나를 집는 데 성공했으나 그 성냥을 무릎 위쪽에 떨어뜨리고 말았다. 이것도 별 도움이 되지 않았다. 집을 수가 없었기 때문이었다. 방법이 하나 생겼다. 성냥을 이빨로 집어서 다리에 대고 그었다. 스무 번을 시도한 후에야 겨우 성냥에 불을 붙일 수 있었다. 불이 붙은 성냥을 이빨로 물어 자작나무 껍질에 댔다. 하지만 유황이 타면서 나는 연기가 콧구멍을 통해 폐로 들어가자 그는 발작적으로 기침을 하게 되었고, 불붙은 성냥은 눈 속으로 떨어져 꺼지고 말았다.

성냥이 꺼진 후 찾아온 낙심을 애써 참으며 사나이는 설퍼 수로 쪽에서 살던 노인의 말이 맞다고 생각했다. 노인의 말로는 마이너스 50도 이하에서는 적어도 둘이서 길을 떠나야 한다는 것이었다. 그는 두 손을 서로 쳤다. 하지만 별 감각을 불러일으키지 못했다. 갑자기 이빨을 써서 장갑을 벗고 두 손을 노출시켰다. 그러곤 양 손바닥 아랫부분을 써서 성냥 더미를 잡았다. 두 팔의 근육이 얼지 않았기 때문에 손바닥 아랫부분으로 성냥을 꼭 누를 수는 있었다. 성냥 더미를 발에 대고 그었다. 일흔 개의 성냥에 동시에 불이 붙어 올랐다. 바람이 없어 성냥이 꺼지지 않았다. 숨 막히게 하는 성냥 냄새를 피하려고 머리를 한쪽으로 기울이고는 불붙은 성냥 더미를 자작나무 껍질에 갖다 댔다. 이 과정에서 손에 감각이 되살아나는 걸느꼈다. 그런데 실은 살이 타고 있었던 것이다. 타는 냄새를 맡을 수 있었다. 살갗 저 아래에서 살이 타는 것을 느낄 수 있었다. 이 감각은 고통이 되었고, 고통은 점점 심해졌다. 그래도 그는 성냥불을 나무껍질에 엉성하게 갖다 대면서 살이 타는 고통을 참았다. 나무껍질에는 불이 쉽게 붙지 않았다. 왜냐하면 타들어가는 자신의 두 손이 중간을 가로막고 대부분의 성냥불을 빼앗아갔기 때문이었다.

마침내 더 이상 참을 수 없게 되자 양손을 홱 떼버렸다. 불타는 성냥은 피시식 하며 눈 속으로 떨어졌지만, 자작나무 껍질에는 불이 붙었다. 마른풀과 아주 작은 나뭇가지를 불 위에 놓기 시작했다. 두 손바닥 아랫부분으로 들어 올려야 했기 때문에 땔감을 집어서 고를 수가 없었다. 작고 썩은 나뭇조각들이나 새파란 이끼가 나뭇가지에 달라붙어 있을 때는 이빨로 되도록 잘 뜯어냈다. 사나이는 조심스럽지만 둔한 동작으로 불을 간수했다. 불은 생명을 뜻하기 때문에 꺼지지 않게 해야 했다. 몸 표면에 피가 없어 그는 오한이 났고, 그래서 동작이 더욱 둔해졌다. 꽤 큰 새파란 이끼 덩어리가 작은 불 바로 위로 떨어졌다. 손가락으로 이끼를 꺼내려고 했으나, 몸이 떨렸기 때문에 이끼에서 빗나갔고, 그 결과 그나마 작은 불 한가운데를 헤집어놓고 말았다. 타던 풀과 작은 가지가 이리저리 흩어졌다. 다시 이것들을 집어 모으려 했으나 아무리 애를 써도 나뭇가지들은 다시 모을 가망이 없을 정도로 산산이 흩어졌다. 하나씩 연기를 피식 내고는 나뭇가지의 불이 꺼졌다. 불을 제공하는 데 실패한 것이다. 주변을 느낌 없이 둘러보다가, 그는 꺼진 불의 잔해 맞은편 눈 위에 앉아 있는 개를 보았다. 개는 안절부절못하고 웅크리고 앉아 있었다. 그리고 앞발을 교대로 살짝 들어 올리고 그때마다 무언가를 바라는 듯, 몸의 무게중심을 열심히 앞뒤로 움직였다.

개를 보자 야만적인 생각이 들었다. 눈보라를 만났을 때 소를 죽여서는 그 사체 안에 기어들어가서 목숨을 구한 사람의 이야기가 생각났기 때문이었다. 개를 죽여서 따뜻한 몸 안에 손을 묻으면 손의 감각을 되찾을 수 있을지도 모를 일이었다. 그러고 나면 새로 불을 피울 수도 있을 것이다. 자기 쪽으로 오라고 개에게 말했다. 하지만 남자의 음성에는 개를 겁먹게 하는 이상한 공포가 섞여 있었다. 개는 한 번도 주인의 그런 말투를 들어본 적이 없었다. 개가 보기에 무언가가 잘못되었다. 의심 많은 개의 본성이 위험을 감지하게 했다. 구체적으로 어떤 위험인지는 몰라도, 개의 머릿속 어딘가에서 주인에 대한 공포심이 어떤 식으로든 일어났다. 사나이의 말소리에 개는 두 귀를 내리고는 웅크린 동작과 앞발을 번갈아드는 동작을 더욱 눈에 띄게 했다. 그러나 개는 사람 쪽으로 가려 하지 않았다. 사나이는 두 손과 두 무릎을 딛고 개 쪽으로 기어갔다. 이상스러운 자세 때문에 개는 다시 의심이 들었고, 그래서 슬그머니 옆걸음질로 피했다.

사나이는 잠시 동안 눈 위에 앉아 마음의 평정을 찾으려 애썼다. 자신의 이빨을 사용해 장갑을 끼고는 일어섰다. 자기가 정말로 서 있는지 확인하려고 우선 발아래를 내려다보았다. 왜냐하면 두 발에 감각이 없어서 공중에 떠 있는 느낌이 들었기 때문이었다. 사람이 곧바로 서자 개는 의심을 덜었다. 사나이가 채찍 소리 비슷하게 명령조로 말하자, 개는 예전처럼 복종해 그에게 다가왔다. 개가 손이 닿는 거리 안으로 오자, 사나이는 자제력을 잃었다. 그는 두 팔을 개에게 재빨리 뻗쳤다. 그러나 두 손으로 물건을 잡을 수 없다는 사실과, 손가락을 굽힐 수도 없고 손가락에 아무 느낌도 없다는 사실을 알고는 정말로 놀랐다. 손과 손가락이 얼었고 점점 더 얼어간다는 사실을 깜빡 잊고 있었던 것이다. 이 모든 일이 순식간에 벌어졌고, 그는 개가 도망가기 전에 두 팔로 개의 몸을 감싸 안았다. 그가 눈 위에 앉아 개를 두 팔로 잡고 있는 동안, 개는 으르렁대고, 낑낑대고, 몸부림쳤다.

그러나 개의 몸통을 두 손으로 잡고 앉아 있는 것 이외에 사나이가 할 수 있는 일이라곤 아무것도 없었다. 개를 죽일 수 없다는 사실을 깨달았다. 죽일 방도가 없었던 것이다. 무력한 두 손으로는 칼집에서 칼을 빼서 손에 쥘 수도 없었고 개의 목을 조를 수도 없었다. 그가 개를 놓아주자 개는 꼬리를 다리 사이에 감추고 계속 짖어대면서 미친 듯이 튀어 달아났다. 마흔 걸음쯤 물러나서는 멈춘 다음 두 귀를 쫑긋 앞으로 세우고 호기심을 갖고 사나이를 관찰했다.

사나이는 손이 어디 있는지 확인하려고 두 손을 내려다보왔다. 그는 손이 팔 끝에 매달려 있는 것을 보았다. 손의 소재를 알기 위해 눈을 사용해야 한다는 사실이 참 이상스럽다는 생각이 들었다. 두 팔을 앞뒤로 휘두르기 시작했고 장갑 낀 두 손으로 허리를 치기 시작했다. 이러한 동작을 오 분간 격렬하게 하자 그의 심장이 몸의 표면까지 피를 공급했기 때문에 몸이 떨리는 것은 그쳤다. 하지만 손의 감각이 살아나지는 않았다. 느낌으로는 두 손이 두 팔의 끝에 묵직하게 달려 있는 것 같았으나, 그 느낌을 실제로 확인할 수는 없었다.

희미하긴 했지만 죽음에 대한 중압적인 공포가 사나이에게 다가왔다. 이번 일이 단순히 손가락과 발가락이 언다든지 혹은 손발을 잃는 정도의 문제가 아니라 죽을 가능성이 높은 생사의 문제라는 데까지 생각이 미치자 공포감은 더욱 커져갔다. 그러자 그는 힘이 빠졌다. 방향을 틀어 수로 바닥을 넘어 오래된 희미한 길을 따라 뛰었다. 개가 합세하여 그를 따랐다. 평생 몰랐던 공포를 느끼며, 아무런 의도도 없이 맹목적으로 뛰었다. 눈길을 가르고 허우적거리며 달리다가, 천천히 주위의 사물들에 시선을 주기 시작했다. 수로의 기슭들, 오랜 목재 더미, 잎사귀 없는 백양나무들과 하늘이 보였다. 그렇게 달린 덕분에 기분은 한결 좋아졌다. 오한도 느껴지지 않았다. 아마 계속 달리면 두 발도 녹으리라. 오랫동안 달리다 보면 야영지에 있는 동료들도 보이리라. 틀림없이 손가락과 발가락 몇 개, 얼굴 중 일부는 잃을지도 모른다. 하지만 그곳에 도착하면 동료들이 그를 돌보아주고 몸의 나머지 부분은 구해주리라. 그런데 동시에 자기는 결코 동료들이 있는 야영지에 가지 못하리라는 생각—그의 몸이 너무 얼어서 곧 뻣뻣하게 굳어 죽을 것이라는 생각—이 들었다. 이런 생각을 뒷전으로 밀어내 마음속에 두지 않으려 했다. 때때로 이런 생각이 스스로 밀치고 나와서 자신을 바깥세상에 알리려 했지만, 그는 그 생각을 다시 밀어넣고 다른 생각을 했다.

두 발이 너무 얼었기 때문에 달리다가 땅을 쳐서 몸의 무게를 받을 때도 느낄 수 없는 정도인데도 여전히 달릴 수 있다는 사실이 너무 신기했다. 땅 표면 위를 스치듯 지나가는 것 같았고, 땅과는 아무 연관이 없는 것 같았다. 어디선가 날개 달린 머큐리 신神의 그림을 본 적이 있는데, 아마도 그 신이 땅을 스치며 다닐 때 지금의 자기가 느끼는 것과 같은 기분이 아니었을까, 하는 생각도 해보았다.

야영장과 동료들이 있는 곳으로 뛰어간다는 그의 생각은 한 가지가 잘못되었다. 그는 인내력이 부족했던 것이다. 몇 번을 넘어지고 뒤뚱거리다 결국 맥없이 넘어졌다. 일어나려 했지만 일어날 수 없었다. 앉아서 쉬어야 한다고 마음먹었다. 다음부터는 그냥 걸어서 계속 가리라고 마음먹었다. 그가 앉아서 숨을 되찾았을 때 자신이 꽤 따뜻하고 편안하다는 것을 알았다. 떨고 있지 않았고 심지어는 따뜻한 불이 그의 가슴과 몸통에 들어온 것 같았다. 그런데도 코와 뺨을 만졌을 때 아무런 느낌이 없었다. 뛰었다고 해서 코와 뺨이 녹은 것은 아니었다. 손과 발도 풀리지 않았다. 이윽고 그는 얼어붙은 몸의 부위가 점점 늘어간다는 생각을 했다. 그는 이런 생각을 억누르고 다른 생각을 하려고 했다. 왜냐하면 이 생각을 하면 고통스러웠고, 그 느낌이 두려웠기 때문이었다. 하지만 이 생각은 없어지지 않고 끝까지 남아 마침내는 완전히 언 모습의 자기 몸을 생각하게끔 했다. 견딜 수 없어서 그는 길을 따라 다시금 미친 듯이 뛰었다. 일단 속력을 낮추어 걸었다. 그러나 몸이 점점 얼어간다는 생각 때문에 또다시 뛰기 시작했다.

그런데 줄곧 개가 바짝 뒤에서 함께 뛰었다. 그가 두 번째 넘어졌을 때 개는 그의 앞에 앉아서 이상스러울 정도로 열심히 그를 쳐다보았다. 따뜻하고 안전한 개를 보자 그는 화가 났다. 개에게 욕을 퍼붓자 마침내 개가 두 귀를 내리고 사나이를 달래는 듯했다. 이번에는 그에게 오한이 좀 더 빨리 닥쳤다. 동상과의 싸움에서 지는 중이었다. 동상은 사방에서 그의 몸으로 기어들고 있었다. 이런 생각 때문에 다시 달렸지만, 100피트 정도 달리고는 멈추었다. 그러고는 비틀거리다가 앞으로 곤두박질쳤다. 최후의 고통이었다. 숨을 제대로 쉬고 자제력을 회복했을 때, 그는 앉아서 죽음을 당당하게 맞이하리라는 생각을 했다. 그러나 그 생각은 다른 식으로 다가왔다. 그에게 떠오른 것은 다름 아니라 목이 날아간 채 뛰어다니는 닭처럼, 바보 같은 자신의 모습이었다. 글쎄, 어쨌든 얼어 죽을 수밖에 없으니 그 사실을 점잖게 받아들여야 마땅하리라. 이렇듯 새로 찾은 마음의 평화와 함께 처음으로 희미한 졸음이 다가왔다. 그의 생각으로는, 자다가 죽는 것도 괜찮을 것 같았다. 마취당하는 것과 같지 않을까. 얼어 죽는 것이 사람들 생각처럼 나쁘지는 않았다. 더 험하게 죽는 방법도 많지 않은가.

그는 다음 날 동료들이 자신의 시체를 발견하는 광경을 머릿속으로 그려보았다. 그러자 갑자기 그를 찾아 길을 따라온 동료들과 함께 있는 자신을 발견하게 되었다. 여전히 그들과 함께 굽은 길을 따라가다가 눈 속에 누워 있는 자신의 모습을 보게 되었다. 더 이상 동료들과 같은 세계에 속해 있는 것이 아니었다. 이미 제 몸에서 빠져나와 동료들과 함께 눈 속에 누워 있는 자신의 모습을 바라보고 있는 것이다. 정말로 춥다고 생각했다. 알래스카를 떠나 본토로 돌아가면 사람들에게 정말로 추운 것이 어떤 것인지를 말해줄 수 있을 것이다. 이 생각을 하다가 이윽고 설퍼 수로 쪽에서 온 노인의 모습을 떠올리게 되었다. 이제 노인의 모습이 꽤 선명하게 보였다. 노인은 따뜻하고 편안한 곳에서 담배를 피우고 있었다.

"노인장 말씀이 옳았소. 당신 말씀이 옳았던 것이오." 사나이는 노인에게 중얼거렸다.

그러다가 사나이는 평생 맛본 가운데 가장 편안하고 달콤한 잠에 빠져들었다. 개는 그를 쳐다보면서 앉아 기다렸다. 짧은 낮이 거의 끝나면서, 긴 황혼이 서서히 다가왔다. 개가 보기에는 불을 피울 기미 같은 건 없었다. 게다가 개의 경험으로도 눈 속에 이렇듯 앉아서 불을 지피지 않는 사람은 없었다. 황혼이 짙어지자 불에 대한 간절한 소망을 억제할 수 없어, 개는 앞발을 높이 쳐들기도 하고 흔들어대기도 하면서 작은 소리로 낑낑댔다. 그러고는 주인한테 꾸지람을 들을 것으로 예상했는지 두 귀를 내렸다. 하지만 주인은 꼼짝하지 않았다. 잠시 후 개는 큰 소리로 낑낑댔다. 조금 더 시간이 흐른 후에 사람 곁으로 바짝 기어들어가 죽음의 냄새를 맡았다. 이 냄새 때문에 개는 털을 꼿꼿이 세우고는 물러났다. 개는 얼마 동안 그 자리에 머물러 있다가, 차가운 하늘에 높이 솟아 춤추듯 반짝이며 밝게 빛나는 별들 아래서 길게 울부짖었다. 그러고는 몸을 돌려 자기가 아는 야영장 방향의 길을 따라 걸어갔다. 음식과 불을 마련해줄 다른 인간들이 있는 곳으로. ●

옮긴이 유두선

서울대학교 영문과를 졸업하고, 뉴욕대학교에서 영문학으로 박사학위를 받았다. 현재 서울대학교 영문과 교수로 재직 중이다. 저서로 『D. H. Lawrence's The Rainbow and Women in Love : A Critical Study』가 있다.

관념이 배제된 죽음의 과정

인간이 죽음을 만나는 형식은 크게 두 가지가 있다. 하나는 죽음이 인간을 덮치는 것이고 다른 하나는 인간이 죽음으로 다가드는 형태이다. 그 어느 편이든 죽음 앞에 서면 인간은 나름대로이긴 하지만 한 번쯤 죽음의 의미라든가 본질에 대해 생각해보게 된다.

그런데 이 「불 지피기」는 죽음의 이야기이면서도 죽음의 의미나 본질의 문제에는 전혀 관심이 없다. 흔히 죽음에 따르기 마련인 거창한 관념들은 철저하게 배제되고 시간도 과거나 미래와는 단절되어 있다. 그 바람에 그저 '사나이'로만 불리는 주인공은 거의 익명에 가깝다.

우리는 그가 매우 추운 지방에 살고 있다는 것 외에는 어떤 경력을 가졌고 당장도 무얼 하는 사람인지 알 길이 없다. 다소간 조심성이 모자라는 사람이라는 것 외에는 성격조차도 특화시키기 어렵다. '추위에 대한 지식도 경험도 충분하지 못한 데다 조심성도 겁도 없는 사람' 정도가 주인공을 기명화할 수 있는 정보의 전부이다.

하지만 그 '사나이'가 극지에서도 유별난 혹한 속에 홀로 길을 떠난 이후의 상황은 감탄할 만한 세밀함으로 추적되고 묘사된다. 작가가 관심이 있는 것은 한 부주의한 인간이 영하 100도 이하의 추위에서 어떻게 죽어가는가이다. 한 별난 죽음, 동사의 과정이다.

그 과정의 추적과 묘사에서 배제된 것은 관념뿐만이 아니다. 일체의 주관적인 감정도 배제되어 있다. 작가는 주인공의 부주의나 실수에 대해 비난하거나 비꼬지 않는 반면 동정이나 연민을 드러내는 법도 없다. 주인공 역시 그때그때 상황에 대한 반응뿐 격렬한 감정을 드러내는 일 없이 죽음 속으로 빠져들어간다.

「불 지피기」의 그 같은 특성은 앞서 우리가 본 죽음의 묘사들과 종류를 달리하는 미학이다. 그 미학이 내게 깊은 인상을 주어 이 선집에 들게 했을 것이다.

잭 런던은 19세기 말에서 20세기 초에 걸쳐 활동한 미국 작가이다. 독학으로 문학 수업을 했고 다양한 직업을 거친 끝에 등단했는데 그에 대한 평가는 상당히 엇갈린다. '일생 마르크스와 니체와 다윈 사이를 시계추처럼 오락가락한 작가'라는 비웃음이 있는가 하면, 자연주의 작가로서 미국 현대문학에서 일정한 지분을 인정해야 한다는 옹호파도 있다. 그러나 그 어느 편도 그의 탁월한 이야기꾼으로서의 재능을 부인하지는 않는다.

발다사르 실방드의 죽음

La Mort de Baldassare Silvande

마르셀 프루스트 지음

김다은 옮김

마르셀 프루스트

프랑스의 소설가. 1871~1922년. 파리 근교 오퇴유에서 태어났다. 열 살 무렵부터 앓기 시작한 신경성 천식은 평생 그를 괴롭혔다. 헌신적인 어머니의 보살핌 속에서 프루스트는 낮에는 잠을 자고, 밤에는 글을 쓰며 사교계를 드나드는 생활을 계속하다 1895년부터 『잃어버린 시간을 찾아서』의 초벌 그림과 같은 자서전적 소설 『장 상퇴유』를 집필하기 시작했으며, 1986년 첫 수필집 『기쁨과 나날들』을 출간했다. 1909년부터 프루스트는 『잃어버린 시간을 찾아서』를 본격적으로 집필하며 칩거 생활에 들어갔다. 제1차 세계대전 가운데서도 집필을 계속해 1919년 6월 갈리마르 출판사에서 2편 『피어나는 소녀들의 그늘에서』를 출간하고, 이 작품으로 공쿠르 상을 수상했다. 1920년에는 레지옹 도뇌르 훈장을 받았다. 이후 『게르망트가의 사람들』, 『소돔과 고모라』 등이 출간되었고, 『갇힌 여인』과 『탈주하는 여인』, 『되찾은 시절』은 그가 타계한 후에 출판되어 1927년에야 완간을 보게 된다. 그는 마지막 날까지 『잃어버린 시간을 찾아서』의 퇴고 작업을 계속하다 1922년 11월 18일 평생의 지병이었던 천식으로 파리에서 사망했다.

—

1

시인들이 말하길, 신 아폴론도 아드메토스의 양 떼를 돌보았다.

사람도 저마다 미치광이 가면을 쓴 신이다.

　- 랠프 월도 에머슨

"알렉시스 도련님, 울지 마세요. 실바니의 자작님께서 아마 말 한 마리는 주실 거예요."

"아주 큰 말일까요, 아니면 망아지일까요?"

"카르드니오의 말같이 아주 큰 말을 주시겠지요. 그런데 이렇게 울면 어떡해요. 열세 살이나 되는 생일에."

눈물을 글썽거리던 알렉시스는 열세 살이 되었다는 것과 말 한 필을 선물로 받게 된다는 생각에 다시 눈동자를 반짝였다. 하지만 그의 마음은 풀리지 않았다. 실바니 성의 자작인 발다사르 실방드 아저씨를 만나러 가야 했다. 아저씨의 병이 깊어 가망이 없다는 말을 들은 이후에도 알렉시스는 몇 차례 찾아가서 아저씨를 뵈었다. 그러나 그날 이후로 상황이 많이 변해버렸다. 발다사르 아저씨는 자기 병의 상태와 앞으로 기껏 삼 년밖에 살지 못할 것을 알게 되었다. 그래서 알렉시스는 아저씨가 슬픔을 못 이겨 당장 돌아가시지나 않을까 염려되었고, 아저씨를 만나 뵙는 것이 괴로워 견딜 수가 없었다. 아저씨가 머지않아 틀림없이 자기 죽음을 입에 담으리라고 생각한 알렉시스는 그분을 위로해드리기는커녕 터져나오는 울음을 참을 수 없을 것 같았다.

알렉시스는 친척 가운데서 가장 키가 크고 잘생겼고 젊고 활발하고 정다운 아저씨를 항상 흠모해왔다. 그는 또 아저씨의 잿빛 눈동자와 금빛 코털 수염과 어릴 적에 그에게 즐거움과 안식처가 되어주었던 깊고 정다운 곳, 아저씨의 무릎을 좋아했다. 아저씨의 무릎은 그에게 난공불락의 아성이었고, 즐거운 목마였으며, 성당보다 신성한 곳이었다. 아버지의 음산하고 각이 잡힌 옷차림새를 몹시 싫어했던 알렉시스는 귀부인같이 우아하고 왕처럼 찬란한 옷차림으로 말을 타고 다니는 자신의 미래를 그려보곤 했는데, 가장 세련된 남성의 모델로 아저씨를 생각하고 있었다. 그는 미남인 아저씨를 자기가 닮았다는 것, 아저씨가 총명하고 너그럽다는 것, 아저씨가 대주교나 장군만큼 큰 권력을 가지고 있다는 것을 알고 있었다. 그러나 사실은 그의 부모의 비난을 통해 자작에게 여러 가지 결점이 있음도 알고 있었다. 사촌 장 가레아가 그를 놀릴 적에 아저씨의 노여움이 얼마나 컸는지, 파르므 공작이 그에게 누이와의 결혼을 제안했을 때 얼마나 그 눈빛이 허영심으로 가득 차 있었는지(아저씨는 기쁨을 감추려고 이를 악물고 찌푸린 상을 하고 있어서 알렉시스의 비위를 거스르게 했다), 음악을 좋아하지 않는다고 말했던 류크르티아에게 얼마나 모욕적인 어조로 말했는지 아저씨를 잊지 않고 있었다.

그의 부모는 알렉시스가 알지 못하는 아저씨의 다른 여러 행동에 대해서도 심하게 비난하곤 했다. 그러나 아저씨의 병환 이후로 그 많은 결점과 찌푸린 얼굴은 자취를 감추고 말았다. 이 년 후에 죽을 것이라는 사실을 아는데 장 가레아의 조롱이나 파르므 공작의 우정이나 자신의 음악 따위가 관심사가 될 수 없었다. 알렉시스는 아저씨가 여전히 미남으로 보였고 엄숙한 빛이 감돌며 예전보다 완전무결해 보였다. 정말 너무 엄숙해서 벌써 이 세상 사람같이 보이지 않았다. 알렉시스의 절망 속에 불안과 공포가 더해졌다.

마차가 떠날 채비를 끝냈기에 출발해야 했다. 알렉시스는 마차에 올랐다가 다시 내려서 선생님께 마지막 조언을 청했다. 말하려 입을 열 때, 그의 얼굴이 새빨갛게 달아올랐다.

"르그랑 선생님, 아저씨께서 자신이 죽게 된다는 것을 저도 알고 있다고 생각하시는 것과 그렇지 않다고 생각하시는 것 중 어느 편이 나을까요?"

"모르고 있다고 생각하시게 해야지요!"

"하지만 아저씨께서 그 말씀을 꺼내시면 어떻게 해요?"

"그런 말씀은 하지 않으실 거예요."

"왜요?"

알렉시스는 전혀 예기치 못한 경우였기에 깜짝 놀라서 반문했다. 아저씨를 방문하는 상황을 머리에 떠올릴 때마다 아저씨가 목사님께 조용히 자기의 죽음에 대해 말씀하시는 소리가 들려오곤 했었다.

"그렇지만 결국 그 말씀이 나온다면 어떻게 해요?"

"아저씨께서 잘못 알고 계신다고 말씀하세요."

"울음이 나오면 어떡하죠?"

"오늘 아침에 실컷 울었으니까 그분 앞에서는 울지 않겠지요."

"울지 않을게요. 하지만 아저씨는 내가 슬퍼하지 않으면 자기를 사랑하지 않는다고 생각하실 텐데…… 가여운 아저씨!"

알렉시스는 아저씨를 부르며 눈물을 흘리기 시작했다.

알렉시스는 현관 앞에서 실바니 가문家紋이 박힌 녹색과 백색 조합의 제복을 입은 하인에게 외투를 건네주고, 조금 후 발길을 멈추고 어머니와 함께 옆방에서 들려오는 바이올린 소리에 귀를 기울였다. 그리고 보통 자작이 거처하는 통유리창이 있는 넓고 둥근 방으로 갔다. 이 방에서는 앞쪽으로 바다가 보이고, 고개를 돌리면 잔디밭과 목장과 숲이 보였다. 이 방의 위쪽에는 고양이 두 마리와 장미꽃, 양귀비꽃 그리고 많은 악기가 있었다. 그들은 잠시 기다렸다.

알렉시스가 품 안으로 다가오자 어머니는 키스하려는 것으로 생각했으나, 그는 어머니의 귀에 입을 바짝 대고 아주 나직하게 물었다.

"아저씨는 몇 살이에요?"

"6월에 만 서른여섯 살이 되신단다."

알렉시스는 '그때까지 아저씨가 사실 것 같아요?'라고 묻고 싶었지만 차마 입을 열지 못했다.

문이 열리자 알렉시스는 깜짝 놀랐다. 하인이 와서 말했다.

"자작님께서 곧 나오신답니다."

이윽고 어디를 가나 자작이 데리고 다니는 두 마리의 공작과 새끼 염소를 몰고 그 하인이 다시 들어왔다. 그리고 발자국 소리가 다시 들려오고 문이 또 한 번 열렸다.

'아무것도 아니야. 틀림없이 하인이겠지. 그럼 아마도 하인일 거야.'

소리가 들려올 때마다 가슴이 두근거리던 알렉시스는 속으로 이렇게 생각했다. 그러나 그때 부드러운 목소리가 들려왔다.

"안녕! 알렉시스, 생일 축하한다."

아저씨가 키스했을 때, 알렉시스는 무서움을 느꼈다. 그걸 눈치챘는지 아저씨는 더 이상 알렉시스를 상관하지 않아 그에게 마음을 가다듬을 여유를 주고서 어머니와 즐겁게 이야기를 나누기 시작했다. 그는 친어머니가 작고한 이후로 형수인 알렉시스의 어머니를 누구보다 좋아했다.

침착함을 되찾은 알렉시스는 다소 창백하지만 여전히 매력적이고, 비극적일 때도 쾌활한 태도를 보일 수 있을 만큼 용기 있는 이 젊은 아저씨에게 무한한 애정을 느꼈다. 그는 아저씨의 목에 매달리고 싶었지만, 아저씨가 자기 몸도 제대로 가눌 수 있을 것 같지 않아 차마 그러지 못했다. 부드럽고 슬픈 빛이 도는 지적인 그의 눈을 보노라면, 알렉시스는 울고 싶을 뿐이었다. 자작의 눈은 이전에도 늘 슬퍼 보여 가장 행복한 시간에도 행복을 느끼지 않는 것 같았고, 도리어 어떤 불행에서 위안을 찾는 사람 같아 보였다. 그러나 지금 이 순간, 그의 모습에서 과감하게 사라진 아저씨의 슬픔이 두 눈 안으로 모두 들어가 숨은 것처럼 느껴졌다. 아저씨의 온몸 가운데서 두 눈만이 수척한 두 볼과 함께 거짓이 없었다.

"나는 네가 쌍두마차를 몰고 싶어 한다는 것을 알고 있다. 내일 말 한 마리를 보내줄게. 내년에 한 쌍으로 채워주고 내후년에는 마차를 주겠다. 금년에는 언제든지 말을 달리려무나. 나도 그렇게 해볼 생각이다. 나는 내일 떠나겠지만, 오랫동안 가 있지는 않을 거다. 한 달이 못 돼서 돌아올 테니, 그때 우리 함께 전에 가기로 했던 희극 공연을 보러 가자꾸나."

알렉시스는 아저씨가 친구 집에 몇 주일 묵으러 간다는 것과 공연장에 가도 좋다는 허락을 받았다는 사실을 미리 알고 있었다. 그러나 이곳에 오기 전에 그의 마음을 온통 들쑤셔놓은 아저씨의 죽음에 대한 생각에 사로잡힌 탓에, 아저씨의 말씀은 다시 쓰라리고 깊은 놀라움을 가져왔다.

'나는 공연장에 가지 않을 거야. 배우들의 자랑과 관중의 웃음소리를 들으시면 얼마나 괴로우시겠어.'

알렉시스의 어머니가 물었다.

"우리가 들어설 때 들었던 아름다운 바이올린 곡은 무슨 곡이에요?"

"아, 아름답다고 말씀하셨어요? 전에 말씀드린 로맨스 곡이에요."

발다사르는 기쁜 듯이 활기를 띠며 말했다.

'희극을 연출하고 계시는구나. 음악이 좋았다고 해서 저렇게 기뻐할 수 있을까?'

알렉시스는 생각했다. 그 순간 자작의 얼굴에서 매우 괴로운 표정이 나타났다. 두 볼은 창백해지고, 입술을 모은 채 미간을 찌푸렸다. 두 눈에는 눈물이 가득했다.

'야단났군! 그 역할이 힘겨우셨구나. 가엾은 아저씨! 그런데 왜 이렇게까지 우리 마음을 아프게 하는 것을 겁내시는 걸까? 왜 이렇게 체면을 세우려고 애쓰실까?'

알렉시스는 속으로 부르짖었다. 그 순간, 마치 무쇠로 만든 코르셋에 그를 집어넣고, 온몸에 자국이 남도록 조이고, 그 격심한 아픔에 못 이겨 그의 얼굴을 일그러지게 했던 전신 마비의 통증이 사라졌다. 그는 눈물을 닦고 나서 다시 기분 좋은 듯 이야기를 시작했다.

"파르므 공작이 얼마 전부터 예전만큼 자작에게 호의를 보이는 것 같진 않던데요?"

알렉시스의 어머니는 어리석은 질문을 했다.

"파르므 공작이요!"

노기를 띠고 발다사르가 소리쳤다.

"파르므 공작이 예전만큼 호의가 없다고요? 도대체 형수님
은 무슨 생각을 하고 계신 거예요? 산의 공기가 몸에 좋으니
자기 성에 와 있어도 좋다는 편지를 오늘 아침에 공작으로부
터 받았는걸요."

성급히 자리에서 일어서려다가 격렬한 통증을 느낀 그는
잠깐 멈추었다. 아픔이 가라앉자 그는 사람을 불렀다.

"침대 밑에 있는 편지 좀 가져와!"

그는 급하게 편지를 읽었다.

"친애하는 발다사르, 당신을 만나보지 못한 괴로움 때문
에……"

공작의 우정에 넘치는 편지 내용이 전개될수록 발다사르의
얼굴은 부드럽게 펴지고 행복한 신뢰감으로 생기가 돌았다.
그의 생각에 퍽 고상하지 못하다고 느껴지는 이런 기쁨을 감
추려고 했는지, 알렉시스가 그의 얼굴에서 영영 사라졌다고
믿었던 애교 어리면서도 속되게 찌푸린 표정을 갑자기 지었
다. 예전처럼 발다사르의 입에 주름을 잡은 이 표정은, 아저씨
가 줄곧 죽어가면서도 현실을 초월하고 용기를 내 억지로라
도 슬프고도 부드러우며 거룩하고도 환멸적인 미소를 짓고 있

다고 믿고 있고 또 그런 미소를 보길 바랐던 알렉시스의 눈을 번쩍 뜨이게 했다. 이제 알렉시스는 장 가레아가 아저씨를 놀린다면 이전처럼 아저씨를 분노에 몰아넣을 것이며, 이 병자의 명랑함이나 극장에 가고 싶어 하는 욕망 가운데는 감정의 엄폐도 용기도 들어올 여지가 없으며, 이렇게도 죽음에 가까이 와 있는 발다사르가 오직 생명에 대한 집착만을 꾸준히 지니고 있다는 것을 더 이상 의심하지 않았다.

집에 돌아와서 알렉시스는, 언젠가 자기도 역시 죽게 될 것이라는 생각과, 자기는 아저씨보다 훨씬 더 오래 살더라도 아저씨의 늙은 정원사나 아저씨의 사촌누나인 아레리우브르 공작부인은 아저씨보다 분명 그렇게 오래 살지는 못하리라는 생각에 심각한 충격을 받았다. 그럼에도 은퇴하기에 충분한 돈을 가진 로코는 돈을 더 벌기 위해 여전히 일손을 놓지 않았고, 그가 가꾸는 장미꽃값을 받아내려고 애쓰고 있었다. 공작부인은 일흔 살의 노령에도 머리 염색에 많은 노력을 기울이고 있으며, 젊은 사람 못지않은 몸매며 우아한 초대며 세련된 식탁의 음식과 지혜를 전하는 신문기사를 위해 돈을 뿌리고 있었다.

이러한 삶의 모습들은 아저씨의 태도로 인해 알렉시스가 받았던 충격을 덜어주기는커녕, 생명을 바라보면 볼수록 뒷걸음질치며 죽음을 향해 갈 수밖에 없는 인간 존재의 보편적 불행을 깨닫게 만들었고, 알렉시스 자신도 예외 없이 그 길을 가게 되리라는 놀라움에 사로잡히게 했다.

이렇게 불쾌한 망령을 본받지 않기로 결심한 알렉시스는, 영광스러운 옛 선지자들의 뒤를 따라 그의 몇몇 동무들과 함께 산에 은둔할 것을 결심하고 그 이유를 부모님께 말했다. 다행히도 이런 어처구니없는 행동들보다는, 아직 생명이 많이 남아 있는 자의 유연함과 강인함이 알렉시스의 뜻을 돌리게 했다. 갈증이 난 그는 다시 생명의 젖을 억척스럽게 빨며 즐거움을 되찾았고, 의심할 줄 모르는 그의 풍부한 상상력은 천진난만하게 자신의 불평에 귀 기울이며 놀라운 솜씨로 환멸과 실망의 보상을 받아갔던 것이다.

2

육체는 슬프다, 오호라!

  -스테판 말라르메

알렉시스가 방문했던 다음 날, 자작은 이웃 성을 향해 출발했다. 그는 그곳에서 2~4주 동안 머물 예정이었다. 그곳에서 수많은 사람들을 초청해 그의 발작 이후에 엄습하는 슬픔을 잊어볼 생각이었다.

얼마 지나지 않아 자작은 한 젊은 부인과 어울리며 큰 기쁨을 느끼기 시작했다. 그녀와 함께하면서 모든 즐거움이 증폭

되었다. 부인이 그를 사랑하고 있다고 믿으면서도 그는 다소 신중한 태도로 그녀를 대했다. 더욱이 남편의 도착을 조바심치며 기다리는 이 여인이 매우 순결하다는 것을 그는 알고 있었다. 그리고 자신이 그녀를 진정으로 사랑하고 있는지 자신할 수 없었으며, 그녀를 외도의 길로 끌어들인다면 죄가 되지 않을까 막연하게 느끼고 있었다. 어느 시기에 그들의 관계가 이렇게 되었는지 그는 생각나지 않았다. 언제였는지 기억할 수 없지만, 지금은 묵계默契나 다름없는 이야기지만, 아마 그녀의 손목에 입을 맞추고 목을 어루만지게 된 순간이 아니었나 싶었다. 그녀가 매우 좋아하는 것 같아서 어느 날 저녁 그는 그 이상의 행동을 했다. 그가 먼저 키스를 했다. 젊은 여인은 미소를 띠며 애무를 받으려 입을 내밀었으며, 두 눈은 햇볕을 받아 따뜻해진 물처럼 깊숙이 빛났다. 그러는 사이에 발다사르의 애무는 한층 더 대담해졌다. 한순간 그는 여자를 보았다. 그런데 그녀는 창백했고 이마는 생기를 잃었으며, 마치 십자가에 못 박히는 고통을 견디는 듯 혹은 사랑하는 사람을 영영 잃어버리고 난 고통을 견디는 듯, 눈물보다 더 슬픈 눈빛으로 우는 듯한 상심하고 지친 두 눈이 표현하는 끝없는 절망을 보고 충격을 받았다. 그는 잠시 여자를 지켜보았다. 그녀는 용서를 빌듯 애원하는 눈을 쳐들더니 경련하는 몸짓과 갈망에 찬 입으로 또다시 키스를 청해왔다. 키스의 향기와 애무의 생생한 감각 속에서 주위를 감싼 희열에 넋을 잃은 두 남녀는

서로의 눈, 즉 서로의 마음의 애처로움을 파헤치는 눈을 감아
버리고 서로의 가슴으로 몸을 던졌다. 서로 상대방의 애처로
움을 피하고 싶었던 것이다. 유독 발다사르는 힘껏 눈을 감고
있었다. 마치 사형수를 똑바로 바라보면 사형수의 마음을 가
라앉히기는커녕 도리어 자극해 그의 괴로움을 잠시라도 감지
하게 되면 내리치는 순간에 손이 떨리리라는 느낌을 가진 사
형 집행인같이!

밤이 되었지만, 그녀는 여전히 그의 방에 있었다. 눈물이 마
른 그녀의 눈은 몽롱해 보였다. 슬픔에 찬 그러나 열정적인 키
스를 그의 손에 한 뒤 그녀는 말없이 방을 나갔다.

한편 발다사르는 잠을 이루지 못했고, 잠깐 졸아도 그 사형
수의 절망에 차 애원하던 눈이 자신을 쳐다보는 느낌에 소스
라쳐 깨어나곤 했다. 별안간 그는 지금쯤 틀림없이 잠을 이루
지 못하고 몹시 고독을 느끼고 있을 그녀가 떠올랐다. 그는 옷
을 주워 입고 조심스럽게 그녀의 방 앞까지 걸어갔으나, 그녀
가 깨지 않도록 소리도 내지 못했고, 하늘과 땅만큼 큰 마음의
중압감에 숨이 막혀 자신의 방으로도 돌아가지 못했다. 그는
그 젊은 여인의 방문 앞에 서서 더 견딜 수 없을 것이며, 곧 문
을 밀고 들어가게 되리라는 생각만 시시각각 하고 있었다. 그
러자 갈등에서 벗어나 잠시 휴식을 찾은 그녀를 그리고 그의
귀에 들리듯이 고르고 조용한 숨결로 잠들어 있는 그녀의 평
화로운 세계를 파괴하여 가혹하게 다시 회한과 절망에 몰아

넣을까봐 겁이 났다. 그는 주저앉았다가 무릎을 꿇었다가 또는 드러누웠다가 하며 그 문 앞에서 떠나지를 못했다. 아침이 되자 으슬으슬 춥고 마음도 가라앉아서 방으로 돌아왔고, 오랫동안 잠을 잔 후 상쾌한 기분으로 눈을 떴다.

그들은 서로 양심을 달래는 데 힘쓰면서 점점 양심의 가책이 줄어드는 것과 마찬가지로 싱싱한 맛이 줄어드는 쾌락에 익숙해져갔다. 그리고 실바니에 돌아왔을 때, 발다사르에게는 그녀와 마찬가지로 정염에 불타올랐던 가혹한 시간에 비해 조용하고 다소 차가운 추억만이 남아 있었다.

3

젊음은 그에게 요란한 소리를 들려주었으나
그의 귀에는 전혀 들리지 않았다.
 ─ 마담 드 세비녜

알렉시스가 열네 살 맞는 생일에 발다사르 아저씨를 만나러 갔을 때, 그가 예상했던 대로 지난해처럼 격렬한 흥분은 되풀이되지 않았다. 아저씨가 주신 말을 타고 끊임없이 달리는 동안 체력이 단련됨과 동시에 신경질적인 무기력이 사라지고, 넘치는 건강에 대한 감각이 지속적으로 그의 몸에서 생생하게 유지되고 있었다. 이 감각은 환희와 벅참과 심오한 재능에 대한 의식과 함께 그의 젊음을 감싸고 있었다. 말을 타고 질주할 때 와닿는 미풍을 안고 돛처럼 부풀어 오르는 가슴, 겨울날의 난로처럼 달아오르는 몸, 지나는 길에 그를 스치는 잎사귀처럼 싱싱한 이마의 감촉을 느낄 때, 집에 돌아와서 찬물을 끼얹으면 온몸의 힘이 빠질 때, 그는 자신의 몸 안에 있는 생명력을 찬양했다. 이 생명력은 이전에 발다사르의 오만한 자존심을 떠받들던 것이었으나, 이젠 그를 버리고 더 젊은이에게 기쁨을 주기 위해 떠났으니, 언젠가는 그 젊은이도 역시 버림을 받을 수밖에 없을 것이었다.

알렉시스는 곧 닥쳐올 죽음으로 무력해진 아저씨를 보고 기운을 잃지는 않았다. 알렉시스의 혈관에 흐르는 피와 머릿속에 담긴 욕망은 환희에 찬 고동 소리를 내고 있었으므로 병자의 기진맥진한 하소연에 귀를 기울일 겨를이 없었다. 바야흐로 그의 몸이 궁전이라도 지을 태세로 너무나 열심히 자라고 있었기에, 병이나 슬픔이 천천히 균열을 내어 사라져갔다가 결국 다시 나타나는 그 영혼과 결합을 하려는 강렬한 시기에 접어들고 있었던 것이다. 그는 아저씨의 치명적인 병을 우리 주변의 계속 있는 다른 모든 현상과 마찬가지로 대수롭지 않게 여기게 되었으며, 비록 아저씨의 생명이 붙어 있기는 했지만 이미 죽은 사람에 대한 애도처럼 눈물을 흘리게 했기 때문인지 시체를 대하듯이 아저씨를 대했으며, 모든 것을 잊어버리기 시작했다.

그날 아저씨가 "알렉시스야! 둘째 말을 줄 때 마차도 함께 너한테 주겠다"라고 말씀하셨을 때, 그는 '그러지 않으면 다시는 너한테 마차를 줄 수 없으니까'라고 생각했으리라는 것을 알아챘으며, 그런 생각이 참으로 슬픈 일이라는 걸 알았다. 그렇다고 그렇게 슬픈 느낌이 드는 것은 아니었다. 현재 그의 심정에는 깊은 슬픔이 들어올 여지가 없었다.

며칠 후 책을 읽다가, 알렉시스는 사랑하는 사람이 죽어가는 것을 알면서도 그리고 깊은 애정에 감동될 줄 모르는 한 악인의 이야기에 큰 충격을 받았다. 밤이 되자 그는 그 악인이 바로 자신이라는 두려움에 잠을 이루지 못했다. 하지만 다음 날에는 말을 타고 매우 유쾌하게 산책했고, 아주 열심히 공부했고, 게다가 건강한 부모의 깊은 애정 속에서 다시 거리낌 없이 즐겁게 놀고 편안하게 잠들 수 있었다.

한편 실바니 자작은 이젠 걸을 수도 없게 되어 성 밖으로 잘 나가지 못했다. 친구들과 친척들이 온종일 그와 함께 시간을 보냈는데, 그는 도저히 용서받을 수 없는 광기나 엉뚱한 돈 씀씀이를 공공연하게 떠벌리고, 기괴한 행동을 연출하고 그리고 차마 눈 뜨고 볼 수 없는 괴이한 결점을 노출하기도 했다. 하지만 그의 친척들은 그를 책망하지 않았고 친구들도 그를 놀리거나 그만두게 하지 않았다. 모두들 그의 행동이나 말에 암암리에 책임을 묻지 않기로 약속한 듯 보였다. 무엇보다 생명의 버림을 받은 그의 육체가 마지막으로 일그러져가며 내는 소리를 부드럽게 감싸고 혹은 어루만져서 달램으로써 그로 하여금 이 소리를 듣지 못하게 하려는 것 같았다.

그는 일생 동안 야찬夜餐(저녁밥을 먹고 난 한참 뒤 밤중에 먹는 음식, 또는 그런 음식을 먹는 자리-옮긴이)에 초대하지 않았던 오직 한 사람, 바로 자기 자신과 대면하면서 오랜 시간 누워서 보내고 있었다. 가련한 육체를 단장하거나 바다를 내다보며 체념을 창틀에 도사리게 할 때 그는 쓸쓸한 기쁨에 젖기도 했다. 그의 뇌리를 온통 채우고 있는, 그러나 벌써 이 세상으로부터 그를 유리시키고 있는 분리 작용에 의해 더 아련하고 아름답게 보이는 이 세상의 갖가지 영상들과, 오래전부터 머릿속에 그려왔지만 마치 예술작품처럼 열렬하고 슬픈 염원으로 끊임없이 가필을 거듭해온 장면을 보고 있었다. 그의 상상 한가운데는 올리비안 공작부인과의 작별인사도 그려져 있었다. 공작부인은 정신적인 면에서 그의 절친한 애인이었으며, 많은 귀족들과 명성을 떨치는 최고의 예술인들과 유럽의 가장 위대한 재사들이 모여드는 그녀의 살롱에서, 발다사르는 자신이 그곳을 주름잡는 것과 그리고 부인과의 마지막 대화 장면을 눈에 보듯 그리고 있었다.

......해는 지고 사과나무 사이로 보이는 바다는 연보랏빛이다. 옅은 빛의 시든 화환花環처럼 가볍고 회한悔恨처럼 끈덕진, 파란빛과 연분홍빛 도는 작은 구름들이 수평선에 떠돌고 있다. 애조를

먼 포플러 나무의 대열이 어둠 속에서 체념한 듯이 머리를 교회의 장미 무리 속에 숙이고 있다. 남은 석양이 미루나무 줄기까지 미치지는 못하고 가지들만 물들이고 있으며, 어둠으로 에워싼 이들 난간에 광선의 화환을 걸치고 있다. 미풍은 바다와 젖은 나뭇잎과 우유의 세 가지 향기를 뒤섞은 느낌이다. 실바니의 들판이 이보다 더한 관능으로 저녁의 애수를 자아낸 경우는 없다. 그녀는 말한다.

"난 당신을 무척 사랑했지만 당신에게 드린 것이 별로 없어요. 가엾은 발다사르!"

"무슨 말을 하는 거요, 올리비안? 어떻게 나에게 준 것이 없다고 말할 수 있소? 당신은 내가 원하는 것보다 더 많은 것을 주었고, 관능적 감각이 우리의 애정에 차지한 그 어떤 것보다 더 많은 것을 나에게 주었소. 마돈나처럼 거룩하고, 유모처럼 자애로운 당신을 나는 찬미했고, 당신은 나를 달래주었소. 나는 당신에게 어떠한 정욕적 쾌락의 기대를 하지 않은 채 당신의 예민한 총명함에 상처를 주지 않을 애정으로 사랑해왔소. 그 대신에 당신은 나에게 무한한 우정과 향기로운 차와 자연스러운 대화와 그리고 수많은 싱싱한 꽃다발을 가져다주지 않았소? 당신이 자애롭고 다정한 손으로 내 불타는 머리를 식혀주었고, 메마른 내 입술로 꿀물을 흘려 넣어주었고, 나의 삶의 고귀한 장면들을 만들어주었소. 내 사랑하는 친구 올리비안, 당신의 손에 키스하게 손을 내밀어주시오……"

이런 상상을 할 정도로 그가 관능적인 감각과 감정을 다하여 사랑하고 있었으나, 시라큐스의 공작부인은 카스트루치오라는 자와 열렬한 사랑에 빠졌다. 무관심만이 그자를, 가혹한 현실을 잊는 데 도움이 될 뿐이었다. 최근까지도 그는 그녀와 팔짱을 끼고 산책을 했었다. 그렇게 해서라도 연적 앞에 면목을 세울 수 있다고 여겼다. 그러나 그녀와 나란히 걷는 동안에도 그녀가 병자에 대한 동정심에서 다른 남자에 대한 사랑을 감추려고 애쓰는 것을 느꼈다. 그런데 이제는 그것마저도 할 수 없게 되었다. 사지의 마비 증세로 바깥 외출조차 어렵게 되었다. 그러나 그녀는 종종 그를 찾아왔다. 그리고 친절을 베풀기로 한 사람들의 대음모에 가담이나 한 것처럼 그에게 약삭빠른 친절을 베풀며 쉴 새 없이 수다를 떠는 것이었다. 그는 이전처럼 소리를 지르거나 분노를 표현하여 그런 친절을 무시하지는 않았다. 다른 어떤 친절보다 그녀의 친절에서 황홀감이 온몸을 감싸는 위안을 받았기 때문이다.

그러던 어느 날, 하인은 주인이 식탁으로 가는 모습을 보던 중에 깜짝 놀랐다. 그가 앞서보다 훨씬 잘 걸었기 때문이다. 그는 의사를 불러서 확인시켰다. 다음 날도 그는 아주 잘 걸었다. 일주일 후에는 외출이 가능해졌다. 그러자 친척들과 친구들은 큰 희망을 품었다. 의사는 단순한 신경성 질환이 전신 마비증세로 나타났다가 지금은 다시 사라져가는 것이 아닌가 생각했다. 그리고 그런 자신의 미심쩍은 생각을 발다사르에게만 확실한 것처럼 전했다.

"자작님은 이제 살았습니다!"

사형수는 의사의 소식을 듣고 기쁨을 감추지 못했다. 얼마후 경과가 뚜렷하게 좋아지자, 그의 즐거움은 줄어들고 날카로운 불안감이 찾아들었다. 삶의 풍파가 지나가고 주위의 친절과 강제된 평온과 자유로운 명상에 젖어들자, 죽음에 대한 욕망이 다시 일기 시작했다. 다시 생활을 시작하고, 사용법을 잊어버린 여러 가지 물건들을 깨끗하게 닦아야 하고, 그를 감싸주던 애무의 손길을 잃게 된다는 것에 막연한 두려움이 들었고, 그리고 그렇게 하고 싶은 생각이 없었다. 그는 또한 즐겁고 유쾌한 행동으로 막 알기 시작한 자기 자신을 잃는 것이 죄악이라고 느껴졌다. 아픈 몸이 배처럼 물결을 헤치며 바다를 가로지르는 동안, 함께 이야기를 나누며 가까워졌다가 멀어졌다가 했던 정다운 이방인인 자기 자신을 잃고 싶지 않았다. 태어난 고향에 대해 잘 알지 못하는 젊은이가 그러하듯이, 그는 고향에 대한 새로운 사랑에 눈뜨고 있는 사람처럼 죽음에 대한 향수를 느꼈다. 죽음에서 영원히 추방되는 감회를 맛보았다.

발다사르가 어떤 의견을 내놓았을 때, 장 가레아는 건강을 회복한 그에게 사정없이 반박하며 놀려댔다. 아침저녁으로 찾아오던 형수가 두 달 전부터 이틀씩이나 나타나지 않았다. 너무 심해! 그는 무거운 삶의 무게를 벗은 지 오래되었기에, 그 짐을 다시 지고 싶지 않았다. 아직 그가 삶의 매력을 찾지 못했기 때문이었다. 그러나 곧 기력은 회복되었고, 삶이 지닌 욕망은 저절로 다시 돌아왔다. 그는 외출하고, 다시 생활했다. 되찾은 삶에 또다시 죽음이 다가왔다. 한 달 후 전신 마비증세가 다시 나타났다. 조금씩 보행이 어려워지더니 아예 불가능해졌다. 죽음을 향해서 다시 돌아갈 준비를 갖추고 삶을 떠날 여유를 지닐 만큼 점진적인 과정이 이루어졌다. 병이 재발하자 처음 병이 생겼을 때의 용기마저 사라져버렸다. 첫 발병 때는 삶의 가운데서 그 실상을 보기 위해서가 아니라 그림을 보듯이 바라보기 위해 삶에서 떠났던 것이다. 그런데 지금은 갈수록 허영심에 날뛰고 성미가 사나워지고 이젠 더 이상 맛볼 수 없는 갖가지 즐거움이 그리워 가슴이 탔다. 그의 형수만이 하루에도 몇 번씩 알렉시스를 데리고 와서 그의 짧은 여생에 위안을 줄 수 있었다.

알렉시스의 어머니가 자작을 보러 가던 어느 날 오후, 자작의 집에 거의 도착할 지점에서 마차를 끌던 말들이 갑자기 놀라 달렸다. 그녀는 사정없이 땅바닥에 내팽개쳐졌고 전속력으로 달리는 말발굽에 짓밟혀 두개골이 파열되고 의식을 잃었다. 그녀는 발다사르의 집으로 옮겨졌다. 부상을 입지 않은 마부가 뛰어가서 그 사실을 알렸다. 자작의 얼굴이 노랗게 질렸다. 자작은 이를 악물고 눈알이 튀어나올 듯이 눈을 부라리며 마부에게 계속 욕설을 퍼부었다. 그러나 그의 분노 폭발은 그의 고통에 찬 호소를 감추는 것 같았고, 이 호소는 분노의 폭발이 간간이 멈출 때 튀어나왔다. 마치 성난 자작의 곁에서 다른 환자가 신음하고 있는 것 같았다. 곧 이 신음 소리가 약해지더니 마침내 분노의 고함은 사라졌고, 자작은 흐느끼며 의자 위에 쓰러졌다.

그는 애통해하는 눈물 자국을 보고 형수가 불안해할까봐 얼굴을 씻어달라고 했다. 그러나 하인은 슬픈 듯이 고개를 가로저었다. 형수는 아직 의식을 회복하지 못하고 있었던 것이다. 절망에 찬 이틀 낮밤을 자작은 형수 곁에서 지냈다. 그녀가 언제 어떻게 될지 알 수 없었다. 이틀째 밤에 매우 위험한 수술이 진행되었다. 사흘째 아침에 열이 내린 형수는 미소까지 띠며 발다사르를 바라보았다. 발다사르는 기쁨에 겨워 눈물을 억누르지 못하고 마구 흘렸다. 죽음이 서서히 자기에게로 다가왔을 때, 그는 그것을 마주하고 싶지 않았다. 하지만 형수 때문에 그는 졸지에 죽음 앞에 마주 서게 되었다. 죽음은 그가 사랑하는 사람을 노림으로써 그를 공포에 떨게 했다. 그는 무릎을 꿇고 죽음에 용서를 빌었으며, 마침내 죽음은 수그러졌다.

자신의 생명이 형수의 생명보다 소중하지 않다는 것과 형수의 생명에 대해서 연민의 정을 품었던 만큼이나 자신의 생명에 대해서 경멸을 지니고 있음을 깨달았다. 발다사르는 그느낌 덕분에 자신이 자랑스러웠고, 자신의 힘과 자유를 느끼게 되었다. 지금 그가 마주하고 있는 것은 자기 죽음을 둘러싸고 있는 광경이 아니라 죽음 그 자체였다. 이젠 다시 거짓에

사로잡히지 않고 죽을 때까지 이런 심정으로 있고 싶었다. 거
짓이 그로부터 생명의 신비를 앗아갔듯이 그로 하여금 겉으
로 아름답고 그럴듯한 죽음에 처하게 함으로써 죽음의 신비
마저 더럽히게 된다면, 그것이야말로 그가 저지를 수 있는 모
든 모독의 극치라 할 것이었다.

4

내일도, 모레도, 글피도, 시간이 그의 책에 적은 마지막 구절에 이르
기까지
천천히 미끄러져 가라. 그리하여 과거의 날들이 미친 자들에게
지저분한 죽음의 길을 밝혔도다.
꺼져라! 꺼져라! 어차피 오래가지 못할 등불아!

- 셰익스피어, 「맥베스」

형수가 발병한 사이에 발다사르가 겪은 흥분과 피로는 그
의 병을 재촉했다. 그는 얼마 전 한 달 이상 살지 못하리라는
것을 고해신부로부터 들어서 알고 있었다. 오전 열 시였다. 비
는 억수같이 내리고 있었다. 마차 한 대가 성 앞에 섰다. 올리
비안 공작부인이었다. 발다사르는 전에 자기 죽음의 장면을
멋있게 장식하리라고 생각했던 적이 있었다.

'……해는 지고 사과나무 사이로 보이는 바다는 연보랏빛이

다. 옅은 빛의 시든 화환처럼 가볍고 회한처럼 끈덕진, 파란빛과 연분홍빛 도는 작은 구름들이 수평선에 떠돌고 있다……'

그런데 공작부인이 온 것은 아침 열 시였고, 하늘은 지저분하게 흐리고 비가 퍼붓듯이 쏟아지고 있었다. 병고에 지치고 영적인 것에 관심사가 쏠려 있던 그는 예전에 가치 있고 매혹적이고 세련된 영광으로 보였던 매력을 이젠 느낄 수 없었다. 하여 그는 공작부인에게 쇠약해진 몸 때문에 만날 수 없다고 전하도록 시켰다. 공작부인의 간청에도 불구하고 그는 그녀를 만나려 하지 않았다. 의무감 때문만은 아니었다. 이제 그에게 그녀는 의미가 없었다. 죽음은 몇 주일 전부터 그가 그렇게도 그녀의 노예가 될까봐 두려워했던 쇠사슬을 단숨에 끊어버렸다. 공작부인을 떠올려봐도 그의 마음속 눈에 아무것도 비치지 않았다. 그의 상상과 허영의 눈은 이미 감겨버렸던 것이다.

그런데 그가 죽기 일주일쯤 전에 보멩 공작부인 집에서 열리는 무도회 소식을 듣자, 그는 미친 듯한 질투심을 느꼈다. 그 무도회에서 공작부인이 다음 날 덴마크로 떠나는 카스트루치오와 함께 무도를 주재하게 되어 있었던 것이다. 그는 공작부인을 데려오도록 청했다. 그의 형수는 다소 반대했다. 그는 형수가 공작부인을 만나지 못하게 방해하고 학대한다며 화를 냈다. 그의 고통을 본 형수는 공작부인을 부르러 곧 사람을 보냈다. 공작부인이 도착했을 때, 발다사르의 흥분은 완전

히 가라앉았으나 깊은 슬픔에 잠겨 있었다. 그는 그녀를 머리
맡에 불러서 곧 보맹 공작부인의 집에서 열리는 무도회 이야
기를 꺼냈다.

"우리는 친척이 아니니 당신은 내가 죽더라도 상복을 입진
않을 것이오. 그러나 난 당신에게 한 가지 부탁이 있어요. 그
무도회에 가지 말아요. 가지 않는다고 말해줘요."

죽음 때문에 서로 결합하지 못했던 그들의 우울하고도 정
열적인 마음을 눈동자 주변에 드러낸 채 그들은 마주 앉아 서
로의 눈을 들여다보았다. 그는 공작부인이 망설인다고 생각
했다. 괴로움에 입술을 떨며 그는 말했다.

"오, 차라리 약속하지 말아요! 약속을 어길 바엔 하지 말아
요. 자신이 없으면 차라리 약속하지 말아요!"

"전 약속할 수 없어요. 카스트루치오를 못 본 지 두 달이 되
었고, 아마도 또다시 그분을 만나지는 못할 테니까요. 이 무도
회에 가지 못한다면 영원히 한이 남을 거예요."

"당신 말이 옳아요. 당신은 그를 사랑하니까…… 난 곧 죽을
테고…… 그리고 당신은 건강하게 살아 있으니까…… 하지만
조금은 나를 위하여 좋은 일을 해줄 수 있지 않겠소. 내가 그
자리에 나가게 되면 남의 의심을 사게 될 테니 당신이 무도회
에 있는 동안 나와 함께 있는 시간을 마련해주시오. 내 영혼이
라도 초대해서 당신과 함께 지낸 잠깐의 추억이라도 남기게
해주고 내 생각도 좀 해주시오."

"무도회가 매우 짧기 때문에 그런 약속을 감히 할 수가 없어요. 그에게서 시종 떠나지 않아도 그를 만날 시간이 충분하지는 않거든요. 대신 그 후엔 매일 얼마 동안은 당신과 가까이 있을게요."

"당신은 그렇게 하지 못할 거요. 나를 잊어버리고 말 거야. 그러나 아, 일 년 혹은 일 년도 더 지나서 어떤 슬픈 이야기를 읽었을 때, 어떤 사람이 죽임을 당했을 때, 혹은 비 내리는 저녁에 당신이 내 생각을 한다면 정말 고마운 일이지! 난 이제 당신을 결코 보지 못할 거야……. 영혼의 테두리 밖에서는 우리가 만날 수 없을 거요. 나는 당신이 들어오고 싶을 때 언제든지 들어올 수 있도록 열어놓기 위하여 늘 당신을 생각하고 있겠소. 그러나 초대된 여인은 어쩌면 오래도록 기다리게 할지도 모르지! 동짓달에 비가 내리면 내 무덤의 꽃잎은 썩을 것이고, 6월의 햇볕에 꽃잎들은 타버릴 것이고, 내 영혼은 조바심에 언제나 울고 있을 것이오. 아! 언젠가 죽음의 기념일에 당신이 기억을 더듬어 내 사랑의 주변으로 오기를 바랄 뿐이오. 그땐 마치 당신의 목소리와 당신의 얼굴을 얼핏 듣고 보고서도, 당신을 맞아들이기 위해 환희의 꽃이 활짝 피어날 것이오. 죽은 사람 생각도 좀 해줘요. 하지만 아! 죽음과 당신의 힘으로 이전에 생명이나 열정, 눈물 그리고 기쁨과 우리의 입술을 가지고도 할 수 없었던 것을 할 수 있으리라고 기대할 수 있을까."

5

저기 슬픔에 금간 고귀한 마음이 있도다. 안녕히 주무시라,

사랑스런 왕자여. 천사 무리의 노랫소리에 고이 잠들라.

　　— 셰익스피어, 「햄릿」

　자작은 헛소리를 내며 심한 열에 휩싸였다. 자작의 침대는 넓고 둥근 방에 놓여 있었다. 그 방에서 알렉시스는 열세 살이 되던 생일, 그때까지만 해도 매우 쾌활했던 아저씨를 만났던 것이다. 이 방에서는 바다와 항구의 부두 그리고 한쪽으로는 목장과 숲들이 한눈에 들어왔다. 자작은 가끔 말을 하긴 했지만, 지난 몇 주 동안 그를 정화시켜주던 지극히 높은 사상은 흔적조차 없었다. 그는 자기를 놀리고 있을 눈에 보이지 않는 사람을 향해 욕을 퍼붓고, 자신이 이 세기의 최고의 음악가이며 이 세상에서 가장 높은 귀족이라는 말을 되풀이했다. 그러다가 별안간 조용해져서 마부를 불러 매춘부의 집으로 가자고도 하고, 사냥하러 갈 테니 말에 안장을 얹으라고도 했다. 파르므 공작 누이와의 결혼식에는 유럽의 모든 원수元首들을 초대할 테니 편지지를 가져오라고도 했다. 노름빚을 못 갚아 겁을 집어먹고 침대 맡에 놓여 있던 종이컵을 집어 들며 마치 권총을 든 것처럼 겨누기도 했다. 어젯밤에 몹시 두들겨 팬 경찰관이 혹시 죽었는지 알아보라고 사람을 보내기도 하고, 어

떤 상대의 손을 붙잡은 듯 착각하고 웃으면서 외설스런 말을 지껄이기도 했다. 의지나 사유라고 부르는 선의의 천사들이 그를 떠나버렸기에, 관능의 요기와 야비한 기억이 어둠을 틈타 다시 들어오고 있었던 것이다.

이렇게 사흘이 지나고 나서 다섯 시경, 확실하진 않지만 희미하게 기억이 나는 악몽에서 깨어났다. 너무나 오래되어 자신과 인연이 없는 것처럼 보이는 자기 자신의 과거 야비한 일들을 폭로하던 순간에 친구와 친척들이 그곳에 있었는지 그는 물었다. 그러고는 다시 헛소리를 하게 되면, 의식을 회복할 때까지 그들이 들어오지 못하도록 해달라고 부탁했다.

그는 고개를 들고 방 안을 두루 살폈다. 미소를 지으며 검은 고양이를 바라보았다. 고양이는 도자기 화병 위에 올라앉아 국화꽃을 가지고 놀며 무언극을 하듯이 꽃의 냄새를 맡고 있었다. 다들 방에서 나가게 한 후 그를 지키고 있던 신부님과 오랫동안 이야기했다. 그러나 그는 영성체領聖體(밀가루 빵을 예수의 성체로서 받아들임-옮긴이)를 거부하고, 의사로 하여금 그의 위가 성체를 받아들일 수 있는 상태가 아니라고 말하도록 했다. 한 시간 후 형수와 장 가레아를 들어오게 한 후 그가 말했다.

"나는 끝났어요. 죽어서 하느님 앞에 가는 것이 기쁩니다."

기온이 올라 바다가 내다보이는 창문들을 열었다. 하지만 바람이 제법 세차게 불어 초원과 숲들이 펼쳐져 있는 정면의 창문들은 닫아두었다. 발다사르는 열어놓은 창가로 침대를 끌고 가게 했다. 부두에는 어부들이 끌어낸 배 한 척이 바다로 막 떠나는 길이었다. 열대여섯 살쯤으로 보이는 예쁘장한 젊은 선원이 뱃전에서 굽어보고 있었다. 파도가 밀려올 때마다 바다로 굴러떨어질 것 같았지만, 그는 두 다리로 굳건하게 버티고 선 채 고기를 잡기 위해 어망을 쳤다. 바닷바람에 그을린 그의 입술 사이에는 불을 붙인 파이프가 물려 있었다. 돛을 부풀렸던 바람은 다시 발다사르의 볼에 시원하게 와닿았고 방 안의 종이를 날렸다. 그는 고개를 돌리고 말았다. 전에 그가 그렇게 열렬히 좋아했던, 그러나 이제는 향유할 수 없는 즐거운 장면을 더 이상 보고 싶지 않았다. 그는 항구 쪽을 바라보았다. 세 개의 돛을 가진 배 한 척이 출항을 서두르고 있었다. 장 가레아가 말했다.

"저건 인도로 떠나는 배야."

갑판 위에서 손수건을 흔들고 서 있는 사람들을 분간할 수는 없었으나, 발다사르는 이상하게 빛나는 그들의 눈빛에서 미지의 세계에 대한 갈망을 짐작할 수 있었다. 그들은 아직 많은 세월을 살아가며 배우고 느낄 것이다. 닻이 오르자 환호성이 들렸다. 배는 동양을 향해 떠났고 어두운 바다 위에서 출렁댈 것이다. 혹은 금빛 안개 속에서 한 줄기 빛이 작은 배들과 구름 조각들을 서로 만나게 하고, 또 여행객들에게 거부할 수는 모호한 희망의 약속들을 소곤거릴 것이다.

발다사르는 바다가 보이는 창문들을 닫게 하고, 목장의 초원과 숲들을 향한 창문들을 열게 했다. 그는 들판을 바라보고 있었으나, 세 개의 돛 위에서 내지르는 작별의 환성이 아직도 귀에 들려오고 파이프를 입에 물고 어망을 치는 소년 선원의 모습이 눈에 선했다. 열에 들뜬 듯이 발다사르는 손을 내저었다. 별안간 그의 귀에는 은방울처럼 들릴 듯 말듯 심장의 고통처럼 깊은 곳에서 울리는 아주 작은 소리가 들렸다. 그것은 멀고도 멀리 떨어져 있는 마을의 종소리였다. 그날 저녁에 그렇게 청명했던 대기와 순풍에 실려 발다사르의 귀에 와닿을 때까지 여러 들판과 강물을 건너온 소리였다. 그것은 지금 귓전에 들리면서도 퍽 오래전 옛날의 목소리 같았다. 지금 그는 매우 조화롭게 비상하는 종소리와 심장이 뛰는 소리를 듣고 있었다. 심장의 고동은 종소리가 고동 소리를 삼킬 때 멎어서 그후에는 종소리와 함께 오랜 시간 두고두고 약하게 발산해가고 있었다. 그의 평생 멀리서 들려오는 종소리를 들으며 들판을 지나 성으로 돌아오던 어렸을 때를 생각했다. 그 종소리는 부드럽게 흔들리며 그의 어린 시절을 본능적으로 생각나게 했다.

"돌아가셨습니다!"

의사가 선포하자 모두 곁으로 다가왔다. 발다사르는 잠든 듯이 누워 있었으며, 그의 심장은 임박한 죽음으로 마비된 귀가 들을 수 없는 종소리를 듣고 있었다. 그는 어머니를 다시 보았다. 집에 돌아오면 키스해주던 어머니, 저녁에 그를 자리에 눕히고 그가 잠들지 못할 때면 곁을 떠나지 않고 발을 따뜻하게 해주던 어머니를 다시 보았다. 그의 로빈슨 크루소, 누이가 노래 부르던 정원에서의 저녁들, 그가 장차 위대한 음악가가 될 것이라고 말해주었던 가정교사의 말, 그 말을 듣고 기쁨을 감추지 못했던 어머니의 모습 등이 발다사르의 머릿속에 떠올랐다. 지금에 와서는 너무나도 가혹하게 속았던 가정교사의 말을 보란 듯이 실현할 수 있는 시간이 더 이상 없었다. 그 밑에서 약혼식을 올렸던 큰 보리수며, 첫 약혼이 파혼되던 날이 눈앞에 보였다. 그날 그를 위로해줄 수 있었던 사람은 오직 어머니뿐이었다. 늙은 하녀에게 키스하고 처음 바이올린 음악을 듣던 생각도 났다. 이 모든 것이 들판 쪽 창문으로 저절로 들어오듯이, 그는 슬프고 부드럽고 휘황한 빛을 아련하게 보고 있었다.

"돌아가셨습니다."

의사가 그의 심장에 귀를 대고 말한 지 불과 이 초도 지나기 전에 그는 이 모든 것을 다시 보았다.

"끝났어요!"

의사는 몸을 일으키며 말했다.

알렉시스와 그의 어머니 그리고 장 가레아는 방금 도착한 파르므 공작과 함께 무릎을 꿇었다. 하인들은 열린 문 앞에서 울고 있었다. 1894년 10월. ●

옮긴이 김다은

이화여대 불어교육학과를 졸업하고, 동 대학원에서 불어불문과 석사, 프랑스 파리제8대학교에서 문학박사를 취득했다. 1995년『당신을 닮은 나라』로 제3회 국민일보문학상을 받으며 소설가로 등단했고, 현재 추계예술대학교 교수로 있다. 주요 작품으로는『금지된 정원』,『푸른 노트 속의 여자』,『러브버그』,『초대받지 못한 그림들』,『작가들의 여행편지』,『바르샤바의 열한 번째 의자』,『너는 무엇을 하면 가장 행복하니?』,『소통 말통』등이 있다. 또 프랑스어 장편소설『Le Jardin interdit』, 단편소설「Imagination dangereuse」,「Le rat de bibliotheque」등이 있다.

작품 해설

삶이 죽음의 일부인가, 죽음이 삶의 일부인가

—

마르셀 프루스트에게 삶은 사람의 기억 속에 투영된 의식의 연쇄가 아닌가 싶다. 그의 대작 『잃어버린 시간을 찾아서』는 어떻게 보면 '죽음 너머의 회상'을 현대적 의식의 흐름 기법으로 풀어놓은 것 같기도 하다. 그는 자신의 길지 않은 삶을 회상으로 더듬어 언어로 형상화하다가 결국 살아서는 그 끝을 보지 못하고 뒷사람에게 그 어지럽고 애매한 흐름의 정리를 맡긴 채 서둘러 떠났다.

아마 단편으로 분류될 이 작품 「발다사르 실방드의 죽음」은 프루스트 일생의 대작 『잃어버린 시간을 찾아서』의 서곡 혹은 습작 가운데 일부에 해당될 듯도 싶다. 시점도 둘로 나뉘어, 소년이 바라보는 인상적 관찰이 있는가 하면, 병을 얻은 중년 혹은 초로의 자작이 다가오는 죽음을 예감하며 일생의 경험과 추억을 배경으로 삶을 바라보고 그 마지막을 준비하는 쓸쓸한 감회도 있다.

어떻게 보면 이 작품은 죽음 그 자체보다는 삶을 이해하고 해석해보려는 것같이 보이기도 하지만, 또한 그래서 더 죽음이 어떤 것인지를 엿보고 있는지도 모르겠다. '죽음의 미학'이란 권별 주제에 반드시 합당하고 적절한 선별인지는 모르겠지만,

죽음과 함께 돌아보아야 할 어떤 것들을 절실하게 표현하고
있다는 느낌에서 미시마 유키오의 『우국』이 빠진 자리에 끼워
넣어본다.

숲속의 죽음

Death in the Woods

셔우드 앤더슨 지음

천승걸 옮김

셔우드 앤더슨

미국의 작가. 1876~1941년. 미국 오하이오주 캠던에서 태어났다. 어린 시절 가난한 집안 사정으로 정규 교육을 거의 받지 못하고 잡일로 돈을 벌어야 했다. 스무 살 무렵 야간학교에 다니며 독학으로 문학에 눈을 떴고, 졸업 후 광고회사에 취직해 광고 카피와 칼럼 쓰는 일을 했다. 평탄한 삶을 살던 1912년의 어느 날 "발이 젖어 있는 느낌, 그리고 점점 더 젖고 있다"라는 말을 남기고 사무실을 나간 뒤 행방불명됐다. 나흘 뒤 기억을 잃은 채로 발견되어 '신경쇠약'을 치료하며 전업 작가의 길을 걷게 되었다. 1916년 최초의 장편소설 『윈디 맥퍼슨의 아들』을 펴냈고, 1919년 출간한 연작단편집 『와인즈버그, 오하이오』로 인정을 받았다. 『달걀의 승리』, 『말과 인간들』, 『검은 웃음소리』, 『숲속의 죽음』 등의 소설과 여러 편의 시집, 에세이를 남겼다.

—

1

그녀는 노파였다. 그리고 내가 살던 읍내에서 멀리 떨어지지 않은 농가에서 살았다. 시골에서나 조그만 읍에서 사람들은 그런 노파들을 흔히 본다. 그러나 그런 노파들에 관해서 사람들은 별로 알지 못한다. 그런 노파는 노쇠한 말을 몰고 읍내로 들어오기도 하고 장바구니를 들고 터벅터벅 걸어오기도 한다. 닭 몇 마리와 달걀을 팔려고 바구니에 그것들을 담고 식료품 가게로 향하기도 한다. 거기서 그녀는 물건을 흥정해서 그것들을 소금에 절인 돼지고기나 콩 같은 것들과 맞바꾼다. 그리고 설탕과 밀가루 한두 파운드를 사기도 한다.

그런 후에는 정육점에 가서 개 먹이를 얻는다. 10에서 15센트어치 물건을 사기도 하지만 그럴 때면 꼭 뭔가를 공짜로 얻는 것이다. 전에는 정육점에서 간肝 같은 것은 원하는 사람이면 누구에게나 거저 주었드랬다. 우리 집에서도 늘 간을 먹었다. 언젠가는 형이 읍내 시장 근처 도살장에서 소 한 마리의 간을 몽땅 얻어왔는데 어찌나 많이 먹었던지 나중엔 진력이 날 정도였다. 돈 한 닢 안 들이고 말이다. 그 후로는 간에 대해서라면 생각하기조차 싫었다.

그 시골 노파는 간과 수프를 끓일 뼈를 약간 얻었다. 그녀는 다른 사람들과 한담을 주고받는 일이 없었다. 필요한 물건을 구하면 즉시 도망치듯 집을 향해 떠나는 것이었다. 노파에게는 너무나 무거운 짐이었다. 그녀를 마차에 태워주는 사람도 없었다. 사람들은 마차를 타고 길을 따라 곧장 달리면서 그런 노파는 거들떠보지도 않는 것이다.

내가 어렸을 때, 염증성 류머티즘이라는 병을 앓고 있던 어느 해 여름과 가을, 우리 집을 지나 읍내에 드나들던 그런 한 노파가 있었다. 그 노파는 등에 무거운 짐을 지고 귀로에 올랐다. 크고 삐쩍 마른 개 두세 마리가 그녀의 뒤를 따랐다.

그 노파는 아무것도 특별할 게 없는 여자였다. 사람들이 잘 알지 못하는, 그런 이름 없는 사람 중의 하나일 따름이었다. 하지만 그녀는 내 생각 속으로 비집고 들어왔다. 오랜 세월이 지난 후 지금에야 갑자기 나는 그녀를, 그리고 그녀에게 일어났던 일들을 떠올리게 된 것이다. 그것은 하나의 이야기이다. 그녀의 이름은 그라임즈였고 읍에서 4마일쯤 떨어진 조그만 계곡의 둔덕에 서 있는, 칠도 하지 않은 조그만 집에서 남편과 아들과 함께 살았다.

남편과 아들은 불량배였다. 아들은 스물한 살밖에 되지 않았지만 이미 형무소 신세를 진 경력이 있었다. 사람들은 그녀의 남편이 말을 훔쳐서 딴 곳으로 빼돌린다고들 수군거렸다. 이따금 말이 없어진 사실이 드러날 때면 그 남편도 역시 어디론가 사라지고 없는 것이었다. 그러나 아무도 그가 말을 훔치는 현장을 목격하진 못했다.

언젠가 내가 톰 화이트헤드네 마방馬房(마구간을 갖춘 주막집 - 옮긴이) 근처를 어정거리고 있을 때 그 사람이 그곳에 와서 앞쪽 의자에 앉은 적이 있었다. 두세 사람이 거기 있었지만, 아무도 그에게 말을 건네지 않았다. 그 사람은 잠시 그렇게 앉아 있더니 곧 일어나 나가버렸다. 자리를 뜨면서 그는 몸을 돌려 거기에 있는 사람들을 빤히 쳐다보았다. 그의 눈에는 도전의 빛이 담겨 있었다. '좋아, 나는 친하게 대하려고 노력했어. 너희들이 나에게 말조차 붙이려고 하지 않은 거야. 이 읍내에선 어디를 가나 그런다고. 언젠가 너희들이 아끼는 말이라도 없어져 보라지. 그땐 어쩔 거야?' 물론 그가 실제로 그렇게 말한 것은 아니었다. '네놈들, 턱이라도 바숴줄까 보다.' 그의 눈은 그렇게 말하고 있었다. 그때 그 눈의 표정이 나를 오싹하게 했던 기억이 되살아난다.

그 남자의 집안도 한때는 돈푼깨나 있었다. 그의 이름은 제이크 그라임즈였다. 이제 모든 것이 선명하게 되살아난다. 그의 아버지인 존 그라임즈는 그곳이 새로 개간될 당시에 제재소를 하나 가지고 있어서 상당한 돈을 벌었다. 그러다가 그는 술에 빠지고 여자 꽁무니를 좇아다니고 해서 그가 죽었을 때는 별로 많은 돈이 남아 있지 않았다. 그나마 남은 재산은 제이크가 다 날려버렸다. 곧 벨 나무도 없어지고 땅도 거의 다 거덜나버린 것이다.

제이크는 그가 어느 6월에 밀 타작 일을 도와준 한 독일인 농장 주인으로부터 아내를 얻어왔다. 그녀는 그때 어린 처녀였는데 몹시 겁을 먹고 있었다. 말하자면 그 농장 주인이 이 소녀에게 뭔가 흑심을 품고 있었던 것이다. 그녀는 아마도 계약 고용된 소녀였을 텐데, 농장 주인의 아내는 둘 사이를 의심하고 있었다. 그래서 남편이 어디 가고 없을 때면 그 소녀에게 화풀이를 하는 것이었다. 그러다가 아내가 장을 보러 읍내에 나가면 농장 주인이 그 소녀를 쫓아다녔다. 그녀는 제이크에게 아무 일도 없었노라고 후에 말했지만, 제이크는 그 말을 믿어야 할지 말아야 할지 알 수가 없었다.

그는 소녀를 처음 꼬여냈을 때 쉽사리 그녀를 손아귀에 넣었다. 그러나 만일 독일인 농장 주인이 참견하지 않았더라면 그는 그녀와 결혼하게 되지는 않았을 것이다. 그 농장에서 타작 일을 돕던 어느 날 밤, 그는 소녀를 마차에 태우고 함께 드라이브했다. 그리고 그다음 일요일 밤 다시 그녀를 데리러 왔다.

소녀는 주인 모르게 집 밖으로 나오는 데는 성공했지만, 그녀가 마차에 막 올라타려고 할 때 주인이 어디선가 불쑥 나타났다. 날이 거의 어두워질 무렵이었는데 말 머리께에서 그가 갑자기 튀어나온 것이었다. 그가 말고삐를 움켜쥐자 제이크는 말채찍을 꺼내 들었다.

그들은 결판을 낼 참이었다. 독일인 농장 주인은 아주 거친 사내였다. 아마도 아내가 알건 말건 개의치 않았을 것이다. 제이크는 채찍으로 그의 얼굴과 어깨를 마구 후려쳤지만, 말이 놀라서 날뛰는 바람에 마차에서 내리지 않을 수 없었다. 그래서 두 사나이는 본격적으로 한판 붙게 된 것이다.

하지만 소녀는 싸움을 보지 못했다. 말이 달아나기 시작해서 길을 따라 거의 1마일쯤 내달린 후에야 소녀는 가까스로 말을 멈출 수 있었기 때문이다. 그녀는 길가의 나무에 간신히 말을 비끄러맸다(내가 어떻게 이 모든 걸 다 알고 있는지 나 자신도 의아스럽다. 아마도 어렸을 때 들은 마을 이야기들이 내 마음속에 깊이 새겨진 탓이 아닌가 싶다).

제이크는 독일인 주인을 해치운 후에 그곳에서 소녀를 발견했다. 그녀는 마차 안에 웅크리고 앉아 잔뜩 겁을 집어먹은 채 울고 있었다. 그녀는 독일인 주인이 자기를 어떻게 해보려고 애쓴 일, 한번은 헛간 안으로 자기를 뒤쫓아 들어온 일, 또 언젠가 우연히 집 안에 단둘이 있게 되었을 때 앞이 다 드러나게 자기 옷을 찢었던 일 등 제이크에게 여러 가지 이야기를 들려주었다. 그때 만일 안주인이 마차를 몰고 대문으로 들어오는 소리가 들리지 않았더라면 주인은 그녀를 틀림없이 겁탈했을 거라고 소녀는 말했다. 안주인은 물건을 사러 읍내에 가고 없었던 것이다. '그래, 아내가 말을 헛간으로 끌고 들어올 거라고.' 주인은 아내에게 들키지 않고 밖으로 살짝 빠져나가는 데 성공했다. 그러면서 만일 일을 일러바치면 죽여버리고 말겠노라고 소녀에게 말했다. 자, 그러니 어쩔 도리가 있겠는가? 소녀는 헛간에서 가축들에게 먹이를 주다가 잘못해서 옷이 찢어졌노라고 거짓말을 할 수밖에 없었던 것이다.

이제 생각이 나는데 소녀는 계약 고용된 몸이었고 부모가 어디 있는지조차 알지 못했다. 어쩌면 아버지가 없었는지도 모른다. 독자들은 무슨 뜻인지 이해하시리라 믿는다. 그렇게 계약 고용된 아이들은 가혹하게 다루어지는 것이 보통이었다. 부모가 없는 아이들이어서 노예나 다를 바 없었던 것이다. 그 당시는 고아원이라는 것도 별로 없던 때여서 그런 아이들은 법적으로 어떤 가정에 예속되었다. 어떤 가정에 가느냐는 완전히 운에 달린 문제였다.

2

그녀는 제이크와 결혼해서 아들 하나와 딸 하나를 낳았지만 딸은 곧 죽었다.

그때부터 그녀는 가축을 먹이는 일에 전념했다. 그것이 그녀의 일이었던 것이다. 독일인 농장에서도 그녀는 주인 내외를 위해 음식 만드는 일을 맡아 했다. 안주인은 엉덩이가 펑퍼짐한 건장한 여자여서 대부분의 시간을 남편과 함께 밭에 나가서 일했기 때문이었다. 그녀는 집 안에서 주인 내외를 먹이고, 헛간에서는 소를 먹이고, 또 돼지와 말과 닭들도 먹였다. 소녀 시절 그녀는 매일매일의 모든 시간을 뭔가를 먹이는 일로 보낸 것이었다.

그러다가 그녀는 제이크 그라임즈와 결혼하게 되었고 이제 그를 먹여야 했다. 그녀의 몸은 자그맣고 가냘파서 결혼한 지 서너 해가 지나고 두 아이를 낳고 나자 가녀린 어깨가 굽어지기 시작했다.

제이크의 집은 계곡 가까이에 있는 빈 제재소 부근에 있었는데 그는 늘 여러 마리의 큰 개들을 집에서 기르고 있었다. 그리고 뭔가를 훔치지 않을 때면 말을 사고파는 장사를 했기 때문에 볼품없이 비쩍 마른 말들을 늘 집에 두고 있었다. 게다가 돼지 서너 마리와 암소 한 마리까지 기르고 있었는데, 이 가축들은 얼마 남지 않은 그라임즈가의 땅에서 모두 방목을 하고 있었으므로 제이크는 거의 하는 일이 없었다.

그는 빚을 내서 탈곡기 일습을 사들여 몇 년간 운영해보았지만, 수지가 맞지 않았다. 사람들이 그를 믿지 않는 것이었다. 그들은 제이크가 밤에 그들의 곡식을 훔쳐내지나 않을까 의심했다. 그래서 그는 일거리를 얻기 위해서 먼 곳까지 가야 했는데 그건 너무 비용이 많이 들었다. 겨울철에는 사냥도 하고 땔나무도 만들어서 가까운 읍내에 내다 팔기도 했다.

아들 녀석은 자라면서 꼭 아버지를 닮아갔다. 그들은 함께 취했다. 그들이 집에 돌아왔을 때, 집 안에 먹을 것이 없으면 제이크는 아내의 머리를 후려쳤다. 그녀는 닭 몇 마리를 따로 기르고 있었는데, 그런 때면 얼른 닭 한 마리라도 잡아야 했다. 그 닭들을 다 잡아먹어버리면 읍내에 내다 팔 달걀도 없게 될 텐데, 그러면 어떻게 해야 하나?

그녀는 동물들을 어떻게 기를까, 어떻게 하면 돼지들을 살이 통통 오르게 해서 가을에 잡을 수 있도록 할까, 일생 그런 궁리를 하며 살았다. 돼지를 잡으면 고기의 대부분은 남편이 가져가서 읍내에 내다 팔아버렸다. 만일 남편이 선수를 치지 않으면 아들이 그 짓을 했다. 그들 부자는 이따금 서로 싸웠고, 그들이 싸울 때면 그녀는 부들부들 떨며 옆에 서 있었다.

어쨌든 그녀는 침묵을 지키는 버릇이 생겼고, 그 버릇은 아주 굳어져버렸다. 그녀가 늙어 보이기 시작할 무렵부터—아직 마흔도 채 안 되었지만—남편과 아들이 말 장사를 하거나 술을 마시거나 사냥을 하거나 도적질을 하거나 하여튼 집을 비우고 없을 때면, 그녀는 이따금 집 주위와 농장 구내를 돌아다니면서 중얼중얼 혼잣말을 하곤 했다.

이 모든 것을 다 어떻게 먹일 것인가, 그것이 그녀의 문제였다. 개들도 먹여야 했다. 그런데 헛간에는 말이나 소를 먹일 건초도 충분치 못했다. 만일 닭들을 제대로 먹이지 못하면 어떻게 알을 낳을 수 있을 것인가? 팔 달걀이 없으면 농장 일을 유지해가는 데 필요한 물건들을 어떻게 읍내에서 구해올 수 있을 것인가?

다행히도 남편을 먹여야 할 필요는 없는 셈이었다. 그들이 결혼한 지 얼마 안 되어서부터, 특히 아이들을 낳은 후 남편을 거둬 먹이는 일에는 손을 뗀 거나 다름이 없었다. 남편이 오랜 기간 어디로 돌아다니는지 알지 못했다. 때로는 몇 주일씩 집을 비웠고 아들이 자란 후에는 함께 어디론가 떠나곤 했다.

그들은 모든 집안일을 그녀가 알아서 처리하도록 떠맡긴 것이었다. 그러나 그녀는 돈도 없었고 아는 사람도 없었다. 읍내에서는 그녀에게 말을 건네는 사람 하나 없었다. 겨울철이면 나뭇조각들을 땔감으로 주워 모아야 했고, 얼마 안 되는 곡식으로 가축들을 먹여 살리려고 애써야 했다.

헛간에 있는 가축들은 그녀를 보고 배고프다고 울어댔고 개들은 그녀를 졸졸 따라다녔다. 암탉들은 겨울에 알을 별로 많이 낳지 못했다. 암탉들은 헛간 구석에 떼 지어 웅크리고 앉아 있었고, 그녀는 그 닭들을 계속 주시해야 했다. 겨울철에 닭이 헛간에서 알을 낳는데 그 일을 못 보고 지나치면 알은 얼어서 깨져버리기 때문이었다.

어느 겨울날 그 노파는 달걀 몇 개를 들고 읍내로 갔는데 개들이 그녀 뒤를 따랐다. 거의 세 시가 되어서야 집을 나선 데다가 눈이 많이 내리고 있었다. 그녀는 며칠 동안 건강이 별로 좋지 않았다. 그래서 구부정한 어깨로 옷도 제대로 입지 못한 채 뭐라고 중얼거리며 걸어갔다. 그녀는 낡은 곡식 부대 속에 달걀을 넣어 그것들을 밑바닥에 감추듯이 들고 갔다. 달걀이 많지는 않았지만, 겨울철에는 달걀값이 오르기 때문에 그것을 맞바꾸어 약간의 고기, 소금에 절인 돼지고기와 설탕 조금씩 그리고 어쩌면 커피도 약간 구할 수 있으리라 생각했다. 그리고 정육점 주인이 간 한 조각쯤은 거저 줄지도 모를 일이었다.

그녀가 읍내에 도착해서 달걀을 가지고 흥정을 벌이는 동안 개들은 문밖에 엎드려 있었다. 그녀는 흥정을 썩 잘해서 자신이 바랐던 이상으로 필요한 물건들을 구할 수 있었다. 그다음에 정육점으로 갔는데 정육점 주인은 약간의 간과 개 먹이를 그녀에게 주었다.

그리고 정육점 주인은 그녀에게 말을 건넸다. 그가 그녀에게 그처럼 친절하게 소상한 이야기를 한 것은 처음 있는 일이었다. 그녀가 가게에 들어올 때, 정육점 주인은 혼자 있었는데 그처럼 병들어 보이는 노파가 그처럼 궂은날 밖에 나와 돌아다닌다는 생각에 기분이 몹시 언짢았다. 매섭게 추운 날인 데다 오후에 좀 멎었던 눈이 다시 내리고 있었던 것이다. 정육점 주인은 그녀의 남편과 아들에 대해서 뭐라고 말을 하고는 그들에게 욕설을 퍼부었다. 그가 이야기하는 동안 그녀는 약간 놀란 표정을 짓고 그를 빤히 쳐다보았다. 자신이 곡식 부대에 넣어준 그 간 조각이나 고깃덩이가 달라붙어 있는 그 묵직한 뼈를 그 남편이나 아들이 먹으려 든다면 정말이지 그따위 인간은 굶어 죽어 마땅하다고 정육점 주인은 말하는 것이었다.

굶어 죽다니? 아니지, 다들 먹여야지. 사람도 먹여야 하고, 쓸모는 없지만 팔아 치울 수 있을지 모르는 말들도 먹여야 하고, 석 달 동안 젖 한 방울 짜내지 못하는 삐쩍 마른 불쌍한 젖

소도 먹여야지. 말, 소, 돼지, 개, 사람들, 모두 다 먹여야지.

3

노파는 가능하면 어둡기 전에 집에 돌아와야 했다. 개들은 그녀가 등에 둘러멘 묵직한 곡식 부대에 코를 킁킁대며 바짝 뒤따랐다. 읍내를 벗어나자 그녀는 담장 옆에 멈춰 서서 끈으로 그 부대를 등에 꼭 졸라맸다. 바로 그럴 목적으로 호주머니 속에 끈 부스러기들을 가져왔던 것이다. 무거운 짐을 지고 갈 때는 한결 수월한 방법이기 때문이었다. 두 팔이 아파왔다. 담장을 기어서 넘어야 하는데 그건 힘든 일이었다. 그래서 한번은 벌렁 넘어져 눈 속에 빠져버렸다. 개들은 깡충대며 뛰어 돌아다녔다.

그녀는 안간힘을 써서 간신히 다시 일어나는 데 성공했다. 담장을 넘어가려는 것은 언덕 너머 숲을 통해서 지름길이 나 있는 까닭이었다. 큰길을 따라 돌아갈 수도 있었지만 그렇게 하려면 1마일쯤 더 걸어야 했다. 어둡기 전에 집에 도착하지 못할까 걱정이 될뿐더러 가축들을 빨리 먹여야 했던 것이다. 건초나 옥수수도 조금밖에 남아 있지 않았다. 어쩌면 남편과 아들이 집에 돌아올 때 뭘 좀 가지고 올지도 모르지만. 그들은 그라임즈가의 유일한 마차를 타고, 쓰러질 것 같은 그 고물 마차에 쓰러질 것 같은 말 한 필을 묶어서 쓰러질 것 같은 또 다른 말 두 필을 고삐로 묶어 끌고, 함께 떠났다. 그 말들을 팔아서 돈을 좀 벌어보겠다는 것이었다. 그들은 술에 취해서 돌아올지 모른다. 그들이 돌아올 때 집 안에 뭐라도 먹을 것이 있는 게 좋을 것이다.

아들은 25마일 떨어진 군청 소재지의 읍에 사는 어떤 여자와 관계가 있었다. 그 여자 역시 아주 불량하고 거친 여자였다. 한번은 여름에 아들이 그 여자를 집에 데리고 왔는데 둘 다 술에 취해 있었다. 마침 제이크가 집에 없었던 그날, 아들과 여자는 그녀를 종 부리듯이 마구 부려먹는 것이었다. 하지만 그녀는 별로 개의치 않았다. 그런 일에는 아주 익숙했으니까. 무슨 일이 일어나도 그녀는 아무 말도 하지 않았다. 그것이 세상을 살아가는 그녀의 방식이었다. 독일인 농장에서 살던 소녀 시절에도 그리고 제이크와 결혼한 이후에도 그런 식으로 살아온 것이다.

아들이 그 여자를 집에 데리고 온 날, 그들은 마치 결혼한 부부처럼 잠자리를 같이하며 집에서 밤을 보냈는데, 그런 사실에 그녀는 별로 충격을 받지 않았다. 이미 어려서 그녀는 온갖 충격적인 일들을 다 겪은 탓이었다.

등에 짐을 진 채 그녀는 힘들여 들판을 가로질러, 깊이 쌓인 눈을 헤치며, 숲속으로 들어섰다. 오솔길이 있긴 했지만 길을 따라 걷기가 힘들었다. 언덕 꼭대기 바로 너머 삼림이 아주 울창한 곳에 조그만 공터 같은 것이 있었다. 누군가 한때 그곳에 집을 지을 생각을 했던 것일까? 그 공터는 집 한 채와 정원을 갖출 만한, 읍내의 건물 부지만 한 정도의 넓이였다. 오솔길은 공터의 한쪽 옆을 따라 뻗어 있었는데, 노파는 그 공터에 이르자 잠시 쉬어 가려고 나무 밑에 주저앉았다.

그것은 어리석은 짓이었다. 짐을 나무 밑동에 기댄 채 자리를 잡고 앉으니 참으로 좋긴 했지만, 어떻게 다시 일어설 것인지 엄두가 나지 않았다. 그녀는 잠시 그 걱정을 하다가 조용히 눈을 감았다. 그녀는 얼마 동안 잠을 잤을 것이다. 너무나 추우면 그 이상 더 추위를 느끼지 않는 법이다. 오후가 되어 날이 좀 풀리면서 눈발이 더 굵어졌다. 그러고 나서 얼마 후 날이 개고 달까지 나왔다.

읍내까지 노파를 따라온 그라임즈의 개는 네 마리였는데 모두 크고 삐쩍 마른 개들이었다. 제이크 그라임즈나 그의 아들 같은 사내들은 꼭 그런 개를 기르는 것이다. 발길로 차고 함부로 다루지만, 그런 개들은 용케 붙어 있다. 그 그라임즈의 개들은 굶어 죽지 않기 위해서 이리저리 먹이를 찾아다녀야 했다. 그래서 노파가 공터의 한 옆에서 나무에 등을 기대고 잠들어 있는 동안에도 먹이를 찾아 열심히 쏘다니고 있었던 것이다. 개들은 토끼를 쫓아 숲속과 그 부근의 밭을 마구 헤집고 다녔는데, 그러는 동안에 다른 농장의 개 세 마리가 가세해서 한패를 이루었다.

얼마 후 개들은 모두 공터로 돌아왔다. 개들은 뭔가에 흥분해 있었다. 그처럼 차고 맑고 달빛 가득한 밤은 개들에게 뭔가 변화를 가져온다. 그들이 이리의 모습으로 겨울밤에 떼 지어 숲을 헤매고 다니던 그 태곳적의 어떤 옛 본능이 그들 속에서 되살아나는 것인지도 모를 일이었다.

개들은 노파 앞의 공터에서 토끼 두세 마리를 잡아 당장의 허기를 채웠다. 그러고는 원을 그리고 달리면서 놀기 시작했 다. 개들은 앞 개의 꼬리에 코를 바짝 대고 빙글빙글 계속 돌 았다. 겨울 달빛이 내리비치는 눈을 잔뜩 인 나무 아래 공터에 서, 부드러운 눈을 단단히 다지며 원을 그리는, 그렇게 잠자코 원을 그리며 달리는 개들의 모습은 한 폭의 기묘한 그림 같았 다. 개들은 침묵 속에서 계속 원을 그리며 빙빙 돌았다.

노파는 죽기 전에 어쩌면 개들의 그런 모습을 보았는지도 모른다. 어쩌면 한두 번 깨어나서 흐릿해진 눈으로 그 기묘한 광경을 바라보았는지도 모른다. 그저 졸릴 뿐, 이제는 별로 추 위를 느끼지도 않았을 것이다. 목숨은 오래오래 지탱이 되는 법이다. 아마도 노파는 정신이 혼미해지는 것을 느꼈을 것이 다. 독일인 농장에서의 소녀 시절을 그리고, 그전 어머니가 그 녀를 남겨두고 훌쩍 떠나버리기 전의 어린 시절을, 노파는 아 마도 꿈꾸었을 것이다.

노파의 꿈은 별로 즐거운 것은 아니었으리라. 그녀의 삶에 서 그다지 즐거운 일이란 없었으니까. 이따금 그라임즈의 개 한 마리가 달리던 원을 벗어나서 노파 앞으로 다가와 멈춰 섰다. 개는 뻘건 혀를 늘어뜨린 채 노파의 얼굴 가까이에 제 얼굴을 바싹 들이댔다.

개들이 그렇게 달리는 것은 어쩌면 죽음의 의식 같은 것인지도 모를 일이었다. 달밤에 개들에게 살아났던 이리의 원시적 본능이 어쩌면 그들로 하여금 뭔가 두려움을 느끼게 했을지 모를 일이었다.

'우리는 이제 이리가 아니야. 우리는 인간의 종인 개라고. 인간이여, 계속 살아다오! 인간이 죽으면 우리는 다시 이리가 되고 말 거라고.'

개들은 한 마리씩 노파가 나무에 등을 기대고 앉아 있는 자리로 와서 노파의 얼굴에 코를 바싹 들이댄 후 만족스런 듯한 표정으로 다시 제자리로 돌아가 다른 개들과 함께 달렸다. 그날 밤 노파가 죽기 전에 개들은 모두 차례대로 그 동작을 반복했다.

나는 자라서 나중에 어른이 되었을 때, 그 모든 것을 알 수 있었다. 언젠가 역시 겨울밤에 일리노이주의 어느 숲속에서 한 떼의 개들이 바로 그런 행동을 하는 것을 본 적이 있었기 때문이다. 내가 어린아이였던 그날 밤 그 노파가 죽기를 기다리던 것처럼, 개들은 내가 죽기를 기다리고 있었던 것이다. 그러나 그때 나는 젊은 청년이었기 때문에 죽는다는 생각은 전혀 들지 않았었다.

노파는 차분히 그리고 조용히 죽었다. 그녀가 죽었을 때, 그래서 그라임즈의 개 한 마리가 다가와 그녀의 죽음을 확인했을 때, 모든 개들은 달리기를 멈추었다.

개들은 노파의 주위로 모였다.

그래, 노파는 이제 죽은 것이다. 노파가 살았을 때, 그녀는 그라임즈의 개들을 먹였다. 그런데 이제는 어떻게 될 것인가?

노파가 등에 지고 있는 곡식 부대 안에는 소금에 절인 돼지고기, 정육점에서 얻은 간, 개 먹이, 수프를 끓일 뼈 등이 들어 있었다. 읍내 정육점 주인은 갑자기 동정심이 일어 노파의 곡식 부대를 그처럼 묵직하게 채워주었던 것이다. 노파에겐 큰 수확인 셈이었다.

그것은 이제 개들에게 큰 수확이 되고 있었다.

4

그라임즈의 개 한 마리가 다른 개들 사이에서 갑자기 뛰쳐나와 노파의 등에 매달린 짐을 물어뜯기 시작했다. 개들이 정말로 이리였다면 아마도 그 개가 그 무리의 두목이었을 것이다. 다른 개들은 모두 그 개가 하는 대로 따라서 했다.

개들은 노파가 끈으로 등에 졸라맨 그 곡식 부대에 모두 이빨을 박았다.

개들은 노파의 몸을 공터 한가운데로 끌고 나왔다. 곧 낡아 빠진 옷이 노파의 어깨로부터 찢겨나갔다. 하루인가 이틀 후에 노파가 발견되었을 때, 그 옷은 엉덩이 부분까지 온통 찢긴 상태였다. 그러나 개들은 그녀의 몸은 다치게 하지 않았고, 곡식 부대에서 고기를 끌어냈을 따름이었다. 노파가 발견되었을 때, 그녀의 몸은 얼어서 굳어 있었는데 어깨가 아주 좁고 몸이 자그마해서 그 시신은 마치 아름다운 젊은 처녀의 몸처럼 보였다.

내가 어린아이였을 때 중서부의 읍에서, 읍 부근의 농가에서 그런 일들이 일어났던 것이다. 토끼 사냥을 나섰던 한 사냥꾼이 노파의 시신을 발견했으나 그 사람은 시신을 건드리지 않았다. 눈 덮인 조그만 공터에 둥그렇게 다져진 자국하며, 곡식 부대를 끌어내어 그것을 찢어 열려고 하면서 시신을 끌어당긴 그 장소에 내려앉은 침묵하며, 하여튼 뭔가로 인해 겁을 먹고 그는 서둘러 읍내로 돌아온 것이다.

나는 신문 배달을 하는 형과 읍내 중심가에 있었고, 형은 석간신문을 여기저기 점포에 배달하는 중이었다. 밤이 다 되어가는 시간이었다. 사냥꾼은 식료품 가게에 들어와서 그 이야기를 전하고는 철물점으로, 다시 약국으로 옮겨갔다. 사람들은 보도 위로 모여들기 시작했다. 그러고는 길을 따라 숲속의 그 장소로 향했다.

형도 신문 배달을 계속해야 했지만, 그 일을 그만두었다. 모두들 숲속으로 몰려갔기 때문이었다. 장의사도 지서 주임도 함께 갔다. 몇몇 사람은 큰길에서 오솔길로 갈라지는 곳까지

마차 썰매를 타고 가서 숲속으로 들어갔다. 그러나 말의 편자
가 닳아 길 위에서 말이 이리저리 미끄러지는 바람에 걸어간
우리들보다 더 빠를 것도 없었다.

지서 주임은 남북전쟁 때 다리를 다친 몸집이 큰 사람이다.
그는 무거운 지팡이를 짚고 절뚝거리며 길을 따라 재빨리 걸
어갔다. 나와 형은 그의 뒤를 바짝 따랐고, 우리가 걸어가는
동안 다른 어른과 아이들이 우리 무리에 합세했다. 노파가 큰
길을 버리고 오솔길로 접어든 그 지점에 이르렀을 때, 날은 이
미 어두웠지만 달이 떠 있었다.

지서 주임은 아마도 살인 사건이 일어난 것이라 여겨 사냥
꾼에게 계속 여러 가지 질문을 했다. 사냥꾼은 총을 어깨에 둘
러멘 채 걸어갔고 개 한 마리가 그 뒤를 바짝 따랐다. 토끼 사
냥꾼이 그처럼 돋보이게 되는 기회는 흔치 않을 것이다. 사냥
꾼은 지서 주임과 함께 앞장서서 행렬을 이끌어가며, 그 기회
를 최대한 활용하고 있었다.

"상처는 전혀 없었습니다. 아름다운 젊은 여자였어요. 얼굴
이 눈에 묻혀 있더군요. 아니요, 모르는 사람이었습니다."

사실 사냥꾼은 시신을 자세히 들여다보지 않았다. 무서움을
느꼈던 것이다. 그 여자는 살해되었을지도 모르고 누군가 나
무 뒤에서 튀어나와 자기를 죽일지도 모른다는 생각이 들었
기 때문이었다. 나무들이 앙상하게 드러나고 땅 위에는 하얀
눈이 덮인 늦은 오후의 숲속에서 모든 것이 침묵 속에 잠겨

있을 때는 오싹함이 몸과 마음으로 엄습해오는 것을 느끼게 된다. 그때 어떤 이상하고 괴상한 일이 주위에서 일어나면 오직 재빨리 그곳을 벗어나야겠다는 생각뿐일 것이다.

어른들과 아이들은 한 무리를 이루어 노파가 들판을 가로질러 간 지점에 이르렀고, 거기에서 다시 지서 주임과 사냥꾼을 따라 약간 경사진 비탈길을 올라 숲속으로 들어갔다. 형과 나는 잠자코 걸었다. 형은 신문 다발을 부대 속에 넣고 어깨에 멨다. 읍내에 다시 돌아오면 저녁을 먹으러 집에 가기 전에 신문 배달을 계속해야 하는 까닭이었다. 형은 이미 그렇게 믿고 있는 게 틀림없어 보였는데 내가 형의 배달 일을 함께 돕게 되면 둘 다 늦을 것이고, 그렇게 되면 어머니나 누나가 우리의 저녁을 데워야 할 터였다.

하지만 뭔가 이야기할 거리가 생기지 않겠는가. 아이들에게 그런 기회란 자주 오지 않는 것이다. 그러니까 사냥꾼이 식료품 가게에 들어왔을 때, 마침 우리가 그곳에 있었던 것은 정말 행운이었다. 사냥꾼은 시골 사람이어서 형이나 나나 처음 보는 얼굴이었다.

이제 사람들 무리는 그 공터에 이르렀다. 그런 겨울밤이면 어둠이 더 빨리 내린다. 그러나 만월의 달이 모든 것을 환히 비추고 있었다. 형과 나는 노파가 죽은 그 나무 가까이 서 있었다.

달빛 속에서 조용히 얼어붙어 누워 있는 노파의 모습은 늙어 보이지 않았다. 누군가 그녀의 몸을 눈 속에서 바로 젖혔을 때, 나는 모든 것을 보았다. 내 몸은 알 수 없는 어떤 신비스런 느낌으로 떨렸고, 형도 마찬가지였다. 추위 때문에 그랬는지도 모를 일이었다.

형이나 나나 그때까지 여체女體를 본 적이 없었다. 노파의 몸을, 마치 대리석처럼 그렇게 희고 아름다워 보이게 만든 것은 언 몸에 달라붙은 눈 탓이었는지도 모른다. 읍내에서 몰려온 사람들의 무리에는 여자가 없었다. 그래서 읍내의 대장간 주인이 옷을 벗어 노파의 몸 위에 덮어씌웠다. 그러고는 노파를 팔에 안고 읍내를 향해 걷기 시작했다. 다른 사람들은 모두 잠자코 그 뒤를 따랐다. 그 당시엔 노파가 누군지 아무도 알지 못했다.

5

나는 모든 것을 보았다. 마치 경기장 트랙을 축소해놓은 것 같은, 개들이 달려서 다져진 눈 속의 그 타원형 자국도 보았고, 사람들이 어리둥절해하는 모습도 보았으며, 하얗게 드러난 아주 젊어 보이는 그 어깨도 보았고, 어른들이 뭐라고 속삭이는 소리도 들었던 것이다.

사람들은 그저 어리둥절해할 따름이었다. 그들은 시신을 장의사로 운반해갔다. 대장간 주인, 사냥꾼, 지서 주임 그리고 몇몇 사람이 장의사 안으로 들어가서 문을 닫았다. 만일 아버지가 거기 계셨더라면 아버지도 들어가실 수 있었겠지만, 아이들은 허용되지 않았다. 형과 함께 나머지 신문을 다 배달하고 집에 돌아왔을 때, 그 이야기를 전한 건 형이었다. 나는 아무 말도 하지 않고 일찍 잠자리에 들었다. 아마도 형이 하는 이야기가 마음에 들지 않아서였을 것이다.

나중에 읍내에서 나는 그 노파에 관한 다른 단편적인 이야기들을 들었음이 틀림없다. 하여튼 다음 날 노파의 신원이 확인되고 수사가 진행되었다. 남편과 아들의 소재가 밝혀져 그들은 읍내로 불려왔다. 사람들은 그들과 노파의 죽음을 연관 지어보려 했지만 결국 실패하고 말았다. 그들의 알리바이는 완벽했던 것이다.

하지만 읍내 사람들은 두 사람에게 반감을 품고 있었고, 그래서 그들은 그곳을 떠나지 않을 수 없었다. 그들이 어디로 갔는지는 그 후로 듣질 못했다. 오직 그 숲속의 광경을 나는 한 폭의 그림처럼 기억하고 있을 따름이다. 주위에 둘러서 있던 사람들, 얼굴이 눈 속에 묻힌 소녀처럼 보이던 여인의 나체, 개들이 달려서 다져진 타원형의 자국, 그 위의 맑고 찬 겨울 밤하늘 그리고 흰 조각구름들이 하늘을 가로질러 가고 있었다. 나무들 사이로 열린 조그만 공간을 가로질러 내달리면서.

숲속의 그 광경은 나도 모르는 사이에 내가 지금 들려주려는 진짜 이야기의 토대가 된 것이었다. 여러 가지 단편적인 이야기들은 먼 훗날 천천히 모아져야 했다. 여러 가지 일들이 일어났었다. 젊었을 때 나는 독일인의 농장에서 일한 적이 있었다. 그 농장에 고용되어 있던 소녀는 주인을 무서워했다. 그리고 농장 주인의 아내는 그 소녀를 미워했다. 그곳에서 나는 많은 것들을 보았다. 언젠가 훗날, 어느 맑고 달 밝은 겨울밤에 일리노이의 한 숲속에서 개들과 기묘하고 신비스런 모험을 경험한 적이 있었다. 그리고 초등학교에 다니던 시절의 어느 여름날, 친구와 함께 읍에서 몇 마일 떨어진 한 계곡을 따라 걷다가 그 노파가 살던 집에 이른 적도 있었다. 노파가 죽은 후로 그 집에는 아무도 살지 않았다. 그래서 문들은 돌쩌귀에서 삐져나와 부러져 있었고, 유리창들도 모두 부서져 있었다. 친구와 내가 집 밖의 길에 서 있을 때 개 두 마리가, 틀림없이 이리저리 떠돌아다니는 것처럼 보이는 개 두 마리가, 집 모퉁이를 돌아 달려나왔다. 크고 삐쩍 마른 개들이었는데 녀석들은 담장 쪽으로 내려오더니 길에 서 있는 우리를 노려보았다.

그 노파의 죽음에 관한 이 모든 이야기는, 나이가 들어감에 따라 내게 마치 멀리서 들려오는 음악과도 같은 것이 되었다. 그 선율은 한 번에 하나씩 서서히 모아져야 했다. 뭔가가 이해되지 않으면 안 되었던 것이다.

죽은 그 노파는 동물의 생명을 먹여 살리도록 운명 지어진 여인이었다. 어쨌든 그녀가 한 일이란 오직 그 일뿐이었다. 그녀는 이 세상에 태어나기 전에도, 아이 적에도, 독일인 농장에서 일하던 처녀 시절에도, 결혼한 후에도, 늙어가면서도 그리고 죽었을 때도 동물의 생명을 계속 먹여 살린 것이었다. 그녀는 소와 닭과 돼지와 말과 개와 사람의 그 동물적 생명을 먹여 살렸다. 그녀의 딸은 어려서 죽었고 하나뿐인 아들과 그녀는 이렇다 할 모자의 관계를 맺지 못했다. 죽던 날 밤 그녀는 동물의 생명을 살리기 위한 먹이를 몸에 지니고 서둘러 집으로 돌아가던 길이었다.

그녀는 숲속의 공터에서 죽었고 죽은 후에도 동물의 생명을 먹여 살리는 일을 계속했다.

그날 밤 우리가 집에 돌아와서 형이 그 이야기를 들려주고 어머니와 누나가 그 이야기에 귀 기울일 때 나는 형이 뭐랄까, 그 이야기의 소중한 무언가를 놓치고 있다고 생각했던 것 같다. 형이나 나나 그때는 너무 어렸던 것이다. 그토록 처절한 어떤 것은 그 자체의 아름다움을 지니는 것을. 그 점을 특별히 강조할 생각은 없다. 나는 그저 그날 밤 형의 이야기에 왜 불만을 느꼈는가, 그리고 그 후에도 왜 줄곧 그래 왔는가를 설명하려는 것일 뿐이다. 이 단순한 이야기를 내가 왜 다시 한 번 할 수밖에 없었는가를 여러분이 이해해주길 바라는 마음에서 이야기한 것일 따름이다. ●

옮긴이 천승걸

서울대 영문학과와 같은 학교 대학원을 졸업했다. 미국 아이오와대 대학원에서 미국학을 전공했다. 서울대 영문과 교수 및 예일대 객원교수, 아이오와대 객원교수를 지냈다. 2017년 별세했다. 저서로는 『미국소설』, 『미국 문학과 그 전통』, 『미국 흑인 문학과 그 전통』, 옮긴 책으로는 『현대소설과 의식의 흐름』, 『나사니엘 호손 단편선』, 『한때 흑인이었던 남자의 자서전』 등이 있다.

삶을 인상적으로 진술하는 방식

―

「숲속의 죽음」은 외롭고 불행했던 한 노파의 죽음을 이렇다 할 과장이나 미화 없이, 그러나 아름답고 경건하게 그려낸 작품이다. 거기에는 죽음의 본질에 대한 통찰이나 죽음 뒤의 세계에 대한 기대 같은 것은 전혀 찾아볼 수 없다. 죽음은 그저 삶의 끄트머리에 있는 한 끔찍하면서도 불가해不可觸한 현상으로만 파악되고 있을 뿐이다.

어쩌면 작가가 「숲속의 죽음」을 통해 보여주려 한 것은 주인공 노파의 소외된 삶인지 모른다. 간략하지만 인상적으로 진술되고 있는 것은 눈 씻고 찾아봐도 행복을 추정할 수 있는 구석이란 별로 없는 그녀의 이력이고, 먹여야 할 짐승들 사이에서 일생을 시달리다 죽어간 그녀의 고단한 삶이었다. 죽음은 그녀의 외롭고 불행했던 삶을 인상적으로 드러내 보이는 수단이 아니었던가 짐작된다.

하지만 그래도 이 작품을 죽음을 다룬 것으로 치고 싶은 까닭은 노파의 죽음과 관련된 몇 군데 묘사 때문이다. 개들의 이해할 수 없는 행동과 노파의 시체가 화자에게 준 느낌이 그러하다. 알몸을 드러낸 채 눈 속에 얼어 있는 노파의 시체와 무리지어 그 주위를 빙빙 돌고 있는 개들은 우리의 싱싱 속에서 신비하고도 아름다운 죽음의 의식을 연출한다.

냉정한 자연주의적 기법에 홀연히 더해진 이 신비와 아름다움의 덧칠은 죽음에 대한 작가의 느낌을 압축적으로 드러내고 있다. 작가는 죽음을 삶의 일부로 보려는 현대적 사고에 바탕하고 있으면서도 단순히 삶을 마감하는 자연적 현상만으로는 다룰 수 없었다. 그래서 힘들여 찾아낸 미학적 장치가 바로 그 신비와 아름다움이 아니었을는지.

셔우드 앤더슨은 그의 특이한 경력으로 내게는 아주 인상적인 미국의 작가다. 가난한 마구상馬具商의 아들로 태어났으나 일찍 양친을 여의어 신산스런 유년을 보내야 했던 그는 정규 교육을 제대로 받지 못하고 자랐다. 막노동판과 여러 잡다한 직업을 전전한 끝에 페인트공장 사장으로 성공할 때까지도 그의 이력은 문학과는 별로 연관이 없었다. 그러다가 마흔이 가까워서야 아내와 자식과 직업을 내던지고 문학에 투신하게 되는데, 장편보다는 단편에서 성취가 컸다. 마흔넷에 낸 단편집 『와인즈버그, 오하이오』로 미국 문단이 쉬 잊지 못할 작가군에 진입했고 단편집 『달걀의 승리』와 이 작품을 표제로 쓴 단편집 『숲속의 죽음』으로 작가적 위치를 확고히 했다. 플롯 위주의 전통적 미국 단편에 반기를 들고 새로운 단편 전통을 개척해간 작가로 평가받으며 어니스트 헤밍웨이와 윌리엄 포크너에게도 중대한 영향을 미친 것으로 알려져 있다.

크눌프

Knulp

헤르만 헤세 지음

정서웅 옮김

헤르만 헤세

독일의 작가. 1877~1962년. 독일 남부 뷔르템베르크의 칼프에서 태어났다. 1892년 마울브론 수도원 학교를 입학했으나 천성적인 자연인이자 미래의 시인을 꿈꾼 헤세는, 신학교의 속박된 기숙사 생활을 견디지 못하고 탈주했고, 한때는 자살을 시도하기까지 했다. 이때의 경험은 지나치게 근면한 학생이 자기 파멸에 이르는 소설『수레바퀴 밑에서』에 잘 나타나 있다. 노이로제가 회복된 후 다시 고등학교에 들어갔으나 일 년도 못 되어 퇴학하고, 서점의 점원이 되었다. 그 후 한동안 아버지의 일을 돕다가 병든 어머니를 안심시키기 위해 칼프의 시계공장에서 삼 년간 일하며 문학수업을 시작하였다. 1946년『유리알 유희』로 노벨문학상과 괴테상을 동시에 수상했다. 주요 작품으로『수레바퀴 밑에서』, 『로스할데』, 『크눌프』, 『데미안』, 『싯다르타』, 『나르치스와 골트문트』, 『황야의 이리』, 『지와 사랑』, 『동방여행』, 『유리알 유희』등이 있다. 또 이 밖에 단편집, 시집, 우화집, 여행기, 평론, 수상집, 서한집 등 다수의 작품이 있다.

—

이른 봄

우리의 친구 크눌프는 1890년 초 몇 주 동안 병원 신세를 져야 했다. 그가 퇴원했을 때는 2월 중순. 혹독한 날씨였다. 그 때문에 며칠 돌아다니지도 못하고 다시 열이 올라 머물 곳을 찾아야 했다. 그에게 친구가 없는 것은 아니었다. 이 지방의 어느 마을을 찾아가든 친절한 대접을 받기란 어려운 일이 아니었다. 그 점에서는 묘한 긍지를 지니고 있었다. 그가 도움을 청하면 그것은 친구에게 일종의 명예로움으로 간주될 수도 있었으니까.

이번엔 레히슈테텐에 사는 피혁공 에밀 로트푸스가 머리에 떠올랐다. 비가 내리고 서풍이 불어대는 저녁나절 크눌프는 이미 닫힌 친구 집 대문을 두드렸다. 피혁공은 위층 창문의 블라인드를 약간 들치고 어두운 골목길 아래쪽으로 소리쳤다.

"밖에 누가 있소? 내일 아침에 다시 오면 안 되겠소?"

옛 친구의 음성을 들었을 때, 크눌프는 극도로 피곤했음에도 불구하고 곧 원기를 회복했다. 몇 년 전 에밀 로트푸스와 4주간 함께 여행했을 때 지었던 시 한 구절이 떠올랐다. 그는 곧 위층을 향해 읊었다.

선술집에 앉아 있는

피곤한 나그네,

그는 필경 집 떠난

탕자렷다.

피혁공은 창문을 왈칵 열어젖히고 몸을 구부리며 외쳤다.

"크눌프! 자넨가, 아니면 도깨비인가?"

"날세." 크눌프가 소리쳤다. "하지만 여보게, 계단을 밟고 내려오게. 창밖으로 뛰어내리지 말고."

친구는 쏜살같이 내려와 문을 열었다. 그을음이 나는 작은 석유등을 방문객의 얼굴에 들이댔다. 크눌프는 눈이 부셔 실눈을 했다.

"어서 들어가세." 친구는 흥분하여 외치며 그를 이끌고 집 안으로 들어갔다. "이야기는 천천히 듣기로 하고, 우선 저녁밥 남은 거라도 좀 들게나. 자네 잠자리도 문제없네. 맙소사, 이렇게 고약한 날씨에 나타나다니! 괜찮은 장화를 신고 다니는 모양이군그래."

크눌프는 그가 묻는 대로, 놀라는 대로 그냥 내버려두었다. 계단 위에서 접어 올렸던 바지를 조심스레 내렸다. 그러곤 이 계단을 오른 지 사 년이 지났건만, 어둠 속에서도 익숙하게 걸어올라갔다.

위층 복도에 이르자 거실문 앞에서 잠시 걸음을 멈추었다.

방 안으로 이끄는 피혁공의 손을 밖으로 끌어당겼다.

"이봐, 자네 지금쯤 장가를 들었을 것 아닌가, 맞지?" 그는 속삭였다.

"물론 장가들었지."

"그렇다면 자네 부인이 날 모를 텐데. 혹시 언짢게 생각한다면 어쩌지. 이보게, 난 자네의 부부생활을 방해하고 싶지 않네."

"방해라니, 무슨 소릴 하는 거야!"

로트푸스는 껄껄 웃으면서 문을 활짝 열고 크눌프를 밝은 방 안으로 밀어넣었다. 그곳엔 커다란 식탁이 있고, 그 위에 세 줄의 사슬에 묶인 큰 석유램프가 매달려 있었다. 엷은 담배 연기가 허공을 맴돌다가 가느다란 선을 그리며 뜨거운 등피 (등불이 꺼지지 않도록 바람을 막고 불빛을 밝게 하기 위해 남포등에 씌우는 유리로 만든 물건 ─ 옮긴이) 쪽으로 빨려올라가서는 급한 회오리를 치다가 사라져버렸다. 식탁 위에는 신문 한 장과 파이프 담배를 넣어둔, 돼지 방광으로 된 쌈지가 놓여 있었다. 건너편 벽 앞의 작은 안락의자에서 젊은 부인이 벌떡 일어났다. 선잠에서 깨어난 듯 당황해하면서도, 그 사실이 드러나지 않게 하려는 듯 활달한 표정을 지었다. 크눌프는 밝은 불빛에 잠시 눈이 부신 듯 어리둥절한 얼굴로 서 있었다. 부인의 엷은 회색빛 눈동자를 의식한 다음에야 손을 내밀어 공손한 인사를 보냈다.

"아내일세." 주인은 웃으면서 말했다. "이 사람이 바로 내 친구 크눌프요. 여보, 내가 얘기한 적이 있었지. 물론 우리의 손님이 될 거요. 견습공의 침대가 비어 있으니 그걸 쓰면 될 거야. 우선 포도주부터 한잔하기로 하세. 크눌프에게 요기할 것도 좀 준비해주구려. 소시지가 좀 남아 있지 않소?"

부인이 밖으로 나갔다. 크눌프는 그녀의 뒷모습을 바라보았다.

"부인께서 좀 놀라셨을 것 같은데." 그가 나지막하게 말했다. 그러나 로트푸스는 그 사실을 인정하려 들지 않았다.

"아직 아이들은 없나?" 크눌프가 물었다.

그때 부인이 소시지가 담긴 주석 그릇을 들고 들어왔다. 빵접시도 옆에 놓아주었는데, 반 토막의 검은 빵이 절단면을 아래쪽으로 해서 중앙에 얌전하게 놓여 있었다. 접시의 가장자리에는 빙 둘러가며 아름답게 아로새긴 글귀가 있었다. 우리에게 일용할 양식을 주시옵소서.

"리스, 지금 막 크눌프가 뭐라고 물어본 줄 아오?"

"그만두게, 이 사람아." 크눌프가 말을 막았다. 그러곤 안주인을 바라보며 미소를 지었다.

"제가 떠벌리길 잘해서요, 부인."

그러나 로트푸스는 잠자코 있지 못했다.

"우리한테 아이들이 있지 않냐는군."

"어머나!" 그녀는 웃음 띤 얼굴로 소리를 지르고는 즉시 밖으로 달아나버렸다.

"아직 없나?" 그녀가 나가자 크눌프가 물었다.

"응, 아직 없네. 좀 기다리자는 거지. 신혼 초엔 그것도 괜찮을 거야. 그건 그렇고, 좀 들게나, 응?"

이번엔 부인이 회청색 사기로 된 포도주병을 들고 들어왔다. 잔 세 개를 가지런히 놓더니 가득 채웠다. 그녀의 능숙한 솜씨를 지켜보면서 크눌프는 미소 지었다.

"옛 친구를 위해 건배!" 주인은 외치면서 자신의 잔을 크눌프에게 내밀었다.

그러나 크눌프는 정중하게 응수했다. "먼저 부인을 위해 건배합시다. 부인의 건강을 빕니다! 그리고 옛 친구를 위해서도 축배를!"

그들은 잔을 부딪친 후 마셨다. 로트푸스의 얼굴은 즐거움으로 빛났다. 자기 친구가 얼마나 훌륭한 매너를 가지고 있는지 보지 않았냐는 듯 아내에게 눈짓을 보냈다.

그녀는 벌써 그것을 알고 있었다.

"보세요. 크눌프 씨는 당신보다 예절이 바르시잖아요. 예절이 뭔지 아는 분이세요." 그녀가 말했다.

"아, 천만의 말씀이십니다." 손님이 말했다. "다 배운 대로 하는 건데, 누군들 그 정도야 못하겠습니까. 예절에 대해 말하자면, 부인께 배울 것이 더 많은 것 같습니다. 이렇듯 우아한 접대는 일류 호텔에서도 받기 어려운 것이지요."

"그건 맞는 말일세." 주인이 껄껄 웃었다. "그 방면에 대해선 일가견이 있다고 봐도 좋겠지."

"아 그러세요? 그렇다면 부친께서 호텔이라도 경영하셨습니까?"

"아니에요. 아버님께서는 벌써 오래전에 작고하셨어요. 기억도 별로 나지 않을 정도인걸요. 하지만 제가 몇 년 동안 옥센에서 일한 적은 있습니다. 혹 아실는지 모르지만."

"옥센에 계셨다고요? 전에 그곳은 레히슈테텐에서 제일 좋은 호텔이었지요." 크눌프가 찬사를 보냈다.

"지금도 그렇답니다. 안 그래요, 에밀? 투숙객들은 거의 사업상 출장 중인 사람이나 관광객들이었지요."

"저도 그렇게 생각합니다, 부인. 그곳에서 틀림없이 좋았을 겁니다. 수입도 괜찮았겠고요. 하지만 가정을 갖는 것이 훨씬 더 좋은 일이지요. 안 그렇습니까?"

천천히 음미하듯이 그는 연한 소시지를 빵에 곁들여 먹었다. 깨끗이 벗겨낸 껍질을 접시의 가장자리에 놓고, 이따금 맛좋은 노란색 사과주를 마셨다. 크눌프가 섬세한 손길로 필요한 것을 깨끗이 그리고 장난치듯 다루는 모양을 주인은 유쾌한 얼굴로 바라보았다. 그의 아내 역시 그러한 행동에 호의를 갖고 있었다.

"그런데 자네 안색이 그리 좋아 보이질 않는군." 에밀 로트푸스가 비난하듯 말했다. 이제 크눌프는 최근에 몸이 좋지 않아 병원 신세를 져야 했다는 사실을 고백하지 않을 수 없었다. 그러나 이런 언짢은 일에 대해선 일체 입을 다물었다. 친구가 앞으로 무얼 시작할 생각이냐고 물었다. 언제까지라도 식사와 잠자리를 제공할 의향이 있음을 진심으로 밝혔을 때도 사실은 바로 기다렸던 것이었지만, 갑자기 쑥스러운 기분이 들어 답변을 회피했다. 가볍게 인사를 보내고, 이 문제에 대한 의논을 내일로 미루자고 부탁했다.

"그런 일에 대해선 내일이나 모레쯤에도 이야기할 수 있을 거야" 하고 그는 얼버무리듯 말했다. "기회야 얼마든지 있는 거니까. 하여간 잠시 동안은 자네 곁에 있어야겠네."

그는 장기간에 걸친 계획이나 약속을 좋아하지 않았다. 내일을 자유롭게 지낼 수 없게 되면 기분이 좋지 않았다.

"정말로 한동안 여기에 머무를 요량이면, 자네의 견습공으로 등록하는 게 좋겠지." 그가 말했다.

"농담은 그만하게나!" 주인이 껄껄 웃었다. "자네가 내 견습공이 되다니! 더구나 피혁공의 일에 대해선 캄캄절벽인 자네가."

"여보게, 그게 무슨 상관인가? 내게 중요한 것은 피혁공의 일이 아닐세. 그것이 훌륭한 일이고, 내게 그 일을 할 만한 재주가 없는 건 사실이야. 하지만 내 여행 수첩을 위해선 그게 좋을걸. 그리 되면 치료비도 얼마간 벌 수 있고 말이야."

"자네의 수첩 좀 볼 수 있겠나?"

크눌프는 웃옷의 속주머니를 뒤져 수첩을 꺼냈다. 그것은 방수포로 된 주머니 속에 단정하게 보관되어 있었다.

피혁공은 그것을 보고 크게 웃었다.

"늘 흠잡을 데가 없다니까! 바로 어제 아침에 집을 나온 사람 같아."

그는 기재사항과 스탬프를 살펴보았다. 그러곤 깊이 탄복한 듯 머리를 저었다. "정말로 이건 걸작일세, 자네 손에 들어가면 모든 게 고상해진단 말이야."

이렇듯 수첩을 잘 정리해서 지니고 다니는 것은 물론 크눌프의 좋은 습관 중 하나였다. 수첩 속에는 나무랄 데 없이 아름다운 이야기나 시들이 적혀 있었다. 관청의 확인란에는 훌륭하고 성실한 삶이 거쳐온 아주 유명한 장소들이 기재되어 있었는데, 빈번한 체류지 변경으로 미루어보아 그의 방랑벽을 쉽게 알 수 있었다. 이 관용 여권에 나타난 삶을 크눌프는 스스로 수행해왔고, 갖가지 기술을 다 동원해서 잦은 난관을 헤치며 밀고 나갔다. 실제로 금지된 일을 행한 적은 없지만, 일자리가 없는 방랑자로서 종종 범법자 취급을 당하거나 경멸의 대상이 되기도 했다. 경관들이 매번 그에게 호의를 베풀지 않았다면, 아름다운 시적 생활을 지속하기가 쉽지 않았으리라. 그들은 그의 뛰어난 정신성과 진지함을 높이 평가하여, 이 쾌활한 떠돌이를 가능한 한 편하게 방임해주었다. 그는 전과자가 아니었다. 절도를 하거나 구걸 행각을 벌이지도 않았다. 도처에 명망 있는 친구들도 있었다. 사람들은 그를 집 안에서 키우는 귀여운 고양이처럼 관대하게 받아주었다. 이 고양이는 부지런하고 행복한 사람들 사이를 걱정 없이 휘젓고 다니면서 우아하고도 멋진 무위도식의 삶을 영위했다.

"내가 오지 않았다면, 그대들은 이미 잠자리에 들었을 텐데." 크눌프는 수첩을 다시 받아 넣으면서 큰 소리로 말했다. 그는 일어나서 부인에게 묵례를 보냈다.

"가세, 로트푸스. 내 침대가 있는 곳을 가르쳐주게나."

주인은 등불을 들고 다락방으로 통하는 좁은 계단을 통해 그를 안내했다. 견습공이 거처하던 방에는 철제 침대 하나가 벽에 붙어 있었고, 그 옆에 침구를 갖춘 나무 침대가 나란히 놓여 있었다.

"온수병(몸을 따뜻하게 하기 위해 자리 속에 넣어두는 것 - 옮긴이)이 필요하겠지?" 주인이 자상하게 물었다.

"있으면 좋겠군." 크눌프가 웃었다. "주인장께서는 아리따운 부인이 옆에 계시니 온수병 따위야 필요 없겠지."

"물론이지." 로트푸스는 진지하게 이야기했다. "지금 자네는 다락방의 추운 침대에 올라가는 수밖에 없네. 때로는 더 형편이 나쁜 잠자리에서 잘 때도 있겠지. 침대는커녕 건초 더미 위에서 잘 때가 있을지도 몰라. 하지만 내겐 집도 있고, 일거리도 있고, 다정한 마누라도 있지 않나. 여보게, 자네도 원하기만 했다면, 나보다 훨씬 오래전에 훌륭한 가장이 되었을 걸세."

크눌프는 그동안 서둘러 옷을 벗고 덜덜 떨면서 차가운 침대 속으로 기어들었다.

"아직도 할 말이 많은가?" 그가 물었다. "편히 누운 채 듣기로 하겠네."

"이건 진심일세, 크눌프."

"나도 마찬가질세, 로트푸스. 하지만 결혼이 마치 자네의 발명품인 양 말하지는 말게. 그럼, 잘 자게나!"

다음 날 크눌프는 침대에 계속 누워 있었다. 다소 기운이 빠진 느낌이었다. 날씨가 나빠서 집을 떠날 수도 없었다. 오전에 피혁공이 들렀을 때 신신당부했다. 조용히 누워 있고 싶으니, 점심때 수프 한 접시나 올려다 달라고.

이렇게 그는 어두컴컴한 다락방에서 온종일 조용히 그리고 기분 좋게 누워 있었다. 추위와 여독이 사라짐을 느끼면서, 따뜻한 안주安住의 쾌감에 몸을 맡겼다. 끊임없이 지붕을 두드리는 빗방울 소리와 약하지만 불안하고 변덕스레 불어대는 높새바람 소리에 귀를 기울였다. 사이사이 반 시간쯤 눈을 붙이거나, 주위가 밝아 있는 동안 자신의 여행 수첩을 읽었다. 자신이 쓴 시나 격언을 베껴놓거나, 몇 장의 신문에서 오려낸 것을 스크랩해놓은 책자였다. 그 속엔 주간지에서 오려낸 그림도 몇 장 들어 있었다. 그중 두 장을 각별히 좋아했는데, 너무 자주 꺼내 보는 바람에 너덜너덜 닳아빠진 것 같았다. 한 장은 여배우 엘레오노라 두세(아름다운 용모와 섬세한 연기력으로 세계적인 명성을 누렸던 이탈리아의 여배우 - 옮긴이)의 사진이었고, 또 한 장은 파도가 드높은 바다 위에서 강풍을 헤치고 나아가는 범선의 그림이었다. 북부지방과 바다에 대한 동경을 크눌프는 소년 시절부터 지니고 있었다. 여러 차례 그곳을 찾았고 한번은 브라운슈바이크 지방까지 진출했었다. 그러나 항상 길 위에 있으며, 어느 한군데에서도 정착하지 못하는 이 철새에게는 특이한 불안과 향수가 따라다녔다. 그래서 늘 남부 독일로 향하는 도정에 올라 있곤 했다. 낯선 사투리와 풍습이 존재하는 지방에 들어서면, 마음의 평정이 사라지기 때문인지도 몰랐다. 그곳에선 아무도 그를 알아보지 못했고, 따라서 전설 같은 여행 수첩을 정리하기가 어려웠다.

점심때쯤 피혁공이 수프와 빵을 가지고 올라왔다. 그는 살금살금 걸어와서는 놀란 듯 속삭이는 음성으로 말했다. 유년기에 병치레를 한 이후 한 번도 벌건 대낮에 누워 있어본 적이 없는 그로선 크눌프에게 병이 났다고 생각했다. 무척 기분이 좋은 크눌프는 애써 변명하려 하지 않았다. 단지 내일 아침이면 다시 건강한 몸으로 일어나게 될 것이라고 장담했을 뿐이었다.

오후 늦게 노크 소리가 났다. 선잠이 든 크눌프가 누운 채 대답을 하지 않았기 때문에, 부인은 조심스레 방 안으로 들어와 침대 옆 의자 위에 밀크커피 한 잔을 올려놓았다.

크눌프는 그녀가 들어오는 기척을 느꼈지만, 피곤함 때문에 혹은 기분이 내키지 않아서 눈을 감은 채 깨어 있다는 내색을 보이지 않았다. 여주인은 빈 접시를 손에 들고, 잠자고 있는 남자를 흘낏 쳐다보았다. 그는 푸른 바둑판무늬의 소매를 반쯤 걷어 올린 팔을 베고 누워 있었다. 섬세하고 짙은 머리카락과 어린아이같이 천진스런 얼굴의 아름다움이 돋보였다. 그녀는 잠시 동안 선 채로, 남편으로부터 갖가지 경이로운 이야기를 전해 들은 이 아름다운 청년을 바라보았다. 감은 눈 위로 선이 굵은 눈썹, 훤하고 부드러운 이마, 작지만 발그레한 두 뺨, 아름다운 분홍색 입술과 늘씬한 목덜미, 이 모든 것이 그녀의 마음에 들었다. 그녀는 옥센에서 웨이트리스로 일하던 시절을 생각했다. 이따금 저런 미남 청년들의 구애를 받으며 꿈결 같은 기분에 젖기도 했던 시절을.

몽롱하고 다소 흥분된 상태로 그녀는 그의 얼굴을 더 자세히 살펴보려고 약간 고개를 숙였다. 그러다가 접시에 놓였던 숟가락이 땅에 떨어져 방 안의 은밀한 정적을 깨는 바람에 소스라치게 놀랐다.

그제야 크눌프는 눈을 떴다. 깊은 잠에서 깨어난 듯 어리둥절한 표정으로 천천히 머리를 돌렸다. 손으로 잠시 두 눈을 비비고는 미소를 지으며 말했다. "아, 부인이시군요! 몸소 커피를 가져다주시다니! 이렇게 따뜻하고 맛 좋은 커피에 관한 꿈을 막 꾸었었는데요. 정말 고맙습니다. 로트푸스 부인! 몇 시나 되었지요?"

"네 시예요." 그녀는 재빨리 말했다. "커피가 따뜻할 때 어서 드세요. 찻잔은 나중에 와서 갖고 가겠어요."

302

그녀는 시간적 여유가 없다는 듯 서둘러 방을 나갔다. 크눌프는 그녀의 뒷모습을 바라보았고, 재빨리 층계를 내려가는 소리를 들었다. 그는 골똘히 생각에 잠겼다가는 몇 차례 머리를 흔들었다. 그런 다음 조용히 새의 울음소리 같은 휘파람을 불다가 커피 잔을 집어 들었다.

어두워지고 나서 한 시간쯤 지나니 지루한 생각이 들었다. 충분한 휴식으로 기분이 좋아지자, 다시금 잠시 사람들 틈에 끼고 싶은 충동이 일었다. 그는 유쾌한 기분으로 일어나 옷을 입었다. 어둠 속에서도 담비처럼 조용히 층계를 내려가 집을 빠져나갔다. 남서풍이 아직도 후텁지근하게 불고 있었다. 그러나 비는 더 이상 내리지 않았다. 하늘엔 커다란 별들이 맑고 밝게 떠 있었다.

크눌프는 밤의 골목길을 어슬렁거리며 배회했다. 썰렁한 장터를 지나 한 대장간의 문 앞에 이르렀다. 대장간을 치우는 직공들과 이야기를 나누면서, 언 손을 검붉게 이글대는 화덕 위에 들고 녹였다. 생각나는 대로 이 마을에 사는 사람들의 안부를 물어보았다. 생사 여부와 결혼은 했는지 등에 대해 문의했다. 대장간 주인에겐 같은 동업자인 양 행세했다. 직공들이 쓰는 말씨며 사전지식에 밝았기 때문이었다.

그 무렵 로트푸스 부인은 저녁 수프를 만들고 있었다. 작은 화덕에 달린 쇠고리가 달그락거렸다. 감자의 껍질을 벗긴 다음, 수프를 약한 불 위에 안전하게 올려놓았다. 그런 다음 램프를 들고 거실로 들어가 거울 앞에 섰다. 그 속엔 그녀가 찾았던 모습이 나타났다. 생기에 넘친 두 뺨의 동그란 얼굴, 파랗고 잿빛이 도는 눈동자, 머리카락을 매만져야겠다는 생각이 들자 그녀는 능숙한 솜씨로 매무새를 가다듬었다. 깨끗이 닦은 손을 다시 한 번 앞치마에 문지른 다음, 램프를 들고 재빨리 다락방으로 올라갔다.

조용히 그녀는 다락방 문을 노크했다. 두 번째는 좀 더 세게 두드렸지만, 응답이 없었다. 그녀는 램프를 바닥에 내려놓고 양손으로 조심스레 문을 열었다. 발뒤꿈치를 들고 살금살금 걸어들어가서는 침대 옆의 의자를 더듬어 찾았다.

"주무세요?" 그녀는 나지막한 음성으로 물었다. "찻잔을 치우려고요."

그러나 방 안이 너무 조용했다. 숨소리조차 들리지 않았다. 그녀는 침대를 향해 손을 뻗었다가 두려운 기분이 들어 물러섰다. 램프를 가져다 비춰보니 방 안은 비어 있었다. 침대는 잘 정돈되어 있었다. 베개와 담요도 잘 개어져 있었다. 그녀는 당황했다. 불안과 실망이 교차하는 마음을 안고 다시 부엌으로 돌아왔다.

반 시간쯤 뒤 저녁식사를 하러 피혁공이 올라왔다. 식탁은 이미 준비되어 있었다. 부인은 곰곰이 생각했다. 그러나 다락방에 다녀왔다는 말을 할 용기가 없었다. 그때 아래층의 현관문이 열렸다. 복도와 나선형의 계단을 가볍게 밟는 소리가 들리더니 크눌프가 나타났다. 멋진 갈색의 펠트 모자를 벗고 그는 저녁 인사를 건넸다.

"아니, 자네 어디에서 오는 길인가?" 주인이 놀라서 외쳤다. "불편한 몸으로 밤거리를 나다니다니! 그러다가 죽음의 신이라도 만나면 어쩌려고."

"아주 지당한 말씀이오." 크눌프가 말했다 "안녕하십니까, 부인. 제가 알맞은 시간에 들어왔지요? 부인의 맛있는 수프 냄새를 장터에서부터 맡았답니다. 그 향기가 벌써 죽음의 신 따위는 물리쳐버렸을 겁니다."

식사가 시작되었다. 주인은 말이 많았다. 가장으로서 그리고 직공장으로서의 권위를 뽐냈다. 손님에게 농담을 하다가 다시금 진지한 표정으로 말했다. 그 영원한 방랑벽과 무위도식의 생활을 끝내는 게 어떠냐고. 크눌프는 듣기만 할 뿐 대답이 없었다. 여주인도 아무 말이 없었다. 점잖고 예의 바른 크눌프에 비해 무식해 보이는 남편에 대해 화가 났다. 그녀는 친절한 접대로서 자신의 호의를 나타내려 했다. 시계가 열 시를 치자, 크눌프는 작별인사를 하고 피혁공에게서 면도기를 빌렸다.

"자넨 참 깔끔한 친구야." 로트푸스는 칭찬하면서 면도기를 내주었다. "턱이 꺼칠꺼칠하면 견딜 수가 없는 모양이지? 그럼 잘 자게나. 건강에 유의하고."

크눌프는 방에 들어가기 전 2층 계단 옆의 조그마한 창문을 통해 날씨와 이웃의 동정을 살펴보았다. 바람은 거의 잠잠해 졌고, 지붕과 지붕 사이 검푸른 하늘에는 밝고 윤기 있는 별들이 반짝이고 있었다.

내밀었던 머리를 들이고 막 창문을 닫으려고 하는데 건너편 집의 조그마한 창문이 갑자기 밝아졌다. 그의 것과 아주 비슷한, 작고 나지막한 방이었다. 그 문을 열고 젊은 하녀가 들어왔다. 오른편 손에 놋 촛대를 들고, 왼손에 든 커다란 물병을 바닥에 내려놓았다. 촛불로 좁은 침대 위를 비추자, 붉은색의 거친 요가 깔려 있는, 소박하지만 깔끔한 잠자리가 나타났다. 그녀는 촛대를 눈에 띄지 않는 장소에 놓고 나서 하녀들이 흔히 갖고 다니는, 녹색의 싸구려 트렁크 위에 걸터앉았다.

이 예기치 않은 장면이 연출되자 크눌프는 얼른 상대방의 눈에 띄지 않도록 자신의 램프를 껐다. 그러곤 조용히 선 채로 문틈을 통해 건너편을 엿보았다.

건너편 처녀는 그의 마음에 드는 타입이었다. 열여덟이나 열아홉 살쯤 되었을까. 그리 큰 키는 아니었고, 까무잡잡한 얼굴에 갈색의 눈 그리고 숱이 많은 검은색 머리카락을 하고 있었다. 이 차분하고 아름다운 얼굴에는 즐거움의 빛이 전혀 보이지 않았다. 처녀는 딱딱한 녹색 트렁크 위에 자못 걱정스럽고 슬픈 표정으로 앉아 있었다. 세상 물정과 여인들에 대해 꽤 알고 있는 크눌프로서는 쉽게 짐작할 수 있는 일이었다. 즉 처녀는 트렁크를 들고 객지에 들어온 지 얼마 되지 않아 향수병을 앓고 있는 것이라고. 그녀는 여윈 손을 무릎 위에 올려놓고, 잠시나마 자신의 소지품 위에 앉아 고향 집을 생각하는 것으로 마음의 위안을 삼는 모양이었다.

그녀가 방 안에서 꼼짝도 안 하듯이 크눌프도 창에 기대어 이상한 긴장감을 느끼면서 이 낯선 아가씨의 삶을 고집스레 응시했다. 그녀는 자신을 바라보는 시선이 있음을 꿈에도 알지 못하고, 촛불 빛에 자신의 고뇌를 천진스레 토로하고 있었다. 갈색의 다정한 눈동자가 초롱초롱하다가는 긴 속눈썹에 묻혔고, 어린애같이 발그레한 볼에는 홍조가 은은히 감돌고 있었다. 피곤해 보이는 여윈 두 손은 옷 벗는 일을 잠시 미룬 채 암청색의 무명옷 위에 가지런히 놓여 있었다.

마침내 처녀는 한숨을 내쉬면서 머리를 들었다. 숱이 많아 무거운 머리카락은 땋아서 그물 속에 넣어져 있었다. 생각에 잠긴 채 꽤나 근심스런 표정으로 허공을 응시하다가, 허리를 굽혀 신발 끈을 풀기 시작했다.

크눌프는 그 자리를 뜨고 싶지 않았다. 그러나 소녀가 옷 벗는 모습을 지켜본다는 것은 떳떳하지 못하고 짓궂은 일인 듯 싶었다. 생각 같아서는 그녀를 불러 잠시 농담을 주고받으며 좀 더 즐거운 기분으로 잠자리에 들고 싶었다. 그러나 소리쳐 부르면 그녀가 놀라서 불을 꺼버릴 것 같았다.

그 대신 그는 그의 많은 재주 중 하나를 써먹기로 작정했다. 끝없이 아름답고 부드러운 곡조로 먼 곳에서 들려오는 듯 휘파람을 불기 시작했다. 곡명은 〈물레방아 도는 시원한 골짜기〉였다. 그 작전은 성공이었다. 어찌나 아름답고 부드럽게 불었던지, 소녀는 잠시 영문을 모르고 듣고 있다가 3절이 시작될 때에야 천천히 몸을 일으켰다. 그러곤 창가로 다가와 열심히 귀를 기울였다.

크눌프가 계속 휘파람을 불어대자, 그녀는 머리를 창밖으로 내밀었다. 곡조에 따라 머리를 끄덕이며 박자를 맞추었다. 그러다가 갑자기 머리를 쳐들었다. 어디에서 휘파람 소리가 들려오는지 알아차렸기 때문이었다.

"거기 누가 있어요?" 그녀가 나지막이 물었다.

"피혁공장의 직공입니다." 그도 나지막한 음성으로 대답했다. "주무시는 걸 방해했다면 미안합니다. 그저 문득 고향 생각이 나서 한 곡조 불렀을 뿐이죠. 명랑한 곡도 불 수는 있지요. 그런데 아가씨에게도 이곳은 객지 같은데요?"

"전 시바르츠발트에서 왔어요."

"아, 시바르츠발트에서 오셨군요! 저도 그런데요. 그러고 보니 우리는 동향인이군요. 레히슈테텐이 마음에 드십니까? 나는 전혀 마음에 들지 않는군요."

"아이, 전 말씀드릴 수가 없네요. 여기 온 지 겨우 일주일밖에 지나지 않았거든요. 하지만 저 역시 별로 마음이 끌리지 않네요. 당신은 여기 오래 계셨나요?"

"아닙니다. 사흘 되었습니다. 그런데 동향인 사이에 너무 존대를 하는 게 아닐까요. 좀 터놓고 얘기하는 게 어떨까요?"

"아니에요. 그럴 수 없어요. 우리는 서로 아는 사이가 아니 잖아요."

"차츰 알게 되겠지요. 산과 골짜기라면 서로 가까워질 수 없 지만, 우린 사람 아닙니까? 고향은 어딘가요, 아가씨?"

"아마 모르실 거예요."

"혹시 압니까? 아니면 비밀인가요?"

"악트하우젠이라고, 조그마한 시골이에요."

"하지만 아름다운 곳이지요. 마을 앞쪽 한 모퉁이에 교회당 이 있지요. 그리고 물방앗간이든가 목공소든가, 아무튼 둘 중 에 하나가 있었고. 그 집엔 커다랗고 누런 세인트버나드 종의 개가 한 마리 있었지요. 제 말이 맞았나요, 틀렸나요?"

"어머나, 어쩜!"

그가 그녀의 고향을 잘 알고, 실제로 그곳에 다녀왔다는 사 실을 알게 되자, 그에 대한 불신도 경계심도 깨끗이 털어버리 게 되었다. 그리고 열심히 말을 건네왔다.

"그렇다면 안드레스 플릭이라는 사람을 아세요?" 그녀는 재빨리 물었다.

"아닙니다. 전 그곳에 사는 사람은 하나도 모릅니다. 하지만 분명 그분이 당신의 아버님이시겠지요?"

"맞았어요."

"그렇군요. 그렇다면 당신은 플릭 양이군요. 당신의 이름까지 안다면, 제가 다시 악트하우젠을 찾을 때 당신에게 엽서라도 한 장 띄울 수 있을 텐데요."

"다시 이곳을 떠나시려고요?"

"아니요. 떠나고 싶지 않습니다. 그저 당신의 이름이나 알고 싶어서."

"아이, 저도 당신의 이름을 모르잖아요."

"이거 미안합니다. 제 이름은 카를 에버하르트입니다. 이제 우리가 낮에 다시 만나면, 제 이름을 소리쳐 부를 수 있겠지요. 하지만 전 당신을 뭐라고 불러야 하죠?"

"바바라예요."

"그렇군요. 고맙습니다. 하지만 부르기가 쉽지 않군요. 내기를 걸어도 좋습니다만, 집안 사람들은 당신을 베르벨레라고 불렀겠지요?"

"그렇게도 불렀어요. 다 알고 계시면서 왜 그리도 많은 걸 물어보시죠? 이젠 쉬어야겠어요. 안녕히 주무세요."

"잘 자요, 베르벨레 양. 잘 주무시도록 한 곡만 더 불어드리지요. 달아나진 말아요. 돈은 받지 않을 테니까."

그는 곧 휘파람을 불기 시작했다. 이중음二重音과 전음顫音이 들어가는 일종의 요들송이었다. 이 기교에 넘친 곡조는 무도곡처럼 명랑했다. 기막힌 재주에 탄복하면서 그녀는 귀를 기울였다. 곡이 끝나자, 그녀는 조용히 창문을 내려 단단히 걸어 잠갔다. 크눌프도 어두운 그의 방으로 기어들어갔다.

다음 날 아침, 크눌프는 일찍 일어나 피혁공의 면도기를 사용했다. 피혁공은 몇 년 전부터 수염을 길렀다. 칼날이 무뎌 있었기 때문에, 크눌프는 칼을 반 시간 가까이 혁대에 문지른 후에야 쓸 수 있었다. 면도가 끝나자 옷을 입었다. 장화를 손에 들고 부엌으로 내려가자, 따뜻한 실내에 커피 향기가 진동했다.

그는 부인에게 장화 닦는 솔과 약을 빌렸다.

"아이, 그건 남자들이 할 일이 아니에요!" 그녀가 외쳤다. "제가 해드릴게요."

그러나 그는 그것을 허용하지 않았다. 결국 부인은 쑥스러운 웃음과 함께 구두 닦는 도구를 내놓았다. 그는 꼼꼼히 닦았다. 세심함과 즐거움을 느끼며 일하는 수공업자처럼 정성껏, 깨끗이 닦았다.

"참 잘도 닦으시는군요." 그를 바라보며 부인이 칭찬했다. "반짝반짝 광이 나네요. 애인이라도 만나러 가시는 모양이죠?"

"그렇다면 얼마나 좋겠습니까?"

"그렇게 보이는데요. 당신에겐 분명 아름다운 애인이 있을 거예요." 그녀는 넉살 좋게 깔깔 웃었다. "어쩌면 여러 명일지도 모르고요."

"저런, 그래서야 되겠습니까?" 크눌프는 나무라듯이 말했다. "부인께 내 애인의 사진을 보여드릴까요?"

호기심에 찬 표정으로 그녀가 다가왔다. 크눌프는 속주머니에서 방수포로 싼 지갑을 꺼내 두세의 사진을 내보였다. 그녀는 관심 깊게 사진을 살펴보았다.

"정말 잘생겼네요." 그녀는 칭찬했다. "좀 말라깽이 같지만. 건강한가요?"

"내가 아는 한 그렇습니다. 그건 그렇고, 주인장께선 어디 계십니까? 방에서 소리가 나는 것 같았는데."

그는 방으로 건너가 피혁공에게 인사했다. 거실은 말끔히 치워져 있었다. 밝은색의 벽, 시계 그리고 벽에 걸린 거울과 사진들이 다정하고 아늑하게 보였다. 겨울엔 이런 깨끗한 방이 나쁘진 않겠군, 하고 크눌프는 생각했다. 하지만 그 때문에 결혼한다는 건 생각해볼 일이야. 그는 안주인이 보여주는 호의도 별로 반갑지 않았었다.

밀크커피를 마신 후, 로트푸스의 안내를 받아 뜰과 헛간을 돌아다니며 피혁에 관한 작업을 둘러보았다. 그는 모든 수공업에 정통했기 때문에 아주 전문적인 질문을 해서 주인을 놀라게 했다.

"자네 어디에서 그 모든 걸 다 알았나?" 주인이 탄복하며 물었다. "자네가 진짜 직공인 줄 알겠네. 아니면 과거에 직공 일을 했거나."

"여행을 하면 온갖 것을 다 배운다네." 크눌프는 뽐내듯 말했다. "게다가 가죽의 무두질에 관한 한 자네가 내 스승이란 걸 잊었나? 육칠 년 전 함께 여행할 때 자네가 다 가르쳐주지 않았나, 원."

"그걸 아직도 기억하고 있다고?"

"조금은 기억하고 있네, 로트푸스. 하지만 이젠 자네의 일을 방해하고 싶지 않군. 조금도 도움을 주지 못해 미안하이. 이곳이 나에겐 너무 습기 차고 답답하네. 그러니 이해해주게나, 친구. 비가 오지 않을 때 마을을 좀 거닐어야겠네."

집을 나서자 크눌프는 갈색의 모자를 약간 뒤로 젖혀 쓰고 천천히 피혁공 집의 골목을 지나 장터 쪽으로 발걸음을 옮겼다. 로트푸스는 문 앞까지 나와 그의 뒷모습을 바라보았다. 크눌프는 가벼운 발걸음으로 기분 좋게 걸어가고 있었다. 깨끗이 닦은 구두가 젖지 않도록 물이 괸 웅덩이를 이리저리 피해가고 있었다.

'정말 행복한 친구야.' 주인은 부러운 마음을 갖고 생각했다. 토굴 같은 작업장으로 들어가면서 그는 이 괴짜 친구에 대해 생각했다. 삶에 있어 관찰하는 것밖에 다른 욕심이 없는 친구를. 그의 행위가 욕구에 가득 찬 것인지, 아니면 소박한 것인지 그는 구분할 수가 없었다. 일을 하며 자기발전을 기하는 사람이 여러 면에서 그보다 나을지도 몰랐다. 그러나 그런 사람은 결코 저렇듯 섬세한 솜씨를 가질 수 없으며, 저렇듯 늘씬하고 경쾌한 걸음걸이로 걸을 수 없을 것이다. 그렇다, 크눌프의 행위는 그의 천성에 따른 것이었다. 그가 모든 사람에게 어린아이처럼 말을 걸고, 모든 소녀와 여인들에게 아름다운 이야기를 들려주며, 매일을 일요일같이 지낸다고 해서 누구나 그를 흉내 낼 수는 없었다. 그가 가는 대로 내버려둘 수밖에 없었다. 건강이 나빠져 숙식을 필요로 할 때 그를 받아들이는 것은 즐거움이며 명예로운 일이었다. 아니, 감사한 마음을 가질 지경이었다. 그가 머무르는 집에는 기쁨과 명랑함이 가득했기 때문에.

그동안 크눌프는 즐거운 마음으로 호기심에 가득 차 거리를 거닐었다. 군대행진곡을 휘파람으로 불면서 전부터 알고 있었던 장소와 사람들을 찾아다녔다. 우선 가파른 언덕길을 올라 마을의 변두리로 갔다. 그곳엔 양복 수선을 하는 가난한 지기知己 한 명이 살고 있었다. 그는 새 양복을 짓는 일은 거의 없이, 딱하게도 헌 바지나 수선하며 살고 있었다. 한때 그에게도 가능성과 희망이 있었다. 좋은 공장에서 일하기도 했었다. 그러나 일찍 결혼해서 아이들이 벌써 몇 되었다. 게다가 부인은 집안 살림을 돌보는 데는 재주가 모자랐다.

이 재단사 슐로터베크를 크눌프는 교외 뒷골목 집 4층에서 찾아냈다. 집이 골짜기 옆에 있었기 때문에, 그의 조그마한 작업장은 마치 새장처럼 바닥 없는 허공에 매달려 있었다. 창을 통해 똑바로 아래를 내려다보면, 밑의 세 개 층뿐만 아니라 가파른 산언덕에 일구어놓은 빈약한 밭과 목초지들이 현기증 나게 널려 있었다. 집의 처마와 양계장, 염소 우리와 토끼장들이 얽혀 있는 곳, 이 황량한 땅 저편에 이웃집 지붕들이 아득히 조그마한 모습들로 골짜기에 누워 있었다. 그 대신 재단사의 가게는 밝고 통풍이 잘되었다. 창가의 널찍한 탁자 위에 이 부지런한 슐로터베크가 웅크리고 앉아 등대지기처럼 명랑한 얼굴로 아래 세상을 내려다보고 있었다.

"안녕, 슐로터베크." 크눌프가 안으로 들어가면서 말했다. 주인은 햇빛에 눈이 부셔 실눈을 뜨고 문 쪽을 바라보았다.

"오, 크눌프 아닌가!" 그는 환한 얼굴로 소리치면서 친구에게 손을 내밀었다.

"또 시골을 찾아왔군. 날 찾아 여기까지 올라오다니, 자네 어디 아픈 거 아닌가?"

크눌프는 세 발 의자를 끌어와 그 위에 걸터앉았다.

"바늘하고 실 좀 빌려주게. 아주 가는 갈색으로 말일세. 옷을 살펴봐야겠네."

크눌프는 상의와 조끼를 벗었다. 실을 바늘에 꿰고, 예리한 눈으로 옷의 이곳저곳을 검사했다. 옷은 아직 새것이나 다름없었지만, 바느질이 약한 곳, 실밥이 늘어진 곳, 달랑달랑 매달린 단추들을 곧 날렵한 솜씨로 고쳐놓았다.

"그런데 어떻게 지내고 있나?" 슐로터베크가 물었다. "날씨나 좋아야 말이지. 하지만 몸이 건강하고 가정만 없다면……."

크눌프는 이의가 있다는 듯 헛기침을 했다.

"그래그래." 그는 되는대로 대답했다. "하느님은 옳은 사람에게나 나쁜 사람에게나 다 비를 주시는데, 재단사들만이 메마른 모양이지? 자네는 여전히 불평이 많군그래, 슐로터베크."

"아, 크눌프, 그게 아닐세. 하지만 곁에서 떠들어대는 아이들 좀 보게나. 이젠 다섯이나 된다네. 종일 쭈그리고 앉아 밤까지 일하지만 그래도 부족하다네. 자넨 여행이나 하고 다니는데 말이야."

"잘못 보았네, 이 친구야. 네다섯 주 동안 노이슈타트의 요양원에 누워 있었다네. 그곳에선 꼭 필요한 기간만 받아주지, 더 연장이 되지 않더군. 하느님이 인도하는 길은 기이하기 그지없네, 슐로터베크."

"여보게, 잠언 따위는 집어치우게나."

"자네에겐 신앙심이 없다는 건가, 응? 나는 막 신앙심을 가지려 하네. 그 때문에 자네에게 온 거고. 그런데 어찌 된 일인가, 이 친구야."

"신앙심에 관한 한 날 내버려두게! 그런데 병원에 있었다구? 그것참, 안된 일이군."

"벌써 지난 일인걸, 뭐. 그런데 말 좀 해보게나. 지라흐 경전과 요한계시록에 대해서 말이야. 요양원에 들어갔더니 성경책이 있더군. 시간이 남아돌기에 그 책을 전부 읽었지. 그러니 이제는 자네와 이야기를 잘할 수 있을 거야. 참 묘한 책이더군, 성경이란 게."

"자네 말이 맞네. 묘한 책이지. 그런데 절반은 거짓말 같아.

어떤 사람에겐 하나도 맞질 않으니 말이야. 아마 자네가 더 잘 알 텐데. 한때 라틴어 학교엘 다니지 않았나."

"남아 있는 게 거의 없다네."

"그것 보라니까, 크눌프." 재단사는 열린 창문으로 침을 퉤 뱉었다. 그리고 눈을 부릅뜨고 성난 얼굴로 아래쪽을 내려다보았다. "알겠지, 크눌프. 신앙심이란 소용없는 것일세. 아무 쓸모없는 거라고. 자네에게 하는 말이지만, 난 그걸 우습게 알고 있네. 우습게 안다고!"

나그네는 찬찬히 그를 바라보았다.

"그래그래. 하지만 말이 좀 지나친 것 같으이. 내 보기엔, 성경 속에 아주 괜찮은 이야기가 씌어 있던데."

"그렇지. 그러나 몇 페이지를 더 넘겨보면 그 반대되는 이야기도 나오지. 아니, 그런 얘긴 그만하겠네. 집어치우게나."

크눌프는 일어나 다리미를 들고 있었다.

"이 속에 숯 몇 덩이만 넣어주게." 그는 주인에게 요청했다.

"뭘 하려고?"

"조끼를 좀 다려야겠네. 모자도 다려야겠고. 비 온 뒤끝이라서."

"늘 깔끔하긴!" 슐로터베크가 약간 화가 난 듯 소리쳤다. "배를 곯고 다니는 친구가 백작처럼 차려입은들 무엇 하겠나?"

크눌프는 조용히 미소를 머금었다. "그편이 더 낫게 보이잖나. 그것이 내겐 즐거움이기도 하고. 신앙심에서 우러나지 않아도 좋아. 옛 친구로서의 정리를 봐서라도 친절을 좀 베풀어줄 수 없겠나, 응?"

재단사는 문밖으로 나갔다가 곧 뜨겁게 단 다리미를 들고 들어왔다.

"이제 됐네. 고마우이." 크눌프가 치하했다.

그는 펠트 모자의 가장자리를 꼼꼼하게 다리기 시작했다. 그의 솜씨가 바느질만큼 능숙하지 못했기 때문에, 재단사가 다리미를 빼앗아 직접 다려주었다.

"내 마음에 꼭 드네. 이제야 다시 멋진 모자가 되었군." 크눌프는 친구에게 감사했다. "그런데 이보게, 재단사 양반. 자네는 성경책에서 너무 많은 걸 요구하는 것 같아. 무엇이 참된 것이냐, 삶이란 무엇이냐, 하는 따위는 우리 각자가 생각해볼 일이지, 책에서 배울 건 아니라는 게 나의 견해일세. 성경은 오래된 책이야. 옛날에는 오늘날 우리가 알고 있는 것처럼 많은 걸 알지 못했네. 하지만 바로 그 때문에 성경 속엔 아름다운 것, 훌륭한 것 그리고 아주 진실한 것이 많이 적혀 있는 게 아닐까? 때때로 그 책이 내겐 아름다운 그림책 같은 생각이 들 때가 있어. 루트라는 소녀가 들에 나가 남은 이삭을 줍는 장면은 정말 아름다워. 그 속에선 아름답고 따뜻한 여름날 같은 걸 느낄 수 있네. 혹은 예수가 어린이들에게 다가가, 너희들이야말로 교만에 찬 어른들보다 훨씬 더 사랑스럽다고 말하는 장면 같은 거 말일세. 그의 말이 옳다고 생각하네. 그것

318

만 보더라도 그에게 배울 만한 것이 있을 거야."

"그야 그럴 테지." 슐로터베크는 시인을 하면서도 완전히 승복하려 하지 않았다.

"남의 아이들에게 그렇게 하기는 쉽겠지. 하지만 자신의 애들이 다섯이나 되고, 먹여 살릴 길이 막연한 경우를 생각해보게나."

그는 다시 노엽고 고통스런 표정을 지었다. 크눌프는 그를 쳐다볼 수가 없었다. 떠나기 전에 무언가 좋은 말을 남겨주고 싶었다. 그는 잠시 생각에 잠겼다. 그런 다음 재단사를 향해 몸을 굽혔다. 맑은 눈으로 그의 얼굴을 진지하게 응시하면서 나지막이 말했다. "그렇다면 자네는 아이들을 사랑하지 않는단 말인가?"

몹시 놀라서 재단사는 눈을 크게 떴다. "자네 무슨 생각을 하고 있는 건가. 물론 나는 그 애들을 사랑하네. 그중에서도 막내를 특히."

크눌프는 진지한 표정으로 고개를 끄덕였다.

"이제 난 가봐야겠네, 슐로터베크. 정말 고마웠네. 조끼 값이 이젠 곱이 되겠는걸. 자네 아이들을 사랑하고 즐겁게 살아야 하네. 조금 배가 고픈들 어떤가. 여보게, 아무도 모르는 얘기 하나 해줄 테니 다른 사람들에겐 비밀로 해주게나."

주인은 그를 유심히 바라보았다. 그 맑은 눈이 무척 엄숙해졌지만, 시선을 피하지 않았다. 크눌프는, 재단사가 자신의 말을 알아듣기 어려울 정도로 나지막하게 말했다.

"날 좀 보게나! 자네는 날 부러워하면서, 내겐 가정이 없으니 걱정거리도 없을 거라고 생각하고 있네. 하지만 전혀 그렇지가 않네. 내게도 아이가 하나 있다네. 두 살짜리 꼬마인데, 낯선 사람들 손에서 자라고 있네. 사람들은 아버지가 누군지도 모른다네. 어머니는 아기를 낳자마자 죽어버렸고. 그 장소가 어딘지는 말하지 않겠네. 그곳에 갈 때마다 나는 그 집 주위를 어슬렁거리거나 울타리 옆에 서서 기다린다네. 운 좋게 꼬마를 보게 된다 해도 나는 손을 잡을 수도, 입을 맞춰줄 수도 없어. 기껏해야 함께 걸어가면서 휘파람이나 불어주는 정도지. 자, 내 사정이 이렇다네. 이젠 작별해야겠네. 애들이 있는 것을 기뻐하게나!"

크눌프는 거리를 계속해서 걸어갔다. 잠시 한 목공소의 창 옆에 서서 잡담을 나누며, 꼬불꼬불 삐져나오는 대팻밥을 바라보았다. 도중에 친절을 베풀어주었던 경관에게 인사를 하고, 자작나무 통에 담긴 코담배의 냄새를 맡게 해주었다. 도처에서 가정생활과 사업에 관한 이런저런 이야기를 들었다. 시청 회계과장 부인의 요절과 시장의 방탕한 아들 이야기를 들었다. 그 대신 다른 곳에서 있었던 새로운 일들을 이야기해주었다. 그리고 지기로서, 친구로서, 소식통으로서 이곳저곳의 주민, 혹은 명사들과 맺은 약하지만 즐거운 인연을 기쁘게 생각했다. 마침 토요일이었다. 그는 한 양조장의 문간에서 일꾼들에게 오늘 밤이나 내일 무도회를 여는 곳이 없냐고 물었다.

몇 군데 있긴 했다. 그중 가장 멋진 무도회는 반 시간 거리에 있는 게르텔핑겐의 '사자'라는 술집에서 열리는 것이었다. 그는 옆집 아가씨 베르벨레를 그곳에 데려가기로 결심했다.

곧 점심때가 되었다. 로트푸스의 집 층계를 올라가고 있노라니, 부엌에서 맛있는 음식 냄새가 물씬 풍겨왔다. 그는 걸음을 멈추었다. 어린애 같은 즐거움과 호기심에 차서 코를 벌름거리며 이 달콤한 향내를 들이마셨다. 무척 조용히 올라왔는데도 벌써 그가 오는 소리를 들은 모양이었다. 안주인이 부엌문을 열고 정다운 얼굴을 내밀었다. 요리에서 나온 김이 주위에 자욱했다.

"크눌프 씨, 어서 오세요." 그녀는 애교 있게 말했다. "아주 때맞춰 오셨어요. 오늘은 간 요리를 하고 있답니다. 좋아하신다면 간 한 조각을 특별히 구워드리죠. 괜찮으시겠어요?"

크눌프는 수염을 쓰다듬으며, 기사와 같은 예의를 표했다.

"아이고, 제가 그렇게 황송한 대접을 받다니요. 수프 한 접시면 족한데요."

"아니에요. 앓고 난 사람은 원래 음식을 잘 드셔야지요. 그렇지 않으면 어떻게 다시 기운을 차리겠어요? 혹시 간을 싫어하시는 건 아닌지? 그런 사람도 있으니까요."

그는 겸손하게 웃었다.

"아닙니다. 간 요리 한 접시면 성찬이지요. 평생토록 일요일마다 그런 요리를 먹을 수 있다면, 그것만으로도 행복할 겁니다."

"원하는 게 있으면 언제든 말씀만 해주세요. 요리를 배워서 어디다 쓰겠어요? 오늘은 간을 조금 남겨놓았답니다. 당신에게 좋을 것 같아서요."

그녀는 가까이 다가왔다. 밝은 미소를 지으며 그의 얼굴을 들여다보았다. 그녀의 행동이 무엇을 뜻하는지 그는 잘 알고 있었다. 게다가 부인은 꽤 미인이었다. 그러나 그는 모르는 척했다. 가난한 재단사가 다려준 멋진 펠트 모자를 만지작거리며 옆쪽만 바라보았다.

"고맙습니다, 부인, 그렇게까지 생각해주시니 정말 고맙습니다. 간 요리는 정말로 좋아합니다. 댁에서 제가 너무 호강하는 것 같군요."

그녀는 미소를 지으며 집게손가락으로 그의 말을 막았다.

"너무 사양하지 마세요. 해드리는 것도 없는데요. 그럼 간 요리를 해드릴게요. 양파도 좀 넣을까요?"

"좋고말고요."

그녀는 부엌으로 돌아갔다. 그는 식사 준비가 된 식탁에 앉아 어제 배달된 주간신문을 읽었다. 그러자 주인이 나타나고 수프가 날라져 왔다. 그들은 함께 먹었다. 식사가 끝난 후 셋이서 한 십오 분간 카드놀이를 했다. 크눌프는 새롭고 재미있는 카드 요술을 부려 안주인을 놀라게 했다. 장난치듯 천천히 카드를 섞기도 하고 번개 같은 동작으로 추리기도 했다. 우아한 동작으로 카드를 탁자 위에 던지고 때로 엄지손가락으로 카드의 가장자리를 쓰다듬었다. 주인은 경탄해 마지않으며 주의 깊게 바라보았다. 밥벌이도 되지 않는 이 잔재주에 푹 빠져버린 모습이었다. 그러나 여주인은 이 처세에 능한 세계인의 솜씨를 전문가와 같은 관심을 갖고 관찰했다. 그녀의 시선은 힘든 일로 손상되지 않은 길고 부드러운 그의 손에 머물러 있었다.

조그마한 창문을 통해 흐릿한 햇빛이 비쳐들어서는 탁자와 카드 위에서 남실거렸다. 바닥 위에 엷은 그림자를 드리우고, 푸른색이 칠해진 천장에서도 흔들거리며 맴돌았다. 크눌프는 눈을 가늘게 뜨고 이 모든 것을 감지했다. 2월의 태양의 유희, 집 안의 고요한 평화, 친구의 진지하고 근면한 얼굴 그리고 아름다운 부인의 의미 있는 시선 등을. 그러나 이 모든 것은 그의 마음에 흡족하지 못했다. 그를 위한 목표나 행복이 아니었다. 그는 생각했다. 몸만 건강하다면 그리고 여름이라면, 한시라도 여기에 머물러 있지 않을 텐데, 라고.

로트푸스가 카드를 모으며 시계를 쳐다보자, 크눌프는 말했다.

"햇볕이나 조금 쬐고 올까." 그는 주인과 함께 계단을 내려갔다. 주인은 가죽이 쌓여 있는 헛간으로 들어갔고, 그는 황폐

하고 좁은 풀밭으로 발을 들여놓았다. 이곳은 피혁공장의 물웅덩이로 차단되기는 했지만, 결국 시냇물까지 이어져 있었다. 그곳에다 피혁공은 조그마한 가교를 만들어놓고 가죽을 씻곤 했다. 크눌프는 다리 위에 앉았다. 조용히 흐르는 여울 위에 구두창을 살짝 닿게도 하고, 밑에서 재빨리 움직이는 검은 물고기들을 재미나게 바라보기도 했다. 그러고는 호기심을 갖고 주위를 살펴보기 시작했다. 이웃집 아가씨와 이야기할 기회를 마련하기 위해서였다.

두 집의 정원은 서로 붙어 있었다. 낡아빠진 나무 울타리가 경계를 짓고 있었는데, 저 아래 시냇가에서는 나무 말뚝이 삭아 없어져 사람들은 걸리적거리는 것 없이 두 장소를 드나들 수 있었다. 피혁공의 황량한 풀밭에 비해 이웃집 정원은 세심하게 손질되어 있는 것처럼 보였다. 네 줄로 된 화단은 겨울 동안 내버려두어 마른풀들만 무성한 채 함몰되어 있었다. 겨울을 지낸 시금치가 화단의 양쪽에 드문드문 자라고 있었고, 장미 나무 몇 그루가 머리를 땅에 처박고 있었다. 떨어진 곳엔 몇 그루의 아름다운 소나무들이 집을 가리고 서 있었다.

이웃 정원을 관찰하고 나서 크눌프는 소리 없이 소나무들이 있는 곳까지 돌진해갔다. 나무들 사이로 집이 보이고, 그 뒤편에 부엌이 있었다. 오래 기다리지도 않았는데, 부엌에서 소매를 걷어붙이고 일하는 처녀를 볼 수 있었다. 안주인이 그 옆에 서서 많은 것을 명하고, 또 가르치고 있었다. 능숙한 처녀를 두면 돈이 많이 나가기 때문에, 해마다 하녀를 갈아치우면서 칭찬에는 인색한 타입이었다. 그러나 그녀의 지시나 나무람은 그 억양으로 미루어보아 악의는 없어 보였다. 처녀도 이미 거기에 익숙해져서 당황하지 않고 깔끔하게 일하고 있었다.

침입자는 나무에 기대어 머리를 내밀었다. 사냥꾼처럼 주의를 기울이며 호기심에 차서 안을 엿보았다. 시간 따위는 문제가 되지 않았다. 삶을 관찰하는 방법을 배운 사람처럼 참을성 있게 귀를 기울였다. 창문을 통해 그녀의 모습이 보일 때마다 기뻤다. 안주인은 억양으로 미루어보아 레히슈테텐 사람이 아니었다. 몇 시간 거리에 있는 골짜기 태생임을 알 수 있었다. 그는 조용히 엿들었다. 향기가 진동하는 소나무 잎사귀를 씹으면서 반 시간을, 아니 꼬박 한 시간을 기다렸다. 마침내 부인의 모습이 사라지고, 부엌 안이 조용해졌다.

그는 잠시 더 기다렸다. 그런 다음 조심스레 걸어가 부엌문을 두드렸다. 그녀는 눈치채지 못한 것 같았다. 그는 또 한 번 노크를 해야 했다. 그러자 그녀가 반쯤 열린 창가로 다가왔다. 창을 활짝 열어젖히고 밖을 내다보았다.

"어머나, 무얼 하고 계신 거예요?" 그녀는 나지막하게 외쳤다. "간 떨어질 뻔했잖아요!"

"놀라지 말아요." 크눌프는 말하면서 미소를 지었다. "어떻게 지내는지 보고 인사나 전하고 싶었을 뿐입니다. 오늘이 토요일이고 해서, 혹시 내일 오후에 잠시 산책할 시간이 있는지 묻고도 싶었고요."

그녀는 그를 쳐다보며 머리를 저었다. 그가 낙담하는 표정을 짓자, 그녀는 안쓰러운 생각이 들었다.

"미안해요." 그녀는 다정스럽게 말했다. "내일은 시간이 없어요. 오전에 잠시 교회를 다녀올 정도예요."

"아, 그래요?" 크눌프는 중얼거리듯 말했다. "그렇다면 오늘 저녁에 만날 수 있을까요?"

"오늘 저녁이라고요? 네, 시간이 있긴 하지만 편지를 써야겠는데요. 고향 사람들에게."

"오, 편지라면 한 시간쯤 뒤에 써도 될 텐데, 오늘 밤에 부칠 게 아니잖아요. 이봐요, 당신과 이야기를 나누고 싶어 즐거운 마음으로 기다렸어요. 오늘 저녁, 우박이 쏟아지는 일만 없다면, 우리는 멋진 산책을 할 수 있을 겁니다. 좋지 않아요? 당신은 조금도 절 경계할 필요가 없어요."

"결코 당신을 경계하는 건 아녜요. 하지만 역시 안 되겠어요. 제가 웬 남자하고 산책하는 걸 사람들이 본다면……."

"베르벨레, 이 마을에 당신을 아는 사람은 없지 않아요? 그리고 나쁜 짓을 하는 겁니까? 아무도 당신 행동에 개의치 않을 거예요. 당신은 이제 여학생이 아닙니다. 안 그래요? 그런 걱정일랑 잊어버려요. 여덟 시에 저 아래 체육관 옆에서 기다리겠습니다. 우시장의 목책이 있는 곳이지요. 아니면, 좀 더 일찍 나갈까요? 전 아무래도 좋아요."

"아니에요, 아니에요. 더 일찍은 안 돼요 …… 아무래도 ……
나갈 수 없겠는데요. 어려울 거예요. 나가선 안 되겠어요……."

다시금 크눌프는 어린애처럼 슬픈 표정을 지었다.

"알겠습니다. 정 원하지 않는다면 할 수 없는 일이지요." 그
는 처량하게 말했다. "전 그저, 이곳이 객지라서 당신이 외로
울 것이며, 자주 고향 생각을 하리라 여겼지요. 저 역시 그러
니까요. 잠시 이야기나 나누고 싶었던 겁니다. 이를테면 악트
하우젠에 대해서도 더 듣고 싶고요. 한 번 들른 적도 있었던
곳이고 해서. 자, 됐습니다. 결코 당신에게 강요할 생각은 없
으니까요. 나쁘게 생각지 마십시오."

"어머, 나쁘게 생각하다니요! 그저 갈 수 없다는 것뿐이지요."

"베르벨레, 당신은 오늘 저녁 시간이 있는데도 나오기가 싫
은 거지요. 하지만 다시 한 번 생각해보세요. 오늘 저녁 체육
관 옆에서 기다리겠습니다. 당신이 오지 않으면 저 혼자 산책
을 하며 당신을 생각하겠습니다. 지금쯤 당신이 악트하우젠
으로 편지를 쓰고 있겠구나, 하고요. 자, 안녕. 언짢게 생각지
말아요."

그는 가볍게 머리를 끄덕이고는, 그녀가 무슨 말인가를 하
기도 전에 그곳을 떠났다. 그녀는 나무 뒤로 사라지는 그의 모
습을 바라보면서 난처한 표정을 지었다. 그런 다음 다시 일거
리로 돌아왔다. 그리고 갑자기—안주인은 외출했다—큰 소

리로 아름다운 노래를 부르기 시작했다.

크눌프도 그 노래를 들었다. 그는 다시 다리 위에 앉았다. 그리고 식사할 때 넣어두었던 빵조각을 꺼내 조그마한 덩어리들을 만들었다. 그것을 하나씩 하나씩 살그머니 물속에 떨어뜨렸다. 덩어리들은 급류에 떠밀리면서 가라앉았다. 저 밑 어두운 물속에선 유령처럼 조용히 나타난 물고기들이 덥석덥석 빵 덩어리들을 삼키는 모습이 보였다.

"아, 드디어 토요일 저녁이구나." 피혁공이 저녁식사를 하며 말했다. "일주일 내내 힘들게 일한 사람들에게 이 순간이 얼마나 아름다운지 자넨 모를걸."

"오, 나도 잘 알고 있네." 크눌프는 미소를 지었다. 부인도 함께 웃으며 장난꾸러기 같은 표정으로 그의 얼굴을 응시했다.

"오늘 저녁엔" 하고 로트푸스는 축제의 분위기를 불러일으키며 말을 이었다. "오늘 저녁엔 우리 맥주 한 통쯤 함께 마시자고. 우리 집사람이 곧 갖다줄 걸세. 안 그렇소, 여보? 그리고 내일 날씨가 좋으면 우리 셋이서 소풍이나 가세. 어떤가, 자네 생각은?"

크눌프는 친구의 어깨를 힘차게 쳤다. "자네 집은 정말 즐거운 곳일세. 내일의 소풍엔 기꺼이 참가하겠네. 그러나 오늘 저녁엔 볼일이 좀 있네. 여기 사는 친구 한 명을 만나야겠어. 저 위쪽에 사는 대장장이인데 내일 떠난다는 거야…… 미안하이. 하지만 내일은 종일 함께 지내세. 미리 알았더라면 오늘 약속을 하지 않는 건데."

"아직 쾌차하지도 않은 몸으로 밤에 돌아다녀도 되겠나?"

"아니, 괜찮네, 너무 몸을 사려도 안 좋은 거야. 늦지 않게 돌아오겠네. 열쇠를 어디다 눠두겠나?"

"자넨 무정한 친구군, 크눌프. 좋아, 다녀오게. 열쇠는 지하실 문 뒤편에서 찾아보게. 어딘지 알지?"

"물론이지. 자, 다녀오겠네. 잘 자게나. 부인께서도 안녕히 주무십시오."

그는 집을 나왔다. 그가 현관으로 내려왔을 때, 안주인이 바쁜 걸음으로 뒤쫓아왔다. 그녀는 우산을 가져왔다. 원하든 원하지 않든 크눌프는 지참하는 수밖에 없었다.

"몸조심하셔야 해요, 크눌프." 그녀가 말했다. "그리고 열쇠를 어디에 눠두는지 가르쳐드릴게요."

그녀는 어둠 속에서 그의 손을 잡았다. 그리고 집 모퉁이를 돌아 나무 덧문이 달린 작은 창문 앞에 섰다.

"이 문 뒤에 열쇠를 놓아둔답니다." 그녀는 들뜬 음성으로 속삭이면서, 크눌프의 손을 쓰다듬었다. "덧문이 열린 틈새로 손을 넣기만 하면 창턱에 놓여 있을 거예요."

"정말 고맙습니다." 크눌프는 말하면서 당황해서 손을 빼내었다.

"돌아오신 다음 드실 수 있게 맥주를 좀 남겨놓을까요?" 그녀가 다시 말문을 열고는 살며시 그에게 밀착해왔다.

"아닙니다. 전 술을 잘 못합니다. 안녕히 주무십시오, 로트푸스 부인. 대단히 감사합니다."

"어쩜 그렇게 서두르세요?" 그녀는 부드럽게 속삭이면서 그의 팔을 잡았다. 그녀의 얼굴은 그의 얼굴 앞에 바싹 다가와 있었다. 어색한 침묵이 흘렀다. 그는 힘으로 물리치고 싶지 않아 손으로 그녀의 머리카락을 쓰다듬어주었다.

"자, 이젠 가봐야겠습니다." 그는 갑자기 큰 소리로 외치고는 뒤로 물러섰다.

그녀는 반쯤 입을 벌린 채 미소를 지었다. 어둠 속에서 하얀 치아가 빛났다. 그녀는 아주 낮은 음성으로 말했다. "돌아오실 때까지 기다리겠어요. 당신은 사랑스런 분이에요."

크눌프는 재빨리 그곳을 떠나 어두운 골목길로 접어들었다. 우산은 옆구리에 꼈다. 다음 모퉁이를 돌아갈 때, 그는 답답한 마음을 달래려는 듯 휘파람을 불기 시작했다. 그것은 이런 노래였다.

그대를 받아들인다고 생각하나요.
그런 마음일랑 갖지 마오.
많은 사람들 사이에 있으면,
그대 때문에 부끄러워질 텐데.

바람이 기분 좋게 불어왔다. 이따금 어두운 하늘엔 별들이 얼굴을 내밀었다. 토요일 오후라서 술집에는 젊은이들로 북적거렸다. '공작'이라는 술집에 이르니, 볼링장의 창문 뒤편에서 셔츠 소매를 걷어붙인 선남선녀들이 보였다. 손에는 공을 들고 입에는 담배를 물고 있는 사람들이 많았다.

체육관 근처에 이르자 크눌프는 발길을 멈추고 주위를 둘러보았다. 앙상한 밤나무 가지에선 습기 찬 바람이 가냘프게 노래하고 있었다. 강물은 칠흑 같은 어둠 속에서 고요히 흘렀고, 불빛이 깜박거리는 창문들이 위에서 반사되고 있었다. 온화한 밤이 나그네의 온몸을 기분 좋게 감싸주었다. 그는 숨을 들이쉬면서, 봄과 따뜻함과 마른 거리들 그리고 방랑의 즐거움을 예감했다. 기억을 총동원해 마을과 계곡을 포함한 이 지방 전부를 조감해보았다. 모든 곳이 다 낯익었다. 거리와 샛길, 촌락과 정원들과 다정한 여관들을 모두 알 수 있었다. 그는 곰곰이 생각하면서 다음 여정에 대한 계획을 세웠다. 이곳 레히슈테텐에서는 더 이상 머무를 수가 없었다. 부인만 성가시게 굴지 않는다면 친구를 위해 이번 일요일까지 있고 싶었지만.

혹시 친구에게 마누라 단속을 잘하라고 충고해야 하지 않을까, 하고 그는 생각했다. 그러나 다른 사람에게 걱정거리를 만들어주고 싶지 않았다. 더 개선되든, 더 현명해지든, 남의 일에 참견할 필요를 느끼지 않았다. 유감스러웠지만 어쩔 수 없었다. 이전에 옥센의 웨이트리스였던 부인에 대해 그는 결코 호감을 갖지 못했다. 가정이니 결혼의 행복이니 하고 떠드는 피혁공에 대해서도 같은 경멸감을 느끼고 있었다. 자신의 행복이나 미덕에 대해 제아무리 떠들고 법석을 떨어도 대개는 아무 소용이 없다는 걸 그는 알고 있었다. 재단사의 신앙심에 대해서도 같은 생각이었다. 그들의 어리석음을 보고, 그것을 비웃거나 동정심을 가질 수도 있었다. 그러나 부질없는 일이었다. 각자가 자신의 길을 걸어가도록 놓아두어야 했다.

깊은 한숨과 더불어 크눌프는 이러한 근심들을 떨쳐버렸다. 오래된 밤나무에 기대 다리 쪽을 바라보면서 앞으로의 여행을 궁리했다. 될 수 있으면 시바르츠발트를 넘어가고 싶었다. 그러나 지금 그곳 산간지대는 추웠다. 아직 많은 눈이 쌓여 있을지도 몰랐다. 장화가 못 쓰게 되기 십상이고 숙소도 구하기 어려울 것이었다. 그렇다, 그것은 무리였다. 역시 계곡을 계속 따라가면서 조그마한 마을들을 방문하는 쪽이 나았다. 강을 따라 네 시간쯤 내려가면 히르셴뮐레에 도착할 것이다. 첫 번째 나타나는 안전한 휴식처다. 날씨가 나쁘면 그곳에서 한 이틀 묵어갈 수 있을 것이다.

이러한 상념에 잠겨 누구를 기다리고 있다는 생각조차 못하고 있는 참인데, 바람 부는 다리 위의 어둠 속에서 가녀린 자태가 나타나더니 불안한 듯 머뭇거리며 그에게로 다가왔다. 그녀임을 알아차리기 무섭게 그는 마주 달려나갔다. 고맙고 반가워서 마구 모자를 흔들어댔다.

"정말로 잘 와주었어요, 베르벨레. 저는 거의 단념하고 있었는데."

그는 여자의 왼편에 서서 걸으며, 그녀를 강의 위쪽 오솔길로 인도했다. 그녀는 수줍고 부끄러워했다.

"이래선 안 되는 건데." 그녀는 계속 되뇌었다. "아무도 우리를 보지 않아야 할 텐데요!"

크눌프는 이것저것 물어볼 것이 많았다. 곧 소녀의 발걸음은 침착성을 되찾았고, 나중엔 친구처럼 그의 곁에서 경쾌하고 활달하게 걸어갔다. 그리고 그의 질문과 항변에 대해 따뜻하게 대답해주었다. 열심히, 의욕적으로, 그녀의 고향과 부모님, 형제들과 할머니, 오리와 닭들, 우박과 병, 결혼식과 교회 헌당 축제일에 대해서도. 체험담을 늘어놓기 시작하자, 그것은 생각보다 거창해졌다. 결국 고향을 떠나와 일하게 된 경위며, 지금의 일과 주인집의 집안 사정까지 차례차례 이야기하게 되었다.

그들은 어느새 시내에서 멀리 떨어져 있었다. 그러나 베르벨레는 산책길에 신경을 쓰지 않았다. 서먹서먹한 이야기 상대조차 없어 침묵하고 지냈던 몇 주 동안의 우울함에서 벗어나 한껏 유쾌한 기분이 되었다.

"그런데 여기가 어디죠?" 갑자기 그녀는 놀란 듯 소리쳤다. "어디로 가고 있는 건가요?"

"당신만 좋다면, 게르텔핑겐까지 갑시다. 우리는 곧 그곳에 도착할 겁니다."

"게르텔핑겐이라고요? 거기서 무얼 하게요? 이제 그만 돌아가요. 너무 늦었어요."

"언제까지 돌아가면 되죠, 베르벨레?"

"열 시까지예요. 시간이 다 되었어요. 참 멋진 산책이었어요."

"열 시까지는 아직 시간이 남았습니다." 크눌프가 말했다. "당신이 늦지 않게 돌아갈 수 있도록 할게요. 하지만 우리가 젊어서 다시 만나기 어려울 테니 오늘만이라도 함께 춤을 즐겨 봅시다. 춤추기를 싫어하나요?"

그녀는 긴장한 표정으로 의아하다는 듯 그를 바라보았다.

"춤이야 항상 좋아해요. 하지만 어디서 춘단 말인가요? 한밤중에 이런 교외에서."

"곧 게르텔핑겐에 다다를 텐데, 그곳의 '사자'라는 술집에서 음악 소리가 들려올 겁니다. 거기 함께 들어가서 몇 곡 추면 어떻겠어요? 그런 다음 집으로 돌아가면 제법 멋진 저녁이 될 것 같지 않나요?"

베르벨레는 망설이며 서 있었다.

"멋질 거예요." 그녀는 천천히 말했다. "하지만 사람들이 우릴 보고 어떻게 생각할까요? 절 이상한 여자로 여기게 하고 싶지 않아요. 남들이 우릴 이상한 관계로 생각하는 것도 싫고요."

그러더니 갑자기 쾌활하게 웃으면서 외쳤다. "훗날 애인이 생기더라도 피혁공은 싫어요. 당신에겐 미안한 말이지만, 가죽 일은 결코 깨끗한 일이 못 되는 것 같아요."

"당신이 옳을지도 몰라요." 크눌프는 선량한 표정으로 말했다. "당신은 저 같은 사람과 결혼해선 안 됩니다. 내가 피혁공이라는 사실, 당신이 그렇게 자부심이 강하다는 사실을 아무도 모를 겁니다. 저는 손을 깨끗이 씻고 왔어요. 그러니 한번 같이 춤을 춰볼 마음이 있으면 응낙을 해줘요. 아니면 돌아갑시다."

그때 한밤의 어둠 속에 마을의 첫 번째 집이 숲 사이로 보였다. "저것 봐요!" 크눌프가 말하면서 손가락으로 가리켰다. 그러자 마을로부터 아코디언과 바이올린이 연주하는 무도곡이 들려왔다. "그렇다면 가요!" 그녀가 웃었다. 그들은 걸음을 빨리했다.

'사자'에서는 너덧 쌍만이 춤을 추고 있었다. 모두가 젊은 이들로 크눌프에겐 낯선 얼굴들이었다. 그들은 조용히 그리고 점잖게 춤을 추고 있었다. 춤에 가담한 낯선 쌍에 대해 어느 누구도 개의치 않았다. 둘은 렌틀러(8분의 3박자나 4분의 3박자의 비교적 느린 템포의 토속적인 춤 – 옮긴이)와 폴카(4분의 2박자의 경쾌한 춤곡, 또는 그런 춤 – 옮긴이)를 함께 추었다. 다음엔 왈츠곡이 연주되었다. 베르벨레는 왈츠를 출 줄 몰랐다. 둘은 앉아서 구경했다. 맥주는 한 잔씩만 마셨다. 크눌프의 주머니 사정이 더 이상은 허락하지 않았기 때문이었다.

베르벨레는 춤 때문에 상기되어 있었다. 눈을 반짝이며 조그마한 홀의 무도회를 바라보았다.

"이제 갈 시간이 되었군." 아홉 시 반이 되자 크눌프가 말했다.

처녀는 놀라서 일어났지만, 슬픈 표정을 지었다.

"아이, 가기 싫어!" 그녀는 나지막하게 말했다.

"좀 더 머물러도 됩니다."

"아니에요. 가야 해요. 정말 재미있었어요."

그들은 자리를 떴다. 문밖으로 나왔을 때 소녀에게 무슨 생각인가 떠오른 모양이었다. "우리는 악사들에게 한 푼도 주지 않았지요?"

"그렇군요." 크눌프가 당황해서 말했다. "한 20페니히는 줘야 되는 건데. 유감스럽게도 지갑이 비어서."

그녀는 조그마한 지갑을 주머니에서 꺼냈다.

"왜 진작 말씀하지 않으셨어요. 여기 20페니히짜리가 있어요. 그들에게 주세요."

그는 동전을 받아 악사들에게 갖다주었다. 밖으로 나오자, 그들은 문 앞에 잠시 서서 어둠 속으로 난 길을 찾아야 했다. 바람은 더 거세어졌고, 빗방울이 떨어지기 시작했다.

"우산을 펼까요?" 크눌프가 물었다.

"펴지 마세요. 바람 때문에 앞으로 나가기도 힘들 거예요. 홀 안에선 참 즐거웠어요. 그런데 당신은 거의 댄스 선생님처럼 잘 추시더군요, 피혁공님."

그녀는 계속 유쾌하게 떠들어댔다. 그러나 그녀의 남자친구는 말이 없었다. 몸이 피곤하거나, 아니면 다가온 작별을 아쉬워하는 것 같았다.

갑자기 그녀가 노래를 부르기 시작했다.

때로는 네카어강변에서 풀을 베고
때로는 라인강변에서 풀을 베지요.

그녀의 음성은 따뜻하고 맑았다. 두 번째 구절부터는 크눌프도 함께 불렀다. 그 음성이 너무나 또렷하고 그윽하고 아름다워서, 그녀는 노래를 멈추고 기분 좋게 귀를 기울였다.

"자, 이제는 고향 생각을 잊었나요?" 노래가 끝나자 그가 물었다.

"아, 네." 그녀는 맑게 웃었다. "우리 다음에 또 이런 산책을 할래요?"

"유감이지만, 이게 마지막이 될 거예요." 그는 나지막하게 대답했다.

그녀는 걸음을 멈추었다. 그의 말을 정확히 듣지는 못했지만, 우울한 어조가 그녀의 마음을 울렸기 때문이었다.

"네, 뭐라고요?" 그녀는 다소 놀란 듯 물었다. "제가 뭘 잘못했나요?"

"아니요, 베르벨레. 그러나 전 내일 떠나야 합니다. 주인에게도 이야기했어요."

"그게 무슨 말씀이세요? 정말인가요? 아, 정말 유감이에요."

"너무 섭섭해하지 말아요. 전 오래 머무를 수가 없어요. 그리고 일개 피혁공에 지나지 않는데요, 뭘. 당신에게도 곧 애인이 생길 겁니다, 아주 멋진 애인이. 그렇게 되면 고향 생각도 잊게 되겠지요. 틀림없습니다."

"아, 그렇게 말씀하지 마세요. 당신이 제 애인은 아니더라도, 제가 당신을 무척 좋아한다는 것을 아시잖아요."

둘은 침묵했다. 바람이 그들의 얼굴을 때렸다. 크눌프는 속도를 늦추었다. 벌써 다리 가까이 와 있었다. 마침내 그는 걸음을 멈췄다.

"자, 이제는 작별을 해야겠군요. 여기서부터는 당신 혼자 가는 게 낫겠어요."

베르벨레는 사뭇 슬픈 표정으로 그의 얼굴을 들여다보았다. "진심이신가 보군요? 그렇다면 당신에게 감사드려야겠어요. 잊지 않겠어요. 그리고 늘 행복하시길 빌겠습니다."

그는 여자의 두 손을 잡고 끌어당겼다. 그녀가 불안하고 놀란 표정으로 그의 눈을 들여다보는 동안, 그는 비에 촉촉이 젖은 그녀의 머리카락을 쓰다듬으며 속삭였다. "안녕, 베르벨레. 지금 당신에게 작별의 키스를 하고 싶어요. 당신이 저를 완전히 잊지 않도록."

그녀는 흠칫 놀라면서 뒤로 물러나려 했다. 그러나 선량하고 슬픈 시선이 그녀 앞에 있었다. 그녀는 비로소 그의 눈이 아름답다는 것을 알았다. 두 눈을 감지도 않은 채, 그녀는 그의 키스를 진심으로 받았다. 그런 다음 그가 미소를 머금고 머뭇거리자, 그녀는 눈물을 글썽이면서 그에게 뜨거운 키스를 보내주었다.

그녀는 재빨리 그곳을 떠나 다리를 건너갔다. 그러나 갑자기 몸을 돌려 되돌아왔다. 크눌프는 아직도 그 자리에 서 있었다.

"왜 그러죠, 베르벨레? 당신은 집에 돌아가야 할 텐데."

"네, 네, 갈 거예요. 당신은 절 나쁘게 생각하지 마세요."

"결코 그렇게 생각하지 않아요."

"하지만 어떻게 하실 거죠, 피혁공님? 당신은 아까 주머니가 비었다고 하셨죠? 떠나기 전에 급료를 받으실 건가요?"

"아니, 받을 급료는 없어요. 그러나 상관없습니다. 지금까지 잘해왔는데요. 그런 걱정일랑 하지 말아요."

"아니에요, 아니에요! 당신은 돈을 좀 갖고 있어야 해요. 자!"

그녀는 큼직한 주화 한 개를 그의 손에 쥐여주었다. 1탈러짜리 은화가 분명했다. "언제든 돌려주시면 될 거예요. 훗날 언젠가."

그는 그녀의 손을 놓지 않았다.

"안 됩니다. 당신은 그렇게 돈을 써서는 안 돼요. 이건 은화 아닙니까? 다시 넣어두세요. 정말입니다. 지각 없는 행동을 해선 안 돼요. 잔돈이 있으면 50페니히짜리나 하나 주세요. 그 정도라면 기꺼이 받았다가 요긴할 때 쓰겠습니다. 하지만 그 이상은 안 됩니다."

그들은 잠시 더 승강이를 벌였다. 베르벨레는 1탈러짜리밖에 없다고 고집하다가, 결국 지갑을 열어 보여야 했다. 그 속엔 1마르크짜리는 물론, 당시에 아직 통용되던 20페니히짜리도 있었다. 그 20페니히를 그는 가지려 했다. 그렇게 적은 돈은 안 된다고 그녀는 고집을 피웠다. 그는 한 푼도 받지 않고 떠나려 했다. 그러나 그녀는 결국 1마르크짜리 하나를 억지로 쥐여주고는 종종걸음으로 달아나버렸다.

도중에 그녀는 줄곧 왜 그가 한 번 더 키스를 해주지 않았을까 생각했다. 한편으론 섭섭했고, 한편으론 예의 바른 행동이라 여겨졌다. 결국 그녀는 그의 행동이 옳았다고 믿게 되었다.

한 시간쯤 지난 후 크눌프는 집으로 돌아왔다. 저편 거실에는 아직 불이 켜져 있었다. 부인이 아직도 자지 않고 그를 기다리는 모양이었다. 그는 화가 나서 침을 탁 뱉었다. 생각 같아서는 이 밤에 그곳을 떠나고 싶었다. 그러나 몸이 피곤한 데다 비가 올 것 같았다. 또 그렇게 해서 피혁공을 언짢게 하고 싶지도 않았다. 게다가 오늘 밤엔 악의 없는 장난을 쳐보고 싶은 생각이 들기도 했다.

그래서 열쇠를 낚시질하듯 집어 올려서는 도둑놈처럼 조심스레 현관문을 열었다. 입을 꼭 다물고 소리 없이 자물쇠를 채운 다음, 열쇠를 조심스레 제자리에 놓았다. 그런 다음 신발을 벗어 손에 들고, 양말 바람으로 층계를 올라갔다. 거실의 열린 문틈으로 불빛이 새어나왔다. 기다리다 지쳐 소파에 앉은 채 잠이 든 부인이 깊은숨을 내쉬고 있었다. 그는 살며시 위층으로 올라왔다. 방문을 단단히 잠그고 침대로 기어들었다. 다음 날 아침, 그는 결심한 대로 친구의 허락을 받고 길을 떠났다.

크눌프에 대한 회상

아직 한창 즐거웠던 젊은 시절이었다. 크눌프도 아직 살아 있었다. 당시에 우리들, 즉 그와 나는 태양이 작열하는 여름날 풍요로운 지방을 돌아다니고 있었다. 걱정거리는 거의 없었다. 온종일 황금빛 들판을 거닐기도 하고 서늘한 호두나무 그늘이나 숲속에 드러눕기도 했다. 저녁이면 크눌프가 농부들에게 이야기를 하거나, 아이들에게 그림자놀이를 가르쳐주고, 소녀들에겐 많은 노래를 불러주는 모습을 바라보았다. 샘 내지 않고 기쁜 마음으로 귀를 기울였다. 그가 소녀들에게 둘러싸여 있을 땐, 그을린 얼굴이 밝게 빛나곤 했다. 소녀들은 처음엔 까르륵대며 웃거나 빈정거리다가도 이내 그에게 시선을 모으고 다소곳이 경청했다. 그럴 때면 그는 드문 행운아요, 나는 그 반대라는 생각이 들기도 했다. 때때로 나는 거추장스러운 존재가 되지 않으려고 슬며시 자리를 피해주었다. 목사님을 찾아 인사하고, 재미난 이야기를 듣거나 잠자리를 청했으며, 아니면 술집에 들어가 말없이 술을 마셨다.

어느 날 오후를 나는 기억한다. 그때 우리는 한 공동묘지 곁을 지나가고 있었다. 마을에서 멀리 떨어진 들판 위에 조그마한 교회당과 함께 놓여 있는 묘지였다. 주위를 둘러싼 돌담 위로 덤불이 무성해 집처럼 아늑하고 평화로웠다. 두 그루의 커다란 밤나무 사이에 있는 철책의 출입문은 잠겨 있었다. 나는 지나가려고 했다. 그러나 크눌프는 생각이 달랐다. 걸음을 멈추더니 돌담을 넘으려고 했다.

나는 물었다. "또 쉬어가려나?"

"암, 암, 안 그랬다간 곧 발바닥이 부르트고 말 걸세."

"알겠네. 그렇지만 하필 공동묘지에서 쉴 건 뭔가?"

"아주 그만이지. 이리 와보게나. 농부들은 이 세상에서 충분히 쉬지 못하는 대신, 땅 밑에서나 편안히 쉬려고 하는 모양이야. 그러니 이렇듯 정성을 기울여 무덤과 그 주변에 아름다운 나무들을 심어놨겠지."

나도 그의 뒤를 따라 담을 넘었다. 그리고 그가 옳았다는 걸, 담을 넘어오길 잘했다는 걸 알게 되었다. 안에는 무덤들이 가로세로 나란히 줄지어 있었다. 대부분 하얀 나무 십자가가 세워져 있고 주변엔 푸른 나무와 갖가지 꽃들로 뒤덮여 있었다. 메꽃과 제라늄이 불같이 이글거렸다. 나무 그늘 밑엔 철 늦은 개망초가, 장미 넝쿨엔 장미꽃이 가득 피어 있었다. 말오줌나무와 정향나무도 무성한 잎을 자랑하며 서 있었다.

우리는 잠시 주위를 둘러보고 풀숲에 주저앉았다. 여기저기 풀이 우리의 키를 넘게 자랐고, 꽃들이 만발해 있었다. 휴식을 취하노라니 선선한 게 기분이 좋았다.

크눌프는 가까운 십자가 위의 이름을 읽었다. "이름은 엥겔베르트 아우어, 육십이 넘게 살았군그래. 대신 그는 지금 레세다(물푸레나무의 꽃 - 옮긴이) 밑에 누워 있어. 아주 예쁜 꽃이지. 분명 편안히 잠들어 있을 거야. 나도 레세다 밑에 잠들고 싶네. 우선은 여기 있는 꽃 한 송이를 갖고 갈까."

내가 말했다. "그만두고 다른 꽃을 꺾게나. 레세다는 너무 빨리 시들어."

그러나 그는 레세다 한 송이를 꺾어, 풀밭에 놓여 있는 자신의 모자에 꽂았다.

"정말 조용한 곳인데!" 내가 말했다.

"그렇지? 좀 더 조용했다간 이 땅 밑에서 하는 말소리가 들릴 것만 같아."

"그렇지 않을 거야. 그들은 할 말을 다 해버렸거든."

"어찌 알겠나? 우리는 늘 죽음이란 하나의 잠이라고 말하지 않아? 잠자면서 때로는 말을 하거나 노래를 부르기도 하지."

"자네라면 그럴지도 모르겠네."

"암, 물론이지. 죽어서 묻히면, 나는 기다리겠네. 일요일 날 소녀들이 찾아와 둘러서서는 내 무덤에서 꽃을 꺾어가기를. 그러면 난 아주 조용히 노래를 불러주겠어."

"그래, 무슨 노래를 불러주겠나?"

"무슨 노래냐고? 아무 노래면 어때."

그는 땅 위에 길게 누워 눈을 감았다. 곧 나지막한 소년의 음성으로 노래를 시작했다.

나 일찍 무덤에 누웠으니

소녀들이여, 나를 위해 노래해다오

작별의 노래를.

나 다시 태어날 때는

나 다시 태어날 때는

의젓한 미소년이 되리라.

노래가 마음에 들긴 했지만, 나는 우스워 견딜 수가 없었다. 그는 부드럽고 아름다운 음성으로 노래했다. 시구의 내용이 더러 온전하지 못했지만 멜로디는 아주 아름다웠고, 그것이 가사까지 아름답게 만들었다.

"크눌프, 아가씨들에게 너무 많은 걸 약속하지 말게나. 아니면 그들이 곧 자네 말에 귀도 기울이지 않을 걸세. 다시 태어난다는 게 좋은 일이긴 해도 그걸 믿는 사람이 누가 있겠나. 자네가 의젓한 미소년이 될지도 확실치 않고 말이야."

"맞아, 확실치 않아. 하지만 그렇게 되고 싶네. 그저께 그 소년 기억나나? 우리가 길을 물어보았던 꼬마 목동 말일세. 다시 태어난다면 그런 소년이 되고 싶어. 자넨 안 그런가?"

"아니, 나는 그렇지 않네. 언젠가 칠순이 넘은 노인을 사귄 적이 있는데, 그의 시선이 어쩌나 조용하고 선량하던지, 그의 마음속엔 착하고 슬기롭고 고요한 것으로만 충만한 것 같았 다네. 그 뒤로 이따금 생각했지. 나도 한번 그런 사람이 되었 으면 좋겠다고."

"그래, 자네는 그런 점이 좀 부족하지. 잘 아는군그래. 하지 만 소망이란 게 도대체 얼마나 우스꽝스러운 것인가. 만일 지 금 내가 절을 하기만 하면 멋진 꼬마 소년이 되고, 자네가 절 을 하면 아름답고 온후한 노인장이 될 수 있다고 하세. 그렇다 고 우리 둘 다 절을 하겠나? 지금의 우리들로 있기를 원하지."

"그건 사실이야."

"아무렴. 그 밖에 또 있지. 여보게, 나는 종종 이런 생각을 한 다네. 이 세상에 존재하는 것 중 가장 아름다운 것은 날씬한 블론드 머리카락의 소녀라고. 아니, 때로는 검은 머리카락의 소녀가 더 아름다울 때도 있겠지. 그 밖에도 내 보기에 아름 답기 그지없는 것은 창공을 자유로이 날아다니는 예쁜 새일 세. 또한 나비처럼 경이로운 존재가 또 있을까? 예를 들어 날 개 위에 빨간 무늬를 가진 흰 나비 말일세. 아니면 구름 속에 서 지는 저녁놀은 어떤가? 눈부시지는 않지만, 삼라만상이 빛 날 때 한껏 유쾌하고 천진스러워 보이는 저녁놀 말일세."

"지당한 말일세, 크눌프. 이것들을 알맞은 시간에 보기만 한다면 모두 다 아름답고말고."

"그래, 하지만 다른 생각이 들 때도 있어. 아름다운 것은 항상 기쁨과 함께 슬픔과 불안을 선사하는 존재라고."

"어째서 그런가?"

"그건 이런 뜻일세. 아무리 아름다운 소녀라도 때가 있으며 그 후엔 늙어서 죽게 된다는 것, 바로 그것을 알기에 우리가 그들을 아름답다고 생각한다는 말이지. 만일 어떤 것이 영원히 아름다울 수 있다면 어떻게 될까? 처음엔 즐거움을 느끼다가 차츰 냉정한 눈으로 바라보게 될 거야. 그리고 이렇게 생각하겠지. 까짓것 언제든지 볼 수 있는데 오늘만 날인가 뭐. 반면에 나약하고 영속할 수 없는 존재를 보고 있노라면, 난 즐거움뿐만 아니라, 연민의 정을 함께 느낀다네."

"듣고 보니 그렇군."

"때문에 나는 어느 곳이건 밤하늘에 수놓아지는 불꽃놀이보다 아름다운 것을 알지 못하네. 푸른색, 초록색 빛의 알맹이들이 어둠 속으로 솟아오르는 거야. 그리고 아름다움이 극치에 달한 순간, 작은 호선弧線을 그리면서 사라지는 거지. 그것을 바라보고 있노라면, 우리는 기쁨과 동시에 저것이 곧 사라져버리겠구나, 하는 불안을 느끼게 되는 것일세. 이 두 가지 감정이 연계되어 있기에 영속하는 존재보다 훨씬 더 아름답게 느끼는 게 아닐까? 어떤가?"

"옳은 말이야. 하지만 모든 것에 다 적용되지는 않는 것 같은

데."

"어째서 그런가?"

"예컨대 두 사람이 서로 좋아서 결혼을 했다든가 또는 우정으로 맺어졌을 때, 그것은 오래 지속되고 금방 끝나지 않기 때문에 아름다운 것 아니겠나?"

크눌프는 나의 얼굴을 유심히 바라보았다. 그러고는 검은 눈을 깜박거리며 신중하게 말했다. "나도 동감일세. 하지만 그것도 언젠가는 다른 모든 것과 마찬가지로 끝나게 될 거야. 우정을 망쳐놓는 게 여러 가지가 있으니까 말일세. 사랑의 경우도 그렇고."

"역시 일리 있는 말이네. 하지만 그런 일이 일어나기 전에는 생각이 미치질 못하지."

"그럴까? …… 이보게나. 평생 나는 두 번 사랑에 빠진 적이 있었네. 진실한 사랑이었지. 두 번 다 영원히 계속될 것이며 죽기 전에는 끝나지 않으리라 확신했다네. 하지만 두 번 다 끝장을 보았고, 난 아직 죽지도 않았네. 또 고향에는 절친한 친구 한 명이 있었지. 우리의 우정은 평생토록 변함이 없으리라 생각했어. 하지만 우린 헤어지고 말았네. 벌써 오래전에."

크눌프는 입을 다물었다. 나 역시 무슨 말을 해야 좋을지 몰랐다. 모든 인간관계 속에는 고통이 내재해 있다는 사실을 나는 아직 체험하지 못했기 때문이었다. 밀접하게 연결되어 있는 두 인간 사이에도 항상 심연이 입을 벌리고 있다는 사실 그리고 사랑만이, 그것도 때로는 비상 다리에 의해서만 그 심연을 건널 수 있다는 사실을 나는 아직 알지 못했었다. 나는 이전에 친구가 한 이야기를 곰곰이 생각했다. 그중에서도 불꽃 이야기가 가장 마음에 들었다. 나 자신이 여러 번 그것을 체득했기 때문이었다. 어두운 하늘 위로 솟구쳐 오르며 은은하게 우리를 유혹하는 불꽃. 그러나 너무나 빨리 스러지고 마는 불꽃. 그것이 내겐 모든 인간이 지닌 욕망의 상징처럼 보였다. 아름다우면 아름다울수록 더 빨리 스러져버려서는 우리 마음을 더욱 안타깝게 하는 그런. 나는 크눌프에게도 그 이야기를 했다.

그러나 그는 별 호응을 보내지 않았다. "그래그래"라는 말뿐이었다.

한참 지난 뒤에야 그는 나지막한 음성으로 말했다. "이런저런 생각도 부질없는 일일세. 우리는 사실 생각한 대로 행하는 게 아니거든. 아무 생각 없이 마음 내키는 대로 걸어가는 거야. 그러나 우정과 사랑은 아마도 내가 말한 대로일 걸세. 결국 모든 인간은 자기만의 것을 간직하고 다른 사람과 나누어 가질 수가 없다네. 어떤 사람이 죽을 경우 그 사실을 알 수 있지. 하루, 한 달 또는 일 년쯤 울고 슬퍼하지만, 결국 사자死者는 떠난 사람인 거야. 관 속에 누워 있는 것은 고향을 잃은, 낯선 직공 청년과 다를 바가 없지."

"기분 좋은 소리는 못 되는군, 크눌프. 우리는 종종 삶이란 종국에 어떤 의미를 가져야 한다고 말하지 않던가? 우리가 악하고 적대적인 행위를 하지 않고 선하고 친절하게 살아간다면 하나의 가치를 갖게 되는 거라고 말이야. 자네 말대로라면, 도둑질을 하건 사람을 때려죽이건 결국은 매한가지라는 것 아닌가?"

"그건 아닐세, 이 친구야. 자네가 원한다고 해서 만나는 한 쌍의 이웃 사람을 때려죽일 수 있겠나? 노란 나비더러 파란 나비가 되라고 요구할 수 있겠나? 웃음거리나 되겠지."

"내 말뜻은 그게 아닐세. 모든 것이 매한가지라고 한다면, 옳고 정직하게 살려는 것이 무슨 의미가 있겠느냐는 말이야. 푸른색이 노란색과 같고, 선이 악과 다를 바가 없다면 선한 존재가 어찌 존재하겠나? 그렇다면 모두가 숲속의 동물과 진배없을 것이며, 본능에 따라 행동하면서도 죄의식을 느끼지 못할 걸세."

크눌프는 한숨을 쉬었다.

"그래. 그 점에 대해선 할 말이 없네. 아마도 자네 말이 맞을 거야. 우리가 종종 어리석은 슬픔에 잠기는 것은 소망이란 게 가치 없는 일이고, 모든 것이 우리와는 무관하게 자신의 길을 가고 있다고 느끼기 때문일 거야. 하지만 비록 피치 못할 일이라 하더라도 죄는 존재하는 걸세. 우리가 그것을 내면에서 느끼니까 말이야. 착한 일을 하면 마음이 평온하고 양심에 만족감을 얻게 되니 역시 선善이란 올바른 것이 틀림없어."

나는 그의 표정을 보고 이런 대화에 싫증을 느끼고 있음을 알았다. 그에게 자주 있는 일이었다. 철학적 문제에 빠져들어 명제를 세우고 찬반의 의견을 개진하다가는 갑자기 이야기를 중단하는 일이. 처음에 나의 불충분한 답변과 이의에 싫증을 내는 것으로 생각했다. 자기 나름대로 사색에 몰두하다가 자신의 지식과 언변에 한계를 느낄 경우가 그러했다. 그는 많은 책을 읽었다. 특히, 톨스토이를 즐겨 읽었다. 그러나 진실과 궤변의 차이를 늘 정확히 구별할 수 없었고 그것을 스스로 느끼고 있었다. 학자에 대해선, 영리한 아이가 어른을 비판하듯 이야기했다. 학자들이 자신보다 큰 능력과 수단을 갖고 있음은 인정했지만, 그것으로 올바른 일을 시작하는 법이 없고, 온갖 기교를 다 부려도 수수께끼 하나 풀지 못한다고 경멸했다.

이제 그는 다시 두 손으로 머리를 받치고 누웠다. 검푸른 말 오줌나무 잎새 사이로 푸른 하늘을 올려다보면서, 라인 지방에서 유래된 민요 한 가락을 웅얼거렸다. 나는 아직도 그 마지막 구절을 기억하고 있다.

어린 시절엔 붉은 옷을 입었건만
이젠 검은 상복을 입어야 하네.
육 년, 칠 년 세월이 흘러
나의 사랑 사라져버렸으니.

늦은 저녁, 우리는 어떤 숲의 어두운 언저리에 마주 앉아 있었다. 커다란 조각의 빵과 순대 반 조각을 먹으면서 저물어가는 풍경을 바라보았다. 잠시 전만 해도 산등성이들이 황금빛 석양에 반사되면서 솜털같이 부유하는 미광微光 속에 스러져갔었다. 그러나 지금 산등성이들은 완전히 어둠에 잠겼고, 나무와 덤불과 관목들의 윤곽만이 하늘을 배경으로 검게 도드라져 있었다. 하늘엔 아직 어슴푸레한 미명이 남아 있었지만, 벌써 많은 부분에 짙은 밤의 어둠이 배어 있었다.

아직 밝았을 때, 우리는 『독일의 손풍금 노래집』이라는 책에 실린 우스꽝스런 노래들을 함께 읽었다. 그 책 속엔 정말 우습고 속된 노래들이 목판화와 함께 실려 있었다. 해가 떨어져 그것도 중단할 수밖에 없었다. 식사를 마치자 크눌프는 음악을 들려달라고 청했다. 나는 잡동사니가 가득 들어 있는 주머니에서 하모니카를 꺼냈다. 잘 닦은 다음 귀에 익은 노래 몇 곡을 또 불었다. 어둠은 우리가 잠시 앉아 있는 동안 멀리 호선의 지평선까지 잠식해나갔다. 어슴푸레한 빛이 사라진 칠흑 같은 하늘 위엔 어느새 별들이 하나둘 머리를 내밀기 시작했다. 하모니카의 음조는 들판 위로 경쾌하게 흘러가다가 넓은 대기 속으로 사라져가곤 했다.

"쉽게 잠들기는 틀렸군." 나는 크눌프에게 말했다. "이야기나 하나 들려주게. 실제의 이야기가 아니라도 좋네. 혹은 동화라도."

크눌프는 생각에 잠겼다.

"그러지." 그가 말했다. "이야기라고 할 수도 있고, 동화라고 할 수도 있는 걸세. 꿈 이야기일세. 지난가을 꾸었던 꿈인데, 그 후에도 두 번이나 꾸었다네. 그 이야기를 들려주겠네."

그곳은 어느 마을의 골목길이었다. 마치 그의 고향 같기도 했다. 집집마다 박공(박공지붕의 옆면 지붕 끝머리에 'ㅅ' 모양으로 붙여 놓은 두꺼운 널빤지 - 옮긴이)을 거리 쪽으로 내밀고 있었다. 그러나 집들은 전에 본 것보다 더 높았다. 그는 거리를 걸었다. 오랜 만에 다시 돌아온 기분이었다. 그러나 그의 기쁨은 온전치가 못했다. 모든 것이 뒤죽박죽되어 있었기 때문이었다. 정말 고향인지, 혹시 엉뚱한 장소에 와 있는 건지 전혀 확인할 수가 없었다. 많은 길모퉁이는 옛날 그대로여서 즉시 알아볼 수 있었다. 그러나 집들은 낯설었고 사람이 살고 있지 않았다. 장터가는 길과 다리도 찾지 못했다. 그 대신 낯선 공원과 교회를 지나게 되었다. 퀼른이나 바젤의 교회당처럼 첨탑을 두 개 가지고 있었다. 고향의 교회에는 원래 탑이 없었다. 임시 지붕에 짤막한 덮개가 걸쳐 있을 뿐이었다. 처음에 교회당을 잘못 지어 탑을 완성하지 못했기 때문이었다.

사람들도 마찬가지였다. 멀리서 본 사람들은 그가 아주 잘 아는 사람들이었다. 이름까지 알고 있어서 막 그들을 부르려 했다. 그러나 일부는 먼저 집 안으로 들어가거나 옆길로 새버리는 것이었다. 그리고 가까이 다가와 그의 옆을 지나가는 사람은 모습이 변해 낯선 사람이 되었다. 그러나 지나친 다음 다시 먼발치에서 돌아보면, 여전히 아는 사람이 틀림없었다. 몇명의 부인들이 어떤 가게 앞에 서 있었는데, 그중 한 명은 그의 죽은 숙모 같았다. 그러나 그들에게 다가가기가 무섭게 다시 모르는 사람이 되었고, 그가 전혀 이해할 수 없는 낯선 사투리로 이야기하고 있었다.

결국 그는 이런 생각을 했다. 그의 고향이든 아니든 이곳으로부터 떠나야겠다고. 그러면서도 그는 매번 낯익은 집으로 달려갔고, 낯익은 얼굴에게 다가갔다. 그때마다 모든 사람이 그를 바보로 취급하는 것이었다. 그러나 그는 화가 나거나 불쾌하지도 않았다. 단지 슬프고 불안에 가득 찰 뿐이었다. 그는 기도를 드리려고 정신을 한껏 집중했다. 그러나 아무것도 생각나지 않았다. 불필요하고 우스꽝스런 구절, 예컨대 '친애하는 주님' 또는 '지금의 형편으로는' 따위만 떠올랐다. 그런 구절을 그는 슬프고 얼떨떨한 가운데 되뇔 뿐이었다

그런 상태가 몇 시간인가 지속된 것 같았다. 결국 온통 달아오르고 피로한 몸으로 정신없이 앞으로 나아갔다. 벌써 저녁이 되고 있었다. 그는 지나가는 사람을 붙들고 여관이나 큰길을 물어보려 했다. 그러나 아무에게도 말을 걸 수 없었다. 모두들 그의 존재를 무시하는 듯 스쳐 지나가는 것이었다. 피곤하고 낙담한 나머지 그는 곧 울고 싶은 심정이 되었다.

다시 어떤 모퉁이를 돌아가니 돌연 낯익은 마을길이 뻗어 있었다. 다소 변하고 장식이 되어 있었지만, 그를 가로막지는 않았다. 그는 줄달음질했다. 몽롱한 꿈속에서도 집을 하나하나 구별할 수 있었다. 드디어 그의 옛집이 나타났다. 정도 이상으로 높아 보인다는 것 말고는 옛날과 조금도 다름이 없었다. 기쁨과 흥분이 마음속에 차올랐다. 문 앞엔 '헨리에테'라고 불렸던 그의 첫사랑이 서 있었다. 전보다 더 키가 크고 모습도 달랐지만, 훨씬 더 아름다워 보였다. 가까이 다가가니 그녀의 아름다움은 한층 빼어났고, 거의 천사나 다름없었다. 다만 옛날의 헨리에테처럼 갈색이 아닌 연한 금발의 머리카락을 갖고 있었다. 그러나 다소 변하긴 했어도 머리부터 발끝까지 헨리에테가 틀림없었다.

"헨리에테!" 하고 부르면서 그는 모자를 벗어 들었다. 그녀가 너무 아름다워서, 혹시 그를 아직도 알고 있는지 몰랐기 때문이었다.

그녀는 몸을 돌려 그의 눈을 바라보았다. 그녀가 그의 눈을 응시할 때, 그는 그만 놀라고 부끄러움을 느꼈다. 그도 그럴 것이, 그녀는 그가 생각했던 소녀가 아니라 오래전에 사귀었던 두 번째 애인 리자베트였기 때문이었다.

"리자베트!" 그는 외치면서 그녀를 향해 손을 뻗었다.

그녀는 그를 쳐다보았다. 마치 신의 눈초리처럼 그의 마음을 꿰뚫어 보았다. 엄하거나 거만하지 않고 아주 고요하고 맑은 눈이었지만, 너무나 성스럽고 고귀해서 그는 마치 자신이 개라도 된 기분이었다. 그를 바라보는 동안 그녀의 표정은 진지하고 슬픈 빛을 띠어갔다. 그러곤 주제넘은 질문이라도 받은 것처럼 머리를 저었다. 그의 손을 잡지도 않고 집 안으로 들어가 조용히 문을 닫았다. 자물쇠를 딸깍 잠그는 소리까지 그의 귀에 들려왔다.

그는 몸을 돌려 그곳을 떠났다. 고통스런 마음에 눈물이 앞을 가렸다. 그러자 놀랍게도 마을의 정경이 다시 변했다. 즉 이제는 옛날의 거리와 집 그대로였다. 좀 전의 혼란스러움이 완전히 사라졌다. 박공은 그리 높지 않았고 옛날의 색깔을 지니고 있었다. 사람들도 그를 알아보고는 기쁜 얼굴로 놀랍다는 듯 그를 바라보았다. 많은 사람들이 그의 이름을 불러댔다. 그러나 그는 대답할 수 없었다. 걸음을 멈출 수도 없었다. 대신 있는 힘을 다해 낯익은 거리와 다리 위를 달려 마을 밖으로 빠져나왔다. 마음이 아파 물기 어린 눈으로 고향의 모든 것을 되돌아볼 뿐이었다. 까닭을 알 수 없었지만, 모든 것이 그를 저버렸으며 그는 부끄러움을 안고 이곳을 떠나야겠다는 생각만 들었다.

동구 밖 포플러 아래에 섰을 때 비로소 그가 고향집에 왔었다는 사실이 떠올랐다. 그리고 부모님, 형제자매, 친구들이 생각났다. 순간 한 번도 경험해본 적이 없는 낭패감, 슬픔, 부끄러움이 마음속에 가득 밀려왔다. 그러나 그는 되돌아가 모든 것을 만회할 수가 없었다. 꿈에서 깨어나 눈을 뜨게 되었기 때문이었다.

크눌프는 말했다. "모든 사람은 각자 자신의 영혼을 갖고 있는 것일세. 어떤 영혼도 다른 영혼과 섞일 수가 없어. 두 사람이 함께 다니고, 함께 이야기하고, 가까워질 수는 있겠지. 그러나 각자의 영혼은 꽃과 같아서 자기 자리에 뿌리를 박고 있다네. 아무도 다른 사람에게 다가갈 수가 없는 거야. 그랬다간 뿌리를 떠나야 할 텐데, 그게 가능하겠나? 꽃들은 서로 좋아할 경우 향기와 씨앗을 보내주지. 하지만 씨앗이 올바른 자리에 당도할 것인지는 꽃의 의지와 상관이 없는 걸세. 그걸 해주는 건 바람이거든. 그리고 바람이란 이리저리 제멋대로 불어대는 것이고."

잠시 후 말을 이었다. "내가 얘기한 꿈도 아마 같은 의미를 가질 거야. 헨리에테에게도, 리자베트에게도 고의로 잘못을 저지른 것은 아니었네. 하지만 내가 둘을 한때나마 사랑하고 내 사람으로 만들려고 했던 까닭에, 그들이 내 앞에 그런 꿈의 형상으로 나타났던 거야. 비슷하면서도 전혀 다른 그런 형상으로 말이야. 그 형상은 내 것이었지만, 더 이상 살아 있는 것이 아니었네. 내 양친에 대해서도 그런 생각이 들 때가 종종 있다네. 그들은, 내가 당신들의 아이며 그들을 닮았다고 생각하시지. 하지만 내가 그들을 사랑하는데도 그들에겐 이해 못할 낯선 인간이 되어버리는 거야. 그러나 내게 있어 핵심이 되는 것, 즉 영혼 따위를 그들은 부차적인 것으로 생각하지. 나의 젊음, 혹은 변덕스런 마음에 그 탓을 돌려버리는 걸세. 그리고 나를 아끼고 온갖 사랑을 다 퍼부어주는 거지. 아버지란 아이에게 코, 눈 심지어 슬기로움까지 유전으로 물려줄 수 있지만, 영혼만은 어쩔 수가 없는 거라네, 영혼은 모든 인간 속에서 새로 생겨난 것이란 말일세."

나는 아무 말도 하지 않았다. 그 당시 나는 이러한 사고방식에 익숙지 않았고, 또 필요성을 느끼지도 못하고 있었기 때문이었다. 그러나 심금을 울리진 못했어도, 이렇듯 깊은 사고를 접하는 것은 무척 기분 좋은 일이었다. 크눌프에게 그러한 생각은 투쟁이라기보다 하나의 유희가 아닐까 싶었다. 게다가 마른 풀밭 위에 둘이 누워 있자니 새삼 평화롭고 아름다웠다. 밤하늘에 나타나는 별들을 바라보며 우리는 잠을 청하고 있었다.

나는 말했다. "크눌프, 자넨 철학자일세. 교수가 될 걸 그랬어."

그는 껄껄 웃으면서 머리를 저었다.

"그보다는 구세군에나 들어가는 게 나았을 거야." 그는 곰곰이 생각에 잠긴 채 말했다.

그 말이 좀 지나치다 싶어 내가 반박했다. "이보게, 농담 그만하게나! 그럼 성직자라도 되겠단 말인가?"

"못될 것도 없지. 생각과 행동이 정말로 진지하다면, 모든 인간은 성스러운 법일세. 우리가 어떤 것이 옳다고 여긴다면, 그대로 해야 하지 않겠나? 구세군이 되는 것이 올바른 일이라고 생각되기에 그렇게 하고 싶다는 말일세."

"또 구세군 타령!"

"물론이야. 내 그 이유를 말해주지. 나는 이미 많은 사람을 만나 이야기를 나누고, 또 그들이 하는 연설 따위도 들어보았네. 목사, 교사, 시장, 사회민주주의자, 자유주의자들의 말을 들어보았지. 하지만 마음속 깊은 곳에까지 진심을 간직한 사람을 보지 못했네. 어려운 경우 자기 한 몸을 희생한 사람이 있다고 믿어지지 않았어. 그러나 구세군의 경우는 달랐어. 악대를 거느리고 시끌벅적 떠들어대지만, 나는 벌써 서너 번이나 진실된 마음의 소유자들을 만나보았다네."

"진실한지 어떤지를 어찌 안단 말인가?"

"보면 알 수 있지. 예를 들어, 한 친구가 어느 마을에서 설교를 하고 있었네. 일요일 날 옥외에서 하는 설교였지. 먼지와 더위 때문에 그는 곧 목이 쉬고 말았네. 그렇지 않아도 보기에 약골 같았네. 말을 할 수 없으니까 그의 세 동료에게 찬송가를 부르게 하고, 그사이 물을 한 모금 마시더군. 남녀노소 할 것 없이 마을 사람들 절반가량이 그를 둘러싸고 있었는데, 그를 바보 취급하면서 비웃어대는 거야. 어린 종놈 하나가 그의 뒤에 서서는 연사를 골탕 먹이려고 이따금 채찍 소리를 요란히 내더군. 그럴 때마다 사람들은 모두 와 하고 웃어댔지. 그러나 이 가련한 설교자는 화를 내지 않았네. 바보가 아니었는데도 말이야. 다른 사람들 같았으면 고함을 지르고 저주를 퍼붓기 십상이었을 거야. 그는 연약한 목소리로 이 광란과 맞서 싸우면서 오히려 미소를 지었네. 알겠나? 그건 날품을 팔거나 취미 활동을 하는 게 아니었네. 그의 마음속에 위대한 신심과 확신이 들어 있기 때문이었을 걸세."

"그럴 수도 있겠지. 하지만 그 한 가지 사례가 전체를 대신한다고 할 순 없을걸. 그리고 자네처럼 섬세하고 민감한 사람은 그 광란에 대처하지 못할 걸세."

"아니야, 할 수 있을 거라고 생각해. 섬세함과 민감함보다 훨씬 더 훌륭한 것이 무엇인지 알게 된다면야. 물론 한 가지가 전체를 대변할 순 없겠지. 하지만 진리란 모든 사람에게 적용되는 것일세."

"오, 진리라. 할렐루야나 외치고 다니는 사람이 진리를 갖고 있다는 것을 어찌 알겠나?"

"그건 알 수 없지. 자네 말이 꼭 맞네. 하지만 내 말은, 진리를 가진 사람을 찾게 되면 그를 따르겠다는 것일세."

"물론 가정일 테지. 하지만 자네가 매일 지혜를 하나씩 발견한다고 해도 다음 날엔 그 가치를 인정치 않게 될걸."

그는 당황한 듯이 나를 바라보았다.

"자넨 참 지독한 말을 하는군."

나는 사과하려고 했다. 그러나 그는 나를 만류하고는 조용히 앉아 있었다. 그러곤 곧 잘 자라는 인사를 하고는 잠자코 누워버렸다. 그러나 그가 잠이 들었다고 생각되진 않았다. 나역시 아직 흥분이 가시지 않아 한 시간 이상이나 팔베개를 하고 누워 밤 경치를 바라보고 있었다.

다음 날 아침, 나는 크눌프의 기분이 좋다는 것을 곧 알 수 있었다. 그 말을 하니, 그는 어린아이 같은 눈을 빛내면서 말했다. "바로 맞혔네. 그런데 자네, 어떤 때 기분이 좋은지 아나?"

"모르겠는걸. 그래 어떤 때인가?"

"간밤에 잠을 잘 자고 아름다운 꿈을 많이 꾸었을 때라네. 하지만 그 꿈을 기억해선 안 되네. 오늘이 바로 그런 날이네. 어젯밤 멋지고 재미있는 꿈을 잔뜩 꾸었지만, 몽땅 잊어버렸다네. 단지 그것이 아름다웠다는 것만 알 수 있을 뿐이지."

우리가 다음 마을에 도착해 아침 우유를 마시기 전에, 그는 경쾌하고 온화한 음성으로 서너 곡의 새로운 노래를 싱그러운 아침 공기 속으로 흘려보냈다. 이 노래들은 아마도 복사되거나 인쇄될 정도는 아닐지 몰랐다. 그러나 비록 대시인은 못 되더라도 크눌프의 시재詩才는 범상치 않았다. 그가 노래를 부르고 있노라면 종종 그의 노래들이 마치 어여쁜 자매들처럼 뛰어난 명곡들과 흡사하게 느껴졌다. 내가 기억하고 있는 몇 소절은 너무도 아름다워서, 나는 항상 그 가치를 높이 인정했

다. 글자화된 것은 하나도 없었지만, 그의 시구들은 바람처럼
흘러와서는 생기에 넘치다가 부담 없이 스러지곤 했다. 그러
나 나뿐만 아니라, 어린이건 어른이건 많은 사람에게 잠시나
마 아름다운 시간을 마련해주었다.

　잘 차려입은 한 소녀가
　밝은 얼굴로 대문을 나서듯
　태양은 붉고 오연하게
　전나무 숲 위로 솟아오른다.

　이렇게 그는 그날 아침의 태양을 노래했다. 그의 노래에 언
제나 등장해서 찬양받는 태양을. 대화 속에는 다소 사변적인
데가 있었지만, 그의 노래는 신기하게도 밝고 깨끗한 여름옷
을 입은 아이들이 뛰놀듯 거침이 없었다. 그것은 자주 의미가
없고 우스꽝스럽기도 해서, 다만 내면의 감정을 드러내는 정
도일 때도 있었다.

　그날은 나까지도 그의 기분에 완전히 전염되어버렸다. 우리
는 만나는 사람마다 인사를 하고 고개를 끄덕여주었다. 그랬
더니 등 뒤에서 웃는 사람도 있었고, 빈축하는 사람도 있었다.
하루가 축제 같은 기분 속에서 지나갔다. 우리는 학창시절의
장난질과 농지거리에 대해 이야기를 나누었다. 지나가는 농
부들에게는 물론, 종종 그들의 말과 소에게까지 별명을 붙여

주었다. 울타리 옆에 숨어서 훔친 탱자 열매를 실컷 먹기도 했다. 우리는 에너지와 구두창을 아끼기 위해 거의 매시간 휴식을 취하면서 걸었다.

크눌프와는 어린 시절부터 친구 사이였지만, 이날처럼 그가 멋지고 사랑스럽고 재미있게 느껴진 적은 없었다. 오늘부터 우리의 공동생활과 방랑에 즐거운 일이 더욱 고조되리라는 기대에 차 있었다.

한낮은 무더웠다. 우리는 편력을 중단하고 주로 숲속에 누워 있었다. 저녁녘이 되니 심상치 않은 바람이 부는 게 뇌우의 징조가 보였다. 우리는 하룻밤 묵을 곳을 찾기로 했다. 크눌프는 점점 조용해졌다. 다소 피로한 모양이었다. 그러나 나는 거의 눈치채지 못했다. 여전히 함께 웃으며 나의 노래를 같이 불러주기까지 했기 때문이었다. 나 자신은 더욱 기고만장해졌고, 마음속엔 시시각각 기쁨의 샘물이 용솟음쳤다. 그러나 크눌프의 경우엔 반대로 축제의 불길이 이미 스러져가고 있는 것 같았다. 그 당시 나는 기쁜 날이면 밤이 되어도 생기에 넘쳐 흥분이 가시질 않았다. 그렇다. 다른 사람들이 피곤해서 잠이 든 뒤에도 나 홀로 밤마다 기분 좋게 몇 시간이고 쏘다닌 적도 많았다.

이 기쁨의 열병이 그날 저녁에도 나를 사로잡았다. 골짜기를 따라가자니 아름다운 마을이 나타나고, 나는 즐거운 밤을 보내리라는 기대감에 넘쳤다. 우선 외떨어져 있는, 쉽게 들어갈 수 있었던 헛간에 잠자리를 정한 다음, 마을로 들어가 멋진 선술집 하나를 찾았다. 오늘은 친구를 손님으로 초대해 오믈렛과 몇 병의 맥주를 대접하기로 마음먹었다.

크눌프도 초대를 기꺼이 받아들였다. 그러나 아름다운 플라타너스 나무 밑에 술상을 차리고 앉아 그는 다소 거북스러운 표정으로 말했다. "여보게, 우리 너무 많은 술을 마시지는 말자고. 난 맥주 한 병이면 족하네. 그 정도가 몸에 괜찮고 기분도 좋으니까. 그 이상은 곤란하네."

나는 그렇게 하기로 했지만, 내심으론 많든 적든 기분에 따라 달라지겠지, 하고 생각했다. 우리는 뜨거운 오믈렛과 갓 구워낸 호밀 빵을 곁들여 먹었고, 크눌프가 첫 번째 병을 반도 비우지 못했지만, 나는 곧 두 번째 맥주를 주문했다. 풍성한 식탁에 신사인 체하고 앉아 있노라니 나는 여간 기분이 좋은 게 아니었다. 오늘 밤은 잠시나마 마음껏 즐기고픈 생각이 들었다.

크눌프의 맥주병이 비었건만, 나의 청에도 불구하고 그는 한 병 더 마시기를 극구 사양했다. 그러곤 잠시 마을을 산책한 후 적당한 시각에 취침하자고 제안했다. 내 의도와는 전혀 달랐지만, 굳이 반대하고 싶지 않았다. 내 술이 아직 남아 있어, 그가 앞서가고 있으면 나중에 합류하기로 타협을 보았다.

그가 떠났다. 쑥부쟁이 한 송이를 귀에 꽂고 저녁의 휴식을 즐기는 듯 쾌적한 걸음걸이로 계단을 내려갔다. 그리고 넓은 골목길을 따라 천천히 마을 쪽으로 걸음을 옮겼다. 맥주 한 병을 더 나누지 못한 것이 유감이었지만, 그의 뒷모습을 바라보고 있자니 기쁘고 정겨운 마음이 저절로 일었다. 멋진 친구 같으니라고!

해는 벌써 져버렸지만, 무더위는 아직도 기승을 부리고 있었다. 이런 날씨엔 조용히 쉬면서 저녁 술 마시는 것을 좋아했기 때문에, 나는 술집 테이블에 좀 더 앉아 있을 생각이었다. 내가 유일한 손님이어서 여종업원과 담소할 시간도 충분했다. 나는 그녀에게 시가 두 대를 주문했다. 그중 한 대는 크눌프에게 줄 요량이었는데, 나중에 까맣게 잊고 그것마저 피워버렸다.

한 시간쯤 뒤에 크눌프가 나를 데리러 돌아왔다. 그러나 나는 앉아 있는 것이 편했다. 크눌프는 피곤해서 자고 싶어 했기 때문에, 그가 먼저 숙소에 가서 눕기로 했다. 그는 떠나갔다. 그러자 여종업원이 그에 대해 이것저것 캐묻기 시작했다. 그가 마음에 든 모양이었다. 나는 얼마든지 응해주었다. 그는 내 친구이고, 그녀는 내 애인이 아니었기에, 심지어 그를 잔뜩 추켜세우기까지 했다. 나는 기분이 좋아 누구에게나 호감을 느꼈다.

천둥이 울고, 플라타너스 가지 사이로 바람이 일기 시작했다. 마침내 나는 자리에서 일어섰다. 술값을 치르고, 여종업원에게도 10페니히짜리를 선사했다. 서두를 것 없이 천천히 숙소를 향해 걸어갔다. 걷고 있노라니 너무 많이 마셨다는 생각이 들었다. 최근엔 과음한 적이 거의 없었다. 그러나 술을 제법 감당할 수 있었기 때문에 그저 즐겁기만 했다. 나는 숙소에 다다를 때까지 줄곧 노래를 흥얼거렸다. 살며시 잠자리에 다가가니 크눌프가 반듯이 누워 자고 있었다. 나는 그를 내려다보았다. 그는 갈색 상의를 펼쳐놓고 셔츠 바람으로 규칙적인 숨을 내쉬고 있었다. 이마, 드러낸 목덜미, 내뻗은 한쪽 손이 어슴푸레한 어둠 속에서 희미하게 빛나고 있었다.

나는 옷을 입은 채로 누웠다. 그러나 머리가 띵하고 흥분이 가시지 않아 쉽게 잠들 수가 없었다. 바깥이 희붐하게 밝아올 때쯤에야 겨우 깊은 잠에 빠져들었다. 그러나 그것은 단잠이 아니었다. 몸이 무겁고 몽롱한 가운데 갈피를 잡을 수 없는 악몽에 시달렸다.

다음 날 나는 늦게야 일어났다. 벌써 환한 대낮이었다. 밝은 햇빛에 눈이 부셨다. 머리는 텅 빈 것이 흐리멍덩했으며 사지가 노곤했다. 나는 길게 하품을 하고는 눈을 비볐다. 양손을 뻗으니 관절에서 우두둑 소리가 났다. 그러나 피곤한 와중에도 어제의 즐거움이 여운처럼 남아 있었다. 나는 가까운 개울에 가서 남은 취기를 씻어내리라 생각했다.

그러나 그게 여의치 않았다. 둘러보니 크눌프가 보이지 않았다. 처음엔 별생각 없이 고함을 치고 휘파람을 불었다. 소리를 지르고 휘파람을 불고 이곳저곳을 찾아보았지만 소용없었

다. 돌연 나는 그가 떠나버렸다는 사실을 알았다. 그렇다. 그
는 떠나갔다. 몰래 떠나가버렸다. 더 이상 나와 함께 머무르
고 싶지 않은 모양이었다. 어제의 내 폭음이 거슬렸을까? 제
멋대로였던 자기 생각에 대해 오늘 부끄러움을 느낀 걸까? 그
저 순간적인 기분 때문이었을까? 혹시 나와의 동행에 회의를
느꼈던 건 아닐까? 아니면 갑자기 생겨난 고독에의 욕구 때문
에? 어쨌든 나의 음주에 약간의 책임은 있었던 것 같았다.

  기쁨이 내게서 떠나갔다. 부끄러움과 슬픔이 나를 엄습했
다. 내 친구는 지금 어디에 있을까? 나는 그의 말을 대수롭지
않게 여겼다. 그의 마음을 약간은 이해하며 그와 사귈 수 있
으리라 믿었다. 이제 그는 떠났다. 나는 외톨이가 되어 실망한
채 서 있었다. 크눌프보다는 날 책망해야 했다. 나는 이제 고
독했다. 크눌프의 견해에 의하면, 모든 인간은 고독 속에 산
다고 했다. 나 자신은 고독을 맛보고 싶지 않았다. 그 맛은 쓰
디썼다. 첫날만 그런 게 아니었다. 그동안 여러 차례 고독감이
덜할 때도 있었다. 그러나 그날 이후 고독에서 완전히 벗어날
수는 없었다.

종말

  10월의 어느 맑은 날이었다. 햇살을 머금은 가벼운 대기가
기분 좋게 부는 산들바람에 흔들거리고 있었다. 들과 정원에

서 피우는 모닥불에선 푸르스름한 연기 자락이 피어올라 빛나는 대지를 잡초와 나무 타는 매큼한 냄새로 가득 채웠다. 시골집 정원에는 농염한 색깔의 과꽃, 색이 바래가는 늦은 장미와 달리아가 피어 있었고, 울타리 옆 여기저기엔 불같은 금잔화가 이미 시들어 희끄무레한 색채를 띤 잡초 속에서 고개를 내밀고 있었다.

불라흐로 가는 국도 위를 의사 마홀트의 마차가 천천히 달리고 있었다. 길은 산기슭을 향해 완만하게 뻗어 있었다. 왼쪽으론 추수가 끝난 밭들과 한창 수확하고 있는 감자밭, 오른쪽으론 숨 막힐 듯 빼곡히 들어찬 어린 전나무 숲이 보였다. 그 숲은 촘촘하게 뒤엉킨 줄기와 앙상한 나뭇가지들로 갈색의 벽을 만들고 있었다. 바닥엔 메마른 솔잎이 지천으로 깔려 있어 어느 곳이나 똑같은 갈색을 띠고 있었다. 길은 푸른 가을 하늘 속으로 곧게 나 있어 마치 그 안에서 세계가 끝나는 것 같았다.

의사는 손에 쥔 고삐를 늦추어 늙은 말이 마음대로 가도록 내버려두었다. 그는 죽어가는 여성 환자를 보고 오는 길이었다. 더 이상 손을 쓸 수 없었는데도, 그녀는 마지막 순간까지 살려고 바둥거렸다. 지금 그는 피곤했다. 천천히 말을 달리게 하면서 좋은 가을 날씨를 만끽했다. 그의 생각은 잠에 취한 듯 몽롱해갔다. 그리고 비몽사몽 간에 자기도 모르게 모닥불의 향기가 불러일으키는 부름, 그 유쾌한 가을 방학 때의 추억으로 되돌아갔다. 그것은 더욱 거슬러 올라가 다채롭고 아련한 소년 시절의 회상으로 이어졌다. 그는 시골에서 성장했다. 그래서 그의 감각은 시골의 분위기에 익숙했고, 계절의 변화와 들일에서 오는 전원적 정취를 즐길 줄 알았다.

거의 잠에 빠져들었던 그는 마차가 서는 바람에 깨어났다. 길을 가로질러 흐르는 개울물에 앞바퀴가 빠져 있었다. 덕분에 말은 걸음을 멈추고 머리를 숙인 채 기분 좋은 휴식을 취하고 있었다.

마홀트는 마차가 갑자기 정지하는 바람에 깨어나서 고삐를 잡아당겼다. 잠시 몽롱한 시간이 지난 후 숲과 하늘이 좀 전처럼 밝은 햇빛 속에 빛나고 있는 것을 보고 미소를 지었다. 다정스레 혀를 끌끌 차면서 말을 몰아 언덕길을 올라갔다. 그는 몸을 곧추세우고 앉아 시가 한 대를 피워 물었다. 원래 그는 낮잠 자기를 싫어하는 성미였다. 마차는 만보漫步의 속도로 천천히 나아갔다. 밭에서 일하던 여인 둘이 가득 채운 감자 부대 뒤에서 인사를 보냈다.

이제 고갯마루가 가까워졌다. 말은 고개를 쳐들었다. 이 고개만 넘으면 마을 언덕의 긴 산허리를 내려갈 수 있다는 기대감에 힘이 났다. 그때 밝은 지평선 저편에 나그네인 듯한 사람이 하나 나타났다. 잠시 동안 푸른 하늘 속에 자유롭게 우뚝 솟아 있더니 고개를 내려오면서 회색빛의 작은 모습이 되었다. 그는 점점 가까이 다가왔다. 누추한 옷차림에 짧은 수염을 기른 여윈 사나이였다. 보아하니 국도를 따라 고향으로 가는 모양이었다. 그의 걸음은 지칠 대로 지쳐 있었다. 그러나 점잖게 모자를 벗고는 인사를 보내왔다.

"안녕하십니까?" 마홀트도 인사를 보내고 벌써 지나쳐버린, 낯선 사내를 바라보았다. 그러곤 갑자기 말을 멈추게 하고 일어섰다. 삐걱거리는 가죽 덮개 위로 고개를 내밀고 소리쳤다. "이보시오! 나 좀 봅시다!"

먼지투성이 나그네는 걸음을 멈추고 뒤를 돌아다보았다. 가벼운 미소를 보내고는 걸음을 계속하려는 듯 다시 몸을 돌렸다. 그러나 잠시 생각에 잠기더니 순순히 부름에 응했다.

그는 의사의 낮은 마차 옆에 이르자 모자를 벗어 손에 들었다.

"어디로 가시는지 물어도 될까요?" 마홀트가 외쳤다.

"이 길을 따라 베르히볼트제크까지 가는 중입니다."

"우리는 서로 구면이 아닌가요? 당신 이름은 생각나지 않지만, 혹시 절 아십니까?"

"보아하니 마홀트 박사님 같군요."

"그래요? 그렇다면 당신은 누구죠?"

"박사님께서도 절 아실 겁니다. 우리는 플로터 선생님 밑에서 동문수학하지 않았던가요, 박사님? 당신은 그때 제 라틴어 숙제를 자주 베꼈었지요."

마홀트는 재빨리 마차에서 내려 사내의 눈을 응시했다. 그러곤 그의 어깨를 치면서 껄껄 웃었다.

"맞았어!" 그가 말했다. "그러고 보니 자네가 그 유명한 크눌프군그래. 우리는 동창생이었지. 우리 악수 한번 하세나, 이 친구야. 우리는 틀림없이 십 년이나 서로 만나지 못했지. 여전히 여행을 계속하고 있나?"

"그렇다네. 나이를 먹을수록 습관을 버리기가 어려운 것 같네."

"옳은 말이야. 그런데 어디로 가는 중인가? 다시 고향으로 가는 길인가?"

"맞네. 게르버자우로 가려 하네. 볼일이 좀 있어서."

"그렇군. 하지만 누구 자네의 친척이라도 아직 살고 있을까?"

"아무도 없네."

"자네는 이제 젊게 보이진 않는군, 크눌프. 우리 둘 다 고작 40대인데 말이야. 그렇게 모른 척 내 곁을 지나치려 하다니, 안 되지. 그런데 여보게, 자네 혹시 의사가 필요한 거 아닌가?"

"그 무슨 말인가. 난 아무렇지도 않네. 내게 문제가 있다 해도 의사가 고칠 수 있는 게 아닐세."

"그건 차차 알게 되겠지. 지금은 우선 마차에 오르게. 함께 가자고. 그래야 이야기도 나눌 수 있을 것 아닌가?"

크눌프는 한 걸음 뒤로 물러나 다시 모자를 썼다. 의사가 마차 위로 끌어올리려 하자 당황한 얼굴로 거절했다.

"아니, 그럴 필요 없네. 우리가 여기 서서 이야기한다고 자네 말이 달아나기라도 하겠나?"

말하는 동안 기침 발작이 일어났다. 증세가 심상치 않음을 안 의사는 얼른 그를 붙잡아 마차 위로 끌어올렸다.

"곧 고갯마루에 도착할 거야." 마차를 계속 움직이면서 의사가 말했다. "그다음엔 내리막길이 될 테니 반 시간이면 우리 집에 갈 수 있을 걸세. 자넨 자꾸 기침이 나니 이야기할 필요가 없네. 집에 가서 얼마든지 얘기할 수 있지 않겠나? …… 뭐라고? …… 아닐세, 그래선 안 되네. 아픈 사람은 침대에 누워 있어야지, 길거리에 나서선 안 돼. 여보게, 그땐 자네가 내 라틴어 숙제를 도와줬으니 이번엔 내 차례일세."

그들은 언덕을 넘었다. 날카로운 브레이크 소리를 내면서 긴 내리막길을 달렸다. 과수나무들 위로 벌써 건너편 불라흐 마을의 지붕이 보였다. 마홀트는 고삐를 짧게 잡고, 마차가 안전히 나아가도록 유의했다. 크눌프는 피곤한 와중에도 마차를 타고 가는 쾌적함과 각별한 친구의 접대를 만끽했다. 내일이나 늦어도 모레엔 뼈가 아직 지탱해주는 한 게르버자우로 떠나야지, 하고 그는 생각했다. 그는 이제 더 이상 시간이나 낭비하고 있을 젊은이가 아니었다. 그는 병든 늙은이였다. 그에겐 죽기 전에 고향이나 한 번 더 보고자 하는 소망밖에 없었다.

불라흐에 도착하자 친구는 우선 그를 거실로 데리고 갔다. 크눌프는 우유를 마시고 햄을 곁들인 빵을 먹었다. 둘은 이야기를 주고받으며 서서히 신뢰감을 되찾아갔다. 그런 다음에야 의사는 그의 병을 물었다. 환자는 기분 좋게, 그러나 다소 빈정대듯이 그의 진단에 응했다.

"자네 자신은 알겠지, 어디가 아픈지?" 마홀트는 진찰을 마치고 물었다. 그는 대수롭지 않은 듯 가볍게 말했다. 크눌프는 그것이 고마웠다.

"이미 알고 있네, 마홀트. 폐병이야. 오래 살기 어렵다는 것도 알고 있네."

"사람도, 참, 그걸 누가 아나! 그렇다면 침대에 누워 간호를 받아야 한다는 것도 알고 있겠지. 당분간은 이곳에서 내 곁에 있도록 하게. 그동안 인근에 있는 요양소를 알아보겠네. 이보게, 자넨 완전히 돌았어. 정신을 바짝 차려야 하네. 그래야 다시 한 번 설치고 돌아다닐 수 있지."

크눌프는 웃옷을 다시 입었다. 여위고 가무잡잡한 얼굴에 장난기를 띠고 다정하게 말했다. "정말 애썼네, 마홀트. 자네 말에 이의가 없네. 하지만 나에 대해 너무 기대는 갖지 말게나."

"두고 보자고. 지금은 정원에 햇빛이 있는 동안 일광욕을 좀 해두게. 리나가 자네의 침대를 마련해줄 거야. 우린 자넬 좀 감시해야겠네, 크눌프. 자네처럼 평생을 햇빛과 공기 속에서 지낸 사람이 하필이면 폐를 상하다니, 참 알다가도 모를 일일세."

의사는 밖으로 나갔다.

가정부 리나는 좋아하지 않았다. 떠돌이를 집에 재우는 것에 이의를 제기했다. 그러나 의사는 그녀의 말을 제지했다.

"그만해둬, 리나. 저 친구는 결코 오래 살지 못할 거야. 우리 집에 머무르고 있는 동안만이라도 편안하게 해주자고. 저래 봬도 늘 깔끔했던 사람이야. 취침 전에 목욕을 할 수 있게 해줘. 내 잠옷도 하나 꺼내주고, 겨울용 슬리퍼도 찾아줘. 잊지 말아, 저 사람은 내 친구라는 사실을."

크눌프는 열한 시간 동안 잤다. 안개 낀 아침이 어슴푸레 밝아 올 때에야 차츰 자신이 누구의 집에 있는지 상기하게 되었다. 태양이 얼굴을 내밀었을 즈음 마홀트는 크눌프의 기상을 허락했다. 둘은 아침 식사를 마치고 양지바른 발코니에 앉아 붉은 포도주를 들었다. 크눌프는 좋은 식사와 포도주 반 잔에 원기를 회복했고 말이 많아졌다. 의사는 한 시간쯤 틈을 내었다. 다시 한 번 이 기이한 동창생과 이야기를 나누며 범상치 않은 인생행로에 귀를 기울였다.

"그렇다면 자네는 지금까지 살아온 삶에 만족한단 말이지?" 의사는 미소 지었다. "정말 다행스런 일이야. 그렇지 않았다면 참 아까운 친구라고 생각할 뻔했네. 자넨 목사나 교사가 되기에 충분했었으니까. 아니, 어쩌면 과학자나 시인이 되었을지도 몰라. 자네의 재능을 십분 발휘하고 더 길러나갔는지는 모르겠네. 하지만 그 재능을 자넨 자기 혼자만을 위해 썼던 거지. 아닌가?"

크눌프는 까칠한 턱을 한 손으로 받치고 맑은 식탁보 위 포도주잔 뒤에서 남실대는 햇빛의 유희를 바라보았다.

"다 맞는 말은 아닐세." 그는 천천히 말했다. "자네가 말하는 재능이란 게 대단한 게 아니야. 휘파람을 조금 불 줄 알고, 손풍금을 연주하고, 이따금 시를 짓는 정도였지. 전엔 괜찮은 육상 선수에다 춤도 제법 추기는 했지. 그게 전부일세. 하지만 그런 걸 나 혼자만 즐긴 건 아니었네. 대개의 경우 친구들, 처녀들 혹은 어린아이들과 함께였지. 그들은 함께 즐거워했고 그것에 대해 때로는 감사를 표했다네. 그만하면 만족할 만하지 않은가?"

"그야 그럴 테지." 의사가 말했다. "하지만 한 가지만 더 묻고 싶네. 자넨 5학년 때까지 나와 함께 라틴어 학교에 다녔지, 아마. 분명히 기억하네만, 자넨 모범생은 아니었어도 좋은 학생이었어. 그런데 갑자기 자네가 학교를 그만두었지. 그러곤 일반 초등학교에 다녔던 거야. 그래서 우리는 헤어졌었지. 라틴어 학교에 다니는 아이들은 일반 학교 학생들과는 어울리려 하지 않았으니까. 그게 어떻게 된 거였나? 뒤에 자네 소식을 듣고 나는 늘 생각했다네. 그때 자네가 우리 학교에 머물러 있었다면, 모든 것이 달라졌을 거라고 말이야. 도대체 왜 그랬나? 학교가 싫어졌었나, 아니면 자네 부친께서 학비를 대주지 않았었나? 아니면 다른 이유라도?"

환자는 갈색의 여윈 손으로 잔을 들었다. 그러나 마시지는 않았다. 포도주잔을 통해 햇빛 밝은 정원의 푸름을 투시해본 다음, 조심스레 다시 내려놓았다. 그러곤 말없이 눈을 감고 생각에 잠겼다.

"그때 얘기를 하고 싶지 않은가?" 친구가 물었다. "꼭 하라는 건 아닐세."

그러자 크눌프는 눈을 떴다. 살피듯이 오랫동안 친구의 얼굴을 들여다보았다.

"아닐세." 그는 말하고는 좀 더 망설였다. "꼭 말을 해야겠다는 생각이 드네. 아직 아무에게도 이야기한 적 없지만, 이젠들어주는 사람이 있는 것이 정말 다행인 듯싶어. 한낱 어린애들 이야기에 불과하지만, 나로선 중요한 일이었네. 오늘날의나를 만든 요인이기도 하니까 말이야. 이제 자네가 그걸 물어오다니 신기하군."

"어째서 그렇지?"

"최근에 다시 그 생각에 몰두하게 되었으니까 말일세. 그 때문에 다시 게르버자우로 가는 길이었다네."

"오, 그렇다면 이야기해주게."

"마홀트, 자네도 알다시피 우리는 그때 좋은 친구 사이였지. 적어도 3, 4학년까지는 말일세. 그 뒤로 우리는 만나는 횟수가줄어들었지. 자네가 종종 우리 집 앞에 와서 휘파람을 불었지만 허사였지, 아마."

"그래, 정말이었어! 이십 년 넘게 까맣게 잊고 있었는데, 자네 기억력은 정말 대단하군! 그래서?"

"어떻게 된 일이었는지, 이제는 얘기할 수 있을 거 같네. 여자애들이 이유였다네. 내겐 일찍부터 여자애들에 대한 호기심이 대단했었네. 자네가, 황새가 아이를 데려다준다든지, 우물에서 어린애가 태어난다든지 하는 얘길 믿을 때, 난 꽤 많은 걸 알고 있었지. 사내와 계집애가 무슨 짓을 하는가에 대해서 말이야. 당시엔 그런 일이 내겐 주요 관심사였네. 그래서 자네들의 인디언 놀이에도 끼지 않았던 거야."

"그때 자넨 고작 열두 살짜리가 아니었던가?"

"열세 살이 다 되었었지. 자네보다는 한 살 위였으니까. 한 번은 내가 앓아누워 있는데, 나보다 서너 살 위인 사촌 누나가 찾아왔었어. 우리는 함께 놀았지. 병이 나아 일어난 후였어. 어느 날 밤 그녀의 방에 들어갔다가, 여자의 몸이 어떻게 생겼는지 알게 되었다네. 난 너무나 놀라서 그 방을 뛰쳐나왔지. 그 후론 사촌 누나와 한마디 말도 나누고 싶지 않더군. 그녀가 막 싫어지더라고. 두렵기까지 하고. 하지만 그 사건은 내 뇌리에서 떠나지 않았네. 그 뒤부터 한동안은 여자애들 꽁무니만 따라다녔지. 피혁공 하지스 씨 댁에 나와 동갑내기인 계집애 둘이 있었지. 이웃 여자애들도 그 집에 모여들곤 했다네. 그 집의 어두운 다락방이 우리들의 놀이터였어. 그곳에서 숨바꼭질도 하고, 우스운 이야기를 하며 키들거렸고, 은밀한 장난도 즐겼다네. 사내애라곤 대개 나 혼자였지. 나는 자주 그 애들의 머리를 땋아주고 키스를 받곤 했어. 아직 미숙한 나이라 모르는 게 많았지만, 이 모든 행위엔 사랑이 가득했었네. 여자애들이 목욕을 할 때면 숲에 숨어서 엿보기도 했었지. …… 어느 날 새로 계집애가 왔어. 교외에 사는 편물 직공의 딸이었지. 이름이 프란치스카였는데, 난 그 애를 보자마자 반해버리고 말았네."

의사가 그의 말을 중단시켰다. "그 애 아버지의 이름이 뭐였나? 혹시 나도 아는 애가 아닐까?"

"용서하게나, 마홀트. 이름은 말하고 싶지 않네. 이야기하는데 꼭 필요한 것도 아니고. 또 다른 사람에게 그 애 이름을 알리고 싶지도 않군. …… 그런데 말이야, 그 앤 나보다 키가 크고 힘도 셌어. 우리는 이따금 시비가 붙어 뒹굴며 싸우기도 했지. 그녀가 아프도록 나를 끌어안을 땐 기분이 아찔해지는 게 뭔가에 취한 것 같았네. 난 그 애한테 빠지고 말았어. 나보다 두 살 위였지. 그녀가 곧 애인을 갖고 싶다고 하자, 내 유일한 소망은 그녀의 애인이 되는 거였어. ……한번은, 그 애 혼자 피혁공장 옆 개울가에 앉아 발을 물속에 담그고 있더군. 막 미역을 감은 뒤라 속옷만 입고 있더라고. 난 그녀 곁에 가서 앉았지. 그러곤 불쑥 용기를 내어 말했어. 내가 그녀의 애인이 되고 싶다고. 아니, 꼭 되어야만 한다고. 하지만 그 앤 갈색 눈으로 측은한 듯 나를 바라보면서 말하는 거야. '넌 아직 반바지나 입고 다니는 어린애 아니니? 애인이 뭔지 도대체 알기나 하니?' 난 모든 걸 다 알고 있다고 말했지. 만일 내 애인이 되어주지 않는다면 그녀를 붙잡고 물속으로 뛰어들겠다고 떠들었지. 그녀는 날 유심히 바라보더군. 한 여인의 눈빛으로 말이야. 그러곤 이렇게 말하더군. '그렇담 한번 시험해볼까. 너 키스란 걸 할 줄 아니?' 난 그렇다고 말하고 재빨리 그녀의 입에 키스를 했지. 그러곤 이젠 되었구나, 하고 생각했어. 그러나 그 앤 내 머리를 꼭 부여잡고는 어른과 같은 진짜 키스를 퍼붓는 거야. 난 아찔해서 아무것도 보지도 듣지도 못할 지경이었어. 그러자 그녀는 깔깔거리면서 그윽한 음성으로 말하는 거였어. '제법 나한테 어울리는데, 꼬마야. 하지만 이걸론 충분치 못해. 내겐 라틴어 학교에 다니는 애인 따윈 필요 없어. 거기에 다니는 애들은 내게 맞지 않아. 내 애인이 될 사람은 직공이나 노동자지 책상물림이 아니야.' 그녀는 날 자신의 무릎 위로 끌어당겼어. 그녀의 품에 안겨 있으니 얼마나 황홀하고 기분이 좋던지, 그녀에게 버림받는 것은 상상도 할 수 없더군. 그래서 난 프란치스카에게 약속하고 말았지. 절대로 라틴어 학교에 다니지 않고 직공이 되겠다고. 그녀는 깔깔거리며 웃기만 했어. 그러나 나는 계속 다짐했네. 마침내 그녀는 다시 내게 입을 맞추며 약속해주었어. 내가 라틴어 학교를 그만둔다면 내 애인이 되겠으며, 우리 둘은 행복해질 수 있을 거라고."

크눌프는 말을 멈추고 잠시 동안 기침을 했다. 친구는 유심히 그를 바라보았다. 둘은 한동안 말이 없었다. 이윽고 크눌프가 말을 계속했다. "어때, 이젠 이야기가 어떻게 되어갔는지 알겠나? 물론 그 일이 내 생각대로 쉽지는 않았네. 내가 라틴어 학교에 다니지 않겠다고 하자, 아버지는 내 따귀를 몇 대 때리셨지. 난 어찌해야 할 바를 몰랐어. 학교에 불을 질러버릴까, 하는 생각을 한 적도 한두 번이 아니었네. 다 어린애 같은 생각이지만 내겐 정말 절실한 상황이었거든. 그러다가 마침내 나에게 묘책이 떠올랐지. 학교생활을 더 이상 착실히 하지 않는 것이었어. 자넨 그걸 몰랐지?"

"정말 몰랐네. 이제 희미하게 생각나는군. 자넨 한동안 거의 매일이다 싶게 벌을 섰었지."

"그랬었네. 수업 시간을 빼먹거나, 엉터리 답변을 하고, 노트를 잃어버리는 등 매일 뭔가 말썽을 피우는 거야. 나중엔 그것이 재미있기도 하더군. 어쨌든 그 때문에 선생들이 무척 애를 먹었지. 라틴어는 물론 모든 일이 내겐 조금도 중요한 것이 아니었네. 자네도 알다시피 나는 항상 예민한 성품이었어. 어떤 새로운 것을 접하게 되면, 얼마간은 세상에 그보다 좋은 게 존재하지 않는 거야. 운동도 낚시질도 식물채집도 모두 하찮은 일이 되어버렸지. 이번엔 계집애한테 빠져버렸던 걸세. 따끔한 맛을 보고 인생의 체험을 얻기 전까진 내겐 그보다 중요한 일이 없었다네. 전날 밤 미역 감는 여자애의 몸을 훔쳐보고 머릿속에 그 생각만 가득한데, 책상에 쭈그리고 앉아 동사 변화를 외우고 있다는 게 도무지 우습기 짝이 없었어. …… 아, 그뿐이 아니었지. 선생들도 눈치는 챘지만, 대체로 나를 좋아하고 아꼈기 때문에 내 계획이 성사될 것 같지 않더란 말이지. 그래서 이번엔 프란치스카의 남동생과 친교를 맺었네. 일반 초등학교의 졸업반이었는데 무척 불량한 학생이었어. 난 그 녀석에게서 많은 것을 배웠네. 물론 좋은 일은 하나도 없었지. 그 친구 때문에 얼마나 골머리를 썩였던지! 하지만 반년 만에 드디어 내 목적은 달성되었네. 아버지한테 반쯤 죽도록 얻어 터졌지만, 라틴어 학교에서 쫓겨나 프란치스카의 동생이 다니는 일반 초등학교로 전학하는 데는 성공했어."

"그런데 그 애는? 그 여자애 말일세." 마홀트가 물었다.

"음, 그게 바로 비참한 꼴이었지. 그녀는 내 애인이 되지 않았으니까 말이야. 이따금 그 애 동생과 찾아가면, 적잖이 날 홀대하는 거야. 지금의 내가 전보다 더 변변치 않다는 듯이 말이야. 일반 학교에 다닌 지 두 달쯤 돼서 밤에 집을 빠져나오는 습관이 잦아지면서부터 난 비로소 사실을 알게 되었다네. 어느 날 저녁 늦게 리드의 숲을 어슬렁거리고 있었어. 벤치 위에 앉아 있는 한 쌍의 연인을 발견하고, 늘 그랬듯이 그들의 말을 엿들으려 생각했지. 가까이 접근해보니 프란치스카가 어떤 직공 녀석하고 앉아 있는 거야. 그녀는 내가 엿보고 있는 걸 전혀 눈치채지 못했지. 놈팡이는 팔을 그녀의 목에 두르고 손에는 담배를 들고 있었어, 그런데 그녀의 블라우스가 활짝 열려 있는 거야. 정말 보기 민망하더군. 그리하여 모든 일이 허사가 되고 말았던 거지."

마홀트는 친구의 어깨를 두드렸다.

"아니야. 자넬 위해선 그게 차라리 잘된 일이었을 거야."

그러나 크눌프는 머리를 세차게 흔들었다.

"아니야, 전혀 그렇지가 않아. 프란치스카에 대해선 말을 말게나. 그녀에게 아무런 미련도 남아 있지 않으니까. 그때 일이 잘되었더라면, 나는 사랑을 아름답고 행복한 것으로 알았을 테지. 나의 초등학교 생활 그리고 아버지와의 관계도 순탄했을 테고. …… 그런데 이보게, 그 이후로 나는 많은 친구와 지기 그리고 연인들과 사귀었지만, 어떤 사람의 말도 믿지 않았네. 약속 따위로 나 자신을 구속하지도 않았지, 더 이상. 난 내게 걸맞은, 나 자신의 삶을 가졌었어. 자유로움과 아름다움이 늘 내 삶과 함께 있었지. 항상 외톨이로 남아 있었지만."

그는 잔을 움켜쥐었다. 마지막 남은 포도주를 조심스레 마시고는 자리에서 일어났다.

"허락한다면, 난 다시 좀 누워야겠네. 이제 그런 이야길랑 하지 말자고. 자네도 분명 할 일이 많겠지?"

의사는 머리를 끄덕였다.

"아니, 잠깐만! 나는 오늘 자네를 위해 요양소에 편지를 쓸 작정이네. 혹시 마음에 들지 않을지 모르지만 어쩔 도리가 없네. 자네 빨리 치료를 받지 않았다간 결딴이 나겠어."

"뭐라고." 크눌프는 유달리 격한 음성으로 외쳤다. "결딴나겠으면 나라지! 그래봐야 아무 소용이 없다는 걸 나도 잘 알고 있네. 왜 새삼스레 병원 속에 감금되어야 한단 말인가?"

"이러지 말게, 크눌프. 이성을 찾게나! 자넬 계속 떠돌아다니 도록 내버려둔다면, 나는 비정한 의사가 되고 말 걸세. 오버슈 테텐에 가면 틀림없이 병상을 얻게 될 거야. 부탁하는 편지를 써줄 테니 꼭 가지고 가게나. 일주일 후엔 내가 직접 찾아가 자넬 만나보겠네. 약속하지."

방랑자는 의자 속에 깊숙이 앉았다. 얼굴은 거의 울 듯한 표 정이 되었다. 꽁꽁 얼어붙은 사람처럼 여윈 두 손을 비벼댔다. 그리고 어린아이같이 간청하는 눈빛으로 의사를 바라보았다.

"정 그렇다면," 그는 아주 낮은 목소리로 말했다. "내가 잘 못했네. 자네가 날 위해 그렇게 애써주는데, 게다가 포도주까 지 대접해주고……. 모든 것이 내겐 정말 훌륭하고 분에 넘치 는군. 날 나쁘게 생각진 말게나. 자네에게 커다란 청이 하나 또 있네."

마홀트는 위로하듯 친구의 어깨를 두드렸다.

"용기를 내게, 이 친구야! 자네의 자유를 속박할 사람은 아 무도 없다네. 그래, 청이란 게 뭔가?"

"화를 내지 않겠지?"

"걱정 말게나. 왜 화를 내겠나?"

"그렇다면 말하겠네, 마홀트. 날 도와주려거든 제발 오버슈 테텐으로 보내지 말게나. 내가 꼭 요양소에 들어가야 한다면, 게르버자우의 병원에 입원하고 싶네. 그곳엔 아는 사람도 많고, 또 내 고향이니까. 빈민 구호시설도 그쪽이 더 나을걸. 어쨌든 내가 태어난 곳 아닌가……."

그의 눈빛은 간절했다. 흥분한 나머지 말을 잇지 못했다. 이 친구 열이 심하구나, 하고 마홀트는 생각했다. 그는 조용히 말했다. "자네의 청이 그게 전부라면…… 곧 이루어질 수 있을 걸세. 자네 말이 옳았어. 게르버자우로 편지를 쓰겠네. 이젠 가서 좀 눕게나. 자넨 피곤할 거야. 너무 말을 많이 했으니까."

마홀트는 비척거리며 집 안으로 들어가는 친구의 뒷모습을 바라보았다. 문득 어느 여름날의 기억이 떠올랐다. 그때 크눌프는 그에게 연어 잡는 법을 가르쳐주었다. 친구들을 거느릴 줄 알았던, 보스 기질의 이 영리한 소년은 그때 귀엽고 발랄한 열두 살배기 소년이었다.

"불쌍한 친구 같으니라고!" 그는 가슴이 뭉클하면서 목이 메는 걸 느꼈다. 그는 얼른 자리에서 일어나 진찰실로 향했다.

이튿날 아침엔 안개가 자욱했다. 크눌프는 온종일 침대에 누워 있었다. 의사가 몇 권의 책을 갖다주었으나, 그는 손도 대지 않았다. 그는 답답하고 짜증스러웠다. 좋은 침대에서 부드러운 음식을 즐기며 자상한 간호를 받고 있노라니, 마지막이 멀지 않았구나, 하는 기분이 전보다 더 뚜렷해졌기 때문이었다.

좀 더 누워 있다간 영영 일어나지 못할 것 같은 생각에 기분이 언짢았다. 산다는 것이 그에겐 더 이상 중요한 일이 아니었다. 요 몇 년간은 방랑길도 매력을 잃고 있었다. 그러나 게르버자우를 보기 전에는 죽고 싶지 않았다. 그곳에 있는 모든 것, 강과 다리, 장터와 아버지의 옛 정원 그리고 예의 프란치스카와도 은밀한 작별을 나누고 싶었다. 훗날 사귄 애인들을 그는 까맣게 잊고 있었다. 마치 긴 편력의 세월이 지금 작고 보잘것없는 일로 보이는 것처럼. 반면에 비밀에 가득 찼던 유년 시절은 다시금 새로운 광휘와 매력을 지니고 다가왔다.

조심스레 그는 검소한 응접실을 둘러보았다. 수년 동안 이렇게 훌륭한 방에서 자본 적이 없었다. 아마포로 된 침대 시트, 희고 부드러운 이불, 섬세한 베갯잇 등을 살펴보고 손가락으로 쓰다듬어보았다. 견고한 목재로 된 마루며 벽에 걸린 사진도 그의 관심을 끌었다. 옛 베니스 총독의 관저를 소개하는 사진은 유리 모자이크 장식의 액자 속에 들어 있었다.

그런 다음 그는 다시 오랫동안 눈을 뜬 채로 누워 있었다. 아무것도 보지 않고, 다만 그의 병든 육체에 일어날 일을 조용히 생각했다. 갑자기 그는 몸을 일으켰다. 침대로부터 허리를 구부려 손가락으로 장화를 낚아올렸다. 그러곤 신중하고 면밀하게 그것을 살펴보았다. 그리 오래갈 것 같지는 않군. 그러나 지금이 10월이니, 첫눈이 올 때까진 견딜 만하겠는데, 그 후엔 모든 게 끝날 테니까. 마홀트에게 헌 장화 한 켤레를 얻어볼까 하는 생각도 들었다. 아니야, 공연히 의심만 사게 될

384

걸. 요양원에선 장화 따위가 필요 없을 테니까 말이야. 조심스레 그는 장화의 해진 부분을 만져보았다. 구두약을 잘 칠하면 적어도 한 달은 버틸 것 같았다. 안심이 되었다. 어쩌면 이 장화 한 켤레가 그보다 더 오래 남아 있을지 몰랐다. 여로旅路에서 그가 사라진 후에도 여전히 유용한 채로.

그는 장화를 내려놓고 긴 한숨을 내쉬었다. 그러자 가슴이 아프면서 기침이 터져나왔다. 조용히 누워 기침이 멎기를 기다렸다. 짧은 숨을 내쉬고 있자니, 마지막 소망이 이루어지기 전에 악화되면 어쩌나, 하는 불안감이 엄습했다.

이따금 그랬듯이 그는 죽음에 대해 생각하려고 했다. 그러나 머리가 무거운 게 졸음이 쏟아졌다. 한 시간 후에 깨어나니, 종일을 잔 듯 머리가 맑고 편안했다. 그는 마홀트를 생각했다. 떠날 땐 그에게 무언가 감사의 표지를 남겨야 한다는 생각이 들었다. 자작시 중의 한 편을 적어놓고 싶었다. 어제 의사가 그의 시에 대해 물어본 적이 있기 때문이었다. 그러나 전혀 생각나지 않았다. 단 한 편도 머리에 떠오르지 않았다. 그는 창밖을 내다보았다. 가까운 숲속에 안개가 피어오르고 있었다. 착상이 떠오를 때까지 그는 오래도록 이 정경을 응시했다. 어제 집 안에서 주운 몽당연필을 찾았다. 침실용 탁자 서랍 속에서 깨끗한 종이를 꺼내 몇 줄의 시를 써내려갔다.

안개가 내리면

꽃들은 모두
시들어버리리라.
사람들은 죽어
무덤에 누우리라.
사람도 꽃과 같아서
봄이 되면
모두 다시 돌아오리라.
결코 병들지 않고
모두들 건강하리라.

그는 쓰기를 중단하고, 써놓은 것을 읽어보았다. 각운도 맞지 않는 것이 제대로 된 시 같지 않았다. 그러나 그가 말하고 싶던 것은 그 속에 적혀 있었다. 그는 연필에 침을 묻히고는 밑에 다음과 같이 썼다. "마훌트 박사에게, 뜨거운 감사를 보내면서. 친구 K가."

그러곤 종이를 탁자의 서랍 속에 넣었다.

다음 날은 안개가 더욱 짙게 끼었다. 대기는 몹시 차가웠다. 점심때나 돼야 태양을 기대할 수 있을 것 같았다. 의사는 친구의 간청에 못 이겨 자리에서 일어나기를 허락했다. 그리고 게르버자우에서 병상을 확보해놓고 그를 기다린다고 말해주었다.

"그렇다면 점심식사 후 곧 떠나겠네." 크눌프가 말했다. "네 시간이나 다섯 시간이면 도착할 거야."

"아직 안 되네." 마홀트가 웃으며 말했다. "도보여행이 지금 자네에겐 좋지 않아. 다른 방도가 없으면, 나와 함께 마차를 타고 가세. 촌장에게 사람을 한번 보내보겠네. 과일이나 감자를 싣고 시내로 들어갈지도 몰라. 하루 정도 늦은들 어떻겠나."

크눌프는 그렇게 하기로 했다. 다음 날 아침 촌장 집 하인이 송아지 두 마리를 싣고 게르버자우로 떠난다는 말을 듣고 그와 동행하기로 결심했다.

"좀 더 따뜻한 옷이 필요할 것 같아." 마홀트가 말했다. "내 옷을 하나 입지 않겠나? 좀 크지나 않을지."

크눌프는 반대하지 않았다. 옷을 가져왔기에 입어봤더니 잘 맞았다. 감도 좋고, 잘 보관되어 있던 옷이었다. 크눌프는 어린 시절의 허영심이 발동해 곧 단추를 갈아 달기 시작했다. 의사는 재미있어 하면서, 셔츠 칼라까지 하나 더 주었다.

오후에 크눌프는 몰래 새 옷을 입어보았다. 썩 어울려 보였다. 그러자니 그동안 면도를 하지 않은 것이 유감스러웠다. 그러나 하녀를 통해 주인의 면도기를 빌려달라고 할 용기가 나지 않았다. 마을에 그가 아는 대장장이가 한 명 있어 그곳에서 빌려보기로 마음먹었다.

대장장이는 곧 찾을 수 있었다. 그는 대장간 안으로 들어가면서 귀에 익은 직공의 인사말을 건넸다. "낯선 대장장이가 일자리를 구하러 왔소이다."

대장간 주인은 냉랭한 표정으로 그를 살펴보았다.

"자넨 대장장이가 아니야." 그는 침착하게 말했다. "날 속일 생각일랑 말게."

"맞았네." 방랑자는 껄껄 웃었다. "주인장의 눈은 여전히 정확하군. 그러나 이보게, 날 알아보지 못하겠나? 난 이전에 악사였는데, 자네 토요일 밤이면 하이터바흐에서 자주 내 손풍금 소리에 맞춰 춤을 추지 않았는가?"

대장간 주인은 양미간을 찡그렸다. 쇠톱 질을 서너 번 계속하고는, 크눌프를 밝은 곳으로 데리고 가 유심히 살펴보았다.

"아하, 이제 알겠네." 그는 짧게 웃었다. "자네 크눌프로군. 오랫동안 보지 못하니 이렇게 늙어지는군그래. 한데 불라흐엔 왜 왔나? 10페니히짜리 하나나 아니면 과실주 한 잔쯤은 줄 수 있네."

"자넨 친절하기도 하군. 그건 받은 걸로 치고 다른 청이 하나 있네. 자네의 면도칼을 십오 분 정도만 빌려주게나. 오늘밤 춤을 추러 가려고."

주인은 위협하듯 집게손가락을 들었다.

"자넨 능청스런 거짓말쟁이군. 내 보기엔 춤 따위와는 거리가 먼 것 같은데."

크눌프는 재미있다는 듯 킥킥 웃었다.

"자네 눈은 정말 예리하군! 수사관이 되지 못한 게 유감이야. 사실은 내일 요양원에 들어가게 되었네. 마홀트가 날 그리로 보냈지. 자네도 보다시피 이렇게 덥수룩한 몰골로 병원에 들어갈 수 있겠나. 칼을 좀 빌려주게나. 반 시간 안에 다시 가져오겠네."

"그래? 헌데 그걸 가지고 어디로 가려고?"

"의사 집으로. 난 거기 묵고 있다네. 어때, 좀 빌려주겠나?"

대장간 주인은 그래도 완전히 믿기지 않는 눈치였다.

"빌려주기는 하겠네. 하지만 이게 보통 칼이 아니라는 걸 알아주게나. 진짜 졸링거 홀클링게 제품이라고. 그러니 꼭 돌려줘야 하네."

"날 믿어주게나."

"알겠네. 그런데 자네 멋진 옷을 입고 있군그래. 면도할 땐 그 옷을 입고 있을 필요가 없을 것 같은데. 제안을 하겠네. 옷을 벗어 여기에 놓고 가게나. 면도칼을 되돌려받는 즉시 옷을 돌려주겠네."

방랑자는 얼굴을 찌푸렸다.

"그렇다면 좋아. 자넨 그리 고상한 대장장이는 못 되는군그래. 하지만 자네 제안에 따르겠네."

대장장이가 칼을 가져왔고, 크눌프는 상의를 저당 잡혔다. 그러나 그 을음투성이 대장장이가 옷을 만지리라 생각하니 견딜 수가 없었다. 반 시간쯤 뒤에 되돌아와 졸링거 칼을 돌려주었다. 그의 수염은 말끔히 사라져 있었다. 그는 완전히 다른 사람처럼 보였다.

"이제 귀에다 패랭이꽃이라도 한 송이 꽂으면 장가도 들 수 있겠는걸." 대장장이가 감탄하며 말했다.

그러나 크눌프는 농담할 기분이 아니었다. 옷을 입고는 간단한 인사를 남기고 그곳을 떠났다.

집으로 돌아오다가 문 앞에서 의사를 만났다. 그는 놀란 듯 그를 바라보았다.

"자네 어디를 그리 돌아다니나? 그런데 자네 참 멋있는데! …… 아하, 면도를 했군그래. 정말 자넨 아직 소년이야!"

의사는 기분이 좋아졌다. 크눌프는 이날 밤 다시 붉은 포도주를 대접받았다. 두 동창생은 송별연을 열었다. 되도록 상대방의 기분을 돋워주면서 서로의 기분이 상하지 않도록 애썼다.

다음 날 아침 알맞은 시각에 촌장 집 하인이 마차를 몰고 왔다. 우리 속에는 송아지 두 마리가 차가운 아침 공기 때문에 무릎을 떨며 눈을 껌벅이고 있었다. 목초지 위에는 첫서리가 깔려 있었다. 크눌프는 마부 석 옆에 하인과 나란히 앉아 무릎 위에 모포를 덮었다. 의사는 그의 손을 꼭 잡아주고는 하인에게 반 마르크짜리 하나를 쥐어주었다. 마차는 덜커덩거리며 숲을 향해 출발했다. 하인이 파이프 담배에 불을 붙이는 동안 크눌프는 졸린 듯한 눈을 깜박이며 냉랭한 아침의 미명을 응시했다.

잠시 후 해가 떠올랐다. 점심때는 무척 더웠다. 둘은 멋진 대화를 나누었다. 게르버자우에 도착하자, 하인은 송아지를 실은 채 병원까지 데려다주겠노라고 우겼다. 크눌프가 그를 타일러 둘은 마을 어귀에서 다정하게 헤어졌다. 크눌프는 그 자리에 서서, 마차가 가축시장 근처의 단풍나무 숲속으로 사라지는 모습을 바라보았다. 그는 미소를 짓고 마을 사람들만 아는 산울타리 사이의 샛길로 접어들었다. 그는 이제 다시 자유를 찾았다. 병원에서야 기다리건 말건 알 바가 아니었다.

다시 한 번 귀향자는 고향의 햇빛과 대기, 소음과 향기를 맛보았다. 가슴 설레게 하는, 넘쳐나는 고향의 친밀감을 만끽했다. 가축시장에서 농부들이 떠들어대는 소리, 햇빛을 받아 드리워진 갈색 밤나무의 그림자, 성터를 날아다니는 짙은 가을 나비들의 날갯짓, 광장 한복판에서 네 줄기 물을 뿜는 분수의 물소리, 양조장 지하실에서 풍겨오는 포도주 내음과 빈 나무통을 두드리는 소리, 낯익은 이름의 골목길들……. 이 모든 것이 한꺼번에 나타나서는 온갖 추억의 파노라마를 연출했다. 고향을 잃어버렸던 사나이는 모든 길모퉁이, 모든 연석緣石마다 만나게 되는 안온감, 친근감, 기억, 우정 등의 매력을 온 감각으로 받아들였다. 그는 오후 내내 피곤한 줄도 모르고 온 거리를 다 돌아다녔다. 강가에서 칼 가는 소리를 들었고, 창문으로 선반공의 작업장을 들여다보았고, 새 문장 위에 쓰인, 잘 아는 가문의 이름을 읽었다. 광장 분수의 수조에 손을 담갔고, 저 아래 조그마한 수도원 우물에서 갈증을 풀었다. 오랜 옛날부터 이 오래된 건물의 지하에서 샘솟는 우물은 이상히도 맑은 햇살을 받으며, 우물 안 돌 틈에서 콸콸 솟아나고 있었다.

강가에서 크눌프는 오래도록 서 있었다. 나루 난간에 몸을 기대고 흘러가는 물 위를 바라보았다. 그 안에선 검은 수초가 긴 이파리를 흐느적거리고, 등이 가느다란 물고기들이 검은 조약돌들 위에서 유영하고 있었다. 그는 오래된 다리 위로 올라갔다. 중간쯤에 걸터앉아 소년 시절처럼 다리를 물 위에 늘어뜨리고 흔들어댔다. 그때마냥 다리의 탄력감을 다시 느껴보고 싶어서였다.

서두르지 않고 그는 계속 걸어갔다. 조그마한 잔디밭이 딸린 교회의 보리수나무, 즐겨 수영을 하곤 했던 위편 물방앗간의 방죽, 모두 잊지 않았던 것들이었다. 오래전 아버지가 살던 집 앞에서 그는 걸음을 멈추었다. 잠시 문에 등을 기대고 서서 정원 안을 들여다보았다. 정나미 떨어지는 새 철조망 뒤로 새로 심은 정원수들이 보였다…… 그러나 비에 무너져 내린 축대며, 출입문 옆에 서 있는 우람한 돌배나무는 옛날 모습 그대로였다. 이 집에서 크눌프는 그의 황금기를 보냈다. 아직 라틴어 학교를 떠나기 전까지 이곳은 행복이 가득한 곳, 모든 것이 다 성취되고 고통 없는 축복이 넘치던 장소였다. 버찌를 훔쳐 먹던 여름이 생각났다. 아름다운 금잔화, 귀엽게 생긴 메꽃, 벨벳처럼 부드러운 제비꽃을 심던 정원사의 기쁨이 되살아났다. 꽃들이 지면 사라지는 순식간의 기쁨이었지만. 토끼장, 작엽장, 비둘기 집, 말오줌나무를 파서 만든 수도, 널빤지로 된 물받이판이 달린 물레방아도 생각났다. 지붕 위에 올라오는 고양이치고 모르는 녀석이 없었고, 정원에 열리는 열매치고 맛보지 않은 것이 없었다. 나무마다 모두 올라가서는 그 수관 樹冠(나무줄기 윗부분의 많은 가지와 잎이 달려 있는 부분 – 옮긴이) 속에서 녹색의 꿈에 도취되곤 했다. 이 작은 세계는 그의 것이었고 그와 함께 깊은 신뢰와 애정을 나누었었다. 그에겐 이곳의 관목 한 그루, 울타리 하나도 각별한 의미와 이야깃거리를 갖고 있었다. 비가 오나 눈이 오나 그에게 이야기를 건네주었다. 대기와 땅도 그의 꿈, 그의 소망 속에 함께 살면서 그의 물음에 대답을 들려주었다. 그것은 오늘도 마찬가지야, 하고 크눌프는 생각했다. 이 정원을 소유하고 있는 집주인도, 정원사도 나보다 더 큰 가치를 부여하진 않을 거야. 나보다 더 많은 답변을 얻어내고, 나보다 더 많은 기억을 일깨워내는 사람은 없을 거야.

가까운 집들의 지붕 사이로, 한 집의 뾰족한 회색 박공이 하늘 높이 솟아 있었다. 전날 피혁공 하지스가 살았던 집이었다. 소년 크눌프의 놀이 장소였고 소녀들과 처음으로 은밀한 유희를 벌이다가 끝장을 본 곳이기도 했다. 수많은 밤을 그는 싹터오는 사랑의 기쁨을 안고 어둑어둑한 골목길을 걸어 돌아오곤 했었다. 피혁공 딸아이들의 머리를 땋아주고, 예쁜 프란치스카의 키스를 받고 기분이 몽롱해지기도 했었다. 크눌프는 밤늦게, 혹은 내일 아침 그 집을 찾으리라 마음먹었다. 지금은 그 추억이 그를 별로 유혹하지 않았다. 그보다 더 이전, 유년 시절의 회상에만 몰두하고 싶은 심정이었다.

한 시간 이상 그는 울타리 옆에 머무르면서 정원 안을 내려다보았다. 덩굴의 딸기들이 사라진 게 벌써 가을빛이 완연했다. 그러나 그가 보고 있는 것은 이 새롭고 낯선 정원이 아니었다. 옛날 아버지의 정원이었다. 조그마한 화단의 어린 꽃들, 부활절인 일요일에 심은 앵초와 유리 빛 같은 봉선화, 수도 없이 도마뱀을 잡아다 가두었던 작은 돌무더기를 보고 있었다. 유감스럽게도 도마뱀들은 그곳에 머물러 그의 가축이 되려 하지 않았다. 그래도 기대와 희망을 갖고 새로운 도마뱀을 잡아오곤 했었다. 설령 오늘 누가 이 세상의 모든 집과 정원, 모든 꽃과 도마뱀과 새들을 준다 해도, 당시의 정원에서 자라나 방긋 꽃봉오리를 내밀던 여름 꽃의 매력에 비하면 아무것도 아니라는 생각이 들었다. 그리고 아직도 기억에 생생한 그 구스베리 나무! 그러나 그것은 보이지 않았다. 누군가가 뽑아서 불에 태워버렸을 거야. 줄기와 뿌리와 마른 잎이 차례차례 불타버리는데도 누구 하나 슬퍼하지 않았을 테지.

그렇다. 그는 이곳에서 마홀트와도 자주 놀았었다. 그는 지금 어엿한 의사에 신사가 되어 마차를 타고 이곳저곳 왕진을 다니고 있었다. 여전히 착하고 성실한 사람으로 남아 있었다. 이 신앙심 깊고 내성적이었던 친구에 비해 크눌프, 그는 어떠

한가? 영리하고 튼튼했던 그는? 이곳에서 크눌프는 그에게 파리나 메뚜기 집 만드는 법을 가르쳐주었다. 그는 마홀트의 선생 격이었다. 키도 크고 모든 사람의 칭찬을 듣던 소년이었다. 이웃집의 말오줌나무는 오래되어 엷은 이끼가 끼어 있었다. 나뭇가지를 엮어 지었던 오두막집도 쓰러져버렸다. 바로 그 자리에 원하는 것을 다시 짓는다 한들 그 옛날처럼 아름답고 즐거움이 넘치는 집이 될 수 있을까?

날이 어두워지면서 쌀쌀해지기 시작했다. 크눌프는 정원 옆 풀에 덮인 샛길로 해서 그곳을 떠났다. 마을의 모습을 바꾸어 놓은, 새로 지은 교회의 탑으로부터 종소리가 크게 울려왔다. 그는 피혁공 집의 정원으로 잠입해 들어갔다. 퇴근 후여서 아무도 보이지 않았다. 소리 내지 않고 축축한 땅 위를 걸어, 염색을 하려고 가죽을 담가놓은 웅덩이 곁을 지나갔다. 이윽고 작은 울타리에 이르니, 시냇물이 이끼 긴 돌멩이들 위로 흘러가고 있었다. 어느 날 저녁 프란치스카가 맨발로 물장구를 치면서 앉아 있었던 시냇물이었다.

그녀가 날 버리지 않았다면 모든 게 달라졌을 텐데, 하고 크눌프는 생각했다. 라틴어 학교 공부는 포기했더라도 내겐 무언가가 될 만한 힘과 의지가 충분했었는데. 그것은 얼마나 단순하고 확실한 삶이었을까! 그 당시 그는 자포자기에 빠져 아무것도 알려고 하지 않았었다. 아무런 의욕도 없이 자신의 삶은 그렇게 흘러갔다. 그는 국외자가 되었고 방랑자, 방관자가 되었다. 한창 젊은 시절엔 친구도 많았지만, 이제 늙어 병들고 나니 외톨이가 되어 있었다.

지독한 피로감이 엄습해왔다. 그는 돌담 위에 걸터앉았다. 그의 뇌리로 시냇물이 졸졸 흐르고 있었다. 머리 위편의 한 창문이 환해졌다. 너무 늦었다는 신호였다. 그는 이곳에 더 있을 수가 없었다. 소리 없이 정원을 가로질러 문밖으로 나섰다. 상의의 단추를 채우곤 어느 곳에서 유숙할까 궁리했다. 그에겐 의사가 준 돈이 있었다. 잠시 생각한 후에 싸구려 여인숙을 찾아들었다. '천사장'이나 '백조여관'에 가면 친구들을 만날 수 있을지도 몰랐다. 그러나 지금은 그것이 중요하지 않았다.

마을은 많이 변해 있었다. 전 같으면 조그마한 것 하나라도 관심의 대상이 되겠지만, 이젠 옛날의 모습을 지닌 것 외엔 아무것도 보고 싶지도, 알고 싶지도 않았다. 몇 군데 문의해본 결과 프란치스카가 이미 죽었다는 사실을 알 수 있었다. 그러자 모든 것이 퇴색되어 보였다. 그가 여기까지 온 것은 오로지 그녀 때문이 아니었던가? 이 골목 저 정원들 사이를 오가며 아는 사람들을 만나고 그들의 동정 어린 농담을 들은들 무슨 의미가 있단 말인가? 우연히 우체국 골목길에서 시립병원 의사를 만나자 문득 병원에서 자신을 찾고 있지나 않을까, 하는 생각이 들었다. 그는 빵집에 들러 긴 빵 두 개를 샀다. 그것을 상의 주머니에 쑤셔넣고 정오가 되기 전에 마을을 빠져나왔다. 그리고 가파른 산길을 오르기 시작했다.

위쪽의 숲 가장자리, 마지막 한길이 산길이 되어 구부러지는 곳에 먼지를 뒤집어쓴 사내 하나가 돌 더미 위에 앉아 있었다. 그는 자루가 긴 망치를 가지고 회청색의 석회석을 조각내고 있었다.

크눌프는 그를 보자 걸음을 멈추고 인사를 건넸다.

"안녕하시오." 그 남자는 머리도 들지 않은 채 인사를 받고는 계속 돌멩이를 두드렸다.

"내 말인즉 변하지 않는 날씨는 없다는 뜻이지요."

"그럴 수도 있겠지요." 석공은 무뚝뚝하게 응대하면서 머리 위를 올려다보았다. 정오의 햇살이 밝은 길 위에 반사되어 눈부셨다. "댁은 어디로 가는 길이오?"

"로마로 가서 교황이나 만나보려고 하는데, 아직 멀었겠지요?" 크눌프가 말했다.

"오늘 안으로 들어가긴 어려울 거요. 당신처럼 여기저기 기웃거리며, 남의 일이나 방해하는 사람은 일 년이 지나도 가지 못할 거외다."

"아, 그렇게 생각하시오? 하긴 서두를 일도 아니니까. 그런데 자넨 여전히 부지런하군그래, 안드레스 샤이블레."

석공은 손을 눈 위에 갖다 대고 나그네를 살펴보았다.

"날 아는가?" 그는 의심쩍다는 듯 말했다. "나도 본 듯한 생각이 드는데 이름이 잘 떠오르지 않는군."

"그렇다면 저 크라베 주점의 주인 양반에게 물어봐야겠군.

90년대에 우리는 항상 그곳에서 만나곤 했으니. 그 영감도 이젠 살아 있지 않겠지?"

"벌써 오래전에 가셨다네. 이제야 생각나네, 이 친구야. 자네 크눌프 아닌가? 이리 좀 와서 앉게나. 반가우이!"

크눌프는 앉았다. 너무 빨리 올라오느라 숨이 가빴다. 이제야 비로소 산 아랫마을이 아름답게 눈에 들어왔다. 파랗게 빛나는 강, 알록달록한 지붕들, 작은 섬처럼 산개해 있는 푸른 숲들.

"자넨 경치 좋은 데서 일하고 있군." 그가 심호흡을 하면서 말했다.

"그렇다고 할 수 있겠지. 그 점에 대해선 불평이 없네. 그런데 자넨? 예전엔 이 산을 가볍게 올라오지 않았던가? 지금은 마치 숨이 끊어질 듯 헐떡거리는군. 크눌프, 다시 한 번 고향엘 들른 건가?"

"그렇다네, 샤이블레. 이것이 마지막이 될 것 같네."

"어째서 그렇지?"

"폐가 나빠져서 그러네. 자네라도 별수 없을걸."

"고향에 남아 있을 걸 그랬어, 이 친구야. 열심히 일하고, 처자식을 거느리고, 매일 밤 침대에서 잘 수 있었다면 아마도 달라졌을 거야. 물론 자네도 일찍이 그걸 알았을 테지. 지금 와서 어쩌겠나. 그런데 아주 심한가?"

"아, 잘은 모르겠네…… 아니지, 벌써부터 알고 있었지. 마치 산비탈을 내려가듯 매일 조금씩 나빠지고 있다네. 내가 홀몸이란 게 여간 다행스럽지 않네. 아무에게도 폐를 끼치지 않을 수 있으니까 말일세."

"그거야 생각하기에 달린 게 아닐까? 어쨌든 정말 안됐네."

"아닐세, 어차피 누구나 한 번은 죽는 게 아닌가. 석공이라고 온전할 줄 아나? 여보게, 우리 둘이 이렇게 나란히 앉아 있을 줄이야 상상이나 했겠나? 자넨 그때 철도원이 되려고 했었지, 아마?"

"아, 그건 옛날이야기일세."

"자네 애들은 건강한가?"

"별 탈 없이 지내지. 야콥은 벌써 일을 하고 있다네."

"그래? 아, 세월이 빠르군그래. 자, 좀 더 걸어봐야겠네."

"그렇게 서두를 것 없지 않은가. 정말 오랜만에 만났는데 말이야. 말해보게, 크눌프. 내가 뭐 도와줄 게 없을까? 많이 가진 건 없지만 1마르크쯤은 줄 수 있네."

"그건 자네나 쓰게. 어쨌든 고맙네."

그는 무언가 더 말하고 싶었으나, 비참한 마음이 들어 입을 다물었다. 석공은 그에게 과일주를 내밀었다. 그들은 잠시 아랫마을을 내려다보았다. 물레방앗간 웅덩이에는 햇빛이 반사되어 빛나고 있었다. 돌다리 위로는 짐마차 한 대가 천천히 지나가고, 제방의 아래쪽에선 거위 떼들이 한가롭게 헤엄을 치고 있었다.

"잘 쉬었으니, 이젠 가봐야겠네." 크눌프가 다시 말했다.

석공은 생각에 잠겨 앉아 있다가 머리를 흔들었다.

"크눌프, 자넨 이렇듯 가련한 떠돌이가 되지 않을 수도 있었을 텐데." 그는 천천히 말했다. "정말 애석한 일이야. 난 진짜 신자는 아니지만, 성경책에 씌어 있는 말은 믿네. 자네도 한번 생각해보게. 자네 자신을 책임질 줄 알았다면, 이 지경은 되지 않았을 거야. 남보다 훨씬 뛰어난 재능을 가진 사람이 아무것도 이루어놓은 것이 없다니. 이렇게 말한다고 화는 내지 말게나."

크눌프는 미소를 지었다. 그의 눈빛 속에 악의 없는 소년 시절의 장난기가 반짝였다. 그는 다정하게 친구의 어깨를 두드리고는 자리에서 일어났다.

"우리는 알게 될 걸세, 샤이블레. 사랑하는 하느님께선 아마 내게 이렇게 묻진 않으실 거야. 왜 너는 판검사가 되지 않았느냐? 아마 이렇게 말씀하실걸. 어린애 같은 녀석이 다시 왔구나. 그러곤 내게 쉬운 일을 맡기실 거야. 애 보기 같은 것 말이야."

안드레스 샤이블레는 푸르고 흰 무늬의 셔츠를 입은 어깨를 으쓱했다.

"자네와는 진지한 얘기를 할 수 없군그래. 자네가 천국에 가게 되면 하느님도 농담밖엔 하지 않을 걸세."

"에이, 어디 그러려고."

"좀 진지해지게나."

그들은 악수를 나누었다. 헤어질 때 석공은 1마르크짜리 주화를 친구의 바지 주머니에 슬쩍 집어넣었다. 크눌프는 그걸 알았지만 제지하지 않았다. 친구의 호의를 무시하고 싶지 않았기 때문이었다. 그는 다시금 다정한 시선으로 고향의 계곡을 바라보고, 안드레스 샤이블레에게 다시 한 번 고개를 끄덕였다. 그러자 기침이 터져나왔다. 그는 걸음을 서둘러 위편 숲속으로 사라져버렸다.

찬 안개가 긴 날이 계속되더니, 며칠 날씨가 따뜻해지면서 늦은 섬초롱꽃이 피고, 날이 추워야 익는 나무딸기가 눈에 띄었다. 한두 주일 지나니 갑자기 겨울 날씨가 되었다. 차가운 서리가 내리고, 사나흘 다시 따뜻해졌다가 이내 큰 눈이 내렸다.

크눌프는 그동안에도 줄곧 돌아다녔다. 고향의 주변을 목적도 없이 이리저리 헤매고 다녔다. 가까운 숲속에 숨어 석공 샤이블레를 두 번이나 더 지켜보았다. 살펴보기만 했을 뿐 다시 말을 걸지는 않았다. 그에겐 생각할 것이 너무 많았다. 힘들고 긴, 아무 소용없는 배회를 계속하는 동안 실패한 삶에 대한 회오의 감정이 끈질긴 가시덩굴처럼 그를 더욱 조여왔다. 아무런 의미도 위안도 찾지 못한 채. 그러자 병세가 다시 악화되었다. 어떤 날은 어쨌든 게르버자우로 내려가 병원 문을 두드려볼까 하는 생각도 들었다. 그러나 온종일 혼자 있다가 다시 마을을 내려다보니, 모든 것이 낯설고 그에게 적대감을 갖고 있는 것 같았다. 자신은 이미 그곳에 속해 있지 않음이 분명했

다. 이따금 그는 마을에 내려가 빵을 샀다. 그러나 산에는 개
암나무 열매가 많았다. 밤에는 살림지기의 통나무집이나 들
의 짚더미 속에서 잤다.

지금 그는 자욱한 눈발을 헤치며 볼프 산을 넘어 골짜기의
물레방앗간으로 내려가는 중이었다. 지칠 대로 지쳐 몇 번이
고 눈 속에 나동그라졌다. 그러나 그는 쉬지 않고 발걸음을 내
디뎠다. 마치 남아 있는 마지막 며칠을 최대한으로 이용해 모
든 숲과 숲길을 걷고 또 걷고 싶어 하는 것 같았다. 병들고 피
로했으나 시각과 후각은 아직도 건재했다. 감각이 예민한 사
냥개처럼 현재는 쫓아갈 목표물이 없었기 때문에 땅의 모든
융기, 모든 바람, 모든 동물의 흔적들을 확인하면서 따라갔다.
그의 의지는 이미 사라져버렸다. 나아가는 것은 그의 발길뿐
이었다.

그러나 그의 생각 속에서는 수일 전부터 그랬듯이, 사랑하
는 하느님 앞에 서서 끊임없이 이야기를 나누고 있었다. 그는
조금도 두렵지 않았다. 하느님이 우리에게 아무것도 할 수 없
다는 것을 알고 있었다. 하지만 신과 크눌프, 둘은 이야기를
나누었다. 삶의 무의미함에 대해, 어떻게 했으면 다른 삶이 되
었을까에 대해 그리고 왜 이 사람 저 사람의 삶이 한결같이
같은 길을 가야 하는지에 대해.

"그때부터였습니다." 크눌프는 여전히 우겨댔다. "제가 열
네 살 되던 때 프란치스카가 절 버렸어요. 그 일만 없었던들

모든 게 달라졌을 텐데요. 제 마음속의 무언가가 망가지면서 엉망이 되고 말았습니다. 그때부터 전 아무짝에도 쓸모없는 놈이 되고 말았지요……. 아, 잘못한 게 있다면, 당신께서 열네 살 때 저를 데려가지 않으신 것뿐입니다! 그랬다면 저의 삶은 익은 사과처럼 아름답고 완전했을 텐데 말입니다."

그러나 사랑하는 하느님은 여전히 미소를 띠고 있었다. 이따금 그의 얼굴이 눈발 속에 완전히 사라지기도 했다.

"이봐, 크눌프." 그는 일깨우듯이 말했다. "자네의 소년 시절을 한번 생각해보라고. 오덴발트에서 보낸 여름과 레히슈테텐 시절을 말이야! 자넨 사슴처럼 춤을 추었고, 아름다운 삶이 전신에 약동함을 느끼지 않았던가? 자넨 노래를 부르고, 하모니카도 연주해서 소녀들의 눈을 황홀하게 만들었었지? 바우어스빌에서 보낸 일요일들을 잊었나? 자네의 첫사랑 헨리에테도? 그래도 모든 게 허사였다고 생각하는가?"

크눌프는 생각에 잠기지 않을 수 없었다. 먼 산의 봉홧불처럼 소년 시절의 기쁨이 아련한 빛을 발했다. 풀과 포도주같이 짙고 달콤한 향기가 되어 이른 봄밤의 그윽한 바람이 되어 밀려왔다. 참으로 그것은 아름다웠다. 기쁨도 아름다웠고, 슬픔도 아름다웠다. 그런 날들이 없었다면 얼마나 비참했을까!

"네, 정말 아름다웠습니다." 그는 시인했다. 그러나 지친 어린아이처럼 울먹이면서 반항하듯 말했다. "그때는 아름다웠습니다. 물론 죄와 슬픔도 이미 함께 있었지만 말입니다. 하지만 아름다운 시절이었던 것은 사실입니다. 그때처럼 술을 퍼마시고, 춤을 추고, 매일 밤 사랑을 속삭인 사람도 많지 않을 겁니다. 하지만 그때, 바로 그때 모든 게 끝났어야 하는 건데! 그때 이미 행복 속에 가시가 들어 있었습니다! 두 번 다시 좋은 시절은 오지 않았지요. 결코 다시는."

사랑하는 신은 멀리 눈보라 속으로 사라졌다. 크눌프는 걸음을 멈추고 호흡을 가다듬었다. 몇 방울의 각혈이 눈 위에 떨어졌다. 그때 신이 불쑥 다시 나타나 대답했다.

"이봐, 크눌프. 자넨 다소 배은망덕한 데가 있군그래. 그렇게 건망증이 심하다니 웃음이 나올 뿐이야. 자네가 무도장의 왕자로 군림하던 시절과 헨리에테를 생각해보라고. 멋지고 아름답고 의미가 있었던 때라고 자네도 시인하지 않았던가. 이 친구야, 헨리에테는 그토록 생각하면서 리자베트에 대해선 모른 척하려는가? 도대체 그녀를 완전히 잊을 수가 있단 말인가?"

그러자 먼 산줄기처럼 추억의 한 토막이 다시 크눌프의 눈앞에 나타났다. 그것은 좀 전의 추억처럼 그렇게 즐겁고 유쾌한 것은 아니었지만, 마치 눈물 속에서 미소 짓는 여인처럼 훨씬 더 은밀하고 다정했다. 오랫동안 까맣게 잊었던 나날, 그 시간들이 무덤 속에서 깨어났으며, 거기 리자베트가 서 있었다. 아름답고 슬픈 눈매에 팔에는 어린아이를 안고.

"정말이지 전 나쁜 놈이었습니다!" 그는 다시 자책하기 시작했다. "아무렴요. 리자베트가 죽은 뒤로 저 역시 살아 있어선 안 되었습니다."

그러나 신은 그가 계속 말하도록 내버려두지 않았다. 맑은 눈으로 크눌프를 뚫어지게 바라보면서 말을 이었다. "그만두게나, 크눌프! 자네가 리자베트를 슬프게 한 것은 사실이지만, 어쩔 수 없는 일이 아니었나. 하지만 자네도 알다시피 그녀는 자네에게서 악한 것보다는 부드럽고 아름다운 것을 더 많이 받았었지. 그녀는 자넬 한 번도 원망한 적이 없었네. 어린애 같은 친구야, 아직도 이 모든 것이 갖는 의미를 모른단 말인가? 자네는 도처에 어린이 같은 천진스러움, 어린이들의 웃음을 전파하려고 세상을 부유하는 방랑자가 된 게 아니었던가? 도처에서 사람들이 다소 조롱은 했을지 몰라도 자네를 사랑하고 또 감사를 보내지 않았던가?"

"생각해보니 그런 것 같습니다." 크눌프는 잠시 침묵하다가 나지막한 소리로 시인했다. "하지만 그 모든 것은 제가 아직 어렸을 때 일어난 일이었습니다! 왜 저는 그 모든 것으로부터 아무것도 배우질 못했을까요? 왜 올바른 인간이 되지 못했을까요? 시간은 충분했는데 말입니다."

눈발이 잠시 멈추었다. 크눌프는 잠시 걸음을 멈추고, 옷과 모자에 쌓인 눈을 털어내려 했다. 그러나 잘되지 않았다. 너무나 피곤하고, 마음이 산란했기 때문이었다. 신은 이제 더욱 그의 곁 가까이로 다가왔다. 빛나는 눈을 크게 뜨고 태양처럼 빛을 발하고 있었다.

"이젠 만족하게나." 신은 충고했다. "한탄한들 무슨 소용이 있겠나? 자네의 삶이 훌륭하고 올발랐다는 것, 달리 바뀌지는 않았으리라는 것을 진정 통찰하지 못한단 말인가? 진정 자네가 가장이 되고, 직공장이 되어 처자식을 거느리면서 저녁엔 주간신문이나 뒤적이는 사람이 되고 싶었단 말인가? 당장 그곳을 뛰쳐나와 숲속의 여우 굴 옆에서 자고, 새덫을 놓거나 도마뱀을 길들이지 않았을까?"

다시 크눌프는 걷기 시작했다. 피곤하여 몸이 휘청거렸지만, 그것을 전혀 알지 못했다. 기분이 훨씬 좋아지자 고개를 끄덕여 감사한 마음으로 신이 말한 모든 것을 수긍했다.

"보게나." 신이 말했다. "나는 있는 그대로의 자네를 필요로 했네. 나의 이름으로 자네는 방황했고, 안주하는 사람들에게 늘 자유에 대한 향수를 불러일으켰던 것일세. 내 이름으로 어리석은 짓을 행해 웃음거리가 되었던 것이야. 즉 자네 속에 있는 나 자신이 조롱을 당한 것이요, 사랑을 받았던 것일세. 그렇다네. 자네는 나의 아들이요, 나의 형제요, 나의 분신일세. 자네가 맛보고 고통을 겪은 것은 바로 나와 함께 체험했던 것이었다네."

"그렇습니다" 하고 크눌프는 정중하게 머리를 숙였다. "그렇다는 것을, 저도 늘 알고 있었습니다."

그는 쉬기 위해 눈 위에 누웠다. 피곤했던 육신이 아주 가벼워졌다. 이글대는 두 눈동자는 미소를 머금고 있었다.

잠시 잠을 자려고 눈을 감자, 신의 음성이 여전히 들려왔다. 형형한 눈빛 역시 여전히 그의 앞에 있었다.

"그래, 이제는 더 탄식할 것이 없는가?" 신의 음성이 물었다.

"없습니다." 크눌프는 머리를 끄덕이며 부끄러운 듯이 웃었다.

"그러면 모든 것이 양호한 거지? 제대로 잘된 거지?"

"네, 모든 게 제대로 잘되었습니다." 크눌프는 끄덕였다.

신의 음성은 점점 희미해졌다. 때로는 어머니의 음성처럼, 때로는 헨리에테의 음성처럼, 때로는 리자베트의 부드러운 음성처럼 들렸다.

크눌프는 다시 한 번 눈을 떴다. 그러나 햇살이 너무 눈부셔 재빨리 감을 수밖에 없었다. 양손 위에 눈이 너무 무겁게 쌓여 그것을 털어버리려 했다. 그러나 다른 어떤 의지보다 잠자고 싶은 의지가 더 강해서 그는 눈을 뜨지 않았다. ●

옮긴이 정서웅

서울대학교 독어독문학과를 졸업하고 고려대학교 대학원에서 문학박사 학위를 취득했다. 독일학술교류처(ADDA) 초청으로 독일 브레멘대학 교환교수, 숙명여대 독어독문학과 교수를 지냈다. 옮긴 책으로 『독일어 시간』, 『콜린』, 『크눌프 로스할데』, 『환상소설집』, 『스퀴데리 양』, 『베네치아와 시인들』 등이 있다.

삶의 최종심

「크눌프」는 그 성격을 한마디로 정의하기 어려운 종합적인 소설이다. 거기에는 성장소설의 요소에 방랑소설의 요소와 귀향소설의 요소가 어우러져 있다. 아니, 뭉뚱그려 말하면 성장소설로 분류하는 게 옳을지도 모른다.

성장소설로도 「크눌프」는 한 훌륭한 전범이 된다. 이 머무를 수 없었던 영혼의 쓸쓸하고도 아름다운 궤적은 흔하지는 않아도 충분히 있을 수 있는 삶의 한 양태가 된다. 어떤 사람은 그 흔치 않은 삶의 양태가 기껏 소년의 상처받은 첫사랑에서 결정되고 있는 것을 지나친 감상이나 과장으로 여겨 못마땅해하지만, 실로 우리 삶이 그렇게 엄숙하고 진지한 것이던가. 모든 결정이 언제나 심각하고 무게 있는 원인과 신중한 판단으로만 이뤄지던가.

방랑을 다룬 소설로도 귀향소설로도 「크눌프」는 한 백미를 보여준다. 그 본질이 허망과 슬픔이란 점에서 방랑과 아름다움은 유사어임을 헤세는 꿰뚫어보고 있다. 거기다가 크눌프의 귀향담은 판이한 고향과 경험을 가진 사람까지도 가슴 저리게 할 만큼 시간의 파괴력과 그 불가회성不可恢性을 그려내고 있다.

그럼에도 「크눌프」를 '죽음의 미학'이란 주제 아래 묶은 것은 죽음을 앞둔 크눌프가 신과 더불어 삶을 문답하는 구절의 강렬한 인상 때문이다. 어떤 사람은 삶의 성패에 관한 최종심 最終審을 죽음 이후의 세계에서 찾고 어떤 사람은 삶 자체에서 구한다. 그런데 헤르만 헤세는 죽음을 삶의 성패에 대한 마지막 재판정으로 쓰고 있다. 그 선고에 동의하든 안 하든 죽음에 대한 그의 독특한 태도는 눈여겨봐둘 만하다.

개인적으로 크눌프는 내 10대 후반의 정신적인 동반자였다. 그 뒤 도스토옙스키를 만나고 다시 니체와 사르트르에게 홀려 실존의 거센 파고에 휩싸이면서 그와 헤어지게 되지만, 소년 시절의 감수성에 깊숙이 드리웠던 그의 그림자까지 완전히 지워내지는 못했다. 특히, 나의 『젊은 날의 초상』 3부작에는 곳곳에서 그의 그림자가 느껴진다.

킬리만자로의 눈

The Snow of Kilimanjaro

어니스트 헤밍웨이 지음

장경렬 옮김

어니스트 헤밍웨이

미국의 작가. 1899~1961년. 미국 일리노이 주 오크 파크(현재의 시카고)에서 태어났다. 고등학생 때 학교 주간지 편집을 맡아 직접 기사와 단편을 썼으며, 고등학교 졸업 후 대학교 진학을 포기하고 1917년『캔자스시티 스타』의 수습기자로 일했다. 제1차 세계대전 중이던 1918년 적십자 야전병원 수송차 운전병으로 이탈리아 전선에서 복무하기도 했으며, 전선에 투입되었다가 다리에 중상을 입고 귀국했다. 1921년, 해외 특파원으로 건너간 파리에서 스콧 피츠제럴드, 에즈라 파운드 등 유명 작가들과 교유하는 등 근대주의적 작가들과 미술가들과 어울리며 본격적으로 소설을 쓰기 시작했다. 피츠제럴드, 포크너와 함께 1920년대 '로스트 제너레이션(잃어버린 세대)'을 대표하는 3대 작가로 평가받는다. 1952년 인간의 희망과 불굴의 정신을 풀어낸『노인과 바다』를 발표해 큰 찬사를 받았으며, 퓰리처상과 노벨문학상을 수상했다. 신경쇠약과 우울증에 시달리다 1961년 케첨의 자택에서 엽총 자살로 생을 마감했다. 주요 작품으로『무기여 잘 있거라』,『누구를 위하여 종은 울리나』,『노인과 바다』,『킬리만자로의 눈』등이 있다.

킬리만자로는 6,008미터 높이(탄자니아 국립공원 측이 공식적으로 공개한 산의 높이는 5,895미터이다 - 옮긴이)의 눈 덮인 산으로, 아프리카에서 가장 높은 산이라 한다. 그 산의 서쪽 정상은 마사이족의 말로 '누가예 누가이'라 불리는데, 이는 '하나님의 집'이라는 뜻이다. 서쪽 정상 가까이에는 미라 상태로 얼어붙은 표범의 사체가 하나 있다. 그런 높은 곳에서 표범이 무얼 찾고 있었는지 설명할 수 있는 사람은 이제까지 아무도 없었다.

"신기한 건 고통이 없다는 점이야." 그가 말했다. "그래서 죽음이 시작되는 걸 알게 되는 거지."

"정말이에요?"

"정말이고말고. 그런데 이렇게 냄새를 피워 미안하군. 당신한텐 역겨운 냄새겠지."

"괜찮아요. 제발 그런 말은 하지 말아요."

"저놈들 좀 봐." 그가 말했다. "녀석들이 저렇게 모여드는 건 내 몰골 때문일까, 냄새 때문일까?"

남자는 미모사 나무의 널찍한 그늘에 놓여 있는 간이침대에 누워 있었다. 그가 눈을 들어 그늘 저편의 눈부신 들판을 바라보니, 세 마리의 커다란 새가 음란한 모습으로 웅크린 채 앉아 있는 것이 보였다. 하늘에는 같은 종류의 새가 열두어 마리가 날고 있었다. 새들은 지나가면서 재빠르게 움직이는 그림자를 땅 위에 던지고 있었다.

"저놈들은 트럭이 고장 난 그날부터 내내 저기 있었어. 땅에 내려앉은 건 오늘이 처음이지. 처음에는 저 녀석들 얘기를 내 이야기에 써먹을 수 있을까 해서 날아다니는 모습을 아주 주의 깊게 지켜보기도 했는데, 이제 와서 생각해보니 웃기는 일이군."

"당신 글에 저것들 얘긴 안 넣었으면 좋겠어요." 그녀가 말했다.

"그냥 말이 그렇다는 거지, 뭐." 그가 말했다. "말을 하고 있으면 한결 편하니까. 아무튼 이런 얘기로 당신 마음을 불편하게 하고 싶지는 않아."

"그런 얘기 때문에 제가 마음 불편해하지는 않는다는 걸 다 아시면서." 그녀가 말했다. "전 제가 너무 신경과민이 되어 아무것도 하지 못하는 게 괴로울 뿐이에요. 제 생각엔 비행기가 올 때까진 마음 편하게 먹고 기다려야 할 것 같아요."

"또는 비행기가 오지 않을 때까지 그렇게 하자는 말도 되겠지."

"제발 제가 할 수 있는 일이 뭔지 말해줘요. 제가 할 수 있는 일이 분명히 있을 거예요."

"내 다리를 잘라주는 건 어때? 그럼 고통도 없어질 텐데. 정

414

말로 고통이 없어질지는 모르겠지만. 아니면 날 쏴 죽이든지. 이젠 당신도 명사수잖아. 내가 당신에게 사격술을 가르쳐주지 않았나?"

"제발 그런 식으로 말하지 말아요. 책이라도 읽어드릴까요?"

"뭘 읽어주겠다는 거지?"

"책가방 속에 있는 것들 가운데 아직 우리가 읽지 않은 거 아무거나 말이에요."

"가만히 듣고만 있는 건 견딜 수가 없어." 그가 말했다. "말을 하는 게 훨씬 편해. 말싸움이라도 하면 시간은 지나가게 마련이니까."

"전 말싸움 못해요. 말싸움하고 싶었던 적도 없고요. 아니, 더 이상 말싸움일랑 하지 말아요. 아무리 신경이 날카로워지더라도 우리 그러지 않았으면 좋겠어요. 어쩌면 오늘쯤 사람들이 다른 트럭을 몰고 돌아올 수도 있지 않겠어요? 아니면 비행기가 올 수도 있고요."

"난 움직이고 싶지 않아." 남자가 말했다. "당신을 편하게 놔주기 위해서라면 몰라도 이제 더 이상 움직인다는 건 무의미해."

"그렇게 체념하는 건 비겁한 짓이에요."

"공연히 험담하지 말고 마음 편하게 죽도록 날 내버려둘 순 없겠소? 내게 험담을 해봤자 무슨 소용이 있겠소?"

"당신은 안 죽어요."

"어리석은 소리 하지 마. 난 지금 죽어가고 있어. 저 빌어먹을 놈들에게 물어보라고." 그는 엄청난 몸집의 지저분한 새들이 벌거숭이 머리를 웅크린 깃털 속에 처박은 채 앉아 있는 곳을 바라보았다. 네 번째 새가 내려와 잔걸음으로 달리다가 다른 새들 쪽으로 어기적거리며 천천히 걸어가고 있었다.

"저런 새들은 어느 캠프 주위에나 있는 법이에요. 당신 눈에 띄지 않았다 뿐이죠. 체념만 하지 않으면 죽지 않아요."

"그따위 말은 어디서 주워 읽었소? 정말, 끔찍한 얼간이가 따로 없군."

"다른 사람 얘기라도 생각해보는 건 어때요?"

"제발 좀 그만." 그가 말했다. "그건 내가 이제까지 밥벌이 삼아 해왔던 일이잖소."

그는 누운 자세로 잠시 말이 없었다. 그러다가 아지랑이가 이는 들판 건너편의 숲 가장자리로 눈길을 주었다. 노란 들판을 배경으로 작고 하얗게 보이는 타미(영양의 일종인 톰슨가젤의 약칭―옮긴이) 몇 마리와 저 멀리 푸른 관목들을 배경으로 하얗게 보이는 한 떼의 얼룩말이 있었다. 이곳은 언덕을 등지고 서 있는 큰 나무들 아래에 자리 잡은 쾌적한 캠프로, 좋은 물도 쉽게 구할 수 있었다. 그리고 가까이에는 거의 다 말라버린 샘물이 있어, 그 위로 아침마다 들꿩이 떼를 지어 날곤 했다.

"책이라도 읽어드릴까요?" 그녀가 물었다. 그가 누워 있는 간이침대 곁에는 의자가 하나 놓여 있었다. 캔버스 천으로 바닥 처리가 된 간이의자로, 여자는 거기에 앉아 있었다. "산들바람이 일기 시작했네요."

"고맙지만, 그럴 필요 없소."

"어쩌면 트럭이 올 거예요."

"트럭이 오든 말든 난 관심 없어."

"전 그렇지 않아요."

"나한텐 요만큼도 관심이 없는데 당신이 지나치게 신경 쓰는 일이 너무 많아."

"해리, 그렇게 많은 건 아니에요."

"술이나 한잔하면 어떨까?"

"술은 당신에게 해로울 거예요. 블랙의 가정 의학서(가정 의학서인 『블랙의 의학 사전Black's Medical Dictionary』은 1906년 최초로 발간된 이후 현재까지도 나오고 있는 책이다-옮긴이)에는 모든 종류의 술은 피하라고 되어 있어요. 술을 마시면 안 돼요."

"몰로!" 그가 소리쳤다.

"예, 주인님."

"위스키소다 한 잔 가져와."

"예, 주인님."

"그럼 안 돼요." 그녀가 말했다. "그게 바로 제가 체념이라고 말하는 거예요. 책에는 술이 나쁘다고 되어 있어요. 술이 당신에게 해롭다는 것쯤은 저도 알고 있어요."

"아냐." 그는 말했다. "그건 나한테 약이야."

이렇게 해서 이젠 모든 것이 끝났다. 그는 생각했다. 이렇게 해서 이젠 그 일을 끝낼 기회를 다시는 갖지 못하게 될 것이다. 이런 식으로 술을 마시면 되니 안 되니 티격태격 싸우다가 끝나는 것이다. 오른쪽 다리가 썩어들어가기 시작한 다음부터 그는 고통을 느끼지 않았고, 고통이 사라지자 공포감마저 사라졌다. 이제 그가 느끼는 거라고는 이것으로 모든 것이 끝이라는 예감에서 오는 극심한 피로감과 분노뿐이었다. 이제 그를 향해 다가오는 그것에 대해 그의 마음에는 그 어떤 호기심도 일지 않았다. 수년 동안 그 문제가 그의 마음을 사로잡고 있었지만, 이제 그 자체로는 아무런 의미도 없는 것이 되고 말았다. 피로가 지나치면 죽음조차도 얼마나 쉽게 무의미한 것이 되는지 참으로 이상한 일이었다.

충분히 이해하게 돼서 멋진 글을 쓸 수 있는 순간이 올 때까지 쓰지 않고 아껴두었던 것들을 이제 그는 결코 글로 쓰지 못할 것이다. 그러니 잘 써보려고 애쓰다가 실패하는 일도 없을 것이다. 어쩌면 아예 쓸 능력이 없었는지도 모른다. 그러기에 쓰기 시작하길 계속 미루고 지연시켜왔던 것은 아닐까? 아무튼 이제 어떤 쪽이 사실인지 결코 알 수 없을 것이다.

"애초에 여길 오지 말 걸 그랬어요." 여자가 말했다. 그녀는 유리잔을 손에 들고 입술을 깨물면서 그를 바라보고 있었다. "파리에 있었더라면 이런 일은 없었을 거예요. 당신은 늘 파리를 사랑한다고 했잖아요. 우린 파리에 머물러 있거나, 아니면 다른 어느 곳이든 갈 수 있었을 텐데요. 전 어디든 갔을 거예요. 당신이 원하는 곳이라면 어디든 가겠다고 제가 말했잖아요. 당신이 사냥을 원했다면 우린 헝가리로 가서 사냥도 하고 편하게 지낼 수 있었을 거예요."

"당신의 그 대단한 돈으로 말이지." 그가 말했다.

"그렇게 말하지 말아요." 그녀가 말했다. "돈은 제 것이기도 했지만 항상 당신 것이기도 했잖아요. 전 모든 걸 버리고 당신이 가고 싶어 하는 곳이면 어디든 갔고, 당신이 원하는 일이라면 뭐든 해왔어요. 하지만 여긴 애초에 오지 말았어야 했어요."

"당신도 좋다고 했잖아."

"당신의 몸이 성할 땐 좋았죠. 하지만 이젠 지긋지긋해요. 왜 당신 다리에 그런 일이 일어났어야만 했던 거죠? 전 모르겠어요. 이런 일을 당하다니, 우리가 뭘 잘못한 거죠?"

"내가 잘못한 게 있다면 애초에 긁혀 상처가 났을 때 소독약 바르는 걸 잊었던 것이겠지. 병균에 감염돼본 적이 없어서 신경을 쓰지 않았던 거야. 그리고 나중에 상처가 악화됐을 땐 다른 살균제가 떨어져 묽은 페놀 용액을 썼기 때문에 어쩌면 모세혈관이 마비됐던 거고, 그래서 살이 썩기 시작한 거겠지." 그가 그녀를 바라보며 말했다. "그것 말고 잘못한 게 뭐가 또 있겠어?"

"제가 말하려는 건 그게 아니에요."

"그놈의 덜떨어진 키쿠유족(케냐의 부족 가운데 하나 -옮긴이) 운전사 대신에 제대로 된 기술자를 고용했더라면 오일 상태를 잘 살폈을 테고, 그랬다면 트럭의 베어링도 태워 먹지 않았을 거야."

"제가 말하려는 건 그게 아니라니까요."

"당신이 당신 패거리들, 올드 웨스트베리, 사라토가, 팜 비치에 널려 있는 그 잘난 빌어먹을 놈의 당신 패거리들을 포기하고 날 따라오지만 않았어도……."

"어쩜 그런 말을! 전 당신을 사랑해서 따라온 거잖아요. 너무해요. 지금도 전 당신을 사랑해요. 전 당신을 늘 사랑할 거예요. 당신은 절 사랑하지 않으세요?"

"아니." 남자가 말했다. "난 당신을 사랑한다고 생각지 않아. 한 번도 사랑한다고 생각해본 적이 없어."

"해리, 지금 무슨 말을 하고 있는 거예요? 당신은 지금 제정신이 아니에요."

"제정신이 아니라니? 나한텐 제정신이고 뭐고 따질 정신이라는 게 아예 없어."

"그거 마시지 말아요." 그녀가 말했다. "여보, 제발 그거 마시지 말아요. 우린 할 수 있는 일이라면 다 해봐야 하잖아요."

"당신이나 해." 그가 말했다. "난 지쳤어."

지금 그가 마음의 눈으로 보고 있는 것은 카라가치(터키의 유럽 쪽 이스탄불에 있는 지역으로, 유럽으로 가는 오리엔탈 특급열차가 터키에서 마지막으로 정차하는 역이 이곳에 있었다-옮긴이)의 기차역이었다. 그는 짐을 들고 서 있었으며, 이제 심플론-오리엔트 철도회사의 열차가 던지고 있는 전조등의 불빛이 어둠을 뚫고 다가오고 있었다. 그는 그때 퇴각 후 트라키아(발칸반도의 남동쪽을 일컫는 지명-옮긴이)를 막 떠나려던 참이었다. 그때의 이야기가 바로 그가 후에 글로 쓰려고 간직해두었던 것 가운데 하나였다. 그날 그는 아침 식사 도중 창밖을 바라보다가 불가리아의 산들이 눈으로 덮여 있는 것을 보았다. 그때 난센(노르웨이의 탐험가이자 과학자이며 정치가-옮긴이)의 비서가 노인에게 물었다. "저것이 눈인가요?" 노인이 창밖을 흘끗 본 다음 대답했다. "아니, 저건 눈이 아니오. 눈이 내리기엔 너무 일러요." 그러자 비서가 옆의 여자아이들한테 말을 옮겼다. "들었겠지만, 아니래. 저건 눈이 아니래." 곧 그들 모두가 이구동성으로 말했다. "저건 눈이 아니야. 우리가 잘못 본 거야." 하지만 그건 틀림없는 눈이었다. 난센이 주민 교환 협상(제1차 세계대전 중인 1919년에서 1922년까지 이어진 그리스와 터키 간 전쟁에서 그리스가 터키에게 패한 다음 로잔느 협약이 맺어졌는데, 이 협약에 따라 그리스와 새로 성립된 터키공화국 사이에 주민 교환이 이뤄졌다-옮긴이)을 이뤄냈을 때 그는 그들을 그곳으로 보냈다. 그해 겨울 그들이 죽음에 이를 때까지 밟고 간 것은 눈이었다.

그해 크리스마스를 전후해서 가우에르탈에는 일주일 내내

눈이 내렸다. 그해 그들은 방을 반쯤이나 차지하는 크고 네모난 사기 난로가 있는 나무꾼의 집에서 묵었고, 너도밤나무 잎으로 채운 요를 깔고 잤다. 그때 탈주병 한 명이 피투성이가 된 발로 눈을 헤치며 걸어왔다. 그는 헌병이 바로 뒤에 따라오는 것을 보았다고 했고, 그들은 그에게 털 양말을 줘서 도망가게 했다. 그리고 그의 발자국이 눈에 덮여 보이지 않을 때까지 헌병들을 붙들고 이야기를 늘어놓았었다.

슈룬츠에서 크리스마스를 보내던 날, 주막에서 밖을 내다보면 눈이 너무 환해 눈이 아플 지경이었다. 그리고 모든 사람들이 교회에서 집으로 돌아오는 것이 보이기도 했다. 그곳은 그들이 무거운 스키를 어깨에 멘 채, 소나무로 뒤덮인 가파른 산들 사이의 강을 따라 뻗어 있는 길을 걸어, 썰매들 때문에 매끄러워지고 오줌으로 노래진 그 길을 걸어올라가 마침내 도착한 곳이었다. 그곳에서 그들은 스키를 타고 단숨에 마들레너 산장 위의 빙하를 가로지르기도 했다. 그때의 눈은 과자에 입힌 설탕처럼 매끄러워 보였고 분(粉) 가루처럼 가볍게 느껴졌다. 마치 한 마리 새가 급강하하듯 속도를 내 소리 없이 아래로 질주하던 것이 그의 기억에 떠올랐다.

그 당시 눈보라가 심해 그들은 일주일 동안 발이 묶인 채 마들레너 산장에 머물러 있어야 했다. 그들은 담배 연기가 자욱한 가운데 호롱불 옆에서 카드놀이를 하면서 시간을 보냈다. 렌트 씨가 돈을 잃으면 잃을수록 판돈이 계속 올라갔다. 결국 그는 돈을 몽땅 잃고 말았다. 스키 강습으로 받은 강사료와 성수기 배당 이익금은 물론이고 밑천까지도 몽땅 잃었다. 기다란 코의 렌트 씨가 '보지도 않은 채' 집어 든 카드를 펼치던 모습이 그의 눈에 선했다. 그땐 언제나 노름판이 벌어졌다. 눈이 안 오면 안 온다고 해서 벌어졌고, 눈이 너무 많이 오면 많이 온다고 해서 벌어졌다. 그는 지금까지 노름을 하면서 낭비한 시간이 모두 얼마인가를 생각해보았다.

하지만 그는 그것에 관해 한 줄의 글도 쓰지 않았다. 그리고 몹시도 춥고 맑게 갠 어느 크리스마스 날에 있었던 일에 대해서도 아직 한 줄도 글을 쓴 적이 없었다. 들판을 가로질러 산들이 선명하게 그 모습을 드러내던 바로 그날이었다. 그날 존슨은 비행기로 전선을 넘어가 오스트리아 장교들의 휴가 열차를 폭격했으며, 뿔뿔이 도망가는 군인들을 향해 기총소사機銃掃射를 가했다. 그 뒤 존슨이 식당으로 들어와 당시 이야기를 하기 시작하던 것을 그는 기억하고 있었다. 이야기를 듣던 사람들 사이에 말할 수 없이 깊은 침묵이 감돌기 시작했고, 그때 누군가가 이렇게 말했다. "이 무지막지한 살인마 같은 놈!"

그가 후에 함께 스키를 탔던 사람들은 그 당시 그들이 죽인 사람들과 똑같은 오스트리아 사람들이었다. 아니, 똑같지는 않았다. 그해 내내 그가 함께 스키를 탔던 한스는 황제의 군대 경보병대 소속이었다. 제재소 위쪽에 있는 작은 계곡으로 함께 토끼 사냥을 갔을 때 그들은 파수비오에서 벌어졌던 전투나 페르티카와 아살로네에 가해진 공격에 관해 이야기를 나눴다. 하지만 그는 그것에 대해서 역시 한마디도 쓰지 않았다. 몬테 코르노에 대해서도, 시에테 코뭄에 대해서도, 아르시에도에 대해서도 전혀 쓴 적이 없다.

얼마나 많은 겨울을 보랄베르크와 알베르크에서 보냈던가? 그는 그곳에서 네 번의 겨울을 보냈다. 그는 그 무렵 언젠가 선물을 사러 부루덴츠로 가다 여우를 팔러 가는 사나이를 만나 함께 마을로 들어갔던 것을 기억해냈다. 그때 고급 키르쉬바서를 마시며 느꼈던 체리 씨의 맛을, "하이, 호! 롤리가 소리쳤다네"라 노래 부르며 단단하게 얼어붙은 땅 위에 쌓인 가루눈을 휘날리며 빠른 속도로 미끄럼을 타던 일을 기억해내기도 했다. 그때 가파른 비탈을 향해 마지막 직선 코스를 달리다가 길을 바로잡고서 과수원을 세 바퀴 돌고 빠져나와 도랑을 넘은 다음 마침내 여관 뒤의 빙판길에 이르렀던 것 또한 기억하기도 했다. 그리고 꽁꽁 묶어놓은 스키 신발 끈을 툭툭 쳐 느슨하게 만든 다음 발로 차서 스키를 벗고, 벗은 스키를 숙소의 목재 벽에 기대놓았던 것도, 등잔의 불빛이 창밖으로 흘러나오고 안에서는 담배 연기와 새 포도주의 따스한 향내가 감도는 속에서 사람들이 아코디언을 켜고 있던 것도 그는 다 기억해냈다.

"우리가 파리에서 머물던 곳은 어디지?" 아프리카로 와서 지금 이 순간 그의 침대 곁 간이의자에 앉아 있는 여자에게 그가 물었다.

"크리용(파리에 있는 유명한 호텔 가운데 하나로, 헤밍웨이의 작품에 자주 등장한다 - 옮긴이)에 머물렀잖아요. 당신도 잘 알면서."

"그걸 내가 어떻게 알겠어?"

"우린 늘 그곳에 머물곤 했으니까요."

"아니야, 늘 그랬던 건 아니야."

"거기하고 생 제르맹 거리에 있는 파비용 앙리-카트르 두 군데였죠. 당신은 그곳이 아주 좋다고 했어요."

"좋아한다고? 무슨 개똥 같은 소리야." 해리가 말했다. "그리고 난 개똥 더미 위에 올라앉아 울어대는 수탉 같은 신세지."

"어쩌다 당신이 떠나야 한다면 당신 뒤에 남는 것들은 모조리 다 때려부숴야 당신 마음이 편하겠어요?" 그녀가 물었다. "그러니까 모든 걸 다 갖고 가야 속이 시원하겠냐, 이 말에요. 당신 말馬도, 아내도 죽이고, 안장도, 갑옷도 다 불살라버려야 한다는 건가요?"

"그래, 맞아." 그가 말했다. "당신의 빌어먹을 놈의 돈이 내 갑옷이었어. 어디, 갑옷뿐이었나? 창이든, 칼이든, 방패든, 뭐든 안 되는 게 없었지."

"그만하세요!"

"좋아, 그만하지. 당신을 괴롭히고 싶진 않아."

"벌써 좀 늦었어요. 이미 괴롭히고 있는걸요."

"좋아, 그럼 계속 괴롭혀줄게. 그게 더 재미있잖아. 당신과 정말 하고 싶었던 단 하나의 일도 지금은 할 수 없게 됐으니 말이야."

"아니에요, 그건 그렇지 않아요. 당신은 많은 걸 저와 하고 싶어 했고, 당신이 원하는 일이라면 전 모든 걸 다 했어요."

"아이고, 잘난 척 좀 그만해, 제발!"

그가 눈을 들어보니, 여자는 울고 있었다.

"여보, 당신 생각엔 내가 장난삼아 이러는 것 같아? 내가 왜 이리 못되게 구는지 나도 모르겠어. 당신을 살리려다 오히려 죽이는 건 아닌지 몰라. 우리가 얘기를 시작할 땐 나도 괜찮았는데. 이럴 뜻은 없었어. 그런데 이젠 난 완전히 제정신이 아냐. 어째서 이렇게 있는 힘을 다해 당신에게 못되게 굴려고 하는지, 정말 미쳤어. 여보, 내 말에 조금도 신경 쓰지 말아요. 난 당신을 정말로 사랑해. 당신도 그걸 알잖아. 난 이제껏 당신을 사랑하듯 다른 누구를 사랑해본 적이 없어."

그는 버릇이 된 익숙한 거짓말에 자기도 모르게 빠져들었다. 이것이야말로 그가 이제까지 생계 수단으로 동원해오던 바로 그 거짓말이었다.

"당신은 제게 잘해주고 있어요."

"넌 잡년이야." 그가 말했다. "넌 돈 많은 잡년이야. 시詩가 따로 없군. 지금 내 머릿속은 시로 가득 차 있어. 허튼소리와 시로, 허튼소리 같은 시로 가득 차 있는 거야."

"그만해요, 해리. 도대체 무엇 때문에 당신은 악마로 변하려는 거죠?"

"난 아무것도 남기고 싶지 않아." 남자가 말했다. "난 아무것도 뒤에 남겨두고 싶지 않단 말이야."

어느덧 저녁이 되었고, 잠들어 있던 그가 깨어났다. 해는 언덕 너머로 기울었고, 그림자가 벌판을 가로질러 온통 주위를 덮고 있었으며, 작은 짐승들이 캠프 근처에서 풀을 뜯고 있었다. 덤불 숲에서 꽤 멀리 떨어진 이곳까지 나와 풀을 뜯고 있는 짐승들이 머리를 재빨리 숙이기도 하고 꼬리를 휘젓기도 하는 모습이 그의 눈에 들어왔다. 땅 위에 내려와 있는 새는 이제 한 마리도 보이지 않았다. 모두 나무 위에 무겁게 올라가 앉아 있었다. 전보다 수도 늘었다. 깨어보니, 심부름하는 아이가 곁에 앉아 있었다.

"마님은 사냥 나가셨어요." 소년이 말했다. "주인님, 뭘 좀 드릴까요?"

"아무것도 필요 없다."

그녀는 요리에 쓸 고기를 약간 구할 생각으로 사냥을 나간 것이었다. 그가 사냥해서 잡은 것들을 살펴보기를 즐긴다는 것을 알고서. 하지만 그가 바라보고 있는 이 작은 공간만은 소란스럽게 하고 싶지 않아서 그녀는 멀리 나간 것이었다. 항상 생각이 깊은 여자야. 그가 생각을 이어갔다. 그녀는 아는 것에 대해서든, 읽은 것에 대해서든, 들은 것에 대해서든 늘 깊은 생각을 하는 그런 여자야.

여자에게 접근했을 당시 그는 이미 끝장난 인간이었다. 하지만 그것을 몰랐다고 해서 여자의 잘못일 수는 없었다. 남자가 마음에도 없는 소리를 늘어놓을 때 여자가 어떻게 그것을 알 수 있겠는가? 거짓말하는 게 버릇이 된 데다가 편해지려고 입에 발린 거짓말을 한다는 것을 과연 어떻게 알 수 있겠는가? 일단 마음에도 없는 말을 지껄여대기 시작하면 그다음부터는 진실을 말할 때보다 거짓을 말할 때 여자들에게 더 효과적이었다.

따지고 보면, 그가 거짓말을 일삼은 것은 거짓말을 하고 싶어서가 아니라 이야기할 만한 진실이 따로 없기 때문이었다. 그는 자기 인생을 마음껏 즐겼고, 그것이 끝장나자 다른 사람들을 상대로 새롭게 자기 인생을 다시 시작한 것일 뿐이었다. 그것도 돈이 더 많은 사람들을 상대로, 그리고 같은 장소든 새로운 장소든 그곳에서 만난 최상급의 사람들과 어울리면서.

생각을 멈추면 모든 일이 아주 멋진 것이 되었다. 그리고 속셈을 잘 차리기만 하면 생각을 멈춘 사람들 대부분이 흔히 빠져드는 식으로 파탄 상태에 들어서는 일도 없었다. 또한 지금까지 해오던 일이야 이제 더 이상 할 수 없게 되었으니 어찌 되어도 좋다는 식의 태도를 취하면, 문제될 일이 따로 없었다.

하지만 언젠가 이 사람들에 관한 이야기, 대단한 부자들인 이들에 관한 이야기를 한번 써보겠다는 생각을 속으로 했던 것도 사실이다. 자신은 실제로 그들 가운데 하나가 아니고, 다만 그들의 사회에 들어와 정탐하는 스파이일 뿐이라 생각했던 것 역시 사실이다. 언제가 그 사회를 떠나 그 사회에 관해 글을 쓰면, 자신이 쓰고 있는 것에 대해 뭔가를 알고 있는 사람이 쓴 글이 될 것이라는 생각까지 했던 것도 사실이다. 그러면서도 그는 결코 그것에 관해 글을 쓰려 하지 않았다. 아무것도 쓰지 않은 채 안일함에 젖어 하루하루 살아가다 보니, 스스로 자신이 멸시하는 그런 존재가 되어 하루하루 편하게 살아가다 보니, 그의 재능은 무뎌졌고 일에 대한 의욕마저 약해졌기 때문이었다. 그리하여 마침내 그는 단 한 줄의 글도 쓰지 않게 되었다. 그가 지금 알고 지내는 사람들은 그가 글을 쓰지 않을 때 만나고 상대하기가 한결 더 편한 그런 부류의 사람들이기도 했다. 아프리카는 그가 자신의 생애에서 가장 행복한 나날을 보냈던 곳이어서, 그는 새 출발을 위해 이곳으로 온 것이었다. 그는 여자와 함께하는 이번 사냥 여행을 최소한의 안락함만이 허용되는 것이 되도록 했다. 힘들 게 따로 있는 것은 아니었다. 하지만 사치스러운 것 역시 따로 있는 여행이 되지 않도록 했다. 그런 식으로 하다 보면 풀어진 정신이 다시 조여진 상태로 되돌아갈 수 있으리라 생각했다. 마치 투사가 몸에 긴 군살을 빼기 위해 산속에 들어가 일과 훈련을 하듯, 그러한 방법으로 그 역시 자기 영혼에 낀 군살을 뺄 수 있으리라 생각했던 것이다.

그녀도 그런 생활을 즐겼다. 마음에 쏙 든다는 말까지 하기도 했다. 환경의 변화가 따르는 자극적인 일이라면 그녀는 뭐든지 아주 좋아했다. 그녀에게는 환경의 변화와 함께 새로운 사람들을 만날 수 있고 모든 것이 쾌적하면 그만이었다. 그도 역시 일할 의욕이 되살아날 것이라는 환상을 품기도 했다. 아무튼 이제 이런 식으로 모든 것이 끝난다 해도, 물론 그 자신도 이런 식으로 모든 것이 끝나리라는 것을 알고 있긴 했지만, 그렇다고 해서 자기 등뼈가 부러졌다고 해서 자기 몸을 물어뜯는 뱀과 같이 행동해서는 안 될 것이다. 일이 이렇게 된 것은 여자의 잘못이 아니었다. 만일 이 여자가 아니었다면 다른 여자가 그 역을 맡았을 것이다. 만일 거짓말에 기대어 삶을 살아왔다면 거짓말에 기대어 죽어야 할 것이다. 그는 언덕 너머에서 나는 총성을 들었다.

그녀는 훌륭한 사격수였다. 또한 착하고 돈 많은 잡년이었다. 그리고 그를 보살피는 자상한 관리인이었고, 동시에 그의 재능을 망가뜨리는 파괴자였다. 말도 안 되는 소리! 그 스스로 자기 재능을 망가뜨리지 않았던가. 자신을 잘 돌봐준다고 해서 그녀를 비난할 수야 없지 않은가? 그의 재능이 망가진 것은 그가 자기 재능을 전혀 사용하지 않았기 때문이었다. 자기 자신을 배반하고 자신이 믿는 바를 배신했기 때문이었다.

의식의 날이 무뎌질 만큼 술을 너무 마셔댔기 때문이었다. 게으르고 타성에 젖은 삶을 살았기 때문이었다. 그리고 속물근성에 젖어, 자만심과 편견에 젖어 삶을 살았기 때문이기도 했다. 게다가 그런 상태에 빠져드는 데 수단과 방법을 가리지 않았기 때문이기도 했다. 이게 뭔가? 헌책 목록인가? 도대체 그의 재능이라는 건 뭔가? 그것은 틀림없이 일종의 재능이긴 했지만, 그는 그것을 이용하는 대신 그것을 밑천 삼아 돈벌이를 했던 것이다. 그리고 그에게 재능이라는 말은 자신이 이룩해놓은 것이 무엇인가를 말하기 위한 것이 아니라, 항상 그가 앞으로 할 수 있는 것이 무엇인가를 말하기 위한 것이었다. 그리고 그는 펜이나 연필 대신 다른 무언가로 생계를 꾸려나가는 쪽을 선택했다. 참 신기한 일이었다. 그가 어떤 여자와 사랑에 빠지는 경우 으레 그전의 여자보다 돈이 많은 여자였다는 것, 그것은 참으로 신기한 일이 아닐 수 없었다. 하지만 그가 더이상 사랑하지 않을 때, 그리하여 지금 이 여자에게 그러하듯 거짓말만 하고 있을 때, 누구보다도 돈이 많은 이 여자에게 그러하듯, 세상의 돈이란 돈은 다 가진 것 같은 이 여자에게 그러하듯, 과거에 남편도 있었고 자식도 있었던 이 여자에게 그러하듯, 애인들도 있었지만 그들에게 만족하지 못하고 지금의 그를 한 작가로, 한 남자로, 동료로 그리고 무엇보다 자랑스런 소유물로 그를 극진히 사랑하고 있는 이 여자에게 그러하듯, 전혀 사랑을 느끼지 못한 채 거짓말만 하고 있을 때, 조금도 사랑하지 않은 채 거짓말만 하고 있을 때, 바로 그때 그가 그녀를 진실로 사랑했던 때보다 그녀가 쓰는 돈에 상응하는 무언가를 더 많이 줄 수 있었다는 것, 그것은 참으로 신기한 일이었다.

어떤 일을 하든 각자 자기가 하는 일에 나름의 재능을 갖추고 태어나는 게 인간이지. 그는 생각했다. 어떤 방식으로 먹고 살든 그건 다 재능 덕택이야. 그는 한평생 이런저런 방식으로 자신의 생명력을 팔아왔다. 그리고 사람이란 애정의 늪에 너무 깊이 빠지지 않을 때 상대가 들인 돈보다 한결 더 상대에게 가치 있는 사람이 되는 법이다. 그는 이미 그런 사실을 알고 있었지만, 이제 그것을 결코 글로 쓰려 하지 않을 것이다. 그렇다, 글로 쓸 만한 가치가 충분히 있는 것임에도 불구하고, 그는 결코 그것을 글로 쓰지 않을 것이다.

이윽고 그녀가 모습을 드러냈다. 공터를 가로질러 캠프 쪽으로 걸어오고 있었다. 승마용 바지를 입고 장총을 들고 있었다. 두 아이가 타미 한 마리를 어깨에 메고 그녀의 뒤를 따라오고 있었다. 그는 그녀가 아직 보기 좋은 얼굴에다 눈을 즐겁게 하는 몸매를 갖추고 있다고 생각했다. 그녀는 잠자리에서 아주 뛰어난 솜씨와 감수성을 보였다. 예쁘다고 할 수는 없었지만, 그는 그녀의 얼굴 생김새를 좋아했다. 그녀는 엄청나게 많은 독서를 했고, 승마와 사냥을 즐겼으며, 확실히 지나치게 술도 많이 마셨다. 그녀의 남편은 아직 그녀가 젊은 편이라 할 수 있을 때 세상을 떠났다. 그녀는 한동안 이제 갓 성년이 된 두 아이에게 열중했었다. 하지만 아이들은 엄마를 필요로 하지 않았고, 그녀가 곁에 있는 것을 오히려 거북해하고 난처해했다. 결국 그녀는 승마와 독서와 술에 빠지게 되었다. 그녀는 저녁 식사 전의 오후 시간에 독서를 즐겼고, 책을 읽으며 소다수에 탄 스카치위스키를 마셨다. 식사 시간이 되었을 때는 상당히 취한 모습이 되었고, 식사를 하며 마시는 포도주 한 병으로 그녀는 보통 잠이 들기에 충분할 만큼 취한 상태가 되곤 했다.

애인들이 생기기 전에 그녀는 그랬다. 애인들이 생긴 뒤에는 그다지 과음을 하지 않았는데, 잠들기 위해 그렇게 취할 필요가 없었기 때문이다. 하지만 애인들에게 곧 싫증을 느꼈다. 그녀가 결혼했던 남자는 전혀 따분한 사람이 아니었는데, 이 친구들은 그녀에게 너무나 따분하게 느껴졌다.

그 무렵 그녀의 두 아이 가운데 하나가 비행기 추락 사고로 사망했다. 그 일이 있고 난 뒤 그녀는 더 이상 곁에 애인을 두고 싶어 하지 않았다. 술이 더 이상 마취제 역할을 하지 못하게 되자, 다른 삶을 찾지 않을 수 없었다. 그 와중에 그녀는 어느 순간 갑자기 자신이 혼자라는 사실에 화들짝 놀라게 되었다. 그리하여 자신이 존경할 수 있는 어떤 남자가 곁에 있어주기를 바라게 되었다.

모든 일은 지극히 단순하게 시작되었다. 그녀는 그가 쓴 글을 좋아했고, 그가 이끌어가는 삶을 늘 부러워했다. 그녀가 생각하기에 그는 그 자신이 원하는 바의 삶에서 조금도 벗어남 없이 사는 사람이었다. 그녀가 그를 손에 넣는 과정이라든가 마침내 그와 사랑에 빠지게 되는 과정은 모두 그녀의 입장에서 보면 새로운 삶의 성城을 쌓아올리는 통상적인 절차의 부분들에 해당하는 것이었으며, 그의 입장에서 보면 자신의 낡은 삶의 잔재를 팔아 정리하는 마찬가지 통상적인 절차의 각 부분에 해당하는 것이었다.

그는 안정과 안락함을 위해 자기의 옛날 삶을 팔아치운 것이다. 그것을 부인할 수는 없었다. 그 밖에 다른 무엇을 위해서였겠는가? 그도 다른 이유를 찾을 수 없었다. 그가 원하는 것이라면 무엇이든 그녀는 사주려 했다. 그는 그것을 알고 있었다. 게다가 그녀는 끔찍이도 멋진 여자였다. 그는 다른 어떤 여자보다도 그녀와 잠자리를 같이하길 원했다. 아니, 그녀와 잠자리를 같이하길 원했다. 그녀는 부유했기 때문이었다. 게다가 그녀는 아주 호감 가는 인상에다 감수성도 풍부했다. 그리고 결코 사람들 앞에서 추태를 부리는 일도 없었다. 이제 그녀가 다시 쌓아올린 이 새로운 삶의 성에 종말이 다가오고 있었다. 2주일 전 어느 날 그가 가시에 찔려 상처가 난 무릎에 소독약을 바르지 않았기 때문이었다. 그날 한 무리의 워터벅 (아프리카에 서식하는 영양의 일종-옮긴이)이 습지에 서서 머리를 쳐든 채 콧구멍으로 공기를 들이마시며 주위를 눈여겨보고 있었으며, 또한 무슨 소리가 나기만 하면 숲속으로 도망칠 태세로 귀를 넓게 벌리고 있었다. 그와 여자가 이들의 모습을 사진에 담으려고 앞으로 나아가는 도중에 그의 무릎이 가시에 긁혔던 것이다. 워터벅들도 기다려주지 않고 그가 사진을 찍기 전에 숲속으로 냅다 도망쳤다.

이제 그녀가 돌아오고 있었다.

그는 침대에서 머리를 돌려 여자를 바라보았다. "여보." 그가 그녀를 불렀다.

"수놈으로 타미 한 마리를 잡았어요." 그녀가 그에게 말했다. "당신에게 좋은 수프 거리가 될 거예요. 아이들한테 시켜 감자를 좀 다진 다음 클림(우유를 가지고 다닐 수 없는 탐험가나 지질학자 또는 여행객이나 군인이 주로 이용하는 우유가루-옮긴이)과 섞을게요. 기분은 좀 어때요?"

"훨씬 나아졌소."

"다행이에요. 아시겠지만, 차도가 있을 거라고 저도 생각했어요. 사냥 나갈 때 보니 잠들어 계시더군요."

"아주 잘 잤어. 멀리 갔었소?"

"아니에요. 기슭을 따라 언덕 바로 뒤쪽까지 갔다 왔을 뿐이에요. 녀석을 한 방에 멋지게 잡았죠."

"당신 사냥 솜씨는 참 대단해."

"전 사냥이 좋아요. 아프리카도 좋고요. 정말이에요. 당신 몸만 성하다면 생애 최고의 즐거운 나날이 될 텐데요. 당신과 함께 사냥했던 게 저에겐 얼마나 재미있는 일이었는지 모르실 거예요. 전 이 지역이 아주 좋아요."

"나도 좋아."

"여보, 당신 기분이 좋아진 걸 보니 얼마나 즐거운지 모르겠어요. 당신이 아까 같은 그런 기분에 젖어 있을 땐 전 정말 견딜 수가 없어요. 다시는 저에게 그런 식으로 말하지 않을 거죠? 약속해줄 거죠?"

"약속이라니?" 그가 말했다. "내가 무슨 말을 했는지 생각이 안 나는데."

"절 망가뜨릴 건 없잖아요. 안 그래요? 전 당신을 사랑하고 당신이 원하는 게 뭐든 함께하고 싶어 하는 중년의 여자일 뿐이잖아요. 전 살아가면서 벌써 두세 번이나 망가졌던 여자예요. 당신이 절 다시 망가뜨리려는 건 아니겠죠, 네?"

"당신을 잠자리에서 몇 번이고 망가뜨리고 싶은데." 그가 말했다.

"그러세요. 그렇게 망가뜨리는 건 좋은 일이죠. 우린 망가져도 그런 식으로 망가져야 해요. 내일은 비행기가 올 거예요."

"당신이 그걸 어떻게 알지?"

"전 확신해요. 오기로 되어 있어요. 아이들이 벌써 나무도 베어놓고 모깃불을 피워 올릴 때 사용할 풀도 다 준비해놨어요. 오늘도 내려가서 다시 보고 왔어요. 착륙할 자리도 충분하고, 양쪽 끝에다 모깃불을 올릴 준비도 다 해놓았어요."

"어떻게 해서 내일 올 거라고 생각하게 됐지?"

"꼭 올 거예요. 이미 올 때가 지난걸요. 비행기가 오면 마을에 가서 당신 다리도 치료하고 우리 멋지게 망가져보기로 해요. 당신이 했던 것과 같은 끔찍한 말 때문에 망가지지 말고요."

"같이 술이나 한잔하지. 해도 저물었으니."

"꼭 한잔해야겠어요?"

"이미 한잔하고 있는걸."

"그럼 같이 한잔하도록 해요. 몰로, 위스키소다 두 잔 가져다줄래?" 그녀가 몰로를 불러 말했다.

"당신, 모기에 물리지 않도록 방충 장화를 신는 게 좋겠는데." 그가 그녀에게 말했다.

"목욕하고 나서요."

어둠이 점점 깊어가는 동안 그들은 함께 술을 마셨다. 아주 캄캄해지기 직전이긴 하나 이미 사격을 할 수 없을 만큼 어두워졌을 때, 하이에나 한 마리가 언덕을 돌아 나와 들판을 가로질러 갔다.

"저 망할 놈은 매일 밤 저길 가로질러 가는군." 그가 말했다. "지난 두 주일 동안 매일 밤을 말이야."

"밤중에 시끄러운 소리를 내는 게 저놈이군요. 전 신경 쓰지 않아요. 참 징그러운 짐승이긴 해도 말이에요."

함께 술을 마시는 동안, 몸을 움직이지 않은 채 한쪽으로만 누워 있는 것이 불편할 뿐 그에게는 아무런 고통도 느껴지지 않았다. 아이들이 불을 피우자 텐트의 장막에 반사된 빛 그림자가 춤을 췄다. 그는 이 즐거운 자포자기의 삶을 있는 그대로 받아들이고 싶다는 생각이 되살아나는 것을 느꼈다. 그녀는 그에게 정말로 잘해주었다. 오후에 그는 그녀에게 잔인했으며 공정치 못했다. 그녀는 정말로 멋진 여자였고, 정말로 경이로운 여자였다. 그런 생각에 젖어 있는 바로 그때 자신이 죽어가고 있다는 생각이 그의 뇌리를 스쳤다.

그 생각이 갑작스럽게 그를 엄습했다. 이때의 갑작스러움은 물이나 바람이 갑작스럽게 밀어닥치는 것과 같은 종류의 갑작스러움이 아니었다. 끔찍한 냄새를 풍기는 공허함이 난데없이 밀어닥칠 때 느껴지는 그런 갑작스러움이었다. 그리고 묘한 것은 하이에나가 공허함의 가장자리를 타고 가볍게 스쳐 지나갔다는 점이었다.

"여보, 왜 그래요?" 그녀가 물었다.

"아무것도 아냐. 당신 자리를 반대편으로 옮기는 게 좋겠어. 바람 부는 쪽으로 말이야."

"몰로가 붕대를 갈아줬나요?"

"응. 지금 막 붕산을 사용하고 있는 중이야."

"기분은 좀 어때요?"

"좀 어지럽군"

"전 목욕하고 올게요." 그녀가 말했다. "금방 하고 나올게요. 함께 식사하고 나서 침대를 안으로 들여놓기로 해요."

그가 혼잣말로 중얼거렸다. 그래, 말싸움을 그만둔 건 잘한 일이야. 그는 이 여자와 크게 말싸움을 한 적이 한 번도 없었다. 하지만 그가 사랑했던 다른 여자들과는 말싸움을 너무 자주 심하게 했었고, 항상 이것이 화근이 되어 그들이 함께 나누고 있던 것들을 다 부식시키고 결국에는 죽여버리곤 했었다. 그는 너무 사랑해서 너무 많은 것을 요구했고, 그리하여 모든 것을 바닥나게 했던 것이다.

파리를 떠나기 전 아내와 말싸움을 한 끝에 혼자 콘스탄티노플로 갔던 때가 그의 기억에서 살아났다. 그곳에 가서 줄곧 창녀와 잤다. 마침내 그 일에도 지치고 마음의 고독이 억제되기는커녕 점점 더 심해지자, 그는 자기를 버리고 간 첫 여자에게 고독을 도저히 견딜 수 없다는 내용의 편지를 썼다. 언젠가 한 번 레장스(파리에 있는 호텔—옮긴이) 근처에서 당신을 본 것 같다는 생각에 얼마나 기절할 만큼 아찔했는지를, 속이 타는 것 같았는지를, 당신과 어딘가 비슷한 여자가 길을 걸어가는 것을 보고는 어떻게 뒤따라가려 했는지를, 혹시 당신이 아니면 어쩌나 얼마나 불안한 마음이었는지를, 당신이 아니라서 처음에 느꼈던 감정을 잃게 될까봐 얼마나 걱정했는지를 편지에 썼다. 어떤 여자와 잠자리를 같이하더라도 더욱더 당신이 그리워질 뿐이라는 말도 편지에 썼다. 그리고 당신을 사랑하는 마음을 도저히 떨쳐버릴 수 없다는 것을 알게 되었기 때문에 당신이 지난날 취했던 행동은 조금도 문제되지 않는다는 말도 편지에 넣었다. 그는 이 편지를 클럽에 앉아 썼지만, 그때는 전혀 술에 취하지 않은 말짱한 상태였다. 편지를 뉴욕으로 부치면서 답장은 파리에 있는 자기 사무실로 보내달라고 부탁하기도 했다. 그러는 편이 안전할 것 같아서였다. 그날 밤 그녀를 그리워하는 마음이 어찌나 간절하던지 속이 타서 텅 비는 것 같았다. 공허감을 달래려고 탁심 앞을 지나 계속 헤매던 중에 여자 하나를 낚았고, 그녀를 저녁 식사에 데리고 갔다. 식사를 끝낸 다음 춤을 추러 갔는데, 그녀의 춤이 서툴러 흥이 나지 않았다. 그녀를 버리고 아르메니아 출신의 화끈한 계집 하나를 낚아 춤을 췄는데, 계집이 어찌나 심하게 배를 그의 몸에 대고 돌려대던지 살이 델 지경이었다. 그 계집은 어떤 영국군 포병 하사관과 한바탕 소동을 벌인 끝에 빼앗은 여자였다. 포병이 그에게 밖으로 나가자고 했고, 두 사람은 거리로 나가 컴컴한 자갈길 위에서 격투를 벌였다. 그가 포병의 턱 옆쪽을 두 차례나 세차게 후려쳤지만, 녀석은 나가떨어지지 않았다. 그래서 그는 이제 싸움이 본격적으로 시작되었다는 사실을 알게 되었다. 포병이 그의 몸과 눈언저리를 쳤다. 그가 왼손을 다시 휘둘러 포병을 한 대 더 쳤고, 그러자 녀석이 그를 향해 엎어지면서 그의 코트를 움켜쥐고 소매를 잡아뜯었다. 그가 포병의 귀 뒤쪽을 주먹으로 두 차례 내리쳤고, 녀석을 떠다밀면서 동시에 오른손 주먹으로 후려쳤다. 포병이 나가떨어지면서 먼저 머리를 부딪혔다. 그때 헌병이 오는 소리가 들려, 그는 계집을 데리고 도망쳤다. 그와 계집은 택시를 타고 보스포루스해협을 따라 리밀리 힛사를 향해 달렸다. 시원한 밤공기를 마시면서 부근을 한 바퀴 돈 다음 돌아와 잠자리에 들었다. 계집은 겉으로 보기에도 그랬듯이 너무 팽팽하게 살이 쪘다는 느낌을 주었지만, 매끄럽고 장미꽃잎처럼 붉었으며 꿀처럼 달콤했다. 게다가 판판한 배와 커다란 가슴을 지녔을 뿐만 아니라, 엉덩이에 베개를 고일 필요도 없을 정도로 풍만했다. 아침 첫 햇살에 계집의 단정치 못한 몰골을 보고는 계집이 눈을 뜨기 전에 그곳을 나와버렸다. 눈자위엔 검은 멍이 든 모습으로 한쪽 소매가 없어진 코트를 손에 든 채 그는 페라 팰러스 호텔에 모습을 드러냈다.

바로 그날 밤 그는 아나톨리아로 떠났다. 그의 기억에 남아 있는 것은 이어지던 여행 도중에 아편 채집을 위해 기르는 양귀비밭을 온종일 말을 타고 달리던 일이었다. 온종일 달리다 보니 결국에는 아주 묘한 느낌에 빠져들게 되었고, 거리 감각에 온통 혼란이 일고 말았다. 그리하여 그들이 새로 도착한 콘스탄틴의 장교(그리스의 왕 콘스탄틴의 이름으로 된 군대의 장교들—옮긴이)들과 합세하여 공격을 가하던 바로 그 장소에까지 가게 되었다. 그 장교들은 전투란 것이 무언지 아무것도 모르는 신참들이었다. 포병대는 포격을 가하고 있었고, 영국군 관전 무관은 어린아이처럼 큰 소리를 질러대고 있었다.

바로 그날 그는 모직毛織으로 된 공 모양 장식이 달린 장화의 밑바닥을 보인 채, 발레 춤을 출 때 입는 스커트 같은 모양의 옷을 입은 모습(그리스와 터기 사이의 전쟁이 있던 그 당시 그리스군의 복장 – 옮긴이)으로 죽어 있는 군인들을 처음으로 보았다. 터키군은 쉬지 않고 물밀듯 떼를 지어 몰려왔으며, 스커트를 두른 병사들이 도망치자 장교들이 그들을 향해 총을 쏘아대는 것을 그는 보았다. 뒤이어 장교들 자신들도 도망치는 것이 보였다. 그도 영국군 관전 무관과 함께 도망쳤다. 숨이 차서 가슴이 아프고 입속에서 동전 씹은 것 같은 냄새로 가득 찰 때까지 계속 도망을 치다가 바위 더미 뒤에서 멈췄다. 하지만 터키 병사들이 여전히 떼를 지어 몰려왔다. 얼마 후 그는 상상할 수 없을 정도의 끔찍한 광경을 보았고, 좀 더 시간이 지난 다음에는 한층 더 끔찍한 광경을 보게 되었다. 그래서 당시 파리로 돌아온 다음 누구한테도 그 얘기를 할 수 없었고, 그것에 대해 누군가 언급하는 것조차 견딜 수 없었다. 그 무렵 지나가다 보니 카페 안에 미국인 시인이 앉아 있었다. 앞에는 접시가 수북하게 쌓여 있었고, 그 시인은 감자 모양의 얼굴에 멍청한 표정을 지은 채 루마니아 출신의 어떤 친구와 다다이즘 운동에 관해 얘기를 나누고 있었다. 루마니아 출신의 그 친구는 자기 이름이 트리스탄 차라(루마니아 출신의 시인으로 프랑스 아방가르드 문학을 대표하는 인물 – 옮긴이)라 했는데, 그 친구는 항상 외알 안경을 쓰고 다녔고 또 항상 두통에 시달렸다. 그는 이제 다시 사랑하게 된 아내가 있는 아파트로 돌아가게 되었다. 이제 말싸움도 끝나고 광기도 끝난 마당이어서 즐거운 마음으로 집에 돌아와 있는데, 사무실에서 우편물을 아파트로 보냈다. 그러니까 어느 날 아침 그가 띄운 어떤 편지에 대한 답장이 다른 우편물과 함께 쟁반에 담겨온 것이었다. 그는 필적을 알아보고 온몸이 오싹해지는 것을 느꼈으며, 급히 그 편지를 다른 우편물 밑으로 감추려고 했다. 그의 행동을 보고 아내가 물었다. "여보, 그 편지 누구한테서 온 거예요?" 이리하여 그들의 생활이 끝장나기 시작했다.

  그는 그 모든 여자들과 함께 보낸 즐거운 시간들을, 말싸움들을 기억에 떠올렸다. 그들은 항상 어디를 가든 말싸움을 하기에 최적의 장소를 찾아내곤 했다. 그런데 그의 기분이 최상일 때 언제나 말싸움이 벌어지는 것은 무엇 때문일까? 그런 것에 관해서는 어떤 것이든 그는 한마디도 글로 쓰지 않았다. 왜 그랬을까. 첫째 누구든지 남을 중상하는 것이 싫어서였고, 둘째 그게 아니더라도 쓸 것은 얼마든지 있을 것 같았기 때문이었다. 하지만 언젠가는 결국 그것에 관해 글을 쓰게 될 것이라고 늘 생각했다. 쓸 이야기가 참으로 많았다. 그는 세상이 변하는 것을 보아왔다. 단순히 표면적으로만 사건들이 일어나는 것이 아니었다. 비록 그가 많은 사건을 겪었고 많은 사람들을 관찰하기도 했으나, 그런 것보다는 무언가 미묘한 변화를 감지할 수 있었으며 시대가 바뀜에 따라 사람들이 어떻게 변해갔는지도 기억해낼 수 있었다. 그는 그 변화 속에서 살아왔고 그 변화를 관찰해왔으니, 그것에 관해 글을 쓰는 것이 그의 의무였다. 하지만 이제 그는 결코 그것들을 글로 쓰지 못할 것이다.

"기분이 좀 어떠세요?" 그녀가 물었다. 그녀는 목욕을 마치고 이제 막 텐트에서 나왔다.

"괜찮은데."

"뭘 좀 드실래요?" 그녀 뒤로 간이 식탁을 들고 있는 몰로와 음식 접시들을 들고 있는 또 하나의 아이가 보였다.

"글을 쓰고 싶어." 그가 말했다.

"수프라도 마시고 기운을 좀 차려야지요."

"난 오늘 밤 죽을 것 같아." 그가 말했다. "기운 차려봐야 무슨 소용이야."

"해리! 제발 그런 신파조의 말은 그만 좀 하세요." 그녀가 말했다.

"당신 코는 됐다 어디 쓸 거야? 내 다리는 이제 허벅지까지 반쯤이나 썩어버렸어. 지금 와서 수프 따위는 먹어서 뭘 하겠어? 몰로! 위스키소다 좀 가져와."

"제발, 수프 좀 드세요." 그녀가 부드럽게 말했다.

"그래, 먹을게."

수프가 너무 뜨거웠다. 먹기 좋을 만큼 식을 때까지 그는 컵을 손에 들고 있어야 했다. 잠시 후 그는 욕지기 한 번 하지 않은 채 말끔히 그것을 다 먹었다.

"당신은 참 멋진 여자야." 그가 말했다. "나한테 신경 쓸 거 없어."

그녀는 흔히 《스퍼》나 《타운 앤드 컨트리》 같은 잡지들(상류층 사람들을 대상으로 발간되던 잡지들-옮긴이)을 장식하는 얼굴로, 많은 사람에게 친밀감을 주고 많은 사람들의 사랑을 받는 그런 얼굴로, 그를 바라보았다. 다만, 술 때문에, 잠자리 일 때문에 약간 얼굴이 수척해 보인다는 것이 차이라면 차이일 뿐이었다. 하지만 《타운 앤드 컨트리》 같은 잡지는 그처럼 탐스러운 젖가슴을, 그처럼 대단한 허벅지를, 그처럼 가볍게 등허리를 애무해주는 손을 보여주지는 않았다. 그녀를 바라보다 누구에게나 친밀감을 주는 아름다운 미소가 눈에 띄자 그는 다시금 죽음이 다가오는 것을 느꼈다. 하지만 이번에는 죽음이 그처럼 갑작스럽게 다가오지는 않았다. 마치 촛불을 깜빡이게 하다가 불꽃을 다시 일게 하는 미풍처럼 훅하고 한 번 지나갔을 뿐이었다.

"나중에 애들한테 모기장을 가져다 나무에 매달도록 하고 모닥불을 피워줘. 오늘 밤에는 텐트에 들어가지 않겠어. 자리를 옮겨본들 무슨 소용 있겠어. 게다가 오늘 밤은 하늘도 맑아. 비도 오지 않을 테니 말이야."

결국 이것이 그가 죽음을 맞이하는 방식이 될 것이다. 알아들을 수 없는 속삭임들이 그의 귓전을 스치는 가운데 그는 죽음을 맞이할 것이다. 그렇다, 이젠 말싸움도 없을 것이다. 그것만은 약속할 수 있다. 이제까지 겪어보지 못한 한 가지 체험만은 망가뜨리지 않을 것이다. 하지만 이것조차 망가뜨릴지도 모르겠다. 모든 걸 다 망가뜨리지 않았던가. 하지만 이번엔 아마도 그렇게 하지 않을 것이다.

"당신 받아쓸 수 있겠어?"

"해본 적이 없어요." 그녀가 대답했다.

"아니야, 안 해도 돼."

말할 것도 없이, 이제는 시간이 없다. 망원경으로 볼 때처럼 초점을 잘 맞추면 모든 것을 한 단락의 문장 안에 압축해 넣을 수 있을 것 같다는 생각이 들긴 하지만.

호수 위 언덕에 회반죽으로 벽 틈을 희게 칠한 통나무 오두막 한 채가 있었다. 문 옆에는 장대가 세워져 있었고 그 장대 위에는 식사 시간을 알리는 종이 매달려 있었다. 집 뒤에는 들판이 펼쳐져 있었고 들판 뒤에는 숲이 있었다. 가지가 위로 곧게 뻗어 있는 버드나무들이 집에서 나루터에 이르기까지 일렬로 죽 늘어서 있었다. 그리고 또 한 무더기의 같은 버드나무들이 호수 안쪽으로 돌출해 있는 땅의 호숫가를 따라 일렬로 늘어서 있었다. 한 가닥 길이 숲 가장자리를 따라 언덕 위로 뻗어 있었고, 이 길을 따라가며 그는 야생 딸기를 따곤 했었다. 후에 그 통나무 오두막은 불타버렸고, 벽난로 위 사슴 발로 만든 총걸이에 걸려 있던 총들도 다 타버렸다. 나중에 보니 개머리판은 타서 없어지고, 탄창에 장착되어 있던 납으로 된 탄환은 녹아버린 채 총신들만 남아 잿더미 위에 널려 있었다. 그 잿더미는 커다란 쇠솥에 넣어 세탁용 양잿물을 만드는 데 사용되었다. 타다 남은 총신을 가지고 놀아도 되냐고 할아버지께 물었더니 안 된다고 했다. 다 타버리긴 했어도 그건 여전히 할아버지의 총이었다. 그 뒤 할아버지는 총을 다시는 사지 않았다. 뿐만 아니라 더 이상 사냥도 나가질 않았다. 같은 장소에 제재목製材木을 사용해 집을 다시 지은 다음 하얗게 칠했다. 새로 지은 집의 현관에 서면 버드나무들과 그 너머의 호수가 보였다. 하지만 이제 총은 없었다. 통나무 오두막 벽의 사슴 발 총걸이에 걸려 있던 총신들이 이제 잿더미 위에서 뒹굴고 있었지만, 손을 대는 사람은 아무도 없었다.

전쟁이 끝난 뒤 우리는 임대료를 지불하고 슈바르츠발트에 송어가 다니는 개울의 물길을 빌린 적이 있었다. 걸어서 그곳에 가기 위해서는 두 갈래의 길 가운데 하나를 이용해야 했다. 하나는 트리베르크(슈바르츠발트에 있는 마을—옮긴이)에서 골짜기로 내려가는 길이었는데, 하얀 길가에 서 있는 나무들이 만드는 그늘로 덮여 있는 골짜기 길을 따라 돌아가면, 언덕들 사이로 뻗어 있는 샛길로 올라가게 되었다. 슈바르츠발트풍의 커다란 집이 있는 조그만 농장을 몇 개 지나치면서 그 샛길을 계속 따라 올라가다 보면 마침내 개울과 만나게 되었는데, 길은 개울을 가로질러 계속되었다. 우리의 낚시가 시작되는 곳은 바로 이 길이 개울과 만나는 지점이었다. 또 하나는 숲 언저리까지 험한 언덕길을 따라 올라가서 소나무 숲으로 덮여 있는 언덕을 넘은 다음 다시 초원 언저리로 나와서는 그 초원을 가로질러 다리 쪽으로 내려가는 길이었다.

개울가를 따라 벚나무가 자라고 있었고, 크지 않고 폭도 좁은 개울이지만 물이 맑고 물살이 빨랐다. 그리고 벚나무 뿌리 밑 물살에 파인 곳에는 물웅덩이들이 있었다. 트리베르크에는 호텔이 하나 있었는데, 그 호텔의 주인은 경기가 좋은 계절을 보내고 있었다. 날씨와 환경은 아주 쾌적했고, 우리는 모두 아주 사이좋은 친구가 되었다. 이듬해 인플레이션이 닥쳐왔다. 지난해 번 돈을 가지고는 호텔을 운영하는 데 필요한 물자를 제대로 사들일 수 없게 되자, 주인은 목매어 자살하고 말았다.

여기까지는 받아쓰게 할 수 있겠지만, 콩트르스카르프 광장(파리에 있는 광장-옮긴이)에 대한 일은 받아쓰게 할 수 없을 것이다. 그곳에서는 꽃장수들이 길에서 꽃에 물감을 들이고 있었고, 승합차가 출발하는 곳 근처의 포장된 보도 위로는 그들이 사용한 물감 물이 흐르고 있었다. 노인과 여자들은 항상 포도주와 포도 찌꺼기로 만든 싸구려 술에 취해 있었고, 아이들은 추위에 콧물을 질질 흘리고 있었다. 카페 데 자마퇴르(콩트르스카르프 광장 근처에 있던 카페-옮긴이)에선 더러운 땀 냄새와 빈곤의 냄새와 술 냄새가 풍겼고, 그들이 살고 있던 발 뮈제트(1880년대 프랑스의 파리에서 처음 유행하기 시작한 춤과 음악 양식 또는 이 양식의 춤을 추는 무도장-옮긴이) 아래층에는 매춘부들이 살고 있었다. 문지기 여자도 프랑스 공화국 수비대의 기병을 자기 방으로 불러들여 손님으로 받고 있었고, 말 털로 장식한 기병의 헬멧은 의자 위에 놓여 있었다. 복도 맞은편 방에 세 들어 살던 여자의 남편은 자전거 경주 선수였다. 그날 아침 우유 가게에서 《로토》(1900년에 창간된 프랑스의 일간 스포츠 신문-옮긴이)를 펴들고 남편이 중요 경기로는 처음 출전한 파리-투르 자전거 경기에서 3등을 한 기사를 보았을 때 그녀가 얼마나 기뻐했던가! 얼굴이 발그레해진 그녀는 웃음을 가득 머금은 채 기쁨의 눈물을 흘리며 노란색 스포츠 신문을 들고 2층으로 올라갔었다. 발 뮈제트를 운영하던 여자의 남편은 택시 운전사였다. 그는 해리가 아침 일찍 비행기로 떠나야 했던 날 해리를 깨우기 위해 그가 사는 곳으로 와 문을 두드려주기도 했다. 떠나기 전날 해리는 그와 함께 함석판을 씌워놓은 바의 카운터 앞에 앉아 백포도주를 한 잔씩 했었다. 그 당시 그는 이웃들과 잘 알고 지냈었는데, 그들은 모두 가난했기 때문이었다.

광장 주변에는 두 종류의 인간이 있었다. 주정뱅이들과 스포츠 애호가들이었다. 주정뱅이들은 술에 취해 자기네들의 가난을 잊었고, 스포츠 애호가들은 운동에 빠져 자기네들의 가난을 잊었다. 그들은 1871년의 파리 코뮌을 지지했던 사람들의 후손이었지만, 정치적 문제에 대해 알려 하지 않았다. 그들은 파리 코뮌 이후 베르사유 정부군이 쳐들어와 도시를 점령했을 때 누가 자기네 아버지를, 친척을, 형제를, 그리고 친구를 사살했는지를 알고 있었다. 당시 베르사유 정부군은 손에 못이 박혀 있는 사람들이나 모자를 쓰고 있는 사람들이라면 누구나, 그리고 그 외에 노동자라는 낌새가 보이는 사람들이라면 누구나 닥치는 대로 잡아다 사살했다. 그리고 그러한 가난의 한가운데서, 말 고깃간과 포도주 협동조합 매장이 있는 곳에서 길을 건너면 바로 이를 수 있던 그의 거처에서 그의 모든 글쓰기 작업의 출발에 해당하는 일이 이루어졌다. 그가 파리에서 그처럼 사랑했던 곳은 파리 어디를 가도 없었다. 불규칙하게 가지들이 뻗어 있는 나무들, 아랫부분을 갈색으로 칠해놓은 낡고 오래된 하얀 회반죽 벽의 집들, 둥근 광장에 서 있던 녹색의 기다란 승합차, 보도 위의 보랏빛 꽃 물감, 언덕에서 센강에 이르기까지 뻗어 있는, 어느 한 지점에서 갑작스럽게 경사각이 바뀌던 카르디날 리무완느 가, 그리고 비좁고 사람들이 북적대던 무프타르 가, 모두를 그는 사랑했다. 두 길 가운데 하나는 팡테옹 광장에 이르는 길이었고, 다른 하나는 그가 항상 자전거로 다니던 길로 그 구역을 통틀어 유일하게 아스팔트가 깔려 있는 길이어서 자전거 타이어가 부드럽게 굴러가던 길이었다. 그 길에는 또한 폭이 좁은 고층의 집들이 늘어서 있었고, 폴 베를렌(세기말 프랑스의 가장 위대한 시인 가운데 한 명 - 옮긴이)이 마지막 숨을 거둔 고층의 값싼 호텔도 있었다. 그들이 살던 아파트에는 방이 단지 두 개뿐이었다. 그래서 그는 그 호텔의 꼭대기 층에 있는 방을 월세 60프랑을 주고 빌려 그곳에서 글을 썼다. 그 방에서는 지붕들과 굴뚝들이, 그리고 파리의 언덕들이 전부 다 보였다.

아파트에서 바로 보이는 것은 장작과 석탄을 파는 가게였다. 거기선 포도주, 그것도 질 나쁜 포도주를 팔고 있었다. 말고깃간 바깥에는 황금빛의 말 대가리가 걸려 있었고, 그 집의 열린 창으로는 누런 금빛과 붉은빛의 도살된 말고기 몸통이 걸려 있었다. 그리고 초록색으로 칠한 포도주 협동조합 매장에서 그와 그의 아내는 포도주를 사곤 했는데, 그곳의 포도주는 질도 좋고 값도 저렴했다. 그 외에 보이는 것이라고는 회반죽 벽과 이웃집들의 창문뿐이었다. 한밤에 누군가가 술에 취해 거리에 누워 고통과 분노의 신음소리를 내고 있으면, 이 세상에는 그런 것이 존재하지 않는다는 선전에 속아 없다고 생각할지 모르지만 확실히 존재하는 프랑스인 특유의 전형적인 술주정꾼의 어투로 누군가가 고통과 분노의 신음소리를 내고 있으면, 사람들은 창문을 열고 밖을 보며 뭐라 중얼거리곤 했다.

"경찰은 어디 있는 거야? 필요하지 않을 땐 늘 곁에 있다가도, 막상 필요로 하면 없는 거야. 문지기 여자와 자빠져 자고 있는 거 아냐? 경찰을 불러." 마침내 누군가가 창문에서 한 양동이의 물을 퍼부으면 신음소리가 그쳤다. "이게 뭐야? 물이로군. 아, 거참 신통한 방법이네." 그런 소리가 들리며 창문이 닫혔다. 그의 집에서 가정부로 일하는 여자인 마리는 여덟 시간 노동제를 반대하면서 이렇게 말하곤 했다. "남편이 여섯 시까지 일을 하면 집에 오는 길에 한두 잔 걸칠 뿐이죠. 그런데 다섯 시까지만 일하게 되면 매일 밤 취하도록 술을 마셔대서 돈을 다 써버린단 말이에요. 이렇게 노동 시간을 줄여 고통을 당하는 건 바로 노동자들의 아내들이에요."

"수프 좀 더 드시겠어요?" 바로 그때 여자가 물었다.

"아니, 됐어. 참 맛이 좋네."

"조금만 더 드시죠."

"위스키소다나 한 잔 하고 싶은데."

"그건 당신 몸에 안 좋아요."

"물론, 나한텐 좋을 게 없지. 콜 포터(미국의 작곡가이자 작사가로, 1930년대 미국의 브로드웨이 뮤지컬 무대의 주요 인사 — 옮긴이)가 이걸 노랫말로 삼아 작곡까지 했잖아? 당신이 나에게 미친 듯 열중하고 있다는 사실을 아는 건 나한테 좋을 게 없지."

"저도 당신에게 술을 드리고 싶어 한다는 걸 잘 아시면서."

"아, 그럼. 다만 나한텐 좋을 게 없을 뿐이지."

그녀가 가버리면 내가 원하는 건 모조리 해야지. 그가 생각했다. 전부는 아니더라도 여기서 할 수 있는 것만큼은. 아아, 피곤해. 너무 피곤해. 잠시 잠이나 좀 자자. 그가 가만히 누웠지만, 죽음은 그곳에 없었다. 우회하여 다른 길로 가버린 모양이군. 죽음은 둘이 한 쌍이 되어 나란히 자전거를 타고 포장된 길을 따라 아무런 기척도 없이 조용히 가버린 거야.

그렇다. 그는 아직 파리에 대해 글을 쓴 적이 없었다. 항상 마음에 담아두고 있던 파리에 대해서 말이다. 하지만 그가 결코 글로 쓴 적이 없는 나머지 다른 것은 또 어쩔 것인가?

목장과 은회색의 산쑥, 관개용 수로를 빠른 속도로 흐르는 맑은 물, 짙은 녹색의 목초는 다 어쩔 것인가? 오솔길이 산속으로 이어졌고, 여름철의 소들은 사슴처럼 수줍어했다. 가을 어느 날 소 떼를 몰고 산에서 내려오는 동안 소들의 울음소리가 들리기도 했고, 몸을 움직여 천천히 앞으로 나아가는 소들이 내는 한결같은 소음이 들리기도 했으며, 그들이 일으키는 먼지가 보이기도 했다. 그리고 첩첩이 이어진 산 너머로 산봉우리가 저녁 햇살을 받아 또렷하게 그 모습을 드러내고 있기도 했다. 그는 계곡을 가로질러 밝게 비치는 달빛 속에서 오솔길을 따라 산에서 말을 타고 내려왔다. 이제 그는 아무것도 보이지 않는 어둠 속에서 말 꼬리를 잡고 수목 사이를 지나 아래로 내려오던 것도 기억해냈다. 그리고 그가 쓰려고 했던 그 모든 이야기들까지도 기억이 났다.

그날 아무도 건초를 가져가지 못하게 하라고 주의를 주고는 목장에 남겨놓았던 얼뜨기 머슴아이는 어쩔 것인가? 그리고 그를 위해 건초를 지키던 아이가 건초를 가져가려고 하는 것을 막자 그 아이를 때린 포크 집안의 망나니 같은 늙은이는 어쩔 것인가? 매를 맞으면서도 아이가 거절하자 그 늙은이는 아이를 더 때리겠다고 위협했다. 아이가 부엌에서 장총을 들고 나와, 막무가내로 헛간 안으로 들어가려던 늙은이를 쐈다. 그리고 그가 사람들과 목장으로 되돌아왔을 때 늙은이는 시체가 되어 꽁꽁 언 채 가축우리 안에 있었다. 늙은이가 시체가 된 것은 일주일이나 되었으며, 개들에게 일부 뜯어 먹힌 채였다. 남은 유해를 모포로 감싸 썰매에 싣고 밧줄로 묶은 다음, 아이에게 그를 거들어 썰매를 끌게 했다. 그는 아이와 함께 스키를 탄 채 썰매를 끌고 도로로 나와 60마일이나 떨어진 마을로 내려간 다음, 아이를 경찰에 넘겼다. 아이는 자신이 체포되리라고는 꿈에도 생각지 않았었다. 자신은 주어진 의무를 다한 것이라 생각하고 있었을 뿐만 아니라 그가 자신의 친구라 생각하고 있던 아이는 오히려 무언가 보상이라도 받을 줄 알았던 것이다. 아이가 늙은이의 시체를 끌고 오는 걸 거들었던 것은, 늙은이가 얼마나 나쁜 사람이었는지를, 그리고 늙은이가 자기 소유가 아닌 남의 건초를 훔치려 했다는 것을 모든 사람에게 알리기 위해서였다. 그리하여 경찰이 아이에게 수갑을 채웠을 때 아이는 도대체 왜 그러는지 영문을 몰랐다. 그

리고 울기 시작했다. 이것도 그가 나중에 글로 쓰기 위해 아껴
뒀던 이야기 가운데 하나였다. 그 당시 지내던 그곳과 관련하
여 적어도 스무 개 정도의 멋진 이야깃거리를 그는 알고 있었
다. 하지만 그것 가운데 어느 것에 관해서도 글을 쓴 적은 없
다. 왜 그랬을까?

"왜 그랬는지 말 좀 해보지." 그가 말했다.
"여보, 뭘 말이에요?"
"왜 아무것도 없지?"
그를 소유하게 되자 그녀는 이제 술을 그리 많이 마시지 않
았다. 그가 요행히 살아난다 해도 이 여자에 대해서는 글을 쓰
지 않을 것이다. 쓰지 않으리라는 것을 이제 그는 알고 있었
다. 다른 여자들에 대해서도 마찬가지다. 돈이 많은 인간들은
따분하다. 그들은 지나치게 술을 많이 마시거나, 주사위 놀이
같은 시시한 일에 지나치게 많은 시간을 낭비한다. 그 인간들
은 따분하다. 무의미한 일을 되풀이하기만 할 뿐이다. 그는 돈
많은 인간들을 향해 낭만적 경외감을 품고 있던 가난한 줄리
안을 기억에 떠올렸다. 줄리안은 언젠가 "부자들은 당신이나
나와는 다른 사람들이다"로 시작되는 소설을 쓰려 한 적도 있
었다. 그러자 누군가가 줄리안에게 "그래, 맞아, 그들은 우리
하고 달리 돈이 많지"라고 말했던 것도 기억났다. 하지만 줄
리안에게는 그 말이 우스갯소리로 들리지 않았다. 그는 돈 많

은 사람들이 특별한 매력을 지닌 다른 부류의 사람들이라 생각했다. 그리고 그렇지 않다는 사실을 알게 되었을 때 그는 깊은 좌절감에 빠져들었다. 그를 좌절케 했던 다른 어떤 일 못지않게 그 사실이 그를 좌절케 했던 것이다.

그는 좌절감에 빠진 인간들을 경멸했다. 무언가에 대해 이해하게 되었다고 해서 그것을 반드시 좋아해야 할 이유는 없는 법이다. 무슨 일이든 그것에 맞서 이겨낼 수 있어. 그가 생각했다. 무슨 일을 하든 그 일에 개의치만 않으면 말이야. 무슨 일이든 개의치만 않으면 그 일이 사람을 좌절감에 빠뜨릴 수는 없기 때문이다.

좋다! 이제는 죽음에 대해서도 개의치 말자. 그가 언제나 두려워했던 것은 고통이었다. 그도 누구 못지않게 고통을 이겨낼 수 있었다. 단, 너무 오래 지속되어 그를 지치게 하지만 않는다면 말이다. 하지만 지금 여기에 끔찍할 정도로 그에게 큰 상처를 주는 무언가가 있었다. 그것이 자신을 망가뜨리고 있다는 것을 느끼는 바로 그 순간, 고통은 멎었다.

오래전 폭파 담당 장교인 윌리엄슨이 그날 밤 철조망을 통해 진지로 들어오다가 독일군 순찰병이 던진 수류탄에 맞았을 때였다. 그가 비명을 지르며 누구든 자기를 죽여달라고 애원했던 것이 그의 기억에 떠올랐다. 뚱뚱한 몸매의 윌리엄슨은 기발한 짓거리를 즐겨 하긴 했지만 대단히 용감하고 훌륭한 장교였다. 그날 밤 탐조등을 비추고 보니 그는 철조망에 걸려 있었고, 내장이 쏟아져 나와 철조망에 널려 있었다. 그래서 그들이 그를 목숨이 붙어 있는 채로 진지 안으로 데려오려고 했을 때 철조망에 널려 있는 내장을 자르지 않을 수 없었다. 해리, 날 쏴서 죽여줘. 제발 부탁이니 날 쏘란 말이야. 언젠가 그들 사이에 논쟁이 벌어진 적이 있었다. 인간이 견딜 수 없는 고통이라면 그 어느 것도 하나님은 인간에게 내리시지 않는 다는 말을 놓고 말이다. 누군가가 이는 일정한 시간이 지나면 고통은 자동적으로 사라진다는 것을 뜻하는 말이라는 이론을 펴기도 했다. 하지만 그는 늘 그날 밤의 윌리엄슨의 모습을 잊을 수가 없었다. 자기가 사용하려고 늘 간직하고 있던 모르핀 정제를 모두 그에게 투여했지만, 윌리엄슨의 고통은 사라지지 않았다. 게다가 모르핀의 효과가 즉각 나타나지도 않았다.

지금까지 그가 겪어온 이 정도의 고통은 아무것도 아니다. 이 상태가 지속되더라도 더 악화만 되지 않는다면 걱정할 것이 없었다. 더 나은 친구와 함께 있었으면 하는 마음 외에는.

함께 있었으면 하는 친구에 대해 조금 생각해보았다.

아니, 있을 수 없지. 그가 생각했다. 무엇을 하든 너무 오랫동안 그 일에 매달리면서, 또 너무 늦게까지 그 일을 하면서, 누군가가 여전히 남아 기다려주기를 기대할 수는 없는 법이지. 모든 사람이 다 가버렸어. 파티는 끝났고, 이제 넌 파티를 열어준 여자와 단둘이 남아 있는 거야.

다른 모든 일이 지겹다고 느껴지는 것만큼이나 이제 죽어가는 일도 지겨워. 그가 생각했다.

"아, 지겨워." 그가 큰 소리로 말했다.

"여보, 뭐가요?"

"무슨 일이든 끔찍하게 오래 하다 보면 뭐든지."

그는 그와 모닥불 사이에 앉아 있는 그녀의 얼굴을 쳐다보았다. 그녀는 의자의 등받이에 몸을 기댄 채 앉아 있었고, 불빛이 부드러운 곡선으로 다듬어져 보는 이의 눈을 즐겁게 하는 그녀의 얼굴을 비추고 있었다. 그는 그녀가 졸음에 겨워하고 있다는 것을 알았다. 하이에나가 모닥불 주변 바로 바깥쪽에서 울고 있는 소리도 들렸다.

"난 글을 써왔는데, 이젠 지쳤어." 그가 말했다.

"주무실 수 있겠어요?"

"그럴 수 있을 것 같아. 당신도 들어가 자지 그래."

"그냥 당신과 함께 여기에 있고 싶어요."

"당신, 혹시 뭔가 이상하다는 느낌이 들지 않아?" 그가 그녀에게 물었다.

"아니요. 그냥 좀 졸릴 뿐이에요."

"나는 이상하다는 느낌이 들어." 그가 말했다.

죽음이 방금 자신에게 다시 가까이 다가오고 있음을 그는 느꼈다.

"지금까지 내가 한 번도 잃어본 적이 없는 유일한 건 호기심이라는 거, 당신도 알지?" 그가 그녀에게 말했다.

"당신은 잃은 게 아무것도 없어요. 당신은 내가 아는 한 가장 완벽한 남자인걸요."

"천만에." 그가 말했다. "여자들은 어쩌면 그렇게도 모를까. 뭐 때문에 그렇게 말하지? 당신 직관 때문인가?"

바로 그때 죽음이 다가와서 침대의 발치에 자신의 머리를 기대고 있었다. 그는 죽음의 입김을 느낄 수 있었다.

"죽음이 꼭 커다란 낫을 든 해골의 모습으로 다가온다는 그 따위 이야기를 믿어선 안 되지." 그가 여자에게 말했다. "얼마든지 자전거를 타고 짝지어 오는 경찰의 모습일 수도 있고, 날아다니는 새의 모습으로 올 수도 있을 거야. 아니면, 코가 넓적한 하이에나의 모습으로 올 수도 있고."

이제 죽음은 그에게 더욱 가까이 다가와 있었다. 하지만 죽음은 더 이상 어떤 형상을 띠고 있지 않았다. 다만, 공간을 차지하고 있을 뿐이었다.

"꺼지라고 해줘."

죽음은 가지 않았다. 좀 더 가까이 다가올 뿐이었다.

"참, 지독한 입 냄새로군." 그가 말했다. "이 냄새나는 고약한 놈아!"

죽음은 여전히 그에게 좀 더 가까이 다가왔고, 이제 그는 죽음에게 말을 할 수도 없었다. 그가 말을 할 수 없다는 것을 알고는 죽음이 더욱 바싹 그에게 다가왔다. 이제 그는 말이 아닌 몸짓으로 죽음을 쫓으려 했지만, 죽음은 그에게 덤벼들어 온몸의 무게로 그의 가슴을 짓눌러대고 있었다. 죽음이 그의 가슴 위에 웅크리고 있어서 그가 움직일 수도, 말을 할 수도 없었다. 그때 여자의 말소리가 들렸다. "이제 주인어른이 잠드셨다. 침대를 조심스럽게 들어서 텐트 안으로 모시도록 해라."

그녀에게 죽음을 쫓아달라 말하려 해도 말을 할 수가 없었다. 이제 죽음은 그의 가슴 위에 웅크린 채 점점 더 무겁게 내리누르고 있었다. 그래서 그는 숨조차 제대로 쉴 수 없었다. 곧이어 아이들이 침대를 들어 올리자, 갑자기 모든 것이 괜찮아졌다. 그의 가슴을 짓누르던 죽음이 사라졌다.

아침이었다. 날이 밝아 아침이 시작되고 나서 꽤 시간이 흐른 다음이었다. 그의 귀에 비행기 소리가 들렸다. 처음에는 비행기가 아주 작은 점으로 보이더니, 이윽고 커다란 원을 그렸다. 아이들이 뛰어나가 등유로 불을 지피고 그 위에 마른 풀 더미를 쌓아올렸다. 곧이어 벌판 양쪽에는 두 줄기의 커다란 모깃불이 피어올랐다. 모깃불의 연기는 아침의 미풍을 받아 캠프 쪽을 향해 날리고 있었다. 이번엔 비행기가 저공으로 원을 두 바퀴 그리고는, 미끄러지듯 내려와서 수평을 유지한 채 사뿐히 땅바닥에 내려앉았다. 곧 그를 향해 걸어오는 사람이 보였다. 통이 큰 바지 차림에 트위드 재킷을 입고 갈색 펠트 모자를 쓴 그의 오랜 친구 컴프튼이었다.

"야, 이 친구야, 어떻게 된 거야?" 컴프튼이 말했다.

"다리를 다쳤어." 그가 컴프튼에게 말했다. "아침 식사 들기 전이지?"

"괜찮아. 난 그냥 차나 한 잔 마시겠네. 보다시피 '퍼스 모스' 기종의 비행기야. 그래서 자네 마나님은 함께 모실 수가 없네. 좌석이 하나밖에 없거든. 어쨌든 트럭이 오는 중일세."

헬렌이 컴프튼을 옆으로 데려가서 뭐라 말했다. 컴프튼이 전보다 더 밝은 표정이 되어 돌아왔다.

"우선 자네부터 모셔야겠네." 그가 말했다. "그런 다음 마나님을 모시러 오지. 그건 그렇고, 연료 보급을 받으러 아루샤에 들려야 할지도 몰라. 곧 출발하는 게 좋겠어."

"자네 차는 어떻게 하고?"

"자네도 알겠지만, 차 생각은 별로 없네."

아이들이 침대를 둘러메고 녹색 천막 주위를 돌아 바위를 따라 내려가서는 평지로 향했다. 이어서 모깃불 옆을 지나 소형 비행기 쪽으로 침대를 운반했다. 이제 그 위를 덮어놓았던 마른 풀 더미는 다 타버리고 모깃불은 바람을 맞아 밝은 불길로 타오르고 있었다. 그리고 불길은 바람을 맞아 작은 비행기를 향해 타오르고 있었다. 그를 비행기에 태우기는 어려웠지만, 일단 태우고 나자 그는 가죽 의자에 등을 기대고 누운 채 컴프튼의 좌석 한쪽 옆으로 다리를 곧게 펴서 고정시킬 수 있었다. 컴프튼이 시동을 걸고 비행기에 올라탔다. 그리고 헬렌과 아이들에게 손을 흔들었다. 덜거덕거리는 엔진 소리가 귀에 익은 폭음으로 변하자, 컴프튼은 산돼지 굴 같은 것이 없나 주위를 살피면서 비행기 기체의 방향을 돌렸다. 곧이어 비행기 기체는 폭음과 함께 쿵쾅거리면서 두 개의 모깃불 사이에 펼쳐져 있는 평평한 들판을 달리다가, 마침내 마지막으로 한 번 더 쿵쾅거리더니 공중으로 떠올랐다. 그러자 그는 아래에 남은 사람들이 서서 손을 흔드는 것을, 이제는 납작해 보이는 언덕 옆의 캠프를 볼 수 있었고, 넓게 펼쳐진 들판을, 덩어리 모양의 덤불 숲을, 납작해 보이는 덤불을 볼 수 있었다. 또한 동물들이 떼 지어 지나간 흔적이 이제는 매끄러운 모습으로 변해 마른 물웅덩이까지 뻗어 있는 것도 볼 수 있었고, 지금까지 모르고 있던 새로운 물길도 볼 수 있었다. 이윽고 동그랗고 작은 등만 보이는 얼룩말이 그의 눈에 들어왔다. 그리고 마치 공중을 향해 기어오르는 커다란 머리의 점點들 같아 보이는 누(소와 비슷하게 생긴 영양─옮긴이) 떼가 그의 눈에 들어오기도 했다. 누 떼는 길다란 손가락들이 넓게 펼쳐지는 형상으로 들판을 가로지르고 있다가, 자기들을 향해 비행기의 그림자가 다가오자 뿔뿔이 흩어졌다. 곧 그 모습이 너무 작아져서, 이제 그들의 움직임에서 속도감이 느껴지지 않게 되었다. 눈길이 미치는 곳까지 끝없이 펼쳐진 들판은 뿌연 황색으로 보일 따름이었고, 이제 그의 눈 앞쪽으로는 트위드 재킷을 입은 친구 캠프튼의 등과 갈색 펠트 모자만 보일 뿐이었다. 곧이어 그들은 처음으로 언덕 지대를 가로지르게 되었다. 언덕 지대를 가로지르며 바라보니, 그들 뒤로 누 떼가 뒤쫓듯 달려오고 있었다. 잠시 후 그들은 산악 지대를 지나게 되었다. 갑작스럽게 깊어지는 산악 지대의 계곡마다 녹색의 곧은 나무들로 이뤄진 숲이 들어차 있었고, 무성한 대나무가 산비탈들을 수놓고 있기도 했다. 산악 지대를 지나자 다시금 울창한 삼림지대가 나왔다. 깎아지른 듯 솟아 있는 산봉우리들과 봉우리들 사이의 우묵한 계곡들을 가로지르자, 경사각이 완만해진 언덕 지대가 나왔고 곧 또 다른 들판이 나왔다. 이제 아주 심한 더위가 느껴지는 보랏빛을 띤 갈색의 들판을 가로지르는 동안 열기로 인해 비행기가 심하게 동요하기도 했다. 캠프튼이 해리가 괜찮은지 확인하려고 뒤를 돌아보기도 했다. 바로 그 순간, 검은 산악 지대가 다시 눈앞으로 다가왔다.

비행기는 아루샤로 향해 가는 대신 왼쪽으로 방향을 틀었다. 캠프튼은 연료가 넉넉하다고 생각하는 게 분명했다. 아래를 보니, 체로 거른 것처럼 고운 연분홍빛의 옅은 구름이 지면을 따라 움직이고 있었다. 마치 심한 눈보라가 몰아칠 계절에 오는 첫눈처럼, 바람에 휘날려 어디서 내리고 있는지 종잡을 수 없는 바로 그런 첫눈처럼, 그 구름은 대기 속을 떠돌고 있었다. 그는 곧 그것이 남쪽에서 날아온 메뚜기 떼임을 알았다.

곧이어 비행기는 고도를 높이기 시작했고, 동쪽을 향해 날아가는 것처럼 보였다. 잠시 후 주위가 어두워지고 비행기가 폭풍우 속으로 들어갔다. 비가 억수같이 쏟아져서 마치 폭포를 뚫고 날아가는 것 같았다. 마침내 폭풍우를 빠져나오자 컴프튼이 고개를 돌려 그에게 씩 웃어 보이더니 손가락으로 앞쪽 어딘가를 가리켰다. 그가 가리키는 쪽을 보니, 그의 시야에 들어오는 것은 세상 전체를 합친 것만큼이나 드넓은, 그리고 거대하고 드높은, 햇빛을 받아 믿을 수 없을 만큼 하얗게 빛나는 킬리만자로의 네모진 정상이었다. 순간 그는 자기가 향해 가고 있는 곳이 바로 저곳이라는 것을 깨달았다.

바로 그때 하이에나가 밤새 내지르던 신음소리를 그치고, 아주 묘한 소리를, 거의 인간의 울음소리같이 들리는 소리를 내기 시작했다. 여자는 그 소리를 듣고 불안감으로 몸을 뒤척였다. 그녀가 잠에서 깨어난 것은 아니었다. 꿈속에서 그녀는 롱아일랜드섬의 자기 저택에 있었고, 때는 그녀의 딸이 사교계에 나가기 전날 밤이었다. 어찌 된 영문인지 그녀의 아버지가 거기에 있었는데, 아버지의 언행이 매우 거칠고 상스러웠다. 이윽고 하이에나가 내지르는 소리가 너무 시끄러워 그녀는 잠에서 깨어났다. 잠시 동안 그녀는 자기가 어디 있는지 정신을 차릴 수 없었으며, 동시에 이루 말할 수 없는 두려움이 그녀를 엄습했다. 그래서 그녀는 회중전등을 집어들어 해리가 잠든 다음 안으로 들여놓은 그의 침대를 비춰보았다. 그의 몸이 모기장 안에 있는 것은 보였으나 어찌 된 일인지 그의 다리가 밖에 나와서 침대 아래로 축 늘어져 있었다. 붕대가 다 풀려 있었다. 그녀는 차마 그것을 쳐다볼 수 없었다.

"몰로!" 그녀가 불렀다. "몰로! 몰로!"

이어서 여자가 그를 불렀다. "해리, 해리!" 그녀의 음성이 높아졌다. "여보! 제발, 아, 여보!"

대답이 없었고, 숨소리도 들리지 않았다.

텐트 밖에서 하이에나가 그녀의 잠을 깨우던 때 내던 것과 똑같은 이상한 소리를 내고 있었다. 하지만 자신의 심장이 뛰는 소리 때문에 여자는 그 소리를 듣지 못했다. ●

옮긴이 장경렬

서울대학교 영문과 교수로 재직 중이다. 서울대학교 영문과를 졸업하고, 텍사스대학교에서 영문학으로 박사학위를 받았다. 지은 책으로 『미로에서 길찾기』, 『신비의 거울을 찾아서』, 『응시의 성찰』, 『코울리지 : 상상력과 언어』, 『매혹과 저항 : 현대 문학 비평 이론에 대한 비판적 이해를 위하여』 등이 있으며, 옮긴 책으로 『내 사랑하는 사람들의 잠든 모습을 보며』, 『야자열매술꾼』, 『아픔의 기록』, 『선과 모터사이클 관리술』, 『젊은 예술가의 초상』, 『라일라』, 『학제적 학문 연구』 등이 있다.

신이 없는 죽음과 감추지 않는 주저흔

———

　죽음은 언제나 삶의 부정이란 의미를 갖지만 신이 있을 때와 신이 없을 때 그 부정의 강도는 달라진다. 신이 있는 죽음은 약속된 다음 세상이 이 세상에 대한 애착을 많이 줄여주고 극단의 경우에는 스스로 다가가려는 열망까지도 일으킨다. 그러나 신이 없는 죽음, 허무밖에 기다리는 것이 없는 죽음은 오직 삶의 부정으로만 나타난다.

　「킬리만자로의 눈」이 보여주는 죽음은 신이 없는 죽음이다. 주인공 해리에게 죽음은 살아 하고 싶었던 일을 못하게 되는 상태, 일찍이 애착했던 세계와의 원치 않는 이별에 지나지 않는다. 거기다가 죽음에 수반되기 마련인 고통은 죽음을 더욱 두렵고 혐오스런 그 무엇으로 느끼게 한다.

　고통이 아직 적극적으로 그 양상을 드러내기 전에는 죽음 뒤의 허무가 그를 괴롭힌다. 그가 쓰려고 했던 글들을 아쉽게 되씹어보는 것도 어쩌 보면 낭비된 삶을 후회하는 듯하지만 실은 죽음 뒤의 허무에 대한 거부감의 표현이다.

　그러다가 다시 죽음은 고통 때문에 더 혐오스럽고 두려운 것으로 변해간다. 고통과 관련된 여러 체험과 기억들을 그가 되돌아보기 시작하는 것은 죽음이 피할 수 없는 것으로 다가

들면서 점점 더 선명하게 그 모습을 드러내는 고통 때문으로 보인다. 이제 죽음은 고통과의 투쟁이란 양상으로 전개되는 것이다.

흉기로 자살한 이들에게는 흔히 주저흔躊躇痕이란 게 남아 있다고 한다. 죽음을 망설이느라 단번에 치명적인 일격을 가하지 못해 사인과 무관하게 남게 되는 상처이다. 스스로 다가가는 죽음도 그럴진대 원하지 않은 순간에 찾아온 죽음이야 오죽하겠는가.

하지만 고귀한 정신에게 그 주저흔은 수치가 된다. 소설의 이상적 주인공들도 대개는 주저흔을 남기지 않으려고 애쓴다. 그러나 「킬리만자로의 눈」은 오히려 고통을 주된 원인으로 한 주인공의 주저흔을 감추지 않는다. 끊임없는 해리의 불평과 분노가 그렇다.

그런데 아이러니하게도 결국 주인공 해리를 죽음에 순응하게 만드는 것은 바로 그 고통이다. 자기보다 더 고통스럽게 죽어간 사람들의 기억에서 위로를 찾던 그는 마침내 삶조차도 고통과의 투쟁이며 죽음은 바로 그 괴로운 투쟁을 끝내게 해주는 어떤 상태로 받아들여 꼴사나운 저항 없이 죽어간다. 어쩌면 그것은 신이 없고 약속된 다음 세상도 없는 정신이, 그러나 건강하고 용감한 정신이 찾아낼 수 있는 죽음과의 친화 방식 중에서는 가장 효과적인 것일지도 모른다.

어니스트 헤밍웨이는 『누구를 위하여 종은 울리나』, 『무기여 잘 있거라』, 『노인과 바다』 등으로 우리에게는 널리 알려져 있는 작가다. 일생 행동과 예술, 육체와 정신의 조화를 추구하며 쓰고 사랑하다 죽어간 가장 미국적인 작가다. 그는 예순둘에 엽총으로 작품 목록만큼이나 다양했던 삶을 스스로 마감했는데 그 동기에 대해서는 논란이 남아 있다. 킬리만자로산 서쪽 정상에 얼어붙은 시체로 남아 있는 표범이 거기서 무얼 찾고 있었는가처럼, 그가 무엇 때문에 엽총의 총구를 입에 물었는지 완전하게 설명해줄 수 있는 사람은 아직 없다.

앨리스

Alice

샤를 루이 필리프 지음

진형준 옮김

샤를 루이 필리프

프랑스의 소설가. 1874~1909년. 중부 프랑스 세리이에서 태어났다. 가난한 목화공의 아들이었던 그는 스무 살에 파리로 나와 에콜폴리 테크니크에 입학하려고 하였으나 왜소한 체격 때문에 입학이 거절되어 기술자가 되려던 꿈을 버리고, 파리 시청 공무원으로 근무하는 한편 창작에 힘쓰기 시작하였다. 자기의 성장 체험을 바탕으로 하층 계급 사람들의 생활을 애정을 곁들여 소박하게 묘사하였다. 출세작 『뷔뷔 드 몽파르나스』는 매춘부와 포주, 그리고 그녀를 구하려는 젊은 지식인 사이의 관계를 그린 작품이다. 그 밖의 주요 저서로 『어머니와 아들』, 『페르드리 노인』, 『작은 집에서』, 서간집 『젊은 날의 편지』 등이 있다.

—

앨리스 랄티고는 귀여운 여자아이였다. 그녀가 벌써 일곱 살이 되었다.

"넌 왜 학교에 가지 않니?"

매일같이 집에서 놀고 있기에는 너무 커버린 앨리스를 보고 사람들은 물었다.

그 애는 꼭 대답을 해야 할 경우에도 전혀 당황하지 않고 이렇게 말하곤 했다.

"우리 아빠는 한 어린 계집애가 공부를 너무 잘해서 죽고 말았다는 얘기를 신문에서 읽으셨대요. 너무 공부해 머리가 돌아 그만 바보가 된 모양이에요. 그렇죠?"

위생 상태가 엉망인 낡아빠진 학교 건물을 아직 부숴버리지 않았을 때의 일이었다. 장마철에는 아이들이 교실에 있을 때도 벽에서 물이 스며 나오고 지붕에서는 물방울이 떨어지곤 했다. 앨리스는 사람들이 학교의 이런 상태에 대해 불평하는 것을 몇 번이고 들었기 때문에 다음과 같은 근사한 말을 생각해내 이야기하곤 했다.

"게다가 학교는 울고 있어요. 사람들이 자기에게 아이들을 보내는 것이 싫은 게 틀림없어요."

그 애에게서 재미있는 대답이 나오기를 기대하며 사람들이 질문이라도 하면 앨리스는 그런 식으로 학교에 안 가는 이유를 둘러댔던 것이다.

사실 그 애는 자신의 자그마한 마음을 움직이게 하는 진짜 이유가 무엇인지 강하게 느끼고 있었다. 하지만 그런 만큼 더욱더 진짜 마음을 숨기려고 하는 것 같았으며, 그것은 일종의 수치심에서 비롯된 것이기도 했다.

앨리스가 학교에 가지 않는 것은 항상 엄마 곁에 있고 싶었기 때문이었다. 엄마는 온갖 방법을 다 써보았다.

"언니와 오빠들을 봐라. 학교에 잘 다니지 않니. 그래 넌 언니가 되고 싶지 않니?"

그러면 앨리스는 엄마의 약점을 이용해서 대답했다.

"날 학교에 보내면, 난 아파서 죽어버릴 테야."

그러니 학교에 보내려고 고집을 부릴 수도 없었다. 사실상 랄티고 집안에는 아이들이 잘 걸리는 병이 있기 때문이었다. 랄티고 부인은 사 년 동안에 아이를 셋 낳았는데, 셋 다 일주일 만에 죽어버렸다. 그래서 죽는다는 말을 듣기만 해도 무서워했다. 앨리스는 학교에 가지 않았다.

그 애는 하루 종일 집 안에서 지냈다. 엄마는 그 애를 밖에 내보내려고 애써보았다.

"큰길에 나가 좀 놀려무나."

큰길에는 그 애를 위협하는 무엇이라도 있는지 그 애는 겁을 집어먹은 것 같은 말투로 대답하곤 했다.

"싫어요, 엄마. 싫어, 엄마!"

472

아침에 엄마가 집안일을 정리하고 열심히 방을 청소하고 이부자리를 정돈한 후 가구의 먼지를 털고 있을 때면, 앨리스는 엄마를 방해하며 이렇게 말하곤 했다.

"엄마, 아까부터 한 번도 날 안아주지 않았잖아."

오후에 엄마가 의자 위에 앉아 여섯 식구의 내의와 옷들을 열심히 꿰매고 있을 때면 앨리스는 또 엄마를 방해하면서 자기가 생각해낸 근사한 말을 하곤 했다.

"엄마, 그런 더러운 일은 그만두고 예쁜 나를 좀 안아줘."

그 애는 몇 시간이고 엄마 무릎 위에 앉아 있었다. 그럴 때면 그 애의 입에서는 한마디 말도 나오지 않았다. 그녀는 온갖 주의력을 다 기울여 어머니의 애무를 맛보고 있었다. 엄마가 손으로 얼굴을 쓰다듬어줄 때면, 그 애는 그 부드러움을 더 잘 느끼기 위하여 아무것도 보지 않으려는 듯 두 눈을 감는 것이었다.

저녁 식사 시간에 온 가족이 모두 식탁에 모여 앉게 되면 앨리스는 언니와 아빠에 대해 무언가 알 수 없는 공포를 느꼈다. 그 애는 사랑을, 다른 누구보다도 더 사랑을 받고 싶어 했다. 그 애는 주의를 끌기 위해 우선 엄마를 불렀다.

"엄마."

모두들 머리를 든다. 그러면 그 애는 말을 계속했다.

"앨리스가 제일 착하지, 그렇지, 엄마?"

불쌍한 아이!

그런데 이야기를 듣게 된다면 모두 깜짝 놀라게 될 수밖에 없는 재난, 앨리스가 바로 그 희생물이 될 수밖에 없었던 그 재난의 전말은 다음과 같다.

얼마 전부터 앨리스는 새 동생이 생긴다는 사실을 들어 알고 있었다. 마침내 그 동생이 태어났다.

처음 얼마 동안 앨리스는 동생이 생긴 것에 대해 별로 걱정하지 않았다. 도리어 그 일로 인해 자기 자신의 중요성이 더 커진 것 같기도 했다. 그 애는 집 앞을 지나가는 사람들에게 자랑삼아 말하곤 했다.

"동생이 또 생겼어요."

그리고 동생이 아직 갓난아기의 낯빛을 하고 있었으므로, 그 애는 이렇게 덧붙여 말하곤 했다.

"아기는 새빨개요."

게다가 그 애는 동생이란 건 생후 일주일이 되면 죽는 것이라고 믿고 있었다. 그 애는 세 번이나 잇따라 그런 경험을 했던 것이다. 처음 얼마 동안 그 애는 사람들이 모두 갓난아이를 둘러싸고 돌보고 있는 것을 보아도 그리 샘이 나지 않았다. 도리어 그 반대로 갓난아이가 생겨 자기의 값이 올라간 것처럼 생각하고 있었다. 갓난아기는 자주 울었고 앨리스는 이렇게 말할 수 있게 되었던 것이다.

"앨리스는 울지 않지요!"

그러나 일주일이 지나자 그녀는 다소 걱정이 되었다. 엄마는 거의 대부분의 시간을 갓난아이에게 매달려 있어야만 했으므로 앨리스에게 온통 정신을 기울일 수 없었다. 그리고 앨리스의 마음속에서 어떤 일이 벌어지고 있는지 처음에는 아무도 몰랐다. 앨리스가 아침에 잠을 깨면 으레, "엄마, 아기 죽었어?" 하고 묻는 것도 형제간 사랑의 감정에서 그러는 것이라고 믿고 있었다.

그러나 머지않아 사람들은 모든 것을 알게 되었다.

어느 날 아침 젖 먹을 시간에 갓난아이가 게걸스럽게 젖을 배불리 빨아 먹고 났을 때, 앨리스는 더 이상 참을 수가 없어 이렇게 말했던 것이다.

"엄마, 갓난아기에게 젖 주지 마!"

며칠이 지난 어느 날 오후, 갓난아기가 잠자고 있는 틈을 타서 엄마가 예전과 같이 앨리스를 잠시 동안 무릎 위에 올려놓고 있자니 앨리스는 기뻐서 의기양양해졌다.

"엄마는 지금 아기를 안고 있지 않아!" 하고 그 애는 말했다.

그 애는 그 이상 또 무엇인가를 원하고 있었다. 만일 갓난아기가 계속해서 살아 있다면, 그 아기를 죽여버려야 한다고 생각하고 있었던 것이다. 그래서 갓난아기를 요람 속에 넣고 따스하게 해주려고 턱밑까지 이불을 덮어주는 것을 보면 앨리스는 엄마도 자기의 감정에 동의한 것이라고 생각하고서, 이런 말을 하곤 했다.

"아기 입까지 그리고 아기 코 있는 데까지 이불을 덮어줘.

그러면 숨이 막힐 테니까."

그러나 얼마 안 있어 앨리스에게는 모든 희망이 사라져버렸다. 사태를 눈치챈 엄마가 마침내 앨리스에게 이렇게 말했던 것이다.

"얘야, 동생이 귀엽지. 와서 좀 들여다봐라!"

엄마는 갓난아기의 배내옷을 완전히 벗겨 벌거숭이가 된 아기를 앨리스에게 보여주었다. 앨리스는 동생의 조그마한 두 발을, 오밀조밀하게 발톱까지 온전히 달린 아기의 두 발을 보았다. 그 애는 또한 자기도 볼 수 있다는 듯이 앨리스를 쳐다보고 있는 아기의 두 눈을 보았다. 갓난아기는 말할 수 있다는 듯이 입으로 "라, 라" 하고 소리를 냈다. 갓난아기는 하품까지 해대는 것이, 자기는 갓난아기지만 하품만은 어른처럼 한다는 것을 보여주고 싶어 하는 듯했다. 앨리스는 참을 수가 없었다. 아기를 더 이상 계속해서 바라보고 있을 수가 없었다. 아기는 완전한 생명을 지니고 살아 있었다. 앨리스는 힘껏 두 눈을 감았다. 그러고는 엄마에게 달려들며 소리 질렀다.

"난 제일 어린 아기가 되고 싶어! 난 제일 어린 갓난아기가 되고 싶단 말이야!"

바로 그날 저녁 그 애는 다음과 같이 선언했다.

"아기가 죽지 않으면 내가 죽을 테야."

그 애는 약속을 지켰다. 앨리스가 이 세상에서 보낸 마지막 수개월 동안 그 애는 하루 종일 조그마한 의자 위에 앉아 있었다. 그 애는 아무 말도 하지 않았고 우울한 눈으로 엄마의 일거일동을 바라보고만 있었다. 그 눈초리는 마치 우울증으로 죽어가는 미치광이의 그것과도 같았다. 그 애는 아무것도 먹으려 하지 않았다.

부모들은 어찌할 바를 몰랐다. 어떤 때는 그들이 맛있는 음식으로 앨리스를 꾀기도 하고, 과자를 먹이려고도 해보았다. 제과점에서 가장 맛있는 슈크림을 고르기도 했다. 앨리스는 거부했다. 그 애가 열망하고 있는 독점애獨占愛 앞에서 과자 같은 건 아무것도 아니었다! 의사는 그 애에게 양분을 공급해 주기 위하여 음식물 주입하는 식도 고무관을 사용할 것을 권했다. 그래서 아빠, 엄마, 이웃 사람들 그리고 힘이 세다고 소문난 대장장이인 볼도까지 합심해서 모든 사람이 그 애의 입에다 그 식도 고무관을 집어넣으려고 해보았지만 허사였다. 무리를 하면 앨리스의 얼굴 뼈가 부서질 것 같았다. 그 애는 사람들이 자기를 건드리는 것조차 싫어했다. 엄마는 그 애를 자기 무릎 위에 앉혀놓으려고 애써보았다. 그러나 너무나 미친 듯이 몸부림쳤으므로 그것도 단념하지 않을 수 없었다. 앨리스는 복수를 하고 있었다. 엄마는 울고만 있었다. 앨리스는 엄마가 자기에게서 빼앗아 갓난 동생에게 준 모든 애정에 복수를 한 것이었다.

앨리스는 일곱 살에 질투로 인해 죽었다. 그 애는 조그마한 의자 위에 앉아 있었다. 그러다가 옆으로 쓰러졌다. 급히 안아

올리려고 했지만, 그 애는 이미 죽어 있었다. ●

옮긴이 진형준

서울대학교 불어불문학과를 졸업하고 동 대학원에서 문학 석사, 박사학위를 받았다. 한국문학번역원 원장, 홍익대학교 문과대학장, 세계상상력센터 한국지회장, 한국상상학회 회장 등을 역임했다. 주요 저서로 『상상력이란 무엇인가』, 옮긴 책으로 『상상계의 인류학적 구조들』 등이 있다.

독점욕이 빚어낸 특이한 죽음의 양상

「앨리스」는 일곱 살 난 여자아이를 주인공으로 한 단순 구성의 소품이다. 어머니의 사랑을 독점하기 위해 학교조차 거부하고 집 안을 맴돌던 앨리스는 새로 태어난 동생과 어머니의 사랑을 나누기를 거부한다. 어머니에게 동생과 자신 중에 택일하기를 강요하던 그녀는 그것이 불가능하다는 것을 알자 질투는 절망으로 변해 스스로 굶어 죽고 만다.

과연 이 작품이 단편으로 전 세계에서 가장 뛰어난 백 편 안에 들어갈 수 있을까, 라는 물음에는 솔직히 자신이 없다. 그러나 죽음의 한 특이한 양상을 보여준다는 점에서 이 선집에 낄 최소한의 자격은 있다고 본다. 일곱 살 난 계집아이가 질투로 미쳐 죽을 수도 있다. 이런 게 사람이다.

작가 샤를 루이 필리프는 프랑스의 대표적인 민중소설가이다. 중부 프랑스의 가난한 목화공의 아들로 태어나 스무 살 때 파리 시청 공무원으로 취직한 그는 이때부터 톨스토이와 도스토옙스키를 읽으며 소설 창작에 몰두하기 시작했다. 가난한 자신의 성장 체험을 바탕으로 당시 프랑스 하층계급 사람들의 삶을 사실적이면서도 애정 어린 시각으로 묘사하여 독자들로부터 호평을 받았다. 대표작 『뷔뷔 드 몽파르나스』를 비롯해 『어

머니와 아들』, 『네 개의 슬픈 사랑 이야기』와 단편집 『작은 집
에서』 등은 하나같이 과장이나 설교의 어조를 통하지 않고 따
뜻하고 인정에 찬 목소리로 당시의 생활을 들려주고 있다.

그러나 민중을 향한 작가의 행보는 길지 못했다. 한창 창작
열을 불태워야 할 35세의 나이로 요절했기 때문이다.

마차

The Coach

바이올렛 헌트 지음

장경렬 옮김

바이올렛 헌트

영국의 작가. 1862~1942년. 영국 더럼에서 태어났다. 그녀의 아버지는 예술가 알프레드 윌리엄 헌트, 어머니는 소설가이자 번역가인 마가렛 레인 헌트였다. 헌트의 저술은 단편소설, 장편소설, 회고록 및 전기를 포함한 여러 문학적 형식에 걸쳐 있었다. 그녀는 활동적인 페미니스트였으며 1908년에 여성 작가의 참정권 리그를 창립했고 1921년 국제 펜클럽 창립에 참여했다. 그녀가 캠던 힐에 있는 그녀의 집 사우스 로지에서 연 문학 살롱의 운영자로도 유명했다. 소설뿐 아니라 전기 작가로도 유명하다. 자서전 『하고 싶은 이야기』와 전기 『로제티의 아내』, 장편소설 『시든 잎의 하얀 장미』, 소설집 『불안한 자들의 이야기』 등 다수의 작품이 있다.

저 멀리 북극 가까이에 있는 지방이어서, 여름엔 밤이 되어도 푸르스름한 빛이 감돌 정도로 주위가 훤하고 그늘이 드리워진 곳도 찾아보기 어려웠다. 심지어 달이 없어도 어둡지 않았다. 오늘 밤에는 몇 시간 동안이나 계속해서 휘몰아치는 폭풍우 아래 생기를 잃은 평평한 대지가 낮게 엎드린 채 몸을 펴지 못하고 있었다. 참을성 있게 폭풍우를 견디던 지표면은 흠뻑 젖어 창백한 빛을 띠고 있었고 폭풍우에 맞아 의식을 잃은 것처럼 보였다. 벌판의 가장자리를 뒹굴면서 몰아치던 강어귀의 물결은 바람에 몰린 폭우에 기세가 꺾인 채, 가볍게 내리치는 음산한 빗방울 아래 음울하게 침묵을 지키고 있었다. 강어귀에서 반 마일 떨어진 곳에 북쪽으로 길이 나 있었는데, 길 주변에는 단 한 채의 집이나 농가도 눈에 띄지 않았다. 어떤 곳은 점토로 덮여 있어 찐득거리기도 하고 어떤 곳은 석영으로 인해 반짝거리기도 하는 그 길은 엄격하고 단호한 모습으로 곧게 뻗어 있었으며, 길 가장자리를 따라 울타리 대신 키 작은 잡초가 성기게 자라고 있었다. 굴곡이 없는 그 길은 아주 드물기는 하지만 이름 모를 나무들로 이루어진 관목 숲이나 덤불 사이를 지나기도 했는데, 길 양편에 늘어선 발육 상태가 좋지 않은 구부러진 나무들은 앙심이라도 품은 듯 맞은편을 향해 몸을 기울이고 있다가 갑작스럽게 돌풍이 몰아치면 심술궂게 가지를 뒤흔들면서 상대방의 송곳같이 뾰족한 잔가지를 홱 잡아채 부러뜨리곤 했다. 그러면 부러진 가지의 파편들은 마치 어린아이의 손에서 벗어난 연처럼 바람에 빙빙 돌며 저 멀리 날아가다 마침내는 시야를 벗어나곤 했다. 단 한순간이라도 하얀 길바닥에 티끌이 내려앉을 틈이 없었는데, 뭐라도 내려앉게 되면 대기의 움직임이 제 힘을 자랑이라도 하듯 무턱대고 멍청하게 앞뒤 쪽으로 치솟으면서 쓸어가버리곤 했던 것이다. 전혀 통제할 수 없는 거인들, 매력적이지만 쓸모없는 거인들인 이 하늘의 세력들은 여기저기 휘젓고 다니면서 가리지 않고 모든 것에 타격을 가하고, 자기들 마음대로 운이 나쁜 나뭇가지들을 선동해 광포하게 서로에게 매질을 가하도록 하는 등 쓸데없는 자멸의 정신을 발작적으로 일깨우고 다녔다. 길가의 초라한 풀잎들은 격렬한 돌풍에 노예처럼 몸을 구부리고 있다가 야단스러운 폭군이 지나가고 나면 다시금 몸을 일으켜 경계의 눈길을 늦추지 않았다.

뒤이어 비교적 평온한 순간이 온 바로 그때였다. 그러니까 대기의 격렬한 반란을 지휘하던 돌풍들이 숨 가빠 하는 자신들의 무리에게 어떻게 해서든 잠시 휴식을 취하게 했을 때, 하늘을 떠받치고 있던 기둥에서 마치 무대의 장막처럼 수직으로 고르게 내던져진 대단한 호우가 아래로 내려와서는 평평한 길바닥을 가로질러 마치 벽이 움직이는 것처럼 계속해서 옆으로 비스듬히 움직여가기 시작했다. 벼락같이 엄청나게 쏟아지는 물 때문에 뒤엉킨 잡초의 경계선이 흐릿해져서 보이지 않았고, 군데군데 쌓여 있는 돌무더기가 언제라도 허물어질 것만 같았다. 두꺼운 널판과도 같이 쏟아지던 호우가 또 한 차례 지나가고 난 다음, 길은 여기저기 박혀 있는 석영과 이겨진 우윳빛 점토로 인해 고집스럽게 빛을 발하면서 다시 한 번 말끔한 제 모습을 드러냈다. 소란과 혼란의 도가니 속에서도 차분하면서도 정연하고 고요하게 길은 정해진 경로를 따라, 일정하게 경사진 비탈면을 사이에 두고 시끄러운 소리를 내며 흐르는 늪지대의 시내들을 옆으로 밀어내면서 뻗어 나가고 있었던 것이다. 시내들은 길에 먼저 도달하기 위해 서로를 밀어제치면서 서둘러 흘러왔지만, 도랑 한가운데 솟아 있는 보이지 않는 장애물에 부딪혀 불평하듯 시끄러운 소리를 내며 뒤로 물러설 뿐이었다.

그 길의 어느 한 지점에 키가 크고 몸매가 여원, 단정하게 보이는 사나이 하나가 몸에 잘 맞는 회색 프록코트를 입고 서 있었다. 그는 마치 피로하고 지친 회사원이 집으로 돌아가서 편안한 실내화로 갈아 신은 다음 맑은 정신으로 평화롭게 파이프 담배를 즐길 것을 기대하면서 도심의 길거리 한구석에서 버스를 기다리고 있는 것 같은 모습으로 서 있었던 것이다. 그가 쓰고 있던 중산모의 가장자리에서 빗방울이 평화롭게 똑똑 떨어져 코트의 옷깃으로 흐르고 있었다. 목도리는 두르고 있지 않았는데, 여름날이었기 때문이다. 그것도 성 요한의 날 전날 밤이었다. 무척이나 아끼는 것처럼 보이는 자신의 지팡이, 손잡이가 상아로 된 흑단의 지팡이에 몸을 기댄 채 그는 별다른 관심이 없는 표정으로 길을 따라 눈길을 보냈다. 지금은 폭풍우가 잦아든 순간이었기 때문에, 빗물에 씻긴 길은 구름 사이로 비집고 나오려는 달빛에 비쳐 눈이 부시도록 말끔해 보였다. 그는 짐도 갖고 있지 않았고 우산도 없었지만, 회색 프록코트는 단정해 보였고 중산모도 청아한 빛을 발하고 있었다.

저 멀리 남쪽에서 형체를 알아보기 힘든 시커먼 물체가 나타나 천천히 힘겹게 이쪽으로 다가오고 있었는데, 그것은 바로 육중한 모습의 구식 마차였다. 그 마차를 보는 순간 이 길손이 그나마 지니고 있던 희미한 관심마저 사그라드는 것처럼 보였다. 바라던 것을 얻게 된 사람에게서 확인할 수 있는 지루한 표정을 지은 채 그는 눈을 내리깔고 못마땅하다는 듯이 발밑의 진흙으로 질척해진 길바닥을 내려다보았다. 그렇다고 해서 찐득거리는 진흙 때문에 정교하게 잘 닦은 그의 구두가 더럽혀진 것 같지도 않았다. 그는 믿음직스러운 지팡이의 상아 손잡이가 마치 오랜 친구의 손인 양 그 위에 자신의 손바닥을 느긋하게 올려놓고 있었다.

멈추기 위해 잡아당기거나 힘을 쓸 때 흔히 들리는 소음이 울린 것은 아니지만 어딘가 힘에 겨운 듯한 기색으로 앞으로 나아가다 마차는 기다리고 있던 길손 앞에 멈춰 섰다. 그는 조용히 눈을 들어 바라보고는 그 마차가 자신이 한두 정거장쯤 타고 가기로 되어 있는 운송 수단임을 알아차렸다. 모든 것이 예상과 다름없었다. 마부는 늘 그렇듯이 근엄하고 사무적인 데다가 어리석어 보였으며, 말들도 꼬리가 길고 검은 몸 색깔 등 판에 박힌 모습을 하고 있었다.

문이 소리도 없이 열리고 승강 계단이 내려졌다. 마부에게 고개를 끄덕여 인사를 한 다음 그는 조심스럽게 승강 계단에 발을 올려놓았다. 마차에 타고 있는 사람들을 위로라도 하듯 그는 이렇게 말했다.

"마부 영감이 격식을 갖춘 복장을 하고서 마부석에 앉아 있 더군요. 실례인지 모르겠지만, 이런 식으로 형식적인 예의를 갖추는 건 어딘가 불필요하다는 생각이 듭니다. 정말이지, 몇 몇 시골뜨기 영감들과 노파들을 감동시키기 위해 이런 험한 밤에 별다른 의무도 없는 사람이 바깥으로 나와야 한다니! 순 전히 형식 때문이라는 생각이 드는군요."

그는 창가에 자리를 잡고 앉았다. 마차에 타고 있던 네 명의 사람들이 고개를 끄덕여 인사를 했다. 어떤 사람은 다소 딱딱 한 표정으로 인사하긴 했지만, 그렇다고 해서 호의를 잃은 표 정을 지은 것은 아니었다. 그는 사람들에게 답례 인사를 했는 데, 태도로 보아 원래부터 알고 있는 사람은 아무도 없는 것처 럼 보였다.

그의 옆자리에 앉아 있던 부인은 분명히 상류사회 출신 같

아 보였다. 보석으로 뒤덮인 널찍한 앞가슴을 드러내 보이려
는 듯 묵직한 고가의 모피 의상을 한쪽으로 드리우고 있었다.
또한 도둑들이라면 한번 노려보고 싶은 표적이 될 만한 보석
으로 장식하고 법랑琺瑯을 입힌 시계를 두 개나 가슴에 드리
우고 있었다. 멍청한 여자로군. 회색 프록코트의 사나이는 이
렇게 생각했다. 그녀의 노란색 가발은 상당히 일그러져 있었
으며, 시력이 약해 보이는 그녀의 눈은 충혈되어 있었고 겁을
집어먹은 듯 보였다. 그녀는 다이아몬드로 장식한 코안경을
사용해 약한 시력을 보완하고 있었다. 이따금씩 놀란 듯이 왼
쪽 어깨너머로 눈길을 던졌는데, 그때마다 금으로 된 그물 모
양의 손가방을 발작적으로 움켜쥐곤 했다. 확실히 그녀는 부
유한 집안 출신으로 최고급 호화 열차의 승객 같아 보였다.

  그녀의 맞은편에 앉아 있는 여자를 보고 사나이는 그녀가
궂은 노역과 계산으로 찌들어서 모양새가 험해진 사람들 가
운데 하나라고 생각했다. 그럼에도 불구하고 당당한 풍채와
어머니다운 인자한 표정으로 인해 전적으로 신뢰가 가는 그
런 인물이었다. 그녀는 끈이 달린 검은 모자를 쓰고 꿰맨 자국
이 많은 검은색 명주 장갑을 끼고 있었다. 풀이 죽은 흰 옷깃
둘레에는 시곗줄이 걸려 있었는데, 이따금씩 어른어른 금빛
을 내비치곤 했다.

  마차의 안쪽 끄트머리, 그러니까 천장에 매달린 램프의 흔
들리는 불빛이 거의 닿지 않는 저쪽 구석에는 윤곽이 뚜렷하

고 용모가 깔끔한 사나이 하나가 자리를 차지한 채 틀어박혀 있었다. 아니, 숨어 있었다고 해야 옳을 것 같았다. 쑥 들어간 이마에다 뒤로 젖혀 쓴 중산모 때문에 어딘가 어리석고 선천적인 결함이 있는 것 같은 인상을 주기도 했는데, 오래된 법랑처럼 하얀 얼굴 한가운데 냉정하고 슬기로워 보이는 듯한 기다란 코가 자리 잡고 있었지만 그와 같은 인상을 지워주지는 못했다.

그러나 어쩌다 우연히 길동무가 된 사람들 가운데 특히 프록코트를 입고 있는 사나이의 마음을 끈 사람은 바로 그의 앞쪽에 앉아 있는 거칠고도 건장한 사나이였다. 입을 다물고 있는 마차 안의 모든 사람 가운데 유독 그 사나이만이 이런 종류의 구식 여행에 뒤따르기 마련인 지루한 분위기에 활기를 불어넣을 수도 있는 대화에 뛰어들 생각이 있는 것처럼 보였다. 그들이 지금까지도 지나가고 있는 길 오른쪽 가까이에 놓여 있는 강어귀의 사나운 물결 소리나 창문을 때리는 심술궂은 비바람의 울부짖음을 잊어버리는 데는 유쾌한 대화가 도움이 될 수도 있었던 것이다. 다른 사람들에 비해 비교적 쾌활한 이 사나이는 코르덴 천으로 된 초라한 옷을 입고 있었으며, 옷에 깃을 다는 대신 비비 꼰 붉은색의 무명 손수건을 굵고 짤막한 목에 꼭 감고 있었다. 그의 작고 천한 눈은 돼지의 눈을 연상시켰지만, 쾌활한 빛을 띤 채 반짝이고 있었다. 그는 그 눈으로 마주 앉은 신사의 빳빳한 옷깃과 섬세한 색조의 회색 복장을 부러운 듯이 쳐다보았다. 구김살투성이인 바지를 입고 있던 그는 분위기를 돋우려고 안간힘을 썼는데, 다리를 꼬았다 폈다 하면서 이 코르덴 복장의 사나이가 프록코트의 신사에게 다음과 같이 말했다.

"글쎄요. 보기 드물게 험악한 날의 밤을 골라 우리한테 일을 치르게 하는군요. 아마 본부에서 명령을 내린 거겠지요? 여기 온 지 그럭저럭 일 년이 가까이 됐지만 난 아직 두목이 된 적이 없단 말입니다!"

"그분을 우리는 아버지 하나님이라고 부르곤 하지요." 연장 자인 사나이가 다소 냉정한 어조로 이렇게 말했다. "그렇지만 이곳 아래에 있는 우리의 행동을 지시하는 그분의 계획에 대해 이런저런 의문을 가져봤자 도대체 무슨 의미가 있겠습니까. 우리들은 다만 그분의 명령에 따를 수밖에 없지요. 어쩌면 댁은 아직까지도 우리를 지배하는 무언의 강제력을 충분히 이해하지 못하고 계신 것 아니오? 우리가 뒤에 두고 온 세상에서도 우리는 그런 힘의 지배를 받았습니다. 다만 그곳에서 우리는 댁이 '두목'이라고 부른 그분의 칭호나 지위에만 관심을 가졌을 뿐 그분이 정한 법은 조금도 따르지 않았던 게 다르다면 다를까요? 우리가 따라 행하지 않으면 안 되는 연례행사인 이와 같은 영혼 이동 작업은 지나칠 정도로 우리 마음의 안정을 잃게 하고 우리들 사이에 불안을 조장한다는 게 제 생각이라는 것을 인정하지 않을 수 없군요. 저에겐 미신의 잔존에 불과한 이런 행사가 귀찮기도 하고 가식적이라는 생각이 들기도 합니다. 그렇지만 취할 점이 하나 있긴 합니다. 우리처럼 이리저리 여행을 하다 보면 지옥이 어떤 곳인가를 어느 정도 볼 수도 있고, 길을 가는 도중에 우연히 기질이 같은 영혼들과 만날 기회도 얻게 되지요. 또한 지옥이라는 곳이 세상 사람들이 묘사하듯, 이렇게 말해도 될는지 모르겠지만, 그다지 음울한 곳은 아니라는 점도 깨닫게 됩니다." 상류 계급 특유의 거만함을 약간 풍기면서 그는 다음과 같이 덧붙여 말했다. "제 말을 잘 이해하고 계시는지 걱정이 됩니다만."

"아, 선생, 물론 이해하고말고요." 자신의 독백을 늘어놓기로 작정한 상대편 길손에게 사나이는 진지하게 대답했다.

"죽고 난 뒤에 나도 많은 것들의 의미를 배우게 되었습니다. 요즘 나는 어떤 것도 소홀히 여기지 않습니다. 나야 항상 학교 공부를 게을리 하긴 했습니다만, 이제는 그동안 낭비했던 시간을 벌충하려고 무진 애를 쓰고 있다, 이 말씀입니다. 나란 놈은 원래 거친 놈이라서 맥주 마시는 것하고 밥 먹는 것 외에는 아무것도 머리에 든 것이 없었습니다만, 이제는 그런 나를 버리고 드넓은 학문의 세계에 뛰어들어 내 몫을 찾게 된 거지요. 전에도 모든 게 말하자면 내 것이었는데, 손을 내밀어 붙잡으려는 수고를 하지 않았던 겁니다. 나를 가르치던 여선생님에게든 또는 목사님에게든 관심도 갖지 않았고 그분들 말씀에 귀를 기울이려고도 하지 않았어요. 이제야 알게 됐지만, 목사님도 상당히 훌륭한 생각을 갖고 계셨더군요. 굳이 말하자면, 비록 목사님이 지금 우리가 물들어 있는 죄악과는 다른 죄악에 물들어 있긴 했습니다만, 그건 사실입니다. 전능하신 하나님이 우리를 창조하셨다면 어째서 일부분만이라도 나쁘게 창조하셨느냐, 내가 알고 싶은 건 바로 이겁니다. 물론 죽은 지 얼마 안 됐으니 시간이 좀 더 지나면 알게 되겠지요. 어째서 하나님이 나한테 썩은 이빨을 줘서 제대로 씹을 수가 없었고, 그래서 먹는 것에 신경을 쓰기보다는 마시는 걸 더 좋아하게 됐었냐, 바로 이게 내가 갖고 있는 의문이란 말씀입니다. 쓰레기 같은 말입니다만, 소화 때문에 술을 마시고 극악무도한 행패를 부리게 된 겁니다."

멋을 한껏 부린 상류사회의 여자가 나른한 열의 같은 것을 보이면서 이렇게 소리쳤다.

"그 말에 나도 동의한다고 말하지 않을 수 없군요. 몬테카를로에 있는 그 쓸쓸한 별장에 살고 있을 때예요. 그때 절굿공이로 어깨를 얻어맞은 다음부턴 나도 무시무시한 도박열이 어떤 결말을 초래하는가를 깨닫게 됐어요. 속임수를 써서 딴 내돈을 차지하고 싶어 하던 그 두 사람이 야수로 변해버렸던 거예요. 사실 점심이나 같이하자는 그들의 초대에 응하지도 말았어야 했고, 보석 치장으로 그 사람들 마음을 동하게 하지도 말았어야 했는데……. 그런데 어쩌면 좋아요! 나도 똑같은 악습에 물들어 있었던걸요. 난 도박을 너무나 많이 해서……."

그녀는 들고 있는 손가방을 뒤지더니 몬테카를로에 있는 도박장 입장표를 집어냈다.

"난 언제나 이걸 사형 집행장에 들어가기 위한 입장표라고 부르는걸요. 자업자득이었죠. 나를 죽인 사람들이 나한테 상당히 잔혹하긴 했지만, 필경 나보다도 더 쉽게 이곳에 오게 될 거예요. 듣자 하니, 그 사람들은 거의 어떤 고통도 맛보지 않고 오게 될 거래요. 그 사람들의 손길에 비하면 법의 손길은 상냥해요. 그 사람 이름이……."

회색 프록코트의 사나이가 경고라도 하듯 손가락을 올렸다. "부탁입니다만, 이름은 밝히지 말기 바랍니다. 우리가 지키는 작은 관례 가운데 하나이지요."

"한잔하실래요?" 입을 다물고 있던 인자한 표정의 여자가 흥분해 있는 화려한 옷차림의 여자에게 말을 걸었다. "상처가 난 지 얼마 안 된 것 같군요. 매우 심하게 다치신 것 같네요! 이거야말로 끔찍한 피투성이 살인 사건이라고 하지 않을 수 없는데요. 게다가 솜씨마저 서툴렀어요. 그리고 댁은 일방적으로 당하기만 했군요. 당하는 쪽이 되는 게 언제나 한결 더 어렵다고들 합디다. 나야 사실 그쪽 기분을 말할 위치에 있지 않지요. 나는 말하자면 가해자였다고 할 수 있으니까요. 여기 있는 우리를 보살피는 사람들 말인데요, 그 사람들은 이렇게 뒤섞어놓고서도 마음에 걸리지 않나 봐요. 우릴 이렇게 한 덩어리로 뒤섞어놓고서도 말이에요. 어쨌거나 여행하는 동안이긴 하지만요. 그건 그렇고 내가 실제로 무엇 때문에 인생살이에서 밀려나게 되었나를 생각해보면요, 글쎄요, 내가 보는 바로는 내가 하던 일이 사회에 무언가 실질적인 도움이 되는 그런 일이었다, 이겁니다. 사회 일각에서도 그 점을 인정하고 있었어요. 그래서 내 목숨을 살려두고 싶어 했던 겁니다."

"그런데 부인, 부인께서 겪었던 사사로운 어려움이 무엇이 었는지 물어보고 싶습니다만."

"유아 위탁 처리업이라고 불리는 그런 것 때문이었던 같아요." 세련된 차림의 여자가 돌려주는 술병을 받아 큼지막한 주머니에 집어넣으면서, 그녀가 무심결에 이렇게 대답했다. 그녀의 말을 듣던 사람들은 비바람에 휩쓸린 시냇물이 출렁이듯 놀라움에 몸서리를 쳤다. 다만 멀리 구석 자리에 앉아 있던 여윈 사나이만이 냉정함을 잃지 않은 채 가만히 있었을 뿐이었다. 그는 여윈 턱을 치켜든 채 어느 정도 흥미가 있다는 듯 그녀를 관찰했다. 회색 프록코트의 신사가 사과했다.

"실례했습니다, 부인. 세상살이를 할 때 갖고 있던 결벽증이 아직도 잔재처럼 남아 있어 잠시 통제하지 못했던 것뿐입니다. 그렇지만 부인께서만 괜찮으시다면, 부인께서 전에 갖고 있던 견해를 명백히 밝히실 수는 없으신지요. 아마도 그럼으로써 부인이 갖고 있던 직업에 대해 우리가 지니고 있는 편견을 어느 정도 해소할 수 있으리라고 생각됩니다만."

"기꺼이 그렇게 하지요." 그녀가 그의 말에 대꾸했다. "그렇

494

지만 이곳까지 와서도 여러분 모두가 그걸 그렇게 심각하게 받아들이다니, 재미있군요. 내 직업에 대한 혐오감은 저 아래 세상에서나 여기에서나 다름없이 우스꽝스러울 정도로 강한 것 같아요. 법정에서 나올 때 사람들이 야유를 퍼붓던 게 생각나는군요. 그걸 대했을 땐 나도 상당히 화가 났었지요. 모든 게 알려지고 시시비비가 가려지면 야유를 퍼붓던 사람들은 나한테 감사하는 마음을 그만큼 더 가져야 할 것이다, 이게 내 생각이었지요. 이래 봬도 나야 그 사람들의 돈뿐만 아니라 애지중지하는 명예까지 잃지 않도록 해준 사람입니다. 그 사람들, 그것 때문에 나한테 감사해야 한다는 걸 알고 있었어요. 그런데 뒷일에 대해서는, 아이고, 그 사람들, 모른 체하더라, 이겁니다. 괘씸한 것들이 계속해서 씨를 뿌리댄 다음 싹이 땅 위로 머리를 내밀자마자 나한테 베어버리게 하고는 그것으로 됐다는 겁니다. 여우 같은 화냥년들, 고맙다는 말도 안 해요. 그렇지만 그년들 나한테 올 때는 겁을 잔뜩 먹은 채 벌벌 떨어요. 그년들 가운데는 머리에 피도 마르지 않은 것들도 있었고 몸이 약해서 애를 가질 자격이 없는 것들도 있었어요! 아이고, 만일 내가 그년들이 집어주는 돈이라도 받지 않았더라면, 사람들이 자선사업이라고 부르는 것이 될 뻔했지요. 그렇지만 그땐 나도 먹고살아야 했어요. 이제 그 의무에서 해방되고 보니 생각해볼 여유도 갖게 된 겁니다. 어쨌든 하나님 맙소사, 사회가 나한테 비난을 퍼부어댔던 거예요! 그런 식이라면, 청소부, 쥐잡이꾼, 그 밖에 골칫거리 일을 맡아 하는 사람들과 같이 쓸모 있는 공공의 일꾼들은 누구라도 교수형에 처해야 할 판입니다. 학교 다닐 때 헤롯 왕이라고 하는 멋진 양반에 관한 얘기를 들은 적이 있어요. 그 양반이 그 모든 쓸모 없는 어린애들을 싹 쓸어버렸다지요? 그 양반, 그 일을 할 때 빈틈이 없었어요. 헤롯 왕이야말로 유아 위탁 처리업의 원조격이라고 생각되는군요."

"대단한 의견을 갖고 계십니다, 부인." 프록코트의 사나이가 말했다.

"그뿐인가요. 나한텐 그런 의견을 가질 권리도 있지요." 몇 겹으로 주름 잡힌 비계 더미 위로 단호한 턱을 내밀면서 그녀가 진지한 태도로 이렇게 말했다. "당신네 남자들은 그걸 알아야 해요. 또 정직한 마음으로 자신을 되돌아보면 그만한 정도는 충분히 알 수 있을 겁니다. 나는 '속죄양'에 불과하며, 인간들의 하찮은 죄를 혼자 짊어졌던 거지요. 그건 아주 손쉬운 일이었어요. 내가 하던 일 말입니다. 그렇지만 그걸 할 만큼 배짱 있는 사람들은 드물단 말입니다. 더러운 일이라고들 하는데, 그렇게 말할 이유도 없어요. 그냥 내버려둔 채 옆에 있기만 하면 되는걸요. 웃다가 칭얼거리다가 눈이 옆으로 돌아간 다음 죽어버리도록 내버려두기만 하면 된다, 이 말입니다."

"피를 보지 않는단 말이군." 구석 자리에 있던 사나이가 난데없이 이렇게 말했다. "난 피를 좋아하거든."

"폭풍우가 개고 대단히 멋진 밤으로 바뀌었군요!" 회색 프록코트의 사나이가 이렇게 말하면서 창문을 들어 올리고 머리를 밖으로 내밀었다. "저 친구, 어딘가 으스스한 데가 있군, 안 그렇소?" 반은 혼자 중얼거리는 말투로, 반은 코르덴 복장의 길동무에게 하는 말투로, 그가 이렇게 말했다.

"머리, 안으로 집어넣으시지요." 거의 애정이 담겨 있다고 할 만한 말투로 코르덴 복장의 사나이가 말했다. "그렇게 하지 않으면 감기 들겠습니다. 몸을 앞으로 숙이실 때 보니 목에 심한 상처 자국이 있더군요. 거기에 찬바람을 쏘이는 건 안 좋으실 겁니다."

"아, 그것 말이오!" 사나이는 느긋한 말투로 대꾸하면서 다시 자리에 앉았다. 그러나 그는 구석 자리에 앉아 있는 사나이에게 눈길이 가지 않도록 조심하고 있었다. 얼굴을 마주 보고 있는 쾌활한 사나이에게 호감이 가는 것만큼이나 구석 자리에 앉아 있는 사나이에게 뚜렷한 거부감을 느끼고 있는 것처럼 보였다. "그겁니다. 사실 그건 저를 죽음으로 몰아넣었던 타격으로 인해 생긴 상처 자국입니다. 무섭게 깊은 상처였지요. 저에게 타격을 가했던 사람은 굉장히 힘이 센 사람이었습니다. 물론 뒤에서 공격을 가해왔지요. 누구인지 전혀 확인조차 할 수 없었어요. 공격을 받고는 곧바로 이곳으로 이끌려온 겁니다. 그 정도로 그의 손길은 정확했지요." 그는 마음의 평정을 잃은 채 호주머니를 더듬었다. "어딘가에 손수건을 넣어두었는데, 어디에다 두었는지 자꾸 잊어버려서요."

"나처럼 하시지요. 질기고 멋진 손수건 하나 구해서 목에 감은 다음 단단히 매어두는 겁니다. 내 목에도 상처 자국 같은 게 있긴 하지만, 터진 상처 때문에 생긴 건 아닙니다. 그것 때문에 생긴 게 아니고말고요." 사나이가 숨을 죽여 웃으면서 다음과 같이 솔직하게 말했다. "순전히 허영심 때문에 치장을 한 거지만, 남의 눈에 띄든 말든 상관하지 않습니다. 내 상처 자국은 목둘레에 둥그렇게 나 있는데요, 교수형을 당할 때 밧줄 때문에 생긴 겁니다."

그는 말을 멈춘 다음 장난스럽게 고개를 끄덕였다. "신사 양반 하나를 살해했기 때문이지요. 훌륭한 노신사였던 것 같은데 자세히 들여다볼 시간이 없었어요. 볼일을 빨리 봐야 했으니까요."

유아 위탁 처리업자가 환호성을 지르면서 무례하게도 그의 말을 중단시켰다.

"아이고, 하나님!" 그녀가 소리쳤다. "이 적막한 길을 따라 마차 한 대가 오는 것이 보이는데요. 내가 잘못 보았다면, 그렇게 됐으면 좋겠네요. 난 사람을 많이 만나는 걸 좋아하는 성격이거든요. 언제나 사람들이 붐비는 게 좋아요. 정말이지, 이런 식으로 단조롭게 마차를 타고 터덜터덜 가다 보니 미치기 일보 직전이네요."

구석 자리에 앉아 있던 사나이만 제외하고 모든 사람이 몸을 휙 돌려 그들 등 뒤에 있는 유리 창문 바깥을 응시했다. 지금까지 음산한 구름 더미들에 가려 휘황한 빛을 드리우지 못하던 달이 이제 하늘을 환하게 밝히고 있었고, 청명한 달빛 아래 윤곽이 뚜렷한 검은 물체 하나가 분명하게 보였다. 그 물체는 마치 하얀 리본처럼 그들 앞에 펼쳐져 있는 길 위에 검은 점을 찍어놓은 것 같아 보였다. 점점 더 그 물체가 가까이 다가왔으며, 마차를 타고 있던 사람들은 창문으로 목을 길게 뽑고 내다보았다. 마침내 그 모습을 확연히 볼 수 있게 되었다. 그것은 높직한 곳에 좌석이 걸려 있는 최신형 이륜마차로 원기 왕성한 자그마한 망아지 한 마리가 끌고 있었으며, 좌석에는 가냘프게 생긴 젊은 처녀 둘이 타고 있었다. 마차를 몰고 있는 처녀는 암사슴 가죽으로 된 흰 장갑을 낀 손에 고삐 줄을 쥐고 있었다. 장갑을 낀 손이 창백한 달빛을 받아서 무척이나 아름다워 보였다.

"야, 이거 굉장한데요." 풍채가 당당한 여자가 이렇게 말했다. "저들 옆으로 지나가게 되겠지요. 이 근처에 터를 잡고 있는 지방 명문 가운데 어느 한 가문 사람들 같네요."

"아무리 생각해도 나는 피에 굶주린 사람이 아니라서 하는 말인데요." 코르덴 복장의 사나이가 중얼거리듯 말했다. "제발, 저 아가씨들이 우리를 보고 충격이나 받지 않았으면 좋겠네요. 이런 식으로 바로 맞닥뜨리게 되면 틀림없이 기겁을 할 거요. 말들은 대부분 우리네 같은 유령을 보면 혼비백산하고

맙니다. 그놈의 고약한 자동차가 처음 나왔을 때 그걸 보고 기겁을 했던 거나 마찬가지로 기겁을 할 거요. 아니, 자동차보다 우리가 더 끔찍하게 느껴질 겁니다. 말들은 냄새만으로도 우리 정체를 단번에 알아내는 것 같습니다."

"정말 당신 생각대로 망아지가 놀라서 날뛸 것 같다면, 디 고리 영감한테 좀 더 천천히 말을 몰아서 상대방 기분을 달래도록 하라고 말해보는 게 어떨까요? 그게 좀 도움이 되지 않을까요?" 회색 프록코트의 사나이가 걱정스럽다는 듯 이렇게 말했다.

"지금보다 더 천천히 갈 수는 없을 겁니다." 코르덴 복장의 사나이가 대꾸했다. "게다가 문제가 되는 건 속도가 아니지요. 틀림없이 망아지 녀석은 벌써 완전히 식은땀에 흠뻑 젖어 있을 겁니다."

이륜마차가 다가왔다. 드디어 두 젊은 처녀의 얼굴을 분간할 수 있을 정도로 가까워졌는데, 그녀들의 하얀 얼굴은 두려움으로 창백하게 질려 있었다. 강렬한 달빛 때문이었는지도 모르지만, 분명히 그녀들의 마음은 동요하고 있는 것처럼 보였다. 또한 마차를 몰고 있던 처녀는 망아지를 진정시킬 필요가 있다는 사실을 충분히 깨닫고 있는 것처럼 보이기도 했다. 망아지의 콧구멍은 공포에 떨고 있었으며, 하얀 거품 줄기가 양쪽 콧구멍 옆을 뒤덮고 있었다.

"저 마차가 우리 옆을 무사히 지나가지는 못할 거요." 구석 자리에 앉아 있던 사나이가 갑작스럽게 끼어들었다. 그는 천천히 양손을 비비면서 이렇게 말했다. "피를 보게 될 거요."

"제발, 그런 식으로 고소하다는 듯 떠드는 짓거리는 좀 작작하도록 해요!" 풍채가 당당한 여자가 그에게 핀잔을 주었다. "댁의 말을 듣고 있노라면 오장육부가 뒤틀려요. 도대체 댁은 어디서 왔어요? 그러는 건 예의가 아니에요." 이렇게 말하고 나서 그녀는 회색 프록코트의 사나이에게 물었다. "저 사람들을 환호로 맞이하면 어떨까요? 모두가 일제히 큰 소리를 질러 맞이하자는 겁니다."

"저 사람들은 우리가 지르는 소리를 들을 수 없을 겁니다." 슬프다는 듯 머리를 흔들면서 프록코트의 사나이가 이렇게 대꾸했다. "우리가 유령이라는 사실을 잊어서는 안 됩니다. 우리는 실제로 여기 있는 게 아니지요."

"아무렴요. 그걸 바로 짐승들은 알아차리는 겁니다." 코르덴 복장의 사나이가 이렇게 외쳤다. 그는 자리에서 안절부절 못하고 있었다. "아무래도 저 말이 견뎌내지 못할 것 같은데, 저런 애송이 같은 아가씨한텐 말을 진정시키는 일이 무리일 걸요."

"저 마차가 우릴 덮치려고 해요!" 세련된 차림의 여자가 비명을 질렀다. "맙소사, 이대로 가만히 앉아서 보고만 있어야 하나요?" 그녀는 양손으로 두 눈을 가렸다.

"그럼 어찌합니까, 부인. 내 생각엔 그럴 수밖에 없을 것 같은데요. 그뿐만 아니라 그다음엔 내빼는 겁니다. 사람을 치어 죽인 다음 길가에 내버려둔 채 달아나는 운전사처럼 말입니다. 그게 디고리 영감한테 내려진 지시일걸요."

이제 망아지의 거친 콧김 소리까지 들을 수 있었다. 마차 안에 있던 유령들의 눈에는 망아지의 턱에서 거품이 방울져 떨어지는 것도 똑똑히 보였다. 유령들 가운데 몇몇은 젖 먹던 힘까지 다해서 고삐를 힘껏 잡아당기고 있던 처녀의 양손에 고통스러운 긴장감이 어려 있는 것도 감지할 수 있었다. 한편 어쩔 수 없어 꼼짝 못하고 있던 또 한 처녀는 겁에 질려 얼굴을 옆으로 돌리고 있었는데, 그때의 일그러진 얼굴 모습도 볼 수 있었다. 다만 마차의 램프에서 흘러나오는 노란색의 둥근 불빛만이 움직이지 않은 채 빛나고 있을 뿐이었다.

이윽고 불빛이 공중을 날다가 밑으로 곤두박질을 치고는 꺼지고 말았다. 갑자기 부서지고 깨지는 소리가 들리더니, 북으로 향한 대로는 다시금 깨끗하게 비어 있던 자신의 모습을 드러냈다.

죽음의 마차는 길 한쪽의 도랑에 수북이 쌓인 시커먼 잔해 더미를 지나 사정없이 앞으로 나아갔다. 잔해 더미는 마치 살아 있는 사람이라도 되는 양 펄쩍 뛰어올라 용솟음쳤다. 그러고는 잠잠해졌다.

세련된 차림의 여자는 실신하고 말았다. 아니면 실신한 것처럼 보였다. 유아 위탁 처리업자는 앉은 채로 뚱뚱한 몸을 덜덜 떨고 있었다.

"어쨌든 이건 옳지 않은 짓입니다." 회색 프록코트의 사나이가 창문 쪽으로 몸을 돌리면서 눈물을 글썽인 채 이렇게 소리쳤다. "우리가 타고 있는 마차가 그 모든 잘못을 저질러놓았는데도 한마디 물어보는 말도 없이 저런 식으로 내버려두고 가다니, 이건 죄악입니다!"

코르덴 복장을 한 사내가 그를 위로하려 했다. "이봐요, 우리가 잘못한 건 아니지요. 우리가 잘못한 건 아니잖소?" 그는 되풀이해서 이렇게 말했다. "아까 당신이 부인께 말씀하신 것처럼 우리가 실제 여기 있는 건 아니니까요."

"명예를 존중하는 사람에겐 그런 말이 그다지 위로가 되지 않아요." 나이 많은 사나이가 슬프다는 듯이 말했다. "그렇지만 댁의 말씀대로 우리야 도구에 불과하지요."

그는 전력을 다해 세련된 차림의 여자를 돌보았다. 그의 친절한 돌봄에 그녀는 원기를 조금 회복했다. 그러고 나서 그녀가 말했다. "사정이야 어찌 되었든 우리 모두는 결국 한배를 타게 되어 있는 게 아니겠어요? 다음 정거장에서 그 아름다운 두 아가씨가 우리들 틈에 끼게 되더라도 놀랄 거야 없겠지요. 그 아가씨들이 우리들 틈에 끼게 되면, 마차를 가득 채운 유령들이 그들에게 다가오는 것을 처음 보았을 때의 느낌이 어땠는가, 그 얘기를 한번 들어보도록 합시다. 그 아가씨들 분명히 죽었을 거예요. 마차와 함께 도랑 속으로 내던져진 데다가 그 위로 말까지 내리 덮쳤으니, 살아남을 수 있었겠어요? 그 말은 어떻게 됐는지 보신 분 없나요? 보신 분이 없군요……. 그건 그렇고 이제 다시 지루한 시간이 이어지겠지요. 그렇게 될까 봐 적잖이 걱정이 되네요. 시간을 때우기 위해서라도 우리가 어떻게 이곳에 오게 되었는지 각자 이야기해보는 게 어떨까요? 그런 사고가 있은 다음이긴 하지만 재미있는 이야기를 하다 보면 다들 기분이 나아지지 않겠어요?"

"부인, 저는 진심으로 부인의 의견에 동의합니다." 회색 프록코트의 사나이가 말했다. "비록 제 자신의 이야기는 아주 단조롭고 조금도 재미없지만 말입니다. 그러나 어떤 특정한 사건으로 인해 제가 이곳에 오게 되었나 알고 싶으시다면, 좋습니다. 물론 이야기하도록 하지요. 그렇지만 숙녀에게 우선권을 양보해야겠지요. 부인, 먼저 하시지 않겠습니까?"

세련된 차림의 여자는 짐짓 허세를 부리면서 머리를 뒤로 젖혔다.

"내 이야기는 아마도 여러분이 다 알고 있는 걸지도 몰라요." 그녀가 이처럼 겸손하게 둘러 말했다. "얼마 전의 모든 신문에 다 나와 있는 이야기일 뿐인걸요."

"저는 모르는 이야기입니다." 회색 프록코트의 사나이가 말했다. "살인 사건으로 추정되면 저는 전혀 읽지 않으니까요."

"난 댁의 사건에 관해 읽은 것 같은데요." 코르덴 복장의 사나이가 말했다. "뭐든 좀 짜릿한 게 있으면 보통 마누라한테 읽어달라고 했거든요."

"그런데 살인을 저질렀던 사람들이 아직 교수형에 처해지지 않았어요. 진짜 그렇게 된다면 참 안됐지요." 세련된 차림의 여자가 이렇게 말했다. "그 사람들이 어떻게 될까 몹시 궁금해요. 그 사람들 진짜 이곳으로 보내지면, 어느 날 밤 이런식으로 단체 여행을 하다가 만나게 되겠지요. 그러면 참 재미있을 거예요. 그건 그렇고 아주머니, 아주머니의 육아 경험담이라고 할까, 그것에 관해 이야기 좀 해주실 수 없을까요?" 그녀는 유아 위탁 처리업자를 향해 몸을 앞으로 굽히면서 이렇게 청했다.

"깽깽거리는 강아지 새끼나 낑낑거리는 고양이 새끼 한 무더기를 물에 빠뜨려 죽이는 것에 관해 뭐 별달리 할 얘기가 있나요." 그녀가 무뚝뚝하게 답하고서 이렇게 말했다. "그보다는 좀 더 재미있는 것, 뭐랄까 좀 더 사적인 얘기를 듣고 싶어요. 저 구석 자리에 있는 양반은 조금 전에 던진 말투로 보아 상당히 들어볼 만한 가치가 있는 추억담이 있을 것 같은데. 대중 괴기소설만큼이나 재미있는 얘기가 있을 법한데요."

유아 위탁 처리업자가 구석 자리에 있던 사람을 특별히 지목해서 말하자 그가 대꾸했다. "내 얘긴 할 수 없어요. 정말 내얘긴 할 수가 없단 말이오."

"점잖지 못한 얘기란 뜻인가요?" 세련된 차림의 여자가 눈을 반짝이며 끼어들었다. "아, 들려주세요. 얘기해주실 수 있겠죠, 그렇죠?"

"퇴행성 정신병자라는 말을 들어본 적이 있소?" 그가 동정이라도 하는 듯한 표정으로 그녀에게 물었다. "내가 바로 그런 사람이었소. 간단히 줄여서 사람들이 날 보고 미치광이라고 불렀소. 내 직업은 약제사로, 나 역시 전문적 도살꾼만큼이나 아주 깔끔하게 절개 작업을 했었지요. 나를 사형에 처한 건 그들이 당연히 해야 할 일을 한 거지."

그는 머리를 떨군 채 더 이상 이야기하기를 꺼리는 것처럼 보였지만, 세련된 차림의 여자가 자꾸만 재촉했다.

"자세한 얘기를 좀 해보세요."

"그건 순전히 의학적인 것이었소, 부인. 병리학적인 흥미가 없었던 것은 아니다, 이렇게 말할 수 있겠지요. 적어도 과학자들에겐 흥미로운 것이었소." 그는 당시에 매우 인기가 있었던 신문의 이름을 들먹이며 이렇게 말했다. "그 신문이 화젯거리로 삼았던 것은 강렬한 예술적 감각 또는 예술적 대비감, 감행자가 선천적으로 지니고 있던 병적 왜곡 심리, 이런 것들이었소."

"얘기를 들어보니, 저 양반 자기 애인을 죽이고 배를 가른 다음 푸른색 리본으로 안에 있던 그 불쌍한 내장을 온통 묶어서 사랑의 매듭을 만들어놓은 바로 그 사람이군그래. 정말 예술가이시더군! 어디서나 흔히 보는 색깔인 푸른색과 붉은색이었지."

"정나미가 떨어져요." 몬테카를로에서 온 예민하고 가냘픈 숙녀인 그 여자가 진저리를 치더니 냉담하게 눈길을 돌렸다. 그러고는 다른 유령들의 제안에 동조하여 코르덴 복장을 한 쾌활한 사나이에게 그의 경험담을 이야기해달라고 간청했다.

"좋습니다. 그럼 내가 어떻게 여기에 와서 여러분과 어울리게 되었는가 얘기하도록 하지요." 붉은 무명천이 감긴 엄청나게 굵은 목을 이리저리 돌리면서 그가 말했다. "글쎄요, 무엇보다도 먼저 말해야 할 건 난 취해 있었다, 이겁니다. 게다가 금전적으로도 궁했지요. 내 마누라는 자기나 애들을 위해 뭐든 하라고 항상 바가지를 긁었습니다. 내친김에 하는 말이지만, 그 망할 년이 재혼해버렸지 뭡니까. 좌우지간 난 뭔가를 했지요. 덕분에 국가가 지금 그들을 돌봐주고 있는 거 아니오? 물론 내가 한 일에 대한 뒤치다꺼리까지 해주고요. 마누라가 뭔가 하라고 했을 때 그건 직업을 가지라는 말이었는데, 어쨌든 내가 한 일은 그것뿐입니다. 좌우지간 어떤 돈 많은 사람의 사유지에서 집을 짓는 일을 하기로 작정했지요. 유리 창문 같은 것이 수없이 많은, 엄청나게 돈을 처들여서 짓는 그런 집 있잖습니까? 뭐 그런 집을 짓는 일이었는데, 밤낮으로 일을 했지요. 밤에는 석유등까지 켜놓고 말입니다. 여러분도 그런 부류의 인간을 알고 있겠지만, 주인이란 사람은 아무리 써도 남아서 폭폭 썩을 지경으로 돈이 많은 부자였는데, 그 많은 돈에 넌더리를 내는 그런 인간이었죠. 그리고 노동자들이 읽는 신문에다가 회견 같은 걸 하면 그런 얘기를 하는 부류의 인간이었어요. 그건 잘못이죠. 그 사람은 항상 자선단체니 도서관이니 하는 쓸데없는 데다가 엄청난 돈을 줘버리는 겁니다. 그렇지만 그 돈이 정말로 필요로 하는 사람에겐 한 푼도 돌아가는 것 같지 않았다, 이겁니다. 나야 아는 바 없지만, 사람들 말을 들어보면 그 사람은 돈 때문에 신경과민이 되어서 밤에는 잠도 못 자고 낮에는 무서워서 언제나 납을 박은 지팡이를 갖고 다닌다는 겁니다. 그리고 언젠가는 탐정들이 그 사람을 호위하더라는 겁니다. 바로 그런 얘기가 신문에 났어요. 이런, 신문 얘기가 또 나왔군요. 신문이란 게 늘 그렇듯이 이런저런 생각을 사람들 머릿속에 심어주지 않습니까. 그건 그렇고, 빌어먹을 놈의 어느 날 저녁 돈도 없고 이것저것 일도 안 되고 그래서 난 기분이 아주 안 좋았어요. 게다가 마누라쟁이하고 애새끼들은 소리를 쳐대고 불평을 해대고 난리를 피웠던 겁니다. 운이 안 닿을 때는 항상 그래요. 그야 물론 마누라쟁이와 애새끼들이 자기네 가장을 살인으로 내몰고 있다는 생각은 꿈에도 하지 않았을 겁니다. 여자란 원래 머리를 써서 생각하는 법이 없지 않아요? 마누라쟁이와 애새끼들이 징징거리는 소리를 귀에 달고 밖으로 나왔습니다. 그러고는 역 앞을 지나갔지요. 그 역이 바로 부자 양반이 낮에 시내에서 일하고 저녁이 되어 집에 돌아올 때 이용하는 역이었습니다. 우연히 그가 열차에서 내려 혼자 집으로 걸어가는 것을 보게 되었습니다. 언제나 그랬듯이 자가용 차가 와서 기다리고 있었는데 그걸 그냥 돌려보내곤 혼자서 지름길로 걸어가더라, 이겁니다. 그가 걸어가던 길 중간에 사람들이 나무를 심어 만든 조그마한 숲이 있었어요. 그 숲은 나무가 울창하고 어둠침침했는데 살인하기에 딱 좋은 그런 곳이었지요. 글쎄요, 아까 말한 것처럼 난 상당히 취해 있었는데, 집으로 달려가서는 뭔가 일을 치를 도구를 갖고 왔습니다. 고기를 자를 때 쓰는 식칼을 갖고 나왔던 거지요."

맞은편에 앉아 있던 노신사가 침착성을 잃은 채 손을 들어 목 뒤쪽으로 가져갔다.

"아이고, 선생. 선생을 바로 그 현장에 모셔다놓은 것 같소. 선생 표정을 보니 신경이 무척이나 과민해져 있는 것 같소이다, 안 그렇소? 그건 그렇고 이야기를 계속하자면, 우연히 내가 알고 있던 지름길로 돌아가서 그를 앞지른 다음 나무 울타리 안에 숨었어요. 그러곤 십 분이라는 기나긴 시간을 그 사람이 지나갈 때까지 기다린 겁니다. 하이고, 그때 내 손이 얼마나 떨렸는지 모릅니다. 단돈 몇 푼에라도 사람을 해치웠을 겁니다. 신경이 고양이처럼 곤두서 있었지만, 그렇다고 해서 그것이 마누라쟁이와 애새끼들을 위해 기회만 오면 단호하게 밀고 나가려는 나를 감히 막을 수 없기는 마찬가지였습니다. 식칼을 갖고 등 뒤에서 그를 덮쳤더니, 통나무처럼 쓰러지더군요. 자기를 방어하기 위해 손 한 번 들지 않고, 기력이라고는 조금도 없더군요. 부인네들, 내가 그에게 그렇게 심한 상처를 입혔다고 생각하진 말기 바랍니다. 내가 그를 내리쳤을 때 그는 비명 한 번 지르지 않았고, 쓰러진 다음에도 신음 소리하나 내지 않았으니까요. 일을 치르고 나서 그를 대충 한 번 훑어보고는 주머니를 뒤졌습니다. 그러고는 시계, 정기 승차권, 도장, 현금을 강탈했지요. 그런데 돈 얘기가 나왔으니 말이지, 빌어먹을, 나는 속은 거나 다름없었다, 이겁니다. 그 사람 같은 부자가 겨우 1파운드도 안 되는 잔돈밖에 가지고 다니지 않는다는 걸 도대체 믿을 수 있겠습니까?"

"에잇, 여보쇼!" 구석 자리에 말없이 앉아 있던 사나이가 갑자기 소리쳤다.

"당신한텐 너무 가혹했다는 걸 인정하지 않을 수 없소." 회색 프록코트의 사나이가 인정 어린 말투로 이렇게 말했다. "너무 가혹했어요. 너무 빨리 보복이 찾아왔던 것 같다고 생각돼서 하는 말이오. 당신은 어리석게도 집에서 사용하던 식칼을 현장에 남겨두어서, 물증이 되도록 했어요. 그래서 우리 지방의 뛰어난 경찰이 당신을 즉시 체포하게 되었던 겁니다. 그러나 법적 절차가 너무 더디게 진행되어서 당신은 꼬박 일년 동안을 감옥에서 지내게 되었지요. 그러다가 결국에는 이곳으로 와서 피해자와 합류할 수 있는 자유가 주어졌던 것 아니오?"

"맞소이다. 그래요, 틀림없이 난 교수형에 처해졌소. 일단 교수대 발판 위에 서자 감미로운 시간이 아주 짧은 동안 지속됐지요. 그러나 그때를 생각하면 아직까지도 내 이 불쌍한 목에 통증이 온단 말이오."

그는 붉은 띠로 감아놓은 목을 움직여보기도 하고 꼬아보기도 했다.

"자, 어르신, 이것으로 내 이야기는 끝났소. 괜찮으시다면 우리 모두는 어떻게 해서 어른께서 그렇게 깊고 흉측한 상처를 얻게 됐는지, 이제 그 사연을 들을 수 있겠지요? 교수형 밧줄 때문에 생긴 것 같지는 않소이다. 틀림없이 흔히 보는 그런 평범한 살인 사건 때문에 생긴 거지요?"

"물론이오. 살인 사건 때문입니다. 그것도 아주 적절한 때 터진 살인 사건 때문입니다. 그러나 정황이 특수했어요. 가벼운 지갑과 견딜 수 없을 정도로 무거운 삶이라는 짐을 저한테서 덜어준 사람을 심리하던 배심원들의 귀에 제 말이 들릴 수 있기를 얼마나 바랐는지 모릅니다. 그들이 제 말을 들을 수만 있다면 그들에게, 저에게 해코지를 한 사람에게 보복을 가하기 위해 그렇게 열심히 일하던 열두 명의 양심적인 배심원들에게 제 자신의 진정한 심경을 말해주고 싶었던 것입니다. 제 자신의 심경을 말할 수 있었다면, 그건 분명히 사건을 심리하는 데 소홀히 다룰 수 없는 요소가 되었을 겁니다! 그들은 저를 살해한 불쌍한 인간에 대해 제가 아무런 원한도 품고 있지 않다는 사실을 짐작조차 할 수 없었을 것입니다. 살아 있는 인간들이란 세상사를 이해하는 데 필요한 적절한 균형 감각에 눈을 뜨지 못한 존재들이니까요. 그거야 죽음을 통해 가능한 것이지요. 원한을 품기는커녕 저는 저를 피곤하게 했던 생명의 줄을 그렇게도 깨끗하고 완벽하게 끊어준 그의 세련된 수술 솜씨에 감사할 따름입니다. 그 사실을 그들에게 말하고 싶었던 겁니다."

"모든 사람이 그런 식으로 생각하는 건 아니지요." 세련된 차림의 여자가 한마디 거들었다. "그러나 그게 바로 그런 종류의 사건들에 대해 저 자신이 어느 정도 갖고 있는 느낌이기도 해요. 다만 이 경우엔 세련된 수술이란 표현을 사용하기가 어렵다는 게 다르다면 다를까요! 전 너무도 꼴사납게 상처를 입어서 모르긴 해도 두 번 다시 깃이 낮은 옷은 입지 못할 거예요!"

"희랍에서 전해 내려오는 람프시니토스(고대 이집트 왕 라메세스 또는 람세스 3세의 희랍식 이름. 그는 비밀 문이 있는 거대한 보물창고를 갖고 있었던 것으로 전해진다 – 옮긴이)의 황금에 관한 이야기를 들어본 적이 있습니까?" 회색 프록코트의 사나이가 생각에 잠긴 채 이렇게 물었다. "그는 황금을 보관하기 위해 지하 창고를 만들었지요. 현대적 이해 방식을 따르자면, 저의 황금은 제 두뇌 속에 저장되어 있었다고 할 수 있습니다. 그 두뇌에서 두둑한 자산과 깨끗지 못한 담보물은 매일같이 쉬지 않고 증식에 증식을 거듭했습니다. 부를 지배하는 법칙은 엄격하지요. 그걸 스스로 남에게 기증하거나 물려줄 수는 있어도 남이 가져가 도록 허용해서는 안 됩니다. 그러나 제 경우엔 람프시니토스 왕의 보물창고를 부수고 들어갈 수 있는 사람들이 있었다면 그들을 환영했을 겁니다. 그 창고를 지은 사람의 두 아들과 같 은 사람들 말입니다. 제 두뇌 안에 있던 견고한 방 안에 황금 이 저장되어 있었던 거지요. 되는대로 계산을 한 번 하거나 펜 을 한 번 놀림으로써 저는 내 두뇌 안에서 돈이 돈을 낳도록 할 수 있었고, 그것 때문에 저는 미칠 지경이었습니다. 저는 또한 고독하기도 했어요. 책임을 나눌 아내도 없었던 것입니 다. 저는 감히 사랑의 이름을 빌려 여자에게 접근하려고 하지 도 않았어요. 마음대로 수표를 끊을 수 있는 능력 때문에 사랑 을 받고 싶지는 않았거든요. 저는 결코 사랑을 받아본 적이 없 었습니다. 오히려 미움을 받았지요. 저의 엄청난 돈을 관리하 던 탐욕스러운 사람들이 제 이름으로 옳지 않은 짓들을 했던 겁니다. 그러고는 제 생명이 위험에 처했다는 사실을 알렸던 것입니다. 그래서 잠깐 동안, 그것도 아주 잠깐 동안 마지못해 남들이 저를 보호하도록 내버려두었지요." 그는 계속 다음과 같이 말했다.

"어느 겨울날 저녁, 세상이 이미 어두워졌을 때였습니다. 그 날 낮에 어떤 일이 일어났던가는 기억이 나지 않는군요. 어떤 새로운 형태의 타락과 탐욕이 제 앞에서 저질러졌던가는 이 미 기억에서 멀어진 것입니다. 그날 저녁 어찌나 심하게 반발심이 생겼던지 저는 징징거리면서 걱정하던 모든 안전요원들을 물리쳤어요. 그들은 저의 대리인들이 자신들의 최고 자산인 저를 지키기 위해 고용한 사람들이었지요. 그들을 물리친 다음 저는 제 본능이 시키는 대로 했습니다. 저는 어떤 종류의 예방 조치든 다 무시했어요. 다만 충실한 동반자인 납을 박은 저의 지팡이를 휴대하는 것만 빼고는 말입니다. 사실 지팡이를 휴대하는 것은 저한테 버릇이 되어버린 단순한 습관에 불과했어요. 그러고는 역에서 혼자 집으로 걸어갔습니다. 제 소유의 커다란 저택을 향해 그리고 멋진 저녁 식사를 기대하면서 말입니다. 아니, 살아 돌아가서 저녁을 먹을 수는 없으리라는 것을 저는 희미하게나마 알고 있었지요. 정말로 운이 좋게도, 많고 많은 밤 가운데 바로 그날 밤 저를 잡으려는 덫이 설치되어 있었던 것입니다. 자객이 기다리고 있다가 별안간에 저를 습격했습니다. 그래서 저는 제가 바라던 바를 성취하게 되었지요. 말하자면 친절하고 신속하며 자비롭고 격렬한 죽음을 맞이할 수 있게 되었던 겁니다. 저는 제 구원자의 얼굴조차 한 번도 본 적이 없어요."

"맙소사!" 코르텐 복장의 사나이가 나지막이 소리를 질렀렸다. "이거 어쩌면 좋을지 모르겠군. 혹시 우릴 놀리시는 건 아니오?"

"천만에요. 그게 바로 그 사건과 관련하여 제가 느낀 바 그대로입니다. 그리고 만일 본능적으로 무언가를 미리 알듯이 무슨 일이 일어날지 알았더라면, 숲을 가로질러 걸어가기 전에 얼마간의 재산을 현금으로 바꿔서 갖고 있을 생각을 했겠지요. 그렇게 해서 솔직한 그 친구에게 고생한 보람이 있도록 했을 겁니다. 하지만 여러분도 알다시피, 백만장자는 엄청난 돈을 휴대하고 다니지 않습니다. 물론 제가 갖고 다니던 수표책도 그에겐 아무런 소용이 될 수 없었겠지요. 애석하게도 그 불쌍한 친구가 노고를 아끼지 않은 대가로 손에 넣게 된 돈은 정확히 19실링 11펜스였습니다. 그 돈은 제가 1파운드짜리 돈을 내고 신문 판매점에서 신문을 산 다음 습관적으로 기다렸다가 받은 거스름돈이었지요."

코르덴 복장의 사나이가 자신의 목에서 붉은 손수건을 격렬한 기세로 떼어내더니, 이윽고 그것을 무릎 위에 올려놓고 잡아 찢는 듯한 몸짓을 했다.

"그럼, 어르신. 어르신 때문에 제가 여기에 이런 상처 자국을 얻게 되었다, 그 말입니까?" 그가 격렬하게 외치면서, 양손을 목 뒤로 가져가더니 깍지를 꼈다. "어르신의 목 뒤 거기에 깊은 상처를 낸 데 대한 응보로 말입니다. 원, 참! 세상에 이런 일이 다 있다니!"

"이봐요, 진정해요." 연장자인 프록코트의 사나이가 그를 달랬다. "아주 흔한 우연의 일치를 놓고 그렇게 신파조가 될 건 없어요. 보다시피 부인들께서 몹시 걱정하고 있지 않소. 여기 이곳에서는 자신을 흥분 상태로 몰아가면 안 됩니다. 규정

을 위반하는 게 되지요. 만일 제가 알게 된 것을 당신이 생각
하듯 하찮은 것이라고 생각했다면, 그걸 남들한테 말할 생각
을 하지 않았을 겁니다. 정말이지 누구한테도 말하지 않았을
겁니다. 당신이 이처럼 감정을 과도하게 표출하니 드리는 말
씀입니다만, 그런 식의 감정 표출은 우리가 완전히 떠나온 속
된 세계에서나 어울리는 거라는 생각이 드는군요. 어쨌든 당
신이 그 이야기를 꺼냈고, 이제 모든 사람이 우리의 특수한 관
계를 알아차리게 된 이상, 당신에게 더할 나위 없는 감사의 인
사를 전하고자 하니 이를 받아주시기 바랍니다. 비할 바 없이
세련되고 단호한 수술을 해주셨던 것에 대해서 말입니다. 정
말이지 과거에 저한테 해주신 봉사로 인해 저는 당신에게 진
심으로 고맙게 생각하고 있습니다."

"상당히 구식이네요." 세련된 차림의 여자가 말했다.

"이봐요, 난 댁이 진짜 신사라고 생각해요." 유아 위탁 처리
업자가 말했다.

"저는 신사입니다."

"그것도 상당히 융통성 있는 신사로군요." 거친 사나이가 이
마를 닦으면서 말했다. 그러나 이마에 땀이 배어 있는 것은 아
니었다. "아무나 살인을 당한 것 때문에 감사하다는 말을 할
수 있는 건 아니오!"

"누구나 백만장자는 아니지요." 피해자가 조용히 말했다.

세련된 차림의 여자가 몸을 앞으로 굽힌 채 보석이 박힌 코

516

안경으로 노신사를 애교 있게 토닥거리면서 말했다. "나는 우리가 같은 세계에 속해 있다는 걸 깨닫게 됐어요. 그리고 당신의 세련된 감정도 충분히 이해할 수 있을 것 같아요. 아까도 말했지만 저 자신의 경우에도 그랬으니까요. 이름은 말하지 않고 덮어두겠습니다만, 그 두 훌륭한 남자가 나를 좀 더 부드럽게 취급해주었더라면 난들 어떻게 그들을 깨끗하게 용서하지 않을 수 있겠어요? 어쨌든 만약 그들을 만난다면 나도 정중하게 그들을 대할 작정이에요. 다만 거리를 좀 두게 되겠지요. 어쨌거나 몬테카를로에서 내가 영위하던 삶을 그들이 중단시킬 무렵 나에겐 그 삶이 정말로 견디기 어려운 것이 되어가고 있었지요. 현란한 빛, 소음, 번쩍이는 장신구, 열기는 물론이고, 철도 광고판을 통해 선전되고 있는 저 푸른색의 웃는 듯한 무정한 바다도 견딜 수가 없었답니다."

유아 위탁 처리업자는 이와 같은 우아한 대화에 끼어들지 못하고 있었는데, 그녀는 명백히 그런 이야기에 아무런 흥미도 없어 보였다. 그녀는 앞을 똑바로 응시하면서 언짢은 듯 중얼거렸다.

"휴양지가 있는 지중해 연안의 코트다쥐르와 형무소가 있는 런던의 펜튼빌이라! 코트다쥐르에서 사는 것하고 펜튼빌에서 사는 것 사이에는 무언가 약간의 차이가 있나 보지? 그렇지만 난 내 나름대로 인생을 즐겼단 말입니다. 고마워하는 것에 대해 말한다면 할 말이 없긴 해요. 그 모든 온갖 갓난애들이 나한테 달려와서 내가 그들에게 해준 일에 대해 침을 흘리며 너절하게 이야기하는 것을 보게 되면 뭐라고 해야 할까? 언젠가는 곧 그 애들과 마주치게 될지 모르지요. 그렇지만 그 애들이 나한테 호의적으로 아는 체하지는 않을 거예요. 그런 건 인간 본성에 있지 않으니까요. 하긴 애들 엄마들이 미리 금전으로 감사 인사를 한 셈이지요. 그때 내가 하려고 했던 일에 대해서 말이에요. 아이고, 몸도 못 가누는 애가 하나 있건 없건 무슨 상관이에요? 아니, 마차 속도가 점점 줄어들고 있는데요. 멈추려는 거 아니에요? 그것도 좋죠!"

"정말입니다. 저는 깨끗한 일격으로 제 자신의 비참한 인생을 끝내도록 해준 사람에게 정중하게 감사를 드립니다." 회색 프록코트의 사나이가 말을 계속했다. "숙련된 일꾼은 고용할 만한 가치가 있는 사람이지요."

"아이고, 지겨워라." 유아 위탁 처리업자가 중얼거렸다.

"언제 그치려고 저러지? 다른 일은 하나도 저지르지 않았다고 해도 사람들을 지겹게 한다는 것만으로도 살해당했어야 했을 거야."

그러나 완전히 열이 올라서 회색 프록코트의 사나이는 말을 계속했다. 정거장에 도착하자 모두가 흥분해서 아무도 그의 말에 귀를 기울이지 않았지만 그의 말은 끊어지지 않았다. "저는 자살을 생각했었지요. 그러나 정신은 거의 자살에 가 있었지만 그렇게 하기는 싫었습니다. 당신이 솔직하게 말씀하신 대로 그다음 문제가 되는 것은 다만 용기였던 겁니다. 저란 인간은 당신이 지적하신 바와 같이 의지가 약하고 성격이 소심한 그런 사람입니다. 그런데 자비로운 사마리아인처럼 당신이 제게로 와서, 자신의 값진 인생을 아낌없이 희생하여 저 자신의 비참한 인생에 종지부를 찍어주셨던 것입니다. 아까도 말한 것같이 생각되는데, 당신이 재판을 받고 있을 때 저는 줄곧 재판의 상세한 내용을 하나도 빠짐없이 끈덕지게 확인했었습니다. 그러고는 이곳 책임자에게 졸랐지요. 재판장이나 배심원장 앞에 직접 나가서, 예컨대 그들의 꿈속에 나타나서, 당신에 대한 저 자신의 진실한 심경을 조금이라도 전하게 해달라고 운동을 벌였던 겁니다. 어쨌든 당신의 삶도 제 자신의 삶만큼이나 쓰디쓴 것이었다고 추측되는데, 저한테 감사의 마음을 가진 적이 있었는지 모르겠군요. 인생의 반려자와 마음이 맞지 않는다고 하시지 않았던가요? 하지만 아무도 알 수 없지요. 저를 방편으로 삼아 당신은 몇 년간의 즐거운 나날을 누릴 수도 있었을 겁니다. 아직까지 잠재해 있는 당신의 정력과 놀랄 만큼 강한 결단력을 충분히 꽃피울 수 있었을지도 모르지요. 그러나 그게 당신의 운명은 아니었습니다. 얼마간의 시간 간격을 두고 당신은 나를 따라 이곳에 오게 되었고, 그래서 이제 우리는 이렇게 만나 맞대면하게 된 것입니다. 그 어두운 밤의 만남은 서로를 아는 데 아무런 도움이 되지 않았던 것이지요. 전 당신 인상이 마음에 들어요. 우린 아마도 다시 만날 수 없겠지요? 내년에는 필경 저나 당신이나 서로 다른 길을 가고 있을지 모르니까요. 아마도 그래서 이번 기회에 그 미묘한 문제와 관련하여 제 심경을 당신에게 밝힐 수 있게 된 것을 그만큼 더 기쁘게 생각하게 되었는지도 모르겠습니다. 다루기 어려운 미묘한 문제이긴 하지만 그 문제는 항상 제 마음 아주 가까운 곳에 자리 잡고 있었지요." 그는 빛나는 상아 손잡이가 달린 지팡이를 들어 올리면서 코르덴 복장의 사나이에게 물었다.

"그건 그렇고 이 지팡이 알아보겠습니까? 신문에서 읽었다고 하셨지요? 신문들이 제가 항상 예방 조치로 이걸 갖고 다닌다고 했다지요? 글쎄요, 그날 밤 너무 서두르는 바람에 눈치채지 못했던 건 아닌가요? 전 이걸 결코 사용하지 않았죠. 이걸 기념으로 당신에게 드리고 싶은데, 받아주시지 않겠습니까?"

잠시 멈추었다가 그가 다시 말을 계속했다. "여느 때와는 다르게 이렇게 덜컹거리는 것을 보니, 그럭저럭 우리의 여행도 끝나게 된 것 같군요. 그렇군, 역시 내 생각이 맞았군. 마부가 목을 팔 밑에 낀 채 자기 자리에서 벌써 내려가 있군요. 우리도 헤어져야겠습니다. 그러면 부인네들, 안녕히 가십시오. 당신도 안녕히 가시길 바랍니다." 그는 부끄러워하는 표정을 짓고 있던 코르덴 복장의 사나이에게 아주 각별하게 작별인사를 했다. "잘 가시오. 만나뵙게 된 것을 매우 기쁘게 생각합니다!"

마차는 여관의 앞뜰 비슷한 곳에 멈춰 섰다. 승객들은 마차에서 내려 한 사람씩 저 먼 곳으로 사라져갔으며, 마지막으로 노신사가 조심스럽게 마차에서 내렸다. 그가 마차에서 나왔을 때 승강 계단 옆에 서 있던 한 여인이 피로에 지친 그의 눈을 끌었다. 창백하지만 자부심에 차 있는 한 여인의 얼굴이 환하게 빛나고 있었기 때문이다. 그녀는 마차를 타고 가기 위해 기다리던 승객으로 혼자뿐이었다. 암사슴 가죽으로 된 흰 장갑을 끼고 있었으나 모자는 쓰고 있지 않았다. 그녀와 같은 계층의 여자라면 으레 있을 법한 용모와 차림새라고 그는 생각했다. 자세히 보니, 고무줄로 된 끈이 달린 모자가 어깨너머로 걸려 있었는데, 형편없이 찌그러지고 망가져 있었다. 그는 그녀에게 말을 걸어보기로 작정했다.

"당신은 우리가 죽음으로 몰아넣었던 바로 그 아가씨 같소만."

그녀는 고개를 끄덕여서 그것이 사실임을 인정했다.

"우리의 힘으로는 누구도 어쩔 수가 없었습니다." 그가 사과하듯 이렇게 말했다. "아니면 이해하리라고 믿습니다만……."

"물론이지요. 그건 댁의 잘못도 아니고, 정말이지, 같이 있던 어느 분의 잘못도 아니에요. 저는 그걸 믿어요. 그 사건은 어쩔 수 없는 것이었어요!" 희미하게 미소를 지으며 그녀가 이렇게 노신사를 안심시켰다. 노신사는 동정심 어린 눈으로 그녀를 바라보았다. 그녀의 머리에는 피가 묻어 있었던 것이다. 설마 잘못 본 건 아니겠지. 그는 결국 자신의 눈을 믿지 않을 수 없었다. "어쨌든 우리 망아지 로리는 아무리 상태가 좋을 때라도 무언가 옆에 있으면 결코 제대로 지나가질 못해요. 게다가 댁이 타고 계시던 마차는 확실히 흔한 모습의 마차였다고 할 수는 없지요. 한밤의 그 시각에도 북방 대로에서 그런 모습의 마차와 마주치는 일은 거의 없어요. 언니와 저는 일부러 그 시각을 택했는데, 우리는 일주일 동안 친구들과 함께 지내다가 집으로 돌아오는 길이었지요. 마차가 다가오는 걸 보고 언니 루시는 농담조로 이렇게 말했어요. '우리 앞에서 다가오는 저 마차가 어리석은 시골 사람들이 이야기하는 죽음의 마차라면 어떨까? 죽음의 마차는 일 년에 한 번씩 성 요한의 날 전날 밤에 영혼들을 가득 태우고 이 길로 지나간다며?' 언니에게 미신 같은 얘기는 그만두라고 했습니다만, 제가 보기에도 앞에서 오는 마차가 이상하게 생각되었다는 걸 고백하지 않을 수 없군요. 또한 어떻게 로리가 그걸 견뎌낼까 걱정도 되었고요. 마차가 가까이 다가왔을 때 저는 마차를 몰던 마부가 목이 없는 걸 똑똑히 볼 수 있었어요. 그래서 전 웃으면서 언니에게 제가 본 걸 말했지요. 언니가 마음 산란하게 하는 말은 그만두라고 하더군요. 죽음의 마차건 삶의 마차건 언니는 최선을 다해 로리를 몰아 그 옆을 무사히 지나갈 작정이었던 거예요. 그런데 실패하고 말았어요."

회색 프록코트의 사나이는 불안한 듯 사방을 둘러보았다. 우중충한 여관 앞뜰에 있는 사람이라고는 그와 젊은 처녀뿐이었다. 때마침 목이 없는 마부가 자기 자리에 오를 준비를 하고 있었다.

"언니는 지금 어디 계시지요?" 회색 프록코트의 사나이가 물었다.

"루시는 저 도랑 바닥에 누워 있어요. 로리는 집으로 달려갔고요. 언니는 머리를 부딪혔지만, 아직 살아 있습니다. 아침이 되어 사람들이 언니를 발견할 때쯤엔 언니도 세상을 떠나 있을 거예요. 전 그걸 알 수 있어요. 이젠 무엇이든지 알 수 있거든요. 제 마음은 평온하니, 제 일에 대해 너무 걱정하실 필요는 없습니다."

"최소한 아가씨가 마차에 오르는 것을 돕도록 허락해주시기 바랍니다." 그가 간청했다. "구석 자리가 좋겠지요?"

그녀는 구석 자리에 앉았으며, 그는 말을 계속했다.

"그런데 아무래도 이번 구간만큼은 혼자 여행을 하셔야 할 것 같습니다."

그가 인사로 모자를 약간 들어 올리자 그녀가 목례로 그 인사에 답했다.

"함께 여행하는 즐거움을 누릴 수 없어 애석합니다. 그럴 수가 없군요. 갈 길을 미리 지시받았기 때문입니다."

그는 다시 모자를 들어 올렸다. 이윽고 마차는 마당을 빠져나가 움직이기 시작하더니, 곧 안개 속으로 사라져버렸다. 때마침 또 하루의 여름날을 알리는 먼동이 트고 있었다. ●

옮긴이 장경렬

서울대학교 영문과 교수로 재직 중이다. 서울대학교 영문과를 졸업하고, 텍사스대학교에서 영문학으로 박사학위를 받았다. 지은 책으로 『미로에서 길찾기』, 『신비의 거울을 찾아서』, 『응시의 성찰』, 『코울리지 : 상상력과 언어』, 『매혹과 저항 : 현대 문학 비평 이론에 대한 비판적 이해를 위하여』 등이 있으며, 옮긴 책으로 『내 사랑하는 사람들의 잠든 모습을 보며』, 『야자열매술꾼』, 『아픔의 기록』, 『선과 모터사이클 관리술』, 『젊은 예술가의 초상』, 『라일라』, 『학제적 학문 연구』 등이 있다.

염세적 세계관을 배음背音으로 한 기상곡

이 「마차」를 얘기하려 들면 먼저 떠오르는 것은 번역에 관한 문제다. 나는 이 작품을 1960년대 후반에 제법 인기 있었던 어떤 세계명작단편선집에서 읽었는데 번역이 어쩌나 조악했던지 끝까지 읽기가 고약할 정도였다. 원문을 보지 않고서도 당장 알아볼 수 있는 오역에다 용어 선택이 잘못되어 몇몇 등장인물들은 직업이나 신분을 도무지 종잡을 수 없었다. 거기에다 번역자의 무성의로 한 따옴표 안의 대화에서도 어미가 통일되지 않아 경어에서 하대로 오락가락하는 바람에 의미까지 헷갈릴 지경이었다. 나중에 원문을 구해 읽어보리라 다짐했는데, 그리 되지 못하고 하마 삼십 년 가까운 세월이 흘렀다.

그럼에도 불구하고 「마차」를 이 책의 끄트머리에 얹는 것은 특수한 이야기의 형식 때문이다. 지금까지 우리가 읽어온 것은 관점이야 어떠하건 전통적인 형식이었다. 그러나 「마차」의 작가는 전설과 환상을 얽어 한 섬뜩한 죽음의 기상곡奇想曲을 만들어냈다.

죽음을 대하는 태도도 서구의 전통에서 조금 비켜서 있는 듯하다. 지금껏 우리가 읽은 대부분의 서구 작품들은 삶의 편에서 죽음을 보고 있으며 「불 지피기」를 빼고는 주로 삶에 대한 애착과 죽음과의 관계에 대해 얘기해왔다. 그런데 이 작품의 등장인물들은 삶에 대해 그리 큰 애착을 나타내지 않는다. 오히려 괴로운 삶을 빨리 마감하게 해준 가해자에게 감사의 뜻까지 나타내고 있다. 서구에도 염세주의적 전통이 없는 것은 아니나 이런 식으로 작품에 반영된 것은 흔치 않았다. 게다가 이번 장경렬 교수의 번역도 작품의 진수를 맛보기에 부족함이 없어 자신 있게 수록한다.

작가 바이올렛 헌트는 라파엘 전파Pre-Raphaelite(라파엘 이전 시기인 14~15세기의 이탈리아 화가들과 비슷한 양식의 그림을 그렸던 19세기의 영국 화가들) 화풍의 화가인 윌리엄 헌트의 딸이다. 소설뿐 아니라 전기 작가로도 유명하다. 자서전 『하고 싶은 이야기』와 전기 『로제티의 아내』, 장편소설 『시든 잎의 하얀 장미』, 소설집 『불안한 자들의 이야기』 등을 남겼다.

이문열

1948년 서울에서 태어나 고향인 경북 영양, 밀양, 부산 등지에서 자랐다. 서울대학교 사범대학에서 수학했으며 1979년 《동아일보》 신춘문예에 중편 「새하곡」이 당선되어 등단했다. 이후 「그해 겨울」, 「황제를 위하여」, 「우리들의 일그러진 영웅」 등 여러 작품을 잇따라 발표하면서 다양한 소재와 주제를 독보적인 문체로 풀어내어 폭넓은 대중적 호응을 얻었다. 특히, 장편소설 『사람의 아들』은 문단의 주목을 이끈 초기 대표작이다.

작품으로 장편소설 『젊은 날의 초상』, 『영웅시대』, 『금시조』, 『시인』, 『오디세이아 서울』, 『선택』, 『호모 엑세쿠탄스』 등 다수가 있고, 『이문열 중단편 전집』(전 6권), 산문집 『사색』, 『시대와의 불화』, 『신들메를 고쳐매며』, 대하소설 『변경』(전 12권), 『대륙의 한』(전 5권) 등이 있으며, 평역소설로 『삼국지』, 『수호지』, 『초한지』가 있다.

오늘의 작가상, 동인문학상, 이상문학상, 현대문학상, 호암예술상 등을 수상했으며, 2015년 은관문화훈장을 받았다. 그의 작품은 현재 미국, 프랑스, 독일 등 전 세계 20여 개국 15개 언어로 번역, 출간되고 있다.

이문열 세계명작산책 2

죽음의 미학

1판 1쇄 발행 2020년 10월 15일

지은이	레프 톨스토이 외
옮긴이	장경렬 외
엮은이	이문열
펴낸이	이재유
디자인	오필민디자인

펴낸곳	무블출판사
출판등록	제2020-000047호(2020년 2월 20일)
주소	서울시 강남구 영동대로131길 20, 2층 223호(우 06072)
전화	02-514-0301
팩스	02-6499-8301
이메일	0301@hanmail.net

ISBN   979-11-971489-2-7 03800   979-11-971489-0-3 (세트)